御製

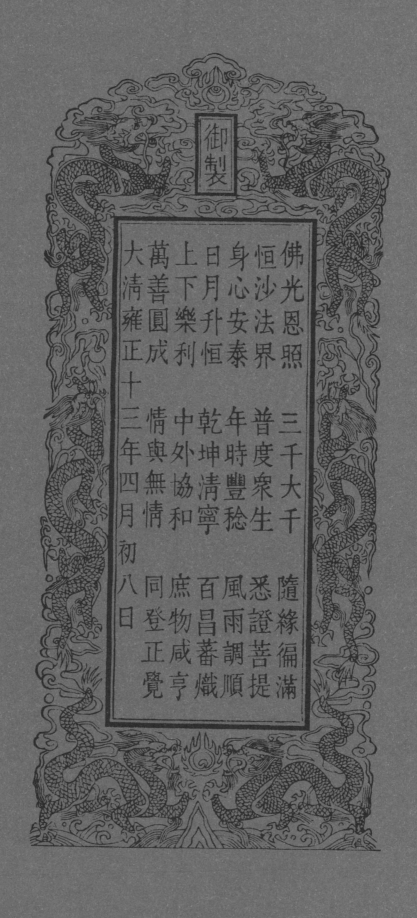

佛光恩照　三千大千　隨緣徧滿
恒沙法界　普度衆生　悉證菩提
身心安泰　年時豐稔　風雨調順
日月升恒　乾坤清寧　百昌蕃熾
上下樂利　中外協和　庶物咸亨
萬善圓成　情與無情　同登正覺
大清雍正十三年四月初八日

華嚴會本懸談會玄記　四〇卷　蒼山再光寺比丘普瑞集……一

華嚴會本懸談會玄記

蒼山再光寺比丘　普瑞　集

清刻龍藏佛說法變相圖

華嚴會本懸談會玄記卷第一

蒼山再光寺比丘　普瑞　集

将明一部懸談啓以二門分別初總解題目後逐難釋文初又分二初別解法題以經疏科鈔題各別故後通解人題以疏科鈔中人無異故今初大凡開演不越其四謂先科次經次疏後鈔所以然者欲知經疏大綱非科不能故先科釋雖知大綱在文難曉故次舉正經正文雖見非疏何知故次解疏釋疏釋雖明而多總畧故以鈔文補而備之如是四種理應爾故若約生起次第佛先說經依經造疏依疏有科隨科鈔釋今釋題目當依生起次第示有由漸故後逐難釋文依開演次第不越常規故然法題不同有其四題分爲四段初經題二疏題三科題四鈔題且初經

題即大方廣佛華嚴經然此七字廼無盡脩多羅之總名義門極廣下雖廣釋今入文之先理應畧陳且以七門分別爲順七字之題故一明来意二華梵對翻三依題列對四出名義體五六釋分别六辯其異名七釋通妨難且初来意者華嚴大教稱性極談我佛世尊初成正覺遍觀衆生皆具性德以妄覆故不能證之於是稱性頓演斯經明各人本地之風光與佛無異庶其一切共證之也二華梵對翻者佛出西天教流東土若不翻譯無由解會講學之者首先明之表教来有自然有總翻别翻若總翻者梵語摩訶毘佛畧勃陁健拏驃訶脩多羅唐言大方廣覺者雜華嚴飾經若别翻者摩訶云大毘佛畧云方廣勃陁云覺者健拏云華驃訶云嚴飾脩多羅云經其中覺者即是佛字畧存梵音以生信心又畧雜飾二字不令繁廣具以七字爲名三依題列對者七字一題列爲十事五對一教義一對經之一字是能詮教大等六字是所詮義故二就上義中法喻一對謂大等是法華嚴是喻三就上法中人法一對謂大方廣是所證之法佛字是能證之人亦名境智對四就上法中揀持一對大之一字是揀方廣二字是持即揀大異小揀實異權揀果異因亦是體用一對或性相一對五就人中借下花字以喻其因即因果一對佛是果故是以單花字但喻於因若合華嚴二字亦喻上之四字四出名義體者大以當體得名常徧爲義常則三際莫易徧則十虛無外即以全有全空實相爲體方以就法得名軌持爲義

雙持性相軌生物解故即以六相十玄爲體廣以從用得名包博爲義包則廣容博則廣遍即以染淨依正即入重重爲體佛以就人得名覺照爲義照則朗萬法之幽邃覺則悟大夜之重昏即以十身無障礙身雲爲體華以從喻得名感果嚴身爲義感果則萬行圓成嚴身則衆德備體即以行布圓融行願爲体嚴以功用受名資莊爲義謂資廣大之體用莊真應之佛身即以無障礙大智爲體經以能詮得名攝持爲義持性相之無盡攝衆生之無邉即以聲名句文爲體○五六釋分别者此有四番離合通其三釋謂依主持業有財也一大方廣所證法也此通依主持業二釋謂大之方廣有體之相用故方廣之大有相用之體故此約依主則行布義又大即方廣方廣即大體用相即此約持業則圓融義二佛華嚴能證人也亦具二釋謂佛之花揀非因位之行故花之佛揀非餘行之佛故此亦依主行布若持業圓融相即可知三大方廣之佛華嚴揀非權小之佛等故佛華嚴之大方廣揀非因位所得法故相即可知四大方廣佛華嚴之經揀非涅槃等經經之大方廣佛華嚴揀非論中所明此則依主若持業者文隨於義義隨於文詮旨圓融故又上教望於義人望於法通有財釋並可思準○六辯其異名者如攝論中名百千經此約數爲目以此經具本有十萬頌故涅槃經中名雜華經此約喻爲目智論之中名大不思議解脫經此約法爲目故又出現品及離世間品皆有十名具如後示清涼云前三異名義

多總略二品十目多從別名又局當品故今譯者具以七字爲名則人法雙題法喻齊舉具體具用有果有因理盡義圓故標經首○七釋通妨難者問如大方廣三字餘經多同如三戒經十輪經寶篋經圓覺經等十有餘部皆有大方廣言則與此經爲同爲異若言同者何獨此經以爲圓教若言異者其相云何答圭峯云配屬三大則同釋義隨宗則異謂圓覺大雖配體唯明自體常徧此經則若相若用等皆同真性而常徧又彼方亦配相但任持自性軌生物解此則雙持性相具十玄門一一諸相皆軌生物解又彼廣亦配用不能即體令此則全德相之業用也故後序云冥真體於萬化之域顯德相於重玄之門用繁興以恒如等故與諸經異也釋經題竟

○次釋疏題即大方廣佛華嚴經疏卷第一并序釋此一題初作對二解釋初中先將并序二字望上大等十一字爲能序所序對二以第一二字望上大等九字爲能記所記對三又將卷字望上大字爲能依所依對卷爲所依八字爲能依四疏之一字望上七字爲能釋所釋對後解釋者亦二先解義後六釋先解義者經題七字如上所釋疏者疎也決也開也通也謂經中義理深奥之處疏以疏明經旨決擇疑惑開而顯之通而達之故云疏也又是疏理之義如盧仝云人有髮兮旦旦疏理身有心兮胡不如是今即疏理經中之文義也卷者舒卷爲義舒則閱之卷則思之展卷無礙故謂之卷第謂次第一乃數之極首盖此疏有二十卷今記其次數令不差

互故云第一言并序者并者兼也及也序者緒也如繭得緒緒盡一繭之絲若疏得序序盡一疏之意又序者爾雅云東西墻謂之序所以序别内外也見墻所以别宅舍之淺深觀序所以知作者之意旨又序者叙也謂叙述經疏之大意纂於文前令學者頓覩其大旨故云序也上解義竟後六合釋者一疏字望上七字即能所釋之依主也或通揀别依主謂大方廣佛華嚴經之疏揀非論等故或作通别依主疏字通故以經别之二卷第一三字作釋有其主說一總别依主釋卷字是總第一是别卷有二十第一唯一總中有别卷之第一二體用持業卷字是體第一是用以體就用卷即第一三帶數釋卷字是法第一是數卷法帶起第一數故三以卷字望上八字所依紙素之卷從能依疏以彰名謂大方廣佛華嚴經疏之卷依主釋也四第一兩字望上九字能記從所記以彰名亦依主釋五并序二字望上一題作相違釋釋疏題竟○三釋科題即大方廣佛華嚴經疏科文卷第一釋此科題初列對後釋義初列對者上之八字以爲所科下之五字以爲能科卷字望上爲能所依第一望上爲能所記如前可知後釋義者有四一略解名義二古今對辯三義類分别四六釋料揀且初略解名義者所科八字如前已解能科五字者卷第一三字義不異前科文二字今當略釋先釋科字後釋文字且釋科字有其二義一依義訓二依字形依義訓者諸說不同今略顯示一云科者分齊義令文及義有分限故一云科者類聚之

義若文若義隨其所應約一類聚而收攝故一云科者斷也定也斷量楷定分是非故一云科者開通爲訓若見科文義開通故一云科者略聚爲義以少言詞括多義故一云科者次第爲義若無科文理必叢雜若標判已有次第故已上六解並依義訓二依字形者科字形狀禾邊從斗文義如禾科文似斗禾得斗而知數文得科而義明後釋文字者文即是字未改轉位名字已改轉位名文爲名句所依今言文者攝名句故二古今對辯者科判之義本出佛經或名品或名章或名分皆科之異名如今經有三十九品等也若就迹而言此土以道安爲始以魏帝(或云秦主)請諸德入內講楞伽經已問曰朕聞佛法幽深至理玄奥向觀所談都無科次何耶諸德無對時道安在襄陽聞之遂將華夏大小諸經科爲三分當時舉朝不許後唐三藏譯親光菩薩所造佛地論釋佛地經科爲三分教起因緣分聖教所說分依教奉行分爾來經無豐約科爲三分今古同遵然後諸師或多或少各各不同不勞繁述三義類分別者凡科判者有其二類一三義門二四義門且三義門者一者文科隨文而判故二者義科隨義而分故三者文義科雙約文義而斷故言四義門一以文從義科謂此約所詮之義而科判不拘於文故二以義從文科謂此就能詮文段而科判不拘所詮義故三義類相從科如題目中雖有人法之異同爲題故總爲一科本文之中雖有序文本文之異同是本文故亦合爲一等也四分別不同科如人法之題

雖同題目人法異故分之爲二本文之中序疏別異亦不可同須分開等四六釋料揀者科文二字文體科用科即是文持業釋餘可思準釋科題竟○四釋鈔題即大方廣佛華嚴經隨疏演義鈔卷第一幷序釋此亦二先列對後解釋且初列對者一能釋對疏義二字幷上七字爲所釋疏隨演鈔等八字爲能釋鈔二隨疏二字約能詮文爲能隨所隨對三演義二字約鈔家能詮演疏家所詮爲能演所演對四隨疏二字對演義二字爲隨文演義對五上四字為用鈔字爲體即體用一對六卷字望上爲所依能依對七第一望上爲所記能記對八幷序二字望上一題爲能序所序對後解釋者有三初釋義二六合三問答初釋義者隨謂隨順即無違義疏謂疏文謂不違經之文故演謂流演開通之義義者義理即經疏所詮鈔者鈔略備缺之義總此意云隨順本疏加言解釋使經疏玄義流演開通鈔其略而補其缺正其異而採其要故云隨疏演義鈔也餘義準思二六合釋者初對即能所依主釋以能釋鈔從所釋經疏以彰名故第二一對能隨名隨疏之隨所隨名隨疏即隨依主持業二釋如次第三一對能演名演義之演所演名演義即演二釋亦然第四一對隨文與演義異故作相違釋第五一對作持業釋或作同依釋二用同依一鈔體故或通通別依主謂鈔字通於諸鈔以隨疏演義而別之故餘三對作釋準前可思三問答問何故隨對於疏演對於義而不得互對耶答疏約能詮鈔但隨順義約所詮鈔

須演唱故不以互對也問准諸家章疏體例經題之下應安疏字於疏字下方立鈔號今何不爾答以鈔題中所牒已有疏字影取疏題也若上更安疏字則一題之中有二疏字文則重併非立名之巧今唯一疏字互望上下二題雙足立名之妙固在是矣釋鈔題竟

上来四段別觧法題竟○後通觧人題清凉山大華嚴寺沙門澄觀撰釋此一題大分爲二上之七字是所依處下之五字是能依人於所依中又上三字所依之總名下四字所依之别號所以雙舉二者有其二意一舉山令遠人知舉寺令近人知故二以則天弘大經故多改華嚴寺號賢首居處皆標此名故今標山以揀之也言清凉山者即岱州鴈門郡五臺是也以歲積堅氷夏疑飛雪曽無炎暑故曰清凉山峯聳出頂無林木有如壘土之臺又曰五臺即本經所謂東北方有處名清凉山等又寳藏陁羅尼經云我滅度後於贍部洲東北方有國名大振那其國中間有山號爲五頂文殊師利童子遊行居住爲諸菩薩衆於中説法等又准大鈔云离坎乾坤得其中理此以八卦通配清凉一山五臺近西是以東臺在离坎二卦之間北臺在坎乾二卦之間西臺在乾坤二卦之間南臺在坤离二卦之間故中臺在离坎乾坤四卦之最中通表中道之理又云其山磅礴數州七百餘里左鄰恒岳右接孟津北臨絶塞南擁汾陽迴泊日月蓄洩雲龍雖積雪嚴寒而名花萬品寒風勁烈而瑞草千般乃至云白雲凝布奪萬里之澄江杲日将昇見三尺之大海

等言大華嚴寺者即古大孚靈鷲也按感通傳南山問天神曰今五臺山東南三十里現有大孚靈鷲寺兩堂舊跡猶存南有花園可二頃許四時發彩人莫究之或云漢明所立又云魏文所作互說不同如何天答曰俱是二帝所作周穆王時已有佛法此山靈異文殊所居周穆王於中造寺供養及阿育王亦依置塔漢明帝之初摩騰天眼亦見有塔請帝立寺山形似於靈鷲故號爲大孚靈鷲孚者弘信也帝信佛理立寺勸人花園在寺前後之君王或改爲大花園寺珠林集云每春首至秋末異花間發光曜人目四邊樹園以愛花奇人間無有移裁不生乃至移樹園外亦不生等至則天時與于闐三藏譯華嚴經見菩薩住清涼山因改大華嚴焉寺者司也

天子置九司以置九卿一太常寺主禮樂二宗正寺主六親昭穆三大理寺主刑獄四光禄寺主膳羞五司農寺主倉儲六大府寺主平準七太僕寺主車輦八衛尉寺主器械九鴻臚寺主賔客此寺凡有外方使命皆止其中漢明帝時摩騰竺法蘭二三藏初至此土令鴻臚安下爾後僧居之處因以名焉次釋能依人者沙門二字釋子之通稱梵語具云沙迦懣曩此云息惡瑞應經云一切諸法中因緣空無主息心達本源故號爲沙門然有四沙門一勝道沙門二活道沙門三示道沙門四污道沙門義如别章然今疏主據本而說即勝道沙門依迹而論即示道沙門也澄觀二字即疏主之别號澄者定也觀者慧也表和尚定慧雙脩故按妙覺塔記云法號澄

觀字大休俗姓夏侯越州會稽人也法界孕靈隨緣於帝禹之族誕若剖珠洞鑒隣室稚歲趍庭厥考授與六月之詩即曰可畏而敬每童戲聚沙建塔或誡之汝聚沙安避塵垢染即鞠躬對曰沙無自性攬真而成真豈染矣夙習警矣年九歲禮本州寶林寺禪德體真大師爲師歲曜一周解通三藏至十一奉恩得度纔服田裳思寘理觀乃講般若涅槃白蓮淨名圓覺等一十四經起信瑜伽唯識俱舍中百因明寶性等九論年滿具戒於曇一大師門下受南山行事止作遂講律藏又禮常照禪師授菩薩戒原始要終啓厥十誓體不損沙門之表心不違如來之制坐不背法界之經性不染情礙之境足不履尼寺之塵脇不觸居士之榻目不視非儀之彩舌不味過午之餚手不釋圓明之珠宿不離衣鉢之側遂叅無名大師印可融寂自在受用即曰明以照幽法以達迷煞交映千門融冶萬有廣大悉備盡法界之術唯大華嚴乃依東京大詵和尚聽受玄旨利根頓悟再周能演詵曰法界全在汝矣○至佳處品審文殊隨事觀照五頂遂不遠萬里委命（大鈔云途雖五千反復萬里當持逆寇亂常兵戈鋒起不憚而遊故云委命也）栖托聖境相仍一稔掛錫于大華嚴寺山門真侶懇命敷揚遂思五地聖人身栖佛境心證真如於後得智起世俗心學世間解迺却覽詩禮傳籍圖讖道德寓言四科十翼百家祖述周易子書華夏古訓竺乾梵字諸部異計四圍五明顯密軌注二王筆法悉煥然氷釋即於般若院啓曼拏羅優游理觀祈聖祐之夢一金像挺特

山嶽月滿毫相卓立空際仍於寐内捧咽面門及覺乂如遂下鴻筆恍若有神是月也設無遮以慶之疏成將闡忽夢爲龍頭枕南臺尾蟠北臺鱗鬣耀空光逾皎日須臾奮迅化成多龍分照而去流通之兆也後製隨疏演義鈔四十卷隨文手鏡一百卷華嚴綱要三卷法界觀玄鏡一卷三聖圓融觀一卷華嚴圓覺四分中觀等論關脉三十餘部七處九會華藏世界圖心鏡說文十卷大經了義備要三卷七聖降誕節對御講經談論文兼一家述詩表牋章總八十餘卷後奉德宗詔與般若三藏譯烏盤所進華嚴後分譯就帝請講之講已上曰誠哉是言微而顯撫遇賜紫衲方袍兼禮爲教授和尚奉詔述疏十軸誕聖節賜輦迎之内殿談法帝命廣敷新經厥旨要曰大哉眞界萬法資始云云帝時默湛海印朗然大覺誠於羣臣曰朕之師言雅而簡辭典而富扇眞風於第一義天能以聖法清涼朕心仍以清涼賜爲國師之號是時内外台輔重臣咸以八戒禮而師之後荅順宗經義帝於興唐寺爲造普光殿華嚴閣塑華嚴圖法界會次因荅憲宗法界帝爲鑄金印遷國師統冠天下緇侶穆宗敬宗感仰巨休悉封大照國師以開元二十六年戊寅歲生天寶戊子歲出家(玄宗年號)至德(肅宗年號)丁酉年心印受戒代宗大歷戊申年詔入内與辯正三藏譯經爲潤文大德興元元年甲子歲造疏貞元丁卯歲功就貞元丙子年翻經賜紫巳卯年授清涼國師號憲宗元祐五年庚寅歲授僧統印文宗大和辛丑歲帝授心印於師

至開成己未年春三月六日旦詔上足三教首座寶印大師海岸等付法囑累竟而卒歷九宗聖世爲七帝門師代宗德宗順宗憲宗穆宗敬宗文宗俗壽一百二僧臘八十三形長九尺四寸手垂過膝目夜發光晝乃不瞬言論清雅動止作則學贍九流才供二筆凡著述現流傳者總四百餘卷盡形一食大經始終講五十遍無遮大會十有五設弟子爲人師者三十有八海岸寂光爲首禀受學徒一千唯東京僧睿圭山宗密獨得其奧餘即虛心而来實腹而去蚍經三七顏光益潤端身凜岳自證之力也其月二十七日恭承遺旨遷奉全身於終南山石室皇帝輟朝重臣縞素其餘即可知也初朞有西域梵僧在葱嶺見二使者步履虛地以呪止而詰之曰余北印土文殊堂之神東土取華嚴菩薩大牙供養及至奏啓石室驗之果無大牙唯三十九粲然如霜遂闍維靈骨得舍利數千粒明白光潤舌紅如蓮火不能變上略記文又大宋高僧傳中有賛寧僧統所述之傳事多錯謬不須繁引撰者集也採録衆文集成章句釋此一經故名爲撰有本云述者盖述而不作之義也樂記云知禮樂之情者能作識禮樂之文者能述作者之謂聖述者之謂明已上離解若合釋者清涼之山大華嚴之寺皆通别依主或山有清涼之德用寺中興於華嚴故以爲名者詩業有財二釋如次或經顯菩薩住處在於清涼而寺在山中故以華嚴爲名者即隣近釋又清涼山之大華嚴寺大華嚴寺之沙門二釋皆是總别依主也清涼山大華嚴寺沙門即澄

觀沙門之澄觀澄觀即述澄觀之述二釋皆得問科疏鈔中各有人題今何唯解一題耶荅雖有三題一人無異故於一處通明餘二不勞繁述釋題目竟○後逐難釋文中先解鈔序○至聖垂誥鏡一心之玄極者顯如來說經也釋之分三初列對二消文三五教辯明且初二句序文十事五對一人法對至聖是人餘皆是法二法義對垂誥是法一心等是義二總別對一心是總玄極爲別四法喻對鏡字是喻垂誥爲法五揀持對至字能揀聖字能持二消文者至者極也聖者正也見道已去雖名爲聖唯至佛果方名至聖垂者布也誥者典誥書云典謨訓誥皆經誥之别稱鏡者喻上誥字法者典誥能明示一心鑒微玄極喻申如秦鏡至明照人心故朱鎰詩

云西國有秦鏡其光世所希照人見肝膽鑑物窮幽微今正取此故後疏云以聖教爲明鏡照見自心等無二無三謂之一堅實靈明謂之心玄即幽玄極謂至極意云我佛世尊布教如明鏡洞鑒一心之中幽玄至極之自理也三五教辯明者一小教至即生空理聖即生空智菩提樹下斷結成佛名爲至聖垂者設也引也權設小法引二乘故誥即阿含緣生等經言一心者即假說一心謂實有外法由心轉變非皆是心謂世出世間染淨等法由心造業之所感故改轉變動而非皆是心也二始教者至即二空理聖即二空智色究竟天上成正覺者名爲至聖垂者說也悟也根本智中流出後得從後得智起大悲心爲物宣說令二乘人悟唯識故誥即深密楞伽等經言一心者即本識也然有

三類一相見俱存名一心二攝相歸見名一心三攝所歸王名一心玄極者根本智名玄二空理名極也三終教者至即本覺理聖即始覺智始本不二名爲至聖垂者賜也顯也等賜一乘顯理事無礙故詰即法華涅槃等經言一心者即如來藏名一心此亦有二一攝末歸本攝前七歸第八二攝染淨歸如來藏寂照即以真妄和合名一心指玄即以真妄不二名一心各唯得一義也言玄極者即始本二覺也四頓教者至即無理之理聖即無智之智以無佛無不佛名爲至聖垂者傳也彰也單傳心印彰絕待理故詰即金剛思益等經言一心者泯絕染淨名爲一心絕待之智曰玄絕待之理曰極五圓教者至即無障礙理聖即無障礙智十身無礙身雲名爲至聖垂者布也安也通方之說布於法界安立四種法界義故詰即華嚴大經言一心者即無障碍一心也此亦有三謂融事相入融事相即帝網無盡已上五教具十種一心如行願鈔等說言玄極者亦無障礙之智與理也○鈔大士弘闡燭微言之幽致者菩薩造論也釋之分四初列對二消文三五教分別四會餘儀此二句序文亦十事五對一人法對大士即人弘闡等即法二經論對或云本末對微言即經弘闡爲論三教義對微言即教幽致即義四法喻對弘闡是法燭字是喻五揀持對大者能揀士者能持二消文者士謂士夫通目於人然凡聖不同有其四種凡夫唯名士二乘名上士菩薩名大士佛號無上士今揀餘三故名大士准智論中釋大士有十義一依大乘教二起

大信心三發大願四具脩大行五備歷大位六起大智七斷大惑八圓證大理九當成大果十當度大生總相而言謂依大教發大心行大行證大果故名大士問大士若唯菩薩如何通小教耶荅小乘諸論多菩薩造如世親菩薩晦孤明於俱舍造五百部小乘論等是也弘謂弘揚闡謂宣闡謂宣闡即目菩薩所造諸論燭者喻上弘闡之論如經云譬如闇中寶無燈不可見佛法無人說雖慧莫能了法中經無菩薩之論不能見其幽致喻闇中寶若無燈燭不可見而取也微言者即上垂誥之經幽致者幽謂幽深致即致趣即上微言中所詮之義也意云菩薩大士造論弘闡皆照燭佛經之中幽深之致趣也三五教分別者小教即天親世友等大士弘闡俱舍婆沙等論文釋阿含緣生等經六識三毒七十五法等之幽致也始教即無着天親等大士弘闡瑜伽唯識等論文釋深密楞伽等經八識十如百法之幽致也終頓二教即馬鳴龍樹等大士弘闡起信摩訶衍等論文釋法華涅槃等經二門三大九相染淨等法之幽致也圓教即世親龍樹等大士弘闡十地不思議等論文釋華嚴大經六相十玄之幽致也○鈔雖忘懷於詮旨之域而浩汗於文義之海者釋妨也妨云理本無言（躡前垂誥及弘闡也）義絕疆域（躡前一心及玄極幽致也）大覺能仁及諸菩薩以忘分別情懷證真成果今復說經造論詮義差別豈爲允當故此釋也雖字文含縱奪上句縱下句奪意云佛及菩薩於一真法界之中雖無心懷於詮旨之疆域而不妨以無緣

慈愍生末悟浩浩汗汗起廣多之文義如海之深廣也○鈔盖欲下二句顯意也問既忘懷於詮旨之域何不忘言而契道而反浩汗於文義耶故今云爾意謂道本無言非言何以傳理本無象非象何以顯故假寄所詮之義象能詮之言繫使學者因其跡而窮無盡真趣矣象繫之言語出周易象謂爻象以喻所詮繫謂言繫以喻能詮即因言以得象因象以得意得意以忘象得象以忘言也或可跡謂兎象跡如因跡而得兎得象因文義而證玄趣矣准此繫字或目繫象蹄之索也或周易中大象小象上繫下繫孔子寄以顯易理○鈔斯經等者上該通諸教此下唯顯此經能詮之文所詮義理甚深廣大不可得稱此借論語文彼云泰伯其可謂至德也已矣三以天下讓民無得而稱焉今顯深廣之極也謂文該三部理極十玄故問諸家外鈔通前段皆讃當經則此段唯屬結嘆之文今所以前通諸教此別讃當經耶荅此中唯云斯經文理故若結嘆前者應云斯經論文理也則有收文不盡之過是以前通此局其理明矣○鈔晉譯下别明造疏此明造疏所由有二今初晉譯得門謂晉朝翻譯之經幽玄秘密雖光統靈裕等諸師皆伸疏觧唯賢首大師探玄一記可得其入理之門也論語云夫子之墻數仞不得其門而入不見宗廟之美百官之富得其門者亦寡矣今借用之○鈔唐翻下唐經迷奥也謂唐時所翻靈妙之篇章（或此經多靈應如譯時雙童現瑞甘露呈祥等故云靈篇）賢首造新修畧疏至十九卷大願不終後時賢搢靜法苑

公刋定而釋之大義屢乖微言將隱未得窺覩其玄奥爾奥者即堂之西南隅也然其上句互影謂得入門者必覩其奥若未窺其奥者由不得其門也上來新經比舊經文義多全而缺得意之跡學者無由趣入故疏主不可緘默斯造疏之緣也○鈔澄觀下二句謙已述作也揆者度也言膚者皮膚淺近之謂也意云我不自揆度學未至於骨髓但及皮膚淺受之學輙便造疏闡揚大經玄微之旨也膚受之言見論語○鈔偶益下二句慶疏流通不期而然謂之偶溢謂溢滿意云但隨力通經何期大行於世偶然盈溢中夏九州蠻夷四海言九州者尚書禹貢中云禹別九州爾雅云兩河之間曰冀州自河東至河西彼疏云兩河間其氣清厥性相近故曰冀冀者近也河南曰豫州自河南至漢其氣著密厥性安舒故曰豫豫者舒也河西曰雝州於用切自河至西黑水其氣蔽壅厥性急凶故雍雍者壅也兼得梁之地西北之位陽所不及陰壅也故曰雝州漢南曰荊州自漢南至衡山之陽其急似厥梟性強梁故曰荊荊者祖也江南曰揚州自江南至海其氣燥勁厥性輕揚又陽氣奮揚之地故名焉濟河間曰兗州自河東至濟其氣專質厥性謙信故曰兗兗者信也濟東曰徐州自濟東至海其氣寬舒稟性安徐故曰徐徐者舒也燕曰幽州自易水至北狄其氣深要厥性剽疾故幽幽者安也齊曰營州亦名青州東方少陽其色青其氣清歲之首事之始故以青名焉自岱東至海言四海者東夷東方之人好生萬物觸地而中夷者觝觸也西戎斬伐殺生不得其中戎者兇也南蠻君臣同川而浴極爲簡慢蠻者慢也北狄父子嫂叔同穴無別狄者僻也而言海者海之言晦以晦闇於禮義也○鈔講者下學後陳請初二句標請人疏主常千徒擁座今言盈百者謂或面言心受或懸悟幽宗已能講者其數盈百即僧叡等爲首也咸者皆也叩者以頭叩至地也大教下

叙其請意先二句按定經疏文理深遠親承下二句謂面禀徵得相近言髣髴者相近也於此經之宗旨不敢言得故云髣髴近宗也若垂布疏文軌範於千古之下莊子釋音云古者久也我等思慮若無鈔文恐後代學者迷惑疏主高大悟解之疏文也希垂下二句正伸請希望垂慈造鈔重再分剖得覩經疏之光輝言再剖者前以造疏剖於經今復造鈔剖於疏故言光輝者喻經疏之玄義也○鈔順斯下顯述鈔文也分三初述鈔安名謂隨順百人清雅之懷故再造此鈔言條理者書云如網在綱有條而不紊今謂再治其條貫則教網不紊矣立名可知○鈔昔人云者二顯述鈔意分二初引古難易語出楊子彼云楊子先生遊於錦江見一婦人抱子而泣乃問其故曰我夫在日以藤漆鐵木善能造船夫今亡沒王取其船村人逃避子母慮亡故我泣之楊子嘆曰人在則易人亡則難今此意云若我在世則易爲諮訣若吾沒後或有疑昧難爲解也○鈔今爲下二顯鈔有益謂此鈔與雖同一時一處望遠於四方終於千古學者見之皆如對我面而解會也○鈔然繁則下三造鈔體式分三初繁簡有失謂章句繁多則學者或生厭倦望涯有退屈之心章句簡畧則經疏或昧源流正解無由而起○鈔顧此下二謙無折中者無過繁簡不及之謂也顧此之才寔難無此之才而輙伸鈔釋故爲愧也此亦鈔主自謙耳理實疏鈔皆得其中矣才難二字文出論語彼云才難不其然乎今借用之言折中者中之一字通平去二音

令以序文平仄音律定之宜作去聲呼也○鈔夫意下三正顯體式問既無折中之才云何造鈔耶荅我今之意使後學者見此鈔文一人所作其鈔言辭而於疏文不支離矣易曰中心疑者其辭支或但令後學遣疑即鈔之式也釋鈔序竟

華嚴會本懸談會玄記卷第一

音釋

勃蒲沒切辛也 驃毗召切黄白色也 磅匹庚切石聲也 礴匹各切磅丨混同也 洩音泄漏也 懣莫本切 詵所臻切衆多也 鬣力葉切長鬚也 牋子田切表也 觝丁禮切觸也 紊亡愠切亂也

華嚴會本懸談會玄記卷第二

蒼山再光寺比丘　普瑞　集

○疏往復無際等者迴向品說迴向衆生即往復無際也迴向實際即動靜一源也迴向菩提即含衆妙而有餘也彼疏中廣以十門三義配三迴向今畧引彼配釋此文一依三法初句眷屬般若次句實相般若三句觀照般若既是即寂之照何德不具而照功無涯故云有餘次句融拂末句結屬下皆准此二滅三道初句滅業道次句滅苦道三句滅惑道三淨三聚初句饒益戒來往不息故二句律儀戒動靜皆寂故三句善法戒廣含衆德故四顯三佛性初句緣因萬行無際故二句正因一源清淨故三句了因智含萬德故五成三寶初句僧寶衆多和合故二句法寶理法爲最故三句佛寶佛含衆妙故六會三身初化次法後報可知七具三德初句恩德化生無窮故次句斷德證眞無惑故三句智德智爲能含故八三菩提初句方便菩提一切菩提樹下示成正覺故二句實相菩提三句實智菩提九證三涅槃初句方便淨涅槃隱跡雙林根盡應移故二句性淨涅槃三句圓淨涅槃萬德俱圓故十安住三種秘密藏初句觧脫藏往復自在故二句法身藏三句般若藏可知大疏又云十內舉一爲首展轉相由成百三門乃至無盡隨一一義具攝德用即入無碍等故知五句攝義無邊歷刧宣演亦莫能盡故經云欲具演說一句法阿僧祇刧無能盡斯之謂也問此十門三義准會解記云是終頓宗義不可配圓宗標舉宗體今

何故又配而釋之耶荅若據各門本義實唯同教一乘之宗不可配法界之宗體也今各以第四句而融拂之融則三一無碍拂則三一雙寂二義同時豈非法界宗體故大疏云隨二一義具攝德用即入無碍等○鈔順經四分等准大疏科經有其十例一本部三分科二問荅相屬科三以文從義科四前後攝疊科五前後鉤鎖科六隨品長分科七隨其本會科八本末大位科九本末徧收科十主伴無盡科雖具十例以無盡然正釋文時唯用前二例科故今科疏亦以此二例也其問荅相屬科即四分故謂准經大位問荅總有四番第一會中大衆起四十問或當會荅盡名舉果勸樂生信分二從第二會有四十問至第七會末荅盡名修因契果生解分第八

會初起二百問當會荅盡名託法進修成行分四第九會初起六十問如来自入師子頻申三昧現相荅盡名依人證入成德分問依賢首說善財求法别問别荅名漸證分立其五分今何不開荅清凉意以頓漸雖殊證法界是同故總立一分也問何故有此四分荅入法方便信解行證理應爾故今疏順此故科爲四○鈔若順序正等者三分之始自道安法師如前已叙經三分者以初品爲序分三世間荘嚴是起法之由緒故現相品已下爲正宗分法界品内善財已下爲流通分今疏三分可知○鈔今初總序名意者名即一部疏文意即綱領大義言亦名教迹者如尋象迹必獲象身尋此疏序得疏本意故或可名意教之三言皆通大經以雖是疏序而疏

正釋經故謂經序唯序經疏序該序經疏鈔
序通序經疏鈔故通亦無妨○鈔順無盡者
廻向鈔云十是一周圓數順無盡故○鈔言
意多含者前於疏中已解四義今於鈔外又
申六解足其十意以彰無盡一順一多無礙
義故初句一不碍多二句多不碍一三句一
多雙融四句一多雙泯五句結屬法界三順
法界緣起義故初句諸緣各異次句互徧相
資以一切法同一源故互相資也次句俱存
無碍不壞相資故合衆妙不壞各異故有餘也四
句廢識從智末句結屬三順經宗十一字初
句即因果二字次句即理實二字次句即法
界緣起四字次句即不思議三字末句結屬
四順題中所證法故初句廣字次句大字三
句方字四句融拂末句結屬問此與鈔配三
大何別荅鈔泛就三大說不約經題故異也
五順因門果海故謂前三句是普賢因門緣
起法界第四句是遮那果海離言即同因果
法界末句結歸六順先解後行故前三句約
解故如前五門所釋以爲解境第四一句約
行說故言思斯絶也末句結屬可知○鈔初
句明用者問配釋三大何不次耶荅含餘法
界故顯圓融相故彰無碍理故隨作者意故
表攝末歸本先用次體後表依本流末中體
後相故又以義就文故此本標舉宗體顯法
界義故以法界爲次今以義相當故畧配二
大耳三大正義在後寘真體於萬化之域等
故如後說儀周普中配十身亦不次之例也
○鈔徃者去也下鈔釋用大一句序文義如
繁雜而各有所歸今以科分庶令易見大科

分三
初徵訓畧釋二
初三對釋往復往者
初明二對今初
二別明起滅二
初明妄迷則
後明真二
一隨緣有起滅然真
二不變無起滅約二
後二義釋無際無際
二摠徵廣釋二
初徵列法何
二別釋三
初實釋往復二
後畧釋無際言無
三結法所屬然上
初雙約迷悟說二
初標唯
次釋二
初往復無際合明二
初廣多無際明往復二
次絶際無際混往復者約
次引證二
初竪一竪
次横二約
初証竪絶際中俞
次證横無際横尋
二唯約妄說二
三返本還源說二
初對前唯復二
初正對顯約三
二引外文故周
後有往復三
初揔標就此
二引證文故
三結釋釋曰
初釋往復二
後釋無際此中

○鈔無際有二下此摠說事理二種無際下三觧中隨義別分乃成異義問若即事同真豈不濫於體大耶荅此有二師所說不同一助正師云唯取餘同事相絶於邉際名爲無際亦約事用意云前無際約成事之體此無際約體空事用非取所同之理故不濫體二寂照師說此但當下靜義非即真體一源方是體大今又助解此別教三大許相即故若用中無體體中無用與終頓何異故體大中亦有廣多無際之用也問豈不相濫荅爲門不同亦無雜亂○鈔何法往復下徵列也問何故唯徵往復而畧無際耶荅往復是法體無際義用今但徵體義用自來或但要言詞穩便故○鈔今初迷法界下具釋往復三對六義以前二對諸教少說又去動屬迷來靜屬悟其義無差故先合明起滅一對諸教多談而又起滅俱通迷悟真妄其義有差故後別顯言迷者餘迷法界所迷餘迷之體有其二說一云根本無明三細六麄十重惑也一云所迷既無盡法界餘迷亦帝網之惑六趣者毘曇論云趣者名到

亦名爲道謂彼善惡業因道能運到其生趣處故名爲趣又趣者歸向之義謂所造業能歸向於彼天乃至地獄也言悟法界等者悟爲能悟法界所悟能悟之體亦有二說一云翻十重染滅異住生四位始覺爲能悟體一云所悟既無盡法界能悟亦是無障礙智不同起信之分齊也言復一心者即衆生之自心前法界之異名也就寂名法界就照名一心又一心有軌持名法一心有性分名界其體無異也鈔皆法界用也者畧結二對也謂如同教中准起信等說唯以出生世間出世間善因果爲用大則揀其惡染不揀善染本此別教一切染淨迷悟乃至六趣旋還披毛戴角皆法界用也故知同別之義亦天隔矣問此用大中有三義而第一義中亦有三對六義及二無際等今唯明初二對之義文義未盡何故便有此結文耶荅有二一云此中間結該初後故二云此上迷悟義已畧畢後不出此故畧結也○鈔迷則下此妄法起滅雖唯妄有生滅而妄滅由悟故屬雙約迷悟也然真下約真說起滅也然字不盡之辭意言妄法無體可言生滅真則不爾有二義故故云然也問初隨緣中既有妄生滅言何故科中唯判屬真荅雖有妄言對顯真故標中亦唯云真有二義故問既約真說生滅何屬雙迷悟荅真生即悟真滅即迷亦雙之義也言隨緣者能隨即真所隨即染淨二緣也此有二義若同教義無性真如隨無明緣成十重染法即真滅妄生悟即反此若別教無障碍理隨緣成無盡染法即性起之義故所起染如

帝網重重此染緣起若淨緣起無障碍理起
無障碍智滅帝網惑等此則真妄雖有生滅
皆以不生生爲生不滅滅爲滅皆法界用也
問三對六義何唯起滅中明真隨緣餘二對
不說耶荅起滅既爾餘二亦然謂隨染緣起
而真徃六趣亦去動也隨淨緣起而真復一
心亦来靜也但二對別說起滅通說爲異耳
鈔二約不變下具足應云迷悟動靜生滅来
徃紛然真界湛若虛空體無生滅去來動靜
謂此不變義非唯約生滅中說亦該前二對
之中皆不變也○鈔此義在下體中者問此
明用大何故顯體義耶荅有二一云真如有
隨緣不變二義今相對以立因便明之二云
理實隨緣不變二義俱是用大即二無際故
所依無障碍體方是體大若爾如何指在體
中荅真如二義一隨緣義是違自順他與體
疎故不屬體二不變義是違他順自與體近
攝屬體也如唯識中識以了別爲行相如不變屬
用大亦復用彼顯自性云識以了別爲自性如更
以用屬體大問妄亦有體空成事二義何故不明
荅理合具明今以真不變即妄體空真隨緣
即妄成事故影畧耳○鈔言無際下畧明無
際理實此中具八無際迷悟橫竪各二種故
今此唯二影取餘六謂迷中一義唯約竪論
廣多無際影取竪中絕際及二橫也若具作
者應云鈔中有一迷来無始即無初際二迷
無迷源竪無際既無有始豈得有終絕初後
際上二竪論若約橫說一迷心障翳廣無邉
際二橫尋迷心不在內外故亦絕際上四皆
迷若悟四者鈔中一云悟絕始終即無後際

此唯竪論絕際影取餘三若具作者應云二竪論去来洞徹三際廣無初後上二約竪若約横者一横說悟心通廓浩無邊際二横尋悟心不在内外故亦絕際問何故鈔家行文如此影畧荅欲使學者虚已而求發生觀智故往復三對與二無際前後具闕下皆類此其與夫尋文數字之流不可同日而語也○鈔二唯約妄說等者問此中何以但釋無際不解往復荅六趣往復即唯約妄也易故不言承上相傳於此皆說七十二往復謂六趣相望舉一望六皆有往復則每一趣中亦十二往復六趣總論具七十二種矣如人往人趣復人趣往天趣復天趣等餘趣亦然又若約妄心則緣彼境時爲往緣此境時爲復妄念攀緣往復何限故下鈔云動即往復有去来故問往復二字各有三訓何故雙約迷悟中具配釋之唯約妄中全不說耶荅應准知故若具說者去来約處起滅約時上皆動亂靜即體虚而隨緣真如亦隨妄起滅去来動靜約不變則迷倒動靜起滅来往紛然真界湛若虚空體無生滅去来動靜此義在下體中○鈔過去無始未来無終者問如起信云以從無始已来念念相續未曾離念故說無始無明今言無始則可然妄有斷盡之時生死有終又言無終何耶荅畧有三義一約一人則可終通一切則無終二若言有終以彼定執長邪見故三此約妄爲門故無終○鈔中論云下即彼本際品文十藏品疏鈔釋云初偈引教立理顯無始終次偈二句仍上遣中以無始終可對待故二句遣先後共畧有

三義謂有問言生死二法爲先生後死爲先死後生爲生死一時一時名共今且摠非下偈出所以云若使先有生後有老死者不老死有生生不有老死若先有老死而後有生者是則爲無因不生有老死釋曰前偈破先生後死生必因死令先有生則不因老死而有故云不老死有生則亦令生無有老死先獨生故後偈破先死後生生者是死因今死在前爲無因矣次破一時偈云生及於老死不得一時共生時即有死是二俱無因釋曰以生不因死死不因生故後結法空云若使初後共是皆不然者何故而戲論謂有生老死既言本際不可得亦不應定謂無始無終況有始終之見耶故證前妄无妄源竪無初際等也○鈔是以遠公云者准遠公傳云遠聞羅什入關中即遣書通好云云什荅書中有偈一章問其所觧法云既已捨染樂心得善攝否(此二句問戒)若得不馳散深入實相否(二句問定)畢竟空相中其心無所樂若悅禪智慧是法性無照虛誑等實無無非停心處(六句問慧)仁者所住法幸願示其要是以遠公復以書遣什并報此偈也然迷途非一致下更有四句云時無悟宗匠誰將握玄契来問尚悠悠相與朝暮歲今引此者有二意一寂照意云通證上四種無際

初二句證妄無妄源約竪論絕際次二句證横説中妄念攀緣浩無邊際次二句横尋妄心不在内外等後二句證竪論過去無始未来無終等以致字有本爲世字故二玄鏡及助證等唯證妄心不在内外一義也謂雖有

上下諸句唯以觸理自生滯一句爲引證之本文也餘句皆是兼來無勞異說後義爲正然上四種無際猶是揔相據實迷中往復皆各具四以爲八種也○鈔初義是揔下謂三義對說約橫竪以分異也泛言橫竪而有二義一約時處論橫竪如常可知二就法論橫竪謂約彼此論也橫則彼此不相望竪則彼此相望也今鈔中三義就法論橫竪也橫論則三義不相望各各具往復以鈔中三番消釋往復無際一句也若各不具則釋文不備故若約竪論彼此相望則揔別有異故初義爲總二三別也○鈔復本源者影取往流轉故斯即靜義者影取妄中斯即動義此唯竪論故六義中真妄各一生滅二義皆通真妄故此不論○鈔故周易復卦云下雙引二卦證其復字初復卦者彼疏云天地養萬物以靜爲心不爲而物自爲不生而物自生寂然不動此天地之心也今引已證靜義泰卦疏云天體在上此卦陽爻居下地體在下此卦陰爻居上即天地氣相交而生萬物天體將上地體將下故云無往不復今證無但迷往而不悟復也然天地上下陰陽往復具十二卦今當畧示正月爲地天泰䷊二月爲雷天大壯䷡三月爲澤天夬䷪四月爲純乾䷀五月爲天風遘䷫六月爲天山遁䷠七月爲天地否䷋八月爲風地觀䷓九月爲山地剥䷖十月爲純坤䷁十一月爲地雷復䷗謂陽已往而初復一爻故云然往必復十二月爲地澤臨䷒其陰陽往復終而復始盖如此也故以爲證鈔此一義下約橫論影取前唯約妄中亦往復也○鈔

故文殊下問前唯約妄中不引經證往復義令迈本中馬何引證荅前妄中往復易知故不引證令迈本中意在勤修故廣引證言文殊初說雙行之行者彼經云菩薩雖不捨生死而不爲生死諸過惡所染等釋曰此約生死涅槃也彼又有六對雙行之行二有爲無爲三大小乘四空有五相無相六願無願七生滅無生滅故名說雙修之行次云下摽徵釋結可知菩薩往復之道義通諸位有以局配則非也言修空無相無願者唯第七下鈔云三解脫門亦名三三昧三昧即當體受名解脫即依他受稱此三能通涅槃解脫故名爲門但是一法以行因緣說有三種觀諸法空名空門空中不取相轉名無相於無相中無所願求轉名無願等如智論說應度者有

三種故一見多者爲說空門二愛多者爲說無作門三愛見等者爲說無相門也言三種覺觀心者有二解一云是三解脫所對治故言覺觀者䟽主云覺觀舊名新譯爲尋伺唯識云尋謂尋求令心忩遽於意言境麁轉爲性伺謂伺察令心忩遽於意言境細轉爲性皆以思慧爲體即覺麁觀細也今三皆空無故斷覺觀也一云准瑜伽第十一云以不淨治欲以慈治恚以悲治害如是對治三種惡覺觀故即能治非三解脫也○鈔皆上句自利者問初義云觀諸衆生心之所樂應是利他何言自利荅有二一雖觀於他成自觀行故二云以少從多故言往涅槃故者涅槃豈有方所以已求諸義言往耳生死無始在中對前往故名復○鈔雖往復下問正明復義

何故上說往復鈔中荅也影取妄中雖有往
復總爲妄往流轉矣問前散訓字義中往復
各有三訓今屬法中何以全不言耶荅可以
意得故若具說者應云去来約處起滅約時
上皆動也靜即上皆相待寂故而隨緣真如
亦隨悟心去来起滅動靜約不變則悟心動
靜去来起滅紛然真界湛若虛空體無動靜
去来起滅此義在下體中○鈔此中無際下
唯畧顯總二義影取橫竪若具作者一菩薩
行海窮劫而行竪論無際隨一一行遍塵方
修橫說無際上二廣多無際二一一稱真即
前二無際皆稱真故名絕際無際自利利他
又各四種亦具八也○鈔對上三義等者問
釋體要對用三義釋相大何不對耶荅體用
相翻義可爾故疏之文勢理亦通故相大不

然○鈔所迷真性下影取所悟真性言一源
莫二者離世間品疏云隨客塵去而莫歸見
本往則還源返本有還有去皆是起心還去
兩亡寂然不起起則諸善失壞不起則出離
盖纏觸境寂知方寔真體○
鈔動即往復有去来故者此證影顯前用大
唯妄中有往復三對義故言靜即體虛下謂
往必對復来必對去既相待立故知體虛無
自性也應知動即前隨緣義靜即前不變義
所依無障碍體方是一源也鈔不釋動下即
肇公物不遷論注釋者捨離也此則成事與
體空一相不相捨離也則動靜名殊下方歸
體大○鈔自利靜也亡心遺照定慧兼修故
利他動也者涉有化生拖泥帶水故又前十
對之中以自利爲往利他爲復而前總配中

以往配動以復配靜今不爾者約對往涅槃爲靜復生死爲動故也又前約用大生死無始在中故涅槃云往生死云復今約體大衆生本具故涅槃云復生死云往化而無化者影修而無修不失一源下歸體也問何故對上用大三義釋於體耶荅此中意欲攝用歸體謂初攝迷悟動靜之用次攝唯迷動靜之用後攝唯悟動靜之用同歸一源體也○鈔若對上二種無際下總就事法明廣多無際具十二種別約一一事皆有分齊（謂前雙約迷悟中迷悟各具横竪二種成四唯約妄中性復各具横竪二種種爲四種返本還源自利利他各具横竪二種爲四種總爲一二種也）而各即事同真際即無際亦有十二種（三義横竪亦然）又前散訓畧釋中總明二種即依總開別今此二種即攝別歸總總別合論有五十二無際也○鈔動靜無碍下

明混無碍障方顯一源之體意融二無際義爲一源故言際與無際者謂前事理二種各各有際及與二種無際亦相待而立既無定異方顯一源之體也○鈔清淨法界杳杳冥冥者即性淨無障碍理以爲能含之體如金含器故恒沙二字釋衆字性德下釋妙字上雖舉能含之體意在所含之相又或帶因以明也相依乎性下釋有餘二字問如言常德其體皆常何所不遍而言有餘荅性德無外無德非體今別舉其德顯體有餘問真體爲是常德否若不是常德何稱無外既非無外望相德何名有餘荅相離體無故無德而非體故稱無外相雖恒沙各具隨名數異故體有餘若爾體若是一何非有名之數如其多法爲難亦爾荅真理寂寥不墮諸數設說爲

一爲欲破數強曰一源如法句經一亦不爲一爲欲破諸數等○鈔恢恢焉下借莊子養生篇文具云庖丁爲文惠君（梁惠王也）解牛彼節者有間而刀刃者無厚以無厚入有間恢恢焉其於遊刃必有餘地是以十九年而刃若新發於硎○鈔阿僧祇品等者上能所含猶帶因以明此正約宗以證故釋所以中還帶因論故云毛約稱性等兼前總涉三義初由理事無礙故得事事無礙此復約法性融通以釋所以即別教因也然此等三句含於同別故作此釋也問准前叚則體大甚深相大則有名之數有名之數不遍無外之體何名衆妙稱大耶荅常樂等即是大義而不妨名相各異顯體有餘雖稱體無涯而名相分齊各異故云衆妙○鈔然此畧有二義下文外別明相之同別體用准知謂無障礙理爲別教體大無性真如爲同教體大全法界真妄爲別教用大世出世善爲同教用大言本自具足者揀非業用故○鈔亦老子意者前則衆妙二字意目佛教相大恒沙功德不爲佛教意亦老子前則義意此則文意又前引内教證此引外教證故云亦也或可有餘是道教文意衆妙亦道教之文故云亦也道可道下因具引章釋曰下具釋彼意言以一真法界爲玄妙者問准下別嘆能詮中說於一真法界義分心境境中大方廣即是三大何故今以一真法界而爲體耶荅以全總法界作體大故謂彼以義門階降此據法體不分故不相違也依此總門或可全作相作用等思之○鈔融則三一互收者問三中舉一攝二

應云一二互收今何爾耶荅別得總名故亦猶七處中菩提場遍餘六處下鈔云普光忉利等七處皆有菩提場亦是餘六別得總名故彼既得爾此亦應然故綱要云體相用三非異猶一寶珠寶珠之體圓滿之相鑑照之用三無離理舉一全收○鈔云何超下具徵釋一句義也而但云超者從文便當畧而言也○鈔並皆超之故云逈出者顯超逈二字唯一重釋也鈔何者下釋融拂相也融存拂泯既莫能羈豈言象之能到其法故云逈出即以逈出二字釋其超字然所以超者有三義故一於人超權教菩薩及凡小故二於心非三慧及報生智之境故三顯法體佛菩薩亦不思議故○鈔又借斯下顯超及逈出作二重釋謂前超唯超言思今又逈出上超言思也故經云下上句證超言思下句證逈出言况言相本絶下進顯一義謂前遣猶帶詮明况言相本寂何待遣之故云亡絶亦亡斯則下約相待門遣拂前但直遣故不重繫但可清耳虛襟自冥契矣○鈔具上諸德獨在法界者問上迷法界而往六趣等豈法界德耶荅約具德門無法非德今既融拂無碍全稱法界何非德耶雖悟法界而情謂不忘何名德耶鈔初句從本起末者此有二說一云依無際理體爲本起往復之事爲末一云此句既中但有其末非謂無際是理問既無其理何言依本起末耶荅豈不前云言意多含也言不動真際建立諸法及不壞假名而說實相此四句即大品及智論等文也各一句本一句末思之可見然此本末不同前三大

釋但以理事爲本末也第三句能含為本所含爲末第四一句融拂理事或生佛性相生死涅槃等准上釋之○鈔末後結屬通四義馬者若通具上四即同教意若取法界普融四句隨舉一句即攝四句者亦別教意文意雙含故○鈔法界類別中言第三無障碍法界者即事理無碍法界言屬上三法界者以上三法界融拂自在歸總無障碍法界也上屬四法界五法界准此可知○鈔往復與動下綱要云有爲即事法界無爲即理法界依理成事事能顯理即亦有爲亦無爲法界真理奪事事能隱理名非有爲非無爲法界此二由上事理無碍法界而生言含衆妙而有餘即無障碍法界者即事事無碍法界亦由事事無碍故總融上四爲斯一界混然不亂重重無盡此猶歸別門名事事無碍法界不同下所歸無障碍法界無得相濫今約圓融門故非普攝門也然法界二字義含多類故上四句配釋種類不同故疏主下云然法含持軌界有多義梁論十五云欲顯法身含法界五義故轉名法界一性義以二無我爲性一切衆生不過此性故二因義一切聖人四念處法緣此生故三藏義一切虛妄法所隱覆故非凡夫二乘所能緣故四真實義過世間法以世間法或自然壞或對治壞離此二壞故五甚深義若與此相應自性成淨善故若外不相應自性成㲉故上五義皆理法界復有持義族義及分齊義然持曲有三一持自體相二持諸法差別三持自種類不相雜亂與法義同族者種族即十八界上二並通事理分齊

者緣起事法不相雜故於中性通依主持業因唯依主後六唯持業（上下疏文）今事法界并有為法界皆分齊義并持諸法差別與持自種義及無為法界皆性等五義及持自體義種族中意識所知名為法界攝十六法謂受想行蘊及五種色（謂極畧色極逈色受所引色遍計所起色定自在所生色）并八無為（謂六無為中開真如為三性也雜集第二言無為法有八種謂善法真如不二法真如無記法真如虛空擇滅非擇滅不動及受想滅）今取所知八無為為無為法界義唯取真如無為為理法界義其理事無礙法界并兩亦雙非法界皆通上義而無礙也其無障礙法界以性義融餘義故皆無障礙由法界具如是義故所以種類不同也其配五法界下疏具云隨義別顯畧有五門一有為法界有二一本識能持諸法種子名為法界如論

云無始時來界等此約因義而其界體不約法身二三世之法差別邊際名為法界不思義品云一切諸佛知過去一切法界悉無有餘等此即分齊之義二無為法界亦二一性淨門在凡位中性恒淨故真空一味無差別故二離垢門謂對治方顯淨故隨行淺深分十種故三亦有為亦無為法界有二一隨相門謂受想行蘊及五種色并八無為此十六法唯意所知十八界中名為法界二無礙門謂一心法具含二門一心真如門二心生滅門雖有二門皆各揔攝一切諸法然其二位恒不雜亂其猶攝水之波非靜攝波之水非動故第四回向云於有為界示無為法而不滅壞有為之相於無為界示有為法而不分別無為之性此明事理無礙（今鈔唯無礙門）四非有

爲非無爲有二一形奪門謂緣無不理之緣故非有爲理無不緣之理故非無爲法體平等形奪雙泯（今鈔唯此門）二無寄門謂此法界離相離性故非此二又非二諸故又非二名言所能至故是故俱非（形奪門要二相假無寄門則當法自離故不同也）五無障礙法界二一普攝門謂於上四門隨一即攝餘一切故是故善財或覩山海或見堂宇皆入法界二圓融門謂以理融事故令事無分齊微塵非小能容十刹刹海非大潛入一塵也以事顯理故令理非無分謂一多無礙或云一法界或云諸法界然由一非一故即諸諸非諸故即一乃至無盡上五門十義恐學者要知故筆於此也第四總彰立意者前三番別消疏文此一番總出初立法界之意言先叙如來爲物應生者如梵天請

問疏云如來大悲隨機攝誘兼齊十惡非直五乘所以化創憍陳道終須䟦是也言先小後大者彼疏又云或談權道之三乘乃分羊鹿之殊駕或論究竟之一實復合白牛之同體是也言或無像現像者如上生疏序云原夫性質杳冥超蹄象而含攝覺體玄妙絕視聽而融貫方智雲於彀月察神理而猶迷假慧刃於叢鈞撥靈機而不惻乃至然後俯提十地踈海月於寶方下控三乘挺山儀於垢惑等是也言無言示言者如唯識疏序云無言之言風警韶遂彩而月懸等是也（上並依集六記中引釋）○鈔荅云以是此經之所宗故者此經正宗法界故言又是諸經通體故者如攝論云多聞熏習從最清淨法界所流等釋論云所流者正說正法謂十二部經疏主下云佛

證體智證最清淨法界而於後得安立教法名為所流故知十二部經皆從法界流出故是諸經通體也又是諸法之通依故是即依理成事故所以根本法界與一切事法為通依也言一切衆生迷悟本故者以真如法界為迷悟依故一切諸佛所證窮故者以未證無礙法界未證窮故諸菩薩行自此生故者不悟法界行非真流但名假名菩薩爾初成頓說等者不離菩提樹頓彰七處九會等既非權漸之教故先叙法界也故云不同餘經有漸次故言最後一意正荅初問者以上問何不先叙為物應生先小後大等故今正荅由頓說故非叙漸次也而前諸意共成後意者恐有問云初成頓說故不同餘經此則聞命矣何不別叙餘法而便叙法界耶荅云以此法界此經宗故所以頓說又法界是諸經通體故所以頓說乃至諸菩薩行自此生故所以頓說問若爾何不先荅後意耶荅欲以前六意成於第七意故正意荅之於後也

華嚴會本懸談會玄記卷第二

音釋

攝之涉切聚也　跮丑利切跮踱不前不卻　硎户經切砥石也　廻音迴

華嚴會本懸談會玄記卷第三

蒼山再光寺比丘　普瑞　集

疏剖裂玄微昭廓心境者玄微與心境即所詮之義剖裂與昭廓即能詮之經鈔外畧申三解一揀偏顯圓釋二上通下總釋三迎前帶後釋初者如五教相望小教詮生空等雖曰玄微望始教二空則爲淺近也如次終教理事無礙頓教絕待真理雖曰玄微望華嚴經皆淺近也故獨此經得剖裂玄微之稱言昭廓心境者小乘心外有境始教雖攝境唯心猶存八識終頓雖明真心然猶未得心境無礙一即一切故獨此經昭廓心境二上通下總釋者上句通指上法界宗體剖裂在於經中下句總廓心境收一切法故鈔云因果萬法心境普收三迎前帶後釋者以今玄微心境即上法界宗體必迎前所詮目此能詮又剖裂昭廓雖是能詮若不帶後說主是誰剖等○鈔故難思議者以上所詮難思議故能詮亦難思議也謂以雖昭廓而言無在而昭廓等不可作言與無言之思議也○鈔謂於無障礙法界者然此法界非界非非界非法非非法無名相中強爲立名名爲無障礙法界問上云玄微即前法界多義今剖玄微爲心境何獨剖無障礙法界耶荅上雖有多義法界皆不離無障礙法界約能歸有多所歸唯一故○鈔一真法界者未分理事等殊絕待曰一非妄曰真問上云無障礙今云一真有何異耶荅無異也約離過義名爲一真約具德義名無障礙體即一也體絕對待本無內心外境一理多事等殊爲引生悟入義

分心境爲趣入之門也○鈔故下裕公云者下宗趣疏中引即靈裕法師也彼謂法界門中義分爲心境諸佛證之以成淨土法界即是一心諸佛證之以成法身等此但證義分心境非證能所證也從則二皆所證下是鈔出彼意也問上立義以心爲能證境爲所證今引證如何却以心爲所證耶荅心有王所不同若總望境爲言則王所皆名心故得爲能證若約人運智則王所別明故心爲所證心所中智爲能證也故諸佛語其總體尅性唯智能證心境皆爲所證此所證唯在果○鈔所證之境下却以心爲能證也能所證通因果故以佛華嚴爲能證也○鈔文中廣說者既配一題此即經字准此則亦剖裂於心境及前法界多義也○鈔若凡等者地前爲凡地上爲聖等覺已下爲因妙覺爲果此等心境廣明故○鈔出現品下以佛果心境例餘心境也佛境者經云云何知應正等覺境界佛子菩薩摩訶薩以無障無礙智慧知一切世界境界是如來境界一一切三世境界二一切刹土三一切法四一切衆生五真如無差別六法界無障礙七實際無邊八虛空無量九無境界之境界是如來境界十一切世間境界無量如來境界亦無量乃至無境界無量又云應知如來智海無量從初發心修菩薩行皆佛境界應如是知疏云正顯分齊之境兼辨所緣之境分齊即因果理智凡聖有無等即無分齊之分齊境所緣則齊佛所知二義相成皆難思之境界矣如來心者出現亦云如來心意識俱不可得但應以智

無量故知如來心譬虛空爲一切物所依而虛空無所依如來智慧亦復如是爲一切世間出世間智所依而如來智無所依等總有十相如經○鈔諸位心境例此可知者如三四五會明內凡三賢心境第六一會明十地菩薩心境第七會初六品明等覺心境廣如經說下皆准此○鈔如云欲知下亦以觀佛心例餘也此偈即出現品如來心也長行如次上所引疏云諸乘之智依佛智生而佛智果滿更不依他問豈不依心及依理耶荅此中王所無二故無智外如故然此中言令觀佛心者如何觀耶鈔主云欲言其有同如絕相欲言其無幽靈不竭欲言其染萬累斯亡欲言其淨不斷性惡欲言其一包含無外欲言其異一味難分欲謂之情無殊色性欲謂無情無幽不徹口欲談而詞喪心將緣而慮亡亦由果分不可說故是知佛心即有即無即事即理即王即所即一即多心中非有意亦非不有意意中非有心亦非不有心王中非有數亦非不有數數非依於王亦非不依王一一皆示圓融無礙即觀佛心義也○鈔又云若有下出現品偈後空心境中亦引當具釋之疏云初二句總以喻顯後二句約法別顯別顯有二一離妄取如彼淨空無雲翳故斯則真止二離境無滯如彼淨空無障礙故斯即真觀此觀不作意以照境則所照無涯此止體性離而息妄故諸取皆寂若斯則不拂不瑩而自淨矣無淨之淨則闇蹈佛境此爲心要後學思行既遠離妄想空能觀之心及空所取之境令心所向皆得無礙○鈔

又云若有欲得下十地品文疏云勸修利益初句所求次句空妄心也次句不許斷常通達平等空妄境也亦無平等之念以遠離微細念故能如是修疾作人天大導師也○鈔云何張小下意云心境不互全收皆名爲小心境互收張小使大也故下經云者即回向品文疏中自有三釋一約如體性空故如外無智等二如智一味同一真體安得智外更有如耶三事事無礙舉一全收佛智稱真收法界盡差別事法皆隨所依理在佛智中況所證如寧在智外評曰第一義順前心境空義次義即下終教中所引義今正用第三義故證如智相收也○鈔真心真境下通難也此牒難辭然此難與荅真妄影畧問准荅妄具難應云真心真境本自無涯無可張小妄心妄境本自局小如何使大荅中應云真體雖爾若非經說無由得知妄隨情局經說即真名張小使大也○鈔經云下問明品文疏云上句總標體深次句分量廣大故佛地論引經釋云諸佛境界唯除虛空無能爲喻下二句云一切衆生入而實無所入○鈔又云下法界品文疏釋云即二十一種功德中於所知一向無量轉功德也謂佛無障礙智於一切事品類差別無着無礙故今唯取其如空廣大之義下句云其心本來常清淨○鈔知妄本自真下須彌偈讃品文疏鈔云遍計所執理本是無今既知妄本真則見依圓名見佛清淨也○鈔如心佛下晉經夜摩偈讃文也下釋云心爲總體悟之名佛成淨縁起迷作衆生成染縁起雖有染淨心體不殊然

上三各有二義總心二者一染二淨佛二義者一應根隨染二平等違染衆生二者一隨流皆佛二機熟感佛各以初義成順流無差各以後義爲逆流無差上約横論若約一人心爲總相佛即本覺衆生即不覺無差可知○鈔皆張妄心者影取妄境故以上文中亦有妄境即真之義也或云此約唯心門境不離心故○鈔因果萬法等者問經中昭廓無邊之法何以但言心境故此荅也如或有別説不同則隨二事皆有張廓也准此則前三義別説因果萬法亦然○疏窮理盡性徹果該因者大意如鈔今鈔外別伸二解一望前總別解二望後揀餘解初者科云別顯深廣者由上總明能詮剖裂玄微昭廓心境然未知玄微心境窮理盡性徹果該因否故此別顯前總中玄微等理無不窮性無不盡果無不徹因無不該故云爾也二望後揀餘者對下結法所屬唯華嚴有窮理盡性等反顯餘經於理未窮於性未盡於果未徹於因未該也如法華等尚於事事無礙理趣未窮況餘權教耶又餘經雖明佛性未顯法界性雖明三身之果未徹十身滿果又徹果唯屬果未能屬因故又雖該因未徹五周圓融之因又該因唯屬因不能屬果故並非深廣以揀之也○鈔理謂理趣道理等者理性各二義釋然理雖通真理今對性字故唯同事理二訓然理趣則義有所歸道理則但可詮顯如言火但詮顯火而非水等名道理若言要火本欲成食温身等名理趣餘則例然今皆窮極故云窮理性二訓約法約心分二義也如在

有情數中名佛性在無情性中名法性之類也其體是一然下疏云法性者法謂差別依正等法性即彼法所依體性即法之性故名法性又性以不變爲性即此可軌亦名法性此則性即是法故名法性此二並不變釋一切法各無性故名爲法性即隨緣之性法即性也鈔釋云法性三義前之二義雖依主持業不同然皆與法不得相即以不變之性非妄法故第三隨緣與法不離不即不離方爲真性評曰今通此三故約深也二心性者若與妄心爲體故云心性即心之性若與真心爲體心即性故依主持業二釋如次上之二性今經皆盡故云盡性也○鈔昔者聖人作易下彼疏云昔者聖人之畫卦作易也本意将此易卦以順從天地生成萬物性命之理也○鈔注云者即韓康伯注也言生之極等者有本以極字皆是傳寫誤耳准易注皆極字彼疏釋云命者人之稟受有定分從生至終有長短之極故云命者生之極也此所賦命乃自然之至理故窮理則盡其極也○鈔即以能字下鈔主釋也言取意即別者即上二理二性也

○鈔言徹果該因等者一段鈔文准指玄畧爲科排分二

- 初今四字通深廣二義二
  - 初釋廣徹
    - 初證釋卦是所詮全
    - 後通妨轉歸能詮兩
  - 後釋深若
- 後古八字唯局深一義然
  - 初畧標二義言
  - 後廣釋二義二
    - 初證釋成二
    - 後重科揀二
      - 初辯其廣義首能詮經上
      - 後釋其深義轉歸能詮經二

○鈔言徹究五周之果者一所信因果即初會六品後二差別因果從第二分至七會中隨好巳前是也謂第七會品是

中前之六品并前六岩是因不思議等三品是果亦名生解因果三平等因果即第七岩中後二品也普賢行品爲因出現品爲果亦名出現因果四成行因果即第八初明六位之因後明八相之果亦名出現因果五證入因果即第九岩中初明佛果大用後顯菩薩起用修因因果二門俱證入故也言六位之因者即第二會十信第三十住第四十行第五十向第六十地第七等覺○鈔若云因該果海等者釋深義初發心時便成正覺即梵行品意具如下引言雖得佛道不捨因門者法界品意位後普賢故寂照云文殊雖巳果滿反爲佛子證果徹因源也迦葉上位菩薩却禮初心因徹果也以涅槃中彼說偈云發心畢竟二無別如是二心初心難自未得度先度他是故敬禮而發心等是也○鈔上約廣義等者指玄云上字緣文隔越指前廣義名上今字無隔指上深義名今言以因徹彼果故者徹字誤書應是該字上釋徹果此解該因故或是

行文影畧互顯不錯無妨○鈔而其能詮者釋妨也問既深義約所詮者如何科云別歎能詮故云爾也○鈔然因該果海下顯用文字以上句用易即全用其文而不取其意下句用古人之言然欲含其深廣故畧彼四字也○疏汪洋等二句既結且歎上句別歎深廣下句總歎深廣雖廣大悉備合當廣義然約深廣皆悉備談故云爾也謂上句四字即爲四句汪即是深洋即是廣冲即非深非廣冲者中也以雙遮顯中故融即亦深亦廣下句即四句皆備也○鈔冲亦深也者以雙非故深言中也者准道教則道體離天地之二邊故中今以離理事二邊故中也和者唯准道教釋也○鈔老子云者即彼道冲章第四中文也彼注云道出冲和之氣而用生成萬

物有生成之功而不盈滿云或似者於道不敢正言彼疏云冲虛也謂道以冲虛爲用也○鈔融者融通下無不融通謂之廣難窮源底謂之深○鈔故肇公云下即涅槃無名論意也意云汪哉甚深洋哉甚廣四生九類何有不由此本性清淨之涅槃也○鈔八師經者梵志此云淨行言闍句者撿本即耶句或是別譯但梵音輕重耳彼經次云巍巍堂堂猶星中月神智妙達衆聖中王諸天所不及黎民所不聞願開盲瞑釋其愚癡所事何師以致斯尊天尊荅曰快哉斯問發開大行吾前世師其名難數吾今自然神曜得道非有師也然師有八謂一殺二盜三婬四妄五酒六老七病八死吾見此八事多諸過患因而修道離苦獲安故曰八師釋曰前五即戒防非故無六道之業斷集也發善故爲出世之因修道也後三由見苦果即知苦也以斯成道即證滅也今但取其汪洋之言所出耳○鈔亦如冲和等者上唯引文所出此下方配釋經謂所如即冲和之氣用生成萬物無有盈滿能如之經即出生無盡義理無有盈滿時也問上引三文證其汪洋冲之三字何故唯約老子配釋荅雖引三文餘二文約法顯其深廣故不須配唯老子冲字對此是喻故須配釋也○鈔融通下出上融字深廣之相也上句廣下句深故○鈔兼三才者說卦云立天之道曰陰與陽立地之道曰剛與柔立人之道曰仁與義兼三才而兩之故易六畫而成卦也彼疏云八卦小成但有三畫於三才之道陰陽所以重三爲六立天之道有二

種之氣曰成物之陰於施生之陽立地之道有二種之形曰順承之柔於持載之剛天地既立人生其間立人之道有二種之性曰愛惠之仁與割斷之義也○鈔強配之者明非正義遮後人之妄觧也○鈔九會玄文下有二意一云只現行經權小不測故難思深廣故稱海也二云無盡時會之大經名難思教海於現行八十卷中可見難思之經如觀牖隙見無盡空故○鈔說真妄等下通人及法上句人下句法也○鈔法華佛知見一義者即問明品文殊荅九首菩薩問佛境界之知偈也偈云非識所能識亦非心境界其性本清淨開示諸群生疏鈔云了别非真知了見心性亦非真知故云非識此遣學南宗失意之病意謂真知唯無念方見故瞥起亦非真知起心看心令心不起亦是妄想故云非心境界此遣學北宗失意之病是以真知必忘心遺照言思道斷矣心體離念即非有念可離故云本性清淨衆生等有惑翳不知故佛開示皆令悟入謂開除惑障顯示真理令悟體空證入心體即法華一經不離開示悟入佛之知見也○鈔一章必盡其體用者即出現品出現涅槃一章有其十相一體性真常二德用圓備三出沒常湛四虧盈不遷五示滅常存六隨緣起盡七存亡互現八大用無涯九體離二邊十結歸無住此一章必盡涅槃經圓淨性淨之體及方便淨應化之用也○鈔三天偈文者謂般若多明性空忉利夜摩兜率各十方来集菩薩說偈讚佛多明性空義也以般若是慧此讚佛知故同也○鈔

一大藏教等者盖別說難盡故總收之以藏教雖廣皆此所流末不離本又一部之經亦不離本題故謂有人有法有體有用有因有果有喻有法攝義無邉故也是謂下約佛及性相以結歎也上約收教此約收宗故云廣大悉備者矣○疏故我世尊等者故字躡前能所詮而起我者疏主自稱寄居傳云西域南海稱我不是慢詞設令道汝亦非輕稱但欲別其彼此故不並神州將為鄙惡若其嫌者改我為今（上會解意）寂照則云我者尊仰之稱如言我國家等即他邦君王非我國主天魔外道非我所尊（後意為優）言世尊者目遮那也此有三釋若順常途具上九號為世所尊故曰世尊若順下經即菩提身具無邉德為世所尊或亦可世即三世間佛為尊故言十身初

滿正覺始成者以經中釋初成正覺之相別有十德疏主以配十身一三業普周（即鈔所引經是也此別當菩提身）二威勢超勝三福德深廣四隨意受生五相好周圓六願身演法七化身自在八法身彌綸九智身窮性相之源十力持身持自他依正若順經義應云始成正覺十身初滿今順文之平仄故倒舉也問既云始成何故下經云我見釋迦成道已經不可思議劫荅舊佛新成新佛舊成故況念劫圓融初後一際者哉○鈔該下二段者即此說主難思熏下說儀周普二文之中前具四身後有六身十身具矣今疏初句約菩提身上總標十身下二段別釋十身則始成正覺一句別為菩提身之相也總中有別故○鈔此下當列遠則依主中列近則次二段文中列也○

鈔經示下妙嚴文也此即三業普周之文而言等者等餘九身經文也經次文云譬如虛空具含衆象於諸境界無所分別又如虛空普徧一切於諸國土平等隨入(上即喻三業也)身恒徧坐一切道場菩薩衆中威光赫奕如日輪出照明世界(即威勢身超勝也)乃至云三世諸佛所有神變於光明中靡不咸覩一切諸佛不思議劫所有莊嚴悉令顯現(即第十力持身持自他依正也)故知等字等如是經方是十身初滿之相故鈔斷云是初滿也問鈔中何不具引以釋十身初滿之義荅鈔見後二段之中顯其九身之義故不必具引重釋也但引菩提身以釋始成正覺一句也言別語菩提之身者以對初句為別故言以是總故者出所以也問既是十身初滿何故別說此身故此荅也謂要成正覺餘之九身方圓滿故言始覺下但終教義言下當廣釋者三業普周之文本文廣釋今當粗引跡云具無盡德為世所尊(釋世尊也)座相現時(釋爾時也)身即安處(經云其師子座高廣嚴好摩尼為臺蓮華為網清淨妙寶以為其輪衆色雜花而作瓔珞乃至廣說莊嚴之事故安處此座也)又智處諸法無前後故(上釋處于此座也)言於一切法者示所覺境即二諦三諦無盡法也成最正覺者示能覺智開悟稱覺離倒曰正至極名最獲得名成此當相解若揀別者一對凡名覺對小名正對因名最對滿名成二對凡曰覺對外道曰正對小曰最對因曰成我佛獨具故云成最正覺言智入下一意業也即二智三智四智無障礙智二智者一如量達俗名入三世二如理達真名悉平等言三智者一俗智覺三世二真智覺平等三中道智覺

三世平等言四智者四智通緣三世境故並入三世言悉皆平等者鏡智離分別故依持平等現行功德之依種子功德之持故平等性智自他平等妙觀察智觀一切法自相其相平等成所作智普利平等四智圓融無二性故修生本有非一異故不失經宗其身下二身業也以是十身之總故此其身之言通於三身十身充滿三世間故並是圓遍非分遍也謂一一刹土一一塵等佛皆圓遍非分遍也總看亦現別看亦現其音下三語業也一順異類音經云一切衆生語言海一言演說盡無餘二順所宜如来於一語言中演說無邊契經海三順遍佛以一妙音周聞十方國又圭峯華嚴綸貫中云智入三世平等充滿一切世間普順十方國土其身入三世平等充滿一切世間普順十方國土其音入三世平等充滿一切世間普順十方國土經各舉一邊互影畧故言正覺始成者則有五教不同小乗三十四心斷結五分法身初圓名始成正覺是實非化大乗之中約化八相示成約報十地行滿四智創圓名曰始成正覺據實即今古情亡心無初相名之曰始無念而照目之曰正見心常住稱之爲覺始本不二名之曰成約頓則法身自覺聖智無成無不成若依此經以十佛法界之身雲遍因陁羅網無盡之時處念念初初爲物而現具足主伴攝三世間此初即無量劫之初無際之初一成一切成無成無不成一覺一切覺無覺無不覺言窮慮絶不壞假名故云正覺始成也釋曰前二成事次一事同理成次一唯

理後一皆無碍也○疏乘願行以彌綸者應先問云果滿十身由何致耶故此答也願以希求爲義欲勝解信三法爲體即四弘誓願等也行即六度萬行無盡之因行也言彌綸者雙彰願行果用普周之狀 意云普願行既普周法界故佛身則徧剎利生也○鈔即是願身者然願不是身是願之身依士釋也問乘因有二何獨以願立身荅行由願立從其本故但是願身十身之中不立行身者義亦同此○鈔易與天地準者彼疏云準者準擬如乾健以法天坤順以法地之類也彌者彌縫補合綸謂經綸牽引能補合牽引天地之道也今則取其包徧之義可知○疏混虛空爲體性者因上願行彌綸故得佛身同空包遍下說虛空有四義同於佛身一含攝義二無分別義三普遍義四遍入義出現品身業第二喻云譬如虛空寬廣非色而能顯現一切諸色而彼虛空無有分別亦無戲論合中云如來身亦復如是一切衆生諸善根業皆得成就即含攝義而如來身無有分別即第二義又云譬如虛空徧至一切色非色處非至非不至如來身亦復如是徧至一切法一切國土等即普徧義亦非至非不至即平等徧入義若約法喻說即法性身若唯約法說即虛空身如鈔所明○鈔亦有二義者初義鈔亦有二一故下經云下約諸法本空故云混虛空即是性空之義也此性空即法身疏中虛空即體性也二又云下約喻以明即虛空之體性也法身離垢清淨故以虛空爲喻也上即理空此即事空俱目法性身也二者約外空下唯約事空爲

虛空身亦虛空即體性也下八地疏鈔云虛空不可見今世人見者但見空一顯色成實論及涅槃經說虛空唯一不可眼見世人見者但見空中光明之色想心於中知無實物作虛空觧便謂見空其實不見又下經云知虛空身無量相周徧相無形相無異相無邊相顯現色身相今混此六相為佛體性也○疏富有萬德蕩無纖塵者孟子云富有天下繫辭云富有之謂大業今遮那富有法界無盡之德可謂大業也萬德據法纖塵約喻又萬德據總數以彰無盡纖塵約微細以例麁惑乃文之巧妙也○鈔故下經云下即法界品末一偈假設四喻以讚佛德也○鈔塵沙無明等者謂無明之數廣有塵而沙皆有種子現及行習氣三也然習有二一業習如阿難迦葉二者煩惱習如迦留陀夷有貪習身子有嗔習周利盤特有癡習畢陵伽婆蹉有慢習等今佛位中三皆斷盡故○鈔總即二障等者問塵沙無明與二障何別荅此有二義一云塵沙無明即別以所障非一能障亦多不唯二障故言二障者即總束也其中障菩提者皆為所知障涅槃者皆為煩惱故云總也二云塵沙是總約大數故通二障也所障不同分二障別今約初義○鈔細中之細等者用起信文勢釋前種現習氣麁細之異起信則約六染以成四句一麁中之麁凡夫境界謂六染中執相應染是內凡三賢所覺境故二麁中之細謂不斷相應染及分別智相應染三細中之麁謂能現能見二不相應染也菩薩境界十地已還菩薩所知境也四細中之細是佛境界根本業不相應染唯佛能了故今此三種分四句者種子

一義獨得二句謂望現行是纔中之細望習氣即細中之纔餘二各當一句故云等字可知○鈔若總配三德等者問智斷恩與般若等三德何別荅智斷恩唯果德般若等通性德也問下斷德可當法身今何二句皆福德身耶荅若三德別配三身則爾今約三皆名德即福德身也問既上下諸句皆是別德應皆是福德身荅雖皆是德然約別義配於餘身等但以總句為福德身也問萬德為總以含諸德何要解脫法身配上下句荅就文顯故○疏湛智海之澄波虛含萬像者科云所依定即海印三昧也三昧此云等持平等持心趣一境故若言定者謂心一境性今云三昧科云定者疏主云然三昧為定雖非敵對由平等持心至一境故義旨相順故畧云定

義如鈔釋○鈔今初說經所依三昧等者一段鈔文前後廣畧

口科分二
- 初懸明疏意二
  - 初例舉諸教 今初
  - 二正明此經二
    - 初遠喻 今畧
    - 後近喻 亦猶
- 後正消疏文 然此
  - 初標名指廣 今說
  - 後畧示相二
    - 初約喻二
      - 初現所應根二
        - 初正什 如衆非唯
        - 二引證 故下賢首
      - 後現能應家二
    - 後約法二

鈔無量義處三昧者彼經云爾時世尊四衆圍繞供養恭敬尊重讚歎為諸菩薩說大乘經名無量義教菩薩法佛所護念說此經已結跏趺坐入於無量義處三昧身心不動等玄贊云觀無相理定名無量義處三昧處謂處所無量義者是教所詮衆義因眞理故說

真理名處言依等持王三昧者彼經云爾時世尊於獅子座上自敷尼師壇結跏趺坐端身正願住對面念入等持王妙三摩地諸三摩地皆攝入此三摩地中是所流故貞元疏云大智度論說一切三昧皆入此中故名爲王體即如如如如本寂真智契此故名三昧言說涅槃等者彼經第三十卷云我於雙樹間入大寂定大寂定者名大涅槃今鈔云不動三昧者依下經出現品云佛子如來應正等覺示涅槃時入不動三昧疏云究竟滅也由寂無動故无所不動耳則名異義同問若爾何以智論說降魔已得不動三昧成無上道則應說華嚴經亦依不動三昧荅已却諸魔成無上道孰可動耶與入涅槃時不動三昧名同義異望說華嚴時同定別○鈔海印三昧者海印之三昧海印即三昧二釋皆通問經中諸會入定但有藏身等定曾何言入海印而說此經耶荅如藏身等定當會別義今海印定即一部通義此應古德義取海印炳現以爲所依不然豈得諸會皆一念頓演耶故指涅槃不動亦以此經之文義顯他經之意故知義取爾○鈔賢首品廣說之者彼疏云今以十義釋之以表無盡一無心能現義經云無有功用無分別故此句即賢首品二現無所現義經云如光影故出現品云普現一切衆生心念根性欲樂而無所現故三能現與所現非一義四非異義經云大海能現能所異故非一水外求像不可得故非異此顯定心與所現法即性之相能所宛然即相之性物我無二五無去来義水不上取物不下就

而能顯現三昧之心亦爾現萬法於自心彼亦不來羅身雲於法界未曾暫去上之五義與鏡喻大同六廣大義經云於一念頃徧十方悉能包含無所拒故明三昧心周于法界則衆生色心皆定心中物用周法界亦不離此心七普現義經云一切皆能現故出現品云菩提普印諸心行故此與廣大義異者此約所現不揀巨細彼約能現其量普周又此約所現無類不現彼約能現無行不修八頓現義經云一念現故謂無前後一念頓成九常現義非如明鏡有現不現時十非現現義非如明鏡對至方現經云現於四天下像故謂四兵羅空對而可現此揀也如經云如淨水中四兵像各各別異無交雜等四天之像不對而現故云非現現也以不對待故是故常現該三際也釋成橫竪九竪十橫

所以異也具上十義故稱海印諸佛窮究菩薩相似○鈔今畧示其相者法喻交互亦畧具前十義初遠喻中即前第十兼第九義問凡鏡水印物對至方現如何海印不對而現耶荅此即海上有希奇之德也賢首品經云海有希奇殊特法能爲一切平等印衆生寶物及川流普悉包含無所拒無盡禪定解脫者爲平等印亦如是等○鈔亦猶下以香水海世人不能見故再舉近水以喻之無來無去即前第五義非有非無即第二義非一即第三義非異即第四義○鈔如來智海下約法說此中具四義無心即第一義頓現即第八義一切衆生心念根欲下即六七二義雖十義無遺而不廣釋故云畧示又法喻影畧而示故云畧云也○鈔故下經云者即出現品偈

唯證第七義○鈔非唯下上句顯前有缺下正顯本義○鈔賢首品云下然經有六偈純顯現十法界之化用具云或有刹土無有佛於彼示現成正覺或有國土不知法於彼爲說妙法藏無有分別無功用於一念頃徧十方如月光影靡不周無量方便化衆生於彼十方世界中念念示現成佛道轉正法輪入寂滅乃至舍利廣分布（此三偈頓現佛化用）或現聲聞獨覺道或現成佛普莊嚴如是開闡三乘教廣度衆生無量劫（此一偈現三乘化用）鈔中二偈（初偈現餘六類化用後一偈總結大用所依之定）意明頓現十法界能應之身應一切衆生心念根欲故也○鈔能應所應皆爲萬像者前義即所應後義即能應二義同時方爲智海含萬像也○疏皎性空之滿月頓落百川者問新經疏序云星羅法身

影落心水○鈔約感應相對分四句中今此疏文唯有一二兩句缺三四兩句謂一星落一川如一佛應一機二一星落百川如一佛應多機（此二句今疏可說）三一切星落一川如多佛應一機四一切星落一切川如多佛應多機（此二句今疏義缺）今文既缺豈得稱滿荅今所以不同彼者唯取一多無礙義故雖有多佛本唯一無障礙身雲故兼順後文不起樹王羅七處之義故又新舊影顯義方足故○鈔第二明能應身

一段鈔文口科分二

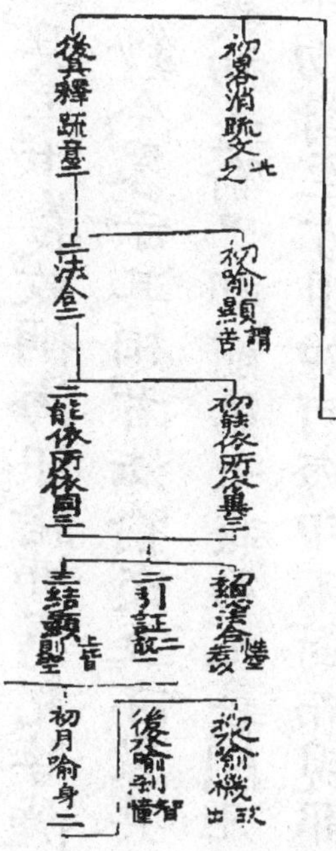

資喻法若准

○鈔唯性字是法等者影顯前對亦智字是法餘皆是喻以智該之皆含法喻也今言以性該之餘文皆含法喻二意也含喻可知含法者以法性爲所依有報圓之智月分百川之應化月影也無勞異說○鈔若秋空下喻及法中皆三身對詳可了○鈔譬如下以月喻身唯證化身也喻中四義一映衆星光二隨時圓缺三澄淨水中影無不現四一切見者皆對目前法中亦四一智圓映二乘衆二常身隨宜現壽延促三淨心器中影無不現四見佛之者皆謂對前○鈔智幢偈云者雙證報化二身喻及法中各初後一句是報身中間二句皆化身言水亦喻刹者前以百川喻物根明有善皆見今亦喻所依刹顯無所不周○鈔若准離世間品下若依前自具十身故下鈔配爲化身則唯證化身若依融三世間爲十身則此偈證菩薩身及法身之二身也以經云菩薩淨法輪故或唯證法身是菩薩之法輪故唯取法輪喻月也言不爲世所雜者悲不失智故雖處世而無染准此則水亦喻於世間○鈔若以相皈性者喻中如攝月歸空離所依空無能依月故言空亦名佛者即性空真佛也○鈔則空色照水等者以空天之色照現淨水則天之晴空影落淨水言天猶空也者此中晴天字即䟽中空字也若次第歸者月影化身歸本月報身本月報身歸晴空法性物根及刹土淨水與晴空一際則唯一法性也又若唯前義則似法報相分若唯次義則法報冥一今雙明二義不

即不離方爲圓暢

華嚴會本懸談會玄記卷第三

音釋

奕弋石切大也美容也行也縫扶恭切針紩衣也

華嚴會本懸談會玄記卷第四

蒼山再光寺比丘　普瑞　集

疏不起樹王羅七處於法界者問若據經唯三天有不起之言何以今言羅七處耶答據實七處皆應有不起之言經中欲顯異義故只約三天說也謂初二會相鄰接故不假帶前此三天中人天隔越故須連帶又此三會同詮三賢位第六已入證不假帶前第七即位中普賢居然不假第八頓成諸行五位體用已融第九唯明證入體用一味故並皆不假也今約通義故云爾也○鈔此樹高聳等者案西域記長一百尺畢鉢羅樹於下成菩提故云菩提樹也○鈔而昇忉利天等者此云三十三天以須彌頂四面各有八天帝釋居中故云三十三天也等字等餘六處可知

○鈔故下經云此是四句中第一句下疏云經中欲顯一多相即故舉初句鈔釋云顯經中不盡之由若云不離一樹而昇一天難思之相不顯若言不起一樹而昇一切忉利天者則不顯本會圓徧若言不離一切樹而昇一切天則無一多無礙之相故唯出初句下法慧例云十方悉亦然則方有昇一切天之句也○鈔三天皆有不起而昇之言者忉利如前夜摩經云爾時世尊不離一切菩提樹下及須彌頂而向於彼夜摩天宮寶莊嚴殿等兜率天云爾時世尊復以神力不離此菩提樹及須彌頂夜摩天宮而往詣於兜率陁天一切妙寶所莊嚴殿等問動靜相違去住懸隔既云不離何得言昇答佛得菩提智無不周體無不在無依無住無去無來然以自

在即體之應應隨體徧緣感前後有住有昇閻浮有感見在道樹故云不離覺樹天中有感見昇天上故云而昇非移覺樹之佛而昇天宮等譬如澄江一月三舟共觀一舟停住二舟南北南者見月千里而隨南北者見月千里而隨北停舟之者見月不移是爲此月不離中流而往南北設百千人共觀八方各去則百千月各隨去諸有識者曉斯旨焉上皆須彌品疏文也○鈔故成四句者即昇須彌品中也○鈔言如前經文者即前長行全法慧偈中前一偈半也○鈔取其結例之文者即法慧偈中後半偈内上一句也其如來自在力一句通四句之因也然此結例一句自有二說一云結與例别所昇有二謂一及一切不但昇一須彌頂總結分齊則十方須彌頂也皆例同此一須彌頂爲所昇處云悉亦然問若爾二三兩句皆能昇中無文所昇中有文何偏言第三無文也答其第二句既許第三句更易寧不許耶故云易故文無義必合有此云無文非一向無但以易故曰無若或取之亦有文也一云此結與例不分二别此句所昇唯一切而無一也意云鈔中取長行全幷偈前六句爲初句次以十方悉亦然一句爲所昇一切取上能昇中别一及總一切相對成二四兩句問何不亦取能昇中一及所昇一爲第三一句文耶答此第三句於結例中無所昇一與四二兩句義不齊故謂第四一句能昇所昇皆有文故第二一句能昇無文所昇有文故第三一句能昇所昇皆無文故所以不同也故云其第三句易故文無義必

合有問二釋何優答隨情去取若以前長行及所例偈中有所昇一爲第三句文前鮮爲勝鈔是則下總釋疏意則不起法界菩提樹王該羅遍於法界七處則爲一重佛爲能遍七處爲所遍也鈔今言羅七處下七處二字上爲所遍今爲能徧通二義鈔畧有二意者一即七處平徧如七星總遍百川二即七處互遍亦云別遍如七盞燈一一遍餘六燈更遍一室鈔且初義者下此亦有二一即次第遍二直徧且初中言說處中十重者一閻浮提七處二同類百億三異類四刹種五華藏六餘刹海七前六類塵八虛空容塵之處九猶帝網十餘佛同鈔然下十重下揀別前後也所依下進顯難易也鈔今直下顯直徧之相以五重與法界合說故云直就徧法界也

鈔二徧異類刹中者此上缺法界二字此重即收後十重中四重謂異類刹刹種華藏餘刹海之四重也餘四各當其一鈔二令一一下釋七處互徧也有本改等七處與徧七處亦徧非七處之處并一一皆徧七處此四箇七字皆爲六字並非也此是第二番約互遍釋疏羅七處於法界也若改作六有所缺故今以義求能遍却爲所遍故或別得總名故不可改也鈔色界十八者（謂初禪有三天二禪有三天三禪有三天四禪有九天義如常說）等者等餘三州及四空等並非說經處故鈔更細而論下進顯七處之塵徧也如菩提場中一一塵徧上五重是則能遍一處中有一切處亦以餘六處一一塵俱遍菩提場中則菩提一處有一切處也如菩提既爾餘六處亦然鈔前三約事等者此就

所徧爲言故單約事其第三重雖徧塵中之刹然是一重平徧意在所遍刹故或可前之刹字應四置微字之上碎刹爲塵徧所碎之塵故唯約事也若能所合論皆事事無礙唯徧第四似兼理事無礙有理空故鈔由事下顯徧因也即法性融通之因疏無違後際暢九會於初成者上句圓融不礙行布下句行布不礙圓融暢者敷揚之謂也故易曰宣揚發暢孝經序云約文敷暢問今言初者尚總是幾日之初荅准下疏有二意一約不壞前後相說纔成初七日說前五會第二七日說十地等第九一會在後時說二順論釋皆在二七日後二七日非久亦名始成三約實圓融釋皆在初成一念之中一音頓演七處九會無盡之文今此初成之言雖通三釋今文正取第三一念之初暢斯九會也然即十世隔法異成門初句十世隔法九會前後不同下句即異成也一念頓演故所以初說者論云示法勝故及勝處說故不同餘教三七等別雖普曜彌沙塞等皆言二七說此表末不離本故鈔謂菩提流支者約文理分爲三時以經初云者證初會是初成說三天下證第三第四第五會皆在初說其第二會義准應在初時說言婆伽婆者涅槃云能破煩惱名婆伽婆即斷德法身亦舉此具攝十身也即佛地經說婆伽梵但梵音小異而自在（示不繫屬煩惱故）熾盛（猛燄智火所燒煉故）端嚴（三十二相所莊嚴故）名稱（一切殊勝功德圓滿無不知故）吉祥（一切世間親近供養咸稱讚故）尊貴（具一切德常起方便利益安樂一切有情無懈倦故上依本論釋也）之六義也七八一會在十地品後亦在第二七日後說例此

前說則第九會在後時說以有下出所以也言有身子等者十二遊行經云成道五年方度身子（彼云佛成道第二年度五比丘第三年度迦葉兄弟三人五年度身子目連）准此祇園又在身子之後以佛在王舍城舍衛國須達長者爲子娶妻至於王舍城遇佛發心請佛往本國佛勑目連相與偕行先造精舍等鈔賢首等者准探玄記即取第二七日頓說九會不許五會在初及第九在後也故彼破云以初七日並不說法十地論云思惟因行緣行故說有救言只不說十地非不說餘法則不得言思惟也下論又釋爲顯已法樂是故初七定不說爾又第九會（彼云第八今順唐經）亦非後時何得於一部經前已說半中說餘經後方始續豈令佛無陀羅尼力不能一念說一切法是知此經定是第二七日所

說問據此則賢首是第二七頓說此經何故今云初成頓說耶答賢首之意不定二七謂若約論文定則初七不說若約法定義初成頓說故旨歸云初唯一念二盡七日縱約二七去成道未久亦初成頓說也不同流支三時故所以異也鈔今疏會取下正會取賢首無違流支意云既旨歸前後際而無涯流支第九在後五年亦有何過然疏主亦用賢首意會故引旨歸證之明非新意也鈔分於三時約所表者妙嚴品疏鈔云疏初五會信解行願最在初故皆云不離道樹第六因地證位居其次深故無不起菩提樹言法界極證最在後故亦顯二乘絕見聞故問花嚴教旨時乃圓融要歷三時豈通玄趣答常恒之說說無息時後時不說豈名常耶問一音頓演

何要三時荅雖能頓演表法淺深問若表三節三七日中一七一節足得成表何要第九五年後耶荅三七未有身子等聲聞不能顯於不共教故須後時問時不圓融豈順經旨荅正融於異時故作此會也鈔又分三時等者昇夜摩品疏云時而後言聞者恍伏時而後動見者敬從鈔上之二段者處與時也皆分十故云廣辨也疏盡宏廓之幽宗被難思之海會者上句能被教皆科云所被機者約能目所故下句所被衆言會者聚義聚集多人共在一處名會餘義如鈔問據下列衆初會四十二衆或四十五衆同生一異生三十九師子座衆一兼菩提樹中所流一及宮殿中無邊菩薩及新集衆眉間衆總有四十五衆也總九會都數有一百七十五衆既可標列那云難思耶荅只中此衆故說難思下疏云然此諸衆或總爲一一乘衆故或分爲二以有實衆及化衆故或可爲三人天神故或可爲四佛菩薩人非人故或五非人開天神故或六加畜生故或七天分欲色故或分八菩薩有此界他界故或九他方有主伴故或十加聲聞故或一百七十五如前說故或無量無邊義類多方故一一或以刹塵量爲數故又如新集菩薩毛光出衆例上皆爾故一一衆皆無分齊此猶約相別若融攝一一會中皆具一百七十五衆以稱法界緣起之會互相在故上且約一界若通十方及異類刹塵帝網無盡無盡是爲華嚴海會衆數據此則足見難思也鈔宏者大也者即事法界廓者空也者即理法界幽者深也者即後二法界也以四法界爲能被之宗教故上指在旨趣玄微之

中鈔謂普賢等者問說法豈欲被普賢等耶荅出現疏云所謂圓根不揀凡聖以法爲師何非所被問涅槃云諸佛所師所謂法故則遮那亦成所被耶荅遮那以爲教主則不爲所被問十方諸佛爲所被荅是遮那類故非所被問普賢文殊道圓上果何成所被荅今就迹門故爲所被經云普賢行人方得入故但善財等成所被義增普賢等稍隱皆爲所被此應與下所被根互有影畧今且說當時海會耳鈔數廣刹塵者或菩薩數廣或上德數廣通二義故鈔真應權實者真謂海會真實本身應是海會應現雜類之身權乃權巧佛果權現雜類之身或權即上應實同上真言類例多端者應類上深廣相奪說也謂即真而應等又有因果本迹等類非一故言尤

不可思者以果海離念此等菩薩細念已亡故九不可思也又已該徹果海是不捨因門之人鈔故初會下示難思之文也畧列四十二衆者一海易等十菩薩同生衆(同配初發心住)二執金剛神三身衆神四足行神五道場神六主城神七主地神八主山神九主林神十主藥(已上如次配十住)十一主稼神十二主河神十三主海神十四主水十五主火十六主風十七主空十八主方十九主夜二十主晝(已上十行)二十一阿脩羅王二十二迦樓羅王二十三緊那羅王二十四摩睺羅伽王二十五夜叉王二十六龍王二十七鳩盤茶王二十八乾闥婆王二十九月天子三十日天子(已上配十回向)三十一忉利天王三十二夜摩天王三十三兜率天王三十四化樂天王三十五他化天王

三十六大梵天王三十七光音天王三十八遍淨天王三十九廣果天王四十大自在天王上十地也四十一師子座衆配等覺位四十二眉間衆配妙覺位言皆以刹塵等者經云有佛刹微塵數執金剛等○鈔況口光所召下進顯廣多現相品說佛口衆齒放佛刹塵數光明照十方各一億佛刹微塵數世界海中菩薩衆一一菩薩各領世界海微塵數菩薩爲眷屬来其諸菩薩身毛孔中一一各現十世界微塵數寶光一一光中復現十世界海微塵數菩薩此即毛光重現此諸菩薩徧入法界諸安立海所有微塵此即周入刹塵彼一一塵中皆有佛刹微塵數諸廣大刹此即依作用也前廣大刹中皆有三世諸佛此諸菩薩悉能親近供養即正作用也既皆供養三世諸佛故云該攝三際此等之義大位菩薩尚不能思況凡情可測耶可謂義深難信思惟難解應教難說數極難量是故總云難思海會○疏圓音落落該十刹而頓周者起信疏云一一語音徧窮生界即圓義也而具音韻恒不雜亂即音義也若音不徧是音非圓若音等徧失其韻曲則是圓非音今不壞曲而等徧不動徧而韻差此是如來圓音非是心識思量境界○鈔說經本者即說經之本也以言音乃經教之本非即是經教以教自在機故言疎遠者遠近聽之無大小故○鈔經列二十者華藏品中具列謂迴轉形世界福縶往来之形也江河世界旋流形河海深淵之處水旋流也輪輞形壇墠形築土曰壇除土曰墠樹林形樓觀形尸羅幢形此云美玉以玉爲幢也普方形胎藏形蓮花形佉勒迦形此云篅淮南子云篅笆也以判竹圜器可以盛穀也衆生形

佛相形圓光形雲形網形門形闥形（内門也）須彌形嚴具形言結有十佛刹者以經中上一一形各結有十佛刹塵數如言有十佛刹塵數迴轉形世界等問既經列二十異類何以䟽中但云十刹鈔荅云舉十以彰無盡故〇鈔圓音之義下當廣說者即出現品中十喻廣說一劫盡唱聲喻喻如來說法音聲無主二響聲隨緣喻喻如來音聲無生滅或云無示三天鼓開覺喻喻如來音聲無斷絶四天女妙聲喻喻如来音隨根信解五梵聲及衆喻喻如来隨時分音六衆水一味喻喻如来無邪曲音七降雨滋榮喻喻如来隨樂欲音八漸降成熟喻喻如来無遲速音九降霔難思喻喻如来音雖差別同一性故十徧降種種喻喻如来音普徧或云隨類音又彼文有六

句料揀謂非量（第九）非無量（四五二義）非主第一非無主（第六）非示（二三兩義）非無示（七八十三義也）初對約相雙存顯中道次對約體雙非顯中道後對約用雙非顯中道也經文極廣不能具引須者往檢〇鈔一音之中具一切音者准梵摩喻經有八種音一最好音如迦陵頻伽故二易了音言辭辨了故三柔軟音無麤獷故四調和音大小皆中故五尊慧音無戰懼故六不悞音無錯悞故七深妙音臍輪發聲故八不女音其聲雄朗故然此且約一相而說理實前十喻之音一具一切方是圓音之義也〇鈔佛演一妙音等者現相品偈也䟽鈔釋云初句唯一妙音即天竺一梵音故次句稱性故遍聞（音問聲四達日聞）次句理融故一具一切次句彼一一音兩多法兩四諦縁生六度等法

悉充滿故次句隨說一法文詞深廣故次句隨前一音外通物情之類故次句此音各各遍一切處故末句所說各顯性淨之理故○疏主伴重重極十方而齊唱者餘經隨機別說無此重重極於十方故唯此經說儀周普也問七科皆云說儀普周何故此科獨得說儀之名荅由此六科辨定身處時衆音皆周法界故方得有此主伴重重故前前別說此得通名理實前六皆說儀也或可上約遮那一佛說儀此則別是通方說法儀式

○鈔別示說儀中一段鈔文口科分二

初正釋此疏三
初總標 謂是
二牒釋二
三結指 故云
初互望論重重 言諸
初此佛為主重重二
初約第三會顯重重三
二例諸會顯重重 如是
初標 者二
二釋二
三結 說
初法 若此
二喻 如長
三合 義
初布定主伴遠近 謂遮

初釋主伴 然相
後釋重重二
二通前配屬 然上
二彼佛為主重重 十方
三彼此相望重重 如是
後互遍論重重三
二釋成法喻重徧二
初壓東一重三
二顯餘重重二
初法 如是
後喻 如人

○鈔謂是通方之說者釋齊唱亦釋科中別字○鈔畧有三句者皆約說者爲主證者爲伴非約聽者約主唯一約伴須多然因人果人雖皆通主伴而主伴不雜故下疏云主主不相見伴伴不相見主伴伴主則互相見若不相見則各徧法界若互相見則同徧法界等所言齊唱者亦約互爲主伴義遝同時徧法界故得十方齊唱也言果主果伴者問若果主果伴齊唱者僧祇隨好是佛說餘是菩薩說豈遮那并十方佛皆說耶荅發心品說十方佛同名法慧證言我等諸佛亦如是說

諸佛既說此佛豈獨不說耶故知但約所表如前已明言因主因伴等者唯會解及指玄等以說者為主聽者為伴此中何不指海會為伴而獨指十方法慧菩薩耶故知此方說者為主時十方說者證之為伴十方說者為主時此方說者菩薩證之為伴故云主伴齊唱然海會等只得為聽眾不得望說者為伴故果主因伴之中亦唯言普賢等不言餘海會也○又旨玄云對屬為文前句頓字唯約說者此句齊字亦為約說者頓之與齊周徧十方非漸次故前句所該中名頓今亦所極中名齊若後能先所則有不對之失今詳如此消釋似不得疏文之意上一極字已明徧於十方今又齊字目徧則有重繁之失故知前該與頓約橫竪異此極與齊約能所別智者詳之言果主因伴者問前果主果伴因主因伴十方互望可曰重重今但遮那為主普賢等為伴豈有重重極十方耶荅此是一重普賢更與阿閦為伴二重如是望於十方亦有重重義也問若果主因伴齊唱者僧祇隨好果說因不說餘品因說果不說豈得齊唱荅佛義如前菩薩亦說二品者以表細顯超故云佛說亦不碍於菩薩同說也問如說十地佛與金剛藏皆說豈不雜亂荅普賢三昧品說十方諸佛同聲讚於普賢豈其同聲亦雜亂耶多既不雜二人齊唱豈成雜亂如諸菩薩同時應於萬類尚不雜亂況此雜亂耶

○鈔如法慧等者問如法慧說法十方佛證何不亦有因主果伴故此荅也問其十方佛應闕伴義設爾下荅也問四句圓融方為圓

故令何關此句耶荅理實亦具令約不壞尊卑之相順軌儀故如下真妄交徹而但云即凡心而見佛心等○鈔此界之東者即妙喜世界阿閦如來（此云不動）即知為主須一為伴須多也○鈔有法界諸佛重數者上唯約十方諸佛則唯十重此以法界諸佛相望則有法界無盡重數思之○鈔如十人下正喻果主果伴亦可兼喻下之因主因伴不喻果主因伴○鈔佛主菩薩伴亦然者問因主因伴有互望義可云亦然其果主因伴無互望義云何例云亦然耶荅諸說法菩薩不但望於本佛為伴主更與餘佛為伴乃有無盡重數故云亦然斯則言總意別○鈔自有三義者結上三句以為三義也○鈔二者遮那一佛下此約互遍論重重也然且約三句中果主因伴一句徧也○鈔遮那處普光堂者說第二會處也然有三釋一殿是寶成光普照故二佛於其中放普光故三佛於殿中說普法門慧光照世故立斯名初義依主後二有財言東方等者經列十方東方如文殊南方妙色世界覺首菩薩西方蓮華色世界財首菩薩北方薝蔔花色寶首東北方優鉢羅花色功德首東南方金色目首西南方寶色精進首西北方金剛色法首下方玻璃色智首上方平等色賢首如是十方皆去十佛剎塵數界外而來普光堂也此即布定主伴遠近○鈔若此主佛向東一界下此畧示壓東一重之相也有法喻合此法說也如佛初坐普光堂文殊去十佛剎而來今佛向東徧一界已壓第一重伴剎應文殊過九佛剎塵數界外而

来然以主伴皆徧故文殊還去十刹塵外也○鈔如長空下此喻有二意一畧喻上主伴諸刹遠近常定故云月如主佛列宿如伴二畧喻主伴不分而徧故云一一水中遠近皆現謂且如此一溪中所現星月遠近如此若移此星月更近東一溪所現星月遠近亦然是知是中移者不動此界初一重主伴更移近東一界然此喻雖有不分而徧之義無相壓重重之理故云畧也○鈔義當下合也可知○鈔如是主佛下顯餘重先明東之十重以佛初坐普光堂時文殊自十刹塵界外来今主佛徧東正當文殊住處金色依前近東還十刹塵界其西蓮花色應遠二十刹塵界外今亦不然唯十刹塵界外而来言如是主佛極於東方等者如去金色之東十刹塵界外則金色應在於西十刹塵界外言終不見文殊下遮妄解也妄解云主佛既極於東文殊應從西向佛今遮也意謂文殊亦從東十刹塵界外来近主佛又妄解云莫不文殊從西而来於佛前過東邉去方却從東向西来近主佛故今遮云亦不見文殊等然此兩節文有觧前遮佛不過文殊向東後遮文殊不過佛向西然不及前解餘方妄觧例此可遮○鈔如是主佛極西方下明西之十重例上可知十方皆然○鈔如人以十錢下且約大數理實先以十一錢布地向東餘方各十總有一百一也法喻方齊每一文錢心如此界主處錢邉緣如金色等伴處開通元寶等如相去十刹塵界也言第一錢當中者如第一重主伴遠近分量皆尔以第二壓第一錢上

者此第二錢望下一錢開通元寶分量十分之中移近東一分故云近東一緣之地則開通元寶等亦近東一緣之地喻主佛近東一界餘伴剎亦各相去十剎塵界而各近東一界如此次十錢相壓皆爾有以開通元寶一字喻一佛剎塵界者重重之義稍隱又主佛至金色處時蓮花色界當娑婆處之義不成也今以圖示

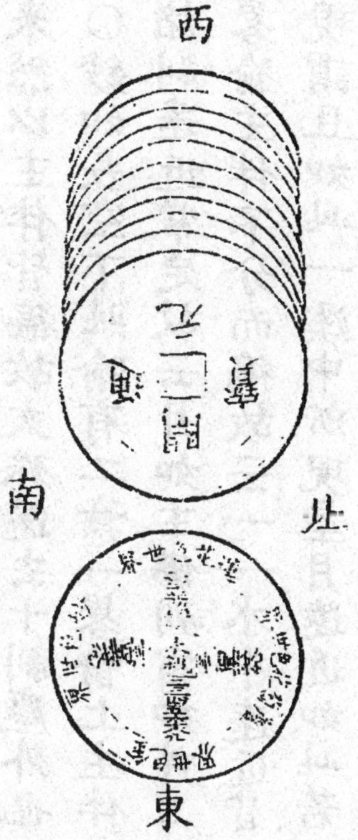

○鈔如第一會重重下前猶各各自會論重重今則諸會重重者復相望論重重也若四十八會者下品經有十萬偈四十八品即以一品爲一會也中本一千二百品應成一千二百箇重重言無盡品者即上本經之品也○鈔如是諸佛重重相望者此佛爲主重重望彼佛爲主重重影此菩薩爲伴重重望彼菩薩爲伴重重亦互相徧具上三義故疏云主伴重重等問上說三句主伴今何唯就果主因伴論此重重餘何不爾答義准知故然上猶約顯而說若更細而論如於此處見佛坐一切塵中悉亦然故名主伴重重則固難思議矣○鈔餘義至下即依處中十重明徧則此佛與彼佛同徧各徧前九重也○鈔然疏本意下問說經處爲意生身等豈不義成

曲巧耶此荅也言全不昭著者集玄云説處配意生身此舉所依處顯能依身又説經時舉所持時顯能持身又被海會舉所被衆顯能被身如此二三身既非直顯故云全不昭著也○疏雖空空絶跡下四句雖字義含縱奪意該兩對此由前科道理雖玄義多涉迹恐不了者以本末相乖為難故今初句縱其空無眹迹下句奪其空不乖相下對上句縱其理本無言下句奪其不礙言然此兩對皆含法喻皆可意得言浩瀚者有本云浩尓以對上燦然故後人改為浩瀚取其讀便也

○鈔恐有難言等者難意以無相無言之本難有相有言之迹荅意要由相故方顯無相要由言故方顯無言故也須知大意言大象無形大音無聲者此借老子德經文而立理也彼本云大音希聲今以下句云希微絶眹恐文涉重故改為無聲也言希微絶眹者義引老子道經視之不見章文也彼云聽之不聞曰希注云希聲之微也道非聲故聽之不聞搏之不得曰微注云搏執持也微妙也道無形故執持不得以况佛教至理甚深難可思議○鈔則心絶動摇等者即大般若那伽室利分中文也（那伽此云龍室利此云吉祥）以龍吉祥欲入城乞食妙吉祥曰隨汝意往然於行時勿得舉足勿得下足勿屈勿伸勿起於心勿興戲論勿生路想城邑聚落想大小男女想所以者何菩薩遠離諸所有想無高無下無卷無舒心絶動摇言忘戲論無有數量今唯用一對耳言何用下總結相違○鈔故今釋下總荅前難也不因教説至理無言何以知乎

無言不因金容煥目何以知真身無相則因言入理藉像表真理必然矣○鈔十忍品下引諸文證指配甚明不勞更釋○鈔今疏下上即束義懸明此下方按文隨釋○鈔法性本空空無諸相者直談真性絶相曰空言緣生之法無性故空者又推一切法既假緣成當知無性故空復有何相上自住空此緣生故空皆釋上空一字借空下釋下空一字○鈔中論云者本頌即龍樹造青目菩薩釋云爲破六十二見及無明等煩惱故説空若人於空復生見者是不可化譬如病須服藥可治若藥復爲病則不可治如火從薪出以水可滅若從水生爲用何滅○鈔經云下即須彌偈讚品文無上慧菩薩偈也疏鈔釋云初句牒無二之迹以此前經云此中無有二故今牒云無中無有二次句遣之言無二者但言無有二非謂有無二即執成病若存無二之見則還成二以無二必對二故遣之又遣之以至於無遣故云三界一切空謂第一義空諸佛同見故云爾也此段准寂照准證上空字即鈔中云即空空也者應剩一空字今詳應雙證二空字思之可見○鈔次云下疏云正顯令住無住之覺身即非身故無可悟身見兩亡真法身也觀身實相觀佛亦然以悟自身故云則空亦無所住矣寂照唯證後空字今詳亦證二空上二句證初空下二句證後空○鈔又上無中無有下問何以重釋此文荅有二意若寂照等意前唯證初空一字今又證空空也若今觧者前已證二空義今又成真空以勝前二空故云三界一切空即真空也真空即第一義故前二有所遣到此無所遣也即下絶迹之義也○鈔言絶迹

下若不得意千里遣之未免於跡如以楔出楔以賊逐賊無有已時故云有所得故如鳥履沙無所得故當句即絶○鈔若礙於言身子被呵者淨名經中舍利弗問天女曰止此室其已久如荅我止此室如耆年解脫舍利弗言止此久耶天女曰耆年解脫亦如何久舍利弗默然不荅天女曰如何耆年大智而默荅解脫者無所言說故吾於是不知所云此上即若礙於言也天曰言說文字皆解脫相所以者何解脫不內不外不在兩間文字亦不在內不在外不在兩間是故舍利弗無離文字說解脫也所以者何一切諸法皆解脫相則身子被呵也不礙於言文殊依讚者文殊問淨名何等入不二法門淨名默然文殊讚言善哉善哉乃至無有文字言說是為真入不二法門如下

第六鈔中具明意云若一向無言為是文殊亦應默然不應以言而讚也鈔況文字下不但如前無言不礙言況此言来無所從性不可得故即言時亦亡言也故雖性本無言而不礙性海之中言教波瀾浩汗今言教海對上義天欲成文故或可言教深廣亦如海也言是以下收成上義言八音者即梵摩喻經所說八音如前已引言演大藏於龍宮者謂佛滅度後所說教法大分隱於龍宮至龍樹時方入搜求流布中外或云龍宮藏者從喻彰名龍宮多珍寶法藏具無邊義故○鈔故知下結勸也言至趣非遠者無相秪在相中故非遠下句即相亡相故心無所得而得之則觸處甚深而莫測反顯未得意者雖近而莫覩言象易知而淺近恒寐故非近即言不礙無言

也下句即言亡言云若亡情體之則目擊之事無不幽矣目擊之言語出莊子彼云孔子欲見溫伯雪子久矣及見絕無一言子路恠之孔子曰如斯人者目擊而道存何用容聲矣言絕下一句成上至趣非遠無相不礙相也繁興下一句成上言象非近言不礙無言也言故即言亡言也者成上一邊影取即相亡相言融常心言者謂上聖人言象既爾融通我等常途心所緣相及諸言說理皆如是故云無所遺矣○疏若乃千門潛注下初二字則引文之詞初句垂末下句歸本並如鈔釋○鈔以花嚴爲根本法輪者此約部帙明本末不約五教而說不爾豈獨華嚴一經占盡圓教（有以圓教爲此中本前四爲此中末者非正義也）○鈔開漸之本者所開即漸能開即佛所依開處即花嚴本教言如海等者指文所出即出現品意彼云譬如大海潛流四天下地有穿鑿者無不得水彼喻佛智普入一切衆生身心今借喻花嚴根本法輪潛注衆典故○鈔九流下亦指文所出即肇公涅槃無名論文也九流者有二一瑤公注云即九類衆生也此依聖教說即九有也二云即儒家流道家流陰陽流法流名流墨流縱橫流雜流農流前義爲正以三界九類衆生會歸於涅槃三乘聖人於此涅槃亦冥然而會故智論云魚歸於水鳥歸於林聖歸涅槃法歸分別○鈔故論云下即攝論文彼明三身從法身流上句證開漸下句證歸本○鈔故法花云下證開漸言一佛乘即花嚴者約所詮目能詮也會三下證歸本○鈔第五經者即從地湧出品也由

上首四大菩薩問佛云如來安樂少病少惱諸衆生等易可化度不令世尊生疲勞耶故佛荅云始見我身等是衆生易度無疲勞之相也言法花攝餘經歸花嚴者天台宗中法花補注有破此文立其四難一歸彼不歸此難謂法花攝於餘經何不歸自而歸花嚴二當部無文難謂法花部內實無入花嚴之文三自語相違難謂是經之言既云法花何謂之歸花嚴耶四縱圓奪別難謂若花嚴便說一極者圓教可爾兼別如何（彼以花嚴兼別說圓）准會解皆爲通之且通初難者若法花不歸花嚴而別歸自法花者應佛慧有二以前始見我身入佛慧是花嚴我今亦令得聞是經入佛慧是法花則有二佛慧也通第二難者即令此令入佛慧豈非當部之文耶又信解品中初見其父踞獅子床如說花嚴後認天性之父子如說法花然則此父豈非昔父耶此亦當經文爾通第三難者既因是經即是法華其終入於佛慧既與始入無殊豈非法花是經攝末歸花嚴之本耶明知自語前後相契通第四難者不善他宗也兼別之說唯汝自宗中義只由汝自宗中不合以花嚴兼於一別故失圓融具德宗旨今亦以此爲難不亦悲夫問如上所通義皆可見然經但云入於佛慧如何乃云歸花嚴耶荅此約所詮顯能詮也如上云一佛乘者即花嚴也者同此義爾以花嚴正詮法界法界即是一乘一乘即是佛慧今歸所詮佛慧即是歸能詮花嚴也是中攝末歸本四字若作釋者能攝是法花末謂餘經是末之攝能攝名攝攝末即能歸

攝末歸之本名攝末歸本以花嚴爲本依主持業可知又所攝即末所歸名歸攝末之歸攝末歸即本名攝末皈本亦以花嚴爲本言餘如下說者即下教攝中及爲教本中說也

華嚴會本懸談會玄記卷第四

音釋

篅 市緣切 倉丨也 𥬠 徒本切 篅𥬠也 楔 先結切 木名 又木丨也

華嚴會本懸談會玄記卷第五

蒼山再光寺比丘　普瑞　集

○疏其爲旨也下此句雖標在初義貫下二種無礙言寘真下方示三大也問此三大文有四句前三句三大互在第四句止觀雙流何以科中皆云三大耶荅三大是境止觀是心今科但云三大者舉境攝心也或影畧故問花嚴三大應與終教等別今何約理事無礙中示三大耶荅若別示三大之相相用二大皆具十玄正當事事無礙雖體大中亦全相用而常徧今由明三大互在事理相融故當理事無礙然勝德之相繁與之用約不礙真體雖屬事理無礙而相用中常含同別之旨亦即同中必有別義也即有其所通無其所局○鈔雖此經中等者問經詮四法界何以但明後二不說前二事之與理耶故此荅也言此門即我分齊中意者彼雖四門今畧叙二於二義亦畧叙之復與彼文互相影畧彼開十門多明所觀今三止觀即凡心而見佛心及理事雙修等多明能觀應以此之能觀亦觀彼所觀以彼之所觀亦對此能觀等也○鈔今約能詮等者問此下旨趣玄微即是所詮何言能詮經中荅經爲能詮詮三大之義豈非所詮問既是所詮前往復等亦是所詮如何不同荅前約收歸宗體此約汎明所詮如下宗趣通局豈濫義理分齊○鈔今明三大所在者問前云三大獨在法界此亦明三大所在云何成異荅前別明三大相中不言在處至最後方結歸法界此別說三大便明所在即三大互在故不同也○鈔爲成

已宗者不對於他故名已宗此對他以辯故云遮異釋也此正是作文之意以彼刊定立德相業用各十玄門德相唯淨業用通染故彼敘體即通於事敘相則無相作相入（不通用也）敘用方有相入相作（不通相也）故疏主破云使德相無相入相作即用之體不成德相不通染門交徹之旨寧就今正遮此也○鈔以不生爲無滅等者離四相故名常影取住異二相無去無來者離三世故名常影取現在也等字等於餘文彼次文云事包萬類理極一如理無事而不融事無理而不徹等聞唯此文則刊定之體亦通事也與此冥眞體於萬化之域正同何云遮異釋耶答體雖通事相用各別不許互通今約相用故遮異釋或可彼云雖有今之所引等下之文彼意唯以鈔中所引能等之文爲體不取所等故今遮之○鈔同異類下別顯德相中二門也鈔文超間讀之則顯初即第九微細德此約同類異類體別各能微細容持一能容多多是所持故喻芥缾下句即第十因陁羅網德也雖德相具十玄唯舉後二例初八也○鈔其爲用也下者約刊定業用十玄配者不分而徧不去而臻即第六純雜用不分名純而徧即雜一多大小而互爲即第五相作用延促靜亂而相在即第三相在用或通第七隱顯用以靜亂相在如東方入正定西方從定起等等字等其餘文彼次文云多劫入於一劫非卷非舒微塵納於世界無增無減釋曰上句第四相入用下句第九微細用此通舉業用六玄畧餘四門也有以鈔大小互爲配廣狹門延

促相在配十世門者非也彼不立廣狹唯取純雜不立十世以時爲所依體事故不可以此之十玄配彼之用大也思之問豈以事理無礙之淺義能遮事事無礙之深義耶荅不遮相用二大中各明事事無礙但遮彼體相用三互望不明無礙故今遮之恐令三大一向別故○鈔今但明下上皆標舉問答叙其所遮此下方是別釋疏文言深玄者謂前設明十玄等亦皆名事若相用平等總明爲理此二無礙方爲深玄故前鈔云雖廣說事及說於理而皆無礙故不爾但是同教事理無礙豈是此經旨趣玄微○鈔萬化乃事法之總名者如十對體事皆名爲事皆歸真性而爲體大其體大還在萬化事中○鈔原夫下一句總標蕭然下別釋言蕭然空寂即離言

湛爾冲玄即離相玄之又玄下無相不礙相表者外也寂之又寂下無言不礙言非象表也下相即無相在言裏也下言即離言言五目者纂要疏云一肉眼肉團中有清淨色見障內色名爲肉眼（依肉之眼名爲肉眼）二天眼者於肉眼邊引淨天眼見障外色（依大般若佛肉眼能見人中無數世界不唯障內佛淨天眼能見諸大千有細色除見天外見人事等名肉眼也）三慧眼者以根本智照真理故四法眼者從後得智說法度人故五佛眼者前四在佛總名佛眼又見佛性圓極名爲佛眼言四辯者圭峯云一法無碍辯謂諸法自體二義無礙辯謂法上之義三詞無礙辯謂得彼方言依彼詞句爲他說故四樂說無礙辯於上三種智隨他所喜種種義語樂說無盡故初心習學九地漸成佛能究竟鈔今疏下問若唯非異無

礙義成若言非一理事各別何名無礙荅若唯非異無可融通若唯非一不成無礙今由二義同時故成無礙義也鈔明相不礙體也者亦相大與真體具非一非異故也○鈔明用不離於體下亦具非一非異義故問三大互在何不說相用互在之義耶荅理實三大互在合明相用互在之義以體用互在及體相互在義順理事無礙故此明之若相用無礙義通事事故畧不顯也○鈔上體相用三大下結前生後也○鈔智周鑒而常靜下一節鈔文口科分二

- 初標義指文智疏
- 二分門別釋二
  - 初直配止觀若當
  - 後亦配權實權亦
    - 初約當句直配止觀無礙二
      - 初止觀周鑒若作

- 初直約止觀釋三
  - 一通對三句明鏡智無礙若對
  - 二別對三句明鏡智無礙若別
  - 三止常靜此對
- 二別約三大釋三
  - 三止觀懸止三

○鈔能證能觀者證唯親證觀通比解上境例知上即標義繫詞亦云智周乎萬物故○鈔止觀無礙者即行者通達無礙智也言事理遍觀者無幽不燭故以相別異義故名事忘心體合故名理言惑相皆寂者觸境無念理事等障皆止寂也二義混然名止觀無礙亦理事無礙也○鈔亦權實無礙者權即俗智實即真智二智俱融故名權實無礙○鈔若對上三句下妙嚴品疏鈔云境即真俗不二智即權實雙行若融境智方爲一味問前

三句明三大無礙今何但言體用無礙耶荅開即三大合爲體用如大方廣即是三大若合之則大方是體廣即是用今對止觀故合爲二也○鈔若別對下三體皆理三用皆事亦理事無礙也問觀云能觀可也止字何名能觀智耶荅止觀雖殊皆名觀智故起信云所言止者謂止一切境界相隨順奢摩他(此云止也)觀義故所言觀者謂分別因緣生滅相隨順毗鉢舍那(此云觀也)觀義故故知止觀皆觀義也今此真理寂寥與止寂相順俗諦流動與觀照相順也三大皆然鈔若作三觀下先單以智別鑒前三大此唯釋其智字言空觀等者智論中分別色等假觀性空寂滅空觀此二不二難思中道觀也今別對三大以相爲中者以居體用之中融攝體用故言三諦齊觀者釋其周鑑二字○鈔對此三觀下言體真等者體真理與理冥故即理止也方便隨緣止者方便涉有隨一一緣無取故止即事止也離二邊分別止者即無念而止妄不取有無等二相也○鈔三止三觀下即一而三智體隨智相用故即三而一智相用即智體雙照一三智體相用顯然雙遮一三互奪相盡智體同智相用故非一智相用同智體故非三三止既爾三觀亦然混融無礙爲一心觀故○鈔真妄交徹一段鈔文依指玄記易處麄科難處細

科分二

- 初汎科兩段疏(疏真)
- 後正釋當段文二
  - 初釋初句疏二
    - 初釋真妄(今初)
    - 後釋交徹(言交)
  - 後釋後句疏一

初畧消兩句疏二
後廣釋前句疏二
初約實互即皆做論
後依文徧即二
初不壞相今云不
後約有益又此
初廣陳二
後總結是知
初義標二
後逆釋二
初總彰四義爲交徹之所然其
後別開六句分交徹之行由然哉
初釋六句交徹二
後釋四義所由次明
初總徵此義
後別釋二
初二性門約一
後二諦門者二
初唯識如唯
後涅槃者涅
初示六句二
後辨交徹二
初二門出體二
後依門配句二
初標且說
後釋二
初依二性門二
後依二諦門四
初直約他無問真
後依此方得二
初對唯識約
後對涅槃二
初涅槃者約
後與引例二
初標今就
後釋二
初依前二性門二
後依前二諦門四
初中論故中
後此經此經
初二諦者依
二隨俗者隨
三通二者約
四觸物者約
初二諦二
二隨俗者約
三通二真妄
四觸物者觸
初正依彼論畧說者依
後廣引他教釋成二
初引故影
後釋二
初上句即真
後例餘句

○鈔真謂理也等者真妄二法作三對釋理之與惑能所障對生之與佛能所化對此言衆生等覺已下皆名衆生以第八識爲趣生體此位之中猶未轉成圓鏡智故問何以生佛爲真妄耶荅肇公無名論云真由離起故佛名真妄由着生故生名妄楞嚴亦云由妄有生因生有滅生滅名妄滅妄名真生死涅槃流轉還滅對已上三對皆悉交徹但是義分齊理事無礙門中別義○鈔真該妄末者上三對真皆爲源妄皆爲末言如波與濕下喻顯波喻妄濕喻真交徹可知○鈔今云爾者下問既合云凡聖互收今何不爾故此荅

也以不壞相及有益二所以故言不壞相者約修證義說不壞聖相故若壞聖相修行之人何所希望耶有益者於生有益二義各從一邊說也問前釋真妄以為佛生今此何云凡聖答欲顯真妄通生佛與凡聖有互寬狹故前言生佛即真狹妄寬等覺巳下皆爲生故今言凡聖即妄狹真寬三乘見道皆爲聖故問三乘見道巳上何得名真荅俱見理故前對既以理爲真見理聖人豈不即真或可聖謂至聖唯目佛也凡雖總舉地前意顯難思亦不遮等覺巳下為衆生也謂地前之妄尚得即真等覺下豈不即耶二釋皆通問若依前釋何云聖無煩惱荅唯無分別故不同凡○鈔於凡有益者令不自欺故亦於他無慢故言令人妄解者謂却沉淪故還迷妄故

問即凡見佛豈不叨濫聖流亦誤敬於麁人若即佛是凡方知德用自在進退無滯此責既齊如何遣通荅為遮於妄解方便化根令又作斯謬執豈為正解耶巳上畧消二句疏竟然上但說生佛一對交徹義其理惑一對生死涅槃一對准上說之○鈔然其真妄下上雖畧釋其真妄交徹一句義猶未盡故有然字然者不盡之詞先彰交徹所以有六故字有云二三合故有五所以有云理實五六亦合但四所以四者為正今立云一不離一心故二真妄相依故三無有二體故四真妄相收故以此四因故得交徹也○鈔然或說下明交徹之行相有其六句一妄空真有二妄有真空三真妄俱空四真妄俱有五真妄俱非空有六真妄俱通空有五雙非六雙是三對皆

先空後有者順性宗故○鈔一約三性下總束真妄法體為三性即前三對真妄理及涅槃唯是圓成佛通依圓生死及惑皆通於依計或惑唯遍計具二執故○鈔二諦多門下文中廣說八諦區分四重二諦各各不同今具約理事以配二諦也言設淨分下問前三性中依他淨分同真染分爲妄今若俗諦爲妄者無漏五蘊淨分依他之事亦妄耶故此荅也言妄未盡者有三意一云如楞嚴經云言妄顯諸真妄真同二妄今淨對染以立對待未忘故云未盡二云雖體是無漏由假緣成豈有實耶三云淨分依他依相教有實五蘊有爲之法今以不即無妄未盡故○鈔如唯識下依門別配前空有六句而不次第但隨義故今唯識中依三性以明二句一遍計對圓成說第一句妄空真有二以染分依他對圓成及淨分說第四句真妄俱是有此約相教○鈔若涅槃下此約性宗故不同唯識染分爲有故云染分爲空是生死法故淨分依他是涅槃果德故與圓成皆有亦即初句前唯識約徧計對圓成爲初句今取唯識第四句義成初句也對思可了問若以染分爲妄淨分爲真論交徹者豈非事事無礙荅豈前不云淨分同真耶亦即事理無礙也已上三性中配初四二句訖○鈔若依三論下即中百門三論也此空宗義下四皆是也雖彼宗大分明空亦含性義故疏主云以三論示四諦品前以空遣有四諦品後以空立有乃至三觀齊驅三諦無礙豈獨空耶有云學龍猛宗墮惡趣空斯言可怖約俗雖有就真唯空謂世諦妄有真諦真空即第二句妄有真空此

則二諦別論故影公中論序云俗諦故有真諦故無○鈔若約隨俗說下假說妄世俗真勝義如是二諦則第三句真妄俱空如長短相形但隨俗假說二諦也問前云世諦故有何故隨俗名爲空耶荅以不但爲有既曰隨俗故知俱空問何故不隨真說二諦耶荅若隨真說二諦者此理不應何者若真上說二諦真妄俱空者俗可言空真不可言空故若俱有者真可言有俗不可言有故若言妄空真有者濫此後真妄俱通二諦空有義故若言妄有真空者唯真之上云何妄有故不隨真說二諦也○鈔若約真妄俱通二諦者第六句雙是然此有二釋一云真妄俱真諦時俱是空真妄俱俗諦時俱是有二云真俗二法皆通於真妄俱空俱有蓋其諸法唯一乘章

皆有空有二義用者臨時或單或雙俱存俱泯隨取皆得如三性法徧計情有理空依他相有性空圓成性有相空餘皆准此故真俗二諦皆通空有二義二釋皆通○鈔若約觸物皆中者已上約二諦俱存中道此約二諦俱泯中道既離空有二邊故真妄皆非空非有第五句也雙非問前總束中但明二諦今配句中何說三諦耶荅中道無別法體但依二諦說之亦不相違○鈔約宗以明下揀餘宗然有二義一唯揀唯識等字內等不揀涅槃三論以望華嚴雖大同小異亦得交徹故不揀也一云三皆揀之約不俱德揀亦無失等字外等唯識不徹可知涅槃不交徹者空是生死不空涅槃二義對論故爲不交徹也三論雖談中道今此別約雙非空有無可交徹

故皆揀之問彼既不明交徹何以引其文成前六句耶荅用唯識等文成華嚴義妙之至矣以引彼根令入圓法故○鈔今就華嚴下總收前法皆得交徹也以具一心下總出所以也○鈔如約遍計下以三性各有二義故圓成不變隨緣依他相有性無徧計情有理無今先約徧計二義故得交徹不同唯識唯是空也此下但隨義明不拘次第此即扵第二句妄有真空交徹義也若依前第一句妄空真有明交徹者合云遍計妄空即圓成真有妄徹真也圓成真有即徧計妄空真徹妄也○鈔若染分下此亦扵上第二句妄有真空明交徹也而前約遍計此約依他二義不同若依第四句真妄俱有明交徹者應云染分依他妄有即圓成真有妄徹真也圓成真有即染分依他妄有真徹妄也然上三性中唯約徧計及染分依他說其圓成二義淨分二義思之可了○鈔若約生死下即前涅槃中義今亦交徹亦依初句妄空真有明交徹也鈔故中論下引證即涅槃品文本文云涅槃與世界無有少差別世間與涅槃亦無少差別涅槃之實際與世間實際如是之二際無毫釐差別今義引耳問前揀中論不得交徹今證交徹何引中論荅前是中論一分俱非義此是二分無礙義故引之也長毛曰毫十毫曰釐問涅槃與實際何異荅涅槃依還滅門而立實際不屬詮門故以實際融之即兼顯真妄二法同依一心之所以也○鈔此經下亦證前生死涅槃二交徹也即須彌偈讚品文疏鈔云煩惱名諍觸動善品損害自

他故名爲諍此有漏法諍隨增故名爲有諍有彼諍故故生死者有漏爲體無彼煩惱故稱涅槃但因煩惱有無假立其名何有真實二互相即舉一全收故生死即涅槃涅槃即生死若對前六句者有二師義若寂照云此及中論皆正證前涅槃第一句妄空真有交徹義也言亦俱空俱有者若四句同時亦可兼證第六雙是句若前二句明俱有後二句明俱空不得一時即證三四二句交徹義也若指玄及會解正證第三第四二句交徹義也以初二句爲俱有後二句爲俱空二釋隨取若以此唯證前涅槃之義前解爲正涅槃前正釋中唯第一句故唯要前二句經文爲證也鈔家以文便兼引四句故有亦言亦者兼也豈可以爲正證耶指玄釋云亦者不定之義不唯依於涅槃第一句攝更約此經亦在第三第四句攝今詳指玄既云不唯及與亦在者寂照以釋初句爲正三四爲兼有何過耶指玄又云如解唯識不必句同今詳唯識約其本義隨其前後其理無差今約引證若句不同何所證耶智者詳之○鈔以妄爲俗諦下第二句妄有真空明交徹也○鈔故影公下即曇影法師乃什公弟子即八哲之一數此即所作中論序也言乃至者次文云不滯於無則斷絕見息不存於有則常見氷消俱不俱等何由而有諸邊都寂故云皆離今云寂此諸邊故名中道鈔主釋曰此當俗有真空義也意云然統收其要妙所歸則融會通達於二諦以真諦故無有真空也俗諦故無無○妄有也真雖空而妄有故不滯空斷見息則真

徹妄也妄雖有而真空故不着有常見氷消則妄徹真也問此妄有真空與前情有理無名妄有真空并前緣生無性妄有真空何別荅初約遍計次約依他此約二諦故不相濫○鈔餘可思准者有多意一云此文亦可具於餘句如宷此諸邊即第五俱非句故云思准或可思准乃至之文如前已引或可此文准後鈔主釋之有四類四對等義今但證其妄有真空餘釋可准思之具如岁解中引○鈔若約隨俗下第三句真妄俱空交徹義也由無定實故得交徹○鈔真妄皆真下有二師義若寂照唯明第三句真妄俱空交徹義也即屬三論第二義中之別義前約二諦隨俗此約隨真故是第三句若指玄即前三論中第三義然不全牒前文言真妄通真者影

取通俗故言一味者是雙照空有爲一味故即明第六真妄亦空亦有之句也後解爲正依前解者文有漏落故○鈔若約觸物皆中下即第五句真妄俱非空有交徹義也以俱非二邊雙泯中道故交徹○鈔若逐假名字下謂若但隨逐生死涅槃假名字執取堅着此二法者次經云此人不如實不知聖妙道言顛倒下須彌偈讃鈔云謂佛已成道功德難量我心妄惑則名爲劣雖無叨濫不了真源心佛衆生三無差別爲顛倒耳○鈔此亦法性宗下揀法相宗雖攝一切法歸如仍非即如此法性宗一切法即如豈妄外有真耶則該下釋上也或可上約反成今約正顯皆法性宗故置亦言也○鈔則該妄之真下上句真即妄而不碍真下句妄即真而不礙妄

也○疏事理雙修依本智而求佛智者上句標下句釋依本智即修理求佛智即修事本智即佛境界知經云非識所能識亦非心境界其性本清淨開示諸群生佛智即佛境界智經云諸佛智自在三世無所礙如是慧境界平等如虛空亦名權實二智亦根本後得二智亦理量二智始本二覺也○鈔上來交徹下有二意初躡上顯文意以前云即凡心而見佛心恐人誤執我心既即佛心不必修行也故此舉雙修之行○鈔亦由下第二直顯文意謂學南宗失意者習三論不得意者謂依本智性即身是佛何用修於萬行六祖既言鏡本自明不拂不瑩豈為不了但恃天真不須用力溺斯見者近代尤多斯則懶不修斷一切法門猶未通達即守默之痴禪學北宗失意者或義學不通之者及不參問善友不聽經論但以善心修行者執教法中說修行方便要須起於事行自心之外別求如來依他勝緣以成自己功德乃尋文之狂慧故云並為偏執○鈔無漏智性本自具足者起信云性自滿足一切功德所謂自體有大智慧光明義等故○鈔無所求中吾故求即大方等陀羅尼經中佛為雷音說華聚菩薩往昔因緣云昔有菩薩名曰上首入城乞食時有比丘名曰恒伽問乞士曰汝從何來荅曰我從真實中來又問何謂真實荅曰寂滅相故名真實問寂滅相中有所求耶無所求耶荅曰無所求又問既無所求何用求耶荅曰無所求中吾故求之乃至又問菩薩於何處求荅於六波羅蜜中求恒伽聞已賣身供

養此則求無所求分別俱亡雖終日求而無所求也言心鏡下責前禪宗不拂不瑩之義也又理不礙事下雙結成二修也○疏理隨事變下圭山釋云兩對皆上句明所以下句正明事事無礙雖一多緣起似濫所以然唯約無礙宗說問何故鈔中皆判為所以耶荅以上二句該下二句皆性理融通因也○鈔亦分為二者有二意一望上理事無礙亦分二故二者望下義分齊中周徧含容亦分二故○鈔所以事事下總徵所以以理融事故一句總荅也是當門因言初句下正釋二義初義為異門因一即是理多即是事緣起可知若事下反顯今由下順明言下句下明當門因言理即融通下謂此事與彼事中理非一非異故融一切事亦非一非異也言餘至下明者義理分齊具明十因故○疏故得十身下科云相即疏云相作者欲會刋定記主相即相作二種玄門無別異義歸此一門故科及疏互言即作也○鈔古今名異者古即至相有此名也今即賢首改為廣狹至下自會○鈔即第八地等者疏鈔釋云由第一義智不分別自身他身故住平等理離分別言非唯照同一性亦乃能所照亡此菩薩知下世俗智也所知十身皆是毗盧遮那正覺之體三界五趣無盡剎土能招身土業及煩惱今雖言報唯取能招四向四果自悟緣生三賢十地妙覺果人世出世智一切教理行果理空事空如次是十身之體十地論攝為三初三染分次六淨分後一不二分然國土身合通於淨且從一類以判為染次六總以三

乘爲淨分於中前四是人佛菩薩但因果之異次一是能證智後一是所證理問內十身中理智與此理智何別答寬狹異故謂外十身中理智二法通於五教三乘差別之智及教理行果一切諸法之理故寬內十身中理智唯當乘所具法性之理無礙之智故狹也問既是遮那十身豈可爲八地菩薩俗智境耶荅爲對上之第一義真智真境且名爲俗若直說遮那之身真俗豈局耶盖順義無方故問唯識云虛空但依識假施設有未曾聞說虛空名隨分別有虛空相等楞嚴亦云一人發真歸源十方虛空悉皆消殞何用虛妄無體之義爲佛身耶荅圓教明此事體性難思故得爲佛身也言知諸衆生下先明相作所由由隨機故或是相作之意意欲攝生故言能以下別顯相作畧爲四番問法身中理法智身虛空身此三皆無形質云何言作荅若約自智證於法自然應現令於虛空忽見自身即是作義若約機明菩薩令衆生契合理智混同虛空便是作義依止義邊得名爲身問作衆生時亦如染衆生有苦惱否荅如世遊戲無損動故今文雖舉四番理應俱十成一百身言自身即菩薩身故若自身唯八地菩薩望諸菩薩別則有一百一十身也鈔不壞相者約行布也相作二字即約圓融二義無礙方立玄門○鈔其猶下即淨名經以小例大明不壞義非證相入七十七經所證亦然言住處者是彌勒菩薩住處也○鈔是菩薩遊戲者離世間疏云如世遊戲無損動故言於涅槃下問上證理事無

礙今何證事事無礙耶答約差別義何非事事無礙○鈔六位等者具如後彰地位中說也○鈔雖有即入意取廣狹者即入是因廣狹是宗以因顯宗故此中大身大刹入塵入毛即異體廣狹晉經下即同體廣狹言至大有小相即法無定性因也疏炳然齊現已下八玄皆約喻明今喻芥缾法中如經云於一微細毛孔中不可說刹次第入毛孔能受彼諸刹諸刹不能徧毛孔毛若琉璃缾刹若芥子法喻可知鈔一能含多下設所含中却取一法爲能含亦是一能含多故曰相容鈔此即如来下辯喻所出由此喻古来未有賢首只有東箭喻故今示所出也經云爾時世尊在三昧中放眉間光名大顯發所有一切功用未證十地諸菩薩等遇斯光已悉見空中諸毛端處及微塵中無量佛刹如琉璃缾盛芥子觀者悉見意取歷歷區分不錯亂之壯也一本云白芥子者即大方廣佛華嚴經佛不思議境界分云盛白芥子餘文全同言琉璃者一切經音義云具云吠琉璃耶此云不遠山謂西域有山去波羅柰城不遠此寶出彼以名之義淨三藏翻云綠色寶又云青色鈔亦是緣起實德者揀業用也理實此門亦通業用今揀人天之業用故言非人天所作者瑜伽五十四說色無色天變身萬億共立毛端皆定通力隨心所作今正揀此也但似而非真曾不說言真如具無盡德等○鈔如入相下經名微細故立此微細門即離世間品文經云佛子菩薩摩訶薩有十種甚微細趣何等爲十所謂在母胎中自在示現初發菩提心乃至灌

頂地在母胎中住兜率天在母胎中示現初生在母胎中示現童子地在母胎中示現處王宮在母胎中示現出家在母胎中示現苦行在母胎中示現詣道場成等正覺在母胎中示現轉法輪在母胎中示現般涅槃在母胎中示現大微細謂一切菩薩行一切如來自在神力無量差別門釋曰在母胎中一相八相皆具萬德斯圓如一相既爾相相皆然也然亦通德相業用今引此但證德相爾言能含微細者如一毛一塵一相等難知微細者微塵不大刹不小等而能容故○鈔隨一法攝無盡法者當門具也即教義等十對體事無法不收故及下九門者以列次則此門在初故下九門能具門所具法皆此門中具也以此下出總具所以若唯具當門義不成總故○鈔潮不過限者五十二經說四天下有二萬五千河流入海中又有八十億諸龍王宮各有其水流入大海涌出有時故潮不失時又准五十一經海有四大寶能消衆水故海水無有增減一名日藏二名離潤三名火焰光四名盡無餘若無四寶從四天下乃至有頂其中所有皆悉漂沒准婆沙論說阿鼻地獄火氣能吞消海水及儒教說沃焦石者皆非盡理也○鈔涅槃經者即高貴德王菩薩品十功德中第六功德也彼喻修金剛三昧已修一切三昧今借喻此可知○疏等虛空之千光者圓覺云如百千燈光照一室其光圓滿無壞無雜即喻所出也○鈔互爲緣起者緣起相由門意一切法上有有力能成義邊爲緣無力所成義邊爲起名力用交

徹也故得下正明相入方是玄門言是曰相容者與徹細相容不同上唯一容多此一多互容也○鈔亦可喻相即者以前相即亦有相入義但取相即為門今此喻中亦含相即但取相入為門也

華嚴會本懸談會玄記卷第五

音釋

濫盧紺切汎丨也　漂芳妙切流也

華嚴會本懸談會玄記卷第六

蒼山再光寺比丘　普瑞　集

疏隱顯俱成等者經云譬如月輪閻浮提人見其形小而亦不減月中住者見其形大而亦不增釋曰見大則大顯小隱見小則小顯大隱而無增減則是秘密俱成餘一切法類此可知○鈔八九夜月者下疏云月者缺也有虧缺故下面頗胝迦寶水精所成能冷能照長阿含云其城方正一千九百六十里高下亦爾王座二十里遥看似圓而實方正日天同此俱舍云近日日影覆故見月輪缺以日行稍疾月行稍遲行度有異如月時盡漸近日輪日光赫奕發揮照彼月輪映奪不現乃至對照或隔須彌不被照時即全體現令取映奪一半之八九夜月為喻也言不同晦月者初學記云晦者月盡之名晦者灰也火死為灰月光盡而似之也弘決志云晦者暗也言望者初學記云望者滿月之名日月相望也然此喻有二種隱顯從上喻及法合異體隱顯也如東方下先對異體而東方入處下彰其同體或但喻其隱顯並通同異體義疏重重交映下令疏雖八皆舉喻若就門為言唯此一門從喻受名若就法立應云重現無盡門○鈔亦如下以喻顯喻也以重現之理深遠難測帝網之喻世不見形故以近事以況遠旨○疏念念圓融下意謂念刼圓融令隨文對故言念念然念與刼皆有相即相入等義而與諸門異者餘就所依法此約能依時所依之法既自融通能依之時亦融通也○鈔十種說三世者應云以三世說為十種也○鈔現在說平等者下疏云現在即事可見

故但對前後立現在名言未來說無盡者下疏云未來是續起法故未來之未來名爲無盡言三世說一念者下疏云現在一念是過去家未來是未來家過去則自具三世言三世相因者此三世中現在因過未現中有過未過去因現未過中有現未未來因過現未中有過現以果從因出不異因故則九世爲別一念爲總也○鈔一夕之夢經數世世者如黃粱南柯之夢亦如下鈔西域隱士等事可檢於此說之言莊生者即内篇云昔莊周夢爲蝴蝶栩栩然蝴蝶也自喻適志歟不知周也等言假寐者毛詩注云不脫衣冠而眠也○疏法門重疊等者隨舉一法即是一切無盡法門如雲起空欻然重疊徧空故○鈔下經云者有指回向者經無顯文今義引昇

兜率宮品由彼有三段經文合於四義謂初一段文有十句明多因以成多果經云百千億那由他先住兜率諸菩薩衆以從超過三界法所生離諸煩惱行所生周徧無礙心所生甚深方便法所生無量廣大心所生堅固清淨行所生增長不思議善根所生起阿僧祇善巧變化所成就供養佛心之所現無作法門之所印(即多因也)出過諸天諸供養具(即多果也)供養於佛釋曰上即多因生多果也若取前多因一一別生諸供具即第四句多因生一果(即今鈔意也)

然鈔中即義引即彼第二句一因生一果文爾文云無生法忍所生一切衣今舉此花從無生法忍所生者即義引也又加等字爲多因故下疏所引倣此可知鈔非是託此別有

所表者不同法花等衣表忍辱室表慈悲但
以一事表於一義復離能表別有所表故今
明一事即人即法即依即正具無盡德故鈔
至相等者終南山至相寺唐時智儼法師花
嚴第二祖也禀受於文殊化身杜順和尚心
既精通自有文釋勒成一卷立十玄門中有
純雜賢首即其門人也故教義中仍立純雜
至探玄記方改爲廣狹門言然有二意下出
改之意也初意中復有二意初濫理事無礙
設如下假設牒彼救詞亦濫單約事說二者
下縱成事事無礙而復奪其濫於即入〇鈔
今以至相約行爲異者清凉出至相意應例
前難云一者事如理徧故廣不壞事相故狹
亦濫事理無礙答取其能如理者與不壞相
明無礙何濫理事無礙若爾至相亦取能契
理明無礙故問其能如理之事如理廣徧更
無餘法不壞相故則有餘法此二門異亦不
成事事無礙答即廣即狹何有二門異耶若
爾至相亦即純即雜何有二門異耶二者如
金剛圍山數無量悉能安置一毛端如是廣
之與狹不相障礙者則事事無礙義成而復
毛中存諸山相入門也若毛即山相即門也
荅雖有即入意取廣狹無礙故若爾雖有即
入意取純雜無礙若如向說其理則齊今以
賢首通一切法至相但約行以明義則似局
故圭山云純雜約萬行與賢首爲小異耳今
以主伴一門在前說儀周普之中欲成十義
故復出之即不遺古德之義以妙理無方故
已上辨古今取捨言比花開下方消疏文萬
行芬敷披拆比況花開於錦上雖青黃等五

色之線相間宣通錦上而花色各異喻純雜也○鈔總顯高深者高約權深約小然可互通亦由深故權不測高故小絶聞故新經序云一極唱高二乘絶聽今約義順故作此明由法門高遠權雖聞而不信由法門深妙故小雖在坐而不聞所以分此高深而不互通也○鈔又前下問此大段既明成益何前二而非益耶故此荅也言反勸者未入權小不令入彼令於圓教生信仰故入者廻令入圓即成益也○鈔泰華倚天者泰華即五岳之二泰山爲東岳言萬物皆相通泰於東方也華山爲西岳華之爲言獲也言萬物生熟可得獲也言岷峨拂漢岷峩亦二山之名漢謂天漢河漢倚天拂漢皆言其高也言論語云者即子罕弟九篇顔淵喟然嘆曰仰之彌高鑽之彌堅瞻之在前忽焉在後彼美夫子之道今借初句讃此經之高也○鈔出現品云下疏云文先反顯設有之言似當假設望慈氏讃善財言餘諸菩薩於百千萬億那由他劫乃能滿足菩薩行願今善財一生即能淨佛刹等斯則舉權顯實非假設也言那由他者十萬爲億十億爲落乂十落乂爲俱胝十俱胝爲那由他刊定記云第九數當萬萬也言大威德法門者鏡心録云即一真心也問若實有此菩薩爲在何位下疏荅云義當三賢以入證聖必信圓故若約教道三祇亦未入玄故下鈔云若約教道施設三祇教道既未真則成佛義亦非真也教不實故以心存妄念帶此妄念修行多劫虚事劬勞畢竟不成佛果若約證道三祇修行必已尅證修權

既深入見道後則能入實方始證知妄念本空等所以凡夫頓能信者宿因聞熏爲種別故今更不信當來豈聞言若得聞下後順釋言生如来家者攝論云於真如證會名生佛家言等字者等餘文云隨順一切如来境界具足一切諸菩薩法安住一切種智境界乃至深入如来無量境界等鈔如魚登龍門下吕氏春秋曰龍門未開河水于孟門東大溢是謂洪水禹鑿龍門始南流今降州龍門縣是也尚書注云龍門山在河東郡之西界其山高五千仞(七尺曰仞)而有三級其水流注於下赤色鯉魚每年於春暄之際會此山下逆水而上若有分者登過龍門自有天火燒尾脫鱗驅雷駕電興雲致雨得化爲龍(如入華嚴之機也)若登不過者自有紅朱點額不得再登曝腮於龍門之下(如此假名菩薩)故謝玄暉詩云戢翼希驤首乘流畏曝鰓即其意也○疏深不可窺下即法界品初如来入頻呻三昧會中菩薩大衆皆見逝多林及宮殿虛空三處有種種莊嚴境界事又聞不思議等法諸大聲聞不見不聞故云爾也言嘉會者易曰亨者嘉之會也又云嘉會足以合禮今借以目如来說經之會也鈔悉覺真諦等者下疏鈔云然此聲聞皆是菩薩欲顯深法託爲聲聞故所歎德言含本跡今釋爲二門一就跡約小十句皆聲聞德一得現觀於四真諦善覺了故(即俱含見緣事三現觀也正是初一兼其後二)二皆證實際者即入正性離生無方便慧已作證故(煩惱如生食在腹已行純熟無生澁故)三深入法性者所覺已窮故法花云我等同入法性即三獸度河理無二故四永出

有海者生分已盡由關大悲故自永出如鹿獐透
圍五依佛功德者有爲無爲有餘依無餘依之德依
佛成故即逮得已利六離結使縛者即已盡
有結謂九結愛恚慢癡疑見取嫉慳也十使即根本十煩惱難解故名
結役心故曰使現行離故七住無礙處者無煩惱礙
種子亡故即其心寂靜猶如虛空者即心善
解脫離定障故又彼相應心得離縛故寂如虛空九永斷疑
惑者即慧善解脫離性障故又離無明貪等體故於佛無惑
由證此二獲得有爲無爲二種功德十於佛智海深信趣入者
即明非定性皆可迴心信入佛智法華云舍利弗尚於
此經以信得入況餘聲聞經即佛慧二約本就菩薩歎者明此
皆是權故一覺第一義二方便已具善能入
於無際際故智論云法性爲實證實爲際凡但有實而無際三二空
真理窮其源故四具足大悲能入不染方永
出故五依十力等離小見故六不斷不俱方

能離故七已淨所知無二礙故八處亂恒寂
了本空故九佛不共德雖未證得亦無疑故
發心品中菩薩於佛十力雖未證得亦無疑故十一切種智證信入
故初地已上皆依佛智海故問既具本門之德何得聾盲
耶荅下疏云然皆廢本從跡以顯一乘因果
不共深玄故○鈔逝多林者唐言戰勝即波
斯匿王所立太子太子初生王戰得勝故以
爲名以須達買太子之園以施佛太子施林
是以名焉表依善友勝出魔軍及凡小故○
鈔舍利弗此云鶖子或云鶖鷺子大乘法師云是百舌鳥亦云春鸎其母眼睛
明利似彼鳥故從母立名具云舍利弗但羅即子也增一云智慧無窮決了諸疑第一
大目揵連此云採菽氏上古有仙居山食豆母是彼種揀餘此姓云大增一云
神通輕飛能到十方第一摩訶迦葉此云大飲光本族仙人及尊者身光飲蔽
日月增一阿含云羅閱祇大富長者名迦維羅婦名檀那子名畢鉢羅子婦名婆陁其家
千倍勝缾沙王十六大國無與爲隣畢鉢羅即迦葉名也其父禱此樹而生故付法藏傳

云昆婆尸佛滅後其塔像金色缺壞貧女得金珠請匠爲薄金師歡喜治瑩佛畢立誓爲夫婦九十一劫天上人間身恒金色恒受快樂最後爲迦葉夫婦畏勝王得乖感一犁但用九百九十雙牛金犁又云其家有氎最下品者直百千兩金以釘釘入地十天氎不穿破如本無異六十庫金粟一庫管三百四十斛又云欲浮那陁金在濁水底光微水上在閻閻滅迦葉身光勝於此金光照一由旬增一云佛法中行十二頭陁大迦葉第一擯餘迦葉故云大行也**離婆多**此云星室祀之生故亦云假和合悟之得道智論云此入於空亭正宿見二鬼爭屍皆言我先持來二鬼共言取其分判此人實見小鬼持來及被鬼問竊自思惟我隨言一持來彼不得者必當見害我寧實語而死終不以虛而終漾如貫恭小聖者持來被其大鬼援其手足隨而食之得屍之鬼便取其屍手足隨安彼鬼食覓拭口而去及明憂惱不測誰身言假和合初常疑云若我本身眼見損去若是他身復隨我行住疑惑猶豫逢人即問見我身不衆僧見之云此人易度而語之云汝身本是他之遺體非已有也悟此假合因即得道以常問故亦云常作聲也**須菩提**此云善現善吉空生生而室空相師占之見善相故解空第一**阿㝹樓馱**此云無滅賢愚經說弗沙佛末世時飢饉有辟支佛名利吒行乞空鉢無獲有一貧人見而悲悼白言勝士能受稗不即以所敢奉之食已作十入變後更採稗有兎跳抱其背變爲死人無伴得脫待暗還家委地即成金人振指隨生用腳還出取之無盡惡人告王欲來奪之但有死屍而無所觀即是金寶現報如是九十一返天上人間財寶無有藏盡也**難陁**此云歡喜性極聰敏音聲絕倫即牧牛難陁也根本乃牧牛之人問佛放牛事佛香牧牛有十一事一不在高山二不居深澗三草無硬澁四水有三德不令冷熱鹹五住處須平六頭六加刷七向水徐行入一日三飲九一飲三歇十出入須明十一主常隨後彼因知佛具一切智遂求出家獲阿羅漢果**劫賓那**此云黃頭仙人之族又譯云房宿有二義云父母禱此宿感此子故二云與佛同房宿故謂初詣佛所欲出家時夜值雨寄宿陶師房中以草爲坐晚又有一比丘寄宿即推草座與之自在地坐夜中相問欲何之杏曰覓佛後比丘即說法辭去豁然得道後比丘即佛也增一云善知星宿日月第一**迦旃延**此云剪髮種上古多仙山中靜處年歲所久鬚髮稍長無人爲剃婆羅門法要剃髮故一仙有子兄弟種人觀父小者乃爲諸仙剃之諸仙願獲後成仙道爾來此亦皆稱剪髮增一云論義第一也**富樓那**具云彌多羅尼子此云滿慈子云滿願父於江邊構梵天求子正值江滿父夢七寶器盛滿中寶入母懷母遂懷子父願換滿從此立名入四闍陀中有慈行品其母稱之以爲母名增一云說法第一**皆悉不見**下跡云神力十力等**嚴好**六根二業除意**境界**分齊所緣**遊**

戲神變重閣同空等神變也不壞本相遊戲也尊勝智最勝故妙行悲智無礙無功用行威德四無畏等住持謂勝力住持令有所作淨剎華藏世界亦復下明不見因初總即分齊境大會下別顯會通新舊入身徧剎塵智入諸法等至即新来眾也詣即此往彼皆言普者二橫豎普徧故二一即一切故餘句可思何以故下釋不見所由善根不同故一句總標以大小善根不同故初明不見佛果之因次二句不讚果餘句不修因等不見菩薩之因言劣者不見下結疏意也是知日月麗天盲者不覩雷霆震地聾者不聞道契則隣不在身近菩薩自遠而来聲聞在會不知者矣○疏見聞為種等者十地論云轉生難處益謂具金剛種雖八難而聞經以彰聞經益深遠種子無上故言八難者一地獄二餓鬼三畜生四北洲五盲聾瘖瘂六佛前佛後此是古說若新譯云法前法後後譯勝也七世智辯聰八長壽天故論云以不堪受教難入佛法中謂於此身中不能入三乘聖道難之言障障聖道故今疏意有二一難不障聞謂雖在八難而見聞得堅種故二難不障聖若已熏種者雖居八難而得成聖故云十地之階也○鈔即隨好品乃至及初地云等者引據也以此經八難容聞唯憑此二段經為證故問若據此二文則唯地獄畜生并長壽天何故便以此通八難耶荅此由天親論以海水為畜生即惡趣刦火為長壽天即善趣故諸祖取此義通八難容聞也何者論中經偈云雖在於大海及刦盡火中決定信無疑必得聞此經今經上半順明下半反顯論經唯順明也今經堪受即決信義疏鈔中釋云若有信有機為堪受者無問惡道善道難處生皆得聞經以難不障

聞故言雖也以不信障聞非難障聞故海水刼火即是轉生時難處也○鈔海水是龍等者海水即是惡道畜生趣故論云龍世界長壽亦得聞此經以昔見聞修一乘觀有餘惡業故生惡趣問既堪聞法何生難處荅一乘緩戒急事戒不犯三種觀心了不開解以戒生人天雖見佛不能開解冀善知識化導修乘即得解脫今不修乘百千佛出終不得道二乘急戒緩德薄垢重事戒既犯専守離相之戒觀行相續故佛會中多列龍鬼等三乘戒俱急事理之戒無瑕妙觀相續即於今生便應得道必當昇善處聞華嚴等四乘戒俱緩具犯衆戒永墮泥犂神明暗塞無得道期勉旃學徒願留心法要故涅槃云於戒緩者不名爲緩於乘緩者乃名爲緩○

鈔刼火是天者即是善趣而言長壽天是難者如有經說右脇着地未動之間已經賢刼千佛出世更一轉亦爾但暫臥息尚爾况其一生言火災及初禪下論云雖在色界光音天等亦得聞此經此即指二禪已上爲長壽天也問論釋刼火無長壽天之言今何判刼火爲長壽天耶荅此中雖無長壽言而前龍趣下却有長壽二字且三惡爲難不必長壽恐是譯人悮將此中長壽入前文故問刼火唯在初禪何故論釋於二禪聞經耶荅以火起時初禪無人二禪不爲其壞於中得聞故論言等字等取三禪四禪免水災風災長壽天難乃至無色亦是得聞今舉初攝後及對水成文故云刼火謂火至初禪二禪已上聞經水壞二禪三禪已上聞經風壞三禪四禪已上聞經故云刼盡火中等也案智論通上二界

除五淨居皆長壽難然智論有四師義異一云長壽天者非想非非想處八萬大劫二云一切無色定通名長壽以無形可化不任得道常是凡夫處故三云或通無想天亦無心任得道故四云初禪至四禪除五淨居皆名長壽以著禪味邪見不能受道故梁攝論及成實論皆同第三所說然上諸論皆以上二界為長壽天今地論不取初禪者以多好說法有覺有觀聞法障輕一目也又正已燒故不說之二目也然三災壞三禪者以初禪同下界有尋伺故火災壞也二禪同下界有喜受故水災壞也三禪同下界有出入息故風災壞也今初禪以前二因故非難也言光音天者即二禪第三天也二禪三天初名少光二名無量光三名光音智論亦云第二禪通名光音彼天語時口出淨光故有云彼無尋伺言語亦無用光代語故名光音瑜伽名極光淨謂極光徧照自他處故以此天已上為長壽者少光天壽二劫無量光天壽四劫光音天壽八劫從此已上三禪三天四禪九天倍倍增長至色究竟天一萬六千劫初空二萬劫二空四萬劫三空六萬劫四空八萬劫故云長壽天也上順論釋八難之中善惡二趣已成二難○鈔地獄天子者從地獄出得生天上故從舊立名即揀別依主也○鈔佛會鬼神等者前三難依文有據此下五難以理而言也然唯下疏云修羅地獄容在海中鬼神亦有正也言火災之時兼佛前佛後者下疏云劫壞之時無佛出故准此則亦有文也故下疏鈔釋劫火一義不唯約長壽天也疏云正在火中亦容得聞衆生見燒燒處有不燒故鈔云即法華意華藏品云劫燒不思議所現雖敗惡其處常堅固即明火中聞也如火浣之布火中之肩

炎鐵圍內而有蟲生衆生業殊豈妨火中聞法方對海水之內正在其中也言人天異道者下鈔但云世智辯聰亦不妨聞言聾者目視者下鈔云其盲等正絶見聞不可説聞但潛益耳忽生耳目亦容見聞今且約其分缺者説耳○鈔皆容見聞爲種之義者已上難不障聞言爲種者所熏種子性相不同若依相宗前七王所俱爲能熏唯第八識獨爲所熏其色心種體勝義之法不可詰其形相若依法性自有三説一終教則二法緣起真妄互熏即有染淨緣起有二一者無明熏真如成三細等染緣起二者真如熏無明有始覺等淨緣起真妄互熏爲因義邊以爲種體二頓教中有二一若約從終入頓之種如前終教二若直就於頓則無種之種也三圓教中二法緣起一切諸法唯一心現故亦二染緣熏時令真如上有一分隨染氣用現諸染法淨緣熏時令真如上起一分隨淨氣用現諸淨法則以真如上一分染淨氣用以爲種體若不爾者何爲種耶今言見聞爲種者則以見聞爲能熏法界理體爲所熏由見聞熏故即於法界理體之上起一分明朗智用以爲種體用不離體故後經中有食少金剛喻要穿其身出過於外不與肉身雜穢居故是以或遇光或圓修有頓超圓證之益也種體甚深何教及之問然此八難中種有二類一由昔有聞種今方難處獲聞堅種既成出難證入如下地獄天子等地獄既爾餘八亦然二者或昔未聞今雖處難而獲聞以爲堅種乃經之通意也○鈔超十地之階下釋難不障

聖也問證聖之時非在難處何云難不障聖荅有二意故一云望其本故如云地獄天子等二云雖出難方證聖由前難中聞經之力而方證聖故○鈔寶手菩薩者當令寶重起信手故言足下者推下苦趣放足輪光（瑜伽論云於父母種種供養於諸有情諸苦惱事種種救護由往来等動轉業故委悉修故得足下千輻輪相）言圓滿王者（德用周備攝益自在）放四十光者（表四十位無不照故）清淨功德者（淨惑成德）能照下（所照分齊）隨諸衆生下（顯淨感成德之義）阿鼻下（以重況輕）此中畧無墮獄之因必前修乘戒行寬故○鈔爾時諸天子下當根獲益准下疏科此文爲二

- 先一重益　爾時
- 二展轉益二
  - 初聞香益　又云其諸
  - 後見蓋益二
    - 初正明得益　云若有衆生
    - 二攝化轉益　後又復云

言得十地故者故字義似牒前爲因見佛爲益然前来未有得十地等處爲何所牒是以晉經皆無故字應將初句故字安迴向下得字之上加一便字下句去其故字應云聞說普賢廣大迴向故便得十地獲諸力莊嚴三昧等即上句得位下句成行分得十力爲莊嚴故言以衆生下即見佛益於中懺悔即見佛因（即懺見佛之障以無盡三業徧法界懺故）即見下正見佛也言乃至者中間經云彼光明中有衆生數等諸佛隨衆生心而爲說法而猶未現毘盧遮那菩薩離垢三昧少分之力言以花散菩薩上者即敬心興供也經云化作衆生數等衆妙花雲散於毘盧佛身上住（順下正科此中應云第一重得十地也）言又云等者依前經中諸天子聞天鼓音已化作供具中有一萬花雲一萬香雲一萬蓋雲一萬音樂雲一萬幢雲一萬歌讚雲令即其香雲成益也具云身蒙香者其身安

樂譬如比丘入第四禪一切業障皆得消滅言乃至者中間云若有聞者彼諸衆生上身觸此鼻聞於色聲香味觸其內具五百煩惱其外義有五百煩惱貪行多者二萬一千瞋行多者二萬一千痴行多者二萬一千等分行者二萬一千了知如是悉是虛妄如是知巳下與鈔引同今云滅八萬四千者約總數説也謂根本煩惱一貪二瞋三慢四無明五疑六身見七邊見八邪見九見取十戒禁取然一惑力復各有十即爲一百計應分爲九品上品重故開爲三品中下輕故各爲一品合爲五百於自五塵總起五百於他五塵總起五百名本一千又於自他五塵一一各別起五百爲五千別迷四諦爲二萬幷本一千爲二萬一千依三毒各增及等分如上經説各有二萬一

千故成八萬四千也對法上三云謂有猛利長時貪欲雖下劣可愛境起上品貪故瞋痴亦然名三毒各增等分行者隨境勢力煩惱現行故惑與境等名等分行也問經但云了知是虛今鈔何云滅也荅了惑本虛則居然不生不生即滅言香幢雲者即九地也瓔珞經云九地白雲實相輪晋經云白淨寶網今經有雲字合成瓔珞白雲寶義也惑亡故清淨智顯故自在光明善根成就○鈔釋曰此即第一重得十地也者問此上一節經文准前科是第二展轉益中義今鈔何斷屬第一重荅若正得益與展轉益相對此合是第二重故前依下疏科判若依此聞香所得益相准瓔珞經但第九地進不同第二重輪王得十地退非是第一重天子得十地今以得十地爲三重頓圓故攝入第一重即第一重十地後轉化義爾故下疏會

云此品總有三重得十地一謂諸天子聞天鼓說法得十地二此天子毛孔化出華盖見者得輪王位即是十地也三輪王放光遇者後得十地此三位皆齊等同時頓成據此與今三節全同○鈔種清淨金網輪王一恒河沙善根者下文廣釋今撮畧以明大分為二一且順晉經釋二直就今經釋且初順晉經釋者盖諸經中十信寄鐵輪王十住寄銅輪王十行寄銀輪王十向寄金輪王初地已上但增寶相初地七寶二地八寶三地九寶四地十寶五地十一寶六地十二寶七地十三寶八地已上不增寶數但云大應寶九地三經有異瓔珞白雲寶相輪晉經白淨寶網今經香幢雲自在光明十地百萬神通寶光瓔珞無畏珠寶相輪今若會者晉經云種一恒河沙轉輪聖王所種善根所謂白淨寶網輪王等等者據此經文是多箇輪王之善根非一輪王之善根也其白淨寶網輪王等者是寄第九地菩薩位故若依此經第九地香幢雲自在光明清淨善根若依瓔珞第九地是白雲相輪王則晉經白字今經雲字合成瓔珞經白雲寶也瓔珞白雲既是第九地菩薩則知晉經白淨之言是第九地也此則晉經等字從第九地白淨寶輪王向下等白淨為能等一恒河沙輪王是所等以第十地菩薩為能種白淨寶網輪王下一恒河沙輪王善根為所種則今經金網之言以為所等數也已上依晉經釋若依今經金網順晉經釋者准瓔珞經金網之言寄十迴向位從十迴向位當中向上等金網却為能等一恒河沙輪王及晉

經第九地白淨寶網却爲所等亦晋經得金網等一恒河沙輪王所植善根也以第十地菩薩爲能具金網等一恒河沙輪王善根爲所具則金網無失二直就今經釋者則金網之言便是第十地菩薩是一輪王有多善根也若如是則金網非能等亦非所等是第十地菩薩也何者有三義故證成一瓔珞經中第十地菩薩名無畏珠寶相輪其無畏珠者是清淨義故二以攝化分齊同第十地故次經云住此轉輪王位於百千億那由他佛刹微塵數世界教化衆生正同十地經中第十地攝報果中所化分齊也三以轉盖文證成即次下經文此王放光遇者尚得十地位故知此王即是第十地也但經金字瓔珞雖無餘經或有故金剛頂經廣說金輪佛頂故其

義交雜故須畧釋勿猒繁文○鈔後文云下此節文前更有一節經俱此在其後故云後文云也然俱是第三重得十地之意不勞繁引○鈔十種清淨眼者一肉眼見一切色故二天眼見一切衆生心故三法眼見一切衆生諸根欲故四慧眼見法實相故五佛眼見如來十力故六智眼知見諸法故七光明眼見佛光明故八生死眼見涅槃故九無碍眼所見無碍故十一切智眼見普門法界故言十種清淨意者一上首意發起一切善根故二安住意深信堅固不動故三深入意隨順佛法而解故四内了意知衆生心樂故五不亂意一切煩惱不離故六明淨意客塵不能深着故七善觀衆生意無有一念失時故八善擇所作意未曾一處生過故九密護諸根

意調伏不令馳散故十善入三昧意深入佛三昧無我我所故乃至之言超中間四根皆清淨故○疏觧行在躬一生圓曠劫之果者在躬語出禮記彼云清明在躬氣志如神言曠劫果者是行布教中多劫所成之果今一生皆圓故○鈔慈氏讃善財云等者疏云觧心順理曰善積德無盡曰財言乃能滿足下頟即十向該地前諸位行即十地親近諸佛即等覺也以近妙覺佛果故於一生内者約圓融說即凡身一生問約法圓融可爾豈實有凡身一生成辦沓依實教修悉皆能爾胡不勉旃千年之鳥不及朝生之鳳普賢生位互融攝故普賢即等覺位善財亦至此位因滿之果故由普賢位與衆生位互融攝故故云爾也約行布說亦觧行生由前世是見聞生入地爲證入生言則能下十二句初二

句總明通諸行位三入十住四五入十行六入十回向後之四句有二說一云通諸地位一云七句十地位後三句等覺因圓也○鈔及大威等者即毘盧遮那品說一生歷事四佛而得因圓言大威光者有大威德其道光明故經云初逢一切功德山須彌勝雲佛見光即時證得十種法門次聞法獲得彼佛宿世所集法海光明又得一切法聚平等三昧智光明又得一切法悉入最初菩提心中住智光明等十一種光明疏云初發心時便成正覺故二遇波羅蜜善眼莊嚴佛先得十千法門次與眷屬等同得清淨智名入一切淨方便等十法門疏云達一切法本來清淨名清淨智不取淨相是名方便即初地入證之智下九句即餘九地三遇最勝功德海佛得

三昧名大福德普光明䟽云五度皆福定爲
最大𢁥無不照名普光明遇於初佛但得十
者自力未勝故次佛十千者道轉深故今唯
一者道已滿故四遇名稱普聞蓮花眼幢佛
威光命終爲忉利天王供佛聞法得三昧名
普門歡喜藏䟽云以聞此佛說大方便普門
遍照經正受安住法喜無盡故名曰藏由此
證達諸法實相等然初劫之中十須彌山塵
數如来經但列四又闕結會現證得益等䟽
主云經来未盡若結會者應云爾時威光太
子者毗盧遮那身是等○鈔上二皆明速證
者結前見聞解行二段也以頓超十地圓曠
劫果於見聞解行之中皆是速證之益故總
科云成益頓超然此二所明之證由見聞解
行爲因得果非佛果名果此二望佛果爲遠因非近因也佛果唯取等覺位行爲因故○鈔又此經宗下躡前速證明
三生義恐有難言若上二皆明速證何殊第
三頓證耶故別分三生前二雖有速證意成
見聞解行之益故第三科方是正明證入之
義也然此三科下句皆是速證益三生不同
爲門別也賢首云約報明位唯有三生如約
善財明三生者一見聞位即善財次前三身
見聞如是普賢法故成順解脫分善根法花分別功德品云又復如来滅後若聞是經而不毀訾起隨喜心等天台云此下明五品一直起隨喜心二加自受持讀誦三加勸化受持讀誦四加兼行六度五加正行六度在十信前自行名弟子化他名法師二解行位頓修此住行向地等
覺之五位行法如善財此生所成至普賢位
是三證入位即因位窮終沒同果海善財来
生是也清涼云此解甚順經宗但更有一理
謂歷位而修得見普賢一時頓具據此一生

歷諸位是解行普賢身中頓證法界爲證入生故今次文衆海頓證即爲證入生不必要沒同果海也○鈔上二句至即下二句者有二意一云前二段中各上二句爲見聞解行二生各下二句爲證入也二云上二句即總目前二科也雖各有速證之言但從見聞解行而説故屬前二生下二句即頓證超權二句總目爲證入生也後意爲勝

華嚴會本懸談會玄記卷第六

音釋

儼宜檢切敬也説文曰昂頭也　喟立愧切｜然歎也　戢側立切聚斂也　驤思良切馬也超也　欻許勿切暴起也　援雨元切引也

華嚴會本懸談會玄記卷第七

蒼山再光寺比丘　普瑞　集

疏師子奮迅等者此第九逝多園林會本會頓證法界故上句教主入定下句當機權益○鈔爾時世尊下疏文分三初一句入定緣領前海衆念請故二大悲爲身下入定因有其四種悲以爲入定益物之本各有二義身二義者一是入定所依之身悲所熏故二身者體義依義欲深入定全依大悲而爲體故二門二義者一佛有大智大定大悲門等今欲益生唯依悲門令物入故二者定爲所入悲爲能入故三首二義者一首初義凡所益物皆以大悲爲先導故二者勝上義謂非不用智定之門此增勝故四方便二義者一悲智相導互爲方便今以悲爲入定益物之方便故二者以是即智之悲故不滯愛見故名方便方能令物普入法界此上四悲皆遍虛空亦有二義一廣周故二無緣故三入師子下正明入定以定業用從喻爲名師子乃獸中之王哮吼一聲百獸腦裂以喻法中王也言頻呻者展舒四體通暢之狀此言猶通於人如婆須密女亦云見我頻呻也言奮迅之義就師子說者即奮躍迅起自在無畏正就師子以義顯故約法即用之體寂而造極則差別萬殊無非法界即體之用不爲而普周故大小相叅緣起無盡名頻呻自在之義○鈔普賢開發者由佛入定現於淨土顯於法界普賢主法界故方能開發也經云普賢菩薩爲諸菩薩以十種法句開發顯示照明演說此師子頻呻三昧何等爲十所謂演說能

示現等法界一切佛刹微塵中諸佛出興次第諸刹成壞次第云云然上佛入定現相令衆覩親證今假言開顯使未證者尋言契實也○鈔言如來眉間放光者經云爾時世尊欲令諸菩薩安住如來師子頻呻廣大三昧故眉間白毫放大光明其光名普照三世法界門以不可說佛刹微塵數光明而爲眷屬釋曰眉間放者表即法界中道無漏正智方能證前所現之法界故令尋智光以爲能證○鈔盡法界虛空界等者下疏云空即事空法界之言義無理事謂非但遍空亦遍空內色心等事及空有稱眞之理又云深等法界廣齊虛空○鈔是故皆得等者因昔善根故能頓爾證見故有十一句初總餘別別十句顯無盡故○鈔廣說以十能入者經云彼諸菩

薩以種種解一鑒達非一故種種道二正道無量故種種門三無常等門故種種入四所証差別故種種理趣五意旨不同故種種隨順六無根不順故種種智慧七種種助道八種種方便九種種三昧十下疏云即此能入亦是所益鈔中云此有兩重能所一遮那光照是能益得解等十即是所益二此解至三昧等是能入法身色身等是所入不因佛光不得能入安得所入故能所入皆是成益也○疏象王迴旋下上句化主迴觀法器下句當根得益象王即六牙香象也以高大故稱爲王履地則知其虛實度河則徹其源底今唯取其迴旋爲喻也具如鈔中○鈔超權益者有三義一者小乘自位名權今小乘人超出自權入華嚴實名曰超權二者權即始終頓三教理應小乘迴心先入始教次入終入頓

後入圓教今超三教而直入華嚴實教故云超權同教一乘亦爲權故三者權唯目三乘權教謂權教中說縱無學廻心但得十信今華嚴二乘見道前廻心直得十大法門十地後十通之用等故云超權也○鈔未會之初者望本會爲未從佛本會而流出○故然未會之中復有三會初六千比丘會顯小入大故二諸乘人會通收諸權入實故三善財會顯純一乘根故今此當其初也言六千比丘者表六根性淨可入法界故貞元疏云前之六信可不退故(以第六名不退)千表無盡該果海故比丘五義一怖魔出家時魔宮震故二乞士下從檀越乞食以資身上從諸佛乞法以練神三淨持戒漸入僧數應持戒故四淨命三業無貪不邪活命故五破惡漸依聖道滅煩惱故經云出家未久疏云未證實際易可廻故言身子令六千比丘等者初文殊辭佛往於人間時舍利弗承佛神力與六千比丘辭佛同往此六千比丘是舍利弗自所同住所謂海覺善生福光大童子電生淨行天德君慧梵勝寂慧等其數六千悉曾供養無量諸佛深植善根解力廣大信眼明徹其心寬博觀佛境界了法本性饒益衆生常樂勤求諸佛功德皆是文殊師利說法教化之所成就時舍利佛在行道中觀諸比丘告海覺言汝可觀察文殊師利菩薩清淨之身相好莊嚴(經文稍長今當錄其十德科名)一身相勝德(即上經文)二常光勝德三放光勝德四衆會勝德五行路勝德表常依八正道故六住處勝德舉足下足無非道場隨心轉故七福莊嚴勝德常觀心地之

下如来藏恒沙性德無心亡照任運寂知故八樹林勝德表樹立萬行嚴法體故九自在勝德於我無我得不二解自在主中爲尊勝故十攝上勝德心常上攝諸佛法故言六千請往下經云即白尊者舍利弗言唯願大師将引我等往詣於彼勝人之所時舍利弗即與俱行至其所已白言仁者此諸比丘願得奉覲爾時下迴觀法器言如象王迴旋者身首俱轉無輕躁故表令向機無遺隱故言比丘○興願者如仁所有如是色身如是音聲如是相好如是自在願我一切悉當具得言十種無疲厭心者一積集一切善根心無疲厭二見一切佛承事供養三求一切佛法四行一切波羅蜜五成就一切菩薩三昧六次第入一切三世七普嚴淨十方佛刹八教化調伏一切衆生九於一切刹一切刼中成就菩薩行十爲成就一切衆生故脩行一切佛刹微塵數波羅蜜成就如来十力如是次第爲成熟一切衆生界成就如来一切力下九皆有心無疲猒下疏釋云法門無盡衆生無邊取相而脩多生疲猒猒則退墮二乘若無愛見而脩則無疲猒矣無疲猒則佛果非遠況我身耶言得三昧名無礙眼者疏有三義一能見離障故二所見無擁故三一具多用故謂一無礙眼中有天眼天耳他心宿住等多用一雖具此能而無見相故云三昧言得此三昧故下別明定用有四一悉見下天眼用二及亦聞下天耳用三亦能觀下他心用四亦能憶下宿住用

下疏云一眼具斯四用故稱無礙言十轉法

輪者一具足清淨四無畏智二出生四辨隨順音聲三善能開闡四真諦相四隨順諸佛無礙解脫五能令衆生心得淨信六言不唐捐能拔諸苦七大悲願力之所加持八隨出音聲普遍一切世界九阿僧祇刧說法不斷十生起根力覺道解脫三昧等言十種說法者一皆從緣起說一切法二皆悉如幻三無有乖諍四無有邊五無有依止六猶如金剛七皆悉如如八皆悉寂靜九皆悉出離十皆住一義本性成就（上九皆有說一切法四字）言十辨才者一無分別辨才二無所作三無所著四了達實五無疑暗六佛加被七自覺悟八文句分別善巧九真實說十隨一切衆生心令歡喜（上九皆有辨才二字）貞元疏云神境漏盡等義在結中集玄記云今鈔有六通前四可知又即下漏盡通爾時文殊下神足通開六成十故有十通天眼約現未分成二四（二天眼通四盡未来際刧）天耳約音聲言詞分出五七（五無障碍清淨天耳七善分別一切言詞）神足約業用色身分成六八（六無體性無動作往一切剎八入無數色身）漏盡約定慧分成九十（九一切法智通十入一切法滅盡三昧）一三不分（一他心通三知過去宿住通）故六成十上依集玄若寀照意又即下通顯多門上一定之用既爾多門無盡例然言十千菩提心者謂四無量心（大慈大悲大喜大捨）六波羅蜜（布施持戒忍辱精進禪定智慧）爲十十十相資爲百百百相資爲萬萬即十千也言十千三昧者一普光明大三昧二妙光大三昧三次第徧往諸國土四清淨身心行五知過去莊嚴藏六智光明藏七了知一切世界佛莊嚴八衆生差別身九法界自在十無礙輪（下八皆有大三昧言）亦十十相資為

百為千為萬亦然十千波羅蜜者約十度説可知言爾時文殊下授勝進法亦二先教勸上但明大心無疲令令廣住行願進取普脩言以成就下明展轉獲益問此六千比丘望前三位何位所攝荅有三説一云准下疏云未會三類之機前二會（比丘乘會）諸居信未久尚不定故善財信終可入證故故六千位雖居十信見聞生攝問若爾何能得地後之十通耶荅圓教攝根創立大心以始攝終故二云義當解行生徧攝於五位法故得至十通等也若唯位居十信即同權教廻小入大但從十信次第而脩豈得云超權耶問若爾下疏所説當云何通荅下疏以前二會機不歷叅善友故表居信未久等善財徧叅表當終心此約表法一義不壞次第故當信位然此信

位徧攝五位故異餘宗由頓具一切法故方曰道成非十信定位也故鈔約具十通用成就一切佛法即是道成三云即證入生也前鈔已云三證入生即下二句豈非頓證超權二叚為二句耶若唯以頓證疏文為二句者即有上下二句不齊之過上二句已兼二益故故知兼指此叚為證入生也問准此唯徧攝五位至於十通十通即等覺位故何有證入之義耶荅其無礙眼雖唯徧攝五位其勝進法中云住普賢行住普賢行已入大願海乃至成就大願已心清淨等豈不同善財於普賢身中頓證法界之義耶然此三説各據一理任情去取約今鈔意後解為勝○疏啓明東廟等者毛詩云東有啓明爾雅云明星謂之啓明注云太白星也晨見東方為啓明

昏見西方為太白據此今啓明即東方明星之名也今順福城東又啓發善財之智明故特云啓明也表初啓智明信心創立故廟者貌也先祖形貌所在也今塔中即世尊形貌所在故云廟也廟在福城之東故云東廟下句即智照無二相具如鈔釋○鈔勸發心等者即不壞相六千當發心位也下疏云如發心品說既指如發心品雖是初心即攝位究竟不同三乘發心也鈔福城者其城居人多有福德故曰福城城表防非即一真法界一切衆生自此出故真界中居人有福遮防過非故東爲群方之首亦啓明之初表順福分善十信入道初故又表福智入位本故娑羅此云高遠以林木森聳故表當起萬行莊嚴摧伏故往昔諸佛下表所依法界本覺真性諸佛同依言大塔廟者即歸真之所梵語窣堵波此云高顯昔云塔波義曰歸宗之所日照三藏云此城在南天竺城東大塔廟是古佛之塔佛在世時巳有此塔三藏親到其所其塔極大東面鼓樂供養西面不聞於今現在此處居人多唱善財歌此城内人並有解脫分善根三賢堪爲道器鈔文殊師利童子者前云菩薩此云童子者表創入佛法故亦顯非童真行不能入故釋名云兒年十五曰童童者獨也自七歲至十五歲皆稱童者以太和未散故然經中呼文殊善財寶積寶月等諸大菩薩爲童子者即非稚齒如智論云如文殊師利十力四無畏等悉具佛事故住鳩摩伽(此云童子)地又云若菩薩從初發心斷欲乃至菩提是名童子又有釋云内證真常而無

取着如世童子於色無染故言五百優婆塞等者下疏云皆五百者表五位證入通四衆故共成二千普賢行也言善財是一者正生時財現是其善相稱曰善財小聖尊空生而空室大士貴德生多法財又解心順理曰善積德無盡曰財言別觀等者知其不群特迥聖眷善財名會因此而立言又令憶念等者使不自輕故言隨冝說法者餘非此根隨冝更演故言而說偈言者偈云三有爲城郭憍慢爲垣墻諸趣爲門戶愛水爲城壍願輪大悲轂信軸堅忍轄功德寶莊嚴令我載此乘等然此中文殊自往福城者以根尚微故未發心故大悲深故德雲已去善財往求者機漸勝故已發心故顯重法故末後普賢不就善財不往顯去界位滿無去来故○鈔言智

照無二相者謂行圓究竟朗悟在懷照前行等唯一圓智更無前後明昧等殊故其猶塵盡鏡明何有前後明昧等殊○鈔經云是時下信解雙絶故不見現身而返照未移信心故伸右手又不見乃爲真見但了自心空般若故言過一百一十由旬者表十地及等覺一一皆具諸地功德故三賢行相不殊十地故不開三賢若以等覺爲十地勝進即開十信言過者徹過前位故始信該於極果故曰遥申隨順行成故曰右手然超數量故過由旬按頂表於攝受亦以普法置於心頂信至極故作如是言下誨示法門即舉失顯得文有九句前七闕因一闕行本二求小故心劣處生死而憂悔三横一不具四竪不進五滯一善六不廣求七不起無住行頓後二闕縁

可知然此九種以初爲本若闕初一餘八皆闕雖舉後八意在最初此中反顯讚初信心是經大意也思之言不能了知下亦顯若闕信心不能成益有十五句前五約所知理事即教理行果四法也初句真諦理次句俗諦理三句教四句行五句果後十約能知分齊思之可知○鈔信智無二者脩生之信心與圓滿之終智無二也言若約不動智爲初者即文殊本事佛名不動表本覺智名初始覺名後以始合本故亦無二○疏寄位南求等者善財爲能寄諸位爲所寄諸善友爲寄處若約別明分爲五相從文殊師利乃至瞿夷四十一人名寄位脩行相二從摩耶已下十一人名會緣入實相三彌勒一人攝德成因相四再見文殊名智照無二相五見普賢名顯因廣大相今約通明上向始見文殊寄十信下句終見普賢表因圓言南求者疏主云地前知識多在南方地上無方地後兼二然云南者古有五義初一約事餘四約表一舉一例諸一方善友已自無量況餘九方二者明義表捨暗向智南方之明萬物相見聖人南面蓋取於此三者中義離邪僻東西二邊契中正一實道故四者生義南方主陽生長萬物表善財增長行故五隨順義背左向右右即爲順西域土風城邑園宅皆悉東向自東之南順日月轉今始於福城之東發心次南方進求背左北之右故顯於善財順教理故地上正證離於證相不以南表地後業用有無無礙今亦約通義皆云南求也故新經序云明正爲南方盡南矣言因圓下如鈔○鈔德雲者即初住善知識

也下疏云具德如雲故雲有四義一普徧二潤澤三蔭覆四霔雨如次配於定福悲智也言至瞿波者超中間三十八人也謂至慈行寄十住從善見比丘至徧行外道寄十行從鬻香長者至安住地神寄十向從婆珊夜神至瞿波寄十地瞿波既是佛妃此云守護大地在家爲父母守護太子儲備守護國地既爲其妃依主得名表十地既圓無地不護然太子有三妃一名瞿波二名耶輸陁羅三名摩奴舍今因位之極故取其第一○鈔摩耶已下者即是佛母具云摩訶摩耶此云大術了法如幻故故得大願幻智解脫門爲會緣入實之總相後九粂爲別相請天主光天女得幻智念力徧友童子得幻智師範衆藝童子得幻智字母賢勝優婆夷得幻智無依解脫長者得幻智無着妙月長者得幻智智光無勝君長者得幻智無盡相最寂靜婆羅門得幻智誠願語德生有德得幻智智歸幻門故總十粂十一人爲會緣入實相今約通說兼次彌勒并見文殊二相皆爲等覺也○鈔文云下同普賢化生又云下較量所入剎海言毛孔剎中等者總結平等周徧如是而行下總結亦不於下平等念念周徧下周徧言如是而行者以前經云善財於一毛孔剎中行一步過不可說不可說佛剎微塵數世界如是而行盡未來刼猶不能知一毛孔中剎海次第等言亦不於此剎沒等者以沒現相如法性故斯則沒而無沒現而無現真法性中無出沒故此約事理無礙此彼相即故即事事無礙相即有三一此剎即彼剎一剎即多剎二此步即彼步一步

即多步三一念即無量刼又此彼相炳然具故秘密隱顯俱成故此彼時處互相在故帝網重重同時具足皆不動故○鈔當是之時下明位滿齊佛初句自得餘皆等上初一等因圓次一等果滿一身下別顯等相下疏云此即義當等覺以等佛故因位既滿更無所脩故但說等不更趣求斯則一生頓成因果行布亦足非唯理觀初後圓融○疏剖微塵下塵喻情念經喻佛智喻中既剖一一塵中之經法中念念相應果智則衆生情塵因中顯斯果智故科云顯因成果益也新經序云情塵有經智海無外○鈔出現品等者即彼品意業中文言大經者佛智無涯性德圓滿也量等三千界者智如理故言三千界者俱舍頌云四大神洲日月須彌六欲天梵世各一千是名小千界此小千千倍是名中千界此千倍大千俱同一成壞言在一塵中者一妄覆真故二小含大故三一具多故一切塵亦然者無一衆生不具佛智故有一聰慧人下出經益物佛智下合顯因也妄想合塵諸佛合聰慧人令其下合成果爲益又經云下示念念果成之文也亦即彼品出現菩提中文下疏云明普遍諸心念念常成無有際畔故此徵釋云不離者有二義一衆生身心即佛所證故顯因也二全既菩提性故念念與此菩提之性相應則念念成菩提矣成果爲益也○鈔成就行願益者問餘教皆云衆生無邊誓願度何獨此經彼豈不成益耶答彼雖盡生之願與今同則無塵塵行滿之義故異也以彼不約一切塵中諸剎內窮刼化生

以滿其願故若爾餘教豈虛其願耶荅不然但於諸刹中修行以化生耳今約塵塵稱性故得徧諸刹塵思之言故十地品云者即彼正說分初地中有十種大願結無盡中文彼有十種無盡今唯舉其一耳今衆生界雖無有盡下通難問生界既無盡菩薩何發盡生界之願耶故此荅也普開之者發十大願欲盡無盡之衆生也○鈔常恒之說者賢首旨歸文也無有一國下十地品文經文佛子我不見有一佛國土其中如來不說此十地者言有說不說者總結上二通時及處皆常徧故言一一稱理故者出現品云隨順法性演說如來出現不思議故我法海中下下疏云先返顯無不能捨一文尚無所不捨況一部耶以一文是即一切之一如海一滴故○鈔即智明映奪喻者約法目喻也能喻應云日光奪曜喻言初昇之日謂之杲日者日在木下曰杳日在木中曰東在木上曰杲即昇明之義也言麗者著明者周易离卦彖曰离麗也日月麗乎天百穀草木麗乎土注云麗猶著也言日月著於天得其所著之宜也今用其意耳言此經猶如杲日下問上云智明映奪則杲日喻智今何喻於經耶荅約此經所詮之智境界以奪餘經也即大明下法喻合釋問說此經時未有餘經何言斯經大闡衆典無輝荅有二義一云約後時說故疏云尋斯玄旨却覧餘經非約說時先後也二云約說時亦可映奪諸乘也又出現品奪假名菩薩法界品奪在座聲聞等能依之人既奪所依之教居然奪也○鈔高勝難齊喻者亦約

法目喻能喻應云山王形奪喻前喻具明此喻其高既高且明無若是經也須彌亦云蘇迷盧此云妙高妙有十義一體妙謂四寶所成二相妙謂八方四級三色妙謂四正色北金東銀南吠琉璃西頗胝迦一切草木鳥獸等物隨所至處即同其色自常不變也四德妙謂八方猛風不能動故五眷屬妙謂一金山七重圍繞七香水海海印漩流也六依持妙唯天依住得通者居七作業妙不離本處而鎮四洲映蔽日月而成晝夜八生果妙謂波利質多能益天衆九為首妙於四洲地最在先成十堅固妙於輪圍中最在後壞言高者高八萬四千由旬入水亦爾下據金輪上隣空界頂上縱廣量亦如之獨出九山故稱妙高也言群峯者而餘九大山也一雪山二香山三鞞陀利山四神仙山五持雙山六馬耳山七持邊山八輪圍山九計都末底山今並具高也法中可知言七金等者俱舍頌云蘇迷盧處中次踰健達羅此云持雙以山頂有二道眷山能持此故以爲名夜叉居伊沙陀羅

山此云持軸山峯上聳猶如車軸山頂持故竭地洛迦山俱舍疏云此即西方樹名檐木山上寶樹形似彼故蘇達梨舍那此云善見見者稱善即五通神仙居住柰濕嚩羯拏此云馬耳山形似彼故出一切諸果毗那恒迦山此云象鼻以形似故尼民達羅山俱舍疏云魚名其魚觜尖山形似故華嚴音義釋云此云持邊山大力龍神所居於大洲等外有鐵輪圍山前七金所成即上七山因此名七金山也蘇迷盧四寶入水皆八萬妙高出亦然七金入水與須彌同出水即不同也餘八半半減廣皆等高量謂持雙山出水四萬乃至輪圍出水三百一十二踰繕那廣量各與出水量等無差別也言培塿者上蒲口切下郎斗切謂小阜也問法華亦云如須彌豈不相違荅彼約破小顯大會權歸實難信難解諸經莫比此約爲諸教本圓極不共最爲勝故各據一理故不相違○鈔五百年者合云六百年有云佛去世三百年後出壽七百歲若爾亦應六百年方入龍宮爾

新經疏云大師晦跡六百年後方出五天千二百年始傳東夏（謂佛涅槃至晉義熙十四年經千二百歲也）探玄記序亦云舍那創陶甄於海印二七日後爰興龍樹終俯察於虬宮六百年後方顯言龍樹者亦云龍猛然龍猛二字皆唐言樹字通唐梵義淨三藏云阿離野（此云聖）那伽（此云龍或云象）曷樹那（義翻云猛）按別傳云其母樹下生之以龍宮成其道故曰龍樹即二字皆正翻也天台云樹生生身龍成法身今從此也○鈔事如別傳及纂靈記者傳中唯有入龍宮緣纂靈記中却有搜求得經之緣故今雙引以證也如下傳譯感通中具引○鈔正取覺賢者梵云佛度跋陀羅此師所譯此經於東晉故正取也所以科云弘闡元由言燕餘等者以晉經是智儼親注西域從佛陀先受禪法因請覺賢歸東夏譯此經故也而慧嚴慧觀潤文法業筆授日照三藏次於大唐永隆元年譯晉經脫文實乂難陀此云喜學於證聖元年翻譯唐經言等者等取同譯諸師謂義淨弘景圓測神英等師也○鈔神洲大夏者下鈔亦云葱嶺之東地方數千里曰赤縣神洲即有唐中華之國也唯識樞要義苑鈔云言神洲者謂此東土燧古已前未有人民唯鬼神所居故名神洲言大夏者存三代時國號也言一文一句者即海雲所持普眼經一偈即覺林菩薩所說若人欲了知等一光即地獄天子三重頓圓之光也廣如下說○鈔何幸像法等者論語疏云凡事應失而得曰幸生居下應失也反顧下而得也自幸之義例此可知言不滅正法等者世尊別記正法

有教有行有得果證一千年像法一千年有教有行而無果證末法一萬年有教無行亦無果證由度女人正法減半然有二說一云雖說八敬不滅正法由彼不行正法還減二云若不說八敬全無行者正法欲滅即有行者正法依定上薩婆多宗下大衆部說今依後義也八敬法者後當具示鈔大師涅槃等者周昭王二十六年四月初八日生周穆王五十二年壬申二月十五日入滅至今大元致和元年歲次戊辰計二千二百七十七年正當末法之際翻聞難思之經亦慶幸之致也鈔大集月藏分等者金剛刊定記云前前勝後後劣解脫者證也即三乘聖果禪定者行也即漏無漏大小乘事理等定也多聞者解也即頓漸偏圓空有等上三前必具後後未必具前也塔寺者不求至道多好有為以身外資財脩世間福業等

鬬諍者此明佛法之中多有諍論且如西天大小乘分河飲水大乘之內性相又殊小乘之中二十部異各皆黨巳自是他非爰及此方未免於是若相若性南宗北宗禪講相非彼此朋黨互不相許名鬬諍也言牢固者人多相襲決定不捨然此但就增勝而說非不相通佛滅後一百年育王造塔豈局第四耶又菩薩藏經云後五百歲無量善人脩禪定解脫豈唯一二三耶○鈔今值聖明天子者即唐德宗也塔記云興元元年甲子歲造疏貞元丁卯歲功就皆德宗年號以貞元得二十一年故至貞元丙子歲方譯新經次造疏名新經疏亦貞元中作也言列刹相望者梵語掣多羅西土更無別幡竿即於塔覆鉢柱頭懸幡今云刹者訛畧也此符照解玄賛中亦如

是說又要覽云梵語剌瑟致此云竿今畧名刹即幡柱也言相望者望者無放反說文出望在外望其還也若音無放反說文月滿與日相望也今取後音言鐘梵交響者梵即梵唄要覽上卷云梵云唄匿華言止斷由外事巳止巳斷爾時寂靜住爲法事又云諸天聞梵心則歡喜故須作之法苑云夫唄者讃詠之音也當使清而不弱雄而不猛流而不越凝而不滯遠聽則汪洋以峻雅近矚則從容以和肅此其大致也昔魏陳思王曹子建遊魚山忽聞空中梵天之音清響哀婉其聲動心獨聽良久乃摹其節寫爲梵唄撰文製音傳爲後式梵音玆爲始也鈔開居學肆者此一句是肇公涅槃無名論文光瑶注云肆者陳也周孔云（有說周公孔子未敢詳定疑是周禮也）學中陳列書史如市肆陳列貨物也今陳列聖教以爲異耳要覽云後漢張楷字公超學徒隨之所居爲市故今學處而稱肆焉言探賾玄門者探字他含反探者嘗試取其意也賾字士責反劉獻注周易云賾幽深之極稱也玄門可知○鈔得在靈山下問清涼山何名靈山耶荅以古有大孚靈鷲寺即山形似鷲鳥故也西域靈鷲山亦畧云靈山今亦畧云靈山也或可此山靈應既多故曰靈山○鈔大聖雖周下即舉總稱別尊其德故不指其名如今山中稱念只云大聖菩薩也○鈔萬聖幽贊於五峯即菩薩住處品文殊與一萬菩薩住清涼五峯之内等言百祇者如南山感通傳時有天人姓陸名玄暢詣宣律師所師問清涼山文殊之事荅曰文殊是諸佛祖師隨緣

利見應變不同大聖之功非凡境界不勞評薄但知多在清凉五臺之中往往有人見之不得不信又周穆王時已有佛法此山靈異文殊所居穆王於中造寺供養阿育王亦依置塔如斯不一故云百祇傳慶等言大孚等者即漢明帝所立言大孚者弘信也如前題目中已說言一介微僧者周易法云介纖介也蓋自謙德之柄也言爰媿多生者有二解一云爰者於也媿者荷也感荷於多生善根之力今得濫居勝處多生屬過去二云爰者發語之詞荷宿善之力今居勝處此之慶幸多生豈能忘耶多生屬未來言不入餘人之手者出現品云此法門不入一切餘衆生手疏云權小於斯無圓信手不盡能受是故不爲言何幸者法集經云是經雖行閻浮提於能信深法

者常住如是衆生心手中行言手舞何階者子夏詩序云情動於中而形於言言之不足故嗟嘆之嗟嘆之不足故詠歌之詠歌之不足不知手之舞之足之蹈之也疏主意云此雖爲極喜亦不及我慶躍餘莫能知我心唯聖賢之能知也○鈔下有十門者一通顯得名二對辨開合三具彰義類四別釋得名五展演無窮六卷攝相盡七展卷無礙八以義圓收九攝在一心十派同平等言字各十義者即第三俱彰義類中也言畧有六對等者問下廣釋但有五對此有六對則此廣彼畧荅釋此疏文解題目七字秖以二義釋之對下言畧鈔中作對疏外叙之又此六對與下互有具闕今但直作對更不廣釋下乃釋之總別一對者綱要說嚴通能通所通人通法

故總上五字各攄一義故別性相一對者問前云上二字是體方字是體今何却爲相耶荅以相歸體俱名體體相別分則是相○鈔故此七字即七大性者故字躡前而起上說六對何得躡此而爲七大性耶應合云又字或云然字必恐後人傳寫悮耳言七大性者下疏云如攝大乘論等七種大性不離於此下鈔釋云等取雜集瑜伽般若大同小異瑜伽云一法大性二發心大性三勝解大性四增上意大性五資糧大性六時大性七圓證大性若無着般若論第七云果大性雜集十一說七大性者一境二行三智四精進五方便善巧六證得七業（七皆云大性）今體大即第三智大之中所知無我之理二相大亦所知攝亦法大性即境攝故三用大即方便大而是即體之用亦攝境故四果全同五因大攝其五大性一發心二勝解三行大四精進五資糧六智大全同七教大即是境由是義故今云七字即七大性也言七字皆相者依下疏合云七字皆法今對上大即體故云相也等字七字皆廣等也（上是下對辨開合及具彰義類中少分之義鈔家因便叙之欲彰今疏畧義）今各以下正釋疏文○鈔故下經云法性遍在一切處下問其第三句應是常義云何證遍義耶荅於時中皆遍何失或可但取上半因便故來耳言法性無作下引出現品文上半是本文下半義引也彼云諸佛性淨亦如是本性非性離有無釋曰無作故無前際無變易故無後際如虛空故無中際既無三際即常也○鈔並持自性通上二義者釋疏自持二字以正法二義有其通別

別則正者無偏法者軌範通則並是持自性義言恒沙性德者舉同影別故言不偏僞者不偏揀小不僞揀外故言佛令住正法者雙證上二義亦唯要上半爲證也○鈔然亦二義下疏文語畧故言周即是徧義而不言包義然此包遍二義前體大中包遍相須故合爲一并出常義以足二義今用稱體亦應具常遍二義以常義就用說則隱也且就顯相論故開包遍爲二義理實用大亦有不斷常亦互影故言猶如虛空者妙嚴品文也具云譬如虛空具含衆像於諸境界無所分別下疏云含攝喻也無所不包故遍至一切下出現品文也具云譬如虛空遍至一切色非色處疏云虛空周遍喻此以事空况於理空上皆是體包偏二義爲所稱今是即體之用還稱其體亦具包偏二義上體中引涅槃無性真如爲體當經即無障礙理爲體相中恒沙性德舉同影別用中一塵包無邊世界時遍無盡法界舉別影同同別無礙皆圓教之三大也又三大互望亦復無礙咸爲所證無障礙法界也○鈔爲妙覺者三諦相融爲妙三覺無礙爲覺亦可俱通以三諦是所覺故能覺所覺皆玄妙故○鈔感果等者下疏云華有二義一草木花喻萬行因二嚴身花通金玉等喻於神通衆相等唯與果俱故今引證中以神通衆相證也○鈔嚴上大方廣下大方廣法雖性本淨若非萬行無由可顯如鏡雖本明若非磨瑩終不能顯言成佛果人者凡非是佛以萬行功德成佛如王不是像猶彫琢故成像則飾本有法成修生人爲二義

也言又飾本體等者能飾萬行皆契大方廣之本體以稱本性修故如像嚴飾金本體無二故言以行等者以萬行為因成佛果之人因不即果因果殊故如巧匠能造像匠非是像其體異故則能飾所飾不異能成所成不一為二義也又上能瑩非所瑩喻行飾本體而行即本體故而二像飾金體喻能飾所飾不二（飾法二字具不一不異二義也）器離王無喻行成人而即人故不二巧匠非像喻能成非所成故而二（成人二字亦具非一非二二義）然上消文且約一相如其就法亦有新義從本非內外等中約義分心境等故佛亦有本義佛果海中舊來盍竟故其能飾之行亦有本義隨順法性修檀等故非真流之行不契真故亦有新義由人立故准此則前四句喻初句約法本有修生二句約人修生本有三句約行本有四句約行修生四句圓融方為嚴矣○鈔然唯亦二者中間二句也初句湧泉即是所攝錄義味者即貫中收也問何不言所貫義味耶荅顯二義互通攝亦攝義貫亦貫機故言常乃通於上三者貫攝皆常故言餘處釋云者即慈恩法花疏序也彼鈔云軌者軌則規模之義百者十之極數取極多義人中最勝無尊於王故云百王以百王皆用此經而作規模故云經者為常常者恒也百王不易以恒定故理契至真無易義故言法眼常全無缺減等者賢首品文也下疏云智眼證如如永常故既如證而說豈不常耶常恒下以旨歸文意而釋成也言終古不忒者借莊子文也彼云日月得之終古不忒鄭玄注周禮云終古猶言常

也忒差也常說則無其差忒故云可得稱常○鈔即三世間者世謂時也謂諸有爲法墮去來今三世中間名爲世間具於三義謂性有爲可破壞隱真理故名世間其世間別有其三種名三世間帶數釋也言一衆生世間者衆生即世間即所化機二器世間者若感者所變器界器即世間若佛器界世謂隱覆從真性起同無爲法即隱覆有爲可破壞世亦器即世間即所化處也三智正覺者若入見已上等覺已下智正覺與世間異作相違釋以五八二識猶有漏故墮去來今名爲世間無漏之智正覺性故名智正覺若佛是智正覺是世間若智正覺約所化以彰名依士釋也即能化之主言主謂君主即佛及王下釋主字也器世間之主衆生世間之主或衆生世間即主以位在等覺已還故智正覺世間即依主持業釋也言亦總化上二者應有問言衆生與器可名世間佛非世間何故云並稱世主耶故此荅也言上二者有二意一云衆生及器名二也二云衆生主及器主爲二也後解爲勝統遍前三方該前三世間故鈔法門爲能嚴唯局於主者如各自主所得法門唯局主故言自嚴已衆下此有三重能所嚴一謂各別法門爲能嚴自生爲所嚴二復將上主及法門爲能嚴自衆爲所嚴三一切衆生主及衆法門皆能嚴佛爲所嚴故云並用嚴佛問成佛說經何要三種世間皆嚴耶荅衆生不嚴不感佛與正覺不嚴不能爲主器界不嚴非真佛處復由佛嚴顯遇者有德衆生嚴輔顯佛超勝如是互嚴方爲妙嚴

也〇鈔用當諸經之序品者有二意一云已上疏序已竟用當諸經序分也二若會解則以妙嚴品當諸經之序分此解難依前解為

正釋教迹竟

華嚴會本懸談會玄記卷第七

音釋

鬻 余六切賣也　彖 他亂切易經有彖象　虬 渠黝切蚴蟉龍皃又音虯

峻 思俊切險也　婉 於遠切媚也　摹 莫奴切規丨也

華嚴會本懸談會玄記卷第八

蒼山再光寺比丘　普瑞　集

○自下歸敬請加○鈔歸敬三寶者歸必歸三要須盡壽及未來際等敬但隨於一寶容暫敬故歸必兼敬敬未必歸二相不同問既請威加護何不序前致敬荅序但兼述非爲正故所以前云并序○鈔顯能歸相者起信疏云歸者是依投趣向義命者總御諸根一身之要人之所重莫不爲先舉此無二之命以奉無上之尊又歸者是還源義衆生六根從一心起而背自源馳趣六塵今舉命根總攝六情還歸一心一心即一體三寶也今云無盡三寶同別有異大旨不殊○鈔但云下問既但云命何有三業故以者字牒之釋此荅意有二一云身即是命故鈔云人之所重莫過身命今舉身命之重以攝語意之輕耳二云命者是意以審察慮知三寶勝田決定堪歸乃以最極寶重持身之命而歸敬故表意極重（即審慮思及決定思是意業也）舉重攝輕必兼身口展五輪而投地歛十指而當胷（能動身思名爲身業）發下讚述之語（能發語思名爲語業）以此三業周窮時處普伸歸敬前義稍勝以命者命根身之所依連持色心爲自性故以身釋命義必正也鈔中亦云莫過身命故○鈔初中塵刹有其二義者問上處極十方時世界際何故復云塵刹耶故此荅也一成所依處有三義一上十方三際爲總一一塵中刹等爲別二上十方之刹其數如塵三又上十方刹唯約麄說今兼麄及細故然上第二義及第三義唯約事說俱緣無性皆理也故下鈔云理是佛所住

文影畧故或在下法界中上二融通故事理無礙第一義即事事無礙也具四法界方爲華嚴之所依處也言塵數如来者屬下句也約能數以明故○鈔亦無德不圓下有二釋一云復是别一義釋也一云前直彰二果之體此以用表之不尒何言亦耶二釋隨通言上二自利者或依正二報或菩提涅槃皆自得之利益故○鈔通利自他者即是自利故通二利也言十號之一者一如来做同先跡號二應供堪爲福田號三正遍知徧知法界號四明行足果從因得號五善逝妙往涅槃號六世間解達僞通真號七無上士調御丈夫降生成道號八天人師應根說法號九佛三覺圓明號十世尊出世獨尊號今即調御與師不分二别即爲一號即應根說法號也

有云師即天人師即應根說法號調御即降生成道號則應云十號之二前解爲正鈔主既自言一何强分二耶或傳寫筆悮後解爲勝言調御者即調和控御涅槃十八云如御馬者凡有四種一觸毛二皮三肉四骨隨其所觸稱御者意如来亦爾一說生令受佛語如觸毛二說老三說病四說死如觸皮肉骨名調御丈夫也○鈔成上依處者上塵中刹若無法界豈能成耶言似當約事者前三義中唯第一義約事事第二義及第三義中似當約事即分義今法界言義兼理事即性分具足有四法界如前可思言佛身充滿下現相品文又充滿下妙嚴品文兩處䟽釋俱云所遍法界皆通理事然理實應通四法界等言二者下即功德大悲雲一一稱四法界故

○鈔亦圓明中別義者謂圓明是總即當菩提涅槃二依之果具於有爲無爲二種功德有爲功德即是菩提所收無爲功德即是涅槃所攝今是有爲功德故云圓明中別義○鈔十力者一處非處力二業力三定力四根力五欲力六性力七至處道力八宿命力九天眼力十漏盡力言四無畏者一一切智無畏二漏盡無畏三說障道無畏四說盡苦道無畏言十八不共法者一身業無悞二無卒暴音三無種種想四無不定五無忘失念六無不擇捨七欲無退八念無退九精進無退十定無減十一智慧無減十二解脫無減十三身業智爲先導隨智而轉十四語業智爲先導隨智而轉十五意業智爲先導隨智而轉十六知過去無着無礙十七知未來無着無礙十八知現在無着無礙有云依雜集論用十力四無畏大悲三念處為十八法者二釋皆通言百四十種功德者有二釋一云三十二相八十隨好十力四無畏十八不共合一百四十四鈔舉大數云百四十也二云諸契經論皆說如来百四十不共功德謂三十二相八十隨好四一切種清淨一一切所依清淨謂煩惱麁重并諸習氣於自所依無餘永滅故二一切種所緣清淨謂種種變化所現一切所緣皆自在故三一切種心清淨謂煩惱已離善根積集故四一切種智清淨謂如前一切無明麁重巳滅離故一切所知境中智無障碍自在故十力四無所畏三念住一者一心聽法不憂二者一心聽法不喜三者常住捨心三不護一惡心都絕二不依止名聞三不依止利養大悲無忘失法永害習氣及一切種妙智也此上功德雖通諸教今皆無盡以屬當教二解之中後義為勝前解則文無所據後解則依瑜伽等諸經論故數

亦齊故○鈔大悲普覆下於上無盡德中別讚大悲而有三義似於雲故一者無緣大悲覆一切二者徧一切而不分別三者遐霏法雨等潤群萌故以雲爲喻也○鈔毘盧一句別歸本師者此句全是現相品文問何故一句歸本師答承恩重故○鈔上云功德下問前云圓明中別義此言總該無盡其故何耶答圓明是總體故前云功德是圓明中別義若但云功德是總復分悲智等為別故有兩重總別也言別語冣勝者果位智強故○鈔順於光明遍照義故者准下疏釋於毘盧遮那有其三釋一云毘者遍義盧遮那光明照義迴就此方應云光明遍照然有二義一身光徧照云三界道一智光徧照真俗重重法界二身智能所合爲一身圓明獨耀具德無邊故立斯號二云毘者種種義盧遮障義那者盡義即種種障盡種種德圓故三云毘者廣大也盧遮生也那者息也謂廣大生息此亦二義一脩成謂慈悲無邊故廣智慧無上故大生相已盡故生息二本性謂藏識包含種子建立生趣故廣本覺現量與佛等故名大新新生故名生染淨苦樂所不能動故名息此亦真應合論今順初義故然唯順智光明也言深廣故者法華方便品文假使滿世間皆如舍利弗盡思共度量不能測佛智深也又云而能究盡諸法實相唯佛與佛乃能究竟廣也言大悲深廣者無待無緣故深周徧利樂故廣言智亦如雲者法花云慧雲含潤雨大法雨故然亦具上三義謂普觀一切而無分別含潤法雨故又前言功德下言雖

總該別屬福故又諸佛所依處中云塵刹法界等本師亦然文影畧故疏所住下言甚深真三字者以法性通諸教故此三字揀之如法性真常離心念二乘於此亦能得今以甚深二字揀之如權教菩薩亦住此法性通以三字揀之顯所住法性之極也又脩多羅亦總該乎一藏今以圓滿字揀之也○鈔二句歸法下問前云十方已下所歸分齊佛寶中別云塵刹等今法寶中何不別言其處耶荅影顯示故問甚深真法性為能依法寶與前所依處中理法界云何分別荅為教所詮名理法是法寶所依名理法界亦猶法性身為能依法性土為所依也○鈔但歸別相下問何不但歸別相而躡前起後亦歸於同相耶故此荅也涅槃云若能知三寶常住同真諦

此即是諸佛最上之誓願故亦歸於同相也○鈔然三寶下承前別列初深後淺為次今口科分二。

- 初標然三
- 二列同一
- 後釋三
  - 初別相且別
    - 初約事就義門一
      - 初明同相三三三約
        - 初佛三 言同
        - 二法三 二法
        - 三僧三 三僧
    - 二會事從理門一
    - 三以理融現門二
      - 後歸合要全舉全舉此由
  - 二同相二
  - 三住持三在
- 初正釋三類三
  - 初義門別釋二
    - 初結名引證門三
      - 初結釋 是故
      - 後通難 義說
  - 後引證結釋二
    - 後結義通難二
- 二顯歸分齊三然

○鈔一約事就義下於別相事體之上就義各有三寶言即以無漏界功德為體者遂難出體也前言佛體上有覺照義故為佛者不知佛以何為體故此出體也十地鈔引唯識釋云此即無漏界二轉依果諸漏永盡非漏隨增性淨圓明故名無漏界是藏義此中含容無邊希有大功德故或是因義能生五乘

世出世間利樂事故○鈔法有覺性者色性智性無二性故知一切法即心自性誰非覺照教理行果皆有覺性故○鈔在衆無違者僧以和敬爲義和通事和理和事和之有六謂身和同集口和無諍意和無違見和同解戒和同奉利和同均理和即證理聖人謂三賢十地八輩上人等敬謂八敬一百夏尼禮初夏比丘足二尼不得罵謗僧三不得舉僧罪説其過失四已學六法從僧受大戒五尼犯第二篇罪應向二部僧（大僧二十 大尼二十）中行摩那埵（此云折伏貢高也）六尼半月常於僧中求教授人七不應於無僧處安居八夏訖當於僧中自恣言無違衆生者即十行願中恒順衆生願也彼疏云隨順衆生種類根性饒益成就○鈔今舉佛所住下歸今疏文唯約上說也

畧法上僧各三寶義言理是佛所住者即智證如如故無漏色聲等皆屬如也十地品佛住甚深真法性寂滅無相同虛空所住與能住而不定異所流與能流亦不定殊故名同體此以教法歸佛佛歸理法畧不明僧或所住能住能流所流無相違反即僧義也○鈔二會事下會別相三寶歸一理故如波依濕三皆依真無如外智能證於如佛歸如矣十二分教從真流故亦歸真性理和之僧亦因見理而曰僧故亦歸真理○鈔今舉下亦歸疏文言皆歸真性者上句顯佛歸真下句顯法歸真問何不攝僧歸真荅疏文畧故如以真如隨淨緣起有三乘僧等佛法既皆依真僧亦例之可知經云普賢身相如虛空依真而住非國土即僧同真也○鈔三約理融現

下約理體上義別有三三義朗然曰現通無異體曰融故經云於佛性中即有法僧○鈔由此一門下亦歸疏文也以第一單約事第二單約理第三一門理義融故令如來住真法性若無下反顯問第二門攝佛歸真亦令佛住真法性與此何別荅第二門所歸雖亦法性然通但空無理融現之義也思之○鈔三門雖異下結名也初俗次真後中三諦雖異而第一以事就義故同第二會事從理故同第三融理事故同故並稱同體也淨名下引證即彼不二法門品文也彼疏云智無生佛也理無相法也行無脩僧也正證第二門義證第三門○鈔是故下結釋也或唯結初門或總結三門○鈔義說下通難問既云同體何故說三寶耶上二句通也問既有三寶義別何故復云同體下三句荅也○鈔佛即橫該一切者法界諸佛爲橫各具十身名竪即別教義言畧舉理教者亦舉勝攝劣故云甚深真法性圓滿脩多羅佛即是果行乃屬僧影顯示故僧雖該攝者汎言塵方佛會中則該通大小今云普賢等且偏語大乘僧求一切智故歸佛求證真法故歸法求入聖證故皈僧也○鈔住持三寶下由前別相同體真實三寶餘勢力故令舍利形像凡僧相續不絶故名住持又以此持彼即攝彼二以住持持同體別相言住持之僧含在菩薩中者即出家五衆文不別說含在諸大士三字之中問如形像致敬損壞於何處得罪福荅以像表真於真邉得若爾害凡僧應聖邉得罪荅塔像無心命乃從其表僧有心命故不從

聖邊得罪〇鈔然三三寶下顯皈分齊言通於諸乘者若同相三門第一門唯除人天通餘四乘但淺深異爾第二門兼除小乘通後曰教第三門兼除權教通後三教若別相住持皆通五乘然就諸教勝劣不同今皈圓教之勝故云以義料揀皈勝非劣此顯深義故揀餘乘言一理統之下此顯廣義謂以一真無障礙法界統之則普收諸乘三三寶也具此深廣二義爲所歸分齊也〇鈔初句明處下問前云十方塵刹法界等今何但云塵耶荅亦影顯示故言況一一下普賢三昧品云如此界中普賢於世尊前入三昧如是盡法界虛空界一切國土塵中一一佛前有世界海塵數普賢所住等覺之位名普賢位不但普賢一人海會菩薩莫不皆爾言以是海會之上首下問上首豈唯此二菩薩法惠金剛藏等豈非上首耶荅有所表故不徒然也理趣經云一切衆生皆如來藏普賢菩薩自體遍故此表理也下經云文殊常爲諸佛之母般若以爲母故此表智也理智冥合即是遮那三聖圓融故問佛僧二寶俱就人何不立人法二寶荅因果異故問法中亦有因果異何不立四寶荅人用強勝能秉持法是故分二法不自弘合爲一寶問法中果法與佛行法與僧各何別耶荅約如來所成義邊總屬佛寶約諸菩薩施學義邊爲僧下地所學義邊爲法寶但約義別體不殊也問此三寶何故稱寶荅依寶性論有六義故名寶一希有二明淨三勢力四莊嚴五最上六不變六義似世之寶故稱三寶問三寶次第何故如是

沓約勝劣次第謂佛法僧能覺彼法所覺隨受有勝劣故若因果次第謂僧佛法由僧先脩次佛圓滿後得法果若境行次第謂法僧佛以法爲境僧脩勝行佛果圓滿若師資次第謂法佛僧法是佛師法先佛次後說僧實若隨信次第謂僧法佛見僧威儀次信所證然後師佛若示現次第謂佛僧法先本是佛次示爲僧法說於後○鈔通顯皈意乃有衆多者准起信疏有六意一荷恩德故二請加護故三令生信故四爲儀式故五表尊勝故六顯益物故行願鈔有七意一顯示吉祥故二令生信故三令知恩德故四爲儀式故五表有禀承故六請威加護故七隨順先聖故通上開合總有十意謂後二與前三同後四與前四同後六與前二同也今總相下乃有三意然就中亦可分爲十意第二意中有四意故第三意中有五意故細尋可了○鈔三寶吉祥者第一意也同行願鈔第一意行願鈔云三寶功德第一吉祥最初皈敬欲令所製久久流通成實論云三寶最吉祥故我經初說言有皈依能辦大事者第二意也然此二句爲一意下三句各一意即具四意也思之智論云佛如良醫法如妙藥僧如看病者故不增減准此三寶能療一切煩惱之病能辦世出世間諸利樂事即論疏第六意也能生有漏無漏者善根故究竟令離二生死苦得大圓寂又一切經初下第三意然其別論亦有五意具論疏二三四意并行願鈔二四五六七之五意也初二句爲一意例六成就令物生信故如是即法寶佛字即佛寶與大比丘衆等即僧寶乃結集者依佛教勑作斯安立令人生信結集佛經既

爾今造疏應然二有五句第二意也暨佛滅後造論諸師亦先皈三寶顯示所學有可宗故三有二句即第三意不卒胸襟無我慢故四有一句即第四意求請三寶威力加被護令無難五有一句即第五意使契合故總唯三意別則具十以表無盡○鈔然上句自謙下前總出意今別消文言一毛測空下迴向品云一毛度空可得邊十地品云一毛度空可知量皆涅槃八種喻中非喻喻也（八喻者一順喻二逆喻三現喻四非喻五先喻六後喻七先後喻八遍喻）彼設能爾今凡智測法何能窮盡○鈔但請同體之慈者謂三寶與我師資雖殊性無二體故名同體而言冥等者以疏釋經甚有分別契合之處今言冥暗而契者故云謙詞○鈔第九迴向者問何不令生等佛而等普賢耶荅第九迴向唯欲等普賢故問何故第九迴向唯要等普賢耶此牒難詞而通也即無着無縛迴向此三十一卷皆說願等普賢故云爾也言良以下出所以也言該因者妙嚴疏說曲濟無遺曰普（大悲行也）隣極亞聖曰賢（將至見道大智行也）此約諸位普賢（地前諸位）世界成就疏云一位前普賢謂但發普賢心者即是言徹果及佛後者又云果無不窮曰普（故云徹果）不捨因門曰賢（故云佛後）言佛前者德同法界曰普至順調善曰賢此約當位（等覺位也）成就品疏云位中普賢即等覺位故言諸佛本等者體性周遍曰普隨緣成德曰賢即理事無礙也又云一即一切曰普一切即一曰賢事事無礙法界也故云諸佛本故法界體故○鈔以斯經下由此經所明法界等義皆佛親證即如證而說故是一切教

之根本諸教咸以此經而為規模隨根漸設故云根本法輪○鈔而聖后所翻者即唐第四帝武后則天順聖后皇帝也元是高宗之皇后白虎通云天子之配謂之后后者君也天子之配至尊故謂之后也其朝所翻之經有八十卷文富義博賢首造新修畧疏鈔至夜摩會（法界觀鈔云造疏纔五卷）忽然歸寂奄者忽也○鈔慨者無聲之歎也瑕玉病類絲病也黷切韻云蒙也暗也○鈔疏中欲掩等者後之九貶皆指其瑕疵而疏中欲掩也問既疏中欲掩何故今鈔敘之傳者下荅也有二意一恐後學者要知得失務生正解故二者諸徒堅請於理難違故問若爾何不隨疏合說之處而即說之荅大經文義浩博弘通動便長時何煩頻數敘述敘之恐迷宗滯迹耳○鈔世

路以多岐亡羊者列子第八云楊子之隣人亡羊既率其黨又請楊子之豎（豎童）追之楊子曰嘻亡一羊何追者之衆隣人曰多岐路既返問獲羊乎曰亡之矣曰奚亡之曰岐路之中又岐路焉吾不知所之所以返也楊子戚然變容不言者移時不笑者竟日門人怪之請曰羊賤畜又非夫子之有而損言笑者何也楊子不荅門人不獲其命孟孫陽出以告心都子心都子他日與孟孫陽偕入而問曰昔昆弟三人遊齊魯之間同師而學進仁義之道而歸其父問曰仁義之道若何伯曰仁義使我愛身而後名（身體髮膚不敢毀傷）仲曰仁義使我殺身以成名（無求生以害仁有殺身以成仁）叔曰仁義使我身名並全（既明且哲以保其身）彼三術相反而同出於儒孰是孰非耶楊子曰人有濱（水際）河而居

者習於水勇於泅音囚水上浮者也操舟鬻渡賣渡利
供百口裹糧就學者成徒而溺死者幾半本
學泅不學溺而利害如此若以為孰是孰非
若者汝也心都子默然而出孟孫陽讓責也請也之曰何
子問之迂音于曲也夫子荅之僻吾惑愈甚心都
子曰大道以多岐亡羊學者以多方喪志學
非本不同非本不一而末異若是唯歸同反
一為亡得喪子長先生之門習先生之道而
不達先生之況也哀哉今借意用之○鈔特
由下如其理淺一人解釋已盡其旨今大經
旨趣既深遠微妙豈但一途能盡其玄言以
光法施者智論云依隨經論為立名字皆名
法施運清淨心無希名利之垢以法施他也昔可尚也者舉例
標之故○五百比丘下釋成如下第六鈔引
言下經之中者即世主妙嚴品中說也言經

有多家論者如十地經龍樹世親等釋不同
金剛一經無着天親論釋有異言論有下唯
識一論十師造釋一護法二德惠三安慧四親勝五難陀六淨月七大
辨八勝友九勝子十智月言如析金杖即脇尊者荅健陀
羅王義也具如第六鈔引言或登地者如無
着等或加行者如天親等時英如智光戒賢
等懸記如龍樹楞伽云大慧汝應知善逝涅
槃後未來世當有持於我法者南天竺國中
大名德比丘厥號為龍樹能破有無宗世間
中顯我無上大乘法得初歡喜地往生安樂
國等言依之修行下亦脇尊者言也足字子句
切添物也○鈔故經云者即金剛三昧經也汝非
定心證而說故文語非義我如證而說故義
語非文況華嚴下以劣況勝彼拔末經尚不
離定心況華嚴海印定中所演菩薩定心所

受而不示觀心耶言親所發揮者周易疏云動發揮散意云宣說顯示也言不叅善友者謂修行之人我慢所覆不叅善友而但貴尚尋文以求通決者豈自根器勝過善財童子等耶寶積經七十二云得人身者彼應依善知識聽三世佛平等法聞已應發勤精進依城邑聚落與大衆共居具四部處更互相與論量佛法學問難荅三世佛平等法得現在前解一切法無有自性修此解故煩惱漸除等經既云爾何以不叅善友但尚尋文耶言不貴宗通者楞伽經宗通自修行說通示未悟今宗不通唯攻解釋言說綴連文字等故僧史云註之者務其詞義科之者逞其區分執麈鹿之大者曰麈群鹿隨之皆看麈所往隨麈尾所轉爲准今講者執之象彼有指揮也摇松生公擯在虎丘時執松枝爲談柄古詩云聽徒千箇石談柄一枝松

也但尚其乘機應變解分挫銳唯觀其智刃詞鋒都忘所詮不求出離即其義也言不能以下肇公寶藏論云古鏡照精其精自形抱朴子曰昔張蓋蹋及偶豪二人精思於蜀雲臺山石室中忽有四人黃絹單衣葛巾往到其前曰勞乎道士辛苦幽隱二人顧視鏡中乃鹿也搜神記云林慮山下有一亭人每過此宿者或病死時有郅伯夷宿於此明燭而坐夜忽有十餘人來自共蒲博伯夷密以鏡照之乃群犬是古教照心其心自明如人有眼耳無由自見以鏡照之則見衆生自性亦爾無由自見因聞聖教依教反照方得見也今既不能何可照理照心言玄言理說並謂雷同者即祖師門下開決之言不關常習義路理特深隱謂之玄言如截斷言思等語句也若依義路尋之轉不相應如法界品善財入彌勒樓閣見無盡境出已不見善財問曰此莊嚴事何處去耶彌勒荅云於來處去經中之玄言也理說者即訓

文釋義接引學流乃義學之所習者也此既朗然成異何以一盖俱同曲禮云無雷同注云雷之發聲物無不同時應而生芽者取一盖不分之意問既破他爲雷同自立頓教兼收南北二宗禪教不分豈非雷同荅經中具有玄言理說今但破其釋時雷同不分今雖一教之中頓漸亦異禪教各别如一百法俱爲始教所詮而五位依圓成異此亦應爾故言不知萬行等者須彌偈讚云不能了自心云何知正道由彼顛倒慧增長一切惡解脱長者誡善財云善男子應以善法扶助自心應以法水潤澤自心應以境界淨治自心應以精進堅固自心應以忍辱坦蕩自心應以智證潔白自心應以智慧明利自心等故知萬行皆了自心也言一生驅驅下問明品云如人數他寳自無半錢分於法不脩行多聞亦如是疏云但說佛菩薩功德不能求諸身心故其無分也言或年事下大法炬陀羅尼經云說法者應常宣說法不得休懈若常說法法則增長利益人天若不宣說法則衰殄今既棄教則違抑佛心也言誤後學者如自落坑引他墜井○

鈔今皆反此下應皆反上說之謂巳參善友要自宗通聖教照心智達經旨玄言理說各别區分先了自心復在勤行自少及老禪教雙行豈唯上順佛心抑亦爲物軌範故製茲疏言即事即行者即所說事而能行之如說而脩行如行而說故言用以心傳心下以禪會教也然心非箇物乃不可傳但以符契義言傳耳南宗則慧能之禪北宗則神秀之禪雖頓漸有異而見性無殊故皆會之天台山

即智者大師衡山即思大師皆宗空假中三觀之玄趣而疏文撮以釋經言使教合亡言之旨者教說契於禪心心同諸佛之心者禪心合於教意也無違下禪講兼備也亦是通妨妨云上難苑公玄言理說不分今禪教契合豈非雷同此荅也言不假更看下瑜伽八十六云不觀他面不看他口於此正法毘柰耶中一切他論所不能轉意云既自通達不隨他語亦不看他顏面別覓一句一偈謂是忘機之法門以依法不依人故但解此疏自然諸疑頓息內照自明也言彰乎大理之言者或聖教彰大理之言疏爲辯明令人易了文處蓋多難可具迷解字（佳買切）○鈔三扶昔大義下以刊定記破昔成非今疏扶昔賢首大義不欲掩昔賢故言幽旨包博等者比唐經多缺比餘經全盛故言賢首方周者以光統律師靈裕法師慧遠法師等皆有疏釋唯探玄二十卷妙義方周故言講得五雲凝空者即講唐經時祥瑞也以講經時口出光明須史成於雲盖等然有三度放光如下具示言六種震地一動二起三涌（此三約相）四震五吼六擊（此三約聲）或東涌西沒南涌北沒中涌邊沒六相也即證聖二年十二月十二日晚講至華藏世界海震動之文其講堂內及寺院中忽然震動于時道俗數千共覩歎未曾有有處說四簷垂地故大敬愛寺碑云祥光瑞彩欝欝哉齊日排空佛殿法堂隱隱然垂簷接地等言雖入下前列子中事徒過下法華經中繫珠喻也言大義屢乖者孝經序云嗟乎夫子沒而微言絕異端起而大義乖今借用

之可知言立四教者一迷真異執教二真一分半教三真一分滿教四真具分滿教以圓終二教為第四始教為第三小教為第二不立頓教更加第一以當異教故云雜以邪宗言使權實不分者三是權四是實而皆云滿故不分也言頓漸安辯者不立頓教故言栟十玄下彼立二種十玄謂德相業用問相用區分豈無異轍荅如百法中八識通漏無漏不須分為兩重彼既不爾此云何然言使德相下德相無相即相入二門業用中却有之然體是即用之體今既體無入即體用不相即也彼立德相唯淨業用通染二門既別無真妄交徹之義也言出十玄下既立德用二玄之果所由之因却但准一真如即德用二門何別自語相違也問准下理性融通具德

用二義何故以此難耶荅非不許理性之因具於德用但不許立二玄別也言以緣起相由下如光明覺品云一中解無量無量中解一了彼互生起當成無所畏刊定云了一多互生一多念息一多平等此會差別歸平等性即理事無礙非事事無礙破賢首云應審思其文勿謬解也即理性融通義清涼云以一有力一無力不相違故有此恒相在也緣起法界理數常爾稱斯而見何所畏哉即扶賢首大義耳若約前釋則大緣起門隱矣今申上古下新疏謂清涼所造之疏也對刊定之舊故問新疏中多有同刊定之文莫不扶刊定否荅有同彼文者彼亦用賢首之文今亦同用之矣○鈔使質而不野者論語質勝文則野文勝質則史文質彬彬然後君子今

借用之意云言雖簡而理詣故質而不野故春秋序云言高則旨遠詞約則義微也○鈔多不窮其始末者或置後引初或隱首露尾但事偏詞竟無正理言或用法相者且法相名義諸宗皆有豈可盡爲權耶言又不分其通局者如三性二諦等則通融與不融則局言意態者名訓雙舉也○鈔當得佛故者經云以發心故常爲三世一切諸佛之所憶念當得三世一切諸佛體性平等云云何以故以是發心當得佛故疏云徵意云何以發心即得果耶釋云以是發心爲因決定當得佛故望圓極之果故定當成約見性成智身上品云即得即淨行品初發心時便成正覺之義故晉經梵本此中皆云即是佛故者當此義也鈔釋云當字是譯人意欲不壞初後故作此譯今意例顯刊定不曉便以探玄即義釋今當字以此爲例上下多爾言十行巳前賢首新修畧疏唯至第十九卷故

華嚴會本懸談會玄記卷第八

音釋

黷徒卜切數也垢也蒙也　瑕胡加切玉病也　疵必至切病也　鬻于六切賣也　析音析分也　麈之庾切獸似鹿也　郢以井切故楚都南郡

華嚴會本懸談會玄記卷第九

蒼山再光寺比丘　普瑞　集

鈔百四十一願者乃十信中行也疏云表十信圓融一一具十故百三賢十地等覺四十一也明此諸位惑障由此能淨所有勝行由此能行故分爲十類一有一十願明在家時願二有十五願明出家受戒時願三有七願明就坐禪觀時願四有六願明將行披掛時願五有七願明澡漱盥洗時願六有五十五願明乞食行道時願七有二十二願明到城乞食時願八有五願明還歸洗浴時願九有十願明誦習旋禮時願十有三願明寤寐安息時願故總有百四十一願也

言梵行品四果者經云若僧是梵行者爲預流向（始起凡地預聖流故）是僧耶預流果是僧耶一来（修惑三品未盡一度来生欲界故）向是僧耶一来果是僧耶不還（欲惑已盡更不還欲界故）向是僧耶不還果是僧耶阿羅漢（一云殺賊已斷煩惱故二云不生三界之生分盡故三云應供應受人天供故）向是僧耶阿羅漢果是僧耶疏云且依小說（云云但畧釋名而已）今則欲明梵行粗陳名目若廣引婆沙俱舍等論清淨梵行累於名數矣言問明品等者即文殊問法首菩薩章中謂隨貪嗔痴隨慢隨覆隨忿隨恨隨嫉隨慳隨誑隨諂執力所轉等文彼全鈔唯識釋之今疏但畧釋其根隨而已（前四根本後十隨惑）言三倒者想心見三倒也疏云依前七識義分三倒謂七識妄心性是乖理顛倒之法名爲心倒依是心故便有一切妄境界生如依夢心有夢境起即於彼境妄取其相說爲想倒於所取法執實分明說爲見倒依此三倒於爲無爲境

起常無常等八種顛倒也言二十一種功德者一者一向無礙轉功德二於有無無二相真如最清淨能入功德三無功用佛事不休息功德四於法身中所依意樂作事無差別功德五脩一切障對清功德六降伏一切外道功德七生在世間不爲世法所礙功德八安立正法功德九授記功德十於一切世界示現受用變化身功德十一斷疑功德十二令入種種行功德十三當来法生妙智功德十四如其勝解示現功德十五觀察如来無量所依調伏有情功德十六平等法身波羅蜜多成滿功德十七随其勝解示現差別佛土功德十八三種佛身方處無分限功德十九窮生死際常現利益安樂一切有情功德二十無盡功德二十一究竟功德此中云古人者兼彈賢首也言又離世間品下言具含諸位者初二十問荅明十信二有二十問荅明十住三有三十問荅明十行四有三十問荅明十廻向五有五十問荅明十地六有五十一問荅明因圓果滿言名異義同者明一一位中名言與前六會經文有異於義乃同或前六會中名義廣此中名義畧也言於四十二位者四字誤書應五十三位也今具引六會經文者從第二會明十信乃至第七會明等妙二覺也言臆說尤多者下鈔云刋定將此分爲六位從十住已去不取十信而開等妙與此全差以十信文為十住十住文為十行等此判既乖即知苑公於此一品不解一句以判六貶盡皆錯故言五眼下離世間品云有十種眼一肉眼見一切色故疏鈔云照矚名眼下釋五眼皆智論文彼

見麁近明前障內色今見一切色已過內天二眼也二天眼見一切衆生心故彼見細遠暗後障外色上二眼是清淨四大不可見有對色爲體但人天趣別耳今見心通性相三慧眼見一切衆生境界彼見理以彼慧眼不能見衆生盡滅一異不能度生今顯實過權此明能見亦能見理四法眼見一切法如實相故彼中法眼雖知於法不能偏知衆生方便道今反此故明知一切法通事實理實意欲異權故若爾何分法慧答法眼從所知亦通於理慧眼從能知爲名則法慧俱通根後得名異故分二五佛眼見如来彼細無不知今亦同彼六智眼知諸十方故顯唯屬佛故舉十力法故見事法眼中開出也七光明眼見佛光明故通身智光義兼法慧八出生死眼見涅槃故絕見方見九無礙眼所見無礙故總見諸眼境皆無碍故此所眼具多爲不壞相故須列十眼十一切眼即是普眼非但見法界重重亦乃法界即眼故爲普眼故知十眼全以無障碍法界爲體也言六通者一他心通二天眼通三宿住通四天耳通五漏盡通六神足通開六爲十如前已明言十身及智入等如前敘

迹中已畧示言衆海解脫者如妙色陁羅延執金剛神疏云陁羅延此云堅固由見佛妙色皆不可壞故受此名以此神得如来示現無邊色身解脫門故爲此釋餘可例知言以九門六度下疏云瑜伽菩薩地說六度各有九門一自性門謂出行體二一切門謂能具行三難行門謂就中別顯四一切門門謂行差別五善士門謂作饒益六一切種門謂遍攝聖教七遂求門謂隨所須八與二世樂門謂於現在作大饒益令未来廣大安樂九清淨門謂離相成波羅蜜六度即一布施二持戒三忍辱四精進五禪定六智慧十度即於智慧中開後四也謂七大願八方便九大力十大智言十忍者經云音聲忍順忍無生忍如幻忍如燄忍如夢忍如響忍如影忍如化忍如空忍言五忍者即仁王經說伏忍信忍順忍無生忍寂滅

忍各有三品如次配三賢十地等妙二覺疏鈔云然此忍行十忍約位即等覺後心爲斷徹細無明若約圓融實通五位寄終極說雖是一無生智隨義別說二（謂二我空忍）三（佛性論說三無性忍持地論說信忍順忍及無生忍）四（地論中有四無生一事無生二自性無生三數差別無生四作業無生又思益經說四忍一無生忍二無滅忍三因緣忍四無住忍）五（如上仁王）等（等瓔珞經說六忍謂信法脩正無垢切智六也又等上十忍八地十四忍等）又依五忍位當寂滅十忍中無生者持地論說三忍信忍三賢順忍加行無生忍正證巳去總名無生今當此無生之因滿位非五忍中無生彼當七八九地順忍等覺位中無生忍加行（十忍中順爲十中無生之加行也）通順理事不同五忍中順忍四五六地亦不同三中順忍屬四加行位音聲忍亦等覺中加行後七喻中前四喻音聲影化喻順忍空喻無生忍言十

身融三身者下依主中明言十智融三智者離世間品說十種善巧智明一知一切衆生業報善巧智明二知一切衆生境界寂滅清淨無諸戲論善巧智明三知一切衆生種種所緣唯是一相悉不可得一切諸法皆如金剛善巧智明等（等後七也）疏云初事次理次即事歸理此依顯相然皆權實無礙之智故稱善巧即一權二實三無礙名爲三智言十門涅槃者一體性真常門二德用圓備門三出沒常湛門四虧盈不遷門五示滅妙存門六隨緣起盡門七存亡互現門八大用無涯門九體離二邊門十結歸無住門然斯十段隨義雖殊皆含體用互相交徹顯大涅槃言四種涅槃者一自性清淨涅槃二有餘依涅槃三無餘依涅槃四無住處涅槃然上十中體攝

性淨用攝餘三故云會通言十種佛智下出現品疏云一無依成事智二體無增減智三體均益生智四用與體容智五滅惑成德智六依持無礙智七窮劫利樂智八知無不盡智九巧令留惑智十性通平等智上十智融三智中亦可以此十智皆達事名融權照理名融實無礙名融中言一智融於四智者四用與體容智中經云無染着巧方便大智慧寶即大圓鏡智離諸分別名無染着所緣行相微細難知不忘不愚一切境相名巧方便經善分別有爲無爲法即平等性智觀一切法若爲無爲自他平等名善分別經分別說無量法而不壞法性即妙觀察智雨大法雨觀察諸法自共相故說無量法而不壞法性經知時非時未曾誤失即成所作智知根知時作所應作故問何故將法相釋法性耶荅今一具四豈得同耶欲顯包融故用釋之一智融四則永異餘宗言若爲成種智下問廣立章句令後學者成種智境復有何過荅意可知言若華嚴下問破他廣立章門何以下

疏釋十度十力等亦立章門故此荅也意云既經中廣明非是傍求故須總撮一章令頓曉其旨也言如十地品內下此中畧於初地問何故畧初地耶荅以歡喜地名約證真立非他施度不同餘九故偏畧之或初地觀行在地前故言不了三聚者經云性自遠離一切殺生即律儀戒不懷怨恨有慚有愧仁恕具足即攝善法戒於有命者常生利益慈念之心等即饒益有情戒盜等戒准知以是三義就類分之各有衆多故名爲聚言離垢者瑜伽云由極遠離

犯戒垢故謂性戒成就令云不了豈知皆反顯也言八禪者禪即梵語此云定也通色無色若云禪那此云靜慮唯色界四故弘決第六云別而言之四色定生喜樂定離生喜樂定離喜妙樂定捨念清淨定四空空無邊處定識無邊處定無所有處定非想非非想處定通云八禪或云八定定對欲亂禪亦名靜故諸聖教隨用不定言發光之行者唯識云成就勝定大法總持能發無邊妙慧光故得勝禪定發脩慧光得總持教法發聞思光照大乘法等言不曉寧知亦反顯也言四地道品者即三十七品菩提然有七類疏云一對治顛倒道品即四念處身受心法二斷諸懈怠道品謂四正勤未生惡令不生已生惡令斷除未生善令生已生善令增長三引發神通道品謂四神足欲仰所求神足專勤脩習神足即心是定神足思慧揀擇神足四現觀方便道品所謂五根信進念定慧五

親近善觀道品謂五力六現觀自體道品謂七覺分念精進擇法輕安定喜捨七現觀後起道品謂八正道正見正思惟正語正業正命正念正定正精進此七次第者若聞法已先當念持次勸勤脩攝心調柔調柔故信等成根根增為力七覺分別八正正行言成無生之慧光者唯識云安住最勝菩提分法燒煩惱薪慧燄增故名燄慧地言五地諸諦者經中先令觀四諦後就此四明十觀門觀於四諦化生差別廣如經說言窮真俗以化物者攝論云真俗兩智行相相違合令相應極難勝故名難勝地以斯妙智普利群生言六地般若等者逆順觀察十二因緣有十門一有支相續門二攝歸一心門三自業助成門四不相捨離門五三道不斷門六三際輪迴門七三苦集成門八因緣生滅門九生滅

繫縛門十隨順無所有盡門三觀者一相諦差別觀空自利二大悲隨順觀假利他三一切相智觀中道通二利畧顯十重窮究性相以顯無盡並以三觀次第釋之融此三觀唯在一心甚深般若於是現前名現前地言非是懸指昔三等者華嚴望後故名懸指法花望前故云昔三謂此地十二緣生非法花之前四十年中中乘緣覺所見緣生義也言七地窮一切下謂經中顯此菩薩具脩十度四攝四持三十七品三解脫等名窮一切於念念中皆悉圓滿以功用後邊勝前諸地後無功用以此能成故亦勝也權實雙行者即止觀齊運故言八地下七勸者一勸脩如來勝調御智自德未成勸二勸悲愍衆生生願未滿勸三勸成其本願本願未充勸四勸求無礙智自德未勝勸五勸成佛外報化業廣大勸六勸證佛內明無量勝行法門未窮勸七勸總脩無遺成徧智道增進衆德勸問始行之流尚脩無住豈深智地取滅須勸頗有一人佛不與智便取滅否荅有四義故所以須勸一為引斥定性二乘明菩薩此地大寂滅處猶有勸起況彼所得寧為究竟二為警覺漸悟菩薩樂寂之習三為發起始行無猒上求四爲顯此地甚深玄奧難捨所以須勸也但有此深奥法處必有諸佛作七勸修故無一人便取永寂又設佛不勸亦無趣寂爲顯勸益假以爲言言方見無功之道者經云即捨一切功用行得無功用法身口意業念務皆息智冥於理無相無功曠若虛空猶如停海心識妄念寂然不起名不動地由前七勸方知此故有本云七分者即本地七

分經文也集作地分淨忍分得勝行分淨土分自在分大勝分釋名分為七分故然不如七勸通諸教故言九地下經文作大法師具法師行善能守護如来法藏以委窮根病之淺深設法權實而契當言四十辯才者一法無礙辯二義無礙辯三詞無礙辯四樂說無礙辯各有十相一依自相二依同相三行相四說相五智相六無我慢相七大小乘相八菩薩地相九如来地相十作住持相理實該通一切且約圓教以列十門故成四十流於聽表曰辯巧應物心曰才以美妙音演說法義名四無礙辨内由智起名四無礙智無漏後得為體然義無礙或通根後以此教化衆生名善慧地言不將何以亦反顯也言第十地下經云一切種一切智智墮在佛數疏云如初出家墮在僧數言並稱觀行下本為成就觀行契真法性依之脩行方是佛意不徒說之解之而已學者思之言若不了法相者問何不唯明真觀而廣陳法相名義故此荅也智論云有智無多聞是不知實相譬如暗夜中有目無所見多聞無智慧亦不知實相譬如大明中有燈而不目多聞有智慧是所說應受無聞無智慧是名人中牛則雙美聞行也言尋文自知者尋下疏文自知明示法相也○鈔始成正覺等者言初成佛文則易也而含五教等義趣深也言智入三世文則易也而有二三四智等義趣深也如前教迹中示言兎章者未詳何人所作即十忍品如幻忍中引也下疏云法喻各有五喻中五者如結一手巾作一兎一有所依之巾二幻師術法三所現幻兎四兎生即是兎

死五愚小謂實法中五者一圓成法性二因緣謂業惑三依他即衆生等四依他無性即是圓成五執爲實人法即徧計所執令悟第三依他成第四即事歸理遣第五遍計情亡歸第一圓成理顯言如影下此引攝論所説二影以釋如影忍也一油水現日月影喻定地所引境界以水有潤滑澄清性故鏡等影像闕此潤等喻非定地亦日月喻菩薩悲智水喻機心水中之月喻定地境界謂見佛等二身對上日月爲光影喻身映日等而有影故而弄影多端故喻於諸識影乃隨身不於日内而現喻諸識雖託境生異自在我非在於境亦日月喻菩薩悲智身喻物機日照發影以喻現身等三鏡影喻喻散地果報以影離質別現鏡中喻報與因其處別故鏡喻本識如來藏性本質喻無明業等像喻果報又如問明品鏡像亦喻菩薩現身則鏡喻菩薩本質喻機影喻菩薩應機之身

言第七迴向下經云刹平等不違衆生平等衆生平等不違刹平等下疏釋有五種四句第一四句者一刹相二衆生相三刹無性理四衆生無性理第二四句者一刹相即無性以事不存故二刹相不即無性以不壞事故三刹無性即刹相以不守自性故四刹無性不即刹相以性不變故第三四句者衆生與無性亦同刹説第四四句者一刹無性即衆生無性以無二故二刹無性不即衆生無性以無可即故三刹相即衆生相理性融故四刹相不即衆生相不壞相故第五四句者一刹相即衆生無相二刹相不即衆生無相三衆生相即刹無性四衆生相不即刹無性後四重四句中初及第三句是相融義二四兩句當句爲門雖不相融與彼相即同一緣起

故成無礙然為門不同有多差別理實諸句無不融通言第八迴向者經云佛子菩薩見可愛樂國土園林等云云歷國等境發三十一願疏作兩番釋之先橫對一若見國土當願衆生見法性土等後竪配地位一最初發心同佛見理即信位等言三天者忉利夜摩兜率各有十方菩薩偈讚佛德多明破相空義頓義事理無礙義十迴向中第一救護衆生離衆生相迴向亦依真理等明故以般若等文理通釋言普賢三昧者三昧應是行品二字傳寫之誤耳以此品與出現品是平等因果前後因果已是玄妙今此二品又明平等則玄中之玄妙中之妙也又普賢行品明所治廣多一障一切障能治深妙一斷一切斷等故言法界深觀者即祖帝心所作華嚴藏

深觀旨歸義理分齊並賢首造又靈裕法師亦有華嚴旨歸關脉者未詳准纂玄云文超法師作也關鍵亦文超法師造言關中即京兆府生肇融叡四聖等所作章疏也有唯指維摩疏者局也此四聖所述今疏所用豈獨維摩疏耶涅槃心鏡鈔云生公造涅槃五十餘紙唯盤根錯節難解之處於是經宗大開與藏稱為關中疏言繫表者謂出於言繫之表或唯目於關中或通前諸文或更有古人玄妙章門皆經論文外深玄之理故云繫表宗趣鈔云希領文繫之表也表者外也言三玄者下鈔云然此方儒道不越三玄周易為真玄老子為虛玄莊子為談玄此皆是有格之言故或格言者指餘詩書等疏皆借用之所謂絕妙好辭莫不竭斯經疏故云有美斯經等

言亦有下通難也問上斥他指在別章今觀下疏亦有指別章者故此答也○鈔昔人勝負氣高者弘決志云負者不剋負者問不測答答不稱問皆名爲負又負在背爲他所負故名爲劣言如破娑婆形下經云狀如虛空以普圓滿天宮殿莊嚴虛空而覆其上下疏云靜法云大小乘經並說虛空體無形質不可見相今云有形者迴文者誤梵云三曼多周圓第嚩皤嚩曩天宮伽伽那虛空阿楞伽羅莊嚴盖覆僧怛那形壯廻文應以形狀置周圓之前虛空安天宮之上然後合綴飾云其形周圓以虛空天宮莊嚴之具而覆其上靜法此証深有理致今依經通之亦有理在謂空雖無形隨俗說故以俗典指空爲天謂天爲圓穹其形如轍故說天勢圓平野亦如法華云梵王爲衆生父亦隨俗說耳鈔云今疏意非不許苑師但已着在經小有可通即爲會釋不欲使人輕毀聖教耳言一朝至此者文通兩勢若屬上是刊定言若屬下作清凉語言先師者指賢首也是靜法之先師故以靜法造疏時賢首已入滅故指爲先師有通指譯場諸德爲先師者非若非師資破亦何咎故後云湏存禮樂也智者詳之言又如十行下第八難得行文也唐經云譬如船師不住此岸不住彼岸不住中流而能運渡此岸衆生至於彼岸以徃返無休息故菩薩摩訶薩亦復如是不住生死不住涅槃亦復不住生死中流而能運度此岸衆生置於彼岸安穩無畏晋經云譬如河水不至此岸不住彼岸不斷中流刊定記釋中先引古云遠公云前不趣二處

是離有後不住中流是離無謂生死無處名斷中流不住無故云不住中流也二賢首云如東流水不住南岸不住北岸亦得說言不住此岸中流以中無別體約岸分故若爾南岸亦得何以不言涅槃中流由所度生在此岸故所以偏就生死而說而刊定引竟乃云今助釋之意乃有二初會文後釋義初中新舊經本說喻不同謂舊經約河水不趣兩岸不斷中流爲喻喻菩薩以離有無悲智度生也新經約船師不住兩岸爲喻喻菩薩以無住悲智度生也問若爾梵本豈有二耶荅梵本是一由譯者異謂此梵本雖云河水意屬船師即是於能依譬處作所依譬說譯者若善文則會意譯之爲船師若但知文則按文謂之河水清凉云上刊定意會梵本雙出二經之意及其荅結成晉經失旨以從今經義則善矣此上許之也二釋義者即唯此文有二種中流一者生死中流謂南岸中間處自別故此則存二之中名生死中流如是見者不絕生死二者涅槃中流謂離此彼岸即爲中流更無別處此則泯二之中名涅槃中流如是知者必証涅槃故今此喻中喻菩薩大智故不住生死大悲故不住涅槃悲智唯是一心不住生死時即不住涅槃以無住故故但云爾清凉云上刊定意以存二岸爲生死中流亡二岸爲涅槃中流由不存二岸是則住於涅槃中流則不順不住中流之義故不取也清凉釋云喻中初句喻能化次三句喻悲智不住之行相後而能下三句喻不住之功能初二句正於功能以往返不休息一句結能度所以後法合中二先正合後徵釋前中具含三段生死即此岸涅槃合彼岸合上中流亦言生死者以發心

之後成佛之前十地菩薩尚居二死是以中
流即是生死故云生死中流非生死涅槃之
中間名生死中也文旨顯然晋經失旨不應
廣引今言古釋詞枝者通指遠公及賢首也
今文分明者就船師說故然猶賢首刊定清
涼三釋今經生死中流一句義各別也學者
細詳皆有深理故並引之勿猒繁文言九破
等者先喻後合其猶下喻也文選云夫係蹄
在足則猛獸絶其蹯蝮虵在手則壯士斷其
節何則以所全者重所棄者輕言毒蛇者毒
蟲也螫者舒亦切說文云蟲行毒也言毒樹生
庭者斫毒樹經云舍衛國有宮園生一毒樹
男女遊觀停息其下或頭痛欲裂或腰脊疼
痛或於樹下終守園人施柯長丈餘遥斫去
之未經旬日生已如故如是過多枝葉隨復
如舊團圓樹中之妙衆人見者無不歡喜不
知忌諱皆来遭毒園人親族貪樂樹陰盡取
命終園人隻立晝夜憂愁號悲行走智人語
云當盡其根柢適欲掘根復恐定死更進思
惟出家學道佛言伐樹不盡根雖伐猶復生
伐愛不盡本數數復生苦心悟尅責即得初
果今借喻破邪義也若邪解下合上喻也言
若似正下先法後喻此法說也應智眼審觀
依准教理詳而決之如欲下喻可知言盖不
獲巳下明破斥之體式也言縱有下問准下
蹤文亦可舉非顯是何故破他有是非耶故
此荅也衒媒皆自賣者也○鈔若更廣等者
先廣開列章門懸叙義旨及至本文消釋之
次觸途疎畧則聖教幽旨遂多沉隱言使初
中後善者瑜伽云初善聽聞時生歡喜故中

善脩行時無艱苦離二邊中道故後善究竟離苦故言畧述下總結也本意下歸前疏文然猶畧歸後句義也理實上句大智下句大悲亦悲智大義也○疏迴茲下證常樂果即向真如實際上二句向餘二處可知○鈔三二句下疑云前言盡衆生界如普賢今又迴施衆生豈不重繁故此荅也言及所成德者疏主脩成之功德也或造疏益生所成之德令通迴施衆生得菩提涅槃二轉依果也大覺圓明即無上菩提涅槃常樂即無上涅槃各上二字體下二字德也○鈔故舉藏之總名含攝華嚴之別教者此非同別之別乃對上三藏十二分教之總華嚴乃藏教中一部故云華嚴之別教則總別之別也○鈔畧迺百千者問准部類品會晉唐兩本皆稱畧本

百千當其下本何以此云畧乃百千荅此但對上廣則無盡故以百千爲畧下以百千爲具本則晉唐是彼畧故○鈔九大旨下准此則前八門爲懸談義乃優也圭峯云經文浩愽難見首尾故須撮畧關節以示後學○鈔沉隱之義彰乎翰墨者使經中沉幽隱密之義疏文釋之彰乎能詮翰墨之間文外宗通之理見乎文字百千偈之内此正顯疏之功能而助正以此爲如來說經則一時之誤也然上十門生起次第用易序卦文勢也彼云有天地然後萬物生焉盈天地之間者唯萬物故受之以屯屯者盈也屯者物之始生也物生必蒙故受以蒙乃至有過物者必濟故受之以既濟物不可窮也故受之以未濟終焉今體此文也○鈔智論中者詮般若故名

爲智度論即龍樹菩薩造釋般若經今即第一卷中文也言須彌山王不以無事及小因緣者爲顯動必有因畧說十種一菩薩降神二入胎三出胎四十方各行七步五二月八日踰城出家六正月八日成道七八月八日轉法輪八二月十五日入大寂九修羅與帝釋共戰十金翅鳥食龍時有此大事方震動也○鈔今開須彌下釋上轉勢之義也此有三轉勢一智論須彌喻所說今開爲能說二智論唯約動山喻所說佛智今約動海喻所說佛智三智論智唯所說今智通能說故問智論中乃說般若緣今何用爲華嚴緣耶荅並即不共般若此句二解不同若會解意云華嚴與般若並是不共般若故今用之若寂照云雖引彼緣今轉勢用之故此中能所說身智並是不共般若不同智論是共般若顯勝故名不共即是別教一乘後解爲勝言又於下於前三轉外又添一意以爲四意轉勢用也謂搖須彌亦可喻所說身此經廣說十身故餘三可知然會解云此貼意釋非轉勢也彼般若爲所說今佛身佛智爲所說文勢皆同非轉用也今詳彼法中佛智爲所說雖同通能說及轉喻於海則異也彼喻中搖山喻所說雖同彼喻智今喻身則異也亦轉勢用者明矣不勞異釋學者詳之○鈔一大事因緣者問經云非以一因等即多因緣也法華唯云一大事因緣者豈不相違荅非以一緣明能起之因緣則須具多如此十因十緣等出現爲果唯以一大事因緣大事即因緣因緣即是佛之知見故因緣名同義則別也

言一大事即華嚴佛智者轉通妨也妨云一大事因緣即法華佛之知見何預於此故此通也以法華佛之知見本為華嚴佛慧為未了者開頓說漸後會歸時即先佛慧故云我今亦令得聞是經入於佛慧○疏先因後緣者親能起教曰因疏能助起曰緣○疏夫王道坦坦者夫者發語之端如水之先潤火之先煙雨之先雲也王者貫三才主萬物無為化世有道恩民坦坦者平廣也既平且廣千古之下孰不同規以況法王一乘至道徧窮時處說法性用咸同故還源觀云今古常然名為法爾即知不待別遇外緣牽之本来法爾常起也○鈔故不思議等者經具十力疏鈔云此即第五即常徧演法力那羅延幢即帝釋力士之名文中有二初明一身轉後如

是一佛下明多身轉前中三初所說多次如是演說下明所說常後所謂下示所說體後多身可知此即不退（即不退力也）言音無變無斷盡故是則常恒之說前後無涯問約化顯及神通力此是業用法爾應是德相何故引此文耶荅就機雖是業用約佛無非德相以德上用故問經云法界衆生靡不皆聞其中衆生皆得解了我等何不聞解耶荅生盲之徒對而莫覩審此省躬○

鈔結釋經文者前經如是盡法界一一毛端分量之處有不可說不可說佛剎微塵數世界（此則處以毛端横該法界）一一世界中念念現不可說不可說佛剎微塵數化身等（此則時以剎那竪窮劫海）言處則下覆釋者覆釋前處及時也非有漸次曰頓無有間斷曰常言不待別因者但佛窮

證於時處中法爾頓起常起不同餘教要別有因牽故方起也問既不待別因何須餘九因耶答此顯法爾之功力爲總爲勝不妨待別因也餘九別因相對起故既總別有異不可准例難也或可時處既常既頓皆因法爾而有斯則時處不須待於別因非是法爾所起之教不待別因也上二皆助正解今又助釋謂法爾之教不待別因約可流傳故須餘九或可云何法爾不待別因宿因深故故雖有餘九皆成法爾不待別因之義也各有深理學者細詳○鈔有伏難云下難云在鈔答文在疏則應先鈔後疏（後皆准此）言九會之終者且約現行經說○疏但隨見聞下即下順機感意但隨圓機見聞初成之跡九會之終乃文殊阿難海等於常徧無盡說中畧此流傳於世也故在機則有始有終約佛則無始無終鈔以見理下既見真理自含衆妙時處既一多下以所依時處例能依法也一中含多即深不思議一不礙多即廣不思議也○疏二酬宿因下問既云宿因深故法爾而轉何得上云不待別因答上云不待別因乃不待現因今顯昔因方能顯於法爾故不同也問若爾既由昔因安成法爾義耶以有昔因故應非法爾也答非是籍此宿因方能法爾今云爾者以佛宿因初入修行之路先悟法爾心性常徧演法之德遂發悲智願二利之行稱性行願既備諸惑斷盡證真涅槃成大菩提還得如性之用常徧演法此即悟修斷證說法利生皆符法爾之性則以稱性行願而爲因體但由昔因稱法爾性非由宿因方能

法爾亦非宿因誰窮法爾也（此上通用一段疏文荅上難也）疏夫根深下科云標因深廣據疏云宿因既深教起亦大次段牒云深大云何等似此科合云標示深廣其廣字即疏中大字也此屬教大也以今標釋二科通能起因所起教不應獨科云標因也恐後人筆誤耳然言宿因既深教起亦大者因亦可大教亦可深互影畧故下釋亦然○疏深大云何下一節疏文鈔無消釋諸家外鈔紛紜不定今亦畧解先科次釋口科分二

- 初徵深大
- 後釋二
  - 初因深二
    - 初悟修二
      - 初悟我佛
      - 次修悲智
    - 後斷證二
      - 初斷煩惱證涅槃（是以）
      - 後斷所知得菩提（虛鑑）
  - 後教大（乃以）

言我佛世尊者是舉果人以顯昔因也言創躡玄蹤下二句先悟毘盧法界也上句即寂之照玄者寂也蹤者照也即初發心時創躡便成正覺（玄蹤之義）問玄爲寂則可矣蹤字何以爲照也荅蹤者跡也若絕其跡則玄之又玄今既有其照用之跡故知其爲照也下句即照之寂寂照無礙非照非寂乃初悟之心便同極果後之斷證亦不離此言悲智下即後修普賢行門大悲般若常相輔翼成無住行行願無方故云齊周言是以妄想弗剪下是以二字躡前修起文雖在初義通下句由行願圓滿煩惱本空不斷而斷契前即照之寂證真涅槃故云廓徹性空由前行願得圓滿故所知本寂弗磨而磨契前即寂之照得大菩提故云頓朗萬法二義同時爲真斷證以此因深教起亦大

華嚴會本懸談會玄記卷第九

音釋

彈達旦切行丸也盥公緩切洗物曰丨又澡手也又公玩切纂子緩切組類也囔音曩聲詰定切長聲也蹯音煩熊掌也衒胡絹切責也

華嚴會本懸談會玄記卷第十

蒼山再光寺比丘　普瑞　集

疏諸會佛加皆言願力者即一三四五六此五會入定有加二七不入定故無加第八入定無加而有發起第九會佛自入定故無有加唯五會有加其初會經云毘盧遮那如來本願力故亦以汝修一切諸佛行願力故第三四五六此四會皆云亦是毘盧遮那如來往昔願力威神之力（唯第六會遮那如來下加應正等覺本願力故）乃至入是三昧令汝說法言及餘諸文者散在一經故云非一○疏主山神者即開華匝地主山神也○疏故兜率偈云等者即精進幢菩薩所說偈也上半偈云譬如一切法衆緣故生起下半合可知言告功德林者由功德林入菩薩善思惟三昧十方諸佛皆號功德林而現其前告功德林菩薩言此是十方同名諸佛同加於汝亦是毘盧遮那如來往昔願力威神之力及諸菩薩衆善根力故令汝入是三昧而演說法第五會加金剛幢菩薩亦云及由汝智慧清淨故諸菩薩善根增勝故言解脫月等者即請金剛藏菩薩說十地時明機感故言志解悉明潔等者等有二意一等餘二句文云承事無量佛能知此地義二等餘處經文如問明品云其心本清淨諸願皆具足如是明達人於此乃能覩亦如兜率天子六千比丘善財童子等皆云於如來所種諸善根等故今云等也○疏廣顯機感下以根感爲因教方得起下即以法彼根義有左右故分二門由體無別故指彼說○鈔發心品中十方法慧同白佛言等者經云

十方各過佛刹微塵數世界外有萬佛刹微塵數佛同名法慧各現其身在法慧菩薩前作如是言汝能說此法我等十方佛刹亦說是法乃至我悉當護持云云准此鈔中白字誤書應是名字下疏云後益末世令信仰故今之聞者皆由佛願力深愧信行○疏四爲教本者教謂末教諸經本即此經此經上有爲本之用是教之本名爲教本以此爲能起因牽起自體爲所起果雖體用齊時而因果義分然此爲本之義有二說若玄鏡集玄等記所開所攝三乘等教爲末能開能攝一乘圓教爲本若窮照意但約部帙以論不約五教而說不爾以義分教一代時教中但有圓義者皆是圓教豈以圓教而爲本耶故次云先示本法頓演此經明知約部帙爲本也後解爲正○鈔非本無以垂末者法說者顯前句約喻次句約法然鈔釋四句中前三句轉以喻釋第四句方正約法釋也此文本出肇公維摩注序彼云然幽關難啓聖應不同非本無以垂迹非迹無以顯本本迹雖殊不思議一也彼以體用爲本迹今借其言不用其意但以此經爲本諸教爲迹也○疏將欲下問若云將欲逐機故先示本法者則說華嚴本意應正在逐機耶答若但讚佛乘衆生沒在苦今欲開頓說漸故作此言就佛本意純說一極此意在前法爾中也

○鈔天台指爲乳教者補注中破云天台但判頓部在初喻之乳味何曾指部爲根本也今據妙玄云呼爲乳者意不在淡以初故本故如牛新生血變爲乳純淨在身犢子若嗽

牛即出乳佛亦如是始坐道場新成正覺無明等血轉變爲明八萬法藏十二部經具在法身大機犢子先感得乳乳爲衆味之初譬頓在衆教之首故以華嚴爲乳耳評曰既云初故本故又云衆味之初此初即是本也豈非指部爲本耶又衆味不從乳出因何而有耶此但頓漸對說豈不得然○鈔彼文云等者疏鈔云喻菩提身初成經有十喻疏會十身今當第四喻菩提身先照須彌等約根說異則照高未能兼下若照卑山則照高山故說華嚴是照高山菩薩如高山二乘不預說阿含菩薩常聞餘例可知緣覺如黑山無法空之慧光故聲聞如高源淨名法華皆以高源況聲聞不生佛法蓮華故大地通喻三聚決定能生喻決定善根衆生名正定聚得緣方生喻不定聚砂鹵等地喻邪定聚然亦不捨故皆普照問曰光是一佛智萬殊豈爲同喻荅豈不向說隨地高下故知但隨衆生智慧高下佛智無二不違前喻問先照菩薩豈非正定次照緣覺豈非邪定今更言三聚豈不重耶荅邪定豈唯二乘收耶除却二乘先已照故取餘無善凡夫爲今邪定也又先說二乘是愚法者阿含中所被故今三聚中取廣慧二乘是三乘通教所被故其先照菩薩是圓根今三聚中正定不定是偏根通教所被故乃不重也又此但願普被故言通照三聚不必與前揀辨屬配地位也問所被機既不同能被的指何經荅先照菩薩下能被教即華嚴也次照緣覺下能被教即阿含也後照決定下能被教即深密般若等經也問喻中從高至下勝劣爲

次法中阿含等所被二乘是愚法最後三聚中二乘是廣慧況正定聚中亦有權教大乘并三中一三後一乘菩薩通以大地喻之却先劣後勝云何不齊耶荅愚法二乘能被教異故先喻別之廣慧二乘與權教菩薩以般若等通教被故是以一種大地通喻三聚也設有三中一三後一亦是三乘通教以始終頓三教俱名三乘教皆爲三乘人所得故未顯不共不名別教一乘故又漸中先小後大爲次故以經合文甚明○鈔華嚴未有等者且約初時說華嚴故以法華下如海流萬派百川還歸於海源無二故○鈔義取出現下鈔云經但有先照高山之言而無後照高山之語今以義求必有之矣會權歸實先棄人天非出離故如平地落照此約前互相影畧不開三聚故次捨聲聞令自悟故如高源無光次捨緣覺令起悲故如黑山掩曜次捨三歸一如山御夕陽故云還照高山問准經合文緣覺聲聞爲末可爾何故今云捨三歸一荅經但言其大格不遮華嚴之後說大乘故故前正定聚中兼有大乘也問或台宗學者難云既無其文何所據耶荅亦智者意故妙玄云夫日初出先照高山日若垂没亦應餘輝峻嶺故問言法華涅槃唯聞一極照菩薩者何言歸於華嚴荅二經一極所入佛慧即華嚴佛慧也義如前釋問補注難云是則最後醍醐上味歸最初華嚴之乳此云何通荅乳爲衆味之本此取先後喻前開漸之本不約濃淡爲言然華嚴之乳亦純醍醐之乳也涅槃云雪山有草名爲忍辱牛若食者純出

醍醐華嚴不說餘乘即純出之醍醐也故法華鑽成醍醐濃味却與華嚴頓出醍醐理同即歸華嚴義也故妙玄云法華開佛知見得入法界與華嚴齊又云菩薩因法華入法界與華嚴合皆此義也○疏無不從此等者梁攝論云由如來昔時學三乘十二部經後成佛時各觀一切法無不從此法身生無不還證此法身故一切法門同一法身為味由見修多羅祇夜等經同一法身味是故生喜今轉生為流字轉證為歸字身為界字問生證轉言流歸其義相順何轉身為界耶荅彼論復云諸佛法界恒時應見有五業釋論曰此中明法身業而言諸佛法界者欲顯法身含法界五義故轉名法界（一性義二因義三藏義四真實義五甚深義前已引釋）評曰今欲顯歸華嚴法界具足五義故亦轉名界也故下入法界正用此五義釋界字○鈔此以義證教者法身報化是所詮義華嚴諸經是能詮教故言報化等身者等字等一切法也此論明三身皆依止法身中正說由五因故佛具五喜偈云由能無量作事立由法義味能德成一因自能無量故喜二因作事立故喜三因法美味故喜四因欲成故喜五因德成故喜今此是第三門法美味故喜中文也○鈔故吉藏者即隋末唐初會稽嘉祥寺吉藏法師也問彼師立教後既不許何故得證此耶荅彼立三種法輪欲收一代時教義故稍有違今但證此經為本之義則有理也○鈔法華指此下以始見入佛慧即是此經令聞法華令入佛慧即華嚴佛慧如海無二故前鈔云以法華攝末歸本

歸華嚴故意表二經佛慧是同匆謂法華唯是終教教義釋法華云我有如是七寶大車其數無量爲主伴門爲是何教妙玄亦云始見我身入如來慧今聞是經入於佛慧初後佛慧圓頓義齊○鈔既不指下遮難可知問梵網經云初坐菩提樹下成無上道已初結菩薩波羅提木叉等豈非鹿野之前一乘耶荅彼但明戒非一代時教本故教迹鈔云未有一事一理而不極等問無量義經云佛一切時說大小等如何會通荅若盡理明下有十門儀式今且爲成爲本一邊之義不違無量義經等問密嚴經上卷云十地華嚴等大樹與神通勝鬘及餘經皆從此經出此經最殊勝餘經莫能比等准此則彼經爲諸教之本今經亦無顯文說爲諸教之本設依義判亦違彼經荅彼經以密嚴是法性土與諸法爲本言諸經皆從此經出亦猶無量義者從一法生同教迹中理事相望論本末也今言爲教本依佛化儀先說此圓極之經後方說餘經明爲教本同教迹中諸教相望論本末也若唯此爲本遮餘爲末膠柱何甚十二國史趙王正鼓瑟遣使之楚誠之曰至楚之時必如吾言使者曰王之鼓瑟何其美也王曰瑟方調矣使者曰瑟美如此可書記膠粘其柱王曰宮商移徙不可常定使者曰明君使臣不制其辭逢吉則賀逢凶則弔如王瑟柱不可常定矣○疏五顯果德者以所顯果德爲因能顯教法爲果謂欲彰顯果德故有能詮言教問教不唯言爲體通攝所詮爲體因果何分荅但以能詮爲門一切皆教若以所詮爲門何法非是所詮雖舉一全收而爲門自異問若以所詮爲門下地位勝行等皆是所詮云何成異荅雖俱是所詮

果德唯明佛果地位咸通因果寬狹不同勝行真法等各別准知言不識寶玉者或連城刖足六國時楚國有姓卞名和者別玉荊山崑岡谷中得一玉璞將獻楚文王文王不別謂和欺誑刖其左足文王崩武王立和又進玉武王責曰和昔欺吾先君今又來誑我復刖其右足和見二王不識此玉遂抱玉泣於荊山下眼中泣血感得山為之穨武王卒子成王立召而問之曰刖足者眾何獨怨乎和曰臣不恨刖足所恨真玉為石忠士為慢所以悲耳王乃使玉師剖其璞果得美玉王使摯玄估其價摯玄曰此玉無價若欲知此玉價大王出楚城外使人運金滿一城不博得此玉也王乃號為量城之玉後楚迎趙女王歸於趙秦王聞欲得之割十五城博趙王之玉故云連城之玉也詩云蒔蘭莫當門懷玉莫向楚楚無別玉人門無蒔蘭所也或夜光按劍隋候出行見郡牧見打一蛇傷破血流沙中宛轉命將欲死隋侯憐之取着水中洗以神藥封其患處得活遁然入水蛇是南海龍王之子後啣七寸珠來報與隋侯侯於夜庭中忽有光明謂是賊來遂乃按劍向門而立久之不見開戶看之乃一蛇予啣珠在戶外吐珠在地隋侯問之荅曰我是海龍王子變作蛇身草中遊戲遇郡兒無故打傷先生救命故以明珠報德隋侯得珠乃進楚王王夜中安殿上見光明如畫即珠稱夜光也或執石為寶

春池喻經云譬如春時有諸人等在大池浴乘舡遊戲失琉璃寶沒深水中是時諸人悉共入水求覓是寶競捉瓦石草木沙礫各各自謂得琉璃寶歡喜持出乃知非真是時寶珠猶在水中以珠力故水皆澄清於是大眾乃見寶珠等或掬泡為珠指水上泡經云昔有國王女為王所愛未曾離目時天降雨水上有泡女見水泡意甚愛敬白王欲得水泡為頭上鬘王使羣匠作水泡鬘竟無能者王曰若不能作當斬汝輩有一老匠白王女言我素不別水泡好醜伏願王女躬自取泡我當作鬘女尋取泡隨手破壞不能得之如是終日自生疲猒而捨之去等今欲還源要須明解解不造極行非正道故云不知此德安能仰求

○疏然果德有二等者依果即世界海此有三類一蓮化藏世界海具足主伴通因陁羅等二者十重世界海一世界性二海三輪四圓滿五分別六旋七轉八蓮花九須彌十相此上九皆有世界言三無量雜類樹行等剎皆徧法界上三皆是一舍那十身攝化之處故今文云謂華藏世界海等言如來十身等者等融三世間十身也○鈔其相即相入相

在者下云相在是相入也或是微細門以今六句多是此門以約一毛一塵現依現正也然由科云約用互在故即一多相容門也○鈔若約圓說應言等者理實分圓交互具二百五十六句今以圖示根本十六句每一句中具十六句則有二百五十六句也分為十六

圓依—刹
分依—塵
圓依分依—刹塵
分依圓依—塵刹
圓正—佛
分正—毛
圓正分正—佛毛
分正圓正—毛佛

圓依—刹
分依—塵
圓依分依—刹塵
分依圓依—塵刹
圓正—佛
分正—毛
圓正分正—佛毛
分正圓正—毛佛

圓依圓正—刹佛
圓正圓依—佛刹
分正分依—毛塵
分依分正—塵毛
圓依分正—刹毛
分正圓依—毛刹
分依圓正—塵佛
圓正分依—佛塵

寵

圓依圓正—刹佛
圓正圓依—佛刹
分正分依—毛塵
分依分正—塵毛
圓依分正—刹毛
分正圓依—毛刹
分依圓正—塵佛
圓正分依—佛塵

○鈔相即互亡下問前相入有六句今相即何唯四耶故此荅也問准義分齊相即乃有八句彼不相即互亡耶荅作句體式異故彼云一者一即一二者一即多三者多即一四者多即多五者一即多一六者多即一多七者多一即一八者一多即多欲明義別故有

八句今以四句明義其第四句佛即刹故非佛刹即佛故非刹以相即互奪故云相即互亡此不同前第四句多即多以不互奪雙亡可加為八句然前相入第四亦不互奪故有六句下義分齊相入中第四句云非攝非入以入即攝故非入以攝即入故非攝亦相即互亡故無六句則前後互影體式耳○鈔佛體即是法性土者出佛地論云唯以清淨法界而為法身亦以法性而為其土性雖一味隨身土相而分二別又唯識云雖此身土體無差別而屬佛刹性相異故謂法性屬佛為法性身法性屬刹為法性土性相異故云亦也隨今以佛體即土體故即事事無礙法界以約差別義名為事故言廢已從他佛體虛故者從緣起相由出所以也土外無佛下理性融通因也或可三句故字後後出前前之所以也如問何故佛即刹耶荅佛體即是法性土故問何故佛體即法性土耶荅廢已等可知○鈔刹即佛下准前可知三俱者合上二句俱時無礙故佛即刹故有刹刹即佛故有佛四泯者約互奪故然上四句俱時為諸法相即自在門有以初二句為相即門後二句為隱顯門者義殊有濫豈相即門中無四句之義耶況科云約體相即故無勞異說○鈔雙結體用者體用約因即入從果言體外無用等者實唯一法約義引根隨門似異其實就法舉一全收二門同時可為隱顯門以相即故依正雙隱以相入故依正雙顯正顯即隱正隱即顯故曰俱成○疏六彰地位者以所彰妙位為因能彰言教為果言一道者圭山云有三義一唯向南二唯

一因果三萬聖千賢皆修萬行更無異路即行願鈔中說○鈔天地之大德等者注云施生而無爲故能常生彼䟽云欲明聖人同天地之德廣生萬物之意也言天地之盛德在乎常生若不常生則德不大以其常生萬物故云大德也言注云下唯解下句也彼䟽云聖人大可寶愛者在於位耳位是有用之地寶是有用之物若以居盛位能廣用無彊故稱大寶以况三賢十地位可寶故行有其成益也○鈔先釋行布等者圭山云發意修習念念在圓行即頓修有成未成位分因果未成之中復以塵習厚薄惑障淺深根有利鈍修習進怠致令位次階降不同若不知之恐叨濫上流或得少爲足言如第二會等者第二普光明堂會說十信者一信心信佛常住大乘教法歸心不一決定無疑二

念心於六念處無念三精進心如念而修懃行正觀四慧心雙觀人法二種無我五定心解空處寂止心理靜六不退心止觀雙融心不退沒七回向心善會平等回向於捨八護法心解理堅固受持不壞九戒心善護身心三業齊清十願心以三業願正求菩薩第三忉利天宮會明十住者一發心住十千劫來修信行願入位不退起慈悲心二治地住常隨定心淨諸法門練治心地故三修行住巧觀空有增修正行四生貴住生佛法家種姓尊貴五方便住帶真隨俗習無量善巧化無住故六正心住成就般若聞彼讚毀真正其心不令動故七不退住入於無生畢竟空性心心常行空無相願止觀雙運緣不能壞故八童真住心不生倒不起邪魔破菩提故九法王子住從法五教生甞紹佛位故十灌頂住從上九住常觀空理得無生心最爲尊上諸佛法水灌心頂故第四夜摩天宮會明十行者一歡喜行三世因果皆悅自他始入空位離邪見故二饒益行三聚淨戒益自他故三無違逆行忍順物理無所違故四無屈撓行勤無懈怠不屈弱故五離癡亂行以慧資定離沉掉故六善現行慧能顯發

三諦之理般若現前故七無着行不着理事遠離於我及無我故八難得行成大行願乃能得故九善法行說法授人動成物軌則同於九地法師位故十真實行言行不虛稱二諦故第五兜率天宮會明十回向者一救護衆生離衆生相回向大悲廣濟名曰救生大智無着名曰離相二不壞回向於三寶等不壞信故三等一切諸佛回向學三世佛所修回向故四至一切處回向願令善根共具徧周時處故五無盡功德藏回向緣無盡竟成無盡善根功德之行得十無盡藏之果故六入一切平等善根回向順理修善事理無爲入於平等故七等順一切衆生回向以善根等心隨順衆生故八真如相回向善相合如同如體相無盡得故九無縛無着解脫回向不爲相縛不於見着作用自在故名解脫十入法界無量回向稱性起用向法界故第六他化天宮會明十地者一歡喜地初獲聖性具證二空能益自他生大歡喜二離垢地具淨尸羅遠離微細犯戒垢故三發光地成就勝定大法總持能發無邊妙慧光故四焰慧地安住最勝善提分法燒煩

惱薪焰慧增故五難勝地真俗二智行相互違難合能合極難勝故六現前地住緣起智引無分別最勝般若今現前故七遠行地至無相住功用後邊出過世間二乘道故八不動地無分別智任運相續相用煩惱不能動故九善慧地成就微妙四無礙辯能徧十方善說法故十法雲地大法智雲含衆德水譬如虛空麤重充滿法身故第七重會普光明殿會明等妙二覺者以第七會有十一品十通十定十忍阿僧祇如來壽量菩薩住處六品明等覺體空大寂安心平等照齊種智一相無二故不思議法品十身相海品隨好光明品此三明妙覺謂圓照內窮融鑒法性體無始終窮微盡極故名妙覺上皆行布因果更有普賢行品出現品二品此二是平等因果即圓融義非此所明○鈔後釋圓融等者謂前諸位皆不離普賢法界然此法界圓融無限隨在一位即具一切如十味香繞燒一丸如小芥子十氣齊發若有聞香十味齊得若得

沉氣即得檀氣若得蘇合則得龍腦等服者齊得亦准此知問若初後相即應壞因果之相荅若以因取常是菩薩若以果取恒即是佛隨門不同名因名果體無前後故得圓融或雙存亦因亦果或俱泯非因非果果海離言具足四句自在難思疏一一位滿即至佛故者十回向疏鈔云然斯位滿總有五重一約信滿如賢首品說便得灌頂而昇位等經偈云若得十地十自在修行諸度勝解脫則獲灌頂大神通住於最勝諸三昧若獲灌頂大神通住於最勝諸三昧則於十方諸佛所應受灌頂而昇位等二約解滿如灌頂住及海幢處說灌頂住經云此菩薩應勤學諸佛十種智何者爲十所謂三世智佛法智法界無礙智法界無邊智充滿一切世界智普照一切世界智住持一切世界智知一切衆生智知一切法智知無邊諸佛智下疏釋云即學佛一切智一切種智以當位滿灌頂成佛三約行滿如第十行入因陁羅網法界等經云得佛十力入因陁羅網法界成就如來無礙解脫人中雄猛大師子吼得無所畏能轉無礙清淨法輪等四約願滿如第十回向窮證法界故經云此菩薩以離垢繒而繫其項住法師位下疏云同第十地離垢三昧受職灌頂等五約證滿如第十地墮在佛數故經云名爲已得受職之位入佛境界具足十力墮在佛數等此五重內隨一成處必具理行內相應故皆名位滿然信解等殊故不相濫○鈔明五位互攝者問何故標云五位互攝釋中但明三賢十地之四位耶荅下疏並就因滿位說若普賢等覺作用大分同心佛猶未是佛故合等覺入第十地故言五位即第五位在十地中或可五位之中前四能成後一所成亦具五位或可此雖有四後引證中信該果海影在後故兼信爲五後義爲正○鈔如初住攝於初行等者疏主云然三賢如次似於十地等故言故第十住滿等者前五重滿中成佛中此唯畧叙第二重住

滿成佛義也言十住滿稱灌頂者明證相似唯舉其初後攝中二也十行智度圓下明行相似其住向二位第十不與行地二位第十智同故畧不言也或可此中畧顯二重位滿成佛初住滿後行滿住行既爾向地例然故

○鈔海幢比丘等者上住滿成佛唯約義配今約事證明言海幢者下疏云業用深廣而高出故正心不動如海最高勝故即善財所遇寄第六住善友善財始見海幢身住三昧於諸身分現十四類聖凡之衆謂足現長者居士兩膝出剎帝利婆羅門腰間出仙人兩脇出龍及龍女卍字出阿修羅衆背上出三乘衆兩肩出夜叉羅剎腹上出緊那羅衆面門出轉輪王衆兩目出日輪眉間出帝釋額上出梵天頭上出諸菩薩衆頂上經云從其頂上出無數百千億如來身其身無等出妙音聲充滿法

界示現無量大神通爲一切世間普雨法雨有三十二種法雨前十二法雨爲菩薩謂初一爲等覺二爲灌頂住三爲法王子住乃至第十一爲發心住十二爲十信位餘二十法雨爲雜類衆生云云所謂爲坐道場諸菩薩雨普知平等法雨爲等覺也爲灌頂位諸菩薩雨入普門法雨第十住爲法王子位諸菩薩雨普莊嚴法雨第九住乃至爲初發心諸菩薩雨攝衆法雨初住爲信解生菩薩雨無盡境界普現前法雨十信餘二十法雨云云即雜類衆生也今云頂出諸佛灌頂住後明佛者是逆次明也彼從勝向劣此從劣向勝故逆彼次也下疏云次十法雨即十住者圓教位中十住滿位便成佛故意云彼等覺後便明第十住者以住滿成佛故

○鈔前唯約理行圓融下雙出前二所以也言理行融通者理謂法性融通行即緣起相由又有二義一謂四十二位之行得理融故隨一行具一切

行行既圓收位無別體攬行以成隨能成行亦一位中具一切位故二謂真流之行故名理行能流之真既融諸法混無障礙所流之行稱能流理還融六位隨一位中具一切位等故前發心住即攝餘九及攝行向地等問若初住攝諸位何用餘位耶荅若無餘位為融於何問雖有所融皆發心位全收一切名成佛為後更修進否荅分別心未忘何能收一切如上所說方便為門故下作句皆云行起解絕況實證耶言行證相似者以約五位所修之行相似及契證相似也問前三賢何云證荅宗說不同不應局執尚得成佛豈非證耶問上二圓融何義為正荅初義為正故鈔云無明行證等也○疏初地云者地字傳寫之誤合云初經也亦可云初卷以是晉經

第一卷歎菩薩德中文也彼文正云在於一地普攝一切諸地功德○鈔以一例諸者此證上總辨相攝然文中正說十地中一地攝諸地故以此例餘四十二位隨一能攝一切皆然上正引文者對次科義引為證故也○鈔信該果海者下作觀似初發心時總攝至果今詳鈔意即是五位互攝中信位滿成佛之義前出四位今引信滿五行具矣然有二師異說若寂照云經不別說十信觀次第與三賢等相梯明攝以未成位故（上依終教）設依始教說信為位於行布義亦許雜修故不拘次第不同住等有次第修義故但總為一位望三賢十地名為五位合等覺入第十地中故若指玄云則應五位十番梯梯別攝行證相似即以五箇前九為行五箇第十為證二釋

隨取顯義無方故然但指玄配其行證義似大局以五箇十番皆有行證如初信乃至攝於初地豈無所行及所證耶學者詳之然信字望果亦有二說寂照應知此果海言唯大分同佛名果非究竟果海故若指玄云唯第十梯中果也五位應爲五果今合爲一果即究竟果也非是常途因該果海彼是初門融攝義故後義爲正然應以第十梯信望第十梯果若唯以第一梯中信望第十梯中果者非也此當後以初攝後義故思之言賢首品中等者文如前引有本鈔云則得灌頂而昇位者則得二字誤書准前經文是應受二字也○鈔正明以初攝後者意云初發心時便成正覺正意只是初心攝後究竟位義兼則通二種初後之義然指玄以此初後義爲約時說前二唯約法說故兼前二義之中各含法時二義故此兼證前二門也雖少有理然詳文意恐不如是大凡初後通一切法豈唯約時如言初心後心 初地後地等豈約時耶今此正約初後位也此位初後有其二義一總二別總初後者今第二義別初後者今第一義五位之中別別有初後故如初住爲初十住爲後乃至初地爲初第十地爲後等智者細詳○鈔若住滿成佛者以初發心是初住望當位後第十住滿成佛故云便成正覺然此所證前之二義諸師各異若寂照云此從前第一總辨相攝中開出故兼後義皆證初門以前鈔云當地之中自互相攝亦證初故今亦當位以初攝後故此二門皆證前初門也此解即有缺漏之失以鈔云通於二義故若助正及指玄此門證

初義同前後門即證五位互攝也故指玄云詳鈔當位字異位字便可了知同前鈔當位五位之言如次配其二門今詳此中當位之言非是當位一攝一切只是當位以初攝後雖含一攝一切之義此中不用只約十住以初攝後住滿成佛證前五位互攝義中一分住滿成佛義也鈔文若住滿成佛一句是舉前所證即是當位下方合能證也○鈔若究竟成佛者下此總初後故證前初門正是梵行經意指玄以證五位互攝悞也如初發心住即攝餘九住及行向地等至究竟佛果故名異位即四十二之異位非五位之異位也若唯證五位則後引證亦有隔越之失及能引證經中亦不該四十二位之失思之然此中究竟望所攝名究竟（攝至妙覺之果故）非能攝名究竟此能攝亦大分同佛非究竟也問此望前初地文有何所異荅前約當位一攝一切此通異位一攝一切故非重證或可此二義不必證前二義前約一多二義此約初後自具二義爲門別故義不全同若約證前招難尤多不證爲正○鈔如四十二字下引證即善財所遇第四十五衆藝童子所得法門一阿二多乃至四十二荼下疏云表四十二位故鈔云若初發心便成正覺則初阿（上聲短呼是無生義以無生義攝萬法故後四十一字若言若義皆從此字而生即表初發心住也）具後荼（即究竟處表妙覺位）故唯證第二初後義也然准指玄云且有具字具一切也亦可證五位互攝義或通直證二門以初攝後者既下疏明文若此不勞異說况四十二字豈五位耶○鈔上来下總相料揀意云若圓融諸位相

攝豈獨止前二義耶故此料揀也言五十二位者開十信故（以梁攝論佛性論仁王經皆說十信名位故）影顯示故即初品意二舉一位下亦開十信合等覺即賢首品意三舉初下即梵行品意此有三文故為三義問前初後中既有二義今何合為一義荅雖總別二義皆是以初攝後亦約證文同故故合為一義問一多二義亦皆以一攝多何不合為一義荅約義少異證文亦異故不合為一義也○鈔復應下約義應然故然由前三義有二種四句初後一義別生初後四句前之二門五位及五十二位總目於多故合生一多四句義方周因其初後四句中初之一句文不隔越故不則倒一多之中第一句一攝一切雖義不異前由文隔越故須具列也餘義可思○鈔上云初發等

者上皆顯義此下指文所出也言正引經文者亦對前義引耳○鈔梵行品云下下疏釋之分二先牒前因深初總指前文不思不造萬行沸騰不但心觀圓明復應廣習佛智等故云若諸菩薩乃至相應言不生二解者別舉其要即所行無二二一切下酬其果滿先標後釋今初一切佛法疾得現前者標也由理觀深玄了性具足萬行齊修故令大果無邊德用現證在即一切明其果大疾得現前語其速證後釋者先釋疾得之言後釋現前之相今初上言疾得得疾在何時故云初發心時何法現前謂無上菩提也後釋現前之相亦是出其所因何者夫初心為始正覺為終何以初心便成正覺故今釋云知一切法即心自性故覺法自性即名為佛故離世間

品云佛心豈有他正覺覺世間此良證也斯則發者是開發之發非發起之發也從初信心始入佛法發心趣求如来果位寂照雙流常觀心性精修六度功行既著至此豁然開悟如發金藏了見分明何謂現前之相夫佛智非深情迷謂遠情亡智現則一體非遥既言知一切法即心自性則知此心即一切法性令理現自心即心之性已備無邊之德矣言成就慧身者上觀法盡也正法當與令諸見亡也佛智爱起覺心則理現理現則智圓若鏡淨明生非前非後非新非故寂照湛然言不由他悟者成上慧身即無師自然智也心鏡鈔云諸佛因中皆師善友何名無師自然荅直談性德本自圓明令情亡契性故云爾也不遮近善友等必不由他悟是自覺也知一切法是覺他也成就慧身是覺滿也成就慧身必資理發見夫心性豈更有他若見有他安稱爲悟既悟心性自亦不存寂而能知名爲正覺豈唯定之方寸不取於人哉況初後圓融不待言也○鈔圓融本是一理者問既曰圓滿融通豈但一耶荅對無量且言一故非有定詮○鈔故世親等者十地品云攝諸波羅蜜淨治諸地總相別相同相異相成相壞相十地論釋之清涼賢首等演之十地鈔云通顯法之體狀目之爲相法帶六數故名六相貞元疏云令且約位明總相者一位含多德故即普賢位二別相者多位非是一位故含多位之一位故謂信住等依止於總滿彼總故三同相者多位不相違同成總故謂信住等同名普賢位不作餘故四異相者横以諸位相望各各異故如信非住等由此異故方

能同力名普賢位不望總名異故與別相不同五成相者由此諸緣緣起成故由成普賢位信住等名緣要欲由信等互不相作方成普賢位六壞相者諸位各各住自性故謂信住等守信自性若失信等性則不能成普賢位故故由六相有圓融義又云依總同成則說圓融依別異壞則說行布下鈔云亦猶樑等共成一舍總則一舍別則多緣同則互不相違異則諸緣各別成則諸緣辦果壞則各住自法又云亦可總則攬別而成總別則分總而爲別同則別別帶總異則別別互乖成則雙攬同異壞則各住自性廣如下釋言若望經則唯是下者十地品初地中文也若望疏文下通指解一經上下疏文也

華嚴會本懸談會玄記卷第十

音釋

嗽（桑奏切　咳丨也）　掉（徒吊切　搖也）　攬（音覽）

華嚴會本懸談會玄記卷第十一

蒼山再光寺比丘　普瑞　集

○疏七說勝行者以所說勝行爲因能說言教爲果若不修行成道無日如數他寶自無其分說食與人終不能飽匪知之艱而行之艱經云不如說行於佛菩提則爲永離故君子下君子者大人也賢智有德謂之君子上敬尊長如臣事君下恤萬民如父育子故曰君子彼疏云不憂無祿位但憂無立身之才學耳以況行人不憂無圓融行布之位但憂己德行不立○鈔包氏者後漢儒林傳云包咸字子良會稽曲阿人也少爲諸生習魯詩論語舉孝廉除郎中建武中入授皇太子論語又爲其章句拜諫議大夫永平五年遷大鴻臚彼疏云不憂無人知見於己求善道而行之使己才學有可知重則人知己也今引上二句行成得位證此由行故得位也求爲可知者行成得名以行爲能立名與位皆所立人爲能立行爲所立故云及所能立皆是行也下兩句行成得名非今所用今爲下疏欲證前由行得位故但引前兩句耳○疏一頓成諸行者新經疏云此復有二義一約心觀二約性融今初謂一念相應能頓具故謂知此心即是佛智佛智即是無念無念心體內外無著一諸過自防二忍可諦理三離身心相四寂然不動五了見性空六善達有無七進詣妙覺八是真修習九決斷分明十十度具矣十度既具餘行例然故修一行成一切行二約性融者以修一行稱法性故性融攝故令此一行如性普收無行不具○疏十

住品云下言等者次云文隨於義義隨文如是一切展轉成此不退人應爲說又彌勒告大衆言餘諸菩薩經無量百千那由他劫乃能滿足菩薩行願乃至此長者子於一生內則能淨佛刹乃至則能具足普賢諸行皆一行即一切行義也○鈔等取一障一切障等者問今證一行一切行何證以斷障修證耶荅以此皆行中別義障是行之所斷斷以行爲能斷修正約行證則行之所證故也○鈔初說十句等者此指一斷一切斷等文也經云欲疾滿足諸菩薩行應修十種法所謂心不棄捨一切衆生一於諸菩薩生如來想二永不誹謗一切佛法三知諸國土無有窮盡四於菩薩行深生信樂五不捨平等虛空法界菩提之心六觀察菩提入如來力七精進修習無礙辯才八教化衆生無有疲猒九住一切世界心無所著十此即初說十句也次有五十句謂十種清淨十種廣大智十種普入十種勝妙心十種佛法善巧智（即今頓成五十種勝行有本云五十二種二字似剩也）下疏云能治深妙（若所治即下百萬障是也）後五十展轉依初十是爲初即攝後一治一切治（即今云一斷一切斷此唯約能斷也）說有前後得即一時評曰別是一斷一切斷并一修一切修通一行則一切行也鈔一念嗔心下即所斷也經云佛子我不見一法爲大過失如諸菩薩於他菩薩起嗔心者何以故佛子若諸菩薩於餘菩薩起嗔恚心即成就百萬障門故所謂不見菩提障不聞正法障乃至遠離三世諸佛菩薩種性下疏云決定毘尼經云寧起百萬貪心不起一嗔以捨衆生違起大悲

莫過此故既一惑成百萬障則一障一切障義惑惑皆然今從重説雖標百萬畧列百門古人寄位分五謂十信行十住行十行行十向行十地行此五約所障惑是能障是知通障一切信尚不起況諸位耶又所障法界如帝網重重能障同所亦無盡故知百萬猶是畧明問上之斷惑約何位斷荅准教章云準上下經文有四種一約證謂十地中斷二約位斷十住已去斷三約行十信終心斷四約實無可斷以本來清淨故鈔故偈中下約所依顯能依行時既延促自在行亦一多圓融妙嚴品約法顯行可知疏乃至等覺中行者問前彰地位中直至妙覺此說勝行秖至等覺其故何耶荅位是所得通因及果行爲能得唯至因圓以等覺因圓便能至果故行不説妙覺淨行品疏鈔説約行修有障等但四十一位行妙覺位是所求無障非行故鈔體即三心者是起信文疏云一體直心即大智無所執著絶能所念名念真如後二心以其爲本二深心者樂修諸善謂四弘願等雖發此願而無分別契前直心諸行相中不可稱量故名深心三大悲心者見受苦衆生方便救拔見得樂衆生護令不失雖發此心而無愛見即無縁悲故曰大悲亦順直心又以前二心皆爲衆生則無心非悲以悲直二心皆順深心則行願無涯說即三心次第發必不得單行言四弘等者等一切願也貞元疏云以大願爲主然願無量而多說四弘者對於無作四諦理故一衆生無邊誓度者度於苦源二煩惱無邊誓斷者斷於結集三法門無邊誓學者學於道諦四佛道無

上菩成者證於滅理言無作者不同小乘有生滅謂造境即中無不真實陰入皆如無苦可捨煩惱即菩提無集可斷邊邪皆中正無道可修生死即涅槃無滅可證無苦無集即無世間無滅無道即無出世間不取不捨直趣真實若更深入應知一苦一切苦則一度一切度事事無礙故一惑一切惑則一斷一切斷一道一切道則一修一切修萬行一體故一佛一切佛一成一切成等然此深義是上圓融行之願也上圓融雖約行說此約願說思之○鈔七十八經云者即慈氏章中文也言大悲爲油者約喻即油不盡而燈不滅約法則大悲無盡大願無窮智光不息恒照法界行願品云是故菩提屬於衆生若無衆生一切菩薩終不能成無上菩提言上求即

直心下化即悲願照理起行亦然故云不出此故○鈔言相者下釋疏中相字而有四義一無相爲相者以發心文云今所發覺心遠離諸性相故二同法界相者同理事無礙法界事事無礙法界故三無分量相者無分齊頭數等行相可稱量故四無齊限相者貞元疏云若約悲願二心無齊限盡度衆生盡修諸行故約直心無齊限下無衆生可度上無菩提可求中無萬行可修亦無真如而爲所念淨名云捨於分別菩提之見菩提者不可以身得不可以心得寂滅是菩提滅諸相故若融上三心則度而無度修而無修故光明覺品經云若於一切智法發生回向心見心無所生當獲大名稱鈔言功德下釋疏中功德字言無德不收者貞元疏云經云一切功

德皆在最初菩提心中安住故是以語其智等虛空而非類論其德碎塵剎而難量極念刼之圓融盡法門之重顯初心契於佛智豈有邊涯微滴入於天池齊無終始○鈔發心品十種大喻下經云佛子假使有人以一切樂具供養東方阿僧祇世界所有衆生終於一刼然後教令淨持五戒南西北方四維上下亦復如是乃至云教令住辟支佛果比發心功德百分不及一乃至優波尼沙陁分亦不及一此即第一喻利樂衆生喻也二速疾步剎喻三知刼成壞喻四善知勝解喻五善知根性喻六善知欲樂喻七善知方便喻八善知他方喻九善知業相喻十善知煩惱喻十一供佛及生喻隨一喻而十者十門校量顯勝總有一百一十門今云十喻百門者約大數耳亦寄顯圓義故問如第十一喻中云有人以不可說不可說供具念念供不可說佛及衆生經不可說刼此之功德全比容許不齊何以不及少分荅有三義一無時處齊限故二稱法性故三事事無礙故問此發心功德既爾豈是行布行耶荅是即圓融之行布故○鈔獨覺聲聞下問起一念二乘意退菩提心（智論中說有一阿羅漢領一凡夫沙彌沙彌隨從行忽作念發大乘心羅漢觀知便於沙彌身上取衣鉢自擎令沙彌前行行經數里間沙彌心念菩薩苦行難成佛果遂却擬修小乘法羅漢又觀知却過與衣鉢還令隨後沙彌都不知意而問羅漢羅漢方與說其意也）何以菩提心出二乘安樂荅由佛出世說二乘法方有二乘得道佛因菩提心得據本爲言亦從菩提心出有解云菩薩發心非但出生如來亦令二乘回心向大得大乘安樂之果者非也今云二乘之安樂故問

獨覺自悟出無佛世豈由佛出荅說得果時云無佛世必前世已見佛聞法推本亦由佛出故又佛昔依一乘發菩提心令於一乘分別說二乘亦依菩提心出也故十住婆沙論第二云一切聲聞辟支佛皆由佛出若無諸佛何由而出○鈔此上三事下貞元疏云體相德三不相捨離猶如日輪體是珠寶其相圓明德無不照成熟轂稼廓徹虛空三無離理言爲萬行之本者離世間品云忘失菩提心脩諸善根是爲魔業善財求友先陳巳發菩提心者是法器故彌伽斆禮於初心若敬白月之新吐法界無差別論云敬禮菩提心者如人禮白分初月不禮滿月以希現故滿月由此故又寶積云如是迦葉世間人月初出時恭敬禮拜至其盛滿時而不恭敬阿以故從初至滿故等又涅槃三十八云發心畢竟二無別如是二心先心難自未得度欲度他是故敬禮初發心海雲驚其初發美青松之始萌下經中善財先陳巳發心巳海雲告言善男子汝巳發心耶善財言唯巳發心然後海雲讚歎等下疏云先讚法器以發心者難故若不發心不堪受法非法器故如青松之始萌人愛彼美大松依此成故不有凌雲之心豈展垂天之翼若無等佛之志豈成妙覺之尊長流生死凡夫初發此心爲後萬行之本言即此發心便名爲行者問此中說勝行何言發心耶故此荅也十信巳上即此發心便名爲行乃至十度萬行皆名行相問淨行品疏云夫妙行者統唯無念歷脩萬行疲役身心豈當爲道荅若斯見者離念求於無念尚未得於真無念况念無念之無礙耶○疏此二無礙者問圓融行布復說無礙即可如實脩行云何荅始則圓布別脩淳熟自然雙具亦猶前之四地真俗別觀至五地中真俗雙運若爾何殊有作之脩終成敗壞答善用其心不巳故

能無心體極本不以有作爲是則非認賊爲子也問既無心體極何須斷惡脩善但以無心體極善惡無礙行之復何礙耶答爲實無心體極謂如能渡水之人逆順出入自在者得無礙行之其有力未任者心雖欲得逆順出入自在無礙以力未任入必沉沒難得出離辛須冷暖自知慎勿欺心而已故圭山云世有非法之人假爲菩薩之行誑惑愚夫說空無相之言不拘齋戒以麁行爲大乘以真脩爲小教愚人不曉却敬彼麁人不知弟子有擇師之分既聞彼說已仍須勘以聖教合者名正不合者名邪又須日夕體之心在佛道大悲利生方堪歸依無得杜順和尚食肉便乃食肉彼却食鼠屍汝何不食志公食魚鱠吐之水盆魚跳躍食鴿口中飛出（誌公就人求生鱠人爲辦之致飽乃至還視盆中游泳如故曰令弟子責鴿一隻而自食之忽於時有弟子先食彼鴿一足之肉誌公既覺曰汝無愧也弟子背面竊訟之曰我食一足便謂無愧和尚每日呑取全身德行如何誌公知已復告之曰汝所食者與我不同乃自張口擴所食鴿從口中飛出最後一鴿落之在地乃令看之唯無一足於是時人咸皆驚異）汝等爲能如此自在否若更縱無知之心阿鼻地獄何門可逃○疏八示真法者所示真法爲因能示言教爲果欲成下躡前起後不體下我等無始至今亦曾脩善云何猶不出離良以未能深心體達理事等真實之法所脩之善得人天果皆生死之業也今仍不求學通達如何解脫故言故兜率下上二句云衆生無始來生死久流轉（即法幢菩薩偈）言此亦下貞元疏云示四法界今畧言二也○疏九開因性者開即開說顯示之義以所開因性爲因能開言教爲果言上因果理事者因即第六

第七果即第五理事即第八既皆性有不唯但具性功德爾行願鈔徵云如何開耶答如出現品云佛子如來智慧無所不在何以故無一衆生而不具有如來智慧等即開因性也若性非下喻上性有可知○疏良以下盖爲我等具足包含恒沙功德爲體性即本有涅槃全依本覺佛智之海以爲根源即本有菩提義分理智實無二體（此釋因性二字也）○鈔初明因義下恒沙性德即舉所具德顯能具體即涅槃也本覺佛智約自體說即菩提也此無二體又本覺因性與佛果智本新似異然佛果智亦本有故故云無二體故疏云因果理事皆由衆生性有問此何舉同教沙德本覺之因性耶答此性德智海實通别教今且約同教一分以釋相也或可然在衆生有之故非同教因性之義問何以下引涅槃法華爲證答用涅槃法華之文成華嚴之義引同入别衆生既全包此爲身故衆生與理智而無二體○疏但相變下但真性隨緣受五趣身名相改變執此凡相謂别有體性以是虚妄情執既生本智斯隔而非先覺後不覺故圭山云譬如福德端正之人忽然夢見貧賤病苦之身即相變也不見本身即體殊也執認病身是我身者情生也不信自身福德智慧即智隔也鈔覆彼因義者雖具理智之因由相變情生全不覺知即隱覆義故須說經開示言迷真如下以楞伽五法釋此二段文也以瑜伽七十二亦有五法一相二名三分别四真如五正智分别即是妄想與名下疏云迷如以成名相妄想是生悟而名相本如

執翻成智如外無智智體即如此二猶空寂照無礙言上對約境者迷真境以成妄境故下對約心者失真心以成妄心故本唯一體遂成五法既知如此須開示之此釋開字之因也鈔今令下正釋開字以能開言教爲果言知心空寂者經中顯說令我等知妄心空寂則無所變名相之境故合體也言達本下通達本有智慧元不於境住著則妄想亡滅而正智生如前睡夢之人有覺者警之令寤即夢見惡身便是好身即合體也豈有能合所合是故聖說真智證理之時無能所相故鈔真本下重釋上文真本約性深源約智亦可反此如前作夢之人好身何假功成覺時則已功本就覺故正智何假外求如作夢之人不顛倒心何假功用方成覺如行盡源成

言若寂照下融理智也若寂然絶相朗鑒居懷行者能爾則因性開矣由教令人開故或衆生亦具開義言性即知見者即上因性之理智即佛知見也本有涅槃知見性也本有菩提知見相也既能寂照雙流所以並皆顯現言故談下顯教爲能開也鈔如示貧女下涅槃云如貧女舍内多有金藏無有知者時有一人善知方便語貧女言汝舍内有真金藏等彼疏云凡夫無德稱貧能生真解名女五蘊名舍即蔭有性故言舍内有多金藏不覺自身有如來性名無知者善知造脩顯勝之法名知方便故經合云衆生佛性亦復如是無有知者如來普示衆生諸覺寶藏所謂佛性此但知有佛性未見未證則教能指示令知故云唯明示義○鈔二使其下釋疏第

二義中具開示悟入四義使其行者脩行義通開示二義能銓教法使其脩行如令掘寶藏示義也能令行者見佛性是開義開説名開即開示二義俱是能詮言教行者先來不分明了知今明了知之名悟因悟證達名入即悟入二義俱是行人言顯現之言下即教開説朗然顯現對四義中開示義也或衆生悟入因性顯現分明則對上能詮開顯故云顯現之言等○鈔經云如有大經卷下證上開示義下疏釋云大經者佛智無涯性德圓滿故潛入一塵者畧有三義一妄覆真故二小含大故三一具多故一切塵者無一衆生不具佛智故有一聰慧人下出經益物喻上離妄現前佛智亦如是下合也佛智合上大經衆生身及妄想俱合上塵諸佛下合出經益物可知○鈔唯以一大事因緣下解疏文一句鈔文分二

- 初揩他經 疏唯
- 二正解釋二
  - 初依慈恩具解事字 大乘
  - 後自清凉具解句二
    - 初解一大事 令畧
    - 後解因緣家二
      - 初因緣無別屬於如來通於因果解 言因
      - 後因親緣疎屬於大事因緣唯因解二
        - 初具釋二
          - 初屬大事 又因
          - 後解因緣 正因
        - 後料揀 斯則

○鈔大乘法師者即玄賛疏也言隨應皆得意者此段大意但釋知見大事亦可約義曲配事物等四義也次文又云爲此大事因緣所以出現世間大事體即知見（總出大事體也）真如所證義理境界俱名爲義證智能證能知義

理真境即能證所證能所知見並名知見上約理智解也此上理爲事義數所詮名義理智所證名境界上智爲道理以能證真境能知義理故或知正體智見後得智此二是用此二本性即是真如合名知見即依本後辯也上二句應配前事物義本後一異別以言此二是用者是智體家用故下三句應配上體是也以嘆云二智有爲應非法性知見故此通也菩提體是有爲本有種子多聞熏習因修增長體即四智其涅槃性體是無爲本来而有自性清淨後逢善友斷障所顯雖一真如逢緣證別名四涅槃約菩提涅槃釋開知見也前當因性此當開字○鈔令畧釋下絶待名一佛因佛果者真菩薩正行爲因如来實報名果故稱爲大因果並有幹事之能周易曰貞者事之幹也有幹即能有爲事所謂令物皆得究竟解脫○鈔言因緣下謂因由緣由所以之義不分二別但爲前絶待因果幹能故佛出現耳鈔又因緣下此

因緣屬法分其踈親言屬大事者以狹即寛故因緣即大事中因義故言正因佛性等者此出涅槃經令引祖攄知彼經文次釋令鈔彼經二十八云善男子因有二種一者生因二者了因能生述者是名生因燈能照物名爲了因煩惱諸結是名生因衆生父母名爲了因穀子名生水土名了六度阿耨菩提名爲生因佛性阿耨菩提名爲了因復有了因謂六度波羅蜜多佛性復有生因謂首楞嚴三昧阿耨菩提復有了因謂八正道阿耨菩提復有生因謂信心六度又云善男子因有二種一者正因二者緣因正因者如乳生酪緣因者如酵暖等又云正因者名爲佛性緣因者發菩提心又云正因者謂衆生善男子僧名和合和合者名十二因緣十二因緣中

亦有佛性十二因緣常佛性亦常是故我說僧有佛性清涼云前有六對生了二因前三對以因爲生因緣爲了因此就能生後三對以因望果以論生了下疏云然則緣因即是了因了因未必是於緣因有親踈故踈者是了亦是緣因親者是了非是緣因善友是於緣因而必是了善友是踈亦緣亦了如酥暖等是酪了因亦是緣因佛性名爲了因未必是緣此約智慧性故以無漏智性本自具足本有真實識知等義當體名了又約行性居然是了若以第一義空爲佛性者唯是正因揀異而非了因但爲了因所了而非生因所生智慧爲性也然涅槃云佛性者名第一義空第一義空名智慧此二不二以爲佛性然第一義空是佛性性名爲智慧即佛性相第一義空不在智慧但名法性由在智慧故名佛性也若以智慧爲佛性者即是了因結成上義生次文也若以五蘊爲佛性者名爲正因亦名生因五蘊是正是生不得名了五蘊名生者能生諸法故明生因今因五蘊能得菩提豈非生因如乳生酪如穀生芽皆生因故然後生必對了正必對緣以上

疏文參用今依涅槃明義有二對並如上引又云五蘊相續即是正因亦名生因言正因者是中道義中道即是佛性上引祖揀訖次釋今鈔者此有二對初正緣對言正因佛性爲因者即上涅槃云正因者名爲佛性即中道佛性也望六度行名爲正因親故名因緣因佛性者即六度行也踈故名緣言了因下二生了對也即般若爲了因意令行者修學般若了第一義空之性爲因如燈了物故下疏云今以了因了彼正因了即般若亦緣因也評曰了因爲能了正因爲所了所了從能了以彰名了因之所了了因所了即因體即正因佛性若以本智爲了因則了因即所了了因所了即因體即本智也然今以六度中般若爲了因故亦即緣因也言生因下即前五蘊爲生因也欲勵行人依今五蘊五蘊名生因發菩提心修菩薩行爲緣如種生現上寂照義若會解云生因亦名正因如穀生芽正因攝故今由佛種起成菩提故云生

因所生爲緣也所生即菩提此是果義今約以所生自能生故屬因也評曰上二解前解以能生通緣因（五蘊爲正因發心等通緣因）後解能生唯正因前解爲正若單穀無土等不能生芽故○鈔斯則下結揀也通揀四字大事則因果幹能故寛因緣但說大事中因義故狹也○鈔故彼經云下證也佛種正因佛性也萬行爲緣通於緣了起斯佛種成菩提故即是生因故一句經四因皆具也問准下鈔引此文釋之有因果二種性今何但謟於因耶荅此中且說初義於初義內復分二種因緣彼但是此中後義蓋影畧以明也○鈔廣釋如別者應指天台文句幷慈恩玄賛亦未可詳定而天台文句初廣引十餘家解次開法華論意以爲四釋一約四位釋開者即是十住初

破無明開如來藏見實相理緣修惑破名使得清淨示者惑障既除知見體顯體備萬德法界衆德顯示分明故名爲示即是十行位也悟者障除體顯法界行明事理融通更無二趣故名爲悟即十回向位也入者事理既融自在無礙自在流注任運從阿到荼入薩婆若海即是十地位也然圓通妙位一位之中即具四十一地功德秖開即具示悟入更非異心二約四智釋一道慧見道實性實性中得開佛知見也二道種慧知十法界諸道種別解惑之相一一皆示佛知見也三一切智知一切法一相寂滅寂滅即悟佛知見也四一切種智知一切法一相寂滅相種種行類相貌皆識即入佛知見也又道慧如理名開道種慧如量名示一切智理量不二稱悟

一切種智理量雙照爲入此亦約實理無淺深中而淺深分別也三約圓教四門横釋四句者空門一空一切空即開佛知見有門一有一切有即示佛知見也亦空亦有門一切亦空亦有即悟佛智見也非空非有門一切非空非有即入佛知見能通則四所通則一開示悟入是能通之門所知所見是所通之理也四約觀心釋者觀於心性三諦之理不可思議此觀明淨爲開離不可思議而能分別空假中心宛然無濫名爲示空假中心即三而一即一而三名爲悟空假中心非空假中而齊照空假中名爲入是爲一心觀而分開示悟入之殊也所以四釋者見理由位位立由智智發由門門通由觀觀故則門通門通故智成智成故位立位立故見理見理故

名爲理一也恐要知天台宗義故筆于此言畧釋如下者下鈔云古有多釋一法華論云開者無上義論標名也謂除一切智更無餘事即雙開菩提涅槃二無上果謂知見之性爲涅槃知見之相爲菩提也示者同義三乘同法身故別示涅槃即法身也悟者不知義不知唯一實事故今令知成報身故即別悟菩提也入者令證不退地故即是因義謂證初地已上菩提涅槃因故登地證如爲涅槃因能證地有爲菩提因清涼云論意即初深後淺以入約因故然上初三句約果中初句總第二第三句別約果也第四即因也二嘉祥云開示約能化悟入約所化能化有大開之與曲示但說智性爲大開言此是凡夫性此是聖人性因果理行即曲示也所化有始悟之與終入豁然了知故名爲悟修行契證目之爲入即始淺終深也然此天台破云經明四句皆云爲令衆生語意爲主前機得益非開化主應作所化人開悟那即分兩句作能化開示耶今爲通云如經第二句云欲示衆生佛

之知見豈非佛爲能示又法華論牒初句云如經欲開知見令衆生知得清淨牒第二句云欲示衆生佛知見故皆爲約能開示說也若牒第三句則云如經欲令衆生悟佛知見故牒第四句欲令衆生入佛知見故此二句約所化悟入說也故經論正意自約能所明義那忽破云四句皆云爲令衆生耶華嚴亦云其性本清淨開示諸羣生亦佛爲能示也只由此故吾宗多引嘉祥此義也又清涼畧釋云謂開除惑障顯示真理令悟體空證入心體也又禪門釋者北宗云智用是知慧用是見見一心不起名智智能知五根不動名慧慧能見是佛知見心不動是開開者開方便門色不動是示示者示真實相悟即妄念不生入即萬境常寂南宗云衆生佛知妄隔不見但得無念即本来自性寂靜爲開寂靜體上自有本智以本智能見本来自性寂靜名示既得指示即見本性佛與衆生本来無異爲悟悟後於一切有爲無爲有佛無佛常見本性自知妄想無性自覺聖智故是菩薩前聖所知轉相傳授即是入義上二各是一理上畧釋是鈔主意由鈔中指故依會解繁引疏十利今後者貞元疏云諸佛設教起則有始用乃無終若兩滴滄溟與海俱竭一言稱性與性齊終法界無終斯教何盡故廣利無邊然能利是經所利是機今取能利爲因不同前機感取其所也〇疏發心品云等者此品次前文中由法慧說此法時諸佛證已次經云汝說此法時有萬佛刹微塵數菩薩發菩提心我等今者悉授其記於當来世過千不可說無邊劫同

一劫中而得作佛出興于世皆號清淨心如來所住世界各各差別我等悉當護持此法令未來世一切菩薩未曾聞者悉皆得聞下疏釋云汝說下顯益證成通三世初顯在後我等下顯及當來今初清淨心者以聞菩提見心性故而經多劫者然餘教說定三僧祇此宗所明劫數不定畧有四類一或展則無量不可說不可說剎塵劫如法界品說即瞿目波仙人暫時執手時經多劫等是也一二或千不可說或滅或增如大威太子及此中說三或一生二生如善財童子兜率天子四初心即得如前文說即發心品前文以是發心即得佛故并纔發心時即得一切佛智慧等所乘之法既自在圓融能乘之人亦遲速不定念劫融故故弥勒云一切菩薩無量劫修善財一生皆得起信則以若遲若速皆爲方便此宗楷定爲權並有聖言無煩固執不以長時而生退怯不以速證而起輕心若遲若疾揩要當尅是佛意也今以起信宗以遲速爲方便則定三祇故皆判爲權今圓宗遲速四說並皆實也○鈔等取餘經者是疏引不盡自餘經文非是他經疏云吞服金剛喻喻智德智慧破惑如金剛故以有智者必無煩惱故不共住彼有二喻喻於三德此即第一喻智德也第二小火燒多喻斷德了惑本寂故第三藥王徧益喻喻恩德種種利生故○疏設有菩薩等者如教迹中釋也言生如來家者下疏云初住見心性故故名生家四地寄出世故生道品家八地無功用故生無生法忍家今此通三兼顯凡夫解心亦名生家因果無礙故○鈔乃至深入下下疏云生如來家爲總乃至所引九句爲別一以如境爲家無性攝論云謂佛法界於此證會名爲生家二以行法爲家

具家法故行是如來家法故三俗境爲家世親攝論云由此令佛種不斷故謂由後得智了達俗境觀機審法說教化生令生依行成聖佛種不斷故四遠離非家遠離世間不是如來家法故五以佛行爲家第二說菩薩行此說如來行故不同也十住婆沙論云初地菩薩行如來道相續不斷故六菩薩法性爲家故下疏云亦是佛種性故亦同如來一如境故七當淨佛家當來至佛位中所得自在上心無疑惑故淨也八住本佛家住本有性不從師得之佛家也九因果理事無礙家前六自分家但就因位說通諸地後三勝進家約果位說也因是能勝進果是所勝進○疏良以有非等者鏡心録云依八識生滅有作之心修於萬行則見有實惑可斷實行可作當果可求名爲有作既依生滅有作心修故所修萬行盡屬有作如木作器器器皆木若頓悟真心本淨妄心本空故所修萬行盡是真心既屬真心則名無作如金作器器器

皆金非謂全不修作名爲無作若全不修作即是修外求於無修乃外道見也言無心體極者既悟妄心本無真心本淨故所起心皆是無心何以故謂知已所起之心本無妄心元是真心也又若但無心亦未能體極亦不能一念契證也如肇公破支愍度心無義云心無者無心於萬物萬物未嘗無此得在於神靜失在於無虛今云一念契者若三乘望理爲一念契佛家今圓教中一念即無量劫故一念契時即已究竟生無生法忍家矣故新經序云失其旨也徒修因於曠劫得其門也等諸佛於一朝言賢首品下上半證有作之修下半證無心體極由信該果海故勝前福也下疏云唯明誦持餘畧不説亦顯所行真行不可校量也即如說而修行其福不可

限○疏成見聞益者以成及益皆通能所能成能益謂法爾常徧之因所成所益謂物之機見聞唯局所益謂能成名成成之見聞所成名成成即見聞依主持業二釋如次益字例知下九亦然而皆言聞者望果聞因故○鈔所以辨異者亦爲揀濫等者以此十因亦探玄中義而此利今後是清涼新加恐人濫于順機感中故此辨異也探玄十因者謂前六與今文全同第七云開發故即今第九開因性第八云見聞故即今廣爲第十利今後也第九云成行故即今第七說勝行故第十云得果故此中畧無攝在利今後中故今加利今後合探玄第八也第十言前但約時者問感者善根豈非行耶何得言但約時荅以善根約時中說故言又順機多約於所等者謂順機約所順之機善根爲因感能順教爲果今此以能順教上有能利今後功用爲因起教法之體爲果故不

同也既云多約有互通少分二世義故言又順機但是別義者即利益總別也○鈔此十種益出於旨歸者彼有十門此是第九門明經益中文也言從淺至深者准旨歸意前五從淺至深皆自利初見聞但泛爾故最淺二因見聞而發心故次深三由發心乃起衆行故復深四由行成即攝於位更爲深五由具位速證圓滿故最深也六令他滅障旨歸云地獄天子香雲普熏其蒙香者滅八萬四千煩惱等故名利他也七令他展轉得益上皆汎明問如滅障已指蒙香者何言泛明耶答雖說蒙香滅障不的指是何人故云泛明八如善財童子九如六千比丘此二別彰得益之人第十揔具深淺前五自他前五自利六七利他總別第十爲總前九爲別等義等前七泛明八九別指故鈔云自利利他等而爲其次等字亦等其總別汎明別指六字也問造修與起行何異頓

得與速證何殊答體雖無異而義不同造修對劣顯勝（旨歸云一切菩薩無量劫善財一生皆得）起行直彰其妙（旨歸云若起一普賢行遍一切位一切功德一切法一切處一切時一切因一切果皆悉窮盡具足一切如帝網等）頓得通得諸益（旨歸云六千比丘頓見如來十眼境界逝多林中菩薩頓得無量自在法海）速證則別明入地（旨歸云依此普門一證一切證速入十地如隨好品兜率天子頓超十地等也）或可約自起行令他造修自速證令他頓得（自利利他異也）又起行總指不揀何人造修別指善財速證總明不揀何人頓得別指六千等或可起行約初修造修約成就則勝劣有異速證約疾頓得約齊則寬狹有異（雖有四意初意爲正旨歸有文故後之三意共成初意）○鈔然見聞下通妨也（妨云）詳此十益隨舉一益可具十因或隨前一因可通成十益今何故以一因爲一益耶故此通也初二句領妨後三句通妨也○鈔便能觸目對境者如不思議品云一一毛端處有不可說不可說佛刹微塵數世界一一世界念念有不可說不可說佛說法等是知何有不說法之時處耶言常如法見者如猶稱也稱法而見故言所引經文如前總中者即前法爾因中疏鈔所引不思議品第四十七卷經中文也此言總者意顯法爾因直談法性不待別因名總下九因各是別義不同前利益總別不爾何處更明法爾常說徧說爲總耶（此有二義總別約法性則初一爲總後九爲別約利益則第十爲總前九爲別思之）問十因之中法爾爲深十益之中見聞爲淺何以對深因而成淺益耶荅理實法爾皆成十益深淺皆具今以常徧說上見聞義顯且作是配非不該於深也下九皆爾

華嚴會本懸談會玄記卷第十一

音釋

醝古孝切酒下也

華嚴會本懸談會玄記卷第十二

蒼山再光寺比丘　普瑞　集

鈔又出現品下下疏云藥王遍益喻喻恩德種種利生故然法喻皆說六根清淨不唯局見聞也今但證於見聞故但引見聞經文等餘文也具云若有齅者鼻得清淨若有甞者舌得清淨若有觸者身得清淨若有衆生取彼地土亦能爲作除病利益合中具云若有得齅如來戒香鼻得清淨若有得甞如來法味舌得清淨具廣長舌解語言法若有得觸如來光者身得清淨究竟獲得無上法身若於如來生憶念者則得念佛三昧清淨若有衆生供養如來所經土地及塔廟者亦具善根滅除一切諸煩惱患得賢聖樂佛子我今告汝云云○鈔又云佛子下疏云如來秘密藏經明罵藥服之得力罵沉燒已還香沉香彼經云赤栴檀今義引耳又彼經又舉罵燈燒之亦能除暗罵佛亦勝敬諸外道若爾豈無罵罪耶罵罪非無今語遠益故法華中䟦陁婆羅此云賢護等罵不輕千刧墮於阿鼻地獄受大苦惱畢是罪已還受不輕菩薩教化謗尚遠益況深信解行證悟耶弘持之者勉思此文○鈔上雖明下應有問言如上引經是見聞佛益將此證上見聞法益佛法既異爲證不成故荅此也上雖說見聞佛之益乃是華嚴中所說無礙法界身雲即教理行果四法中果法也以經爲門故如謗常不輕菩薩却名謗法華經例此可知因不輕記四衆修菩薩行即四法中行法也○鈔舌根甞法味故者有二意一云亦荅前難也以連前有二故自爲二所以荅前難也此意謗佛時舌根甞法味故

雖謗佛亦成聞法益也二云別通一難也謂有難云既有毀謗云何成益故此荅也意云口道佛名方起謗故生公云佛名起自聞謗之日即涅槃經意彼云菩薩今隨義宗改爲佛名也意云後時成佛得佛之名由今日謗時稱佛名而起也○鈔賢首品下證聞法益也下疏云佛出懸遠金剛刊定記云如釋迦彌勒中間相去一千一百萬餘年也已難可遇唯初成頓說故希有也竒謂初能具後根本法中一代枝末教也特謂逈出諸乘此句讚也下文勸也聞謂遇經忍可謂信因百鈔云忍可者所謂勝解謂於諸理事審決印持故是信因信則心淨受謂領文領義讚乃通言通筆說唯約言上皆所作總說皆難令意若聞已甚難即顯聞已其益深矣○鈔兜率偈讚品者亦證聞法益也下疏云初偈友顯次偈順明由聞實法能成行法後偈由聞理智成於果法○鈔設有發心下

若依權教設爾發菩提心亦不真實以所詮未臻極故○鈔獲於十眼者經說得三昧名無礙眼義含十眼如前教迹中引今但約義言之言善財童子者問准旨歸善財在造修中今何在頓得內荅旨歸約對權故在造修今約一生頓能圓滿故在頓得又賢首以善財爲解行生故在造修清涼以善財兼證入故在頓得或可所望別故望寄位修行在造修中望一生圓滿在頓得內○鈔如隨好下以等法界三業者疏云由昔起過既徧諸境今悔昔非故運三業等衆生界一一佛前及衆生前發露懺悔夫懺悔者須識逆順十心此依天台止觀第三中意順生死十心者一妄計我人起於身見二內具煩惱外遇惡友勸惑我心隆盛三內外既具滅善心事不喜他善四縱恣

三業無惡不造五事雖不廣惡心遍布猶如獵者萬般禽獸總帶殺心慳貪之者舉世資財無一不要事未必遂惡心遍布六惡心相續晝夜不斷七覆諱過失不欲人知八虜扈（不慚不順之貌）抵突不畏惡道九無慚無愧不懼凡聖十撥無因果作一闡提次起十種逆生死心從後翻破前十一明信因果終無自作他人受果二深自尅責天見我屛處罪人見我顯處罪生慚愧心三怖畏惡道人命無常一息不追千載長往豈可安然坐待酸痛四不覆瑕玼（玉內有病爲瑕玉外有病爲玼）五斷相續心　已能吐之云何却噉六發菩提心七修功備過翻昔三業造罪不計晝夜八隨喜他善九念十方佛翻昔親狎惡友信受其言十觀罪性空○鈔結云若如是知下罪性非有從　顛倒生無所從来亦無住處非無如幻如影招妄果報而不差失離斷常故深達罪福相也故涅槃經中阿闍世王云若我知是法畢竟不造罪故圭山云雖悟理而不息業云欲懺悔竟何益歟○鈔說此法時下餘衆獲益經具云以三昧力聲普聞故○鈔又諸下是　前所說地獄天子所持供具言而成大益者聞香得九地見蓋得十地故也言其身安樂者由脫障故得解脫樂故喻四禪無八災患（初禪出憂二禪出苦三禪出喜第四禪出樂二禪已上無尋及伺第四禪無出入息也）言若有聞者下合由滅障故得淨善根是爲益相彼諸下所滅八萬四千如前已辨言了　知等者能滅謂惑本虛居然不生○鈔出現品云下疏云明因果交徹此中若是事成云何同一性若是理成云何成正覺入涅槃耶此是華嚴

大節圓宗之義不對諸宗難以取解然諸衆生若於人天位中觀之具足人法二我小乘唯是五蘊實法大乘或說但心所現或說幻有即空人法俱遣或說唯如來藏具恒沙性德故衆生即在纏法身法身衆生義一名異猶據理說更有說言相本自盡性本自現不可說言即佛不即佛等若依此宗舊來成竟亦涅槃竟理不礙事八相成故事不礙理皆同一性又理不礙事一成一切成事不礙理都無所成以理融事故一成一切成荅前若是事成若是理成雙關之難也若爾何以現有衆生非即佛耶荅若就衆生位看尚不可見唯心即空安見圓教中事如迷東謂西正執西故若諸情頓破則法界圓現無不已成猶彼悟人西處全東若爾諸佛何以更化衆生不如是知所以須化此名究竟化廣鈔第十二云一約理觀他是佛約情觀已是凡已成恭敬之行二約情計觀他是凡愚苦身約悟解知我同佛智可謂能救以成大悲之行三俱約事相觀佛勝以增自利之行觀衆生劣以增利他之行四俱約性以成無我平等究竟解行自利利他依此方爲究竟隨門不同種種有異約成佛門一切成也言皆同一性者同一無性故得現成妄性本虛生元是佛真性叵得非今始成○鈔所望處別者前望滅障處爲滅障益今約地獄天子得益竟展轉得益爲轉利益言第三重者下問前教迹此是第二重得十地今何云第三重荅若三重得十地聞香但得九地故攝屬初重轉益見蓋得十地故爲第二重今約轉利益則聞香滅障已當第二重見蓋遇光合為一重故為第三重也問聞香見蓋理合第二重遇光却是見蓋之轉益當第三重今何云爾荅理實應爾今以聞香唯得九地見蓋及遇光同得十地約其益相同故合為

一重也或可第三重字文雖在初意自遇光為第三重舉其能益顯轉益爾則見蓋者望前第一重為轉益望第三重為能益也故鈔云上下影顯思之○鈔會釋經文等者以今疏會釋發心品中文也所以會釋者以法慧說十住等時既有此十因（此因通於因緣二也）會今釋說大部經必有所由今開於因緣各有十義不同彼因緣相參若以疏文對會彼十因則因緣易知也世尊本願力故即酬宿因也由願起行行含願中次句欲說佛法利今後故次句以智慧光普照解了一切佛法方能行勝行故次句開闡性習二性生菩提故爲真實義是因性故次句證得法界之性法爾常徧說故次句知衆生根順其機感說法令喜故又示衆生真俗性相名爲真法以令解了悉歡喜故次句由離障故入佛法位至因圓故弁次句是果滿皆名地位故又既已果滿果德具足故次句契證了達甚深法界爲諸教本末句說如是法明是說因此上皆取下疏鈔意說之（上約寂照具配十因）若會解意第二句全同下八句但皆是因然文不全同不必配今九因若配非今鈔意今既以下疏鈔意配釋配亦無妨○鈔十因舉二下問神力即緣中加者何名因耶荅因緣望所起果俱得名因於能起中親疎之異名因名緣○疏說時方人等者時方人各各不一故致等言此即內等名等非外等名等○鈔信聞二種等者如是者信成就也智論云佛法大海信爲能入智爲能度信者言是事如是不信者言是事不如是故肇公云如是者信順之詞我聞者

聞成就也我即阿難五蘊假者聞謂耳根發識親自聽聞言在佛滅後者以佛臨涅槃時阿難請問四事佛一一荅之此問一切經首當安何等佛言當安如是我聞等六成就也此二成就雖佛勑令安然在結集時方安此言故非起經之緣○疏一依時者十緣皆言依者教依此十爲緣方得起故又此疎緣要依親因方始有力能起果故具斯二義故皆云依○疏夫心冥至道者心謂真智至道即至極之道體目真如道是遊履義以是根本智所遊履故又是出生義以智冥理出生萬德故此文通後三教之義終教則始覺契於本覺頓教則絶待智契絶待如圓教即無障礙智契無障礙理言渾一古今者渾者融也一者周易云一陰一陽之謂道彼疏釋云一謂無也今意真智契理渾融無古今也○鈔拂迹顯實者拂可得迹顯真實理故○鈔故肇公云者即涅槃無名論注云古今通體始終同源窮本極末未曾有二同一真體○鈔生公下即法華見寶塔中意釋二尊並坐之文也彼云多寶在塔全身不散表本覺不動智釋迦從外同入坐者表始覺智而契本覺古亦今也多寶即釋迦今亦古也釋迦即多寶彼表始本非一非異今但取無定古今之時也○鈔無生即無三世者況論三世即有五種一剎那三世前剎那爲過去後剎那爲未來中剎那爲現在二長時三世如有情未生已前初生至死身謝已後爲三世也三神通三世謂現在識能緣過去未來事故假立三世四唯識三世謂觀現在業行比知當來之果報名爲未來觀現在苦樂等報凡知過去之因便於識上變起五道理三世者謂隨一種子上以道理故說三世謂隨前念後念引起道理爲

三世也今於五中五種皆無而偏云剎那安有時分者細者尚無況其麁耶○鈔出現品等者總引三文證於二義初出現品證約法顯實意云真如所證之法既無生滅豈有三世之時○鈔下經偈云下二段證約人顯實此寶幢偈正如鈔引言畧舉人證者疏中缺約法證故言寶幢者下疏云以圓淨智照平等理不礙應現隨順一切如摩尼寶故衆生如是下二句牒妄情如來下二句佛非世法故不繫日○鈔法界品云者應義引即七十三經大願精進力救護一切衆生夜神所說文也善財問發心久如夜神荅之經正云善男子菩薩智輪遠離一切分別境界不可以生死中長短染淨廣狹多少如是刼數分別顯示何以故菩薩智輪本性清淨遠離一切分別網超越一切障礙山隨所應化而普照故今鈔引文前却又多數字致前三句宛似偈文以經對鈔可知次喻之云譬如日輪無有晝夜但出時名晝沒時名夜菩薩智輪亦復如是無有分別亦無三世但隨心現教化衆生言其止住前刼後刼然他宗以今成爲近迹昔成爲遠本乃廣辨本迹以本獨爲勝不知久近對論皆是跡爾如法華中彌勒與大衆皆疑佛成道方四十年是菩薩執近迹而不知此理故佛以久成以斷彼疑是隨機對說今此經佛與菩薩約人約法皆以契實即無古今隨機即有古有今久近雖殊然皆是迹故今並拂以顯實也○鈔就德顯圓者前拂迹顯實尚通實頓二教彼亦離時故況圓教具德圓融耶無涯徹於三際事也稱性常恒理也一念即攝一切刼理能

融事理事無礙念劫圓融事事無礙四義渾然故德圓妙不爾何名就德顯圓耶○鈔自受法樂等者十地論說即所得智慧寂靜樂也何故顯已法樂爲令衆生於如来所增長愛敬心故復捨如是妙樂悲愍衆生爲說法故○鈔旨歸但云等者彼正云四攝同類五收異類六念攝劫七復重收八異界時九彼相攝十本收末（今鈔即全依疏書之者非也若爾如何結云今加一字耶）鈔於前無邊下以遍三際中前後際各無邊劫同類相攝等○鈔如今娑婆下問初唯一念二晝七日皆徧一切今何云上七重且約娑婆耶荅今就此界聞說以爲其首則起處之時在此而徧無盡故言今辨樹形下問時無別體依處等立次說處中異類界後明刹種等今何不爾荅異類之言已攝刹種等又時中初唯一念處中應明一塵如教迹中一塵遍五類法界等十以非劫爲劫應次明非處爲處等皆義無方影顯示故應審思擇○鈔刹既同處等者刹該同類異類也既同類刹異類刹同是處所而有同類異類形相不同故同類刹異類刹中時亦同是時分不妨同類異類界時各別分齊非謂同處之言定是娑婆界中之異類界爲同處也其異類刹有二師義一云唯一同類界外異類若助正云其異類界之言有在娑婆等同類刹中有在同類界外各別安布故下依處○鈔中云向明異類且舉百億中異類既云具舉不必定爾此中異類界時通於二義有在同類界内有在同類界外後依處鈔中第三唯 明同類界中異類第四徧刹種方該同類界外之

異類也欲顯前狭後寛故此中通二義者無後相對故然有十異至後當會○鈔九彼此相入下二義釋之即彼下標初義若念若刧下釋初義（此段兩用令用什初）且如樹形世界中同類刧相攝四異類刧相攝五以念攝刧六念刧重收七重重無盡同前娑婆一類界中四五六七樹形既爾江河形等准知言或同異類界時下標第二義若念若刧等復更釋之謂前七娑婆同類界時與第八異類界時彼此各有攝入之義以同類界中長刧攝異界長刧短刧攝短刧彼攝於此亦然（同前第四）同類界中長刧攝異類界中短刧短刧攝長刧互入亦然（同五）以同類界中念攝異類界中刧以異類界中念攝同類界中刧（同六）又以所攝刧中各分為念亦各攝刧等重重無盡（同七）鈔以非刧為本者以時刧稱性離分限而常契理故云本也刧即為末者以刧波此云時分說彼差別此即事也為末令以本收末故令末中一切時分皆如理融攝故得一一攝一切時也此則由第十義故方得前九隨義融攝皆自在也言離分限者出非刧所以也○鈔如華藏下舉一例顯也以華藏品經云華藏世界海法界無差別故刧即非刧念即非念約不壞相不妨有刧念等華藏既爾例餘華藏之外十方無間刹海所有時分亦然言以時無長短等者釋成非刧為刧所以也初句釋成非刧而言以滦時分者釋成為刧也以滦形彼淨故謂華藏無三灾成壞等故以滦界擬之而說刧數耳有本鈔云以離（非滦字也）時分說彼刧故者（不必作形滦釋）乃躡上非刧而結成為

刼也言以時無別體下復通釋非刼爲刼刼即非刼義也時既法上假立別無自體今法既融通能依之時亦融也所以得云非刼爲刼刼即非刼爾○鈔離世間品下疏云即無等智由照徹故不偏住著雙住理事名無與等經說十種此當第六故○鈔又此一部下釋前重通再難也謂前難云畧本至少安窮無盡耶故此荅云又此一部等此即與前如觀牖隙見無際空等義意無別上依助正若寂照即於前法爾意外更有此意謂此一部即無邊結通無盡勿濫前義不爾既已如前法爾何云又耶今詳二解前釋近宗前法爾中通二重難今疏唯舉初重鈔云又者通第二重也○鈔難云等者等字等七七八七并五十箇七日也下疏云法華過三七日　方說

小經云我始坐道場觀樹亦經行於二七日中思惟如是事　四分律中說六七日方說法興起行經七七日方說五分律八七日智論五十箇七日有云與十二遊行經一年大同言四分六七日四分律云佛坐菩提樹下七日受法樂起已受二賈客麨蜜食已即於樹下趺坐七日遊解脫三昧起定由食麨蜜身內風動有樹神獻訶梨勒果食已風除復坐樹下入三昧起已至一欝鞞羅村乞食婆羅門施食食已更詣一離婆那樹下七日思惟起已復至彼村婆羅門婦奉食食已復詣前樹下復七日不動起已還至彼村乞食時婆羅門男女奉食食已即詣文驎水龍王宮文驎樹下跏趺七日一思惟時天雨極寒龍出宮以身繞佛舉頭爲蔭過七日已龍化作少年禮佛讚歎已佛起龍樹下

便請阿踰波尼拘律樹下坐而作是念我法甚深何器可受思惟默然時梵王等遥知即往禮請轉法輪等上皆撮畧彼文言興起行經七七日者會解記云甞讀此經即無此說後讀出曜方見此文出曜經第八云佛受二賈客食呪願已爾時世尊七七四十九日默然不說法内自思惟欲使前人自来請受時摩竭人民聞菩薩已成佛道晝夜懇惻追念如来教章亦指興起行經似失檢對誤書經名爾言五分八七日者然五分律與四分律雖引事不同皆是六七教章又指十誦律亦無此說如五分律第十四云佛敷草座已繫念道品三明洞然趺坐七日受解脫樂從三昧起受提謂波離二人麨蜜呪願已復至一樹下食食已復入三昧七日後起到文驎龍王所坐一樹下龍奉食食已

復入定七日起已到欝鞞斯那聚落入村乞食須闍陁女奉美食食已還菩提樹下三昧七日起定復至其舍姊妹四人奉施食食已還菩提樹下三昧七日復起向阿豫波羅尼拘類樹中路見一女人鑽酪作酥就乞食已復至樹下三昧七日過時已後從三昧起作是念我所得法甚深微妙難解難見非愚所及佛即默然梵王等遥知即請轉法輪方往鹿園度五人也上亦撮畧彼文疏中荅意云皆是說此經之時隨根見聞故各不同也○疏廣如旨歸者彼更問云若爾何故佛有涅槃耶荅本不涅槃法界品說開栴檀塔鞞瑟胝羅絲中意也見三世佛無涅槃者既爾何現涅槃荅涅槃亦是說法攝生與成道說法無別故○鈔普賢三昧品等者疏云身相如虛空法性身而住

法性土也假說能所而實無差云非國土○鈔無能所依尚通實頓者會之泯之故分二教皆是拂迹故云通也况於下舉劣况勝也○鈔剎塵即入即下通局交徹二四句者即此一界攝一切此一界入一切等第二種四句又一塵攝一切剎一塵遍入一切剎等四句即下疏云又以一塵例剎亦有四句義兼初一重四句初重四句無即入故第二重四句但例即入以塵例剎方有剎塵即入義故對下疏鈔可以詳審○鈔不壞相故不妨立時者以牒不壞相言即是牒疏中不壞所依既牒不壞所依之處故須云不妨立處今以前依時中意例依處故有本中是處字其義彰顯○鈔然旨歸下會時處先後問旨歸中先依處後依時何以今先依時後依處故此荅也意云旨歸以七處等先已有故佛出於世後方始說經今疏意欲順經初言一時後言住阿蘭若菩提場中等故問今順六成就者何不依時依主依處爲次耶荅今順六成就中先明說時便明說處者即以時處爲一對依主是人依三昧依現相是法即人法爲次却踈依主爲第三也又以有所依之時處方有能依之人爲次也問六成就中何以先時後處荅言且便故○疏摩竭者此云無毒害法華鈔云上古有王率領此國賦性仁慈有犯罪者不行殺戮輕者以寶贖之犯重罪者被駈出國不行毒害因此爲名又云摩者遍也竭提聰慧也聰慧之人遍其國内言華藏者蓮花含子之處目之曰華藏今剎種及剎爲大蓮花之所含藏故云華藏○鈔娑婆

者此云雜會雜惡衆生共會一處故又正曰
索訶此云堪忍謂諸佛菩薩於一切雜惡衆
生中行利樂時多諸怨嫉衆苦逼惱堪耐勞
倦而忍受故如提婆達多數欲害佛等欲彰
所化弊惡能化悲深常以誓之故立斯名言
欲界者下地貪著弊欲曾無厭足唯此爲界
故名欲界○鈔華蔵世界六種震動者諸會
結通之中皆有此文故言其地堅固者迺世
主妙嚴品第一卷初文也言娑婆迺是土石
諸山者即法華經妙音菩薩品文也○鈔亦
如螺髻下即淨名經佛國品中意梵云尸棄
此云寶頂或云寶髻亦名螺髻即初禪梵王
也自在天宮即第六欲它化自在天宮也爲有
勝天令它劣天變化五塵於中受樂顯己自在故以爲名戱公關中疏云
舍利弗在人而見土石梵王居天見如天宮

問螺髻是初禪梵王應例如色界何故如六
天耶荅有二意一云靈鷲等處正在欲界且
指欲界最妙之處以爲例耳二云以身在欲
界佛會中若言如初禪天宮欲界人天不能
了知爲欲令欲界人天俱了知故且就欲界
最勝爲論問梵王見雖同欲天尚是穢土何
以證淨義耶荅雖非是淨但證前隨根所見
不同之義且佛土真淨超絶三界豈直如天
宮世淨而已哉設有七珎穢衆生住故亦非淨土也此盖齊其
所見而爲言耳○鈔華藏品下正引當經證
也下疏鈔云喻衆生同處異見佛本無二金
色銀色刹本是一見淨土穢土○鈔即二四
句下即第二重淨穢無礙四句中第三一句
淨穢隱顯無礙勝劣二根同見故刹體自在
故未能窮究四句融通玄妙之義故云近宗

若爾前二義亦淨穢無礙初重四句中 初師得初句第二師得第二句何以偏此近 宗荅雖各得一句前二師淨穢各異義局淺 故後一師且知刹該淨穢稍深於彼故云近 宗○鈔前一四句以本刹末刹相望成四句 下一節鈔文釋此四句作二種本末口科分二

- 初理事別說事刹具本末二
  - 初前三約事二
    - 初別釋二
      - 初釋初二句二
        - 初正釋第三 華藏
        - 二揀濫二
          - 初揀非 然未不同
          - 後顯是 今論今要
      - 二釋第三句二
    - 二總結 上三
  - 次第四約理 第四
- 後理事相望事刹皆爲末二
  - 初正釋 若理
  - 二引證 故華

○鈔華藏爲本刹等者問華藏既含諸刹何言淨耶荅成就品疏云就佛言之故無國而非淨也一切淨穢等土皆是如來通慧力成爲物而取擬将普應○鈔若寬狹相望自屬通局者此有二意若況論寬狹則本刹通末刹局若以本刹唯淨末通染淨則本局末通雖有二意皆屬通局非此所論○鈔上三皆約事者第三紙論娑婆在華藏中亦非無礙故云皆約事明○鈔故華藏品下疏云初句標名次句不壞分量即同真性次句具德莊嚴末句無礙安住今此中意初句望第二句證事末不礙理本第二句望後二句證理本不礙事末或可通證染淨本末華藏不壞分量應劣根故染證初句極清淨故淨證第二句不壞總分量故華藏不壞别分量故華藏内娑婆證第三句皆即同真性染淨相盡故證第四句既全不壞即同真性明知四句渾融無礙○鈔不論本末染淨者不濫前四句故亦揀非也今正約下顯是也 以前四句此

娑婆對華藏故唯稱染今於娑婆再分故通染淨亦作二解初約刹體隱顯論二就機見勝劣說言俱約二人同見者謂勝機所見淨顯穢隱劣機所見穢顯淨隱同時無礙所以然者刹土體性自在故○鈔前四句約一重等者不論相攝又約人說處說一在此界七處說二十方諸刹有佛與此齊說上二事也三即此一佛七處如月入百川不分而遍事事無礙也四以前三句歸理後四句攝入無礙前三句事事無礙第四句以前三句歸理平等○鈔以麄例細者問疏云以塵例刹科中何言以麄例細答疏中先言所例後說能例科先舉能例後說所例前後雖異大意無差言引文如前者即依中現依等中引第六經偈云佛刹微塵數如是諸國土能令一念中一一塵中現若作四句者一或局此一塵攝一切國故二或通此一塵入一切刹故三俱即攝即入故四泯形奪相盡平漫四句例知鈔四遍塵道者即空中塵往來遊履之道雖舉所遊之道意取能遊之塵也旨歸云謂十方虛空界中一一塵處皆有彼刹悉於中現演說此經即取十方與娑婆同類中塵道也六該刹塵者旨歸云謂盡虛空界一一塵道各亦同前攝自同類無量刹海而於其中亦說此經八重攝刹者旨歸云謂於此華藏一一塵中皆攝無邊諸佛刹海皆於其中說此經法○鈔以歸華藏等者旨歸云謂此等一切雜染世界各皆同盡唯是華藏世界海即此前鈔云事盡理顯染相盡故雖畧無佛淨相之文義含在中今言旨歸文云下義引也今疏

加第五遍華藏但取事相不約同真之義○鈔此亦賢首下通妨問既破刊定不依賢首今何不取旨歸中義故此荅也謂中間六義雖有取捨離合排次初二及後二與旨歸同中間六意亦是賢首八十卷經新修畧疏中光明覺品疏意叅詳用之耳○鈔菩提樹者西域記云迦維羅衛國於前正覺山西南十四五里有畢鉢羅樹昔佛在世高數百尺屢經殘伐猶高四五丈佛坐其下成等正覺因而謂之菩提樹焉言閻浮提者新云贍部俱舍云無熱惱池側有贍部林其形高大其果甘美提言洲也水中可居曰洲依此立名言七處皆爾者經既云一切閻浮提及十方須彌頂亦然即顯初會及第三會已遍法界餘則類此故云七處皆爾謂佛遍此界七處亦遍盡法界中之七處故疏云初此閻浮七處周法界起自此界七處故最狹而他界中但有七處俱為能遍法界為所遍此所遍法界最淺下說能遍所遍准此明之而能遍漸寬所遍漸深言文中但三賢下即須彌夜摩兜率三天也言義如下疏者須彌品疏云初二會相隣接故不假帶前赴後此三人天隔越故須連帶又此三會同詮賢位第六會已入證不假帶前七即位中普賢（又畧策云及於妙覺）居然不假第八頓彰五位體用已融七八亦在普光與菩提場相隣人天隔越尚爾况相隣豈不融耶第九唯明證入體用一味故不假帶前赴後上皆明佛不起而遍○鈔大海鐵圍者光明覺品疏云大海即七重金山外鹹海也（百抄云海闊三億二萬二千踰繕那量）一四天下一小鐵

圍（周圍五千六億七百五十踰繕那量四邊面各五萬六千三百五千踰繕那量）四州者東云勝身勝餘洲故（形猶半月）西云牛貨以牛貨易故（此洲相圓）北云勝生壽定千歲衣食自然故（此洲相方）欲界六天（四王忉利夜摩兜率化樂它化）色界十八（初禪三天謂梵衆梵輔大梵二禪三天謂少光無量光極光三禪三天謂少靜無量靜遍靜四禪九天謂無雲福生廣果無想無煩無熱善現善見色究竟天）無色界四天（空無邊處識無邊處無所有處非想非非想處）言各有百億者已上數各百億故此依黃帝算法下等數法（彼有三等數法下等十十變之中等百百變之上等倍倍變之）十十變之從千已上依中等數法百百變之謂百小千方爲一萬（若約小數十萬是一億謂十小千爲萬百小千爲億也則有）千箇小千爲中千方是十萬（約小數百萬即十億則有）十箇中千始爲百萬（小數千萬）方是一億（小數百億）既十中千爲一億百中千爲十億（小數千億）今有千箇中千故有百億耳（小數萬億）下鈔云若以小數計有萬

億也○鈔百億色究竟天者下鈔云初禪量等四天下二禪量等小千界三禪量等中千界四禪量等大千界是知三千世界中有百億初禪百萬二禪一千三禪唯一四禪問准此唯一色究竟天覆三千界何故亦言百億耶荅且如二禪直語其量等千初禪以千初禪向上取之則有千二禪如是百億初禪向上取之則有百億四禪譬如夏雲普覆九州若以州取則有九雲若以郡取則有四百餘雲若以縣取千數未多或云一雲普覆或萬國或言萬國各有夏雲思之可見然此百億世界在華藏最中央刹種之中當第十三重今畧圖示其相

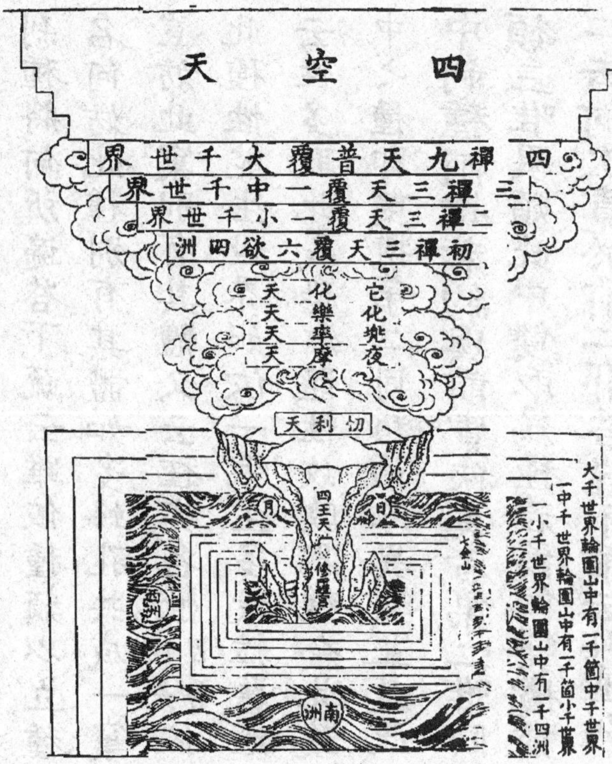

○鈔三遍異類等刹者此一遍字即佛遍樹形等刹樹形等刹爲能遍法界是所遍今且以娑婆望彼名異類若以一類樹形望娑婆等娑婆却爲異類不爾何以娑婆獨名同類耶言結不可說不可說等者此中多一不可說字經正云有不可說佛刹微塵數此正是最中刹種所持○鈔且舉百億中異類者此有二釋若寂照等云是最中一刹種中所有一類娑婆世界中異類之刹（謂如娑婆世界中同有百億世界不妨有形狀不同之異類刹也）今方總明刹種（此兼娑婆界外異類）此意同前助正有二異類若會解云且舉百億同刹種所持中異類非是百億界中自有異類也評曰今詳異類之言有其四類一小刹異類如百億界中自有異類也二大刹異類如一刹種中二十重刹相望有異類也三刹種異類十不可說佛刹微塵數刹種相望論異類也四刹海異類即十方無間盡法界之刹海相望論異類也故此下云異類之言雖通華藏等今此異類該前二異類也謂小刹及大刹百億中言含二意故若在內爲中即小刹異類若同處爲中即大刹異類前二

釋皆取方爲正義○鈔然異類言雖通華藏下通難也問但言異類豈不通華藏耶荅異類言總雖通華藏而意別唯取小刹大刹異類耳(此影刹種問荅)○鈔言遍刹種者下疏釋種義云積多世界共在一處攝諸流類故名爲種問若爾前異類中已遍所攝多種世界今遍刹種將何所遍荅下疏云雖依種類以立種名何妨此種別有其體如多蜂孔共成一窠豈妨此窠別有其體又云種亦名性(性是因義)依此種性能生世界如依一禾生多穀粒舊經云性多取此義恐濫體性故改爲種今此最中之種即雙攬第二同類第三異類並是此中刹種所持若約與前寬狹異者第二唯同類三唯異類此中雙取爲種若爾但雙攬前二云何次寬於前二耶荅豈不前云此種別有體爲前世界依起所以寬於前也

華嚴會本懸談會玄記卷第十二

音釋

欝(於物切)　鞞(毘移切)　驎(力振切)　豫(弋庶切)　肈(直小切)

窠(口和切)

華嚴會本懸談會玄記卷第十三

蒼山再光寺比丘　普瑞　集

鈔即取最中無邊妙花光香水海中普照十方熾然等者第八經說有十不可說佛剎微塵數香水海在華藏世界海中如天帝網分布而住其最中央香水海名無邊妙華光疏云以多華發光故亦由菩薩行華而爲因故以現一切菩薩形摩尼王幢爲底出大蓮華名一切香摩尼王莊嚴以香摩尼嚴此花故又從摩尼底而出生故約法即萬行圓明之所成故海能有華故受華名華依於海取海底稱有世界種而住其上名普照十方熾然寶光明約事寶光遠照故約法其世界種正是所含種子一一皆有大智光明遍照法界義故以一切莊嚴具爲體性德莊嚴故有不可說佛剎微塵數世界於中布列等已下說二十重世界從下至上列二十重第一重主剎有一佛剎塵數世界圍繞八方過一佛剎塵數世界方至第二重主剎乃至第十九重云過佛剎塵數世界方至第二十重主剎其上下但有十九佛剎塵數主剎第二十重有二十佛剎塵數世界圍繞總結主剎伴剎有不可說等方是一箇剎種中事下鈔云下狹上闊如倒立浮圖倒安象齒等急備引吞海集中有此圖樣中央剎種既爾餘十不可說佛剎塵數剎種一一皆有二十重剎下狹上闊形相亦然

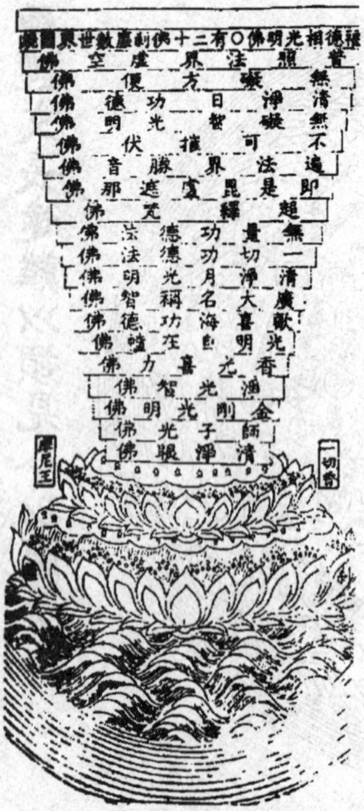

○鈔遍華藏者不同旨歸如文具之然華藏世界海者迺是本師修因之所嚴淨准第八

九十經畧示其相其下有須彌山微塵數風輪最下風輪名平等住能持其上一切寶燄乃至最上風輪名殊勝威光藏能持大海海名普光摩尼香水海海生蓮華華名種種光明蘂香幢蓮臺面上邊有金剛輪圍山中央至圍山臺面十方總有十不可說佛剎微塵數小香水海一海有一剎種羅網臺面一一小海外有一四天下微塵數香水河遶一一剎種內皆上下二十重剎及圍繞剎最下一剎有一佛剎塵數伴剎圍繞最上一剎有二十佛剎塵數伴剎圍繞且增觀智一至二十據實上下皆二十也如網孔故若論莊嚴一一佛剎雲臺寶網園林器具一切衆寶有佛剎塵數之莊嚴一一莊嚴各放佛剎塵數光明一一光明各皆互現如上華藏世界及莊嚴事及現過去未來一切劫中剎海事中餘者易知唯華臺上有十不可說剎塵數之剎種經文長遠難以頓見今以圖示

圖中乃至處經中皆是不可說佛剎微塵數

言故有十不可說佛剎微塵數世界種也經中唯列一百一十一箇而缺兩箇圖中白環者是也上下二十重亦有列不列者據實皆二十重如網孔故若讀此圖先從中央種次讀次東種次讀次南種如是右旋十種訖還讀東次下十種次南下十種如是旋轉讀之方是經之次也檢經八九十三卷具說下鈔喻如一盤中盛於十楪十楪之中各盛十彈子一盤如剎海十楪如剎種彈子如一剎

○鈔六遍餘剎海下約華藏不壞分量義故有餘剎海等剎依剎種種依剎海寬狹可知華藏之外下現相品疏云是華藏鄰次之剎海故云無間起自十方十億佛剎塵數剎海而盡十万無盡剎海俱爲能遍法界爲所遍

○鈔一一塵中皆有佛剎前但取所成麁剎今說彼能成塵中復有剎也○鈔此不論成剎之塵但取容塵之處遍於空矣者意云今明於處合約成剎之塵今第八但取容塵處之空亦得名處故云兼於空矣言如二界中間者如娑婆界東輪圍之外未至阿閦佛國輪圍之際中間唯是虛空今不但取唯空無物處今取盡虛空界但是容塵處佛皆遍其中說經○鈔彼一一微塵等者彼字二師異說助正云指前第七一一微塵也所以不指第八者取虛空難顯重重之義故若寂照云即指第八中一一塵各攝無邊剎海即所含剎各各爲塵復有剎海故至重重無盡前義爲正第八兼於空但取虛空一一容塵之處爲能攝耳不言一一塵也今云彼一一塵正指第七問八中容塵之處則寬九唯塵中攝

剎以至無盡則狹如前也答前能攝似寬所攝但是一重令能攝雖狹而所攝重重無盡亦不違從狹向寬之義〇疏然上十類等者問十中前七爲能遍法界爲所遍可爾後三爲能遍與所遍寬狹云何答所遍通四法界能遍各是一義問前六事法界七九事事無礙法界八若理空即理法界理空有剎即事理無礙法界若事空有剎即事事無礙法界其第十例餘佛同總例同前九則具四法界而爲能遍更何是所遍法界耶答總言四法界則無所不該此上雖有四法界而但是器界且非是佛及衆生等處故下疏云此猶約器世間說鈔云未說佛毛及衆生毛孔事問若云前九正是遮那說經之處者何故前後皆云說處有十荅有二義一云以義相從自

它通收而有十處二云別說前九是遮那處總合爲一是餘佛處總不離別皆爲遮那說法之處也〇鈔若忉利等者先按定經說既遍下依前第八爲難也言處則雜亂者上違理也何以下違教也言隱顯門者義分齊中云攝它它不盡不現即隱顯門且是一相之言〇鈔若約爲門等者躡跡難也如十住爲門顯時與十行等隱者爲復相見否若相見者還成雜亂以夜摩天等說十行等時亦說十住等故若不相見何以知遍者以不見夜摩等說十住故何以知遍〇鈔餘位如虛空者非是斷滅但十住爲能成十行等爲所成離能成外別無自體云廢己同它以廢己故非常是所成故非斷其能成者既有體能成它故非斷對所成方有能成故非常既皆非

斷常方是玄門以諸法極於有無故○鈔而有主伴者正明相入帶主伴門令明顯故顯文含多義故言但隱顯不同者以隱顯料棟相即令易了故言亦名下復以純雜門融即入二門恐二門定爲天隔故○疏十餘佛同者門處則佛佛德用說法皆同前依時中何不說耶荅影顯示故○鈔故經云者即十地品文也疏中引橫遍今鈔證竪窮○鈔餘佛說處者如人人唯識所變之處繫屬各別故爲此問相宗自識緣它變器乖唯識義故以爲例言若相見耶乖相遍者廣鈔云則乖圓遍難也荅中言二互相見主伴義成者如遮那說處爲王餘佛說處爲伴二互相見遮那亦遍伴處主伴無礙故圓遍義成各遍如乳投水中但名水遍水遍之處乳豈不遍以全一味但名水遍却以水投乳准上應知此名不相見定非隔別同遍如衆燈光同在一室此光遍餘光亦遍即相見不乖相遍○鈔文具下消文爲主須一爲伴多故此正約主伴門而兼帶隱顯如此佛爲主顯時餘佛爲主隱等爲伴隱顯亦然言非謂下遮妄解也上皆舉人顯處於人明主伴如主伴重重處已說○疏又上十處下恐斯十義而定超然故此融之初句緣起相由門後句法性融通門且初此閻浮提七處而周法界收餘九者豈餘佛同不是遮那說經處耶餘佛說處准遮那說而又餘佛不必初閻浮提等遮那亦且約此界故則理出文外○疏而隨前下有二初以別時望總處又字下別處具總時言頓說此經者以十種時隨一圓收今具以一念攝餘九故云頓說又以一一

時各收餘九時遍别别十處亦偏舉一處收餘九處又隨一一處各收餘九處皆具前舉一全收之十時○疏並是遮那説經之處者總攝三世間無盡之處皆是遮那一佛説經之處問唯識道理他變器界等相分自識不能親緣如其緣者識外取法乖唯識義云何他變之處亦爲自説經處答十通品疏説若不親緣他却失真唯識義以真心自性自他不定異故經云知一切法即心自性尚即心之自性豈不親緣耶况六相十玄十所因中無有不融通之法也豈可局執○鈔對時顯處者影取對處顯時義屬前段不爾此義豈唯在處耶以互爲能顯所顯故○鈔普賢若如下以等覺位第八識猶有漏故成趣生體故名衆生世間以起二空無漏智故名智正覺世間前持業此相違釋

又舉普賢下且舉因極以勝攝劣故○疏夫真身寥廓者且對執迹非真名之爲真非揀化身等名真窮源莫二者且對下執迹多端爲莫二故下云一身亦在執迹之中設執十身亦非真故○鈔唯一無障礙等者唯乃揀其多執一則破數之稱故云無障礙身故貞元疏云一亦不爲一爲欲破諸數故此總釋疏中真身乃至莫二也言隨機教異一句總釋執迹多端已下三句總相收束義不出此自下乃隨文委曲指陳展演明之○鈔若以法界爲身者此總含四法界爲身既法界即身不應言合體故普賢三昧疏云一依佛地論以清淨法界爲法身約理二依無性攝論以無垢無罣礙智爲法身約智三依梁攝論及金

光明經如如及如如智獨存名法身雙合四經云如来
法身非心非境則境智雙泯五此上四句合
爲一無障礙法身六此上總別五句相融形
奪玆說迥然無寄七通攝五分一戒香謂道具無表戒二
定香言即入地無漏定三慧香即別境五中無漏慧四解脫香謂盡智無生智俱時勝解
以能印證四諦理特離縛增故五解脫知見香者即本後二智謂與勝解心所同時離縛
證理行相增故自利利他悲願所行恒沙功德無不
皆收以修生功德必證理故融攝無礙以報身歸
法身二身無礙爲佛身八攝論云通收報化色相百四
十不共功德等通收報化皆法身矣九通攝三世間具
十身故唯此華嚴十身上分權實唯第九屬
此經若融攝及攝同教總前九義爲一總句
是謂如来無障礙身隨義隱顯不可累安達
者尋文無生局見○鈔今以無障礙下含具
前義無障礙智即第一義如字即第一義寘

一即第三義其四五六以義含之但依前三
義別說故言如如者不倒也以離依計二
倒及如如智者從境彰名或可智自不倒依
主持業如次如收一切智等亦如故復云唯
智收一切如等亦智故云獨存義各孤立故
加及字二義無違曰共爲真身言即令色心
功德者即七八二義亦金光明經意也彼合
部光明經云唯有如如及如如智是名法身
何以故離法如如無分別智一切諸佛無有
別法何以故一切佛智慧具足故一切煩惱
究竟滅盡得淨佛地故是以法如如法如如
智攝一切佛法故即令色相功德合如如佛
身也○鈔故令佛身下即九十二義亦無不
包影取亦無不在釋疏羅字○鈔以如來者
一句全是出現品文言假言齊者以一切法

即是佛身法外無身今言齊者假言齊耳○鈔上二義下此總爲體用釋之混萬化用即真體故言會精麁一致者會無爲功德之精妙有爲功德之麁顯爲一真身之致也或報化爲精麁或該一切法之精麁言圓融無礙者歸前總束唯一無礙身也○鈔故次疏云下明知其二非是定一謂若下法喻皆遮異執釋莫二之言謂初二句法說也問下句是喻何言法說荅以喻顯法故不同後四句唯是喻明喻中初二句喻攝末歸本下二句喻依本起末言三江者准尚書地理誌中而有三名一吴松江二錢塘江三浦陽江有本云千江者無定名相也○鈔不知多端下以不知應迹故成執也了知則不執經論當根因隨成益即設教功深餘劣見聞遂生局執故

須遮遣故結云若識其源一多無礙故普賢三昧品鈔云如說海水異於百川不攝百川非海水故隨文布列乃有不同得意而談一一融攝鈔故光明覺品下疏云初偈變化智自在上半一多無礙下半隨器普現後偈明一多無所從以無生智隨物而感謂一身多身但由衆生分別心起故無積無從其猶並安千器數步而千月不同一道長江萬里而一月孤影情隔則法身成異心通則玄旨必均云云自他於佛何預○鈔此經云下即問明品下疏云所證法界體同爲一八識心王俱不可知故一四智三智二智一智皆無別故一十力四無畏亦無別故一此五畧攝諸德而言等者等此經中餘之經文如現相品云諸佛同法身無依無差別下疏云體相皆

同同義有二一本住法身體同言無依者無住本故體無二故此體同故諸佛同法身也二已證法身相同力無畏等皆無異故言相同者即相似名同非體故也今鈔亦具二同故云法身力無畏等○鈔佛地論者論具云佛有二種身一者生身二者法身若自性身若實受用俱名法身諸功德法所依止故諸功德法所集成故若變化身若他受用俱名生身隨衆所宜數現生故今鈔云實功德法故者唯釋實報是法身義也自性名法身義易故不釋也○鈔又般若等者即天親論釋金剛經彌勒頌云應化非真佛亦非說法者之義也○鈔又云佛以法爲身下現相品文華焰髻普明智菩薩偈也下疏云上半是體客塵不染故下半是用隨物見異故亦釋疑難謂雖爲物現相不乖如空若不現相云何悟

於無相○鈔金光明經又說四下即合本經最勝王經亦說三身分別品正云分別三身有四種有化身非應身如來已般涅槃以願道在故隨緣益物如是之身即是化身即隨六自化身無諸相好故有應身非化身是地前身決定能令受用法樂應勝故有化身亦應身住有餘依如來之身有不立化名非化身非應身是如來法身彼說三身品中法身者皆是理智合說即爲真身也今鈔標名即隨釋也言四善根即暖頂忍世第一也以爲見道加行名順決擇分善根所見之佛王一三千大千世界千丈大化身也言人天同類即丈六金身也○鈔佛地論中亦說有四者此所引全是論文是則下揀別經論二四身義他言合法報下此經後一是法身自報不說他報化身開爲三類言今約下三身各別云俱開復於報身開

自他受用故曰後重開於報也言雖有四義理不乖三者唯釋佛地中雖四不乖三身也則失該揀光明之意有本鈔云理不乖此者意云彼二經論雖各說四不乖此之揀異也有本鈔云雖有四義理全乖者謂二經論雖各說四經全乖論論全乖經謂經中合法報為一身實教義也論開理智而為法報不得相即如教義也又經無他報論別立身全乖異也後義為正〇鈔然敵公下諸釋云云不可詳定今科之為二

初列名然敵
初約體唯一詳而
後約義分五二
初敵公唯法身二
初別釋三身義二
初二約因二
後正約果就
初正因者何
初總遮三果難二
初牒難總答所
二約喻以明者何
初[illegible]為因二
初通功德生三果難二
初自果對明如二
後別約果異二
初二身別說無過
後體用無二為是

後清涼歸三身以若
上二解釋二
二緣因推二
後逆次通妨難二
後別通二因難二
後功德成果直若
後通法性生三果難二
初法以有
後喻如實

〇鈔詳而辨之一法身者隨義不妨分五據體則無有二此實教理事無礙義也〇鈔本有之法性者此涅槃生因亦是正因如乳有酪性故法性二字即能生因身字即所生果即下三身也〇鈔推其因是功德所成者即涅槃緣因及了因體即萬行也上二身皆舉因目果故皆為佛身也〇鈔三就其下三皆約果為佛身也然為約應大妙三字分三義也體即無二〇鈔所以下問三果之中五四二果既為佛身何有第三變化身耶前三句牒難下一句總荅意云後二約體雖即無相如空第三約用就機應別何者下約喻顯也

三有之形精麄小大等喻變化身業因勝劣喻機緣勝劣也勝機感則現細劣機感則現麄大小亦然准叡公意此通他受用及化身准清涼意唯化身也○鈔如來法身下約第二身通妨難此有二重通難應先問言前云功德法身功德是因何以名果法身初二句荅也意云以法身功德之果以因目果故號法身次問能成之因既一功德所成果相何有三耶功德無邊下荅也言功德無邊者隨順法性修檀戒等萬行之因無有邊際故虛空法身果亦無邊言功德無相者稱性之行豈帶相耶如行施時三輪清淨業故得實相法身迥絕諸相言功德方便者昔因善巧普應群機故今應身隨宜赴感○鈔無邊故下約義則三身不同是爲下收皈體用無二即第三是後二體外無用即後二是第三用外無體故云非有非無等也○鈔以有此身下約第一身通難也問能生之因既一法性所因生之果何有三耶故此荅也意云正因佛性以爲生因理實唯合生一法身然以此法身爲萬化之本故有變化等身也如冥室下曦光唯一喻所生法身隨孔萬殊喻變化等也○鈔若直指下上以功德爲因今直指功德爲果即實功德法故名法身也亦通前功德中初重難也言假說爲身者身者體義聚義依義今但以依聚二義假說爲身非同法相以色相爲功德報身也○鈔若以下鈔主別配三身不同前叡公義也言初二爲報此不約因說唯就果明也初一他報身起信云所現之色無有分齊乃至非心識分別能知以真如自在義用故今云法性

生身義正同也功德法身即自報身也即不空如來藏修成萬行功德爲因方顯爲真實報下三配二身可知○鈔又有義下寂照云亦實教義會解指集玄云即天台四教中第三別教義也三身體上各義說三然是歷別未會圓融○鈔如勝天王經說者彼經具云勝天王問菩薩在何位中得如來十種身佛荅住初地得平等身何以故離諸邪曲通達法性得平等故住二地得清淨身戒清淨故住第三地得無盡身離嗔恚故住第四地得善修身常精進故住五地得法性身說諦理故住六地得離覺觀身觀因緣非覺觀所知故住七地得不思議身具足方便故住八地得寂淨身離一切戲論無煩惱故住九地得等虛空身遍不可量一切處故住十地得妙智身成就一切種智故下九皆有何以故言問此明依主何明十地之身荅以彼經云菩薩行深般若十地能得如來十身故天王問曰佛菩薩身應同荅功德有異佛具德故菩薩不爾今就佛說也○鈔已含前後者前即前段所敘後即下說正義處皆不出真應一多故若真若應兩互相融或一或多二俱無礙今以四義各別而徵○鈔或云毘盧遮那者此云光明遍照義如前歸敬中釋疏云舍那鈔云遮那者意顯但梵音小異不同餘教約法報定分也釋迦牟尼者此云能仁寂默能仁是姓我佛上代從刼初時立共計王至淨飯王計八萬四千二百五十五王昔有懿師摩王次夫人有四子並皆聰慧大夫人有一子頑薄醜陋大夫人恐其四子奪其國祚以情惑王令驅四

子出國王依言驅擯時四子奉命其母其同生姊妹咸願同去一切人民多樂隨從至雪山北舍夷林中其地平廣遂築城居焉人慕德風歸者如雲爵成大國遂立小弟爲王名尼樓數年之後王問四子所在傍臣具荅王歎曰我子釋迦從是巳後姓釋迦也寂默是名契寂理故○鈔餘三皆應第四句常在此處餘三句即他處者問中間二句既是應身却言即他處者豈不違前鈔云以應故在此耶荅前約一相義説今亦應影取真身在此處以理實真應皆在此處它處故問真應與一多如何配屬荅真應盡具一多一多皆有真應乃互通耳○鈔又云下現相品文也疏云堅蜜者齊佛體用堅即金剛之身決擇記云四相不遷三世不改蜜謂身秘蜜也三賢不測十地莫量佛有三蜜所謂非色現色摩尼不能喻其多非量現量應持不能窮其頂不分而遍一多不足異其體全法爲身一毛不能窮其際此身秘蜜也佛言聲也非近非遠目連尋之而無際身子對之而不聞非自非他若天鼓之無從猶谷響之緣發無邊法海卷之在於一言無内圓音展之該於萬類是謂佛口蜜也意則無私成事等覺尚不能知蜜之至也今即初蜜故○鈔光明覺品下疏説十義一多機於異處各見佛身不同鈔云今寄五臺求見文殊以況法界見佛差別揔有十義今初也如有五人名爲多機各在一臺名爲異處一人南臺見菩薩一人西臺見師子一人中臺見萬聖一人東臺見化佛一人北臺見聖僧是各感見一也二或同處各見如五人同在中臺故云同處一見菩薩一見師子等故云各見也三或異時別見如一人朝見菩薩暮見化佛是也四或同時異見上異時別見不局一人多人今此要是多人謂二人同於最朝一見化佛一見菩薩五

或同時異處見亦約多人同於晨旦一於東臺見一於北臺見所見之境或同或異或同見菩薩亦是同時異處見或則一見菩薩一見化佛亦同時異處見也

六或同處異時見同於中臺朝見暮亦見而能見亦通一人多人所見亦通一境異境但取處同時異耳

七或異時異處見時則朝暮不同處則東西臺別而能見亦通一人多人謂或一人朝於東臺見菩薩暮於北臺見菩薩多人可知然多約一人其所見境亦通同異同見菩薩如上已明或一人朝於東臺見菩薩暮於北臺見師子然多分且約一境也

八或同時同處見亦約多人同在中臺同於中時見菩薩所見亦通同異且約同說

九或一人於同異交互時處見多人所見謂同時異處異時同處名交互時處然同時異處即是第五而要是多人異時同處即是第六通一人多人今唯一人頓見前多人所見此機亦是不思議人能於同時異處見故謂一人於晨朝時在中臺見中臺或北臺多人所見又於中臺於朝於暮見多人所見

十或一人於同異俱時處見一切人所見以是普眼機故謂同時同處異時異處名同異俱時處既是一人時該多時處遍諸處見通諸境故是普眼機也然佛不分身無思普現故不分而遍無思普現頓應前十也

今鈔中但有八七五六九之義也等字等餘五句鈔中唯用第九一句餘皆非用故不繫引也○鈔一身圓滿即是真身者以真無不在故言圓滿○鈔如一身中現多頭者即不思議品一身現不可說不可說頭等即所現分也義如前引言頭中有佛下即法界品海幢比丘頂出諸佛亦如前引頭字應是頂字以經說頭出菩薩頂出佛故或但總相言頭亦得腰現仙人等者能現之處分也今並揀之故云皆全現故即能現所現皆要全也全義既成分現之義自立明非一向遮分現也○鈔以離心緣相故者此一句是起信論真如門中文也○鈔無能測身者離世間品文也下疏云即是第十四如其勝解示現功德謂諸有情種種勝解現金色等身雖現此身

而無分別如末尼等故無能測○鈔第八十經下疏鈔云明平等法身波羅蜜多成滿功德而具攝論五種相（攝論釋法身具五種相故）初句白法相以是極果圓滿自在轉故次二句不思議相謂真如清淨自內證故無有世間喻能喻故非諸尋伺所行處故次一句無二相由一切無所有故空所顯相是有故有即爲無爲無二相次一句無依相雖無所依滅染分依他無不住得淨分依他次句常住相雖無不至即應化普周受用廣遍相續不斷二身常義而不去自性身凝然常義五相相融爲法身體次二句喻空晝喻無依相夢喻有無無二相貞元經云如空白日亦如夢空喻無依及常住二相白日喻白法相夢喻無二相欲言其有覺竟無實欲言其無夢境歷然故非

有無爲無二相其不思議相者即次經云三界有無一切法不能與佛爲比喻辟如山林鳥獸等無有依空而住者○鈔光明覺品下次前經云如來非以相爲體但是無相寂滅法身相威儀悉具足世間隨樂皆令見乃至云非是和合非不合體性寂滅無諸相等謂以佛爲有成增益謗爲無是損減謗（初偈遣也）爲亦有亦無是相違謗（次二遣句）爲非有非無成戲論謗（此二句遣）中論云戲論破慧眼是皆不見佛故今遣之謂妄惑不生故非蘊聚起心則生便成戲論○鈔又云下亦光明覺品文疏鈔云無染無所着是三念住一者一心聽法不憂二者一心聽法不喜三者常住捨心謂有憂喜即染不住捨即著今無憂喜之雜染安住捨故無所着言無想無依止是三不獲一

惡想都絕云無想二不依止名聞三不依止利養云無依止次二句雖體叵量具相好故稱歎○鈔既云菩薩下問疏主下說平道教根無論凡聖許見十身何故此中云菩薩不能思明唯佛境咎等覺已下猶似隔羅縠觀月故此云不能思以未窮源故下平道教根勝許分見十身未必究盡其妙但容見耳○疏融三世間爲十身者如前教迹十身相作中說○鈔前十身各有十相者下疏云別顯智相中十身爲八以三身合故然其類例應具十文或闕畧且從顯說上疏科分顯意下引經示相逐段以疏鈔注之庶知其根本也經云此菩薩知衆生身集業身報身煩惱身色身非色身疏云衆生身有五相初三業生煩惱妄想染差別此約揔明三界後二約上二界就報別開若揔開三界五趣則具十矣鈔云色身無欲色二界加無色爲三界集業煩惱爲二報身即五趣報故爲衆生身十相也

又知國土身小相大相無量相染相淨相廣相倒住相正住相普入相方網差別相疏二國土身具有十相前入一切相後二真實義相前中初三分齊相即小中大千次二染淨差別次廣即寬狹差別此畧無狹次二依住差別真實中一重頓入名爲普入十方交絡故云方網又重重現故多同初地鈔云即初地如帝網差別故爲真實義故知業報身假名差別知聲聞身獨覺身菩薩身假名差別疏三四二段共有四身皆云假名差別者但有自相同相差別假名分別實無我人餘亦假名偏語此四者業因尚假苦果可知聖人尚假況於凡類又三乘聖人方能知假佛德超絶不得云假知如來身有云云即疏所列疏五知佛身有十相餘之九身既是佛身一一有此則已成百十若更相作則重重無盡菩提身者示成正覺故二願生兜率故三所有佛應化故揀異猿猴鹿馬等化故云應化即王宮生身故四自身舍利任持故上四於三身中皆化身攝五所有實報身無邊相海等揀三十二相等故云實報即三身中報身六所有光明攝伏衆生故云威勢即通報化論經名光明身七意生身論云所有同異世間出世間心得自在解脫故者同謂同類異謂異類世即地前出世地上謂若凡若聖若同若異由得自在解脫故隨意得生即種類俱生無作行意

生身也此通變化及他受用入福德者所有不共二乘之福能作廣大利益因故故種少善根必致佛果九法身者所有如來無漏界故斯即所證法體故離世間品十佛中有名法界佛諸漏永盡非漏隨增性圓明故名無漏界是佛藏義生義含無邊德生世出世諸樂事故十智身者所有無障礙智謂大圓鏡智已出障垢證平等性故次云此智能作一切事者即成所作智彼事差別皆悉能知者即妙觀察智此通作四身但兩重十身一一圓融故異諸教鈔云智冥於理同法性身大圓鏡智現自受用平等性智現他受用成所作智現變化身則智通四身也又如觀察智亦通四身

知智身善思量相

如實決擇相果相行所攝相世間出世間差別相三乘差別相共相不共相出離相非出離相學相無學相

疏智身有十一相攝爲三初二約體分別初通聞思二即修慧俱通理教次果唯證入行相因果分別行即是因通於三慧果唯證入相離前三餘有入智皆約位分別於中初一是總世間俗智名之爲世三乘聖智名爲出世又道前名世見道已去名出世五三乘者於出世中大小分別小乘十一智中乘七十七智等大乘權實無礙六七二相於大乘中麁妙分別甚深般若不共二乘相似般若是則名共入九二相通就三乘縛脫分別於新薰性智習未習故後二通於三乘修成分別

知法身

平等相不壞相隨時隨俗假名差別相衆生非衆生法差別相佛法聖僧法差別相

疏知法身前能知智此所知法並通一切智法不同前佛法智唯局如來又有五相一平等相即是法論云無量法門明等一法身故者謂法門雖殊同詮平等法身若佛無二故揀理異事皆世諸門攝二不壞相即是行法論云如聞所取故謂稱理起行名如門取行符乎理則冥之菩提名不可壞三即教法隨所化生根性相應時說差別故理本無言假言顯理若權若實皆是隨俗假名四即重顯理法所遍之境此通染淨平等法身遍情非情五即果法唯約於淨論云第一相差別三乘同證第一義故隨智有異三種不同故所顯理亦說淺深若約功德等異如常所

辯知虛空身無量相周遍相

無形相無異相無邊相顯現色身相

疏知虛空身文有六相無量相芥子中空亦無量故二遍至一切色非色處故三不可見故今世人見者但見空一顯色想心謂見故涅槃經中廣破見空又此含無爲空故亦不可見四無異相者無障礙故不同色法彼此相異有障礙故五無邊相者謂無始終起盡之邊故六能通受色相持所持故故下經云譬如虛空寬廣非色而能顯現一切諸色既因色分別彼是虛空則知因空顯彼爲色鈔空一顯色者謂青黃赤白等顯色成實論中虛空唯一色不可

眼見世人見者但見空中光明之色想心於中知無實物作虛空解便謂見空其實不見涅槃中同成實說評曰據上十多闕畧今云各有十相者理各合十但文闕畧爾十身相作前引釋竟言釋相並在下文者即上引文正是釋相也〇鈔彼亦會釋者疏云然此十佛與下十種見佛名義全同與前十身名有同異而義亦不殊一成正覺佛示成正覺故是菩提身二願佛願生兜率故是願身三業報佛萬行因感故是相好莊嚴身四住持佛自身舍利故是力持身五涅槃佛化必示滅故是化身六法界佛真無漏界故是法身七心佛是威勢身雖光明亦能攝伏心伏勝故如慈心降魔等八三昧佛常在定故是福德身定為福之最故九本性佛了本性故是智身大圓鏡智平等性智皆本有故故下云明了見十

隨樂佛隨所欲樂無不現故是意生身晉經云如意佛然佛就內覺身多就相故立名不同耳〇鈔十種見佛者疏云一安住世間故不着涅槃成正覺故不着生死乘無住道示成正覺故名無着菩薩稱此而見無着之見依主為名非謂菩薩於彼不着下九准知二乘願出生故故無不現又乘此願能生功德故三報即相好莊嚴業即萬行之因而深信為首故別言之四隨順眾生住持舍利等故又隨眾生以圓音周遍三世住持佛法故五化身示滅故名涅槃深入涅槃故能示滅深入生死故示滅非真六法身充滿於法界故法界為佛體故七湛然安住真唯識性是心佛故入寂然無依心言路絕即三昧義觸類皆然故三昧無量九平等性智了本性故本

覺真性性本了故十隨自他意無身不受故依上十見則真見佛既知十佛總別六相圓融則亦十見無有障礙又此十重五對一所出能出對二正報住持對三真常普遍對四內住外寂對五體深用廣對如文思之上十佛十身類此成對○鈔然無著等復有十義下無著十者離世間品云於一切世間無著於一切衆生無著於一切法一切作一切善根一切善處一切願一切行一切菩薩一切佛上皆有於無著之言二出生十者如不思議法品中說十種念念出生智三深信十者如十藏品說十種信及十地中十種信也四隨順見十者即不思議品十種爲衆生作佛事五深入見十者如出現品十種涅槃也六普至十者如至一切處回向說及不思議品十種普遍七安住十者如不思議品十種無量住八無量無依十者如不思議品說十種無量不思議佛三昧九明了見十者四十七經世尊十種如一切法盡無有餘十普受見十者四十六經諸佛有十種佛事此上諸十經文繁廣不能具引要者尋檢故鈔云至下當明疏用周無礙者以佛即體之用周於上十重無礙之時處疏鈔引證多是用周於處但恒轉二字中畧言周時無所不通故稱無礙經云下妙嚴品文疏鈔云總佛身遍別塵中○鈔佛身無去亦無来下疏云體用無碍無去来體也現諸土用也亦總身遍總土中○鈔如第六經者身業用也法界及國土約處恒字約時又云下亦現相品文意業用也疏云於染無碍塵中證法而周行故又云佛

演下語業用也如教迹中已明○鈔或現威儀者梵行品直釋　記有十威儀一三業勇猛名威三業調柔名儀二三業垢障盡魔怨斬滅名威三業功德覺花榮茂名儀三佛戒智光來燭名威佛戒慈澤來潤名儀四法門障滅名威法海雲開名儀五聖衆悉加名威望衆悉喜名儀六衆魔驚怖名威諸天恭敬名儀上唯自利下兼二利七摧魔名威善化名儀八律儀名威攝善名儀九大智莁生名威大悲利物名儀十戒海清淨十身名威戒海圓滿萬德名儀○疏相遍無碍者相字平聲呼謂於前無邊用中互相攝而遍也亦應各相攝無碍言各攝一切業用故或正攝即遍故云無碍問如鈔中毋胎一相八相皆具萬德斯圓故云相遍者據此相字應去聲呼耶荅若但明八相互遍可作去聲今兼四儀三乘五道等互攝相遍故平聲也其義甚明○鈔如不思議品下是舉用周也表一坐成正覺故跏者重也謂累足而坐一降伏坐以左押右二吉祥坐以右押左智論云若結加趺坐身安入三昧威德人敬仰如日照天下除睡懶覆心身安不疲懈覺悟亦輕便安坐如龍蟠見畫跏趺坐魔王亦驚怖何況入道人安坐不傾動言今明即此坐中下顯其相遍義也○鈔嵐毘尼下法界品文嵐毘尼者此云勝樂園光昔有天女下生此處因以爲名此園在迦維羅城東二十里是摩耶生佛之處言當我見下則橫竪無窮但是一重之遍屬前用周無碍今明下方是相遍無碍對前釋此令易了故言如三十一經者回向品文顯一相具

多法門又離世間品云下正顯一相具八相也准下疏云初一通顯地位後一總結多門中間八相童子屬王宮相或出家屬苦行相則爲所現七相一住天二初生三處王宮四苦行五成正覺六轉法輪七入涅槃並一相中同時齊現深密難知故名微細言又上下示三乘即用周也一乘具三明相遍也五道六塵例此可知○疏寂用無碍者前二皆用中自明無碍今於前或一重周遍之用或互攝相遍之用皆正用時恒寂正寂時常用故云寂用無碍也○鈔若取義顯等者無思惟之心而寂用無碍義得成今用無私隱不偏在寂在用故亦以無方利物而恒寂則無分別之心也言摩尼下旨歸云如摩尼雨寶天皷出聲皆無功用任運成就故言不思議下一切諸佛於一念中是唐經悉能示現乃至不可思議境界是晉經由其梵本互闕故今鈔家以義取之其理方足仍以此文勘晉唐二經亦有數字加減不同但欲令人易觧故晉經在三十二卷初唐經在四十六卷初皆不思議品今證即定即用即用即定也又第一經下疏鈔云依法身寂理名寂而不碍化身也現應化色還如法身在此即是在彼不待徃来第四經下證入無生不碍嚴刹○鈔無心頓現海印力故者下鈔作二釋謂雖寂用無心下第一意也謂無心頓現是上寂用即當所起所現也彼但無心成事別無所依海印力故一句即當所依能現也正無心成事時不妨依海印定力故問前鈔云常在三昧爲寂即定即用豈非所依定耶荅前雖云定但取能入之心今取所入定也或可前以

無心爲定即別定也今以海印頓現爲定即總定也總別異故言又正依下第二意也謂無心即是海印以爲所依頓現之用即是所起二釋雖異同以第三爲依第四爲起謂正依海印定時歸所依名依即起前寂用無碍所起名起故云無碍則前別此總殊不相濫會解即以攝用歸寂爲第三即寂起用爲第四是此第二意者殊失鈔旨鈔云依定起用是起寂用無碍之用故又此抄文但釋疏中無心頓現一句疏文含二意作兩解也非解依起二字爲兩解也思之不爾寂用無碍豈不依定而起用耶言賢首品下總證依起也現十法界如前教迹中明阿修羅此云非天福力如天無實天行故摩睺羅伽此云腹行蟒神之類○疏應即同法者以此宗理智合爲真身亦名法身故云同法所以不言法同應者欲顯身爲教主故下皆例此○鈔吾令此身下引他

經證成即涅槃中意也言第五經下疏云初句性淨法身言無相者示真如相身即體義在纏不染出障非淨凡聖必同故云平等次句出纏法身也真如出煩惱障故云離垢出所知障故云光明又塵習雙亡故云離垢真智圓滿故曰光明淨法身揀於在染上二真身後半體用無碍約因即止觀雙運故得果則寂照爲身即用之體故寂即體之用故智體用既無不在佛身何有量耶故能普應十方第三句真應無碍第四句正明化用故經云水銀和真金能塗諸色像智慧與法身處處應現往金如法身水銀如般若以般若照根真身隨應言光明覺品下疏云上半深隨一一相稱真無邊即無相故下半廣十蓮華藏塵數之相無相之相故然以二義故廣一無限因成故二應根普現故○鈔法界品云下

及妙嚴品下勘經皆現相品文第六經中也以一毛下鈔出所以也理性融通故言出現品下疏云一毛含多同類釋以不生則如理而含言如一毛孔下上釋支分能現此釋支分能遍即具遍攝二義也言又如來眼下即不思議法品說一切諸佛有無邊際無障碍眼於一切法悉能明見等耳鼻等亦然乃至結云是爲如来普遍法界無邊際法言若分與圓異下反顯以分圓無碍下順明也言又法界品下上明佛分具圓此明因分具圓雖有此義然非因果無碍但取分圓義耳或普賢一毛之分具自普賢及諸菩薩之圓故也不濫後義○鈔一一毛孔等者謂佛果毛孔現自因行本生即十二分之一數如大威光太子數數轉身值佛等言所成事者即十二分之本事即行菩薩行所成之事也如威光所成事業等言亦現下自果現他因第六經眉間出勝因者現相品文也亦現他因又第一經下通現自他下疏云是力持身能持自他正報神謂妙智變謂現身轉變現俱名爲變皆能持之尚持於他況自事耶若轉變佛身爲菩薩身自也因也變現他菩薩爲佛身他也果也上寂照意集玄觧云光明中現過現佛神變即現果也若現未來佛神變即現因也助正意云神變目因光明目果即取神通乃因人修行利物故今以前觧爲正既云未来諸佛及諸佛神變豈即因耶第五經下現自因也第六經下現他因也疏云海慧菩薩能入勝處諸佛身中修淨國故說則自他義異佛心豈有隔耶故稱無礙○鈔如上說因中

釋者問既指同前因者因緣何異荅前約果德是所顯之法是佛所爲故爲因也今明依正自目說主故爲緣也故經云下即晉經賢首品文

華嚴會本懸談會玄記卷第十三

音釋

曦虛儀切日動也欝於勿切生也縠故谷切羅卜也颺弋章弋尚二切風也郁於六切遏阿葛切砰披萌切大聲也磕苦闇切又苦蓋切

華嚴會本懸談會玄記卷第十四

蒼山再光寺比丘　普瑞　集

○疏九潜入無礙者從五至十前局後寛謂五局全身六具分圓然唯局果七該因果然局於正八又通依然唯局於因果依正九遍入生界則寛於前十則普該可知○鈔衆生真心下以實教義喻別教義也故勝鬘經者不變即隨縁故不染而染隨縁即不變故染而不染也皆非妄心可擬並云難可了知真心如佛隨縁如入衆生界等言若轉以喻顯者轉將海波之喻顯實教法方將前法爲喻喻別教義故云轉喻若別是一喻喻佛入衆生則一何須轉字也思之言此以衆生下重顯法喻也可知○鈔此以智身等者以智身別義潜入既爾證十身通義理准應然問若融三世間十身是能潜入更何有所潜入衆生耶荅全此全彼故言佛身隨化文處盖多者如云普現一切衆生前而恒處此菩提座又云了知諸世間現形遍一切如此之文遍於一經故云盖多今要其潜入義顯故引出現品文疏云大海潜益喻言八十億小州者以四洲中有八十億箇諸小旱灘謂之小洲也言又云衆生下疏中是義引經正云菩薩摩訶薩應知自心念念有佛成等正覺何以故諸佛如來不離此心成正覺故等即佗果在我之因非約因人自有佛性此文正辨佛菩提故○疏善化天王等者妙嚴品文即化樂天王也疏云樂自變化作諸樂具而自娯樂又但受自化作不犯佗故名爲善化小現大一現多無邊品類一毛頓現故○鈔圓通

無礙下先總出意若指相別說下別示其相初總出意中言遮那佛等者全以四法界混融總為佛身而無能融之者即前總彰大意中法界無不包亦無能所包以無所不具義名為包也○鈔若指相下別示其相 初對全事全理故云全同法身二中初義以真為一以應為多此通同教次義唯就應中明一多自有二義初約一即是多言亦以體融者出所以也以一多之應全依真體真體既融應亦融也又即下一應重化多應也故異於前光明覺文證後義也○鈔即依即正下第三對也亦有二義初義如前因中約體四句處明通同別二教意今取別教義也次義約融三世間說而云等者等眾生世間皆約正故○鈔證法成人者由證無漏法成菩薩等人故法即人佛既以法為身故人即法也○鈔不離菩提樹下前一多應身明互即此以身約處明相即言既亦下隨緣赴感靡不周而恒處此菩提座故又即此下前約一佛上論今約多佛上論以諸佛如眾燈光互無礙故自他不定異故○鈔即非情者下有四所以一者同色性故起信論云色性智性無二性故二者以有情佛身作非情河池等故此同前依正無礙中又此身雲作一切器世間等故三非情之法是有情佛體也初約性同次約相同三約體同體通事體非唯約性也四蘊界入等若虛空故者三科等情緣生無性同虛空故情即非情○鈔即深即廣下自有二釋初身同空無相故深同空包色相故廣次義合前深廣為廣離廣相故深間明品下疏云初句

總標體深次句分量廣大次句釋上廣後句釋上深然有三義一約一切衆生即如來藏更何所入二約理則非即非異故云入無所入三約心境心冥真境故說爲入若有所入境智未亡豈得稱入實無所入方爲真入即廣之深本超言念即深之廣安測其涯出現品云下疏云虚空周遍喻況周遍十方身言非至下亦出現文具云非至非不至虚空無身故疏云由無身故無可至亦以無身無所不至如色中空空若有身身即質聚便礙於色如鐵入水水不入鐵今由無身遍入色中法准喻知言又如虚空下亦出現品義即廣也等字等取次經云而彼虚空無有分别亦無戲論即身義也或上云非色亦深義等即内等故合中經云佛身亦復如是以智光明

普照一切衆生令世出世善根皆得成就廣也佛身無分别亦無戲論深也又妙嚴品下疏云初二句遍四法界則十身皆遍言無窮盡者一出現無盡若高山之出雲二非滅盡法猶虚空之常住廣也次句由無性故不可取爲一異俱不俱等深也後句寂無寂相不礙大用故深也内同真性不礙外應群機故廣也〇鈔若以佛身上等者菩提願化力四皆化身攝意生身約一往說亦屬化今約此義屬化若如上引配論意通他受用相好身若别配者唯是實報以約無邊相海故今約通義故通化身以三十二相亦相好故福德亦通三身今據一理故唯報化智身義通三者是四智故即理之智故義通三身若取配本佛以大圓鏡平等性智亦本有故唯局法

報也有本云局唯報身以化身但是成所作
智所現影像法身是所證理能所别故不取
也然餘教三身有所局故不攝十身今約當
教有所通故能攝十身○鈔如來身通三身
者具前十身故智身亦通三身者具四智故
法身雖通教理行果然皆是法虚空雖通事
空理空並是法也故當法身言餘六通法化
下法身是衆生身等六身真體性故即法身
隨物隨情應現國土等六身故即化身此化
身義有異餘宗然上三十五攝各據一理如
此配攝理實二種十身每一各具三身方爲
盡理○鈔即以無障礙等者此以佛爲門全
收一切而不妨礙有所説之法化根等若以
教爲門則未有一法而非教體等○鈔會起
信唯識等文者等取對法并地經地論等也

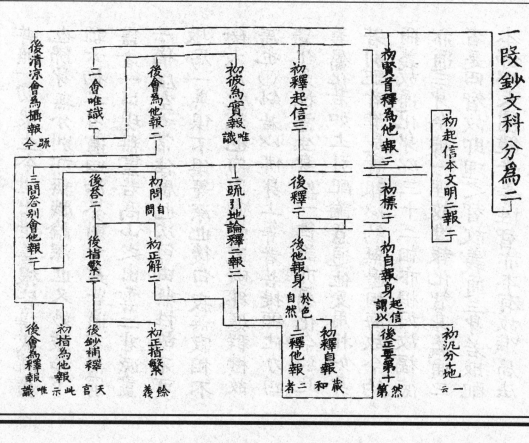

一段鈔文科分爲二
- 初起信本文明二報二
  - 初汎分十地 一云
  - 後正要第十 然第
- 初賢首釋爲他報二
  - 初標二
    - 初自報身 起信謂以
    - 後他報身 於色自然
  - 後釋二
    - 初釋起信三
      - 初釋自報 藏和
      - 二釋他報 二者
    - 二疏引地論釋二報二
      - 初問 自問
      - 後答二
        - 初正解二
        - 後指繁二
          - 初正指繁 餘義
          - 後鈔補釋 天宮
    - 三問答别會他報二
      - 初指爲他報 此示
      - 後會爲釋報 唯識
- 二會唯識二
  - 初彼爲實報 唯識
  - 後會爲他報二
- 後清涼會爲攝報 跡今

○鈔功德成滿者疏云因位窮也鈔云已具佛德進同佛位故○鈔於色究竟下疏云果位彰也鈔云現十重報化萬類生彰表果位墮在佛數言一切世間最高大身者急備録云色究竟天身量一萬六千由旬俱舍頌云色天瑜繕那初四增半半此上倍倍增唯無雲減三謂色界十七天初四天各半瑜繕那至第四天方二瑜繕那此上倍增者謂第五四第六八第七十六第八三十二第九六十四第十合一百二十八由第十是無雲天欲成都數故減三也則有一百二十五第十一有二百五十第十二五百第十三一千第十四二千第十五四千第十六八千第十七一萬六千然第十七即色究竟天故身高一萬六千由旬也自在天身量三萬二千由旬十地菩薩為大自在天王身量倍增故故云最高大也○鈔謂一念相應慧者疏云一念始覺至心源時契於本覺又無間道也鈔云始本相應也言無明頓盡名一切種智者疏云無明頓盡顯照諸法名一切種智

又解脱道也根本無分別智也此釋上自報自利行滿真實成佛不言方所○鈔自然而有下彼科云利他德顯疏云不待功用後得智利他即釋上他報○鈔地論者十地論也現報利益者彼鈔云於此身中二嚴自利功德圓成欲明因圓處即自利之報也此自報實身無有方所由義沉隱以因圓顯果滿也○鈔後報利益者彼鈔云依利報起利他報故名後報謂依前因圓所顯自利之實報起自利他後報故又窮未來際故名為後言摩醯首羅智處生故者清涼釋有二義一摩醯首羅智自在故即就攝報之身智自在故賢首品云摩醯首羅智自在大海龍王降雨時悉能分別數其滴於一念中悉辨了即其文也又百福莊嚴經云如器界将成於第世禪降大雨經五中劫不斷水遍三千上至梵四如是雨滴太自在天王悉能得知則智彌廣矣然此天何以為智處耶以下天定少四空定多以四禪中定慧均等以

是色界中極故爲智自在天也二攝報智滿成種智故約末成佛但是十地攝報居彼天中智度已圓故云攝報智滿後於彼天上成大菩提具足種智故爲智處然論成佛通說有二一寄化顯實在閻浮提即周法界二寄報顯實在色究竟成便遍法界三就實顯妙出三世不可定其時處身相今就中義○鈔寄報十王顯別十地者仁王經說十信菩薩鐵輪王王一閻浮提十住銅輪王王二天下十行銀輪王王三天下十回向金輪王王四天下初地閻浮王王百佛土二地忉利王王千佛土三地夜摩王王萬佛土四地兜率王王億佛土五地化樂王王百億佛土六地他化王王千億佛土七地初禪王王萬億佛土八地二禪王王百萬億佛土九地三禪王王千萬阿僧祇佛土十地菩薩四禪王王不可說不可說佛土如來法界王王無量佛土說一切法門彼經有十三法師兼信十四及佛十五

今此唯明十地故言十王○鈔當此天王者問作此天王但是菩薩云何受佛位耶答即轉彼菩薩身爲佛身是第十重他報示成佛真佛成無方所今在彼天有所化故是知天王身有二種一已實成佛化作天王轉天王身而作第十種他受用佛身即是能化云即於彼身示成菩提等賢首約此義也二者第十地菩薩未成佛攝報果作此天王即是所化故云第十地寄當此王不爾誰是所化清凉約此義今云示成菩提即取初義也○鈔天宮鈔者寂照云准慈恩傳洛州天宮寺應是此寺法師所撰鈔也未見其本不敢詳定四智圓滿者即前釋摩醯首羅智處第二義也然全現行鈔補別說有五義一云以二乘人報化身爲真佛不信別有聖人然信第四禪是聖人生

處欲令其知八相非真於彼示成也二云由三灾不及故三云由欲界色界質麁是有無色界都無色質是無表離有無契中道故四云以摩醯首羅面有三眼表證三德涅槃故五云下界慧多定少上界定多慧少表定慧平等故○鈔唯識即實報成佛者然一節鈔文諸釋不同或為天宫鈔文補荅前意便為會釋唯識今詳鈔大科云一會起信唯識即是大科會釋之文也屬天宫鈔之餘文殊失鈔旨或以天宫鈔亦是指辭曰餘義云云今作二字即兩點點也即四智圓滿五字連下唯識是今鈔辭亦非正義既無補義引之何為即下五字憑何而起無所繫屬故今詳即下五字是天宫鈔補第二荅唯識已下即是疏主對賢首起信會釋唯識義也然有問云唯識之中以為實報今釋起信何為他報耶故此會也三段如科言唯識即實報成者唯識第七云謂諸異生求佛果者定色界後引生無漏彼必生在淨居天上大自在宫得菩提故彼疏云頓悟異生至八地要生第四禪得勝身已方受變易身故大自在天宫者謂淨居天上有實淨土即自受用身於彼初起證等據此即實報身也○鈔唯識為引下問彼既他報唯識諸師何為實報耶荅以二乘人取菩提樹下三十四心斷結成佛者為實報今唯識為引攝二乘令知彼取非真故且權指此為實報也○鈔今鈔據二文之意者或起信地論為二或起信唯識為二有以賢首天宫為二者非也天宫但釋賢首之餘文同賢首為一文也言十地經通云得一切世

間最高大身故十地論科為菩薩盡即第十地疏云色形中最大故云高大故今解但是十地攝報（十地疏云酬因名報因成納果故名為攝）示成菩提非實果佛現他報身以此經云以攝報多作此天王亦不必作何定彼天成佛故云約攝報説又攝居彼天智度已圓縱於彼天得成菩提具足種智亦是於十地攝報之身得也評曰上釋色究竟三師有異賢首是他報慈恩是實報清涼是十地攝報唯識三亦爾起信例應然○鈔十事功德者涅槃二十四説一供養功德二轉法輪功德三受持功德四修行二利功德五成熟衆生功德六承事功德七淨土功德八不離功德九利益功德十成正覺功德准此則是第七功德也言悉皆平等者諸佛所變純無漏故皆稱性故言非但我今者即諸佛化身如衆燈光不相障礙隨諸衆生各見不同○鈔鴦崛摩羅此云指鬘經有四卷初卷中明舍衛城北有村名薩那有一貧窮婆羅門女名跋陁羅女生一子名一切世間現少失其父厥年十二聰明慧辨復有異村名婆羅訶私有一舊住婆羅門師名摩尼跋陁羅（下取意引）世間現從其受學師受王請留其守舍師婦年少染心逼之世間現不受其師婦自懸毀害師婦言世間現強逼師言汝已為惡當殺千人可滅汝罪即殺千人還歸見師師怪其存又令殺千人各取一指作鬘首冠唯欠一人母為送食便欲害母世尊現前捨母趣佛為佛所降廣顯深妙具如彼説言不言嚴淨華藏等者五段會教皆應説之○鈔通梵網等者等取仁王經也仁

王受持品云爾時月光心念口言見釋迦牟尼佛現無量神力亦見千花臺上寳滿佛是一切佛化身主（此應是舍那以舊翻為淨寳滿即淨義也）復見千花葉世界上佛其中諸佛各各說般若波羅密（此與鈔引梵網偈同但所說法異也）言周匝千花上復現千釋迦者千葉中每一葉是一大千世界一尊千丈化身所王總有千尊千丈釋迦每一大千界有百億閻浮提每一閻浮有一釋迦是小化身則有千箇百億釋迦也言本源盧舍那者以第二重他報是千箇大化及一千箇百億小化之源故言亦不言下約文總揀也此經述下舉況別揀也即十定品云此菩薩摩訶薩有一蓮華其華廣大盡十方際以不可說葉莊嚴等此是等覺菩薩蓮華以位中普賢即等覺故言十地菩薩之花等者即十地品但語其量不言葉數經云其最後三昧名受一切智職位此三昧現前有大蓮華忽然出生其華廣大量等百萬三千大千世界以衆妙寳間錯莊嚴乃至十三千大千世界微塵數蓮花以爲眷屬爾時菩薩坐此花座身相大小正相稱可等言況如來耶者等覺十地之劣尚爾況如來之勝蓮華止千葉耶明知下定義也初定所爲之機二地戒度圓故以初地下定能爲之佛此以義說若經中不言初地百葉二地千葉等但云得百三昧得見百佛知百佛身能動百佛世界能過百佛世界能照百佛世界能教化百世界衆生能住壽百刼能知前後際各百刼事能入百法明門示現百身於一一身能示現百菩薩以爲眷屬（初地既爾二地至十地但增倍數皆有上事也）今以諸事

例知初地百葉華二地見千葉花等也然此所引鈔文有數字傳寫差悞如三地應云百千葉鈔云萬葉八地應云百萬三千大千世界微塵數鈔云百千萬九地應云百萬阿僧祇鈔云百千萬億言猶是畧說者今以十地攝報果得不可說等葉望上所引受職中尚是畧說爾明知梵網攝二地也○鈔若直說下此中總有三例配釋初三大直配三身次依賢首體相二大爲法身用大開報化然報唯他報三清涼相大亦是自報身用中二義初縱成他報後奪亦唯化大意如此對詳可了初後清涼義中是賢首義言隨勝業約自體大用等者謂報化二隨機緣勝業現麁細二用也隨地上機現細用即報身隨地前機現麁用即化身也有本云隨染業幻者彼鈔云隨所化衆生染縁起利他之業幻作六根境界等言體相二大俱名法身者以此宗如外無智不立自報唯一法身也然清涼約真報故相大爲報身也○鈔揀濫者爲揀權外立實濫於會權立實也況言三身隨根約教權也體即十身何定權耶況言十身約教對他實也何礙三身豈定實耶或可約全揀故三身權也約全收故三身即實若一向揀權立實故失圓融宗也上皆隨義會之就佛自體孰可思議○鈔一此三昧是法體等者十住鈔云一是所證法體欲說此法要須心冥此體二揀異未證之人亦許比量心合法故則是生滅下即淨名經彼疏云實相幽玄妙絶常境非有心之所知非辯者之能言如何以生滅心行而欲說云乎三絶思方說亦通未證明要亡心方能契上所證法體之義也言前約顯實此約遮過者二師

異釋若寀照云前即第一約直顯所證之德此二三兩義皆約遮過同有非字故若指玄則云此唯揀別二及三也以同有非字似重繁無別之過故遍辨耳前第二表顯此三遮顯故不重也初義易知不須辨別無非字故後釋爲正言然上三義下以絕思量故證證則契於法體故云後後釋於前前然上三義即十地論意也四觀根審法下十住鈔云觀根則識病所宜審法則知藥功力不觀人根不應說法不審而說理事或乖應病與藥則得服行五散心不能堪任諸佛加故言因緣和合者是入定之因緣和合方能入定從定而起方可說故言六成軌儀者十住抄云菩薩常定但爲物軌菩薩將說尚須入定況凡夫耶○鈔今疏含具者上懸釋疏意此下方消疏文言含前四意標也靜者離思量第三鑒者證能證也第二義法體也第一靜鑒前理觀機審法也第四也上依指玄若寀照云靜鑒前理一句唯含三意并前示軌後徒即第六意爲含四意靜者離思量也第三意鑑者證法體也第一義舉能證顯所證也靜鑒前理觀機審法也前字兼機故第四意若但言前則觀根也以前字含二義故云兼根謂兩兼故即第四意其第二意自在下文二釋之中寀照爲正鈔文隔斷甚分明故若指玄意分離鈔文似穿鑿也然指玄破云寀照前四有第六者難用前字今以鈔文大段之前非六中之前也又破云鈔別牒靜鑑前理一句如何含得第六義耶以第六在於物軌句者今詳雖別牒一句而示軌一意在前已釋故兼前段爲四意也智者詳之○鈔

言佛加可知者即第五意易故不釋○鈔非證不說者寂照即第二意指玄反結第二意不是正配第二今詳前二正文是非證不說今鈔亦云非證不說何有反結義耶若以鈔有亦字爲非正配者非是前文已配今又配之爲亦以對下進顯一義之亦故云亦也以兩句疏文含二義故鈔作兩釋故云亦也指玄又以申二觧故非正配者前靜鑑二字兩用何亦正配思之○鈔第一會下具云入一切諸佛毘盧遮那如來藏身三昧言普賢入者以說普法故顯佛普德唯普賢故心冥於境故稱爲入毘盧遮那者此云廣大生息慈悲無邊故廣智慧無上故大生相已盡故云生息涅槃云離有常住故名如來萬德含攝是謂藏身即出纏之法身也三昧此云等持

遠離沈掉平等持心趣一境故又云正受不受諸受名爲正受又云正思瑜伽云謂於所緣審正觀察心一境性故則無正不正亡思之思但爲引於邪念又不同於虛空無思强號爲正思故若以光明遍照解者毘盧遮那即能觀大智如來藏身即所觀深理凡雖理有佛智方照又毘盧遮那亦通本有真實識知遍照法界義故斯即本覺迷而不知不得其用唯佛覺此能無不爲故云一切諸佛揀非凡及因也顯於依正離如來藏無別自體故入此也第一會說所信依正故也○鈔第三會下法慧入者是衆首故顯十住法慧能說故慧住深理寄圓說十心詣於法云入揀異果定故云菩薩任性能知觀解善巧故名方便十住各攝多門善巧故云無量心○鈔第四會下表

說十行衆德建立故揀因異果故曰菩薩下二准思巧順理事揀擇無礙無心成事名善思惟○鈔五金剛幢下表歸向高出等故智即是體謂根本智光有三義一智光前相如明得定等此約寄位在賢終故二光即根本智用對治無明故三光即後得智了所緣故二智無礙朗照法界故此約金剛幢自體釋之○鈔六金剛藏下表地智善根堅實能壞一切難壞煩惱有堅利義如金剛故含攝衆德出生因果名藏智慧是體光明就用照二無我證如名慧照事名智此二無礙見道能破見惑乃至十地斷無明故名曰光明大有二義一揀異凡小地前菩薩故名為大二能斷大惑證大理成大果故名為大前對他名大此當相名大智與理冥云入有本鈔畧無大字○鈔七如來

自住下此會等覺上同佛位與妙覺同會故佛自入住即入義經云入剎那際諸佛三昧故即窮真源謂時之極促曰剎那窮彼剎那時相都寂無際之際名剎那際此就能入佛釋所以此中特名剎那際者為顯將說等覺位故菩薩地盡唯有果累變易生死生相未寂猶名識藏尚有剎那若以無間智覺心初起心無初相遠離微細念故即無剎那名剎那際此是等覺言諸佛者若入此際即見心性常住名究竟覺故云諸佛三昧此會亦說妙覺故○鈔八普賢入者是會主故說普行故佛華嚴者萬行披敷嚴法身故即以法界行門心海為體三昧者理智無二交徹鎔融彼此俱亡能所斯絕故經說二千行具因果故○鈔九如來下表證法界唯佛窮故以定

業用從喻爲名展舒四體通暢之狀即用之體寂而造極則差别萬殊無非法界即體之用不爲而普周故小大相參緣起而無盡故曰頻申自在之義（前已具引）○鈔未入位下以十信位性不定故猶如輕毛於資糧等五位之中未入正信故言說世間法者有二師義助正約餘教說人天因果尚須入定況此經十信耶寂照則約此經然有二義一約行布三賢有漏止觀是外凡名世間故夜摩偈讚鈔云地前名世間登地爲出世故以況圓融十信爲出世信該果海故下鈔云約相名世間約性爲出世故二云初會世界成就等說衆生業力所感世界及華藏中雜染衆生所居末刹有漏世間尚須入定況十信中得灌頂而昇位等甚深法門耶三釋隨取但顯文缺

漏耳○疏有不入者至文當辨者名號品疏問云云何不入定荅以未入位性未定故若爾後十定等豈散善耶然說法之儀通有四句一定後說如諸會二說後定如說無量義經已入無量義處三昧三定中說如第九會無出言故表唯證智能說一得永常不礙起用故四不入說如此信中及第七會諸文非一第七爲表常在定故又入爲受加彼不須加故說後入者說在行故將起行故是故動寂唯物聖無常規（鈔指向說唯向十信不入義也）○鈔故下經云者即光明覺品如真應無礙中已釋但此要無相不礙相義與前不同以經含多義故○鈔十地經云下下疏云證窮性相初半偈證體無相次半偈起用相也合上二無相不礙相次半偈用不離體相即無相後半偈

體用泯絕以無相之義亦不當情若見無相可得亦是有相以不能亡情境牽心故豈是真無相耶真實無相寍容情擬哉○鈔如說法華等者彼經云入於無量義處三昧身心不動是時天雨曼陁羅華而散佛上（即雨花也）普佛世界六種震動（即動地也）爾時佛放眉間白毫相光照東方萬八千佛土等（即放光也）○鈔將說涅槃下即聲與光遍告也經云臨涅槃時出大音聲其聲遍滿乃至有頂普告衆生如來今日將欲涅槃一切衆生若有疑者今悉可問爲最後問又於口放衆光遍照三千大千世界遇者滅垢啼集雙樹彼疏云面門放光多爲授記下說衆生皆有佛性悉當作佛即普授記○鈔如說般若下經云出廣長舌放無量雜色光一一光中現寶蓮華千葉金色嚴麗鮮馨花臺各有化佛說般若遍十方十殑伽沙世界等○鈔六種震動者謂動遍動普遍動起踴震吼擊各如上三相疏云搖颺不安曰動自下漸高曰起忽然騰舉爲踴隱隱出音爲震雄聲郁遏曰吼砰磕發響曰擊唯一方動直爾名動四方動名遍動八方動名普遍動起等准知六中前三是形後三是聲各舉初一故云震動勝天王梵天經說所爲有七一令諸魔怖故二爲說法時大衆心散亂故三令放逸者生覺知故四令衆知法相故五令衆生觀說法處故六令成熟者得解脫故七令隨順問正法義故若約心地聖賢地法性地亦有震動等義可以虛求○鈔花雲香雲等下疏云然諸供養具皆稱雲者乃有多義謂色相顯然智攬無性從法性空

無生法起能現所現迴無所依應用而来来無所從用謝而去去無所至而能含慈潤霔法雨益萬物重重無礙有雲像焉○鈔現相品五相者一面門光相召十方衆二眉間光相示說法主三振動刹網以警羣機四佛前現花表說依報五白毫出衆表教從佛流鈔加於妙德者即如来性起妙德菩薩也下疏云所以加此菩薩者如名所顯故性有二義一種性義因所起故二法性義若真若應皆此生故亦有釋云此云妙德即是文殊說此法門加性起稱此釋無違大理以文殊大智爲能顯普賢法界爲所顯共成遮那之出現故亦是解行滿故佛出現行也○鈔白毫光明者白爲衆色之本毫即毛也依觀佛三昧經太子初生時舒長五尺樹下之時舒長一丈四尺五寸成佛已後長一丈五尺色如珂雪皎潔分明故

鈔初面門等者疏云面門即口言衆齒故表教道遐舒即教智光故言從佛口生者法華云從佛口生從法化生得佛法分故（上表教遍此表根勝）言總處者口爲說法處一切法門總從此演故又表下約齒義明（上約口故）等者等取齒有四十問故○鈔通表一乘下（以初會是總明九會皆然云通）於體不計有無二邊於義不着常無常等諸法相邊於行不習苦樂二邊（斷見計樂行常見計苦行）於道不住邪正二邊正因邪說無邪正不立故於人不執因果交徹故於教不說世出世二邊相待立故於諦不見真俗二邊二諦非一非異故於化不定權實二邊權實相即故故佛於眉間放光也○鈔爲行本者智論云身

得住者皆由於足言信該果海下輪者圓無鈌故○鈔足指安住者足指拒地得住有力成位不退而行有恒○鈔依行故者足上謂趺背行必動故背依輪指得有用故表行信解而成用故○鈔膝輪等者位漸高故又表回因向果等有屈伸進退之相故又悲智相導屈伸無住故大智照極令稱法界故伸雖廣化衆生而自智居懷故屈雖智居懷而令悲無緣故伸雖悲用外施而令智不沉寂故屈又悲智相導故或屈或伸皆不離身並向實際故無住○鈔出現下表證道離有無二邊無住道離真應二邊白毫表所出現性無垢故能詮出現諸教本故入如来性起妙德菩薩頂中令請法故○鈔又口放光下表教道傳通故入普賢口中教以傳故如佛說故

○鈔第八會下由二千行依前六會修因契果之法生智解之光方成行故不須放光或經文鈌畧故無也○鈔表證等者令尋智光爲能證故表即法界中道無漏正智方能證故言廣如下疏者即今所引者也○鈔揀同異者若約起後是同以爲教緣若約慶前是異不爲教緣今取其同不取其異言說此等者疏云如来現相顯說無功用行無動之動難思議故特此現通令義兼起九地法門故爲緣也○鈔然法有四種下且就一相說教理無廢興行果有廢興理實四皆約法無廢興就人有廢興何者由人弘故教法流行由人修行理法彰顯行果亦許性具故前疏云因果衆生性有又起信說法性本無慳貪等爲六行故又以三大三身是本有果故○鈔

令取傳化者心鏡鈔（遠公涅槃疏上鈔也）云由比丘不知蜜藏懈怠懶惰不能讀誦亦不爲他宣揚分別是如來法將滅盡相（用涅槃經意也）○鈔即第十六下須彌偈讚品文也本疏云闇中寶者正因佛性也圓明可貴所以稱寶居於無明五蔭室內如在闇中燈喻緣了之因下半法合無人說者闕於緣因雖慧莫了義含二意一本有慧即正因合上寶也闕於善友緣因故不能了二佛法即寶以闕善友緣因雖有修生微劣慧眼不成了因不見真性（此則喻中缺眼）○疏今此能說通三世間者問前說主融三世間與此說人何別荅前則佛爲教主無法非佛雖舉佛身全收一切仍是教主爲門今約能說乃通一切不必爲教主與前體雖是同而義各異問正覺與衆生可名說人而器界等何名說人荅菩提樹乃至四大微塵恒演法門如正覺及衆生故得名人也○鈔爲三乘者然攝前後所辨智正覺或局佛以普賢等望主佛亦衆生世間攝故或普賢等亦智正覺攝以望衆生說故今通三乘聖人皆正智覺者以佛菩薩聲聞各證自菩提故凡夫未證故唯衆生攝也然又大乘分二謂因與果緣覺攝在聲聞之中亦三乘故

華嚴會本懸談會玄記卷第十四

音釋

蟾蜍（下音余）　挻（違骿切拔也）　揩（可皆切）

華嚴會本懸談會玄記卷第十五

蒼山再光寺比丘　普瑞　集

疏普賢行品云等者下疏云一頌知四種說法而刹說等者畧有三義一約通力二約融通一說一切說故三約顯理是說菩薩觸境皆了知故則觸類成教如香飯等鈔中云即三世間及時爲四者時分三世則成六種若於三世各三世間則有九種總一切說即是十義○鈔有情者下佛名有情雖無情愛等而有情愛識純無漏故○鈔上之七下問下明三世佛說等者則但是上之七種何有十耶若於七外唯取三世并上七種開十之義則成爲復三世說義云何荅若不言三世但爲上七一時之間可有說義今盡於三世中取上七種皆恒說故則別爲七總爲三時中取法於義異故○鈔三俱融者疏云人法同一緣起隨義相分融攝無二四俱泯者謂平等果海離於言數緣起性相俱不可得若爾何有說義荅令當根觧俱泯之義已名爲說五無障礙者謂合前四句於彼人法一異無障存亡無礙自在圓融故○鈔初門十等者一事法界謂十重居宅等二理法界者謂一味湛然等三境法界所知分齊等四行法界悲智深廣等五體法界謂寂滅無生等六用法界謂勝通自在等七順法界謂六度正行等八逆法界謂五熱無厭等九教法界謂所聞言說等十義法界謂所詮旨趣等此十法門同一緣起無礙鎔融一具一切○鈔人法界等者疏云此十並緣起相分叅而不雜善財見已便入法界故名人法界○鈔外道者

即遍行外道也餘皆可知〇鈔百一十城者即善財所經之處問今此說友何舉城耶荅下疏云有二義一者友必依城則一城一友二者於一城值於多友或求一友歷於多城而要一百一十以順表法故（表法如前）然此一百一十善友諸說不同一云理應具有但文脫漏二賢首前後諸友總五十四分出德生有德爲二則五十五人各有自分勝進故有一百一十刋定破云經言一百一十已方至彌勒彌勒等三非一百一十之數明矣三刋定解云成數十耳實唯一百八人謂此前除遍友但五十一人各有主伴成百二人遍友指示衆藝雖非主友而是伴友爲一百三更加無厭足王處空天瞿波處無憂德神摩耶處蓮華法德身衆身及妙光明神守護法堂善

眼羅刹合前總有一百八以空天等相問荅故得在友數非前主友稱名指示故非主友但名伴友清涼破云若爾違下餘城之言下自釋云前至童子童女已經一百一十今更後文殊所故云餘也謂若此爲百八加慈氏尚始百九并後文殊方至一十何有餘耶（上皆叙昔）四清涼會釋云若會通者三釋皆得一種取更加不動優婆夷處覺悟菩薩如来天使足成一百一十則餘亦成以彼二聖亦教善財故得爲伴友〇鈔三千知識者再見文殊已後即見三千大千世界微塵數善知識皆親近受法修習成熟斷障證真等〇疏聲聞說者即舍利佛爲六千比丘廣歎文殊十德等〇鈔經云等者妙嚴品文也疏云以如如力則智演法音音還如性故無盡極廣多故

無盡竪長故無極無間故稱恒◯鈔師子座說下亦妙嚴品文也疏云人中師子處之又說無畏之法得法空者何所畏哉說即教從法空所流問此等無情而得說者貞元疏云畧有四意一業用佛菩薩力故二德相法爾能如是故三顯法則常是說四性融以性力故一無不具是故一說即一切說以性從相有說不說會相歸性都無所說以性融相一說一切說無說無不說若約觀心但隨自心有說不說◯鈔善慧地云下以居大法師位故能演法自在◯疏畧有十類者妙嚴品疏一影響衆諸佛菩薩爲主伴如影之隨形響之應聲二常隨衆如普賢等作輔翼三守護衆如執金剛神等諸佛住處常勤護故四嚴會衆如道場神等常爲嚴淨佛宮殿故五供養衆如偈讚法供華幢財供等六發起衆如解脫月等諸請難者七當根衆且言即時在會者若准根感通現未來根八表法衆十首表信十林表行等及座出菩薩等顯容持故亦通表萬行俱成佛故九證法衆證法佛菩薩等證說不虛故十顯法衆如聲聞顯法不共除當機是因中機感以親能起教故爲因餘九非正是所化疎能起教名爲緣◯鈔列子云等者操（七到切）夫（音符）勘彼更有少加減此云必得之彼云必善得其意又遊泰之陰者彼云遊泰山之陰音曲每奏彼云曲每奏貴令易解耳夫志想象猶吾心也者彼注云言心闇合與己無異◯鈔文選等者即司馬遷報任少卿書具云蓋鍾子期死伯牙終身不復鼓琴何則士爲知己者用女爲悅己者容

若僕大質之虧缺矣雖才懷隨和行若由夷終不可以為榮適足以見笑而自點耳○疏然唯約說者下唯約能說所有智慧等則前依說人是總體此依德本是別法問何不依教主之德荅教主之德是果德故當行人所求是經所詮故屬說因也問說者前人此法而俱是經教主是人宿因行願是別法何故人屬說緣法屬說因荅以宿因故令佛出世宿因勝故屬因令說者別法迺是助佛說教疎故為緣也○疏智慧最為首者為人說法若非智慧明了何以說耶故為最勝問智既最勝何不別開三昧亦是說人別法何以別開荅智由三昧深照所緣親冥法性外感諸佛三業加被有此勝能故別開明從定起已對根說法智慧最勝并餘行願並為德本餘行願者此一餘言而有二意一前智慧之餘以非最勝故二化主行願之餘以非根本有力故○疏若感者善根下揀疑濫也前疏云所修諸善根力恐濫相感中善根相感中善根望所說教有力親故為因此德本中善根非正有力起教疎故為緣又前疏云汝修一切諸行願力恐濫化主行願故此揀也智慧無濫故不揀之問顯果德中正果彰地位中果位與緣中依主及加者何別而分因緣不同耶荅果德乃當根所求此是別義地位則行人所歷是其總義總別既異所以分之此所詮義望能詮教親故為因依主但遮那一佛故別望根心上起教但增上緣故加者通十方佛故總是以分之加者與說人之力展轉更疎故並為緣○鈔五性通馬者論語疏

引白虎通云五性者何謂仁義禮智信也仁者好生愛人義者宜也斷決得中禮者履也履道成文智者知也於事見微知著信者誠也專一不移也紫玉精歌者不知所出令引意者有云稱其風雲水山四德悽悽者風之德溶溶者雲之德潺潺者水之德蒼蒼者山之德令詳四德皆顯玉之德釋疏中山有玉而滋潤之義以況說者内有德本方能說故

○疏現相品當辯者疏鈔云請有二種一言請二念請荅亦二種一言荅二示現荅交絡相望應有九句一言請言荅即第一會中三昧品内以言重請下之三品亦以言荅及第八會（普慧二百問　普賢二千荅）二言請示相荅三言請言及示相荅四念請言荅五念請示相荅即第九會顯以心傳心唯證相應離言說故又令目擊而自證故（海會念請如來　入定示相荅也）六念請言及示相荅如第二會海會念請佛示相荅菩薩言荅佛心自在不待興言佛力殊勝現相能荅七言念請言荅八言念請示相荅九言念請言及示相荅如第一會現相品長行念請共聲言請初光示法主現華表義現衆表教即示相荅在文唯四約義有九故云諸會有無然其有無所以者初二後二有問中間五會無問下疏云初會標果起因故問第二尋因至果故問但因有差別寄六會以荅之果無差別第七當會荅也然諸會更有問者並當會别義以総收之或重明於前非大位問第八會因果純熟故須有問謂脩行無礙六位頓成故當會荅第九會明稱性因果故別有問謂俱入法界無差別故亦當會荅四處

都有三百一十句問爲初及第二各四十問第八二百第九三十中本廣本問則難思問大衆同請豈無當根又如来請爲此攝否答當根善根即是因收以内有根外陳言請義相稍疎故在緣收如来請者疏云不以常口求請而以云臺發言不以常身展敬而以光業代者爲不輕尊位故要復請者爲重法故光臺說偈請名爲加請復是教主上别義故請人中攝約與說者之力即是加者十地疏說前加分中遮那但意加今具身口故復重加或以加從請但請者中攝故彼疏云因加勸說目之爲請加即是請故云加請○鈔民罔常懐等者彼注云民所歸無常以仁政爲常鬼神不保一人能誠信者則享其祀故以下文中下即十住品疏云謂無作三昧顯自覺智寂不失照同契佛心故現三業加也○疏然佛若等者僧祇隨好皆佛自說不待加故如第七會其中除上二品餘品普賢等說要假佛加仍是冥加無顯加（有本云第九會者誤書也）言第八會下說所成行依前六會之法而修前六既已有加此不異前故畧無加或可畧故無加别爲一義經文缺畧也言二七等者第二會不入定無有加言七字亦誤書應是九字下疏云普光法界無顯有冥故以第九會佛雖入定菩薩不入而普賢文殊二聖開發皆云承佛神力故有冥加而無顯加已上二七八九之四會約無顯加故云無加也○鈔皆與智勸說者與智故意同勸說故說同也○鈔上顯通方下既此方說與十方佛同說故知是通方之法此一人說即是一切佛說

顯圓融無礙之教也○鈔故十地經云下上二句云一切佛神力咸来入我身論釋云下全是論文下疏云若直望論意即指義大爲果分故不可說說大爲因分是則可說更以義取畧有二種一唯就十地以明以證智爲果分方便寄法等爲因分此復二義一以修證相對則方便造修爲因分息修契實爲果分二以詮表相對則以守法顯地差別爲因分真實證智爲果分二約究竟佛果對普賢因說義通一部謂即此證智冥同究竟果海爲果分如迹處之空不異太虛地相之因同普賢因以廣說則有無量差別事以勝願力復過於此故是則迹處之空隨於空處之迹亦有說地智亦可寄言標舉故○疏若爾僧祇等者若諸佛同加即同說及一說一切說佛不說顯果海無言加菩薩說表因相可說爾僧祇隨好二品皆佛自說應非一切佛通方之法亦非一說即一切說亦應表果海可說因相不可說此上躡跡相翻例難也○鈔對前同說等者以初意荅前二難僧祇微細隨好難知故佛自說或可僧祇難知下位難知故隨好微細法深益勝故或可雙通二品鈔各舉一隅耳言僧祇數量重重者疏云是圓教所明深廣無涯唯佛方測不同凡小所知如黃帝筭法但有二十三數始從一二終至正載（謂一至十爲十次有十三數謂十十爲百十百爲千十千爲萬次億兆京秭垓壤澗正載是也）已說天地不容小乘六十巳至無數此有百二十四倍倍變之故非餘測故數終寄不可說況復偈初更積不可說歷諸塵剎以顯無盡所以佛自荅者正表難思故（此與）

今初意同又明此品統語因位終德故佛說之此等覺位故云終德別是一表也隨好光明者下疏云佛自說者有二意故一僧祇因終此品果終二品說果隨好最後故二皆佛說二好用劣相足下一光而用難思三重頓圓恐物不信故佛自說初意別是一表後意即今初意○鈔超出因果下後意荅後一難若一向加菩薩說則說與不說二相定然今以相待意荅○鈔如鳥跡同者地經云如空中鳥跡難說難可示○鈔約表小異者由法理微隱故託事以表彰應知大意必均何得觸途生滯○疏加有二種者下疏問云加之與定何先何後若先定後加則不應言汝能入是三昧此是諸佛共加於汝若先加後定則不應在三昧分後又散心不能受加古人通云加定一時難云爲因不成不同俱有因義加定可分

故示正義云加有二種謂冥與顯冥加在定前加令得定顯加在定後要得定方堪受加故○鈔然意與智等者廣鈔第一云由身語表意意亦成顯加也冥唯與智者意加爲冥無身語顯時與顯具三業不同鈔二七兩會等者二會如前第七會佛入定普賢等說主不入定說十定品等皆承佛威力故唯冥加鈔第八會下問前釋入定爲受佛加今第八會普賢既入定何無佛加故此縱荅也以缺佛加一分經文故但有下唯有一分發起作用經文經云入此三昧時十方一切世界六種十八相動出大音聲靡不皆聞疏云動地警群根故出聲令聞法故前諸會表解可從他得故有他加此表行由己立故自力發起又表行依解起無別法故無顯加問既無加

何須入定荅攝解成行亦須入定是故聖旨多端不可一准鈔法界品下釋法界品無顯有冥然有二義初顯無以是如来自説非唯無顯亦無冥加故二普賢文殊下顯有冥加即如来入師子頻呻三昧已次下普賢開發文殊述德是也有本云第七普賢第二文殊者悮也此由後人不曉鈔意悮有改作次前已説(由二七不入定等是也)今何復云又此釋法界無顯有冥既如来自入三昧不可有冥加豈成釋疏耶故知此示下開發述德經中皆言承力故是法界品中無顯有冥義也鈔以如来下佛有力能與有慈能普常有冥加即是通義伸未入定緣缺無顯加即是別義上釋前冥即未必有顯鈔顯加之時下釋上顯必有於冥也顯加之時是別義冥常不捨即是通義此恒加也

○鈔有多義門下如隨經疏會説之故云隨文具顯也鈔各以異名揀之者謂世親攝論無性攝論梁攝論鈔即十勝相者謂應知依止勝相(體即阿賴耶識相也)二應知相勝相(體即依圓計三自性)三應知入勝相(體即唯識性也)四應知彼入因果勝相(體即六波羅蜜)五應知彼修差別勝相(體即十地)六應知修差別中增上戒勝相(體即菩薩禁戒)七應知增上心勝相(體即三摩地)八應知增上慧勝相(體即無分別智)九應知果斷勝相(體即無住涅槃)十應知果智勝相(體即諸佛三身)故鈔云等十相皆言應知者即理事等法(皆應知也皆言勝相者)以能説主所説法皆殊勝故或能所詮皆勝故然此十勝相即正標論中所釋義也非該三藏義鈔疏家轉將者攝論及莊嚴論釋藏者攝義疏轉釋云攝

者包含義故標云藏者以含攝故疏正翻爲線等者探玄記第一云正翻名線何故稱經謂線能貫花經能持緯義用相似但以此方重於經名不貴線稱是故翻譯逐其所重廢線存經唯識疏亦云線華與肯等則知先古諸德多同此譯故次鈔云此中總舉先古諸德不唯賢首一師疏五印度者梵語也一切經音義云天竺者相承音竺准梵聲合云篤也古云身篤或云賢豆新云印度皆訛傳也正云印特迦羅此翻云月也彼方月有千名斯乃一稱如此土蟾蜍桂影等也西域記云良以彼土佛日既隱賢聖挺生相續開導如月照臨故以彼國而得此名○鈔有三失下一經是敵對言非敵對故失二契字是義不是名而以爲名故失三三藏十二分各有兩重總別但分一重故以修多羅爲別名非總名故失○鈔既無欲底下結難也既梵語中無欲底二字但云修多羅明知名中本無契字○鈔集起下即第八識集諸種子起現行故詎者何也○鈔刊定記文猶似難見者以彼將藏與部合說似覺文難故清凉爲釋分藏部別各分兩重義即易見○鈔雖標總稱即受別名者如云第一契經藏對三藏言但是一藏故別對餘二藏亦有貫穿所應說義攝持所化生故即修多羅却得總名以用貫攝二字釋修多羅名故十二部中修多羅總別准知○鈔若不通者結難也言契理合機者以契理釋前貫字合機釋前攝字非以契字爲修多羅名也○鈔今謂下清凉自釋也亦是破刊定之義然三藏中但有一重總別

十二分中却有二重總別皆破刋定各於後重總別中各有一失初約十二部中後重以通爲局失謂十二部中修多羅本通自餘十一部及於三藏故涅槃云佛說十二部經出修多羅等故知十二部中修多羅爲本而彼局唯通自十一部不通三藏故有此失其刋定所立總別亦不得成何者總則不該三藏總不成也別則本通餘三藏對彼名別而汝不通別不成也後約三藏中後重以局爲通失以三藏中修多羅唯通當藏十二部不通餘二藏故局而刋定却通餘二藏故有此失其總別亦不成也以依十二部中部帙分成三藏故三藏中各有十二分一代時教總分爲十二分如十二味香分爲三藏如香分爲三九三藏中各有十二分如三九中各有十二味今修多羅藏唯通當藏中十二分如第一九自通當九中十二味由部帙各別故不通餘二藏如第一九不通餘二九故三藏中無第二重總別問餘二藏中有契合義否荅雖有屬總十二分中修多羅分通之門修多羅藏從總十二分中分之通當藏中十二分餘二藏亦從總十二分中分之何不亦通當藏中十二分荅以名中云修多羅藏故餘二藏不例問修多羅皆通當藏中十二分應復是一重總別荅若欲作十二分中總別今以修多羅藏通之故義不成欲作三藏中總別又不通餘二藏故不更爲一重總別問三藏中各以修多羅分通各自當藏中餘十一分更作一重總別復有何妨荅前以總十二分中修多羅一分通總十二分中餘十一分竟

義已通盡何須更說問三藏不出總十二分既前已通十一分何要更通三藏答一代時教大分爲二一十二分者義類别故二三藏者部帙異故故皆通之○鈔破於遠公三修多羅者次下當引○鈔初全縱者約名敵翻則四名皆敵而古德以言線爲敵言經非敵則古德之義如其所破○鈔二半奪也者若約義翻一敵三非而刋定但言經線皆敵不言敵是聖教故半奪也○鈔今引意者下即本論假修多羅名欲揀盡濫釋論云聖教明知是翻譯修多羅爲聖教也○鈔儒即儒教等者莊子疏云昔有鄭人名緩學於求氏之地三年藝成而化爲儒儒者祖述堯舜憲章文武行仁義之道辨尊卑之位故謂之儒也而緩弟名翟緩化其弟遂成其墨墨者禹道也尚賢崇禮儉以兼愛摩頂至踵以救蒼生此謂之墨也言九經五經者一周易二尚書三毛詩四禮記五春秋五經加周禮六經又加論語孟子孝經爲九經也○鈔雙含二義者一此方既以聖人言教方得稱經今譯佛教經各不失聖教之義二四實中經能持緯今經亦能持法持根故但言經雙含此二義也言俱順兩方者順此方名順西方義故或可順此方常也典也之二義亦順西方席經聖教之二實也○鈔古人既以等者躡上所說通前以義爲名失也古人既以敵對單立線名無有契字明知古人經上加於契字是半從義耳問准前所釋若直譯爲聖教諸過皆離何須委曲作此解耶似涉穿鑿答故妙嚴鈔說苟文小左右貴爲旨不乖中有理可通則

爲出意釋之使夫後人不輕聖教若理不可通則正之以梵本須爲辨明令邪正區分今既有理可通故出意釋之〇疏意義相似者況言皆有貫攝之義今以聖教上貫攝義取之含具上三實之義也〇疏義同井索等者經中義味無竭展轉無窮本爲汲引有情令通達法性故楷定邪正者若不依聖言取決邪正何由定耶言能持於緯者即攝持義理及攝持根心故言線能貫花者即貫穿法相及貫穿根行故并前無竭滋多汲引有情皆是聖教貫攝顯理度生之意故上云義意相似聖教一名義多含也〇鈔依古疏等者即探玄記也言取義便者先涌而後出也然是古人依附論文助意以義爲次欲令易解非是後人理長於論主也〇鈔一通二局者由論云能貫能攝（上通舉能貫攝）所應說義所化生故（此併舉所貫攝）既能所併舉故初約通釋然諸家疏鈔多唯約局說則分貫穿對所應說義攝持對所化生也故探玄唯云貫穿法相攝持所化圓覺疏鈔亦唯局義故下引論釋貫穿唯約貫穿法相爾〇鈔說經因緣者所被機是因十方佛是加者解脫月是請者此二爲緣此唯約人中說因緣也故此引梁攝論云是人又笈多所譯攝論云依處依人依所爲故〇鈔即說經意者問發心品文准前第二鈔釋俱是因緣中收何以此文不名因緣而名說意耶荅總說因緣此之三義不出因緣今又立一說經處二根爲因加之與請爲緣三以所說法爲欲利益無盡智照諸法令行妙行故開本新佛性令至佛果爲實義故等俱

爲經家所貫穿之法故異於前然前十句中佛神力故世尊本願力故二句屬前佛加故今唯引爲欲下諸句也等字等餘五句言是用者利生行行開顯佛性是經勝用故○鈔言相者乃至更無餘相者問經說三諦等義云何更無餘相荅中道諦亦依二諦但義別故亦不離二諦又第一義諦依真開之或二諦通所依體體不離義故○鈔一一皆通二諦者約八諦四重前後相望故一切諸法皆通二諦也言蘊即五蘊者光明覺鈔云色受想行識五名蘊者積聚義也若過去若未来若現在若內若外若麁若細若劣若勝若近若遠如是一切畧爲一聚名蘊一色蘊中可見有對色爲麁不可見無對爲細又不可見有對望上爲細望不可見無對爲麁不可見無對色唯是細染污名劣不染污名勝現在名近過未名遠餘蘊例然但麁細一門有異謂意相應四蘊爲細五識相應四蘊爲麁依五根故或約九地下地爲麁上地爲細廣說八蘊謂色四地水火風心四受想行識中說記蘊畧說二蘊所謂色心言十八界者謂六根六境六識也界者一種族也是生本義二族類義種類自性各不同故十二處者謂六根六境也處者生門義謂六根六境是心所長處亦名十二入瓔珞經云六根六境爲識所入處故然上三科愚心所爲我故說蘊愚色說處愚心色說界又上根聞畧得悟說蘊中根聞中得悟說處下根聞廣方了故說十八界又樂畧樂中樂廣故說三不同言十二因縁者謂一無明即根本煩惱內痴一法爲體

二行者造作爲義以身語意三業思爲體三識者了別義然唯種子約當生現行位言有了別次下四支義准於此即取第八識親因緣種子爲體四名色者四蘊心心所種子爲名色蘊種子爲色五六處者即内六根是六識生滅之處故六觸者以能觸對前境故取第八識相應觸及前六識一分異熟無言說觸種子爲體七受者謂緣境時有領納義亦取第八相應受前六一分異熟無記受種子爲體八愛者（耽染於境名之爲愛唯取貪一法爲體此通）取現行能所生種子也九取者執着追欲義也即全界煩惱爲體十有者即識等五現行果法事是三界所有名有十一生者起義即有支種子生起現行故十二老死者壞滅義將死正死故名老死言四諦者苦以逼迫爲義集以

增長生死爲事道以除患爲功滅以累盡爲名四皆真實故名諦也言食即四食如世親論第十初說者論云四種食者一不清淨依止住食謂段等四食（等於觸思識之三食即通說之四食也）令欲纏有情不淨依止（而得住故二淨不淨依止住食謂觸等三食等思識也）令色無色纏有情淨不淨依止而得住故由此依止已離下地諸煩惱故說名淨未離上地諸煩惱故說名不淨是故名淨不淨依止如是依止由觸意思食而住二一向淨依止住食謂段等四食令聲聞等清淨依而得住故四唯示現依止住食謂即四食諸佛示現受之得住是故諸佛食此第四示現住食者爲令能施諸有情類淨行爲因福德增長雖現受食不作食事如來食時諸天受取施佛意許諸餘有情由此因故彼諸有情速

證菩提上皆論文若起世經云何等衆生段食如閻浮提人豆麨等餘三天下食細段食六欲天亦然色界以禪悅爲食也二觸食即一切卵生得身者也三思食如魚蛇等以意思而潤身也四識食即地獄及識處天也評曰前攝論段等四食義通凡聖唯色無色界無段食起世經約別義各說乃增勝義邊非不通凡聖也言四靜慮者一有尋有伺靜慮二無尋無伺靜慮三離喜靜慮四離樂靜慮俱舍頌云初尋伺喜樂後漸離前支是也言四無量者即慈悲喜捨緣無量有情起無量行解感無量果故名無量言四無色者即四空處一空無邊處二識無邊處三無所有處四非想非非想處言八解脫者一內有色想外觀色解脫謂於內有色想貪爲除此貪觀外不淨青淤等色令貪不起故名解脫二內無色想外觀色解脫謂於內身無色想貪雖已除貪爲堅固故觀外不淨青淤等色令貪不起名爲解脫第三淨解脫身作證具足住謂觀淨色令貪不起名爲解脫觀淨色者顯觀轉勝此淨解脫身中證得具足圓滿得住此定名具足住四空無邊處解脫五識無邊處解脫六無所有處解脫七非想非非想處解脫四無色定爲此次四解脫各能棄背下地貪故名爲解脫也第八滅受想定解脫身作證具足住棄背受想名爲解脫此八亦名八背捨謂未發真無漏慧斷三界諸業即名背捨斷已即名解脫言八勝處者華嚴孔目云勝於境界勝於煩惱故名勝處智論云譬如人乘馬能破前障亦能自制其馬故名勝處亦名八除入謂於前八背捨後次入是觀也一內有色想外觀色少好色惡色謂用前觀而不多觀者若緣多則長而不能轉變故不得隨心自在少則能觀不淨心得自在不起憎愛二內有色想外觀色多好色惡色心既調順則觀多無妨得自在通達不淨

境故三內無色想外觀色少好色惡色義意如前四內無色想外觀色多好色惡色五內無色想外觀青色青觀青光觀青色轉變自在少能多多能少光色照耀勝於背捨所見青相亦不起法愛六黃七赤八白准上言之初二如初解脫次二如第二解脫後四如第三解脫謂初二解脫各分多少有四後四即青黃赤白伏心境勝前故言十徧處者謂青黃赤白地水火風空識觀十方青等十法無二無量故名徧處言三十七品者即四念處四正勤四神足五根五力七覺支八聖道如前已明四無礙解者法義詞樂亦如前辨無諍三昧即空定也既迴絕諸相豈有諍耶○鈔如說一切等者不顯了故名審所說三性等即顯了說言四意趣者普賢三昧鈔引攝論無著說一平等意趣謂如說我昔曾於彼時名毘婆尸此云勝觀正覺等者無性釋云謂一切佛由資根等

互相似故說彼即我非昔毘婆尸即今釋迦楞伽中約四義釋一義等二語等三身等四法等云真實故說即彼而實非彼二別時意趣謂如言若但誦多寶如來名者便於無上菩提已得決定又由唯發願便得往生極樂世界無性釋云謂觀懈怠不能於法精勤學者故作是言此意長養先時善根如世間說但由一錢而得千錢解云以後別時得彼千也以一錢爲千錢因念佛爲菩提因發願爲安樂因三別義意趣謂如說言若已逢事爾所殑伽沙佛於大乘法方能解義無性釋云意約證相大乘不約教相大乘故作是說四補特伽羅意樂意趣謂如如來先爲一人讚歎布施後還毀者謂隨此人得成何心故若人於財物有慳悋心爲除此心先爲讚施若

樂行施施是下善欲令渴仰餘勝行故毀之不違者言互相違餘行例然此等皆佛意趣耳言四随者出於禪經問明疏云一随樂將護彼意稱樂其心故二随宜附先世習令易受行習已成性故三随治觀病輕重設藥多少故四随義随根熟時聞即悟故等字等取四悉檀智論第一云有四悉檀此云宗也義總攝一切十二部經八萬四千法藏皆悉是實無有相違一世界悉檀有法從因緣和合故有無別性人亦如是五衆和合故有無別人二各各爲人悉檀觀人心行而爲說法於一法中或聽或不聽如爲斷見人說雜業故雜生等爲常見說無人得觸得受等三對治悉檀對治則有實性則無如酸鹹等於風病名藥餘病非藥不淨等於貪等亦爾治貪是藥治嗔非藥四

第一義悉檀一切法一切言論差別皆悉平等一味又廣鈔云天台釋意分別令稱根適悅是世界令生善心是爲人令惡除滅是對治令入聖道是第一義又云雙說空有是世界單說有爲人單說空是對治非空有是第一義義等無方也○鈔所作事名義者既云所作事故名義則顯非所詮名義也○鈔謂佛世尊於彼方所者即前是處也爲彼有情者即前由此也依彼所作諸行差別者即前爲此也上三同攝論依故演說無量蘊相應語乃至廣說者即攝論相故法故也何者前云蘊等諸法一一皆通二諦即是相故蘊等即法故其表故在乃至中或即次云能引義利是前義故前義故是次義利故前義爲證○鈔名爲法本者經云法論者法本如重頌

如受記如不誦偈如無問自說如乃至十二部經皆云如既十二部中初合云契經如而云法本如明知釋修多羅爲法本也十藏品疏遠公以五義釋之一教爲理本二經爲論本三總爲別本四初爲後本五畧爲廣本後三即三修多羅也名直說言者總相而言名爲直說一一語言多義分別名非直說聖教及經義如前說○鈔又遠公下一總相謂涅槃十五云始從如是我聞終至歡喜奉行皆名修多羅即總爲別本二別相謂就前總相分出十一餘十一不收者還復攝在修多羅中名爲別相用斯別相望祇夜等爲其本故名初爲後本三畧相於彼別別十二分中初總標舉名修多羅後廣釋者隨別名之如言色者即是根本畧相後云青黃等者是名廣

相故云畧爲廣本刊定記破於後二者彼云別相無聖教亦乖證理畧相違雜集雜集云修多羅者謂長行綴緝畧說所應說義刊定釋云畧說所應說義者即是長行綴緝曾無先畧標舉後廣釋之相當知畧者總之異名謂修多羅一分是總餘十一分是別今修多羅依藏部中總相業用而立其名餘藏部名依藏部中別相業用所以者何修多羅業能貫攝故餘藏餘部所詮所化由此貫攝彼方成故涅槃十五云始從如是我聞終至歡喜奉行皆修多羅故評曰此即刊定立破意許其總相修多羅無後二修多羅也准知前立二重總別中後重總別亦取遠公總相之意非新自立也言並在十藏品中敘之者下疏云然其後二不違雜集長行綴緝等言綴緝即是十一

所不攝者如賢首品云爾時文殊師利說無濁亂清淨行大功德已等頻名長行綴緝此是結集綴緝非佛正說故云十一所不攝者若長行綴緝即是總相修多羅爾既即總相何但言長行揀偈頌耶(此成別相)其畧說所應說義者即是畧爲廣本如賢首品欲顯示菩提心功德故即其類也即是畧相畧標下之所說亦順成實論名直說語言此通十二分皆有此一則不違雜集論也(此成畧相)若十二分中修多羅並通前三種若三藏中修多羅唯局總相但開雜集別義以成後二有不曉者妄非先賢等問有總相處必有別畧二相何以三藏中修多羅唯局總相荅攄義合爾理已極成今欲彰十二分中修多羅具通餘十一分及於三藏故云具三相以從總相立於經藏揀異二藏明局故不通二藏設有別相畧相但局當藏中者不能收餘二藏中別相畧相又此三藏中總相修多羅若望總十二分中修多羅亦但是少分若爾餘二藏中豈無總十二分中修多羅之分耶荅雖畧有少分而立調伏對法之名不名修多羅故十藏鈔云餘二藏有契合者即十二分中修多羅耳此約義該何須更立兩重總別則三藏中修多羅爲唯總相是故不通餘二藏也是知三藏中修多羅雖言總相仍狹如十二分中總相此即言總意別也○疏調練通於止作者於三業不行惡曰止行惡曰作此約惡而言止持作犯也又於三業行善曰作不行曰止此約善而言作持止犯也故南山云言止持者方便證念護本所受禁防身口不造諸惡

目之曰止止而無違戒體光潔順本所受稱之曰持言作持者惡既離已事須善脩必須策勤三業脩習戒行有善起護名之爲作持義如前說言作犯者出家五衆内具三毒我倒在懐鼓動身口違理造境名之爲作作而有違汚本所受名之爲犯言止犯者癡心怠慢行違本受於諸勝業厭不修學故名爲止止而有違反彼受願故名爲犯然今疏意通上義文唯止惡作善故云通於止作等言契經藏中類有此釋者應云能詮藏上有契理合機之功能名有財釋也○鈔准刊定記者辯異翻也言證稱爲律者弘决志云不取律吕之律但約如世律令陶虞所造蕭何以爲九章漸分輕重委悉故也爾雅云法也法律所以詮量重輕犯不犯等雖舉此欲令人知不犯此正依素律師也○鈔素律師者名懐素按開元釋教録云俗姓范氏京兆人世襲冠冕真觀九年出家投禮奘三藏爲弟子立性聰敏專尋經論進具之後偏肆志毘尼依道成律師學四分律不淹時序而爲上首先居弘濟後住太原學侶雲奔教授無輟以先德所集多不依文率已私見妄生增减乃撿尋律藏出戒心羯磨任取成文非妄穿鑿可謂嗣徵迦葉繼軌波離又控四分記鈔兼經論疏記等五十餘卷現行於世今此即四分律疏第一卷中文也（此與草書懐素但名同爾彼與顔魯公同時與素律師相去近於百年）言或云毘鞞泥迦毘那耶等者律鈔解云明了論言本音毘那耶此畧言毘尼有五義故一能生種種勝利謂引生世出世善二能生身口二業清淨及正直三能滅

罪障(此同次疏)四能引勝義在家者引令出家乃至引到梵住聖僧住無餘涅槃五勝人所行事謂最勝人是佛次獨覺及聲聞是勝人等皆行其中若凡夫行者亦是勝人方能行故言傳有訛畧者下三訛上一畧俱不得其證名○鈔東塔又云者以素律師住東塔寺故亦第一疏故言又云○鈔釋曰下清涼評義也今既毘膩多此云已調伏是滅義准母論毘尼翻為滅則毘尼是毘膩多之畧梵語也與前段云毘尼是毘柰耶之訛畧翻為調伏之義有乖此即難意也而上又云下躡前釋之既毘尼含調伏與滅二義故前段云毘尼是毘柰耶之畧稱即翻為調伏今第二解又以毘尼翻為滅也故疏云毘尼或翻為滅或是不定之辭故不可定取也○鈔滅有三義

下謂律行之體非即是滅今云滅者前二義從滅得名後一義從所得果為名故云滅也言不殺盜等者即三業七支等滅未起之非也○鈔故律中有犯毘尼有諍毘尼者亦彼疏文也然有本鈔云有淨毘尼者淨字悞書也諍字為證故四分律毘尼有二種有犯毘尼有諍毘尼如四十七八卷中廣說今當畧示其相謂所滅之病是其四諍一言二覔三犯四事能滅之藥是七毘尼謂現前憶念不癡自言治多人語罪處所草覆地此七毘尼能滅四諍名七滅諍也(即有犯毘尼也示滅七種違犯之過故)一言諍者謂辨法相是非邪正各執已見而生其諍諍由言起故曰言諍二覔諍者比丘犯過理須為除制有三根(無貪無恚無癡是為不諍根)五德(有一五德一自恣五德二舉罪五德如常)舉彼同來請僧伺覔

前罪令其除殄因舉彼犯遂生於諍諍由覔生故曰覔諍三犯諍者有過在懷宜須懺盪罪相難識詞各紛紜遂生諍競由犯之故曰犯諍四事諍者羯磨彼事義在精明片有乖違即不成遂獨情忍易同和理難各執一見無能辨事因斯致諍諍起由事故曰事諍上四是病起之源有犯毘尼即七滅諍者一者應與現前毘尼當與現前毘尼緣中如佛在舍衛國迦留陁夷與六群比丘往阿夷羅跋提河中浴時迦留陁夷先出錯著六群比丘衣去六群後出不見衣止見迦留陁夷衣即言迦留陁夷偷我衣人不現前便作滅擯羯磨迦留陁夷聞已有疑即往佛所以此因緣白佛佛言汝以何心取荅言謂是我衣不以賊心取佛言不犯不應不看衣而著不應人不現前而作羯磨呵責羯磨滅擯羯磨等乃至自今後謂諸比丘結現前毘尼滅諍應如是說現前毘尼（滅於言諍即無其言也）二者應與憶念毘尼當與憶念毘尼緣中佛在舍衛國時沓婆摩羅知僧事六群得惡房卧具惡請處起嗔謗言有愛有恚有怖有癡遂將婬事誣諍親於衆中僧問處實彼言我從生来乃至夢中不行此事况於覺悟比丘以事白佛佛令反結問六衆便言沓婆摩羅清淨無如是事佛言沓婆摩羅無着人無有故犯應白四羯磨與憶念法也（此滅覔諍為舉人過須令憶念）三應與不癡毘尼當與不癡毘尼緣中佛在舍衛國難提比丘得癲狂病往来出入不順威儀多犯衆罪比丘詰問便言病時造罪病瘥不作以事白佛佛言有三種痴一常憶来二不憶不来

三或憶不憶或来不来此人應白四羯磨與不痴毘尼證病時造罪非犯痊後不作應僧清淨得之僧數故因制法亦滅覓諍也四應與自言治當與自言治緣中佛在瞻波國僧說戒時佛在衆中坐默然不說阿難請佛說戒佛言欲令如来於不淨衆中說戒者無有此理時大目連入定觀見犯戒者近佛而坐即以牽出白佛衆已清淨應說戒佛言從今後不應如是爲凡有犯須取自言方得治罰因制此法滅犯諍也五應與多人語當與多人語緣中佛在舍衛國時諸比丘諍事不息遂至僧中斷不可了白佛佛言應與多人語爲諍法不定應行除取多人語行時有三一顯露二覆蔵三耳語若上座向如法人顯露貴望多人俱隨若向非法人覆藏耳語行恐多人隨之此滅諍也言六應與罪處所當與罪處所緣中佛在婆兜釋翅搜國象力釋子能善論議得外道問前後相違僧中亦爾比丘以事白佛佛言應白四羯磨與彼羯磨治取本罪奪三十五事若伏首本罪者應白四羯磨如法爲觧故立此法亦滅覓諍也七應與如草覆地當與如草覆地緣中佛在舍衛國比丘共諍七年難滅以事白佛佛聽彼二衆相對共懺各衆上座互白云我等行来出入多犯諸罪共長老作草覆地滅白已彼此和合罪諍俱滅更不相舉如草覆地不得舉起有斯制也此滅犯諍若滅事諍通上七毘尼也鈔是發業之本者業是所發即前七支等業皆以煩惱爲本煩惱即發業之無明也言調伏貪等者等癡慢疑惡見即六根本發業煩惱也滅此令盡故滅煩惱○鈔三

得滅果者律鈔云薩婆多言毘尼四義餘經所無一戒是佛法平地萬善由之生長二一切佛弟子皆依戒住一切衆生由戒而有三趣涅槃之初門四是佛法瓔珞能莊嚴佛法具斯四義功強於彼今即第三義也言便得第一等者即得滅果也○鈔或名尸羅下疏翻云清涼律鈔云尸羅言冷無破戒熱及三惡道熱故探玄記云三業過非由如火然戒能息滅故云清涼又素律師疏云惡能令生心熱惱戒能安適故曰清涼又惡能招惡道熱惱戒招善趣故曰清涼又究竟解脫寂然常樂清涼果也故云雙從因果得名○鈔非是定共者具云定共戒新云靜慮律義以法爾一切上二界有漏定俱現行思上有防欲界惡戒功能爲體道共者具云道共戒新云無漏律儀爾名聖所受戒以法爾一切上地所有無漏道俱現行思上能防欲界犯戒功能爲體唯識云戒依定中止身語惡現行思立故是假有本疏述曰謂依定中止身語惡現行思上立定道戒不約種子此名隨心轉故現行思可爾種子不爾故止身語惡者假色爲色所由（由此勢力遮防身語惡色殺盜妄等令不現前遮防色故此無表假立色名）言是遠離下此釋能揀之別解脫戒謂於師前虔恭合掌口陳乞戒之詞心所熏種羯磨竟時種體之上防非發善功能倍倍增長此防發功能是別解脫體問此三種戒雖種現不同何故皆取思之一法答以造作義名思力最勝故以此戒異定道之戒故云爲別別則別於他定道戒有餘勝能復立別名然此疏中第二意名三業七支別別防非

等者謂隨一一戒各能遮防一種過非令不起故名別三業諸過能令行人不得自在故如羈縛招果不失謂之業縁由是無始至今不得出離今以此戒悉能遠離故名觧脫○鈔即第三名中別義者是唯從果爲名也疏中有爲無爲二種解脫果者即有餘無餘二涅槃果也示可理智名無爲有爲種體之上防非發善功能隨順此果觧脫名前觧自體名觧脫此觧從他名觧脫故遺教經下證唯從果爲名也又相續解脫經云下亦可證雙從因果得名依此下鈔釋也依此經故五分法身及涅槃名觧脫果由受持此戒爲殊勝因能得彼果故以隨順爲因也然此第三名後疏中有第四名曰性善者性能發善故又能止惡故言守信者是第四名中別義也昔於師前期必受戒性遮並護始卒無虧以文義易故鈔不釋也○鈔又刊定下皆是四異名外更有異名初離障觧脫次作用解脫後之三名非今所用因便揀之○鈔謂制伏過非等者一滅業非不殺盜等也二滅煩惱調伏貪等令盡故即皆是止行調練三業者即前疏云調練通於止作如跳行倚住不跏趺坐左脇卧等應止而不行行倣象王之步住如山王不動坐必跏趺卧右脇等此皆應作口則不風邪言非順道等此應不說有益始發言故意則妄念分別止令不起出離觀行勤而行之言性善守信通於止作者謂受持衣鉢等應作之離衣畜長等應止之故云通於止作言毘尼以止惡作善爲宗者是惡應止是善應行如前所說應止者止即成持作

乃成犯應作者作乃成持止乃成犯故云律宗其唯持犯等此上總意下雖别說示不出此故云總爲顯相◯鈔五衆罪者笈多譯云五篇罪今云五衆約能犯之人以目所犯罪也即比丘比丘尼式叉磨那沙彌沙彌尼各有所犯如比丘犯二百五十戒等或云於五篇中有多條數故云衆也然五篇名義繁廣恐學者欲知當依律鈔各示其相南山云五篇七聚約義差分證結罪止樹六法今依六聚且釋其名一波羅夷二僧伽婆尸沙三偷蘭遮四波逸提五波羅提提舍尼六突吉羅此上六名並無證譯但用義翻畧知途路又云今五七不同具有三義則入五中一者名均二則體均三則究竟均不其此二通義入聚攝而六七差別者六合吉羅以同體故七離於惡說以過多故身名惡作口名惡說此聚分二也初波羅夷者義當極惡三意釋之一者退沒由犯此戒道果無分故二不共住非但失道而已更不入二種僧數說戒羯磨三者墮落捨此身已墮在阿鼻地獄故十誦云墮不如意處四分云譬如斷人頭不可復起若犯此法不復成比丘二僧伽婆尸沙者善見論云僧伽者爲僧婆者爲初謂僧前與覆藏羯磨也言尸沙者云殘謂末後與出罪羯磨若犯此罪僧作法除故從境立名婆沙云僧伽者爲僧婆尸沙者是殘若犯此罪垢纏行人非全淨用有殘之罪由僧除滅故也四分中證明僧殘便成上觧又云有餘以行法不絕爲名也毘尼母云僧殘者如人爲他所斫殘有咽喉故名爲殘理早須救故戒律云若犯此罪應强爲波利婆沙等由隣重罪故也三偷蘭遮者善見云偷蘭名大遮言障善道

後墮惡道體是鄙穢從不善體以立名者由能成初二兩篇之罪故也又翻爲大罪亦言麁惡聲論云證音爲薩偷羅明了論鮮蘭爲麁遮那爲過麁有二種一是重罪方便二能斷善根所言過者不依佛所立戒而行故言過也然偷蘭一聚罪通證從體兼輕重律列六聚七聚並合偷蘭或在上下四波逸提者義翻爲墮十誦云墮在燒煑覆障地獄故也四分僧有百二十種分取三十因財事生犯貪慢心強制捨入僧故云尼薩耆也餘之九十單悔別人若據罪體同一品懺出要儀云尼薩耆舊翻捨墮五波羅提提舍尼聚者義翻向彼悔從對治境以立名僧祇云此罪應發露也即此律戒本中具明悔過之辭六突吉羅聚者善見云突者聚也吉羅者作者聲論證音突悉吉栗多四分律戒本云或乂迦羅尼義翻云應當學胡僧云守戒也此罪微細持之極難故隨學隨守以立名十誦云天眼見犯罪比丘如駛雨下豈非專詭在心乃名守戒也然七聚中分此一部以爲二聚身名惡作口名惡說者或云突吉羅惡說也然二不定法託境以言通該六聚若論罪體生疑不信是突吉羅又影三罪二罪者畧擧生疑之事矣七滅諍中罪亦通有但爲競於四諍彼此未和故制七藥用以除殄而僧尼同數共成通戒焉〇鈔等起等者釋中由四因故而犯諸罪則四因皆能等諸罪一無知故者從受後不學律故無知或可雖學以愚暗故無所知識二放逸故者放縱逸蕩不檢三業故三煩惱盛故者以貪嗔等增盛不能制

故四不尊敬故者以無慚愧故不尊重敬愛如来所制清淨禁戒或可四義相躡而起由無知故放逸放逸故煩惱煩惱盛故無慚愧也〇鈔還淨等者上二約犯此下約治也言由意樂者二師異說寀照云謂設有違犯悔懼交至自陳所犯不由他舉方受治罰如昔所受律法儀式隨犯輕重誠心懺悔既洗滌已戒還清淨此是通相之意若會解云由意樂者以造業時但起心念未曾發動身口故懺悔時但須責心不須治罰故律鈔云若不動身口則輕責心即滅若動身口則重對人方滅今初義也又云輕罪者但云不應起如此心是名責心懺悔又云行媱時先起心未動身口責心即滅即今由意樂不由治罰也故笈多譯論云由心淨非治罰言如受律

儀者次引梁論云如本受持時受持由責心即對治故二釋之中後釋近宗先治輕後治重故〇鈔出離等者七種中一各各相對者如犯第五篇罪二人各各對首發露遮相續故律鈔云提舍尼此翻爲各對應說對人說所作罪也又吉羅中動身口罪亦對人懺滅也此二望前諸聚亦唯出離輕罪爾二誓受治罰者此治重罪如僧殘罪請二十僧六夜行摩那埵供給承事摩那埵此云折伏貢高亦名下意謂承事衆僧僧祇云折伏下意即今誓受治罰之義也七日滿僧爲羯磨除罪還令戒淨如本所受等故得出離三等有妨害等者謂等所制有罪則妨餘事如制僧不得故弄陰出精後有僧夢遺疑犯僧開云除夢中又如尼薩耆中制不得畜長衣後阿難得一貴價納衣欲與迦葉十日方還後佛開云過十日不淨施犯律中先等制後有妨害餘事復開者極多故云等有妨害亦如律中比丘不得畜八不淨

物一田宅二種植三貯積穀帛四畜諸奴僕五畜養群畜六錢寶七象牙毛毯等八銀鐵釵釧等言還開許者如第一田是妨道別人不開善見云居士施田宅地別人不得用若供養僧者得受二種植中除供佛供法供僧爲僧得也三貯積穀帛者僧祇云若比丘齋時作念此後時恐貴今羅此穀我當依是得誦經坐禪行道四畜奴僕中僧祇云若人言施供給僧男淨人聽受若施別人一切不得若施淨人若料理僧故別人得受五畜畜生中若人施畜生不應受謂馬驢猪羊等若見比丘不受云我當殺之應語令自施水草勿令傷害等餘皆例之四別卒等者謂隨時隨處衆僧和合立所制法則後還捨衆所制法即是隨方毘尼衆既制已犯必有罪如今堂儀等後僧和合還捨所制先犯罪人是時出離

此意出梁攝論又如律中佛聽曠野中行多比丘於布薩日應和合當下道集一處結小界說戒白二羯磨即別也止息立結界說戒已還作白二羯磨以解小界而去即僧和合已捨所制也五轉根者集玄云比丘比丘尼共住犯不共罪若轉男根以爲女時與尼共住即無所犯尼轉反上六真實觀者上五約事云離今六七兼理觀證道也嗢拖南或云欝拖那縕陁南此云集施又集總散又總攝又散又攝施與集法義施他也或云鄔拖南此云標相無常是有爲法標相若是有漏法標相無我是諸法標相涅槃寂靜是無爲法標相或名四法印能作無常等觀出離衆罪故瑜珈四十六云復次有四種嗢拖南諸佛菩薩欲令有情清淨故說四種如前無常等故鈔云諸行相觀

等七由法爾等者即見道位見諦理故任運出離諸罪也○鈔毘柰耶復有四義者此別明戒相也補特伽羅此云數取趣數數造業取諸趣故此雖名總別目人趣即是約人律儀唯局人中制所學處聲聞之戒不許餘類故天多樂逸地獄苦逼鬼處羸苦畜生痴暗故不能受持律儀唯人是法器故○鈔白彼補特伽羅所犯者如第二篇中第一故弄陰失精者佛在舍衛國迦留陁夷欲意盛於房中漏失比丘白佛因制此戒五篇皆有縁起即因彼彼人所犯已大師集僧制所學處而言處者瑜伽云一自利處二利他處三真實義處四威力處五成熟有情處六成熟自佛法處七無上證等菩提處由尸羅不清淨三昧不現前以依定故方得法慧是故偏得學處之名根本能生故名爲處是處應學故名學處故遺教經云戒是順證解脫之本故○鈔三分別者如十二年後方制廣戒是也○鈔四決擇等者集玄云如殺戒中杌作人想壞而有罪人作杌相壞而無罪又如鮮白比丘尼遠道詣佛路遭強者逼而無樂想故亦無罪此等之類皆決判所犯也○鈔然明了論等者此釋前第七出離中小隨小之義也此依彼論取義釋之如論證文云論具名二十二明了論偈云解小隨小非小戒釋曰佛世尊立戒有三品一小戒二隨小戒三非小戒小戒者僧伽胝施沙等即僧伽婆尸沙也論有等言應等餘篇罪也隨小戒者是彼不具分罪今鈔云二種方便者以是第二篇方便故云彼不具分言二種方便者偷蘭遮突吉羅也律鈔云一遠方便如行婬時先起心未動身口責心即滅二次方便謂動身就彼或說欲作此等對人懺即滅通名吉羅三近方便至彼人邊或欲磨觸身未交通是偷蘭遮期行婬事故磨觸非爲戲樂故偷蘭

遮不成僧殘此對人懺除評曰初次二方便皆是吉羅近方便即偷蘭遮為二種方便既云不成僧殘即令論云彼不具分罪也然偷蘭但為一方便唯有吉羅為二方便故律鈔云波逸提三十九故成一百二十而無偷蘭有二吉羅今為第二篇方便故通蘭吉也
非小戒者四波羅夷今唯前二復次小戒者諸戒
中性罪今但云性罪然是除四篇中性罪非是四波羅夷之性罪也隨小
者諸戒者所有制罪與鈔文不受持衣鉢因佛制之方成罪也問性罪是小罪云何是大耶荅曰四波羅夷名大罪故故次文云非小罪者四
波羅夷等上二二釋異第三二釋同然彼論釋性罪制罪
云佛所立學處有三種一性罪二制罪三二
罪此中性罪者若是身口意惡業所攝或由
隨及惑等流故犯復於此過犯中故意所攝
有染汙業增長與此俱有罪相續流是名性
罪異此三因所犯或由不了別戒或由失念
或由不故意過犯此中若無惑及惑等流及
無念念增長是名制罪若具二相是名制性

二罪准此今云性罪則諸罪中三業煩惱等
俱念念相續故名性罪見諦道中斷分別煩
惱故無此罪其四波羅夷律中雖有懺辭然
現身不得道果故今七種出離唯約後四篇也○鈔那引小
教者以雖引攝論等文皆是論中明小乘戒
相故此難也荅中今更下以菩薩攝律儀戒
亦以七衆戒為體但持心異戒條名意大同
故得引小乘戒相又上所引下是鈔主第二
意也次大乘律中此土多闕故○鈔又上云
者下遂難輕之即如初受戒後而持之其或
有犯如其釋重治令清淨故疏相者性也下
體性有同有異異者相據於外性主於內體
者性相之通稱則寬狹之不同然今性是體
性故名相也問所對法中既唯四諦之境涅
槃之果何太局耶荅然以四諦有生滅無量

無作不同通大小乘權實等義又涅槃通三乘所證故對法藏中四諦等攝一切法盡也

華嚴會本懸談會玄記卷第十五

音釋

沓徒合切 羈居宜切馬丨絆也 糴徒的切買米也 盪徒黨切滌器也 嗢烏沒切咽也 縕於云切又於粉切 杌五骨切杌無枝也 綏先唯切止也安也

華嚴會本懸談會玄記卷第十六

蒼山再光寺比丘　普瑞　集

○疏對向者俱舍論文向前涅槃疏配釋也對觀云論文觀前四諦亦疏配屬問何故望涅槃名對向不名對觀耶望四諦名對觀不名對向耶荅探玄第一云一對向謂因智趣向涅槃二對觀謂果智觀證涅槃滅故雖因智亦有對觀然仰求進修故但名對向○疏及相應心所等者慧亦心所則別境中一數今無漏慧起時必與餘心所相應而起謂餘徧行五別境五與善十一也言等者等取五蘊故鈔云總說無漏五蘊爲對法此約總說別證取淨慧五蘊即隨行爾○鈔故爲此通者由對涅槃果故云對向對四諦境故云對觀此清凉意對向唯見道已去因對向涅槃果對觀通因果智對觀四諦境不爾因果智對觀四諦豈非境耶言揀濫者恐能對慧既持自性何不亦名法耶濫所對故言若據法能持自性下此是通相之意慧是能對但名爲對非所對故不名爲法爲分能所即是別義如斯揀也○鈔慧依於法慧爲主故者以論藏研窮性相證爲發生無漏智慧故云慧爲主故即是名中對字非依主釋中主爲法體主爲法體即是今法字或可上向出法論所以下句出慧論所由學者任意言出其異名者此因便故来以辨異名在後段故應是阿毘云無比達磨云法兼猶更也更成立上慧義故○疏對義同前者論但云此法對向無住涅槃能說諦菩提分解脫門等故數者下皆是論文○鈔如十地疏明者下疏云自

相者色心等殊故共相 者同無常無我故又自相即俗諦共相即真諦等○鈔亦如初地中辨者瑜伽四十五云一論體有六一言論二尚論三諍論四毀謗論五順理論六教導論一言論者謂一切言說言音言詞是名言論尚論者謂一切世間隨所應聞所有言論等諍論者謂或依諸欲所起自他所攝諸欲相侵奪等或因惡行所起自身惡行他譏毀等或依諸見所起毀謗論者謂懷憤發者以染心振發威勢更求擯毀所有言論順理論者謂於善法律中爲諸有情宣說正法隨順正行隨順解脫故教道論者謂教習增上心學增上慧學增上戒學等此六論中最後二論是真實能引義利所應修習中間二論能引無義故應遠離初之二論應分別之第二

論處所者有六種一於王家二於執理家三大衆中四賢哲前五於解法義沙門婆羅門前六於樂法義者前第三論據有十即依義所依有十也其中所成立有二一自性二差別自性謂有立爲有無立爲無差別者有常無常等能成立法有八一立宗二辨因三引論四同類五異類六現量七比量八證教量云第四論莊嚴畧有五種一善自他宗謂於彼此毘奈耶中讀誦受持思惟純熟二言具圓滿謂凡有所說皆以其聲不以非聲聲具五德一不鄙陋二不輕易三雄朗四相應五義善三無畏謂在大衆中心無劣懼身無戰怖語無謇弱四敦肅謂如有一人待時方說而不儳速五應供謂如有一人爲性調善不惱於他乃至言語柔軟如對善友第五論墮

負者有三種一捨言（取意）謂詞謝對論者言我不善論汝論爲善等二言屈如立論者爲對論者之所屈伏或托餘事方便而退或引外言或現發憤或黙然等三言過謂雜亂麤獷不辨了無限量非義相應不以時不決定不顯了不相續等第六論出離者謂立論者先應以彼三種觀察論端方與言或不與論名論出離謂一觀察得失二觀察時衆三觀察善巧及不善巧觀得失者謂我立論將無自損他損具損等耶觀時衆者有僻執耶有正見耶觀察善巧不善巧者謂自我於論體論處等爲善不善等第七論多所作法者有三種一善自他宗二勇猛無畏三辯才無竭由有此三能善酬荅故名多所作法耳（上皆他經鈔文）

○鈔立破二能者即雙釋上能立能破之所以也所以者何故釋云由正說依止等方便故言依止等者即前所引依止勝相等十勝相也○鈔言迦多演尼子者亦名迦栴延子傳云佛滅後五百年中有阿羅漢名迦栴延子母姓迦栴延從母爲名先於薩婆多部出家本是天竺人後往罽賓國國在天竺之西北與五百羅漢及五百菩薩共撰集薩婆多部阿毘達磨制爲八迦蘭陁此云八結亦云八犍度亦曰白節謂義類各相結屬故云結又攝義令不散故云結義類各有分限故云節亦稱此文爲支慧論以神通願力宣告遠近若先聞佛說阿毘達隨有多少可悉送来於是人天龍神乃至阿迦尼師吒天有聞佛說乃至一句一偈悉送與之迦栴延子共諸羅漢及菩薩揀擇其義若與修多羅毘那耶

不相違背即共撰録違者棄之所取文句隨
義類相開若明慧義別安置結中餘類悉爾
八結各有五萬偈造八結竟復欲造毘婆沙
釋之馬鳴菩薩是舍衛國婆枳多士人通八
分毘迦羅論(此云字母)等及三藏文字學府先儀
所歸迦栴延子遣人往請馬鳴解八結阿羅
漢菩薩等即共辨義意若定馬鳴隨即著文
經十二年造毘婆沙方竟凡百萬偈毘婆沙
此云廣解又云種種說評曰既云集佛所說
阿毘達磨故云迦多演尼子諷誦而已既是
彼撰集故云亦是彼說○鈔是則論藏下定
斷其義上小乘論或佛自說故或菩薩說今
大乘論亦是佛說即阿毘達磨經等有是菩
薩取經中義等即瑜伽唯識等若依後義以
佛經爲本統菩薩末論末不離本亦佛說三

藏也○疏畧二門等者問尅性門三藏何詮
法多寡不同荅以三藏自性寬狹不等故也
問何故古起信疏尅性門各詮一學兼正門
依雜集論第十一經詮三學律詮戒定論詮
慧耶荅乃古疏傳寫誤耳以論唯詮慧何有
兼正義耶應以今疏爲證○鈔又能說三學
等者三學俱詮以根本故福慧俱詮生立素
怛纜藏言能成辨等者詮戒定者立毘奈耶
藏以戒淨無缺身心安淨後不憂悔漸得定
故涅槃十一云愛見羅剎全乞浮囊如犯夷
半如僧殘三分之一如蘭手許如墮塵許如
吉羅囊全能度海戒全出生死海此即輕重
等持之意以是漸得深定心一境性名定故
云心學言即無悔等者等取眠尋伺此四即
四不定法今由尸羅無此四不定故得三摩

地也言能成辦增上慧等唯詮慧者立阿毘達摩藏謂能决判揀擇無顛倒義味故問戒淨無悔漸次得定詮此二故立毘柰耶藏理應依定發慧詮二故立阿毘達磨藏荅戒定俱福類詮生並調伏定慧福智殊生詮異藏收問定慧類殊別藏攝理應定散異故非調伏以別解脫戒是散善故荅定散雖殊俱是福不能斷惑俱調伏福智二種專擇異斷惑有差別藏攝問三藏次第經律論云何三學次第戒定慧荅三藏約本末寬狹爲次三學約難易修習爲次戒易修故定稍難故慧最難故從淺至深修行法爾又無次第隨宜說故爲利根備說三學而能成辦三學後二不言能說影取後二亦有能說後二言成辦影取初一亦有成辦爲鈍根者說戒心二學而能成辦戒心二學既戒淨得定爲說慧學而能成辦慧學此在實成辦故名尅性非但詮說而已故論有成辦之言成由言說故名所詮○鈔兼各通三者經律論各證詮一多分說故兼餘詮二少分說故則易知毘尼增三下釋律兼三也楞嚴云毘柰耶中宣說修行三决定義所謂攝心爲戒因戒生定因定發慧三學皆云增上者以行有萬差此三最極增上此三既立萬行自成故法華玄義云佛法曠海此三攝盡復名三學者諸佛本意欲令行人學戒定慧非謂欲令學於文字言教而已終始實廣解名數問即皆知善於立破轉增我相輕侮餘人故昔人云自經論學出世因解來翻更長貪嗔猶火出水中云何可滅則甘露反為毒藥非自咎為誰學者當審

此言體三學之意也等字等取論兼三也可知○疏詮示聲等者能詮示即教所詮示即理行果四法具矣言攝大乘同此者彼論云如是三藏下乘上乘有差別故則成二藏一聲聞藏二菩薩藏○疏此就二乘理果同故合之者生空理同故有餘二種涅槃果同故瑜伽八十二說聲聞理者生空偏真也行者次位果者有餘依無餘依二涅槃菩薩理者二空行者六度果者無住涅槃教行別者四諦十二因緣教行別故問既教行別何不別立藏耶答獨覺教少於聲聞又初入法多依聲聞教又四法之中所貴爲理果是所求所得故既理果同故不別立問因人立藏曰菩薩藏佛是果人何不別立曰如來藏答因果雖殊四法無異不別藏欲顯行願深大偏從菩薩立也○疏如普超等經者普超三昧經云如此大乘中亦有三乘則爲三藏謂聲聞藏緣覺藏菩薩藏唯大乘中得有三藏餘二乘中則無此也入大乘論中亦同此說○疏攝屬聲聞者下云然緣覺聲聞各有二類總相而說聲聞觀四諦緣覺觀因緣聲聞依聲緣覺依現事而各成二者一聲聞聲聞謂本求聲聞亦觀四諦於最後身值佛成果二緣覺聲聞謂由昔緣覺觀十二因緣於最後身值佛爲說十二因緣教依聲悟故名緣覺聲聞言緣覺二者一緣覺緣覺謂本求緣覺於最後身不值佛世自藉現事因緣得道二聲聞緣覺謂先求聲聞悟得初果未現涅槃人天反七反滿已值無佛世藉現事緣而得道果評曰今即四中第二緣覺聲聞既皆聲聞

教故聲聞攝探玄問云等是下乘何故獨名聲聞蔵荅以緣覺亦有出無佛世無教故聲聞不爾故偏得名蔵評曰此意約緣覺不定在佛世又多不籍世間經故偏云聲聞蔵也○鈔小乘經律論别者别字有本作引字誤書也准此分之當知蔵約部帙言四阿含者一增一阿含二中阿含三長阿含四雜阿含皆言阿含者此云教或云傳言五部律者一曇無德部（此云法密亦云法藏亦云法鏡即四分律部主也）二薩婆多部（此云一切有即十誦律部主也）三迦葉遺部（此云重空觀即解脫律主要覽云未至此土）四彌沙塞部（此云不著有觀即五分部主也）五婆麁富那部（此云犢子要覽云即僧祇願用記云律本未至）○鈔即出涅槃下彼疏云長者喻佛聖意愍念名常憐愛以大根未熟懸委當佛教化開導云将諳師所欲令受學慮彼賒晚名懼不速成攝

之從巳名尋便将還勸學教小名教半字未授以大故言而不教誨毘伽羅論弘决志云毘伽羅者世間文字之根本也典籍音聲之論宣通四辨呵責世法讚出家法言詞清雅義理深邃将是善權大士之所為也故以此論喻方等經（然寄居傳云五天俗書總名毘阿羯剌拏大數有五同神州之五經即五明是也舊云毘伽羅論者訛也）言半字謂九部經者於十二部中除三部故一除記別以無授記作佛故二除自說以小無爲不請友故三除方廣以小無廣天利樂故然十二部經各有二相今約一相說以乘中無此三相故也餘如此說言何名爲蔵者彼疏云悋惜名蔵根熟時爲說大乘故無秘蔵何字應是可字即反顯也陁羅尼者此云總持言五明論者一聲明釋詁訓字詮目疏別二工巧明枝術機關

陰陽曆數三醫方明禁咒癇邪藥石針艾四因明考定正邪研覈真僞五內明究暢五乘因果妙理如西域記說○疏正唯修多羅攝者此約部帙唯修多羅藏攝此經兼詮戒慧亦通餘二藏攝約彼此義同故故探玄記第一說或第二第三藏攝此約同教辨言若就修多羅下約別教說或上約自他分彼此此約自經中復分彼此以攝也言以義揀教者以三藏是教即言教非教攝中教也而三藏名通權實上辨兼證乃約同教故今以無盡之義揀同取別唯信等十藏攝此經也自他准說探玄記云對下文十藏所攝以主伴具足顯無盡故此約別教又綱要云若依此經十藏品中自明信等十藏爲實攝於此經言十藏者謂信戒慚愧聞施慧念持辨十皆云藏問何以十藏一品却攝一部耶荅說處雖在一品約義該攝一切以皆明具足主伴等十玄舉初後二門攝中間之八門故疏中准知則此經流類之經及十地等論皆十藏攝問二藏能詮是教十藏是義如何以義而攝教耶荅小乘教義俱不融三乘義融教不融一乘教義俱融故得攝耳意云十藏之義即能詮教或可詮到十藏義之能詮方攝此經非詮餘義之能詮可攝此經也故云以義揀教○疏通相十二分教等者下疏鈔云舊名十二部恐濫部帙改名分教各有二相修多羅或二或三如前已引二祇夜此云應頌一與長行相應之頌由於長行說未盡故雜集云不了義經應更頌釋如十住品發心住頌即其類也二爲後来應更說故如涅槃云佛昔爲諸比丘說契經竟爾時復有利根衆生爲聽法故後

至佛所即便問人如来向者爲説何事佛時已知即因本經以偈頌曰我昔爲汝等不識四真諦是故久流轉生死大苦海等三授記梵云和伽羅那亦云記別授者與也記云録也別者分別佛與記故一記弟子生死因果其文非一二記菩薩當成佛事如記彌勒云未来有王名曰穰佉當於是世而成佛道等發心品中及出現内並有此類四伽他此云諷頌即是孤起頌舊云偈一爲易誦持故二爲樂偈者故三天偈讃皆是其類五尼陁那此云因緣一因請方説爲重法故如十地品三家五請二因事方説知本末故如觀善財又雜集云又有因緣制立學處即因事制戒亦第二攝六優陁那此云自説一爲令知而請法故如十地本分等二爲令所化生慇重

故念佛慈悲爲不請友如普賢行品等七本事梵云伊帝目多伽一説佛往昔事如威光太子等二説弟子往事如説諸善友因緣等八本生梵云闍陀伽謂説昔受身一説如来如説威光數數轉身值佛等二説弟子諸善友等然其本事但云其事除所生事本生要説受身九方廣梵云毘佛畧一廣大利樂故二正法廣陳故此經一部全受斯稱涅槃云所謂大乘方等經典其義廣大猶如虗空雜集開爲五義云方廣者謂菩薩藏相應言説亦名廣破一切障故亦名無比法無有諸法能比類故一切有情利益安樂所依處故宣説廣大甚深義故 釋曰開總菩薩藏相應言説爲四并總爲五也 十未曾有梵云阿浮達磨亦云希有法一德業殊異故如初生即行七步斯經不起而昇四

天等二法體希奇故謂菩薩不共功德經文非一十一譬喻梵云阿波陁那一爲深智說似令解真故如法華云諸有智者以譬喻得解如出現品一一喻明二爲淺識就彼類誘令信故如爲擔人說二蘊等此經所無故僧伽吒經云色爲一頭心爲一頭身爲重擔甚可怖畏三毒所壓不可得勝去来常擔不能遠離法喻各有六事喻六事者二擔頭爲二三擔身四擔中物五打擔人六去来常擔法六事者一心二色三連合色心爲身四三毒五二蘊假者六六道去来不離其所壓之言中令第五事也雜集通說爲令本義得明了故十二論議梵云優波提舍一以理深故二義不了故並須循環研覈或佛自說或菩薩相論如問明品等然契經望餘總相畧相則許通有別相無此下料揀十二互有無也今契經二相通者可知無者以長行綴緝是餘十一所不攝故應頌諷頌互望並無本事本生互

望亦無本事本生望於記別亦是互無上二過去記別未来故自說因緣容得互有如因事說不由請故除上所除餘皆互有謂如應頌除諷頌餘皆有諷頌亦除應頌餘皆有乃至本事除本生及記別餘皆俱有等餘義准思問此十二分於大小乘爲局爲通若皆大者何以涅槃云護大乘者受持九部經俱云若有比丘供身之具亦常豊足復能護持所受禁戒能師子吼演說妙法謂修多羅祇夜受記伽他優陁那伊帝目多伽闍他伽毘佛畧阿浮達磨以如是等九部經典為他廣說利益衆生等法華第一云我此九部法隨順衆生說瑜伽等論說聲聞無方廣故荅然諸經論且約一相故作是說如實大小皆具十二分辯深密經說菩薩依十二分教修奢摩他瑜伽云佛為聲聞具演十二分教故今疏云通相十二分教亦分大小對下隨人各立之教故名通相於十二中雖大小乘增減不同亦聖教自分

但是通相之義實通有十二分故然涅槃中但有九者依三部中之小相故謂因緣中因事制戒譬喻中誘引淺識論議中約非了義故唯有九法華小乘唯有九者三部中大相故於記別中記當成佛自說中爲不請友方廣中廣大利樂明知且約一相然此經之中具十二分義如上引○鈔由前經藏等者三藏二藏等皆有權實此即躡前起後也隨其自宗不同各自立教興故鈔畧語深者以海喻深廣冲深但語深也言法雲智光畧明深廣者以此深廣說之難盡故且畧明法雲約橫明廣智光約竪顯深○下經云下義引十地品文下疏云從所受處名法雲地謂佛身雲遍覆法界法雨亦多（澤彌漫也）唯此能受若直從所受法應名法雨地若從能受應名法海

地以此法器廣大如海故能安者堪能安受文故受者信受故上三受文攝者思惟攝取義故持者持取彼文義成二持故（文持義持）雲雨說法故者次經明法雲地菩薩自以願力起福智悲雲普霔法雨滅惑塵燄生善益根故即從自受名今既雲雨說法用證上法雲也○鈔夜摩下疏云悟說勝義甚深之法表十行建立故云勝林赫日之言但取陽光時長難窮其際言孟夏者禮記注云孟者長也仲者中也季者少也此乃取意譯也梵本敵對翻後熱月即四月十六日至五月十五日也西域一歲立爲三際謂熱雨寒從正月十六日至五月十五日爲熱時從五月十六日至九月十五日爲雨時從九月十六日至正月十五日爲寒時今後熱月兼得此方孟夏後

半故合中明佛德廣博經云功德總該一切
疏日智光且從勝說以果位智強故○鈔妙
辯叵窮下拂迹明玄（四辯八音具如前明）○鈔全依體
上等者無言真體性不變易體全爲用說法
應根說無休息故非是無言言中求體竟不
可得故非在言然能說之妙下明不可取文
字所說之深下以言不及故○鈔故經云下
即十忍品前二句了體而能示言說起用也
如響徧世間者疏云一空谷二有聲此二是
緣三聲擊空谷便有響應此明所起四有而
非真此彰無性五愚小謂有谷喻如來藏聲
喻緣感以如來聲不違法性而能隨類故徧
世間令聞響之教了如響之聲通達性相無
礙之法上皆深故叵窮也○鈔故下經云下
妙嚴品文下疏云初句即能照法門如一日

宮千光並照隨舉一法有無量門然有二義
一約相類如一無常門有生老病死聚散離
合得失成壞三灾四相外器内身刹那一期
生滅轉變染淨隱顯皆無常門餘亦如是二
就性融不可盡也次二句普運照義一日周
天則日日無盡一門歷事則刼刼無窮方便
多門終歸一極廣者無邊大者無上末句普
運光明日天子了達前法故能說多端也○
鈔所感非一故者能感所應之根既無窮盡
所感能應之教亦非一故助證云感字誤書
是應字則所應非一故以上句能說多端下
句所應非一正相對故或可依字不改是順
尋常語言如云所生父母父母豈是所生此以
所目能耳今雖言衆生所感亦目衆生之能
感耳義雖可通然今以能應之教爲門上句

能說多端此句能應非一所感即能應故前釋為正言九地云下疏云問荅成就以居法師位故能普應也故肇公云般若無知對緣而照萬機頓赴而不撓其神千難殊對而不干其慮若守分別之情何能頓領殊難自非般若之功孰可斷疑今喜即證所感能應之教非一也菩薩尚耳下舉劣況勝可知○鈔出現品云下亦證能應叵窮也故下但結如来教法能深等言如来音聲者次前經云佛子如来法輪悉入一切語言文字而無所住譬如書字並入一切事一切語一切筭數一切世間出世間處而無所住今但引其合文也下疏云無住故用而常寂即無變也遍入故寂恒用即之變也上皆廣故叵窮○鈔是知下總收上義深廣即前二義高而無上猶高峯四絕踰法以四邊不可入故可仰則但可知其高勝叵昇則莫能窮究其極遠而無邊猶大海周天雖涉而難越度踰雖趣入其法難盡邊涯又高遠故叵窮也○疏極位所承等者承者稟受挹者斟酌鈔十地菩薩等者十地名因位極者約不開等覺故娑竭羅此云大海於海中此爲最尊獨得其名言唯除者唯海能安受一切水故受者不濁故濁如不信合信故不濁攝者餘水數入失本名故持者用不可盡故如来秘蔵者意取法明照雨蘊在法界蔵故所受法妙言大法明者論云性故謂三慧所知名法自性大法明是聞思二慧攝受故照是修慧所攝受故大法雨者論云作故謂說授衆生如雲與地雨雨故言皆不能下能安受文故如前已釋○鈔

第五經下妙嚴品文也言佛子者下疏云一外子謂諸凡夫未能紹繼佛家事業故二庶子謂諸二乘不從如來大法生故三真子謂大菩薩從大法喜正所生故即九地已下三種佛子皆不能測言精進力下即法界品說大願精進力主夜神也善財見彼雖寄第八地應是極位菩薩示居八地也有本云喜目者誤書也○鈔應有難云者躡跡難也荅意云若凡自力誠不能測今依聖教及正理方能知故○鈔故涅槃下問前云九地不能安等今具縛何能知耶荅前明一切佛雲雨說法故不能盡知今憑教理少分此知故不相違○鈔即仰推之智下即勝鬘經意彼經有三種人於甚深法義離自毀傷生多功德一成就甚深法智二成就隨順法智三或有於甚深法不自了知仰推如來所知非我境界彼疏云初是地上菩薩證理次是三賢順法而行後是十信高推信仰故既推佛能窮究知之今但深生淨信比觧佛教證理斯言無過矣○鈔如龍樹下謂龍樹造智度論釋大品般若無着造能斷金剛般若論釋金剛般若僧肇等造四聖疏釋淨名經等言生公之立四輪者彼云始於道樹終至泥洹凡論四種法輪一善淨法輪謂始說一善乃至四空令出三塗之穢謂之善淨二方便法輪謂以無漏道品得二涅槃謂之方便三真實法輪謂破三之僞成一之美謂之真實四無餘法輪斯則會歸之談乃說常住妙旨謂之無餘餘至下文當知○鈔周易等者義引繫辭證云天下同歸而殊途一致而百慮注云夫少則得多見

惑塗雖殊其歸則同慮雖百其致不二苟爲其要不在傳求一以貫之不慮而盡矣令順跡中同歸故引前却耳○鈔謂若下舉況也爾雅云一達謂之道路長道二達謂歧旁支道旁出三達謂之劇旁四達謂之衢交道四出五達謂之康六達謂之莊七達謂之劇驂三道交復有歧出八達謂崇四道交出九達謂逵四道交出復有旁通今言此等雖異所入王城不異也言九流者前漢藝文志說全身保國凡有九流一儒流祖述堯舜憲章文武宗師仲尼者也本出司徒二道流純禮樂去仁義獨任清虛者也本出史官三陰陽流敬順昊天曆象日月本出於義和之官四法流信任貫罰以補禮制者也本出於理官五名流名位不同禮亦異數出於禮官六墨流推兼愛之意出清廟之官七縱橫流言其當制宜受命而不受詞者也出於行人之官八雜流兼儒墨合名法出於議官九農流播百穀勸耕桑以足衣食者也出於農稷之官言百氏者即諸子百家雖文說異而大道何殊○鈔令跡借用下合釋言

一約教者始則四十年前教隨根異故殊途終則法華一極故一致二約根者不揀何時而至理常一三約體者一實體外無三權等○鈔一音即是下佛國品文也彼經云佛以一音演說法衆生隨類各得解言藥草喻者玄讚云去疾神功名藥稟潤之形曰草喻行藥草稟教修生品中詮此故云藥草喻品妙嚴品鈔引彼經釋云三草者謂小草中草上草二木謂小樹大樹以人天爲小草經云或處人天轉輪聖王釋梵諸王是小藥草二乘爲中草經云知無漏法能得涅槃起六神通及得三明獨處山林常行禪定得緣覺證是中藥草菩薩爲上藥草經云求世尊處我當作佛行精進定是上藥草此通說大乘爲上以大乘登地已上慈蔭義廣復加二樹七地

已前小樹經云爲諸佛子專心佛道常行慈悲自知作佛決定無疑是名小樹八地已上爲大樹經云安住神通轉不退輪度無量億百千衆生如是菩薩名爲大樹佛平等說如一味雨○鈔如來知是一相下證成上法雨一味也一相者無異相故無相相故般若云皆同一相所謂無相無量義云一相無相一味者一無漏味殊勝資益無別體故何者是一相一味之體所謂下出其體也文有五句前四德後一一性解脫相者我德脫二障縛得自在故離相樂德離變易衆苦故滅相淨德性絕妄染故常寂滅相常德四相不迁故終歸於空者即四德不空藏同歸空藏爲體是一相一味也○鈔原聖本意等者原者鞠窮之義若據機緣請說即隨機勝劣亦三乘淺深若欲鞠窮我佛出世本意唯爲一佛乘故彼經云諸佛世尊唯以一大事因緣故出現於世等○鈔如經說一無常下文有六義乃含多意一以生滅代謝等者有二說會解云即小乘中意尚通人天乘寂照則云是小乘義幷立相始教二或云無彼常故名爲無常會解二釋一於依他法上無餘性釋謂依他法上無彼徧計常無相之常無彼圓成常有相之常故云無彼常是無常也二亦於依他中約染分同徧計故無彼淨分同圓成之常故云無彼常故名爲無常初意即大乘初教中義後意通實教我寂照則云於依他上無圓成常亦始教義三釋皆通三或云不生不滅名爲無常者此具一論二經之文即有多意一論者即中邊論故下疏云依中邊論約三性說則初後二性不生

不滅是無常義謂徧計無可生滅故圓成體常湛然故約二性說不生不滅是無常也此有二義若依他無性即是圓成即實教義若以即空即破相始教義言二經者淨名經迦栴延章云諸法畢竟不生不滅是無常義肇公釋云小乘觀法以生滅爲無常義大乘之士以不生滅爲無常之義無常名同而幽致殊絕乃至云以遣常故故言無常非謂有無常無常常無故云畢竟不生不滅是無常義即破相意也生公釋云無常者以事驗之終皈有滅始無然乎始若果然則生非定矣生不定生滅孰定哉生滅既其不定真體復何在哉推無在之爲理是諸法實義實以不生滅爲義豈非無常之所存乎此則正就生滅推之即無生滅（寂照通破相會解唯實教）二即菴提遮經云若知諸法畢竟生滅變易無定如幻相而能隨其所宜有所說者是爲無常義乃至云若知諸法畢竟不生不滅隨如是相而能隨其所宜而有所說是無常義等故下疏云菴提遮經說不生不滅是無常義生滅即是常義等鈔云此意正顯性相交徹二義相成生滅相盡無常即常故不生不滅是無常義隨緣不變常即無常是生滅義也又性即相故不生不滅是無常義相即性故生滅是常義互奪則雙非互成則雙立釋曰今唯取性即相故即終教義也四或無法可常者決擇記云絕待真理無彼對待可常故名無常是故真如門隨順但具非常非無常之言念爾今遮可常故名無常或即無法可常者約真望俗俗諦門中無有一法可謂常者（初即頓教義次通相）

真俗相違若𥨊照云約徧計無法可常以理無故亦通相約諸教說也五或云真如下即終教意六或闡無常下即雙非顯中是頓教義言等者等取圓教中義下鈔云若華嚴宗一切法趣無常無常攝法無遺義理無盡方真無常總收諸義以爲一致皆是此宗一義所收也此則一無常言自含五教攝乎多義如何定分耶明知下但隨人解不同法元無異無常既爾餘若空等例然如十住疏鈔具明○鈔乃有四種者即生滅無生無量無作四種也如下天台教處說○鈔十二因緣下此通相之意不同別義唯緣覺觀緣生故二乘不見佛性利鈍分二十地見佛性不了了佛了了見故因果不同菩提者皆無漏智也○鈔又如中論者即天台四教所化之根各緣三諦之境以成三觀之解即四或字下爲四教也初藏教中緣生色法其體不無析盡方空謂呼析盡之空方爲空也十字即剩或可不剩意云但析色明空不得即空十方虛空方可呼爲即空也言賴緣故假非施設之假者假猶藉也以彼不了法空不知從空施設權假以利有情故弘决志云今此虛假賴衆緣成非從空出設權利物言離斷常故者離外道斷常二邊名中因緣生故不斷析之空故不常然但約有爲事中離斷常爾非佛性中道也言雖三句皆空者初析法空故空二無實故空三無邊故空初一自體名空次二空他名空尚不能成通教即空之淺義況別圓教即假即中之深義耶○鈔或云因緣下第二通教機解也言體即是空者體達緣生之法無性故

即空而不得即假即中者斥無法性妙假妙中設作下許有自義以設作假中之解皆順入但空故言離斷常二邊者一切諸法當體即空故非常空非斷滅故非斷既離斷常故云中亦即空或云離斷常云中者亦即離空之斷離假有之常故此通教即色明空即色故非斷明空非常也言三獸渡河者優婆塞戒經云佛告善生如恒河水三獸俱渡兎不至底浮水而過馬或至底或不至底象則盡底即十二因緣河也聲聞渡時猶如彼兎緣覺渡時猶如彼馬如來渡時猶彼香象今鈔借意證此通教三乘同稟門依此教三乘之人作是解故不遮其中解心復有淺深成三乘故或可證此中論一偈四教機解淺深不同然前解爲正○鈔或謂即空即假下第三別教機解也言迤邐者展轉之義以三空三假三中而義各異故名別教如觀一緣生色法上論三空者弘志云無住故空真諦中空也虛設故空俗諦中空也中理無邊故空中道諦中空也雖似一空一切空然不無次第故屬別教言同有名字故假者以有空名假名中名故三皆假然亦三名不同故屬別教言三種皆中等者真諦離有無故中俗假涉有就根施設化用不住愛見之悲化邊不住沉空不化之邊故中言約一實下色等實性真如寂諸邊故中也○鈔或謂即空即假即中下第四圓教機解也即空下標雖三下釋如一緣生色等義雖有三據體一故雖是一體不礙三故言思道斷者以詮緣無寄即不思議空也但有名字者圓融三諦假名詮說

設圓融之言亦假設故但有名無實即是相故者謂空有中義即是實相佛性中道之體則觸處皆中此上總意但以下別釋但用空一名即具假中之義悟徹空義即悟假中之實以理事等皆融通故言餘亦如是者謂但以假爲名即具空中　悟假即悟空中但用中爲名即具空假悟中　即悟空假故云餘亦如是○鈔是知隨聞下總結前說可知○鈔法界品下即守護一切城主夜神說皆因時海雷音光明王佛涅槃之後法欲滅時有千部異執千種說法等○鈔夫子云等者論語第二篇文也注云攻者治也善道有統故殊途而同歸異端不同歸彼疏云此章禁人邪學異端諸子百家之書也言人若不學證經善道而治乎異端之書斯則爲害之深也已何得下釋成可

知圭峯云即留支羅什一音教是此意也○鈔今欲分教等者詮義淺深不同故教權實成異欲使不迷耳故處處經中皆云依了義經不依不了義經故須分其權實耳○鈔一音但是教本等者佛一妙音是今之教本故故佛音聲非即是教教乃在根所聞今分隨根不同豈遮異教○鈔長風是一百竅異吹者喻顯也先順後豈以下反顯莊子云獨不聞之翏翏乎良救反即長風之聲山林之畏佳子唯反即扇動之貌大木百圍之竅穴似鼻似口似耳似枅音雞又音扇即屋槫也似圈具院反如羊豕之闌圈也似臼其九反似洼者於花反謂曲而擁臃似污音烏即污下而不平者上八舉形勢之不同下言音聲之有異激者經歷反如水湍激聲也謞者音孝如箭鏃頭孔聲也叱者昌實反叱聲也吸許及反如呼吸聲也叫者古弔反如叫呼聲也譹者音豪哭聲宎者於堯反深也若深谷然也咬者於交反哀聲也廣

如彼說言百竅齊響者即是不分清濁髙下等音名爲齊響廣鈔云便爲百竅爲一音響非是同時響爲齊響也即顯清濁等各異也○鈔以一音一兩下應有問言前不分教疏中雙明音兩今分教疏中何但言一音而不言一兩耶故此荅也意云前彰義有所憑故雙引二經今以一音是法一兩是喻義相不異也○鈔一隨自意語等者如華嚴經二隨他意語等者如阿含等經三隨自他意語等者如淨名經等言不分初一者若約一實異權等三亦是分也○鈔如前所引者謂無常四諦緣生等然此亦約一往而言若約如無常中各隨異義并四諦等天台分爲四教豈曰不可分耶故今猶半從之未是全奪故也○鈔若說二空此可名大下問下叙通教云二乘同學二空又阿含云無是老死無誰老死亦明二空彼何名小耶荅通教廣慧二乘得學二空今據愚法不明二空阿含少分明法空今從多分但明人空又雖說法空而未明顯今就顯了唯明人空○鈔一善會佛意等者佛意說權乃是隨機佛意說實乃是稱理佛意如是要善觧會既佛意雖分而不成枝流故不執異而迷同也二有開顯等者以教中佛自說於開顯然開字有二義一於一佛乘分別說三名之爲開即是從本流末二開者開除開發故是則說三爲方便歸一真實即攝末歸本也今約後義豈成枝流○鈔涅槃第九等者一段鈔文義科爲三

初引經三
初標涅槃
二釋三
三合三
初標中釋是大
二釋四五
三結知是是諦
初水若王
二塩若王
三器若王
四馬若王
初約佛說無常若佛
二約法說苦或後
三約僧說無我或後
四約空真實義或後
五約佛性顯真常或後
二疏釋三
三出引意然引
初彰古釋然依
初明付中次第二
後明標中次第又初
二今別釋二
初明喻次第今謂
後明合次第三
初總明五義三
二別明後二然空
三釋成密章由於
初前三明三修合中
二第四明四空四合
三後一意妙有而最
後顯同異故此

○鈔先陁婆者彼疏云即是山名此山出好塩器水馬以處自物四種同名先陁婆也此從重至輕以苦空無常無我爲次也○鈔釋中一水二塩等者此依王所作事業爲次法中無常苦空無我爲次也總舉一名別索四物故名密語法中如一無常名含苦等四義一觧脱名含常等四德也○鈔是大乘經下

合也言有四無常者彼疏云一分相門唯一無常苦等則非二攝相門無常爲主統攝諸義悉成無常苦等亦然四權既爾四實准知今據攝相四俱名無常如三空門以空爲首故名三空大乘菩薩如智臣也○鈔爲衆生說如来涅槃者此下法喻有似不齊喻中先陁婆一事法中云佛涅槃等四名然但約同是密語不約數齊或此四約攝相門皆得一無常名則法喻正齊也然其次第與前標別此約其三寶修證次第故前三修第四證○鈔爲計樂者說於苦相者由法滅故人多造惡受諸苦報故偏受之以明苦也破計生死爲樂故說名苦○鈔我今病苦者舉佛助顯衆僧破壞虛假義顯故就之偏明無我令修無我之觀十住鈔云畧不說空即是三修所畧空義

爲計生死爲淨故觀爲空如常多說不淨觀治計爲淨今此復是别門隨根異故又義深於不淨故而無不空之德不如翻不淨而有淨德也故名權行十住鈔云空亦不淨是有爲故即心所變之空相故涅槃云淨者諸佛菩薩正法名爲善有此中應問云且如空行爲淨有爲不淨若是淨者與本倒之淨實德之淨既同是淨如何翻對若是不淨却違般若等教空是淨義故又問實德淨與本倒淨爲空爲不空若空故名淨本倒如何計空若有故名淨却違般若等教淨是空義故荅空與淨皆通二義空通淨不淨二對本倒名淨對實名不淨淨通空有二本倒實德皆通空有但諸教臨時各取一義不可互准爲難且如空行爲不淨者真理離邊空有皆絶若言空者即着空相爲不淨汚真淨理故

實淨對破之餘義易知思之可了○鈔所謂空者下至不變清涼涅槃疏意但是權行中空義清涼意具無我等四義所謂下至則名爲空空屬生死無常故次鈔云由於生死無常等中客顯常等故爲客語即非一切法中證解脫十住鈔云一切法屬有爲故證解脫既非一切法明是無爲於此中無權四行彰其四德故爲客語言無二十五有者舍利弗毘曇論偈云四洲四惡趣梵王六欲天無想與淨居四空并四禪此等計我今無二十五有以明無我法中客顯真我故言是解脫中無有苦者起信云覺即不動動即有苦今既不動無苦客顯樂也言無有色聲等者色等爲相相即不淨說淨分之事妄未盡故今無相故客顯淨也十住鈔云若有處所則非清

淨淨無淨相方真淨故言常不變易等者起盡故無常不安隱故熱惱不恒故變易今無彼無常故常無熱惱故清涼無變易故不變皆是常義故具權實八義○鈔一切衆生下涅槃疏意彰實常義隱權無常清涼意具常等四德○鈔是諸比丘若能知是下總結令順學爲佛真子故十住鈔云以絕常無常之淨心照常無常之圓理苦樂等准知即定即慧而雙修依此法生是真佛子○鈔彼經疏下一就佛明無常二就法明苦三就僧明無我四就解脫明空五就佛性說常此五中皆有權實前四彰權隱實後一彰實隱權○鈔今謂下清涼釋也先明喻中次第言當其空有器之用者語出老子三十輻章彼云當其無有車之用河上公注云器中空虛故得有

所承受下鈔云器中不虛即無所用故器喻空焉由人策不自在故故喻無我此上直喻無常苦空無我四義如次○鈔合中無常苦無我是三修法屬生死者意云若順喻次第第三合器當說於空今順三修爲次故立空義却爲第四也然涅槃有劣三修即無常苦無我有勝三修即常樂我下鈔云涅槃哀歎品有三修比丘修苦無常無我經云我不但修我無想亦修習其餘諸想無常想無我想畧不說空故云三修然空非生死是三修法依生死法修三觀故故云屬生死○鈔四合空等者是正解脫中空彼無我空彼苦空彼不淨空彼無常一向空他四義並以器之空義喻矣言即是常者語畧應云即是常樂我淨故以連帶無常之言故但翻云即是常故

又或可以常義顯約攝相門樂我淨等皆常也○鈔最後佛性者即前云或復說言一切衆生有如来性等此中妙有者非情謂之有涅槃云有名執着無名虛妄當知難擬故稱妙有此對前第四但明空義故云妙有即合前馬者馬是喻依喻體有三一由人策不自在故我者自在既不自在故喻無我二不無義以喻妙有前取初義今取此義三進止無滯義後文說之以喻真我○鈔然空中四義等者别明後二義也以釋此二義與彼疏不同故須别明委釋也或可通重縏妨妨云空中已有四實與第五節豈不重耶釋意遮表異也第四真空實德四義遮權四行第五佛性妙有直顯四德故為異也言亦應具下亦重通妨難云既遮表别遮中既有四德表中何但云常故此荅也意云但經文畧故亦應具說我樂淨故此約别相門荅也若攝相門如上已明或含在正觧脫中故畧不說（此别作一義荅遮表不分同彰八行故）何者遮中不動故樂無相是淨無變下是常與佛性真常無異馬又我義者即前第三義以自在故喻真我即前遮中無二十五有無我中密顯真我也是則此證觧脫中具彰八行在境名德在心名行皆是觀行故也是則寂而常知常無常等既不生二觧朗鑒居懷豈非妙行耶○鈔由於生死下釋成密意可知○鈔又初標中下釋初標中次第也有漏皆苦我所咸空有為無常非實主宰故云無我從重至輕以為次也○鈔然引此文下總收前說令觧達諸教隨所言說須善得意趣何礙分耶○鈔不能正修下

既觧初心作佛是方便權説即不能如法證修言高推聖境者如云此是入理聖人境界我何能耶即不能速證果也幸有善財龍女等能正修行速證菩提言失大利者以深爲淺而復自欺故○鈔數息看心者由散心難利佛令數出息一入息二乃至出息九入息十數了却從一至十不限當數使出入無至數自不錯等然數時有四行相一以一爲一二以二爲一三順數四逆數言以一爲一者入息爲一出息爲二如上所明二以二爲一者即將出入二息合爲一數亦從一至十三順數者上之二義從一數至於十四逆數者從十數至於一如是觀時以一爲數亦得以二爲數亦得於順逆次第終而復始但無三失一數減失謂於二爲一於三爲二等二數增失謂於一爲二於二爲三等三雜亂失謂於入爲出於出爲入等又順證理師又有三失一太緩失爲修觀時加行心緩因此觀行不得成就二太急失修此觀時由加行心懆急因此内身風大不調脉候不安而便病生三散亂失謂修觀時心多散亂由此爲緣却生煩惱等此乃意令看守其心令不餘轉修學既久亂想皆絶其心寂然行人不了兆以爲真雖勤苦久修只得小乘之果不得大涅槃一日之價法華云我等從佛得涅槃一日之價意云三祇方得大涅槃令三生六十刧拙度小果但得大涅槃一日之價鈔云不得者顯因異果也其猶求利之人自身負擔貨遷有無等用功雖多所獲至少蓋法淺也或得仙方使瓦礫爲寶等用功極少所獲甚多

蓋法深也○鈔謂分析權實等者三乘是權一乘是實空即破相有即二乘頓漸等爲偏圓教可知取捨之言通上及下若淺之深捨權取實此言捨者非謂猒棄但知是方便不奪方便之意故此言取者非謂執取但可依之修學故一乘三乘等取捨准知遲速者通上權實空有偏圓小爲速三生六十刼四生一百刼但得小果故大爲遲修行長刼得大果故三乘遲一乘速龍女速成是一乘故又破相名遲般若五百八十四云若諸菩薩起心我當精勤經爾所刼流轉生死定當引一切智智若起此心不能證得一切智智開心作分限有何過耶荅是諸菩薩猒怖生死速求菩提由心速故便作分限不能圓滿自他善根由怖生死或隨二乘若作分限設經殑伽沙數大刼不滿六度以六度皆無邊故一切智智亦無邊故始終二教名速三祇必成佛故又始終名遲頓教一念不生即佛故速又偏教定遲定速圓教遲速無礙義是前說如此分析方知佛法無不包也譬如下託喻反顯也可知又若下重釋若不分則人以邪正爲一例也今正中尚有深淺儒道豈可同佛教耶○鈔深密解節金光明經者義如下說涅槃半滿如向所明言又約五味之差者涅槃十四云譬如從牛出乳從乳生酪酪出生酥生酥出熟酥熟酥出醍醐佛亦如是從佛出十二部經從十二部經出修多羅修多羅出方等方等出般若波羅蜜般若波羅蜜出大涅槃然此經古德取意不同遠公以佛即應身十二部經即小乘經修多羅即大乘

相教以方等經即大乘空教以般若即離相證實之慧若約行辨教即般若經以大涅槃即了因所了實性若約實辯教即涅槃經若南中諸師以乳爲有相教(即小乘合十二部經)以酪爲無相教以生酥爲方等褒貶教以熟酥爲同歸教以醍醐爲常住教若天台以乳爲華嚴酪爲阿含生酥爲方等熟酥爲般若醍醐爲法華涅槃(天台所用轉變不定此配五味多約此說)然上諸說對於經文義多不順如遠公以方等爲空教復以般若爲般若經般若又是何教南中諸師以熟酥合般若之教以爲法華等天台修多羅爲小乘以涅槃爲法華文多不順現相品鈔清涼釋云佛自揀此經異於小乘今牛出乳是大乘教若爾何成五味謂十二部經辯所說教出修多羅者出生契理合機之義由契理故顯出真理廣陳爲方等依理生智故出生般若般若以智契理成極果故出大涅槃此意明智契理爲大涅槃經正詮此即實教義此釋多順經文之意然今文約五味之差皆佛自分即前諸師配屬諸教無失但各是一意耳○鈔無着之扶五性者無着所造顯揚論第三云可救者謂三乘寂滅法性不可救者謂無三乘寂滅法性其不定性從在三乘之中若以此爲極則三時之義自立言龍樹之判四門者即智論開空有兩亦雙非爲四門及共般若不共般若等也○疏後魏菩提流支者即北朝元魏時也揀於曹魏故云後魏姓托跋都雲中至孝文帝時遷都洛陽改姓元氏復名元魏菩提流支此云覺希亦名道希亦名覺愛北印度人徧通三藏妙

入總持志在弘法廣流視聽宣武永平元年歲次戊子至洛陽武帝親慰勞住永寧寺供給七百梵僧以流支爲譯匠凡譯經論三十九部梵本萬夾筆授草本滿一間屋洞善方言兼工雜術常坐井口操罐置空或呪井令涌酌而爲用言同時報萬者報者告也探玄記第一并教義云留支立如來一音但隨根異而今疏云者應是流支義亦不定互說不同今且叙一邊耳○疏二姚秦羅什等者姚秦亦名後秦以符堅號前秦也姓姚氏正姚興時也具云鳩摩羅什此云童壽東印土人父以聰敏見稱龜茲王聞以女妻之而生於什什居胎日母增慧辯七歲出家日誦千偈義旨亦通至年九歲與外道論義辨挫其邪鋒咸皆愧伏年十二有阿羅漢奇之謂其母曰常守護之若年三十五不破戒者當大興佛法度無數人又習五明論四韋陁典陰陽星筭必窮其妙後習大乘數破外道遠近諸國咸謂神異母生什後亦即出家聰拔衆尼得第三果什既受具母謂之曰方等深教應大闡秦都於汝自身無利如何什曰菩提之行利物亡軀大化必行鑪鑊無恨從此巳後廣誦大乘洞其秘奥西域諸王請什講說必長跪座側命什踏而登之符堅建元九年歲在丁丑太史奏云有德星現外國當有大德智人入輔中國堅曰朕聞西有羅什襄陽有道安將非此耶後爰遣將軍呂光率兵七萬西伐龜茲得什同歸至涼州聞堅爲姚長所害因據西涼亦請什同留至姚興弘始三年興滅西涼得什方入長安秦主興厚加禮之

延西明閣及逍遙園別館安置勅僧叡等八
百沙門諮受什旨與卑萬乘之心尊三寶之
教於草堂寺共三千僧手執舊經而參定之
莫不精究洞其深旨時有僧叡甚嘉什所譯
經叡並參正凡譯經論九十八部○鈔則順
下出現品等者經云應知如來音聲遍至普
遍無量諸音聲故疏云一隨類音隨其心樂皆令歡
喜說法明了故二隨樂欲百隨其信解皆令歡喜
心得清凉故三隨根解音化不失時所應聞者無
不聞故四隨時音無生無滅如呼響故五外隨緣如我無生
滅無主修集一切業所起故六內集緣成何有主宰甚
深難可度量故七非一非多能一能多故甚深也無邪曲法
界所生故八純稱法界故無斷絕普入法界故元橫入無
斷故無變易至於究竟故十竪歸一極上即圓音十義也復有
十喻如教迹中已辨言六句融通者次經云

應知如來音聲非量非無量非主非無主非
示非無示疏云一莫窮其邊故非量二隨根
隨時有聞不聞故非無量三多緣集故非有
主四純一法界生故非無主五當體無生故
無能示六巧顯義理故非無示言初師善口
天女等者即第四喻合前第三隨根解音也
言後師順如水一味等者即第六衆水一味
喻第八無邪曲音經云譬如衆水同一味隨
器異故水有差別水無念慮亦無分別佛音
亦爾一解脫味隨根差別言齊楚俱失者有
二說一云莊子徐無鬼篇云齊人蹢呈亦反投也
子於宋者其命閽也不以完疏云閽守門也齊之人棄蹢其
子於宋仍命守門者刑全自以爲是不其求鈃鐘以束縛其求
唐子也而未始出域有遺類鈃音形小鐘也唐亡失也求也
亡子而不出境域東縛鈃鐘恐其損壞貴器以爲不慈遺其氣類亦言我是夫楚

人寄而蹢闇者夜半於無人之時而與舟人鬪未始離於岑(岸也)而足以造於怨也(楚郢之人因子客寄近於江濱之側被蹢守門之家夜半無人之時輒入他人舟上而舟未離岑岸已共舟人鬪打不懷恩德更造怨辭亦云我是惠子之徒此之類也)二云即子虛上林二賦之意初子虛賦中誇楚之雲夢高奢顯侈而馬有先生又說齊地之大云吞若雲夢者八九於其胷中曾不蔕(勑戒切)芥此齊楚相誇則今云互不相許也至上林賦初云亡是公聽(魚謹切)然而笑曰楚則失矣齊亦未為得也(此則齊楚俱失也)且夫齊楚之事又馬足道乎君未觀夫巨麗也獨不聞天子之上林乎云云此則並奪之也二釋隨取但取其並奪之喻耳以此二師既不通達十義無礙六句融通故並奪之然此猶縱其各得圓音一義猶半奪也又並為教本下望於分教圓音但是說教之本非即是教又都奪之可知

華嚴會本懸談會玄記卷第十六

音釋

賁(扶粉切懣也)蹇(居件切難乞吃也)儳(仕咸切丨互不齊也)詁(姑五切訓古言也)撓(女巧切攪也)把(於八切酌也)騄(音杀)遆(音以)邐(音里)賒(式車切不交也又遠也)侮(亡甫切丨慢也)龜茲(上音丘國名也)鑪(各胡切丨治也)鑊(胡郭切鼎丨也)翌(與職切明日也)闇(呼昆切守門也)

華嚴會本懸談會玄記卷第十七

蒼山再光寺比丘　普瑞　集

疏西秦曇牟讖者西秦即乞伏氏或云乞佛氏（姓也）據金城苑川自號西秦當晉武帝大元十二年立號曇牟讖亦云摩讖無讖此云法豐以道法豐盛故為名即中印土人別傳云是伊波勒菩薩六歲出家日誦萬言初學小乘五明諸論後因遇白頭禪師教以大乘十句（或云十日）交諍方悟大旨遂得樹皮涅槃經本因專大乘讖明解呪術所向皆驗西域號為大神呪師以北凉沮渠蒙遜玄始元年歲次壬子至姑臧賫涅槃經前分十卷并菩薩戒止於傳舍慮失經本枕之而臥夜乃有神牽讖墮地謂盜如是三夕乃聞空中聲曰此是如来解脫之藏何為枕之讖慚悟乃安高處果有盜者夜捉提舉竟不能勝明旦讖持不以為重盜謂聖人悉来拜謝而蒙遜（北凉王名也）聞讖名厚遇請譯遂以玄始三年歲次甲寅起譯至十年辛酉譯大般涅槃等經二十三部然初譯涅槃品數未足更至于闐得經中分復詣姑臧譯之後又遣使于闐尋得後分續譯為三十三卷後以呪祛疫鬼出境遜益加敬事至承玄二年蒙遜濟河伐乞佛暮末於抱罕（即西秦也）以世子興國為前驅為末軍所敗擒興國焉後乞佛失守暮末與興俱獲於赫連定定後為吐谷軍所破興國遂為亂兵所殺遜大怒謂事佛無應即遣斥沙門讖又格言致諫乃止○時魏虜托跋燾聞讖道術遣使迎請但告遜曰若不遣讖即便加兵遜既事讖未忍聽去後又遣太常高公李順策

拜蒙遜爲使持節侍中都督涼州西域諸軍使太傅驃騎大將軍涼州牧涼王加九錫之禮又命遜曰聞彼有曇牟讖法師博通多識羅什之流祕呪神驗澄公之疋朕思欲講道可驛送之遜與李順讌曰天子信納佞言苟見促迫前遣遠求留曇無讖而今更來徵索此是門師當與之俱死每不惜殘年人生一死詎覺幾時順曰王頡誠先著遣愛子入侍朝廷欽王忠續故顯加殊禮而王以此一道人虧山岳之功不忍一朝之忿損由來之美豈朝廷相待之厚竊爲大王不取遜曰太常口美如蘇秦恐情不副詞耳遜終吝讖不遣至遜義和三年二月讖固請西行更尋涅槃後分遜忿其欲去乃密圖害之僞以資糧發遣厚賜寶貨臨發之日讖乃流涕謂衆曰讖業對將至衆聖不能救矣以本有心誓義不容停比發遜果遣刺客於路害之春秋四十九（准此則元在北凉今疏謂在西秦再詳）言立半滿教者纂玄云依涅槃經判一代聖教不離半滿謂初直明華嚴之滿開半次方等形半明滿次般若待半明滿次法華捨半明滿始則從滿開半終則廢半歸滿故知一代聖教其唯半滿言隨遠法師者即大遠也名慧遠姓李燉煌人述持地疏五卷華嚴疏七卷涅槃疏十卷維摩勝鬘等皆有所述又製華嚴十地記十卷夢登須彌四顧周望唯海水又見佛像身色紫金在寶樹下北首而卧體有塵埃遠初見禮敬後以衣拂周徧尤淨覺知所撰文疏頗順化之益今判半滿依彼涅槃疏云爾○鈔但順通相之意者但順一代時教通途形相

不出大小故疏隋延等者高僧傳云延幽居靜志欲著涅槃疏夜夢有人被於白服乘於白馬騣尾拂地而談授經旨延手執馬騣與之清論覺後謂馬鳴菩薩授我義端執騣知其宗旨便述成疏卷軸放光塔中舍利放光明三日三夜合境望光皆来拜謁遂於延興寺講之天雨四花等○鈔半滿順違即此順違者謂頓即前滿漸中二乘是半大乘是滿雖有二大乘於中不分權實故成違也探玄記第一云遠公亦立頓漸二教與延公同疏唐初等者探玄記第一云如江南敏法師印法師等華嚴疏中說○鈔華嚴梵網等者此恐後人悞添梵網二字以下正申難處全不言梵網故教義及廣略鈔疏亦只言華嚴故問探玄記第一云如華嚴等梵網既在華藏

舍那佛說明亦平道答探玄記說彼師自釋四異中此平道是舍那十身所說豈梵網經是十身說耶又衆異云極位同說即華嚴中文殊普賢與佛同說豈梵網經佛與菩薩同說耶而言等者即等取脩慈經金剛鬘經等言對治行法等者如對治貪作不淨觀等評曰上刋定之意以如來藏性真常之理名爲平道以四諦緣生隨順調伏對治行法等名爲屈曲故作是難也○鈔又一時頓演下第二義答上則稱性此則頓宣既一切法門並一時頓說平道之義尤彰問圓覺疏云本末無遮頓演說鈔云所說末皆是即本之末未曾遮本說本皆是即末之本未曾遮末本末俱說相即無碍此得爲平道否答雖本末相即要須泯末歸本亦屈曲收不同華嚴若本

若未皆是海印定中同時頓演無盡無盡等○鈔又說隨衆生者疏外更進義答即指餘教隨根意以法逐機差務在益物調生故問彼引普賢行品經文具云佛子如向所演此但隨衆生根器所宜略說如來少分境界本疏云指前差別因果逐根就病未盡法源故名少分則指當經何云非此經中是隨根說答今且約揀義故作是說故名號品云十方世界一切諸佛知諸衆生樂欲不同隨其所應說法調伏欲分曲平之異故問說華嚴時未有餘教何言餘處隨機答有二義一約本末同時亦有隨根教故二約依本起末不妨後時有隨機故○鈔不同華嚴權實齊彰者圓必攝四豈可不具權耶問如下云權實齊明如諸般若此亦平道不答般若雖權實齊明而不相即故當屈曲也○鈔若同若異等者同謂一乘異謂三乘空不空等者等常無常等問如涅槃云空者所謂生死不空者所謂大涅槃等豈非空不空等一時頓演耶若爾亦應云平道教答涅槃雖空不空常無常等雙明要皆會異無常苦空同歸常住不同華嚴全性全相措舉一法即同無盡○鈔日月燈明佛等者法華序品說昔日月燈明佛玄讚云日有二能一導明二成熟月有二能一除熱二清凉燈有二能一破暗二傳照顯佛能導迷至覺成器熟根除煩惱之熱得涅槃之凉永破愚痴化生傳法表此義也故立其名楞嚴搜玄鈔云名日月燈者喻三智也謂一切智道種智一切種智三智備足亦三德圓滿也爲衆說法華經六十小刧已便云如來於今日中夜而般涅槃等古德解意於六十小劫最後一日晨旦說經竟中夜便滅度故涅槃經或不說也又迦葉佛時亦爾悉不說

涅槃今此時根鈍故於法華後更說涅槃○鈔究竟不破者以一乘根未熟故則法華或不說也問法華華嚴同是一乘既唯說三乘則應不說華嚴則華嚴亦成屈曲之教荅此約機未熟故不說法華破三華嚴稱性不妨徧說豈以約機而難稱性耶若無稱性一乘爲本約機三乘之末從何所流故法華雖說一乘乃名破異一乘須就機而說華嚴明真體一乘以稱性故無有國土不說例如本末差別門中始終俱三終至涅槃亦唯三乘豈妨華嚴常說徧說耶○鈔我不見下即十地品既常既徧故爲平道法華涅槃雖是一乘亦不言常說徧說○鈔發心品中亦同此說者經云汝說此法時有萬佛剎微塵數菩薩發菩提心我等諸佛悉授其記於當来世過千不可說無邊刧同一刧中而得作佛皆號清淨心如来（疏釋如前已引）出現品亦云我亦與授記於當来世經不可說佛剎微塵數刧皆得成佛同號佛殊勝境界○鈔恐有破云下名號品云或名釋迦或名遮那似涉疑故應曲平二教其主不異故今通云下意云若約當經二身相融若約餘經但約化身以當經具於十身總得具別别不具總故二主異問涅槃豈不說吾今此身即是常身法身荅縱許互融亦但約理事無礙義說曾不說言十身無礙等問圓覺經標婆伽婆彼疏釋爲報化不分之身今何言是釋迦化身說耶荅以少從多故又以十身揀故○鈔餘處王城舍衛者謂說餘經處王舍城祇闍崛山舍衛國給孤獨園等未曾言是華藏中娑婆亦但教說

不直明刹體今說此經七處於自宗中有二義故得同華藏言亦是華藏界中第十三重者即最中央刹種二十重中第十三重也如前圖示問既只在中豈是同耶答餘經不明娑婆在華藏中則一向局故今明華藏之内娑婆如莊嚴城中舉一小室同一城故問如法華說三變土由八方嚴淨圓覺佛地等經皆居淨土中說亦非娑婆界内豈非平道教耶答以少從多故又法華正宗分但是娑婆木樹草座說至流通分欲容分身佛變爲淨土仍有分限亦不言華藏又圓覺等縱是淨土但是隨機別設淨土亦不言華藏本刹故佛地經爲地上菩薩說佛地功德故在三界外受用土中不言即華藏等故○鈔豈非菩薩之器者反顯是菩薩之器也又況此經初發心時便成正覺正覺尚成況不是菩薩耶既是菩薩何所難哉問若有難云此經唯被菩薩者何故第九會中却有聲聞此云何通答彼中列聲聞者有二意一寄對顯法故爲示如聾如盲顯法深勝也二文殊出會所攝六千比丘等非是前所列衆中唯菩薩故○鈔其說異下謂所說一事一義一品一會皆結通十方一切世界皆同此說主伴具足他經所無無可涉疑難之處他又不破故此不救○鈔一教門儀式異等者此一中別分六義一全依海印無出定入定故下經雖說入出皆隨機感見以動靜唯物聖豈然乎曾無出入問淨名豈不亦云不定不亂答彼曾不說海印玄微故問大集經中豈不亦說海印定耶答彼雖說之德用不具賢首品鈔云大

集等三賢位中能現八相故得海印依此經中具十義故且如九十二義若非德相爲是何耶具如前引二一時頓演一語言中演説無邊契經海等故三放光數目一多異（一多二字屬上放光）現相品云即於面門衆齒之間放佛刹塵數光一一復有佛刹塵數光以爲眷屬異與餘教如法華唯放一白毫光等四集衆通局異（通局二字屬上集衆）次經云其光普照十方各有一億佛刹塵數世界海有十億佛刹塵數菩薩一一各有世界海微塵數菩薩圍繞而來集會等五請有言念荅有現相及言異等字等取義有九句與餘教不具此請荅故異也六道場莊嚴勝劣異廣博嚴麗極於空界有重重諸供養雲略列各有百萬億爲量等（具如妙嚴品及現相品也）鈔二所詮理致異此下釋文之中

多唯約平道説形對屈曲之彰其異思之可了○鈔三成佛遲速異者發心品疏云起信則以若遲若速皆爲方便此宗則以楷定爲權畧有四類遲速自在義如前引言或唯一念者如初發心時便成正覺等如發心品説或無量刧亦如上引法界品等説但念刧圓融遲速自在不定同瑜伽起信等三祇實成及初發心住現八相應化之佛故非實成也或屈曲中三祇是遲應化六年故速也○鈔四見佛通局異下此經之根三賢十地皆見十身無礙佛不同餘教地前但見大小化身入地方見佗報等○鈔始成即説下問與前一時頓演何別荅前説一時且爲對前後次第以時不同今雖標始成即説乃具明十重之時也三七等如前○鈔六見境寬狹異者

約所化人所見有異言地獄天子者經云得十種清淨眼等又彼經云如以億那由他佛刹碎爲微塵一塵一刹復以尒許塵數佛刹爲塵如是微塵持以東行過爾許世界乃下一塵如是東行盡此微塵南西北方四維上下亦復如是十方所有世界若着微塵及不着者悉成一佛國土又以千億佛刹塵數如上所説廣大佛刹抹爲微塵以此微塵依前譬喻一一下盡乃至集成一佛國土復抹爲塵如是次第展轉至八十反寶手若人聞此譬喻而生信者我授彼人無上菩提記等如是一切廣大佛刹所有微塵清淨金剛轉輪王位菩薩業報清淨肉眼於一念中悉能明見亦見百億廣大佛刹數佛如玻璃鏡光照十佛刹微塵數世界疏云菩薩頓證末轉凡身清淨肉眼見如是境肉眼尚爾餘眼玄妙不可説也如玻璃下明見之相以無心無去来故言六千比丘則得三昧名無碍眼故經云悉見十方無量無邉一切世界種種差别亦見一切世界微塵等言不局三千者離世間品鈔云凡夫肉眼見百由旬二乘肉眼同凡夫見如大品説菩薩肉眼極遠見三千界如來肉眼與菩薩同見境分明等○鈔七因果行位等者如前彰地位及説勝行中廣辨○鈔八此經語廣則無量乘語深則一乘一多無碍故不同無漏定立三乘兼有漏定立五乘也○鈔塵塵刹刹下隨好品説一隨好中常放四十種光一光照億那由他佛刹塵數世界隨諸衆生種種業行種種欲樂皆令成就一光既爾况四十光耶一隨好尚爾况

十蓮華藏塵數之相各有多隨好耶故利益無盡餘教雖說利益多劣於此故云勝劣異耳○鈔諸佛親護者發心品等說證法塵數諸佛親護窮未來際不同餘教小乘雜類等護持○鈔過此更有者如親起十因異疎起十緣異所起教體異所顯宗趣異等故云多異也○鈔既不判等者違理可知問上遮他破今何自破答以無過處破有過此妄破也今破有過處非妄破也其猶病者患熱愚醫言是冷疾豈名識病智醫授以涼藥豈非允當疏隱士劉虬等者姓劉名虬字百龍形雖隱俗道高眞侶傳云初發心菩薩也言鹿苑者佛昔爲鹿王時林中多鹿一日一鹿以供人王之膳鹿王以身代一妊鹿人王重其至德遂施林苑與鹿名爲鹿苑佛於此處初爲五比丘說法不忘其本仍名鹿苑也言雙林者佛涅槃時於四雙八隻林樹之間說涅槃經故云爾也○鈔前來以引者日照高山喻以證頓義如爲教本中已引慈龍降雨證漸義前無引文之處若約義引即爲教本中已引故經云如摩那斯(此云慈心或云意慈)龍王將欲降雨未便即降先起大雲彌覆虛空凝停七日待諸衆生作務究竟何以故彼大龍王有慈悲心不欲惱亂諸衆生故過七日已降微細雨普潤大地佛亦如是將降法雨未便即降先興法雲成熟衆生令其心無驚怖待其熟已然後普降甘露法雨演說微妙甚深善法漸漸滿足一切智智無上法味疏云漸降成熟喻先小後大即是漸圓疏南中諸師者天台云南謂南朝即京江之南也以當宋齊梁

陳之間諸師以此四代皆都建康而曰南朝故也略鈔第二云齊梁晉宋之間南中諸師也跡六年之內者玄義云成道年即說鴦崛摩羅經言偏方不定者非正所談故名曰偏方者法也即偏法也或偏者傍也正說小時傍說大法故云偏方○鈔波斯匿者此云和悅末利此名爲鬘有德曰夫人夫人之女摩利室羅此云勝鬘以相好勝母故或王讚此女妙勝花鬘故以名也娉與阿闍世王爲新婦相去千里彼初無佛法時佛初成道未久於祇洹說法夫人見佛聞法生信王亦受化遂憶女聰明寄書嘆云此有佛出廣嘆功德女得母書則說偈言今聞佛音聲世所未聞有所言真實者我今應供養仰惟佛世尊普爲世間出亦應垂哀愍必令我得見即生此念時佛於空中現普放大光明現於無比身勝鬘及眷屬頭面接足禮等○鈔金光明經既非第一頓教等者據天台光明玄義云舊明此經非會三非褒貶非無相不列同聞衆但云是時如來遊於無量甚深法性等既無常隨等衆故非次第之教也若爾既信相疑佛壽八十入滅豈非末後明常住耶答據真諦云此經是法華之後涅槃之前九十日說引涅槃云佛告波旬却後三月吾當涅槃信相聞斯知八十應滅（以真諦但立三法輪從三十年後皆持法輪攝故法華光明至涅槃皆持法輪不同南中第五方明常住也）據此則光明在法華之後涅槃之前退非同歸進非常住故屬不定收也若天台判屬方等部收却在般若之前會解以約前義爲不定今詳鈔意似約後義爲不定也以在有相之後無相之

前而說常住故云不定○鈔二種如来蔵者經云世尊有二種如来藏空智世尊空如来藏若離若脫若異一切煩惱妄染本空世尊不空如来藏過於恒沙不離不脫不異心鏡鈔釋云一切不相離也一德之中具含萬德不遺脫也體常無邊不改異也不思議佛法性德本具即佛性妙理也言又歎佛三身者即勝鬘夫人讚佛偈也如来妙色身世間無與等無比不思議是故今敬禮（則讚化身）如来色無盡智慧亦復然（讚報身也）一切法常住是故今歸依（讚法身也）了一切法即常住性即見聞覺知等無非法身敬禮化身影取三身皆敬禮歸依法身影取三身皆歸依敬禮但約投誠措想由其暫爾故歸依言願從今身盡未来際故二不同法苑有七義揀別不能具引○鈔

廣說法身常住者經云法身者非是行法故異無有故是自本故猶如虛空故說爲常乃至廣說（云云）疏或分爲二即是半滿者此與無讖名同彼通此局以此唯就漸中分爾今不指能判人者天台法華玄義云菩提流支明半滿教十二年前皆是半字十二年後皆是滿字（彼云南北通判頓漸不定三教漸中開合不同此正漸中分半滿也）然彼列在北地判教中今謂南中故略不指人名也疏武丘等者此叙全是玄義中文但彼云虎丘耳言見有得道者問小乘見人空得道何言見有若見有應同外道答有二義一云有相四諦但是調心方便實不得道須見空時方得道也此言有者以法有也二云二乘雖見人空而執實有能證能斷智所證理所斷惑等之法故云見有也言最後雙照等者

以雙照破情計之空有不除其法故次疏云持前二故即空有二法也法華玄義云虎丘岌公頓與不定如前漸更爲三最後雙林明一切衆生佛性等今既云齊至法華明知法華亦常住教中收疏唐三藏者名玄奘姓陳氏漢大丘仲弓之後也洛州緱氏人有兄素出家即長捷法師也以奘少罹窮酷偏意携守年十一誦維摩法華東都恒度爲僧後入蜀受學復別兄徧往叅學嘗歎曰余周流吳蜀爰逮趙魏未及周秦頗有講延率皆登踐已布之言今雖藴胷襟未吐之詞宗解籤無地若不輕生殉命誓往華胥何能具覿成言用通神解一覩明法了義真文要返東華傳揚聖化於是勵志得達印度於那爛陀寺戒賢論師處留五年學瑜伽顯揚對法諸論又停二年於鉢代多國學正量部根本論攝正法論等却往杖林山勝軍論師居士所學唯識決擇論意義論成無畏論等首尾二年又先於曲女城學佛使日胄二毗波沙於毗耶摩那三藏所經于三月後在杖林夜夢寺內及外林邑火燒成灰見一金人告曰却後十年戒日王崩印度便亂當如火湯覺已向勝軍說之奘意方決嚴具東返(後永泰之末戒日果死世並飢荒如夢所見驗矣)時貞觀十九年正月二十四日届于京郊後所翻經論七十五部計一千三百三十五卷享壽六十五歲序云春秋寒暑時經一十七年耳目見聞處越百十七國雖徧叅學而偏宗戒賢故依彼判三時教如下具述時在印度造會宗論三千頌會融瑜伽中論之旨又造制惡見論一千六百頌制十八

部小乘破九十五種外道後戒日王欲爲流通於曲女城集十六國論師斷云能破一偈當截舌爲謝經十八日無敢破者故西域稱爲脂那大乘天也其見重西域也如是況歸此國王臣欽敬亦可知也今言大同者初有次空後中然彼通判一切此局在漸中故有異也疏真諦三藏者梵云拘羅陀陳言親依或云波羅末陀此云真諦並梵文之名字也本西印土優禪尼國人以梁武太清一年屆于建業頃屬梁季崩亂不果宣傳雖翻經論栖遑靡托逮陳武永定二年七月還返豫章又上臨川普安諸郡雖傳經論本意未申更觀機壞遂欲泛舶往楞伽脩道道俗挽留遂停南越與前梁舊齒重覆所翻至文帝天嘉四年揚都建元寺沙門僧宗法集僧忍等並

建業標領遠浮江表親承訪問帝欣其來意乃爲翻攝大乘論首尾兩年又舶至梁安郡欲返西國學徒追逐續留至三年九月內發自梁安從舶西引夜風飄還廣州十二月中上南海岸刺史歐陽穆公欲延住制旨寺請翻廣義法門經唯識等論後穆公薨世子紇重請傳經而神幽通量非情測嘗居別所四絕水州紇往造之峻嶺濤湧未敢凌犯帝乃鋪舒坐具在水上跏坐其內如乘舡馬浮波達岸帝既登接對而坐具不濕或以荷葉水乘之而渡神異倒多至光太二年六月猒世願生勝壤遂如南海北山將捐身命時智愷正稱俱舍聞知馳往道俗奔越盈川三日未肯迴請迎還止于王園寺時宗愷諸僧欲迎還建業會楊輦顧望恐奪時榮乃奏曰嶺表

所譯衆部多明無塵唯諦言乖治術有蔽國風不隸諸華可流荒服帝然之故南海新文有藏陳世以泰建元年染疾正月十一日午時遷化年七十有一明日於潮亭焚身起塔十三日僧宗等各賫經論返匡山自諦來東夏雖出衆經而偏宗攝論從陳武永定二年至孝宣泰建元年譯經論三十八部餘有未譯梵本並多羅樹葉凡有二百四十夾若依陳紙翻之則列二萬餘卷今正譯訖正是數夾之文並在廣州制旨寺王園寺其法寶弘博可知矣言依金光明經者即真諦所譯七卷中業障滅品文也經云頂禮一切諸佛世尊現在十方世界已得阿耨菩提者轉法輪照法輪持法輪雨大法雨擊大法鼓等問上鈔云依解節金光明經今疏何不言耶荅解節二字相傳皆云別有解節金光明經然今大藏既不收此經不可爲定然別有解節經一卷亦真諦所譯而不說三輪之事准大周目錄云解節經一卷見解深密第四一品十紙據此則是解深密之別名但真諦目爲解節即於義節唐三藏譯爲解深密即解義之深密也准此則真諦立教不唯金光明亦依解深密也以彼第三教指解深密經故今疏畧故唯言金光明也深密二時如後○鈔疏文稍畧彼云等者即真諦部異執記說也言轉四諦法輪者自我之彼名轉法即執持流演圓通名輪又如王輪寶一圓滿義二摧壞義摧壞煩惱如摧未伏故三鎮遏義已伏煩惱令勢轉遠如鎮已伏四不定義從見至修修至無學從自至他他信至解解至行果等又動宣

言教顯揚妙理運聖道於聲前起真智於言後圓摧障惱名轉法輪如此是教理行果一示相轉言此身是苦業惑爲集此滅爲滅能滅此爲道爾時生聖慧眼由依去來今有差別故如次名智明覺此之一智總名爲眼有三行相名智明覺依詮證滅說通三世非是滅諦通三世有四諦各有智明覺明十二行則三轉各有十二行也二勸修轉云此是苦汝當知此是集汝當斷此是滅汝當證此是道汝當修亦生眼智明覺三作證轉此是苦我已知此是集我已斷此是滅我已證此是道我已修亦生眼智明覺又三轉四諦爲十二行相也成實論師初轉生聞慧次轉生思慧後轉生修慧言謂轉照法輪者轉義如前照謂以空照破有執令捨小取大言又於三十年後者唯探玄記幷下疏皆云三十八年後說解節經今疏鈔並云三十年後未審何者爲正探玄又云真諦此說必有聖教豈可自立年數則知光明但有三輪之名分其年數又別有所據又今云解節即真諦目解深密經然深密自在淨土說非鬼王法堂今作此指者應指三十年始於鬼王法堂說餘第三時教經非解節經解節經乃至三十八年後說也例如第二時教在智慧河邊說然般若十六會四處說（鷲山祇薗摩尼藏殿白鷺池側）皆不在智慧河邊亦是指七年之始耳或可解節非是深密乃別是一經此土未至真諦依梵本判耳多聞闕疑任情去取毘舍離此云廣嚴言具有轉照及持者轉照如上持者雙持空有離執寄詮明空有故若就遮過即雙照破空

有之執也皆云法輪者一法輪自性謂八聖道具輪轂輻輞故正見正思惟如轂是根本故正語正業正命如輻由轂有故正念正精進正定為輞攝錄餘故二法輪因謂能生後聖道諸教聞思脩等諸經論中多說佛教為法輪故三法輪眷屬聖道助伴五蘊諸法四法輪境聖道所緣四諦因緣三性等理五法輪果謂道所證菩提涅槃具如普賢行願鈔請轉法輪中說疏即宋朝岌法師者前約處標揀故云武丘此約朝代標揀故云宋朝二師各未詳上字然天台玄義云宗愛法師頓與不定同前就漸更判四時即莊嚴旻師所用三時不異前更於無相後常住前指法華會三歸一萬善悉向菩提名同歸教此敘與今疏全同但標人有異○鈔應具列之者一有相二無相三同歸四常住疏道場慧觀等者玄義敘玄定林柔此二師及道場觀法師頓與不定同前更判漸為五時即開善光宅所用也(云云同今疏)今云等者等取次二師也○鈔上元道場寺僧者傳云宋朝京師道場寺慧觀清河人姓崔氏弱歲出家皆禀遠師什公入關乃之什所咨扣研覈新舊經旨宋元嘉年中卒年七十一言抑挫等者止觀云若以大破小如淨名所斥取其不見中理與外道同非是奪其方便之意疏即前劉公等者玄義云北地師亦作五教而取提胃波利為人天教合淨名般若為無相教餘三不異南方據此則北師所判今云劉公者乃是荊州隱士正在南中此則南北皆有立耳○鈔上來諸師從二至五等者然上所敘諸師非

皆立不定之教如唐三藏唯分三時本不立頓與不定故又真諦亦立頓漸即同前隨逺頓漸然不立不定劉虬亦無不定教然虬與諦頓漸之義所立亦別如上已辨然上三師皆無不定則招難尤多除此三師餘立不定者而於所立名義之中有多難也疏初明十二年前下此中四段破文全依玄義言自違成論者玄義云則成實論師自誣已論也以有相教是小乘成實論亦是小乘故云自違○鈔不可不見下前即違教此則違理意云若不證見空理何名得道以生空理是真實證故准玄義云復次十二年前名有相教者為得道為不得道若得道則乖成論論師云有相四諦是調心方便實不得道須見本乃能得道既言有相那忽得道若不得道用此教何為

又若得道教同無相若不得道教同邪說又若得道得何等道若見空得道還同無相若不見空得道亦同九十五種非得佛道有相之教具有二過云云○鈔經文相續云者次前文云說是老死誰是老死二皆邪見玄義云三藏經中自說二空二空豈非無相此言即十二因緣人法空義者如雜阿含云十二因緣從無明至老死若有人言是老死若言誰老死皆生邪見乃至逆推無明亦復如是若說無誰老死當知虛妄是名人空若說無是老死當知虛妄是名法空乃至無明亦復如是○疏言十方空為大空者智論云何等為大空東方東方相空非常非滅故何以故性自爾故東西北方四維上下南西北方四維上下空非常非滅何以故性自爾故是名大

空小乘法空爲大空可知○鈔彼釋十八空者論云不爲內空彼般若波羅蜜不爲外空內外空空空大空第一義空有爲空無爲空畢竟空無始空散空性空自相空諸法空不可得空無法空有法空無法有法空故行般若波羅蜜等疏十二年後方制廣戒者此疏主新加玄義所無○鈔善護於口言等者口過易成難防故令善護舉心則妄念攀緣應須自淨身諸惡行殺盜染等動則多不饒益自他俱損故應檢束言大仙道者即佛道也言此是釋迦等即四分律七佛畧戒中釋迦畧戒偈也一毘婆尸佛偈云忍辱第一道佛說無爲最出家惱他人不名爲沙門二尸棄佛云譬如明眼人能避險惡道世有聰明人能遠離諸惡毘舍浮佛偈云不謗亦不嫉當奉行於戒飲食知止足常樂在空閑心定樂精進是名諸佛教四拘留孫佛云譬如蜂採花不壞色與香但取其味去比丘入聚然不違戾他事不觀作不作但觀自身行若正若不正五拘那含牟尼佛云心莫作放逸聖法當勤學如是無憂愁心定入涅槃六迦葉佛云一切惡莫作當奉行諸善自淨其志意是則諸佛教七釋迦佛如鈔言爲無事僧者不因犯方說故從是已後方因犯廣說戒故知明有○鈔通說般若者常說名爲通說也言般若明空之智故者又大論云從得道夜至泥洹夜常說般若即空慧故○鈔第二破不明常住於中四者前三皆玄義意言初反質破者即反徵破也玄義云若不明佛性法身常住者共般若可非佛性法身常等不共般

若云何非佛性耶○今改彼不共為實相也　鈔此即聖言量者玄義云大經云佛性有五種名亦名首楞嚴亦名般若乃是佛性之異名何得言非彼若救言經稱佛性亦名般若是三德之般若何關無相之般若若爾涅槃第八何意云我先於摩訶般若中說我與無我其性不二不二之性即是實性實性之性即是佛性如此遥指明文若是何意言非○鈔謂二種般若即二佛性等者玄義云故得法性實相是正因佛性般若觀照即了因佛性五度功德資發般若即是緣因佛性此三般若與三涅槃佛性復何異也以三般若見天台所立故有資發般若今但用二次下廣破今疏不引故此不錄　鈔第四縱奪破者此疏主新加也言理絕百非者准起信論中謂一異空有四句為本本各有四一有四者一非一亦一亦非一非一非非一一既有四句餘三例然故成十六隨三世各十六共成四十八斷常各具四十八成九十六并本四句乃成百非巳上且如是配如實言者以諸經中所有之非不但百數今言百非者總相而言也言若但以空為般若非真般若者問圭山多指八部般若為始教豈非唯約空說荅彼約多分故通目之非謂無餘本義也但近人不曉堅謂唯空豈一經不具多教耶言般若非有相等者釋離四句也○鈔餘文可知者上但釋存有一句引證經文也其餘三句文雖不引其義可知謂既般若不壞體色明空雖不壞有以無自性故亦非有故雙取則兩亦互泯則雙非故云可知言則四句皆實者中論亦有此偈青目釋云一切實者推求諸法

實性皆入第一義平等一相所謂無相一切不實者諸法但衆緣合故有三俱四泯於四句無戲論聞佛說即得道〇鈔有遮有表者於即中上說遮表二四句亦空亦假名表非空非假名遮即空爲第一句即假爲第二句並於一緣生色上說四句也是知下以各執句爲是該四句俱取有所得故皆成謗也無念而知寂照居懷得旨而成四德故古人云般若如大火聚四面不可趣如失意也般若清涼池四門皆可入如得意也〇鈔結立正義者疏中是知二字結前餘皆立正義也言各得之意者小乘四門唯得初有一門大乘四門得次空一門故云各得也〇鈔阿毘曇者亦云阿毘達磨此云對法如前釋俱舍此云藏即庫藏之總名一切有部即薩婆多部是俱舍所宗故然俱舍題具云阿毘達磨俱舍論言毘勒論者此云篋藏有三百二十萬言佛在世時大迦旃延之所造也佛滅度後人壽轉減憶識力少不能廣誦諸得道人撰爲三十八萬四千言若人入毘勒門論義無窮其中有隨相門對治門等言車匿者法華明鈔云藏釋迦舊云車匿訛即僕夫也惡口者以太子性善國王使惡僕侍之令熏習故經音義云本是守馬奴之名也出家之後自恃王種輕諸比丘不遵僧事智論云如解脫戒經說身口意業應如是行車匿比丘我涅槃後如梵天法應當治謂默擯也以梵天中治罪之法別立一壇其犯罪者令入此壇諸天不得與語今亦如是故若心柔軟復應爲說那陁旃延經或云邊旃延經離有離無乃可得道今以教中不言何處解釋此離有離無之法

故云未見論文言有云犢子部者以梵云婆麁富羅此云犢子此部我非即是蘊亦不離蘊而有實我非即是蘊是非有義非不離蘊是非空義故云亦計我非有非無也以此部律文未至此方難以覈定故云恐未指定鈔如涅槃下言如乳有酪性者應言有酥性恐是後人傳寫之誤或等字等酥無妨經文具云善男子譬如有人家有乳酪有人問言汝有酥耶答言我有酪實非酥以巧方便定當得故故言有酥衆生亦爾悉皆有心凡有心者定當作佛以是義故我常宣說一切衆生悉有佛性言石無金性者即現因無果性也經云譬如衆石有金有銀有銅有鐵俱稟四大一名一實而其所出各各不同要假衆緣衆生福德爐冶人功然後出生是故當知本無金性不名爲佛以諸功德因緣和合得見佛性然後得佛言乳無酪性者經云善男子如其乳中有酪性者不應復假衆緣力也如水乳雜臥至一月終不成酪若以一滴頗求樹汁投之於中即便成酪若本有酪何故待緣衆生佛性亦復如是假衆緣故即便可見若待衆緣然後成者即是無性能得無上菩提言衆生佛性猶如虛空下經云義引修大涅槃於一切法悉無所見若言見空空是無法爲何所見我在迦維羅城告阿難言汝莫愁哭阿難言今我眷屬悉皆死喪時琉璃王以害釋種以五百釋種長者共與世尊造立講堂自相誓曰沙門梵志乃至羣黎不得先佛妄陞此堂若有違者罪在不測舍衛太子名曰琉璃自省定外氏見堂高麗慼止于上貴姓聞之遣使罵辱催逐令去太

子懐忿勑太史記之須吾爲王當誅此類於後即位領兵伐迦維羅國殺舍夷人三億乃至佛言彼琉璃王却後七日當入地獄王聞恐怖造舡入海冀得自免水中火出自然燒滅等云何不愁啼耶我與如来同生此城俱同釋種云何如来獨不愁惱佛言汝見迦維羅城真實而我見空寂以脩空故悉無所見等又云衆生下經云即一切衆生定有佛性是爲執着若無佛性是名虚妄智者應説衆生佛性亦有亦無（彼疏云恐不修行故云定有者則爲執恐不信有故云若定無者則爲虚妄）言非有如虚空下經云善男子衆生佛性非有非無所以者何佛性雖有非如虚空何以故世間虚空雖以無量善巧方便不可見佛性可見是故雖有非如虚空佛性雖無不同兎角龜毛何以故兎角雖以無量善方便不可得生佛性可生是故雖無不同兎角是故佛性非有非無（彼疏中見生二義約法報二佛説）言百非斯遣者別説則百非斯遣總論乃不出有無故總雙非以明中道○鈔若取經論下上約大乘一經具四此下通約大乘經論具四對前小乘故言唯識多明有門等者以諸義互有皆就多分各但判屬一門也疏淨名云佛身無爲等者玄義云佛身無爲不墮諸數金剛之體何疾何惱爲度衆生現斯事耳（即阿難章文）又辨金剛言猶是無常涅槃亦辨金剛那忽是常又云觀身實相觀佛亦然又不思議解脱有三種真性實慧方便即三佛性義且復塵勞之儔是如来種豈非正因佛性不斷痴愛起諸明脱明即了因佛性脱即縁因佛性三義宛然判是無常涅槃三種

佛性何得是常耶今疏但畧用前意也玄義又破彼非弟三時之說般若時諸大弟子皆轉教法雖不希取咸以具知菩薩法門何得被呵茫然不識是何言不知以何答故知褒貶不應在般若之後非弟三也彼意以淨名在方等部中故破彼不合在般若之後今頭主但破不明常住雖其立名而已不妨是弟三時不破其次弟也玄義又云淨名所呵事在往昔追述以辭不堪當知十二年前已應被呵意云抑揚在前般若之前也今應問彼云如阿難是佛成道夜生二十出家三十命為侍者彼宗十二年說阿含八年說方等是則說方等時阿難尚未出家那十二年前阿難亦被淨名呵故知天台此說甚違道理今疏主不取故上鈔云於所立名義中皆有難也疏般若亦云等者玄義云若言般若無彈呵者大品云二乘智慧猶如螢火菩薩一日學智慧如日照天下又十三卷云譬如狗不從大家求食反從作務者索當来着善男女人棄深般若而攀枝葉

取聲聞辟支佛應行經豈有彈呵更劇於此次下更有破若不合在弟二時以彼宗立在方等後也不勞繁引疏亦未明常住等者玄義云第四同歸教正是收束萬善入於一乘不明佛性神通延壽前過恒沙後倍上數亦不明常上係所立之義破云若言常住語少者如天子一言可非勅耶文云世間相常住又云無量阿僧祇壽命無量常住不滅伽耶城壽命及數數示現是應佛壽命阿僧祇壽命無量者是報佛壽命常住不滅者是法佛壽命三佛宛然常住義上破不明常住今疏正同又云我不敢輕於汝等皆當作佛即正因佛性又云為令衆生開佛知見即了因佛性又云佛種從緣起即緣因佛性等上破不明佛性也○鈔許其涅槃是常住義等者約時破也此疏主新加不用天台以彼破全無理故被文云弟

五時教雙林中常住衆生佛性闡提作佛者問成論師依二諦解義第五時教爲二諦攝否若二諦攝與諸教同後二諦猶是無常雙林二諦何獨是常若雙林不出二諦能照别理破别惑得是常者前教所明二諦亦然照别理破别惑那忽無常衆生佛性闡提作佛例如此難故知明理不異前時據何爲常住耶此破全無理也以獨據成論故今以涅槃多分正明常住故云許其等責其涅槃無有小乘者然准圓覺鈔說小不定故涅槃時度須䟦及小乘見等此則南中自立此義收在不定教中今疏主以此破者恐南中本無小不定義圭山以意加之耳以玄義與今疏只言不妨初時正說小教亦說大乘故以爲不定教也○鈔純陁等者純陁此云妙解義工巧之子作優婆塞栴檀者音義云此云與藥以白檀治熱病赤檀去風腫皆能除病故名與藥後患脊痛者興起行經說佛昔凡地作剎利姓力士與婆羅門種力士大節會日對王相撲折損他脊因果不亡故涅槃時現患脊痛等拘尸者此云軟草或云香茅以多出此草故那者具云那伽羅此云城今略云那復言城者唐梵雙舉故此城在中天竺周千餘里言逆順者俱舍定品云往上名順謂從初禪入出已入二禪二禪出入三禪三禪出入四禪還下名逆從四禪入出已入三禪乃至二禪出已入初禪或逆或順超中二一等最後於第四禪中入火光定化火燒身舍利者具云舍利羅此云身骨恐濫凡夫身骨故存梵語實能生六道之福今從勝說故云人

天故知第五時亦說小乘

華嚴會本懸談會玄記卷第十七

音釋

醼於見切設也 佞奴丁切諂也又奴定切 頴余頂切 纂子緩切組類也 騣子公切金|馬冠也 虯渠幽切龍見 緱音矦氏音支 儸來可切|懡慚也 殉辭峻切用人送死也 覿達寂切見也 蕩吐盡切|布也 饐口叶切筒也 數數所角切頻朔也 栖音移遷也 遑音皇暇也 氏音支

華嚴會本懸談會玄記卷第十八

蒼山再光寺比丘　普瑞　集

疏提胃雖說戒善等者玄義云彼經但明五戒不明十善唯是人教則非天教縱以此為人天教者諸經皆明戒善亦應是人天教耶又彼經云五戒為諸佛之母欲求何道讀是經欲求阿羅漢讀是經又云欲得不死地佩長生之符服不死之藥持長樂之印長生符者即三乘法是長樂印者即泥洹道是云何獨言人天教耶又云五戒天地之根衆靈之源天持之和陰陽地持之萬物生萬物之母萬神之父大道之元泥洹之本又四事本（四大）五陰本六衰本（六塵）四事本淨五陰本淨六衰本淨是等意窮元極妙之說云何獨是人天教耶（餘引不起等與今鈔同）言又違密迹經者疏主新加也○鈔提胃波利者行集經云一名帝利富娑（此云胡苽）舊名提胃二名跛梨迦（此云金挺）舊名波梨此二居士者身居俗室道同真侶即居家士夫也百法鈔云是碎葉國人因與五百賈人南海採寶遂至如来成道之處菩提樹神現霖霪車馬泥濘不能前進遂祭樹神欲希止雨樹神報言悉達太子於此成道汝若供養功德無窮提胃聞已即往佛所說偈問言未審誰家子親族是何人安然寂不動今者何所須世尊答曰我是金輪王淨飯王太子成道来七日無人施我食於是提胃即獻蜜麨如来受已即說三歸五戒等言鑽龜易卜者是將此土陰陽之名以目西域陰陽之法也言四天王奉鉢者梵語鉢多羅此云應量器是過去維衛佛鉢入涅槃後龍王將在

宮中供養釋迦成道龍王送至海水上四天王欲取化爲四鉢各得一鉢以奉如来如来受已重疊四鉢在於左手以右手按合成一鉢此是紺琉璃石鉢也○鈔此約小乘相者結前雖說戒善也不妨爲大者起後得道皆通三乘也言五逆者法華疏引薩遮尼乾子經云一破塔壞寺焚燒經像竊盜及用三寶財物二謗三乘法言非聖法障碍留難隱蔽覆藏三於一切出家人所若有戒若無戒持戒破戒打罵訶責說其過失禁閉牢獄或挽袈裟逼令還俗責役驅使責具法調（餘處或云課調）（債負）斷其命根故大集經云說一破戒比丘過過出萬億佛身血四殺父害母殺阿羅漢出佛身血破和合僧五起大邪見謗無因果長夜修行十不善業此是大乘五逆若小乘說

五逆者即是此中第四所攝言四大本淨者淨是空義寂照云皆了本空故決擇記云悟彼性空舉體即真百法鈔云於四大等中亡我本無故云本淨○鈔得不起法忍者即無生忍菩提留支云即是初地無漏智印忍無生之理故或是八地仁王五忍中第四無生忍三品是七八九地此當中品柔順忍者順後無生即四五六地分順忍為三品故（五忍者一伏忍二信忍三順忍四無生忍五寂滅忍）明知不只是人天教也言三百龍王得不起法忍者問龍趣難身何能入聖答願力爲龍非是業繫豈碍聖道亦猶獨覺出無佛世豈爲難耶○鈔又普曜等者經具云佛宿夜七日不從坐起觀察道樹化七十一億令生道心思惟寂然地六種震動時有梵天厥號識乾見佛新得道果快坐

七日未有獻食者時有提胃波利五百賈人以識乾力故使躓不行天說偈言如來成佛道所願已滿足汝等貢上食因是轉法輪時五百賈人獻佛麨蜜四天王奉鉢如來呪願畢已即食食已即為授記言已是得本於將來世諸賈客第當得作佛名曰密成如來十號具足（今云齊成應是密字）○鈔提胃塔者探玄記第八云真諦三藏引十二因緣經八人應起塔一如來露盤八重已上二菩薩七重三緣覺六重四羅漢五重五那含四重六斯陁含三重七須陁洹二重八輪王一重見輪王塔不得作禮非以聖人故今提胃已得不起法忍即初地等應起七重露盤之塔故鈔偏舉之不爾何忽言其塔耶○鈔此經即大寶等者此經總四十九會百二十卷今疏所引別行經檢大寶積當密迹金剛力士會四十九會中當第三會也言卷當第八者然第三會起自第八卷今所引者即第十一卷末并十二卷初文也經文稍廣不能繁引要者畧彼是西晋竺法護譯○鈔揀去不定等者寂照會解皆引廣鈔云初空後有先大後小是不定也今揀去之則先小後大初有後空之判無失非謂指前不定教也（指玄等正是指前不定教也）彼於漸頓中不定故前鈔云金光明經既非第一頓教又非第二漸中末後而明常住明是不定故頓漸中不定也此唯漸教五時中不定也故云揀去不定則無剋定之失評曰今詳鈔意指立之義似長也既前鈔云又非第二末後而明常住豈非亦約漸教五時明不定教耶況今鈔云不違密迹等經者以上

難五時之教有二例難一約所立時難二約所立名義難初約時者如難第二時中云十二年後方制廣戒又云始從得道乃至涅槃常說般若難第五時有小乘見難人天教即引密跡經鈔舉第四等上三難意云此之四難皆揀去之以屬前不定教攝故(非謂揀去前不定故而不用之也)故云揀去不定故集玄云顯不定教順理也二約所立名義難者如第一難有相教而言有空等乃至難提胃經謂通三乘等今從多分說亦不成過也故鈔云不違自所立名義也疏後魏光統律師等者傳云慧光姓楊氏定州盧人年十三隨父入洛四月八日往佛陁禪師所從受三歸陁異其眼光外射如啖深惟必有奇操留之誦習博通人號聖沙彌也陁曰此沙彌非常人若受大戒先

宜聽律律是慧基若初依經論必輕戒綱於道覆律師所聽習後從辨公叅學經論聲揚趙郡會佛陁任少林寺主勒那初譯十地光預其席自此地論流傳命章開釋四分一部草創幷其華嚴涅槃維摩十地持地等並疏其奥旨初在京洛任國僧教後轉爲國統故云光統○鈔孝文見重等者傳云孝文敬隆誠至別處禪林鑿石爲龕(云云)見本傳後隨帝南遷定都伊洛復設靜院勑以處之而愛幽栖林谷是託屬往嵩岳高謝人世有勑就少室山爲之造寺今之少林是也後知則天所取遂指山水透谷而西流尋水而西去時又入洛將度有緣時慧光年十二在大街井欄上反蹋蹀墒(音陀拋塼戲也)一連五百衆人諠競異而觀之佛陀因見而怪曰此小兒世戲有功

道業亦應不昧意欲引度權以杖打頭聲響清徹既善聲論知堪法器乃問能出家不光曰固其本懷耳遂度之（前傳云四月八日往少林者應今許後十三歲方出家也）又令弟子道房度沙門僧稠此化行東夏唯此二賢得道之記諒有深擬言稠禪師得道者傳曰僧稠姓孫元出昌黎末居鉅鹿之癭陶焉幼學世典備通經史徵為大學博士講解墳索聲蓋朝廷將處觀國羽儀廟廷道機潛扣欻猒世煩一覽佛經渙然神解時年二十有八投鉅鹿景明寺僧寔法師出家初從道房禪師受行止觀房即佛陀之神是也既受禪法北游定州嘉魚山斂念久之得定常依涅槃聖行四念處法居五夏又詣趙州漳洪山道明禪師受小六時勝法鑚仰積序節食鞭心九旬食米唯四升石上單敷不覺晨夕布縷入肉挽而不脫或煮食未熟入定並為禽獸所噉又常脩死相遭賊怖之無畏仍為說諸業行皆擲弓箭受戒而去又嘗於鵲山靜坐有神來嬈抱肩築腰氣噓項上師以死要心因證入深定經九旬起定情想澄然覺世間全無樂者便詣少林呈已所證佛陀曰自葱嶺已東禪學之最汝其人矣（故今云得道也）乃更授深要住嵩岳寺等後詣懷州西王屋山脩習前法聞澗下兩虎交鬪咆響震巖經日不已遂持錫解之虎各分退廣如彼說疏上達下上妙智慧了達隨分階昇佛境界人也解脫者即作用解脫或通離障究竟果德者揀因德也圓極者揀偏也祕密者權小不測故六相十玄等名自在法門也○鈔不同延公大小等者以後判定難中正約

機難頓漸故今揀此不同延公約機今亦約化儀以立故致刊定所難皆通也故今預揀之疏此亦約化儀以立者以前南中諸師所立三教約於化儀故此云亦更有一義如鈔中釋二句疏文有二義釋一云上句總標三教故標寬也下句唯局漸教故釋狹也二云言前後者通釋二教前漸次頓後圓但說有前後故○鈔義多順理者以判華嚴爲圓此師創意多順道理故且不辨其違然於漸中不分權實亦有小違非全無也○鈔同時說空不空者只是一會中說故名同時非一念中名同時說不濫圓教○鈔今不以根定於頓漸者意云既昔曾受化名爲根熟即顯根熟不約頓立根熟既非由頓立根生亦不約漸故○鈔況初心下進顯一也問上達分階

佛境分爲二義似涉穿鑿荅前義但置汝舉發心謂非分階佛境然經自說初發心時便成正覺豈不名分階佛境人耶又准法華玄義云光統亦判四宗教一因緣宗指毘曇六因四緣二假名宗指成論三假三誑相宗指大品三論四常住宗指涅槃華嚴等疏隋末唐初吉藏法師者傳云吉藏俗姓安本安息國人祖世避仇移居南海遂家于交廣之間復遷金陵而生藏年在孩童父引見真諦三藏乞名銘之諦問其所懷可爲吉藏遂名焉後出家爲道云云故內學之長勿過於藏注引宏廣咸由此焉講三論一百餘遍法華三百餘遍大品智論華嚴維摩等各數十遍春秋七十五武德六年五月坐滅詳本傳○鈔依法華等者七卷成部者當第五八卷者當第

六言從地湧出者玄贊云湧謂上昇出謂顯現明依四安樂行以持經湧出生死之地故（四安樂一正身行二正語行三意離惡自利行四正脩諸善利他行遠沛曰安適悅身心曰樂）言問訊世尊者執言曰問通問曰訊訊者辭也言少病少惱等者法華鈔云依佛化相身順世俗而問也佛金剛體何有病惱言安樂行者行字通平去二音若平聲者即問四威儀安樂行不若去聲者依化身相順世俗爲問也如有病惱即遷流造作義故名行也即是目於五蘊亦名五行故盖問佛之身安樂不故云安樂行不法華文句云一問如来安樂二問衆生易度如来荅安樂易度兩事相成易度則安樂安樂則易度爲二一根利德厚始入佛慧二根鈍德薄後入佛慧餘如前釋○鈔唯有大小等者以初後皆大亦不判權實中間枝末唯指學小乘者今以此判於法華已前諸經應皆是小乘故致違理故前半滿順違即此順違○鈔法華別爲一類滯小之機者如下立十門化儀此但攝末歸本門中一類機爾此一類機雖歷前二三等時然皆滯於小見言執三疑一者亦由小見不除故執三乘爲了三若爲了即存小乘故成彼見小今皆顯實小見方除也若不執小見者在前二三時中宜得大益則非法華所會也而天台亦然根鈍後熟令入佛慧故如法華唯爲一類鈍根耳言則抑諸大乘者以經但云除小乘故○鈔開宗立教中收者若考之下文正是總相會通中依本起末門攝末歸本門中收之初門先大後小即今根本法輪後起枝末也次門先小後大即今攝末

歸本也今云開宗立教中收者恐失對會故或可立教中三終教說二乘得成道收此中學小乘者今聞法華入於佛慧五圓教中收華嚴經一分爲本之義小教即是枝末法輪故此約義說而無顯文言先出經意下即前鈔文法華別爲一類下是也正是會小歸大即攝末歸本也疏梁朝光宅法師者潤州江寧縣梁武帝潛龍時宅嘗七日夜放光帝曰非我所居乃捨爲寺今約處稱名故云光宅法師即釋法雲也姓周氏宜興陽羨人晋平西將軍處士之七世孫也母吳氏初産在草見雲氣滿室因以爲名七歲出家更名法雲從師住莊嚴寺爲室亮弟子亮每曰我之神明殊不及也方將必當棟梁大經矣年三十建武四年夏初於妙音寺開法華淨名學徒海溱時人呼爲作幻法師矣講經之妙獨步當時齊中書周顒琅琊王融彭城劉繪東莞徐孝嗣等一代名貴並莫逆之交孝嗣每曰見雲公俊發自顧缺然初雲年在息慈雅尚經術於妙法華研精覃思品酌理義始末照覽乃往幽嵓獨講斯典豎石爲人松葉爲拂自唱自導兼通難觧所以垂名梁代誠謂有聞嘗於一寺講法華經忽感天花狀如飛雪滿空而下延于堂内飄飄不墜訖講方去有寶誌神僧道超方外與雲互相敬愛呼爲大林法師每來雲所輙停住信宿嘗言欲觧師子吼請法師爲說即爲剖析誌便彈指讚言善哉微妙微妙矣儀同陳郡袁昂云有常供養僧學雲法華日夜發願望得慧觧等之忽夢見一僧曰雲法師燈明佛時已講此經那

可卒敵也大通三年三月二十七日卒于住房春秋六十有三兩宫悲慟瑯琊王筠作銘誌湘東王蕭譯爲制文○鈔四衢即四諦者此亦智者意文句云四衢道中者舊云四濁障除如四達路更得一濁除如露地坐以經云於四衢道中露地而坐故也今不爾五濁直明垢障之法未論治道不應譬衢道衢道正譬四諦四諦觀異名名四衢四諦同會見諦如交路頭見惑雖除思惑猶在不名露地三界思盡名露地住果不進故云而坐故今用之以譬四諦大般若中說四衢道爲四諦故今就三乘同觀四諦理中引入真實一乘也○鈔有三所以故三乘是權者由古人多不許三中大乘不得車故是權故立多難今出三所以辯大乘通索皆是權也言而義勢連環者何以三皆是權一俱不得故云何不得二並無體故何以得知無體三諸子皆索故○鈔昔指三乘三界門外者法華疏云三乘之教合爲門理出教外故名門外言菩薩出三界豈有真實證者但約教說人見道後出界實未出界○鈔盡智無生智是二乘車體不出三乘體也據天台文句出此體云舊解小車者小果也果有有爲無爲功德正取有爲以譬車運運入無餘也有爲果中具有福慧爲正福屬餘度具其慧有十而八通因果一法智二類智三苦智四集智五滅智六道智七他心智八世俗智此八通因果九盡智十無生智盡智無生智唯是果位乃取二智以譬車果以是義故車在門外若依大品云是乘從三界出到薩婆若中住若未出時已乘是乘爭出火宅何故後言車在門外若先在門外乘何而出然

但乘通因果三十七品斷見思惑皆是因乘盡智無生智皆名果乘要因因乘斷惑盡方得果乘盡智無生智故言車在門外若內因斷結運義名乘外果不運云何名乘然果無斷惑之運要以盡無生智入無餘涅槃方是妙運也上皆彼文評曰天台引古釋亦應光宅等義也故今亦以盡智無生智爲體然盡無生二智通大通小十地疏云因亡曰盡即盡智也後果不起名爲無生即無生智也上大乘義若小乘說現在惑亡名爲盡利根之人保彼煩惱更當不起名曰無生此盡無生是其滅體無學之智如是而知今取小義即是果乘車體言丈六淺智有本云權智義或通也是牛車體者問此約何智名丈六淺智耶荅亦盡無生智但揀小乘不成丈六果佛故云丈六智也問云何知是盡無生耶荅如光宅尚以大白牛車亦盡無生智爲體況三中大乘不指此耶光宅云佛果究竟盡無生二智爲車體達出五百由旬之外對昔爲高其含萬德對昔爲廣以經云各賜諸子等一大車其車高廣等也以此推之古師凡論車體皆以盡無生智爲體以此二智皆通大小乘今取大乘義也又唯約果說乘義雖通因果然今正約果論故唯此也問此文六淺智是大乘中佛耶小乘中佛耶荅此丈六應佛通大小乘如天台藏通二教但是界內教並以門外三乘爲自位果但機有利鈍分二教謂一拙一巧也如藏教析色明空故拙通教體色明空故巧雖巧拙不同而同斷見思同出分斷同證偏真故故通教果頭佛與藏教果頭佛齊故今通約一類從界內出至門

外爲三乘自位果也（上會解意文六與淺智不分）若寂照釋云小乘中說大乘菩薩三十四心成丈六佛身獲生空權智是牛車體唯廣鈔第三云丈六佛智是牛車體及般若中說菩薩二空果智大乘自說大乘四智菩提皆名權智以體是有爲非眞實故皆是牛車體（唯此則有二種大乘中說大乘般若中破相大乘深密等中法相大乘今鈔唯言初一影後二也三皆是權爲牛車體）若助正云丈六是化身權智是報身法身是所證之法此出果體唯約於智不可言於法身故云丈六權智而言權者對一乘實故昔大爲權耳評曰上之解初師則有昔三無法相大乘之失次師則鈔文有缺畧之失後師則有昔三無破相之失亦違光宅本義故今三師總取解之丈六者通小乘中說大乘成佛及通教中揀小乘不成爲自乘成佛

也言淺智者（有大權智）亦通三義或破相二空果智或法相四智菩提皆望一乘深智爲淺故言二乘之智既非眞實等者二乘果智若就自乘各實證得即有其體今以一乘佛慧映奪但是佛智少分功能故得出界恐認爲究竟故奪云無體丈六權智等皆謂是實今以一乘佛慧映奪亦云無體非如兎角名並無體無有一人唯成丈六佛及般若深密等中所說佛果也故知皆入一乘如戲場內加三人爲官二爲小官一爲大官執爲實有後實官者云二小官劣既非實得大官更勝豈實得耶法合可知○鈔然上不得下揀一二兩所以成別也不得二字指前第一所以非是遮詞有解云是遮詞也即不得約人就法者誤也以正是約人就法故○鈔羊車鹿車下

彼疏云羊多附人如聲聞鹿多靜處如獨覺牛能負運如菩薩二利（彼鈔云因位牛車者根本智名牛有二功能一能識理二能引後智物如能負後如能運等）鈔一者機索者即密索也二口索者即顯索也○鈔三乘之人以佛教門下尋言趣理出三界苦故問三乘出界俱至本果不答二乘到極果菩薩未到極果問三乘皆虛指何以偏二乘至果菩薩不至耶答二乘不求作佛得至小果菩薩意欲成佛至法華時三祇之行未滿故問既菩薩未至果何故此中謂究竟答小乘已得果謂為究竟菩薩但聞故說謂為究竟此時雖未解索一乘法已被三乘法門淘煉既久堪受一乘根器發起上扣擊於佛心密有索義也○鈔三根者身子為上根第一周法說即解故四大聲聞（須菩提迦旃延迦葉目連也）為中根第二

周喻說方解故富樓那等五百聲聞等為下根第三周聞宿世因緣始解故言求法求記者如方便品舍利弗三請即求法也如四大聲聞等聞舍利弗授記而有以譬喻等皆是求法求記也如方便品開示悟入即為說也如譬喻品授鶖子記等八處授記即與記也問二乘自知小果非真求記可耳菩薩自知當得大果何故亦求記耶答般若深密所化菩薩在見道前元意各趣當教之果今自生疑悔故別求一乘記也○鈔彌勒序品陳四眾疑者由佛放光彌勒與四眾咸疑問文殊（云云）何緣世尊現斯神變放光照東方等徵佛定因也（欲迴未達令入實故豈彌勒猶有疑也應知菩薩出界方始求記亦但約教道若約證道脩進記深入地之後心入實故）又偈云佛坐道場所得妙法為欲說此（即求法也）為當授記（即求記也）即一

人發言言三人之心也○鈔諸求三乘人等者若非三乘皆索此中文殊何故許斷三乘人疑也○鈔開權顯實已是畧賜未曾有法亦是許與菩提之記○鈔法說索車者此直就法索一乘是當可聞可得故索不合前喻故云法說亦不同前喻中不見三車故索三車身子三請在前方便品故喻索三車在後譬喻品故○鈔騰疑白佛者時舍利弗既得授記復白佛言我今無疑親於佛前得記是諸千二百心自在者昔住學地佛常教化言我法能離生老病死究竟涅槃而今於佛聞所未聞皆墮疑惑善哉世尊願說因緣令離疑悔即騰舉衆疑啓白世尊請說譬喻之車除彼疑悔○鈔彌勒陳疑者以下方菩薩從地踴出而佛言皆是我化時彌勒及無數菩薩心生疑惑怪未曾有云何世尊於少時間教化無量無邊阿僧祇菩薩令住菩提父少而子老舉世所不信○鈔開示知見者答前身子三請說佛壽量答前彌勒請說果車由佛三身壽量長遠故能化爾許菩薩也等字等於譬喻品火宅喻等賜牛車答前請說喻○鈔菩薩聞是法下即方便品文亦酬前身子之請即彼第三請中云及餘求佛者是等聞此法則生大歡喜今既聞已即疑網除故云歡喜既云菩薩疑網除明是地前菩薩疑唯分別入見即除故○鈔故合喻云下初得佛知見中道智光如日無明在如夜自得中道智光如日慈悲入生死如夜常行悲智二法劫數遊戲三乘之人同入佛智故云與諸菩薩及聲聞衆緣覺攝在聲聞之中○疏此

則前三等者此師以法華之前皆名三乘權教由未明說唯爲一事出現於世一切衆生皆得成佛法華名實教一乘則依乘及時以立四乘今一昔三權實異故不違教理○鈔則抑昔大乘了義之經者華嚴圓覺等了義大乘皆悉爲權彼亦說一切衆生皆得作佛等義何抑爲權耶○鈔若爾等者若昔大明權實爾（即躡前荅問轉有此難也）應超間讀文若會三歸一昔應無實無實迺不抑昔時聖教故若會二歸一昔應無權無權則四乘之義不成汝何許我四乘義耶此是光宅難清涼所辨順違皆不應理（超下）故爲釋云下清涼荅也會權歸實則是會三爲一昔時有權教大乘故許汝四乘之義爲順理也若破小顯大即是會二歸一明昔有實教大乘而汝抑昔聖教故名違理也昔之權實二義亦存汝何不分昔大權實耶言爾耳者上言爾即如是也乃指此段疏文下言耳者即是語助（超上）言若作此宗難者清涼復難光宅昔有權教大乘故說會三歸一昔既有實教大乘會二歸一義則分明汝何不說耶然有本鈔是北宇若北宗難者即唯識宗也對光宅是南宗故云北宗此二宗皆難清涼也所以知者以天台然師云今時言北宗者謂俱舍唯識據此然師與清涼同時則北宗正是唯識也難意云既昔有實昔三中大乘是實唯會二歸一義則明矣（以彼宗不立四乘故）今荅意云約昔有實唯會三昔有權則會三二義俱成等汝宗何獨立三乘耶准此則北字爲勝若作清涼難光宅則與荅文不相應也○鈔謂有問言等者此一

段鈔科分爲二
- 初文前懸辨一
- 後正消疏文二（今跡）
  - 初問（謂有）
  - 後荅二
    - 初爲取三乘約理行二（之下言段）
    - 後通廢三乘約教果（超問科也）
      - 初正明（故今後明）
      - 後釋意（昔約若約）
  - 初問荅總明二段大意一
  - 後泛明四字以彰通局二
    - 初約局（然間）
    - 後約通二
      - 初總明通義（若約）
      - 後別什開字（言開）

鈔約會取則下釋爲取之意也問今言爲取昔之三乘爲取何乘故此荅也問三乘是權一乘是實權實既異何故取權爲實耶以其理不可分下荅也理體無二故行雖曲直不同皆是一乘佛因故○鈔若約廢昔等者釋歸廢之意也問言廢昔歸今者昔三乘中爲廢何乘故此荅也問權外無實何須廢耶以其約教下荅也彼教但假名引導衆生故廢果但虛指化城故廢○鈔然開廢等者以科有爲歸二字疏有開廢二言故鈔後泛明四字以彰通局也或可上總明中但有會廢二義於會中含開於廢中含歸今明通局則分或開會廢三於會中復有會爲會歸故成四義以對教理行果四法也言約教則廢者昔三乘之教虛設故廢別立一乘言教昔所未說而今說之令證入故言約理則開等者廣鈔云各以所證爲真實則無由見圓通法性故言約行則會三爲一者以三乘之行各趣自果今會爲究竟佛因既違真理人天施戒尚皆佛因況三乘行耶故云汝等所行是菩薩道等言約果則會三歸一下大乘教說之果皆是究竟佛果少分之義奪果成因咸歸一果故全性之果無別新生二乘之果但是三昧權教大乘之果但舉之以爲所忻作起行方便究竟無實故華嚴中說脩因契果行

相方名生解望當所證一乘之果皆爲方便故俱名因但前行爲遠因今奪果爲因義稍近故以爲異耳○鈔若約通者下廢但配教此猶是局謂三乘教是虛設一向須廢別立一乘令入證故問准前後說廢通於果今何唯教答果有二義一約果相虛設則廢二約果體爲因則不廢今從後義前後廢果約初義也言開會等言者等取會爲會歸（准此則爲歸二字等會字開出故奉會字從其二字）即以開爲歸三義通配理行果三法今言並通四種者四字誤書應是三字廣鈔中亦是三字彼疏云廢立局教餘三通三鈔釋云初句猶局謂三乘教是虛設名言已定一向須廢不可開會唯立一乘令證入故次句方通也言餘三者開顯攝會爲會歸等也言通三者理行果以此照之義甚明矣（上寂照及會解等意）今詳廣鈔別是一理今鈔既是四字不可不同廣鈔判爲錯也不錯無妨以此標云約通今廢字已局餘三不通於教則又局矣其通義安在如經云此經開方便門若不約教爲門豈非開字通於教耶又前云會於昔三歸今之一歸字亦通於教其爲字者三乘之教所詮行果亦許爲因其能詮教豈不許爲一乘因之能詮耶又經云如世間一切語言皆與實相不相違背世間語言尚取況出世三乘言教耶故以四字爲正問次段開字通中何不言通教耶答教上有三義一局定義二爲因能詮義今約後義次約初義例如果上二義故鈔欲具顯二義故前後互彰也智者詳之言今疏從此者從此通義也但於疏文若開權顯實則三是一更無

別一等中含此通意○鈔約開三顯一者此
有二釋一云取義牒疏也若開三(疏中權字)顯一
(疏中實字)則三即是一(與疏文同)者(正牒疏文)一云牒通義
中開字釋通以例為歸二字也後義為正以
在後方牒疏文分科故然猶懸釋疏意也二
義無別以今疏從通義故言今示法身是同
者法華論云示者同義二義可知已上開義
通理行果三法皆開無別詮取其體故若例
為義通三法者以三別理別行別果皆為一
理一行故昔三果為能成一果之因二乘取
其果體大乘取其教說佛果皆以三別而為
一總若例歸義通三種者以昔三乘理行果
咸歸今一乘理行果其猶衆流歸海同一海
故鈔疏先明已上懸解此下方消疏文○鈔
後彼経云下一段鈔文科分為二

- 初懸明兩節引文大意二
  - 初總指二段經義(彼經)
  - 後別顯所會大意二
    - 初總標(良以)
    - 後別釋二
      - 初會自行不成佛(二謂)
      - 二會大行非已有(二謂)
- 二引彼經文次第正釋二
  - 初藥草品二
    - 初引(今初所先)
    - 後釋二
      - 初正釋(釋日)
      - 後會疏(今但今疏)
  - 二信解品二

○鈔故淨名云下即彼経不思議品仍是義
引文云一切聲聞聞是不思議解脫法門皆
應號泣聲振三千大千世界一切菩薩應大
欣慶頂受此法肇公云所乖處重(小乘之人尚不許唯心變一切法及即空之淺義況今聞室容高座等不思議法豈不乘處重耶)故假
言應號泣耳二乘憂悲永除尚無微泣況震
三千乎以抑揚時聽故然上云不思議解脫
法者即室容高座芥納須彌等法也言我等
何為永絕其根者彼鈔云永絕其根者大乘
菩薩心根也言敗種者朽敗種子種之不生

等也今不能發菩提心義亦如是矣○鈔今但引等者會疏也問經說行果二義疏何但引會行之言故此荅也意云欲明三乘行今會之即爲一乘行故若約果者三乘果非即一乘果但爲因故故疏不引准此故知果教皆有二義前後互彰又廢果是廢權約局中義今約通義開權故不引也○鈔後經少時下天台疏云鄙棄先心欲求大道大根發也何名少時一云說般若竟於異處遊觀尋思所領大乘法門心生貪樂爲失不爲失如此尋思即是大機發時也此時去法華未遠故言少時又當說無量義時大乘機發既聞無量義者從一法生思惟昔三皆從一法生如是三乘亦應入一如是思惟漸已通泰大心即發故云成就大志昔受化者名子法身菩薩影響者爲親族

諸經盖根與廢有時部部不同名國皆言第一即王彌勒等皆是等覺爲大臣初地至九地爲剎利法王種姓中生故三十心爲居士實從我受學從我起解是我所生我實曾於二萬億佛所曾教大法故實是父背此大乘起無明闇遁入生死故言捨吾逃走伶俜切韻云行不正也備經六趣故云五十餘年以脩羅或天趣等攝故復言餘昔在下自昔法身地中常以二智觀覓可化之根始於今日感應道交故曰忽於等一切財物萬德萬行也

華嚴會本懸談會玄記卷第十八

音釋

霖霪上力今切下余林切雨久不住也 滓音止 蹋蹀下徒結切蹈也 咆蒲茅切丨哮也 溱側銀切 顒牛凶切 菀於遠切 鈞有旻切

華嚴會本懸談會玄記卷第十九

蒼山再光寺比丘　普瑞　集

○鈔金銀等者彼疏云金即別教理銀即通教理大品所明真諦不出共不共二而云多者約種種門言多如破十八計名十八空此即取三乘理令一切衆生當得究竟諸法實相爲一乘理一切法門皆是珎寶倉即定門百八三昧庫是慧門十八空境也通別兩種定慧倉庫包藏一切定慧無有缺少內充外溢故云盈溢言其中多少者說於般若則有廣畧二門菩薩行般若廣畧相畧則爲少廣則爲多自行爲取化他爲與大品中云汝呼善現也當爲菩薩說故云汝悉知之言慧命者玄讃云在俗之徒皆愛身恒之壽聖者之輩並寶智慧之命故○鈔令疏下會疏意也問此文通會理行二法以金銀喻理故何故疏中但引會行之文耶故此荅也意云欲會三因爲一因故前雖有果此雖有理疏中皆唯會行言餘畧不引者以正明中義通理行果三令引證中二文皆有三行爲佛因是約行中開權顯實故令云餘畧不引也准疏中引爲果准鈔引中會理果二法亦具也○鈔義說爲四者以但廢昔三教下纂玄說云此准前科合雙會教果三果歸行前文已會故此鈔更不言但會教也准寂照則雙會教果鈔中但廢下會教也但三爲別一爲總耳者即會果也二釋隨取令依後義初廢教者如何廢耶三乘但是假名字引導衆生則廢昔三教故言昔三是權即令一實便顯以昔三教互不相見故權令會歸總成一教即是實也故方便品初云吾從成佛

已来等既言方便令離諸着故三乘教皆是權今合前教便顯一乘故經云知諸衆生有種種欲深心所着乃至方便力故而為說法如此皆為得一佛乘等故三外無實之法前約教亦會取正依此也〇鈔但三為別一為總者如二乘已得之果權教大乘之果互不相見故權今三乘故果皆全是一實相之果則廢三別而成一總故云但三為別一為總耳則二乘果智為因趣大乘果以因地心與果地心同亦令二乘皆得大果豈非即是一乘果耶意云以二乘果智是一乘因地中本覺真心少分之用此因地心與一乘果地覺心同一體故故云以別果為總果也權教大乘菩薩比觀所解四智等大果皆實教佛果少分之義故亦是一乘果〇鈔此喻至出現品下彼鈔云涅槃第二云我今當令一切衆生及以弟子四部之衆悉皆安住秘密藏中我亦復當安住是中入於涅槃何等名為秘密之藏猶如伊字三點若竝則不成伊縱亦不成如摩醯首羅面上三目乃得成伊三點若別亦不成伊我亦如是解脫之法亦非涅槃如來法身亦非涅槃摩訶般若亦非涅槃三法各異亦非涅槃我今安住如是三法為化衆生名入涅槃然有云伊字如品字有云如倒書品字後義為正由此見異古德解義取捨不同或二德在上一德在下百法鈔去淄州沼法師云此約勝劣依止次第而作是說兩點在上左喻般若右喻解脫左勝而右劣故一點在下者喻於法身上二是能依法身是所依故或一德在上二德在下沼法師此約能所證次第一目在上猶如般若以是能證故二目在下左喻法身右喻解脫俱是所證故在於下竝不得意西方伊字二點在上天目之喻不可二目在一目上如来恐人悞作此解故以天目轉喻

伊字則不得定一二上下但取不可縱橫及並別耳（百法鈔云平迷哲法師云舉斯二喻况於三事而互說不定者非約勝劣依止及能所證次第而釋三事但顯三事一時而得）若定說一上二上非唯義理不得圓妙致令二喻自互相違謂梵書者二此西方伊字三目之一當於眉間此其狀也諸公何惑等又云然此二種不離一如德用分異即寂之照爲般若即照之寂爲解脫寂照之體爲法身如明淨圓珠明即般若淨即解脫圓體即法身約用不同體不相離故此三法不縱若法身本有次脩般若後得解脫名縱亦名三爲別法異體同時爲橫亦名爲並對縱爲橫對別爲並故經云若並縱別則不成伊一一異體爲別今三但不思議焉可爲縱橫並別耶以即一而三即三而一非三非一雙照一三焉可作一三等思

若作體一用別而未免於並別也○鈔昔三既別下昔般若等雖明實相佛性等實法而不兼權設二乘之根亦皆具證此實法咸得作佛名不兼權此如伊字中但是一點聲聞如一點緣覺如一點云點別非伊非今一乘全兼昔三皆當作佛等如伊具三點合三爲一無三各別云廢三虛（上喻又合中義通教果也）○疏今昔有異者異字有三意一云今法華一乘別有法門全異昔是三乘非是合三爲一揀異前段會昔成今義說爲四之義也故○鈔云前但合三爲一等二者彰今異昔今法華一乘異昔一乘今一乘兼會三權對三立一昔一乘不兼會三乘非是對三立一由此對三立一則三權一實四乘義成其不對三立一則於昔權外別爲一類一乘之機說於一乘

故昔實不滯方便法華不會也意顯四乘義成是順之由三權之外別有一實是違之由此爲疏文之意非昔實亦會爾○鈔前但合三爲一下對前揀異也即前第一意昔字指前三乘言昔所未說者法華經文也言謂昔日雖有下乍觀謂字似重釋前義觀其所釋與前義別前但揀別三乘外別有一乘此釋今一乘與昔一乘義別即前疏中第二意也學者細詳勿濫二意謂有妨言昔日實教大乘亦詮如來藏性涅槃法身眞常之理與法華是同何言法華方說昔所未說等耶故以此第二意荅也意云顯說不顯說而今昔有異言未曾顯說者明昔雖是實不及法華之實地言則一乘三乘下通結上二意皆成四乘義也如向所明○鈔叡云者傳公僧叡魏郡長樂人司徒姚嵩深相禮貴姚興問嵩叡公何如嵩荅實鄴衛之松栢興曰乃四海之標領何獨爾耶什公翻經叡並參正正法華受決品云天見人人見天什譯至此乃曰此語與西域義同而在言過質叡曰將非人天交接兩得相見什喜曰實然後出成實論令叡講之什曰此諍論中有七處文破毘曇而在言小隱若能不問而解可謂英才叡啓發幽微果不諮什而懸會什嘆曰吾傳譯經論得與子相值無所恨矣叡常修西方臨終沐浴向西合掌而卒是日同寺咸見五色香煙從叡房出春秋六十七矣今引所說但證昔實悟物雖弘未曾顯說佛之知見不及法華之顯說也有以證昔權今實者非也豈可般若等深經盡爲權耶此中雖有善權之言非

是指爲權教但對體用分權實耳豈可疏主自語相違耶言道者即指學道之者也言乘者即能乘之人也言實體不足者以昔實未曾顯說衆生皆有佛性故實體不足也皆屬法華者即今法華一實具足顯說也○鈔根敗之士下即淨名經中佛道品文也即根等五根隨有敗壞之者其於色等五欲塵境不能緣了受用利益身心喻於聲聞已斷煩惱障不能留惑潤生於生死中廣利群品不能成佛果故彼經次云正使聲聞終身聞佛法力無畏等永不能發無上道意發心尚不能豈得當成佛果言豈非不兼權耶者以淨名經中既說二乘不得成佛即顯昔日實教豈不是不兼會於權反顯昔實雖妙不兼會於昔權非謂昔實自兼於權也今法華兼會權故今昔有

異昔劣今勝是其本意也○鈔又云下亦淨名不思議品文如前引釋於大乘中無所堪任故已如敗壞種子不能生芽顯煩惱障已斷不能留惑潤生反入生死化衆生也故淨名佛道品又云當知一切煩惱是如來種肇公註云凡夫沉淪五趣爲煩惱所蔽進無無爲之歡退有生死之畏兼我心自高唯勝是慕故能發跡塵勞標心無上樹根生死而敷正覺之華等疏於文有據者於法華經文有所據所立之義而亦極成以至理須然故彼此共許故○疏天台智者承南嶽大師者南嶽名慧思俗姓李氏武津人嘗夢梵僧勸令出家時慧文禪師聚徒數百乃從受正法累夏習禪未有所證傷已昏沉放身倚壁背未至間豁然開悟法華三昧大乘法門一念明達十

六特勝背捨徐入便自通徹不由他悟因此學徒日盛攝自他衆雜以精麁由此是非鋒起怨嫉鴆毒毒所不傷異道興謀不能爲害乃顧徒曰大聖在世不免流言况吾無德豈逃此債債是宿作來時須受然我佛法不久應滅當往何方以避此難時冥空有聲曰若欲脩定可往武當南嶽是入道山以齊武平之初背嵩陽領徒南遊至光州值梁孝文傾覆權止大蘇數年歸從如市造金字法華般若後命江陵智顗代講金經至一心具萬法處顗有疑焉思釋曰汝向所疑此乃大品次第意耳未是法華圓頓旨也吾皆夏中一心頓發諸善吾既身證不勞致疑後因烽警山似棲遑遂趣南嶽告衆曰吾寄此十年過此必事近逝又吾前身履此即古寺也因掘得故基遂立寺行道神應極多終於陳大建元年六月十二日正住此山十年如初言也春秋六十四或諮師位應是十地思曰非也吾是十信鐵輪位耳○言智者名智顗字德安姓陳氏頴川人也自晉遷都寓居制州之華容焉即梁散騎益陽公起之第二子也母徐氏夢香煙五彩縈回在懷欲拂去之聞人語曰宿世因緣寄托王道福德自至何以去之及誕育之夜室內洞明信宿乃止內外相賀盛陳鼎俎火滅湯冷爲事不成忽有二僧扣門曰善哉義兒宿德所重必出家矣言訖而隱賓客異之隣室憶先靈瑞呼爲王道兼復用名光道故小立二名㕘王稱之眼有重瞳二親藏掩時人已知卧便合掌坐必向西一年已來口不妄噉見像便禮逢僧必敬七歲

喜往伽藍後尋明師冀依出家年十有八投湘州果願寺法緒出家後詣光州大蘇山思禪師受業心觀云云思令代講躬自聽之語學徒曰此吾徒之義兒恨其定力少耳及學成辭師思曰汝於陳國有緣往必利益思遊南嶽顗往金陵綿歷八周講智論等次說禪門用清心海後往天台有問其位者荅曰汝等懶種善根問他功德如盲問乳蹶者訪路吾不領衆必淨六根爲他損已只是五品內位耳春秋六十有七開皇十七年十一月二十四日坐蛻於天台山大石像前東西垂範化通萬里所造大寺三十五所手度僧四十餘人寫一切經一十五藏金檀像弁畫像十萬許軀五十餘州道俗授菩薩戒者不可稱紀傳業學士三十二人習禪學士散流江漢莫限其數沙門灌頂奉付弟子也〇鈔陳朝一帝即是後主者顗師已在天台行道陳後主意欲面禮顧問群臣沙門誰爲名勝陳宣奏曰瓦官禪師德邁風霜禪鏡淵海昔在京邑群賢所宗今高步天台法雲東靄願陛下詔之還都使道俗咸荷因降璽書重沓七反皆帝手疏方肯出山迎入太極殿之東堂講智論帝躬設禮僕延於靈耀寺學徒雲擁靈耀褊隘更求閑靜忽夢一人異從嚴正自稱名云余冠達也請住三橋顗曰冠達梁武法名三橋豈非光宅耶乃移居之其年四月陳主幸寺修行大施又講仁王帝於衆中起拜慇懃儲后巳下並崇戒範有受法文其末云今奉請爲菩薩戒師便傳香在手而臉下垂淚斯亦德重人主也如此言晉王請爲菩薩戒

師者傳云隋主躬製請爲菩薩戒師之文及受戒時師白大士爲度遠濟爲宗名實相符義非輕約今可爲總持用攝相兼之道也王頂受其旨帝曰大禪師禪慧內融導之以法澤輙奉名爲智者故下云帝爲立號等〇鈔言天台山名等者傳說初至金陵夢巖崖萬重雲日半垂其側滄海無畔泓澄在下又見一僧遥伸手臂挽師上山覺謂門人咸曰此乃會稽天台山也昔僧光道猷法蘭晋宋英達無不栖焉因與慧辨等二十餘人挾道南征隱淪斯山先有青州僧定光久居此山積四十年盖神人也顗未至二年預告山民曰有大善知識當來宜種豆造醬編蒲爲蓆更起屋宇将以待之後徃天台與光相見光曰憶吾早年山上遥手相見否顗方知夢之詳也遂卜居焉等〇鈔韋虛舟下即韋虛舟侍郎所撰傳也言又入道場下顗初到大蘇見思思便云靈山同聽即示顗普賢道場爲說四安樂行顗乃於此山行法華三昧始經三夕誦至藥王品心緣苦行至是真精進句觧悟便發見共思師處靈鷲山七寶淨土聽佛說法思大師云非汝不證非我不知又在熈州白沙山如前入觀於經有疑輙見思來冥爲披釋等廣如彼說〇鈔廣如四諦品者疏云四聖諦者聖者正也無漏正法得在心故諦有二義一者諦實此約境辨謂如所說相不捨離故真實故决定故謂世出世二種因果必不虛妄不可差失二者審諦此就智明聖智觀彼審不虛故凡夫雖有苦集而無審實不稱諦無倒聖智審如境故故名聖諦瑜

伽云由二緣故名諦一法性也此諸法自性也二勝解故愚夫有初無後聖具二故偏說聖諦鈔云諦通二義聖之一字唯屬審諦瑜伽法性是實義勝解是審義今皆云四真諦者即實義也其四種四諦隨下四教中各爲引釋鈔苦以逼迫爲義下釋名相也然此名相正在小乘亦通大乘以大乘但推此相無生無量無作爾故下疏云四諦性相云何逼迫爲苦釋名辨相也即有漏色心出體性也增長爲集釋名也即業煩惱出體也下倣此寂靜名滅謂即涅槃出離名道謂止觀等等正八道此約相說通大小乘智論云小乘三是有相滅是無相大乘四諦皆是無相此但約通教義揀若無量無作即後二義對今鈔云但滅道釋名有異然出離與除患則名異義同累盡及寂靜通爲有異累盡唯爲滅惑成實

論說譬如燈滅則膏明俱竭若言寂靜非唯滅惑實乃法身常住寂靜爲滅即本來滅故鈔言滅者非先有今無名滅但未脩道未證得理現無故名滅言正道生者現起證得故名生言故得名真者下謂若諦實名諦真即是諦審諦名諦真與諦異境智別故二乘審知是苦等故玄義第二云四種四諦者出涅槃聖行品約偏圓事理分四種之殊所言生滅迷真重故從事受名而狹於無量即一偏事二偏理三圓事四圓理也疏通教言三乘同稟者問與藏教三乘何別荅巧拙不同利鈍不等以三藏析色明空故拙通教體色明空故巧故分利鈍也問若爾何用二乘同稟荅引小乘漸入實故○鈔從緣生法無性即空者問滅諦是無何名緣生耶荅因滅惑顯亦是從緣○鈔無

生四真諦者玄義云迷真輕故從理得名而不具德爲偏緣無性故空名之爲無非斷無也○鈔謂觧苦無苦等者義引涅槃也經云諸凡夫人有苦無諦以無審諦妄計爲樂也聲聞緣覺有苦有苦諦而無真實無無生也諸菩薩等觧苦無苦是故無苦而有真諦有無生諦凡夫人有集無諦聲聞緣覺有集有諦而無真實諸菩薩等觧集無集是故無集而有真諦聲聞緣覺有滅非真菩薩有滅有真諦聲聞緣覺有道非真菩薩有道有真諦等菩薩四皆言真諦者即四無生理也然言解苦無苦等者玄義云苦無逼迫相集無和合相道無不二相滅無生相等言不同初教下對前彰勝是摩訶衍下對後彰劣言未彰妙有中道者以未彰妙有故劣於第三未彰中道故劣於第四也或可後二教雖即不即異皆明中道此雖亦明中皆順入空故故前鈔云中亦即空等○鈔遣蕩十乘執心者以此教三乘同稟令三乘分達二空然猶成巳見故云傍爲言令漸通泰者法華經文如前巳引○鈔此雙證名及所被機者先出證意既三乘下證名二乘既學下證機云何下徵釋疏文也言聲聞學無生等者以二乘分解法空而不取證故下云以此義推二乘學二空也言但欲趣寂者法華信解品聲聞自述好滅沉空故言若聞無生下緣覺之人知其從緣生滅即顯諸法無有自體言即生滅而無生滅者緣生無性故不碍於生滅者無性緣生故○鈔羅漢得之者金剛經云實無有法名阿羅漢世尊若阿羅漢作是念我得阿羅漢道即着我人衆生壽者此四種統唯我相是

主宰義但由展轉約義故有四名迷識境故謂取自體爲我相計我未来展轉趣於餘趣爲人相計我過去從無始来種種生死爲衆生相計我現在一報命根不斷而住爲壽命相緣覺例上知之言菩薩得知下即般若心經云以無所得故菩提薩埵依般若波羅蜜多故心無罣碍故無有恐怖遠離顛倒夢想究竟涅槃等○鈔通則上通別圓下四教義云通前藏教通後別圓故名通教又從當教得名謂三乘人同以言說道體色即入空故名通教據此則正釋并引證是當教得名故疏云通者同也今此通妨是約通前後名通也所以爾者以此教菩薩中有二類根故謂利與鈍鈍則但見偏空不見不空止成當教果頭顯佛行因雖殊果與藏教齊故即今云下通二乘若利根菩薩非但見空兼見不空即中道分二種謂但中不但中若見但中別教来接若見不但中圓教来接故今言上通別圓只由此義故立通名不名共也問既通餘三豈不相濫答下疏云若覈其定實餘不成唯成當教中義也○鈔又言皆通者下牒疏釋也又別顯一意釋通上唯約機今正約法然有二意一云教理等八法上通別圓下通藏教以餘三教亦皆有此八法故此但名通非約義通二云此之八法三乘同學同脩同證故名通教也一教通等者約後義釋此唯通淺義也言偏真之理者即生空也圭峯悟我空偏真之理瑜伽八十二云聲聞理者生空偏真也或但明空未顯不空之德亦曰偏真涅槃云聲聞但見空不見不空等言巧度一切智者大品三智中即一切智也止觀云從假入空空慧相應即能破見思惑成一切智能得真體對愚法二乘拙度故云巧度拙折巧體故○鈔界內惑等者以煩

惱障發業潤生不出三界故云界内見道脩道位斷見思二惑二教同也但巧拙異故○鈔五行通者雖諦緣度不同而入見脩位中通是無漏行故○鈔六位通等者下鈔引智論及天台意云一乾慧地三乘初心通名乾慧大乘即是三賢若小乘説一五停心觀法華玄義第三云有定故言停有慧故言觀能斷邪定能制亂一數息治散二不淨治貪三慈悲治嗔四因緣治痴五念佛治障道廣抄第十一云界分別治者我不説念佛治障道應教説不同亦不相違二別相念處觀色蘊不淨受蘊是苦識蘊無常想行二蘊爲無我各別配故云別三總相念處觀總觀五蘊無常苦空無我已上三種總觀無生四真諦理故名乾慧意云未得定水故當外凡位二一性地自下定種性故性但脩得非本有故玄義云得相似無漏性水故若用總相念成三十七品如以無常爲門脩四念處勤脩四觀名四正勤定心中脩名四如意五根生故名五根增長遮諸惡法故名五力定慧調停名七覺分安隱道中行名八正道苦空等例上可知初發有漏善入暖頂忍世第一法皆名性地成内凡位二八人地謂隨信行人隨法行人體見假以發真斷見惑在無間道遠公云古婆沙説須陁洹向以爲第八對前七方便名第八故又從羅漢數之亦第八又心鏡鈔云見道八忍爲無間道智爲解脱道忍力大故准八忍名八人智隨於忍不別爲一即第八忍名八人地依智論第五十卷説四見地即是三乘同見第一義諦之理同斷八十八使盡也當初果倶舍頌云苦下具一切集滅離三見道除於二見上界不行恚釋曰見道苦諦下具十煩惱一貪二嗔三慢四無明五疑六身見七邊見八邪見九見取十戒禁取集滅二諦下各除身見邊見戒取各斷餘七合十四道諦下斷八除邊身二見此上皆欲界四諦下共斷三十二上二界四諦下各除一嗔於前三十二中除四各有二十八共五十六幷前三十二故成八十八皆見道所斷如倶舍論第十九説問下三諦何意無身邊二見荅身邊二見唯於苦果處執身爲我名爲身見執身斷常名爲邊見三諦非身故無二見問戒取之人何故迷苦道二諦耶荅戒體是苦取以爲淨故迷苦諦邪戒非道取以爲道故迷道諦問何以戒取集滅處無荅

戒取有二一非因計因迷苦果起二非道計道迷道諦起故集滅二諦無戒禁取如弘決及淨名疏鈔心鏡鈔說廣鈔第九云集滅離三見者身邊二見及戒禁取身是苦本觀苦諦時已斷邊見依身故亦隨斷集諦不計非道爲道滅諦又非修行之位故皆無戒取可斷戒禁取者非道計道也又成實論意云唯計戒爲得道之因不知得果在於違理而修觀行則是戒取非狗牛等戒方爲戒取五簿地發六品無間道斷欲界俱生煩惱六品證第六解脫欲界煩惱簿也當第二果六離欲地謂斷欲界五下分結盡離欲界煩惱也當第三果一身見二戒取三疑四欲貪五嗔恚俱舍二十一云何緣此五名順下分順益欲界由貪嗔不起欲界設有能起由身見戒取及疑還下故頌云由二不起由欲三後還下故云順下分七已辨地發真無漏斷五上分結一色及二無色愛三上二界掉舉四二界慢五二界無明貪過重故二界別明餘三輕故二界合說有此五結不起上界名順上分俱舍二十一云此五順益上界故名上分弁八十八使見修斷盡此三界事究竟故云已辨不能侵習氣故當第四果八辟支佛地緣覺功德力最大能

侵除習氣故如燒炭成灰九菩薩地從空入假道觀雙流深觀二諦斷習氣色心等無明得界外法界道種智遊戲神通學佛十力淨佛國土等故十佛地機緣若熟以一念相應慧觀真諦究竟頓斷殘習坐七寶菩提樹下以天衣爲座現帶劣勝應身成佛爲三乘根性轉無上四諦法輪緣盡入滅正習俱除如炭灰俱盡故智論云聲聞智慧力弱如小火燒木雖然猶有炭在緣覺智力強如小火燒木然炭盡餘有灰在諸佛智力大如劫火炭灰俱盡等問今鈔何故唯齊辟支佛耶答大品云菩薩從乾慧地至菩薩地皆覺而不取證佛地亦覺亦證據此後二地非二乘所證故唯齊第八也問若爾菩薩佛地既異二乘何言通耶答名雖有異同是無學應共得二

涅槃共歸灰斷證果是一名義不殊是名同義究竟同也○鈔九無間同者亦名九無碍即無碍即無間道取斷非想一地九品思惑時名有一無間道正斷惑也以前八地或與聲聞伏斷不同唯此因通也言九觧脫者即觧脫道親證果時或前智斷惑巳有離縛義故二種涅槃有餘依無餘依二種同也○鈔通義有八下通妨謂有問言通義有八何不言通理通智等而徧名通教耶故此荅也可知○疏無量四真諦者前通約理智許二乘同學無生此約量智揀於二乘知麁相相不知苦等各有無量故涅槃聖行品云迦葉白佛言世尊昔佛一時在恒河岸尸首林中爾時如来取其樹葉告諸比丘我今手中所捉葉多一切因地草木葉多諸比丘言因地草木葉多不可稱計佛言我所覺了一切諸法如因大地生草木等葉爲諸衆生所宣説者如手中葉迦葉難云如来所了無量諸法若入四諦則爲巳説若不入者應有五諦佛讃迦葉今汝所問能益衆生善男子雖復入中猶名不説何以故善男子知聖諦有二種智一者中二者上中者聲聞緣覺上者諸佛菩薩善男子知陰爲苦名爲中智分別諸陰有無量相悉是諸苦非是聲聞緣覺所知是名上智善男子如是等義我於彼經竟不説之次歷入界如陰所説又別歷色等五陰一一皆言有無量相其集滅道各有無量相也鈔即第三四諦者玄義云無量者迷中重故從事得名苦有無量相十法界果不同故集有無量相五住煩惱不同故道有無量相恒沙

佛法不同故滅有無量相諸波羅蜜不同故又涅槃疏云苦集該於分段變易二種因果滅道統收分段變易兩種對治觀法寬廣故云無量不同小乘苦集只在分段因果滅道但是分段因果對治而寬於生滅○疏如聵如盲者彼四教中言如聾若瘂以信解品云見父踞師子牀故今用入法界品云如聾如盲然天台以此不涉二乘名別而吾宗亦以此聾盲故名別二別字雖同而二義天隔學者知之○疏圓以不偏為義者不偏即滿故證以圓滿經而四教儀云圓明圓妙圓滿圓足圓頓故名圓教也雖以五字釋云皆以不偏之義謂偏則不明偏則不妙等也是則不偏是通釋名明妙等是別釋名也○鈔畧無無作四諦之言者以前鈔總標四種今疏畧無若欲釋者下疏云又此四諦非唯但空便為真實今了陰入皆如無苦可捨無明塵勞即是菩提無集可斷生死即涅槃無滅可證邊邪皆中正無道可脩無集無苦即無世間無滅無道即無出世間不取不捨即同一諦鈔釋云即無作四諦也○言非唯但空者揀上無生但顯空義便為真實正是所宗今言陰入皆如者前云即空今云即如理已別矣又言無苦可捨非是空故無有可捨今體即如如外無苦何所捨耶此句言如如尚似空集諦言無明塵勞皆即菩提豈同前空菩提體外無別可斷不同無生空無可斷前則空中無花云何可摘今則波即是水不得除波下二諦例然生死即涅槃非是體空無生滅也邊邪皆中正非離邊外有中道非離邪外

有正道亦非無邊無邪無可修也細尋可見勿濫無生（上皆下疏鈔云）法華玄義云迷中輕故從理得名以迷理故菩提是煩惱名集諦涅槃是生死名苦諦以能解故煩惱即菩提名道諦生死即涅槃名滅諦而具德故爲圓釋義第三云即事而中無思無念無誰造作故名無作又無作約行望後更無餘觀可作名爲無作以究竟故鈔言不思議因緣者下以不思議言貫通兩處此貫通佛性中道二又因緣下貫於因緣言二諦即真俗下釋二諦中道義有其兩釋一約三諦各別釋如起信依第一義諦之一心開真如生滅二門名真俗二諦二言又融二諦即是中道者只融二諦便是中道更無別體言不似下揀前通教無相多約真諦以明雖有俗諦有義少分說故別教歷歷區分多約俗諦以辯雖有真諦無相少分說故○鈔通多約理下問與前何別真諦與理通教是同俗諦與事別教有異如唯識等說百法三科等皆約俗諦明異即事理皆異唯識云前所說唯差別相依理世俗非真勝義今事唯有爲事法與俗不同也又真俗二諦明淺深無謬云諦理事語其體故不重也言無理不明下重釋具足義也上之無礙亦具足義故○鈔即圓融之機者以心智融通無阻滯故堪可信受圓融之法故以名也○鈔即晉經者彼經入法界品善財參顗勇光明守護衆生主夜天（今唐經云大顗精進力救護一切衆生主夜神也）彼天爲說過去本生時爲善伏太子於寶光世界中有閻浮提中有城名寶莊嚴彼有大林曰善光明中有道場名善華有

佛出世名法輪音聲盧空燈時城有王名勝光人民多造罪業犯王法故因執囹圄太子慜之往父王所以身代救大臣譖故王欲誅之夫人白王願與半月假隨意布施後受苦楚太子往城北大林名爲日光於彼設大施會時佛知衆根熟大衆圍繞即往彼林爲太子并衆會說法門名圓滿因緣修多羅時八十那由他衆生皆起離垢清淨法眼等故頌中有此號中偈也言今當七十三經等者勘經以圓滿音說修多羅名普照因輪今能說音與所說法合爲其名又圓滿一字出晉經因輪兩言依唐譯故以名也又唐經言因者即晉經因緣義言輪者即晉經圓滿義普照二字即晉經所缺亦即圓滿義以今經頌中唯言法燈普照即晉經圓滿義也故云義即

大同名有小異○鈔對前結成者以圓別對前通教應說八事故八名雖同義隨教異意在後教被接於通教中勝機故皆說八也一教別下謂恒河沙數大乘佛法唯被菩薩故二理別下集玄云如來藏真識體上有恒沙性德行相各別對體真諦一味名俗諦故是教所詮故名理（即義理名理也）或是種智所了故名理三智別下即法空加行後得智以生空法空俱空皆有加行根本後得今欲別於二乘故但云法空又別教多約於事故唯言加行後得不言法空根本也又或道謂無漏種謂所知種類非一道智於種類諸法無所不知種之道智故道即是智或道者一切道般若云菩薩應學一切道謂聲聞道緣覺道菩薩道佛道於此諸道速令圓滿而不令其證於

實際以要嚴淨佛土成熟有情修諸大願故准此則所知之道種類不一故云道種道即是種道種之智二釋可知四斷別等者別斷所知障也見斷分別修斷俱生由此障故不達諸法故云無知即不染污無知也此乃所知障以不招生死故曰不染污即界外迷事惑也頭數廣多故曰塵沙以非正發潤招生三界故曰界外又言無明即迷理惑也止觀云若從空入假分別藥病種種法門即破無知成道種智能得俗體此雙證知斷也六位別下別教有七位一信位伏見惑當通教初三地謂乾慧地性地八人地二住位此位初住頓斷八十八使見惑當通教四見地次住至七住斷思惑當通教五六七八地後三住分斷塵沙當通教九菩薩地三行位全斷塵沙當通教十佛地四迴向位習中道觀伏無明今約通相三十心皆伏無明然約別二乘故不言斷惑唯言伏斷無明也言三十心即十住十行十向皆未起無漏真智以有漏道伏無明故堅強不退（賢者堅也）又玄義云定慧均名賢不均非賢如世賢人智德具足智則無所不閑德則美行無缺許由巢父乃可稱賢賢名賢能亦名賢善善故有德能故有智能善具足故稱賢人五十地位破十重無明謂從歡喜地已去發真無漏智方斷無明獲聖性故聖者正也以真正故六等覺位破十一重無明七妙覺位破十二重無明今鈔畧初一後二但揀別二乘故七因別者下謂十地滿心等覺位後前念金剛道爲因後念解脫道爲果今取前故八果別下解脫二字取上

後念對金剛之因故涅槃四德者即常樂我淨四德異二乘二種涅槃也○鈔一教圓者下言教圓妙不偏局故二理圓者下雖説二諦無不皆契中道圓融理故三智圓下一切智即真智種智即俗智雙融真俗二智爲一智名一切種智也鏡玄記云以真理周徧一切色心等法與彼爲性根本智能證此一切法所依真如理故依主爲號名一切智又有爲法色心種類有衆多故以後得智能知種類法故從境爲名是種之智名爲種智亦依主釋又楞嚴鈔云道種智見俗諦理一切智見真諦理一切種智見中道諦理四斷圓下無漏智起時性相無礙方能斷結故云無明惑斷也六位圓下彼説圓教有八位一五品弟子一見聞隨喜二讀誦思修三説法利生四兼修六度五正修六度能伏見惑二十信位初信斷見惑盡二至七斷修惑盡後三斷塵沙惑盡三十住位四十行位五十向位六十地位七等覺八妙覺此四十二位斷四十二種無明盡成佛也然能一位具足一切諸位功德故爲圓也七因圓下言自然流入者皆契中道不假功用流入佛果海故止觀用瓔珞經云二觀爲方便得入中道雙照二諦心心寂滅自然流入薩婆若海八果圓下三德之果如前三點成伊處已引釋問何故後三教各分八義唯藏教不分八義耶答彰其最淺故不明其八事但從能詮立藏教名

華嚴會本懸談會玄記卷第十九

音釋

淄（仄其切水名）鄞（魚怯切）鴆（音振）顗（牛豈切）蹶（居月切說文僵也）

蛻（他外弋雪二切）泓（於紘切水深也）譛（莊賃切讒也）

華嚴會本懸談會玄記卷第二十

蒼山再光寺比丘　普瑞　集

○疏文此四教由三觀起等者由依假空中淺深法門及其觀行優劣不同起言詮說亦有差別乃爲四教○鈔然依中論三觀之偈者出其所宗也止觀第一云智者師事南岳南岳事慧文禪師文師用一心依釋論是龍樹所說即以龍樹爲彼宗高祖師也是則智者已前但傳觀而已依觀立教智者方周故但云天台四教也○鈔三離合用之等者只用初二句成初二教名離通用四句成後二教名合若爾何以次文令合初二句成初二教荅對四句各別故此名合若對後通用四句却名爲離言如云從假入空下牒疏此直語因緣所生色心等爲假入析之無體方爲即空或說色心等從緣故假無性故即入空言義同下以此師所立之義同彼論文下皆准知即離用也從空入假者下我說即是空入亦爲是假名此空後明假深於空也即從空出假權實施設故不同藏通二教直語因緣所生爲假復從假入中此次第入故爲別一心俱入故名圓故云通用四句爲別圓二教也問中論此偈爲是何教中收荅是圓教兼餘教義似此例者豈可定判鈔言從假入空析體異者下已上總明大意此下別消疏文謂觀下總標云何下徵釋初析色中有二初總相分析一色蘊爲十一分故色蘊空又於下別相析法爲空謂觀一眼清淨色根能造四大所造四塵離八微外而無色根百法鈔云且能造中地大極微未來世中而有無

限各各别住若爲能造時便遷至現在七箇合爲一微而有方分作用俱起方名能造地大既爾餘三大亦然所造色香味觸皆爾如色塵極微未來世中亦有無限各各别住若合爲所造時便遷至現在七箇合集一處方名所造色塵既爾餘三亦然每造一塵時便有一具四大至如欲界一小色法有一百四十箇極微所成且如所造中有四塵每塵各有七極微成四七二十八又所造四塵每一塵中皆有一具四大每造一大中有七極微成還有二十八四具四大足成一百一十二兼前所造二十八箇極微足成一百四十箇極微而言微者是極少義或有頌云極微微金水兎羊牛隙塵此爲八微今析故成空說此觀行之言名爲蔵教○鈔若云因緣所生

下謂此色根向若有體不應假緣方有既假緣有故知性本自空何須分析方始空耶故云即空問此中何以離用初之二句成蔵通二教不合用四句耶荅蔵教明因緣生法猶是假有更深推究要析盡方得名空即成之義尚且難成況空入假等耶是知蔵教正唯初句兼次句也復何能入三四句耶通教雖體達即空亦無任運施設權宜化用之假雖有中名終歸空理故弘决志云許有當教假中二名未見别理唯成但空等○鈔三觀迻遷者次第觀察展轉造極言動寂無二者約能觀心遠離空有者約所觀境所觀遠離空故能觀心不沉寂所觀遠離有故能觀心不動亂不寂故雖廓爾無相而應動無方不動故雖嚴土利生而畢竟無相依次第觀察之

法門以言宣說故故云別教○鈔三觀一心下以無念之一心寂照居懷三一互融而俱存三一雙亡而無在一心通達既爾念念皆然依圓融觀行法門以言顯示故名圓教止觀云為破二邊名中為破次第三觀名三觀一心實無中及一心定相○鈔餘師或云等者劉公等慈恩慧觀等光統等如次配云皆局定一經故為所揀故彼師云下此約部帙具教多少言三藏但者小乘經設說大乘之義亦多分小乘義相故名為但即阿含等經五部等律俱舍等論但名小教故法華玄義云三藏客作但是方便唯半不滿釋經中客作賤人等意以長者引之方便且令客作不得昇堂喻如來隨機方便等言方等對下對小而存愚法玄藏云方等彈呵則半滿相對言般若帶下廣慧之小大品領教帶半論滿半則通為三乘滿則獨為菩薩言華嚴兼者以彼宗迷華嚴一分行布之義謂兼別說圓也言法華無復下以正直捨方便但說無上道故唯圓教玄義云法華當財廢半明滿若無半字方便調熟鈍根則亦無滿也○鈔淨名云下言是身無常等者決擇記約生老病死配之緣初起名生本無今有故無常也老奪盛色故無強也病為疾苦所侵故無力也死來滅壞故無堅也此約麤事無常亦云一期無常言速朽之法不可信也者此約細相無常亦云剎那無常若悟此生滅無常得四沙門果故即藏教義也言不生不滅是無常者天台疏云若了諸法非生非滅橫計生滅故以四句檢生叵得即無有滅是則不生不滅即無常義餘義如前言富樓那章等者

非富樓那爲諸比丘說法時淨名責云唯先當入定觀此人心然後說法無以穢食(喻如小法)置於寶器(喻如大根)無以瑠璃(喻小乘法也)同彼水精(喻大乘法)乃至淨名入定令諸比丘自識宿命皆發大意等正別教也反顯大法小根不預故言須菩提章下斷婬怒癡乃聲聞也與婬怒癡俱乃凡夫也大士了婬怒癡即是涅槃所以不斷不俱又即性故不斷即相故不俱是則斷之不斷不斷之斷方爲真斷也言不壞於身而隨一相者以聲聞人由滅諸見方同無相故大士達身見空即是一相也又理不礙事故不壞身事不礙理故隨一相言不滅癡愛等者聲聞以癡噎智要滅癡以方明以愛繫心因除愛而方脫大士了達癡愛性空即明脫也又明與無明性無二故不滅癡而起於明了本無縛真解脫故不滅愛而起於脫又彼疏云不斷等二句了惑即性爲集諦不壞等二句悟陰即理爲苦諦不滅癡起於明漏即無漏爲道諦不滅愛起於脫縛本無生今則無滅爲滅諦也是爲無作四真諦圓教義也而鈔言等者等取以五逆相而得解脫亦不解脫不縛以真隨妄緣而即性故得解脫亦滅諦也○鈔般若部中唯有三教下問前云般若帶小說大既是帶小豈無藏教耶荅般若帶小說大小是通教之小非藏教之小故無也有通教者三乘皆學般若故有別教者雖廣說佛德二乘無分故有圓教者有色即空等義故○鈔涅槃十仙果證羅漢者彼經三十九及四十云闍提首那等十仙外道聞佛說常樂我淨聚衆白阿闍世王王

領外道同見佛論議各各詞屈求法出家十仙者一婆羅門闍提首那二梵志婆私吒三梵志先尼四梵志姓迦葉氏五梵志富那六梵志淨名七犢子梵志八納衣梵志（上八皆證阿羅漢果）九弘廣婆羅門（發菩提心）十須䟦陁羅（亦證阿羅漢果）彼疏云初二人邪見外道說涅槃法爲無常故次二人我見外道富那及淨名邊見外道犢子是疑心外道疑道有無并疑得者納衣是自然外道說一切法皆自然有亦邊見攝弘廣及須䟦戒取外道弘廣執取乞食為道須䟦執取苦行為道問既皆外道何以速能得道荅止觀云若福德法昇天甚易取道則難見是慧性沈淪亦易悟道甚疾言具於四教者會解十仙一發大心然從多分云皆證阿羅漢果即唯當藏教餘畧不指寂照則十仙之中自具四教謂淨名梵志求法佛說捨故不造新是人能知常與無常梵志云已知已解佛徵云何知解荅云故名無明與愛新名取有若人遠離無明愛不作取有真實知常無常半月後得羅漢果即藏教也須䟦陁羅求法佛荅一切法皆是虛假隨其滅處是名實相乃至三乘觀故得三乘菩提即通教也弘廣婆羅門問法佛荅云八聖是真涅槃是常如一城無孔竅唯有一門其守門者聰明有智善能分別可放則放可遮則遮城喻涅槃門喻八正守門喻佛婆羅門言如來善說微妙法義我今實欲知城知道自作守門乃至此賢劫中當得作佛此別教也犢子梵志問法佛荅若人脩習止觀得十地乃至首楞嚴三昧（此云一切事竟楞嚴鈔云此之三昧能觀三科七大等諸法皆如來

藏故云尒也無上菩提此圓教也○疏又更以四種化儀收之者上以義類分判一代時教令又判一代時教有四種化生儀軌法式此總判部帙漸説頓説等言收之者以此四儀收前四教故頓儀收圓別二教餘三儀各具收四教然智者於妙玄初亦同南中諸師唯立頓漸不定三教後方開於不定復成秘密故有四義問探玄云一三藏教亦名小乘教二通教亦名漸教三別教亦名頓教四圓教亦名秘密教其故何耶荅復是一理亦但傍義立名雖有六度菩薩説在小乘故從藏入通名漸別望直入大乘名頓圓以聲聞如聾如盲故名秘密無執一文爲定也○鈔二始從鹿苑終至鶴林三乘一乘並稱爲漸者此與四教儀異彼云漸教者即以阿含方等般若爲漸教不至法華説法華云開前頓漸會入非頓非漸等今鈔意者天台頓漸二儀既用前劉公等義劉公所立漸義本如是故又況智者妙玄第十釋漸教相云如涅槃經十三云從佛出十二部經從十二部經出修多羅從修多羅出方等從方等出般若從般若出涅槃如此等意即是漸教相也又始自人天二乘菩薩佛道亦是漸也即以五味皆名爲漸故至涅槃皆稱漸教不入則四化儀教收經不盡也○鈔然此二教下問此頓漸二教本是劉虬所立何故疏云同前岌公故此荅也意云以南中諸師於頓漸外加不定以爲三教已復於漸中開之初開有三對唐三藏等故云初開之謂有相無相常住即是岌公所立此開漸儀中所收藏教同彼有相通教同彼無相別

圓同彼常住以常住教有圓融歷别二儀故劉虬所立頓教岌公亦許立之若指劉公頓義可同漸中既分五時義乃多别故云漸頓如前岌公或可劉公唯頓漸二教岌公兼有不定今天台亦有不定故唯指同岌公頓漸也立不定教雖有多師然漸中開合岌公首有名字故指同也○鈔而與前不定不同者前約時前後大小不定此約隨說一法二根互聞不同即本質教不定大定小二根互知影像亦不定也互不相知者但影像教上有秘密之義也問若大小互之何有别教答聞小者但總相知彼人聞大何能委知其法門縱許皆知自亦無分問大小互不知何有通教答聞大者一類通教法門不遮廣慧二乘亦修學故○鈔大師判教本意如是者以判溪禪師已來但以法華爲非頓非漸故於今宗大師本意也後來宗徒失天台之本意也致使四儀不收盡一代時教也○鈔又謂圓教亦名爲頓者此約化法中圓即頓以非漸次歷别爲頓即圓融之義名頓故彼釋名云圓謂圓明乃至圓頓同前故名圓教若化儀中頓不得即圓唯是頓義也言止觀云者證成圓即是頓以彼立三重止觀一漸次二不定三圓頓釋第三云菩薩聞圓法起圓信立圓行住圓位以圓功德而自莊嚴以圓力用建立衆生等皆華嚴賢首品意也言華嚴爲頓頓者上頓字化儀下頓字化法圓即是頓義也法華名漸頓者漸字化儀頓字化法亦圓即頓義也以是下釋成可知然法華補注義師破此義云根本即是法華一乘圓頓止觀

清涼棄之別立華嚴名爲頓頓形斥法華謂之漸頓遂立三重止觀之外別立一種頓頓觀門乃棄於法華根本之實而隨華嚴兼別之權抑實揚權何有利益以天台判四時頓漸並是所生枝末之法清涼不曉却立華嚴以爲頓頓豈非乃是隨於末見耶又華嚴歷別及以圓融經文顯然妄謂頓頓一槩圓融法華開顯微妙一乘謬言漸頓劣於華嚴上全是彼破文會解評曰義師爲曾見此中頓頓義故作此破者是不曉清涼之意可謂大無識度也若曾不見此文而破者妄生破斥無根之談是可笑也此中清涼出汝天台大師之本意何曾自教中別立頓頓觀門頓頓觀門却是汝自宗立也若清涼自宗華嚴圓教具圓融行布同別二門十十無盡汝宗三觀三諦之圓尚但唯得同之一門況欲與之齊耶今明頓頓是汝宗大師本意以汝後人不識汝大師本意以法華爲非頓非漸故特出大師本意爾何以妄救耶又汝若以華嚴爲末者玄義辨二經十異竟結云種智法界等無差別豈以華嚴法界爲末耶又智者既以華嚴爲頓教餘經爲漸教開頓說從華嚴開出漸教令漸入頓會漸還入頓教即法華也又判漸教五味皆漸涅槃在法華之後說正當第五味豈非法華亦漸耶若法華非漸屬何化儀所收若言化儀唯收枝末者則四儀有攝經不盡之失法華亦有無化儀失也當亡情體之疏義似小濫者約刊定意教義實有濫約下會通故云似也○鈔特違至教失者即法華云不得親近小乘三藏學者○鈔文有

四節下一出三藏下通濫涉大乘失特違至教失二立三藏下稱通濫涉大乘失及不定失三明後三下通大無三藏失四明不名下別通不名小乘難也巳知總意次別消文言濫涉之失不在於巳者此但假設出意若作此救亦未免過故前云正許初失以難中故今推過不在巳者以依二論故若有難言下二師異說一云言隨自宗者隨小乘自宗隨他宗者隨大乘他宗以大乘傍呼彼小乘名二藏非共許名也一云自宗即大乘自宗呵彼之語名爲小乘他宗即是小乘隨他小乘宗中讃美之言故云三藏既大乘隨小乘云三藏則非大小共立三藏名也二釋之中前解似勝若依後義則不成難大乘既隨小乘他宗名三藏小乘自論亦名三藏豈成違耶今以大乘名三藏者是隨他大乘中宗說豈小乘自宗亦名三藏耶故成難也思之故今荅意云若智論中三藏名是隨大乘他宗名爾成實論是小乘云何亦言我今欲說三藏中實義此三藏名豈是隨他大乘宗耶由此義故濫涉之失亦不在巳言即由上義不違至教者即由上智論及成實論皆但云三藏無小乘言故不違法華至教也或法華言小乘三藏亦但如智論隨自他宗立名非是以小乘言揀異大乘故不違至教也言以羅什等者問上說智論隨自他宗何干法華而會云不違至教耶故此荅也或可唯依智論隨他宗云三藏今欲成文故加小乘爾問爲欲成文何不加於三藏之義而特加小乘二字耶小乘之過下荅也不訶所詮三藏但責狹

小之心故加小乘二字爾○鈔亦猶五塵皆色等者五塵通具變礙義故總稱色也而眼所緣者是可見有對由麁顯故獨得總名餘者是不可見有對等不顯著故各受別稱○鈔即涅槃第二等者彼經云譬如國王闇鈍少智有一醫師性復頑嚚而王不別厚賜俸禄療治衆病純以乳藥亦復不知病起根源雖知乳藥復不善解或有風病冷病熱病一切諸病悉教服乳復有明醫曉八種術善療衆病知諸方藥從遠方來却爲王說種種醫方王聞敬信舊醫癡騃驅令出國令衆斷乳以種種藥療治衆病皆得安樂等○鈔狗等戒者下鈔云十住毘婆沙云多諸外道有持牛戒者鹿戒者狗戒者馬戒者象戒者釋曰此皆外道所持惡戒通由二因生此妄計一由天眼見有衆生從鷄狗等即生天上故二由非理尋思妄生此計婆沙一百四十四有二外道一名布剌拏憍雉迦受持牛戒二名頞制羅棲伱迦受持狗戒二人異時往詣佛所種種愛語相慰問已時布剌拏先爲他問此棲伱迦受持狗戒修學已滿當生何處世尊告曰汝止莫問復再三請佛以慈悲告言諦聽受狗戒若無缺犯當生狗中若有缺犯當墮地獄聞佛語已悲泣哽噎不能自勝世尊告曰吾先告言止不須問今果懷恨時布剌拏白言不以此人當生狗趣故我悲泣然我長夜受持牛戒或恐亦當爾耶唯願大悲爲我宣說世尊告曰准前應知此等皆由不了真道婆沙又問云何受持狗戒牛戒名無缺犯答一如狗法一如牛法名無

缺犯也○鈔十善道者不殺不盜不邪淫不妄語不綺語不惡口不兩舌不貪不嗔不邪見鈔九十五種者薩婆多部律説外道六師各有十六種所學法一法自學餘十五種各教十五弟子師徒合有九十六外道一種順正故言九十五種也即九十五種外道所説鬼神之法皆從邪定而起或於定中知世凶吉現神變相也○鈔四無量者即慈悲喜捨此四定爲生色界因亦能發天眼天耳他心宿住神境五通也○鈔因身邊見下執五蘊身爲我我所是名身見執身常斷是名邊見由計我身既有斷常故起斷見撥無因果也次正慧中見我身而有斷常必有因果相生故起世智説有因果也然上舊醫各有邪正三學者全乖正理名邪似鄰內教名正智論云十善戒佛不出世世常有之故名舊戒凡夫亦修八禪故名舊定等對今佛出故稱舊也○鈔即是新醫從遠方來者（經文如上）彼疏云明醫喻佛能宣治法故説爲醫曉八術者一知病體喻佛知煩惱輕重二知病因喻知煩惱起因謂不正思惟及邪師教三知病相喻知煩惱相如瑜伽説貪心即下慢心即上等四知病處喻知煩惱起處謂順逆境等五知病發時是如是病喻知煩惱起時少時老時貪富寒熱饑飽時六知其藥體喻佛知不淨觀等七知此藥治如是病喻知不淨治貪欲等八知禁如是病忌如是食等喻知不淨觀時不應取彼順情境等善療知方八種差別如阿含中具説言從遠方來者真理難見喻之爲遠應能隨感故名爲来○鈔五種得戒

者一善来得謂佛命善来比丘時爾時得戒即尊者耶舍二見諦得謂五比丘一云此時得二云見諦巳後爲受從見諦爲名初解爲勝受時未有僧故然唯初非後後巳有僧故三三歸得六十賢部共集受戒等部者類也此六十人是尊者耶舍少小朋友聞尊者耶舍歸佛出家遂亦出家聞三歸時即得具戒四八敬法即敬受八法謂大愛道尼此時未有尼故唯此一人或及眷屬五百同得巳後不得以有尼故(八敬如前)五羯磨得此云辨事能成辦一切比丘比丘尼僧事故即中國十僧邊國五僧羯磨方得戒也言一切律儀者律者法也儀者式也無作有作者舊譯也新云有表無表依俱舍說一師云表色有變礙無表隨彼亦受色名第二師云所依大種變礙故無表業亦名爲色也涅槃云菩提王子意疑比丘善心受戒至惡心時失比丘戒佛言戒有七種從於身口有無作色以是無作色因緣故其心雖在惡無記中不名失戒猶名持戒以何因緣名無作色非異色因不作異色因果釋曰此有兩重荅問之意前荅不失戒因因無表故後非異色因下自釋無表得名色所由言非異色因者明以色爲因不是異色之外別爲因也言不作異色因果者特明作色果也不作異色之外別物之果既以色爲因不異色作果故無表戒得成色也言如五部毘尼者如前所引○鈔八背捨者一內有色外觀色背捨二內無色外觀色背捨三淨背捨身作證四無色定及滅受想定爲八背捨止觀云斷惑究竟名解脫若惑未盡

定未備但名背捨背者猒下地及自地淨潔五欲捨者捨是着心故或果中說因語八解脫爲八背捨義亦可通弘決十四云若言背捨解脫但名異者乃成大妨違婆沙等故言九次第定者四色四無色及滅盡定爲九行者自試其心不令異念得入於此功德心柔輭善斷法愛故能心心相次如智論第二十四卷聲聞法中說言發六神通者百法鈔云六通以慧爲體故依定發也且初明天眼天耳通者先要得四禪定修加行時於近色聲而作遠想於遠色聲而作近想障内者作障外觧障外者作障内觧問若爾應成顛倒答以不妄分別實計爲内外等故非顛倒由此加行極淨修持至成滿位勢力所引法爾便能依根發通見聞障内障外遠近色聲二辨他心通者於加行時先觀他人善惡二色比擬他心善惡二事由此加行極淨修持勢力所引至根本位若觀他心時變起依心相分即於如是相分之中便能達於他人之心善惡等事三明宿住通者於加行時先要假想於過去一生兩生或大或小住胎出胎善惡等事由此加行極淨修持勢力所引至根本位正發通時法爾能現過去等相於相分中而能觀達過去一一生事四明神境通者於加行時想於自身如同飛花輕舉自在由此加行修持圓滿勢力所引至根本定位任運復能發生神通飛騰虚空若鐵若金不能障礙五辨漏盡通者隨三乘性於加行位作四諦十二因緣三性三無性等觀伏除二障由此加行修持圓滿勢力所引後至根本定位

任運能生漏盡通法問如是六通於彼四禪八定之中是何等定能引發耶荅有大小乘所說各別若小乘說前五通依四禪根本定起以勢力廣大能引發神通未至中間慧多而定少四無色定多而慧少又云發通必依止觀均地欲界散地無勞簡辨四禪定近分觀多止少四無色地止多觀少是故唯依四禪根本又云欲界散地無通四禪近分無別處所無色界無色皆無眼耳通是故唯四根本也若漏盡通四禪根本未至中間下三無色皆能引起皆許有無漏若大乘說前之五通與小乘同若漏盡通上二界八地總有以有頂地遊觀無漏不無等問初禪有中間禪及未至近分何別荅中間禪即大梵王天在有尋有伺地上無尋無伺地下而中間故中間禪言未至定者即加行定未至根本故近分者亦加行定於根本分有通悅義故即初禪未至近分體一義殊而有二名若二禪已上但名近分不名未至已有定故○鈔身邊二見者唯識云薩迦耶見謂於五取蘊執我我所一切見趣所依爲業等彼疏云具云薩迦耶達利瑟致經部云薩是僞義迦耶是身達利瑟致是見身是聚義即聚集假應言緣聚身起見名爲身見薩婆多云薩是有義迦耶等如前雖是聚身而是實有身者即是自體異名應云自體見大乘云僧吃爛提底薩便成移轉義以心上所變之法故言移轉身見依五蘊起此我見諸見得生執斷常名邊見言六十二見者對法第一云如計色是我我是色色屬我我在色中一蘊有四五蘊有二十句三世各有二十爲六十加身即我見我異身見爲六十二又計常無常等爲六十二見言十一智者離世間品疏云一法智二比智三他心智四世智五苦智六集智七滅智八道智九盡智十無生智十一如實智止觀云世智他

心智照俗八智觀真如實智觀中道問法花釋籤第四云大品說十智小乘第十一智屬大乘答此是局義次云大小通立如實智今依通義故亦緣小乘中道此是天台意也言三無漏根者回向疏鈔引俱舍說一未知當知根謂在見道八忍七智如苦法忍與疑得俱未知苦諦名未知後至智位必當知故名未知當知根如苦忍既爾餘七忍亦然中間七智雖能證知良由知諦未遍中間起故亦名未知當知於已知根道有增上用見道引修道故名根二已知根從道類智已去乃至金剛喻定皆修道上下八諦總已知竟無未曾知但為斷除迷事煩惱貪瞋癡慢四隨眠故於四諦境復數起智知名為已知於具知道有增上用引無學故名根三具知根在無學道謂盡智無生智作知已已知之解故名為知有此知者名為具知於涅槃有增上用由具知根心得解脫心若解脫方證涅槃故名為根○

鈔法句經者後經六度皆融至空寂今唯證三學但引二偈以證戒定耳如施云說諸布施福於中三事空究竟不可得施福如野馬忍度云若見嗔恚者以忍為鞿鞅知嗔等陽焰忍亦無所忍進云若契精進心是妄非精進若能心不妄精進無有涯般若云森羅及萬像一法之所印云何一法中而生種種見一亦不為一為欲破諸數淺智之所聞見一以為一其戒定二偈如鈔言無智無得即般若心經意也或暗用法句經一亦不為一即是無智亦無得也言般若無知者即肇公般

若無知論意也既般若無知何有慧相可得言意融三者融其執定相三故○鈔一一法門下此以三學既皆不離法性又以一性統之三學中別明一一法及自餘一一法豈定別耶亦不令其無礙以是別教歷別修故不同圓教明無礙故不同通教融至空故不同藏教三學迢然故論云下起信論也五欲謂色聲香味觸此皆能令有情起貪欲過故名五欲以知等三句皆是解隨順等三句皆是行也論中亦說六度今唯證三學但引三度也言等者等取諸經似此者故鈔三僧祇劫者從初發四弘願一未度者令度緣苦諦二未斷者令斷緣集諦三未安者令安學法也緣道諦四未得果者令得果緣滅諦且第一僧祇如釋迦菩薩從古釋迦佛所婆沙云過去久遠人壽百歲有佛出世名釋迦牟尼剎帝利姓釋種中生母名摩耶父名淨梵子名羅睺羅所居之城侍者弟子出五濁時皆如今佛時彼世尊化道有情恒涉道路爲風所薄肩背有疾令阿難陀往陶師家求胡麻油及以煖水以爲吾塗洗時彼侍者至陶師家廣讚佛德求索油水時彼陶師名曰廣熾辦胡麻油及以香水爲佛灌洗風疾除愈佛爲說法彼聞歡喜即發願言願我未來當得作佛名號眷屬時處弟子如今世尊等無有異彼陶師者即今釋迦是也至罽那尸棄此云寶髻佛值七萬五千佛初劫滿離女身及惡道識宿命准望二乘當五停心總別念處以慈悲心行六度名外凡第二僧祇自尸棄佛至燃燈佛值七萬六千佛名劫滿得受記當來作佛當暖位解修六度名內凡第三僧祇自然燈至毘婆尸此云勝觀佛值七萬七千佛名劫滿當頂位修六度故俱舍云八十中大劫是劫一增三無數減爲一中劫火災壞世界時爲八十中劫令此中劫有三無數故云三僧祇也此後更有百大劫脩佛相好然釋迦菩薩由精進故

超過九刼唯九十一刼脩相好成如契經說過去有佛號曰底沙有二弟子一名釋迦二名慈氏彼佛觀二弟子誰根先熟慈氏先熟復觀二人所化有情釋迦所化先熟念欲令彼機感相過故捨二弟子入山後釋迦尋見師龕中入火界定忘下一足經于七日說一偈讚云天上天下無如佛十方世界亦無比世間所有我盡見一切無有如佛者由此精進超過慈氏九刼但九十一刼成佛也言別脩六度各有滿時者如尸毘王代鴿檀滿依賢愚經毘首天化爲鴿帝釋化爲鷹逐鴿至尸毘王前入腋下鷹索鴿三割肉代之與鷹轉秤轉重王割肉無各天復本形驗知將來必當作佛故普明王捨國尸滿此依仁王經說若智論乃是須陀摩王即華梵之異爾此王持戒常依實語欲出遊觀始至城門有一淨行來乞王曰待我還國一時有馬王名曰鹿足與山神誓取千王唯少一王飛來捉王將去時王涕泣鹿足語曰汝大剎利人何故泣耶王曰我不畏死以不曾妄語適來出城許一淨行施令失信矣鹿足放令還七日復來鹿足坐信即放千王也羼提仙人爲歌利王割截無恨忍滿如常可知大施太子抒神與切訓除也酌也酌海水也海進滿即大施太子爲國人民入海採寶得如意珠海神因其寢臥奪珠還海太子發願抒海求珠以濟衆生諸天問之呑以生生不休息諸天念其精進故助其神力抒大海水減半龍即還珠尚闍黎鵲巢頂上禪滿螺髻仙人名尚闍黎此仙人得第四禪無出入息端坐一樹下兀然不動鳥見不動謂之是木於項上生卯仙人定起乃覺其鳥生卯頂上即思惟曰我若起行鳥母不來卯必破壞乃再入定鳥子飛去方起遊行也劬嬪大臣分闍浮提七分息諍智滿具云劬嬪陀婆羅門大臣分闍浮提大地作七分若干城邑聚落村民盡悉皆作七分即菩薩大心思惟分別也此是事禪智但能伏惑故此六度滿望聲聞位是下忍位也言皆是有漏者以三祇六度滿望聲聞位方當下忍位次入補處生兜率天托胎出家降魔安坐不動爲中忍次一刹那入上忍皆是有漏故云未入見道言以無常狼者此約喻顯法毘柰耶雜藏事云昔有國王號曰重興曾於一時欲試諸臣誰有智慧便以諸羊人與一口勑令看養肥盛其肉不得有脂諸臣無智皆養令肥時有

一臣名爲大樂頗有智能與羊飲食食令其飽然後刻木以爲豹狼時来恐怖羊雖得食而肥怖故乃無脂也法中菩薩亦爾以無常苦空狼令結使脂消諸功德肉肥能伏惑障皆名有漏言直至菩提樹下等者以降魔安坐已在樹下次進一刹那入世第一位即發真無漏見道成佛也準俱舍婆沙意云謂下八地修惑初修禪時先巳斷竟唯非想一地九品見思全在故入無漏見諦時與見惑一時頓斷也十六心斷見惑十八心斷非想一地思惑故合三十四心一坐之間故名一時若智論云下地諸惑因時未斷至樹下時乃以九地九品思惑通名一九下八地俱生惑雖六行事觀伏猶未名斷故三藏菩薩位同凡夫以九無間九解脫合爲十八見道中八忍八智合十六心成三十四心今準俱舍等說也兼智論意故有等言以前言皆是有漏容顯智論意也若因中已斷下八地思惑豈皆有漏耶故雙存二意言涅槃中下第二十一卷說二乘執此爲實成故云二乘曲見也

○疏故藏通別圓之義下此由四教立義名定如三藏正目初教餘三教皆有戒定慧故如無生理正是通教別圓亦顯此故如道種智是別教餘教皆有此智故如一切種智是圓教余三亦說故但名同隨教詮顯義別故四教名義不得互顯也大意如此○鈔雖有同稟等者雖同稟無常作似通教愚法二乘聞無常一生得發真智斷結乃至便入涅槃可是稟教見無常理藏教菩薩三祇猶不發智斷結豈見無常之理故雖皆無常通義不

成言雖爲菩薩別說下謂雖明菩薩四弘六度有似別教而不詮如来蔵恒沙功德之別理不斷所知障之別惑由依生滅四諦之理起於智觧斷煩惱障何得名別教言雖說一切種智下謂雖說此智而不得因果無礙故又但照真俗各別不能無礙契於中道故何得名圓故止觀云三藏但明二諦菩薩初心中縁真伏四住見一切住地欲愛住地色愛住地有愛住地初一三界分別後三如次三界俱生也令煩惱腈消功德身肥百刼種相好獲五通得法眼照俗後三十四心斷見思但有中道諦名無別體○鈔雖說三藏下有定戒慧三名異故而融至空寂無三迢然故言已得故者謂前三藏教已立其名故或依漸儀從蔵入通故云已得即從新得之勝彰名雖說道種智而只照界内有漏俗諦假有不照如來蔵恒沙出世功德故雖說一切種智而只照俗有真空之二諦不照契中道不思議之二諦故亦不因中即具一切種智○鈔雖說三藏下亦有三藏名故而恒沙佛法皆依法性無量戒定慧順法性修異於小乘不契法性名生滅三雖說無生空理有似通教而是不可得空問通教空理豈許可得荅彼不可得只是但空今非但空二乘同見唯菩薩可證空性真勝義故纂玄記云依四教所斷之惑而說四空一蔵教由析法故名爲斷空二通教由體法故名但空三別教由三觀迢然故是不可得空四圓教由三觀一心故名不思議空雖說中道一切種智亦不許因果圓融故○鈔雖說三藏下言皆約真如等者雖有三藏之名皆約真如等性本具

故渾無障礙或稱性修學亦三一無礙故雖有真空之理似於通教而即佛性真空等故雖説歷别階位法門而一位具足一切位故○鈔迷其行布謂爲别教但取圓融以爲圓教等者下疏問云何爲地前顯圓融德地上行布彰劣耶荅顯一乘故云何顯耶三乘之位地前行布地上圓融令一乘位地前地上俱有行布圓融若俱雙辨則前後不異若地前行布地上圓融則全同三乘前淺後深又似行布圓融各别教行不知法性教行非即非離故於地前但顯圓融已過三乘地上多明行布以顯起勝勝相云何謂賢位始終圓融自在登地已去則甚深言所不至若不寄位何以顯深不包二乘何以顯廣故虛空鳥跡跡跡合空大海十德德德皆海地地之中具攝諸地功德文文之内皆云若以殊勝願力復過於此不可數知剛藏俟五請方説世親以六相圓融意在斯矣又云地前乃我地之前安得云深異於地上此正破天台也以彼不得華嚴一乘之意將圓融行布離成二義故失圓宗○

鈔若與之者下與者縱也即將固奪之必固與之則别教之名行布之名不同故云名異皆是歷别之義故云義同故無大過者此雖與之亦顯非不有小過也此有二過所立圓教不該行布但得圓融一過也華嚴本宗唯一圓教而云兼别二過也○疏唐初海東元曉者姓薛氏東海相州人也丱髮之年慧然入法隨師禀業游處不常勇擊義圍雄横文陣仡仡然桓桓然進無前却彼土謂之萬人

之敵嘗與湘法師入唐厥緣既差息心西往義湘乃海東華嚴初祖同曉入唐夜宿古塚因達唯心故曉廻國湘入唐往終南同賢首國師師至相傳華嚴歸海東大弘耳無何言語狂逸舉措乖踈同居士人酒肆倡家若志公持金刀鐵錫或製疏以講雜華或撫琴以樂祠宇或閭閻寓宿或山水坐禪任意隨緣都無定驗時國王置百座講仁王徧搜碩德本州具以名望舉進之諸德惡其爲人譖王不納未幾時王夫人腦嬰腫醫工絕驗祈禱無靈俄有巫覡曰苟遣人它國求藥方瘥王發使泛海入唐求醫濵漲中忽見一翁由波躍出登舟邀使入海見龍王名鈐海謂使者曰汝國夫人是帝青第三女也我宮中先有金剛三昧經令託仗夫人之病爲增上緣欲附此經彼國流布於是持三十來紙重沓散經付授使者復曰此經處渡海恐罹魔事令持刀裂使者腨腸而內于中用臘紙縢之以藥傅之其腨如故龍王言可令大安聖者銓次綴縫請元曉法師造疏解釋夫人疾愈無疑龍王送出海面正遇入唐舡廻遂登舟歸國王聞歡喜乃召大安聖者粘次馬大安不測之人也形服特異每在市鄽擊銅鉢唱言大安大安之聲故號之也安曰速將付元曉講得餘人則否時曉在湘州謂使者曰此經以始本二覺爲宗爲我備角乘將按几在兩角之間置其筆硯始終於牛車上造疏成五卷又造畧疏三卷於黃龍寺敷演王臣道俗雲擁法堂乃宣吐有儀解紛可則復唱言曰昔日採百椽時雖不預會今朝橫一棟處唯我獨能時諸名德俯顔慚色伏膺懺悔焉初曉示跡難知化人

不定或擲盤而救衆或噀水以撲焚或數處現形或六方告滅亦盃渡誌公之倫也探玄記云元曉法師造此經疏立四教等言四諦緣起經等者即四諦經也各一卷等餘小乘經詮生空理者也○疏大同天台等者前二依天台藏通而小異但合別圓者以天台以華嚴兼別今曉公以華嚴總名爲滿即總是圓滿義也其梵網名一乘分是曉公新加故云大同也○疏非謂此四下以法海無邉合見聞者猶一滴耳善哉大師斯言無過四賢首弟子等者涅槃疏云學在我後名弟德從師生名子傳云釋慧苑京兆人也少而秀異蔚有茂材厭彼塵寰投于淨域禮華嚴宗法藏爲師陶神練性未幾深達法義號上首門人也有勤無墮内外該通華嚴一宗尤成精博等○疏四者初心菩薩者彼論具云四者初發菩提心菩薩即三種空亂意菩薩一有法斷滅後時得涅槃二以空爲有三離色等法別更有空皆失空如来藏修行等疏二謂小乘等者彼以不變爲一分隨緣不變爲具分生空爲半字二空爲滿字是則第二教於一分不變中唯得生空半字第三具明二空爲不變滿字未許隨緣復名一分則二三兩教一分之言雖同而不變一分中半滿寛狹有異第四具明隨緣不變并二空理故云具分及滿也言廣如彼説者即刋定記也○鈔彼疏又明等者由所詮義別能詮成異言次一法性分顯者生空不變一分顯故三即分隱者二空隨緣不顯故四即全顯不變隨緣故問法性是一云何分四教耶法性雖一下

荅也言若約乘下以乘收束言多同光宅者二三兩教皆三乘故四即一乘此約根與所詮法性而立彼約時及乘立故小異也○鈔九流七經者九流如前七經者古以易書詩禮樂春秋爲六經至秦焚書禮樂經亡今以易書詩禮春秋爲五然禮有周禮儀禮禮記曰三禮春秋有左氏公羊穀梁三傳通爲九經今云七經者應開三禮爲三合三傳爲一故有七經也或可於五經之上加孝經論語也○鈔或十宗等者法苑中依瑜伽顯揚叙外道有十六宗今脫其六字或可十一宗以下合九十五種外道通爲十一宗也一數論宗二十五諦等二勝論宗六句法等三塗灰外道并諸婆羅門共計自在天是萬物之因四圍陁論師計從那羅延天臍生大蓮花花上有梵天祖翁等五安茶論師計世間最初唯有大水時有大安茶出生形如鷄卵金色後爲二段上爲天下爲地等六時散外道計一切物皆從時生七方論師計方生人人生天地滅後還入於方等八路迦耶論師計色心等法皆極微所作九因力論師謂虛空爲萬物因等十宿作論師計苦樂報皆隨往日本業等十一無因論師計一切萬物無因無縁自然而生等具如下宗趣中明今舉其大數云十耳○鈔富單那此云滿迦葉云飲光末迦梨云常行不暫住故俱奢梨云牛舍母生處也刪闍夜云圓勝自稱我最圓勝毘羅胝云空城母生處也阿耆多云無勝弊衣者着麄弊衣故以名也迦羅鳩馱云黠領隨人問也迦旃延云云剪髮尼揵陁云無繫以裸

形故是出家外道総名若提云親友○六師之計具如涅槃說彼云富樓那即富單那也說無無黑業無黑業報無白業無白業報無黑白業無黑白業報無有上業及以下業即今無君臣父子等也二末伽梨說一切衆生身有七分何等爲七地水火風苦樂壽命如是七法非化非作不可毀害如伊師迦草安住不動如須彌山不捨不作猶如乳酪各不諍訟若苦若樂若善若不善投之利刀無所傷害何以故七分空中無妨礙故命亦無害何以故無有害者及死者故無作無所記無聽無有念者及以教者常說是法今云不由行業性自有之即七分定故不可改易也三删闍夜說一切衆生若爲主者自在隨意造作善惡悉無有罪如火燒物無淨不淨下取意引如地普載如水俱洗如風能吹乃至如秋

髡樹春則還生雖則髡斫實無罪一切衆生亦復如是此間命終還生此間以還生故當有何罪一切衆生苦樂果報悉皆不由現在業果因在過去現在受果現在無因未來無果以現果故衆生持戒勤修精進遮現果惡以持戒故則爲無漏盡有漏業以盡有漏業故衆苦得盡衆苦盡故便得解脫似與下第六師義同此下第六計却與今第三同未審以何處爲定四阿耆多說若自作若教他作若自斫若教他斫若自炙若教他炙自害他害自偷他偷自婬他婬自妄他妄自飲酒他飲酒自殺一村一國以刀輪殺一切衆生若恒河南布施河北殺生悉無罪福無施戒等此計無罪福應自苦行即得解脫也五迦羅鳩馱說若人殺害一切衆生心無慚愧終不墮惡猶如虛空不受塵水有慚愧者即入地獄如大

水潤濕於地一切衆生悉是自在天之所作天喜衆生安樂天瞋衆生苦惱一切衆生若罪若福乃是自在天之所爲作云何當言人有罪福譬如工匠作機關木人行住坐臥唯不能言衆生亦爾自在天者譬如工匠其木人者譬衆生身如是造作誰當有罪由自在天作故言有無常定與今第五正同也六尼犍陁說無善無施無父無母今世後世無阿羅漢無修道一切衆生經八萬刼於生死輪自然解脫有罪無罪悉亦如是如四大河所謂辛頭恒河博義私陁悉入大海無有差别一切衆生亦復如是得解脫時悉無差别此却同今鈔第三前第三却同今第六鈔也上依第六地鈔引也○鈔破後三教者但破第三教也約總相說故云後三或可即後之第三教也言乃有二義者一若約下以分破滿正破第三教故意云涅槃滿字具二種滿一生空法空義二不變隨緣義今言唯有不變一分不應言滿也二有救言下遮救言空者所謂生死下意顯涅槃非唯以二空爲滿兼顯妙有隨緣爲滿也則知涅槃半滿有二用若對小乘以生法空爲半滿若對權教菩薩則以空有具不具爲半滿是則即刊定立半滿唯約二空謂第二教半唯約生空第三第四教滿唯約二空故成違也

華嚴會本懸談會玄記卷第二十

音釋

嚚彦陳切愚也　騃五駭切癡也　鞿居衣切韁在口也　鞅於兩切　俟音侍侯也　丱音貫友冠同　仡語訖切勇壯也　譖莊禁切毀也　覡胡的切女巫也　腸直良切〡冐也　腨時兖切腓腸也　胏側師切脂〡也　内奴盡切入〡也　綴知衛切緝也　縫符恭切　椽馳宣切　髡音坤　腦奴道切頭〡也

華嚴會本懸談會玄記卷第二十一

蒼山再光寺比丘　普瑞集

○疏波頗三藏者按傳云波羅頗迦羅密多羅唐言作明知識或云波頗此云智光中天竺人也本刹利王種姓十歲出家隨師習學誦一洛乂大乘經可十萬偈受具已後便學律藏博通戒網心樂禪思又隨勝德修習定業因循不捨經十二年後復南遊摩伽陁國那爛陁寺值戒賢論師盛弘十七地論因復採聽以論中兼明小教又誦一洛乂偈小乘諸論傳燈受教同侶所推承化門人般若因陁羅頗摩等學功樹勳深達義網令見領徒本國匡化王臣所欽波頗與道俗十人展轉非行達西面可汗葉護衙爲戎王信伏時武德九年高平王出使入番因與相見將使東歸而葉護君臣留戀不許王即奏聞下勑徵入乃與高平王同來謁帝以其年十二月達京勑住興善寺翻譯等然今鈔引般若燈論序云貞觀元年即武德九年改貞觀元年也

○鈔云十一月二十日傳云十二月傳且通舉耳鈔云頂戴梵文至于京輦傳由高平王奏請宣入有小異耳○鈔波頗密多亦梵語之畧具如上傳唐言朋友者傳云作明知識知識即友義也言附杙（音亦橛也）傳身舉烟召伴者據曇無竭傳說過龜茲沙勤諸國登葱嶺度雪山障氣千重層氷萬里下有大江水急若箭於東西兩山之脇繫索爲橋十人一過到彼岸已舉烟爲識後人見烟知前已度方得更進若久不見烟則知暴風吹索人墮江中（故此云舉烟召伴也）行經三日復過大雪山懸崖壁

立無安足處石壁皆有故杙孔處處相對人各執四杙先拔下杙手攀上杙展轉相代三日方過乃到平地至罽賔國(即附杙傳身也)上傳說曇無竭往西域今叙三藏自彼而來故先附杙傳身度雪山而次過索橋也言冐氷霜而越葱嶺者據法顯傳云葱嶺冬夏積雪有惡龍吐毒風雨沙礫山路艱危壁立千仞奘三藏又云葱嶺據贍部洲之中南接雪山北是熱海東漸烏鎩西極波斯縱廣統國各數千里冬夏積雪巖崖隘嶮過半已下多出山葱故用名焉昔人云葱嶺停雪即雪山也今親目覩則知其非雪山乃葱嶺之南言犯(干也侵也)風熱而度沙河者法顯傳云自長安西度流沙上無飛鳥下無走獸四顧茫茫莫測所之唯視日爲準東西人骨以標行路耳屢有熱風惡鬼遇之必死今三藏自彼而來先過葱嶺次度流沙也言娵觜者(上子于切下音咨)爾雅云娵觜之口營室東壁也注云室東壁(營室即室舍是)(壁宿在室宿之東故云營室東壁也)星四方似口因以爲名其年壁宿直歲即丁亥年也言秦徵童壽等者傳云鳩摩羅者婆此云童壽以童稚時已有者壽之智或云羅什羅字梵語之畧也以其善解文什故云羅什即華梵相兼也言苦用戎兵者以前秦苻堅時有德星現於外分野遣呂光伐龜(音丘)茲(音慈)取什公已如前引言漢請等者漢明帝夢金人飛空而至明旦召之通人傅毅曰聞西域有神人其名曰佛陛下所夢将必是乎帝悅即遣郎中蔡愔博士秦景等往天竺尋訪佛法行至中途果見摩騰竺法蘭白馬馱經像而来乃同至洛陽教法

始興也詎可下比對顯勝（奏見音現也）鈔者闍法師者法華玄義云者闍寺凜法師立一即毘曇二即成實論三即大品三論四者法華云世尊法久後要當說真實五即涅槃華嚴等常住佛性本自湛然也六即染淨俱融法界普圓義言前四名即衍公四宗者即隋朝大衍法師所立然以後二宗不同故今但云前四名即衍公也此凜法師但以如幻法名不真宗真空理爲真宗並是衍公不真宗故故次破云其三與四但法喻之别也衍公真實宗明法性真理佛性等教即凜法師常宗也言在立宗之初者宗趣通局之初也彼當破之言又真宗下玄義亦云真若非常真則生滅常若非真常則虚僞言但法喻之别者三不真宗但以幻化等喻顯真理即與第四真宗但法喻異耳何分二宗耶以有此等妨難故疏並不引也○疏第二明西域等者探玄記云即西域本立性相二宗今現傳性相二宗依附於彼多異少同○鈔然真諦等者問真諦等亦是西域法師何以敘此方中收由探玄記科屬西域故以然字牒之而荅也以親到此方判教故屬此方中收下二大德只在西方分教不來此土故别爲西域耳言笈多者具云達摩笈多此云法密隋開皇中至京城然前不敘此師今所以指者以下立宗中敘故○鈔那爛陁者此云施無猒者按唐三藏傳云贍部洲中寺之最者無高於此矣五王興造供給倍隆故因名焉其寺有五院或云九院同一大門周圍四十八里閣高八丈許並用甎壘其最上壁猶厚六尺廓三重

墻亦甎壘高五丈許中間各繞極深池壍備有華畜嚴麗可觀自置已來防衛清肅女人非濫未曾容隱常住僧衆四千餘人外客道俗通及邪正乃出萬數皆周給衣食無有窮竭故復寺號爲施無猒也以前云菴沒羅園中有池池中有龍名那爛施寺近龍池從彼立名又云佛昔爲王建都此地常行惠施物念其恩故名也中有佛院備諸聖迹精舍高者二十餘丈佛昔於中四月說法彼國常法論師有智識清遠王給封戶乃至十城漸降量賞不減三城現有受封大德三百餘人通經已上不掌僧後自烏着已西被於海內諸出家者皆多義學任國諸師皆無隔礙故學徒博聞該贍也言按唐三藏傳似智光乃戒賢弟子者故傳說南印土般若麴多明正量部造破大乘論七百頌時戒日王討伐至烏荼國諸小乘師實重此論以用上王請與大乘師決勝時王作書與戒賢可差四僧善大小內外者詣行在所擬有議論時戒賢差弟子海慧智光師子光及奘應命而行評曰此智光決戒賢弟子也又按傳說那爛陁寺大德師子光等立中百論破瑜伽等義奘曰聖人作論終不相違但學者有向背耳因造會宗論三千頌以呈戒賢諸師稱善准此則奘師在彼時師子光等已立中百論宗既云師子光等必智光亦在其中奘師雖爲會通應後時智光中百論盛行故與戒賢同時在那爛陁寺弘宗也若今鈔兩楹猶未定斷○鈔無行禪師書云等者正證西方有其二宗兼證其勝劣也言玄颷纔舉者龍猛持赤幡五天立論無有勝者今云玄颷恐是斯類言無着牽羊者意說

無着宗義墮故也此用左傳彼云宣公十二年春楚子圍鄭旬有七日鄭人卜行成不吉卜臨(去聲呼也)于太宮且巷出車吉國人大臨(去聲)守陴者皆哭楚子退師鄭人修城進復圍之三月克之入自皇門至于逵路鄭伯肉袒牽羊以逆曰孤不天不能事君使君懷怒以及敝邑孤之罪也敢不唯命是聽其俘諸江南以實海濱亦唯命其翦以賜諸侯使臣妾之亦唯命若惠顧前好徼福於厲宣桓武不泯其社稷使改事君夷於九縣君之惠也孤之願也非所敢望敢布腹心君實圖之左右曰不可許也得國無赦王曰其君能下人必能信用其民矣庸可幾乎退三十里而許之平潘尪入盟鄭伯之弟子良出質又宋微子啓紂之庶兄武王既克殷啓乃持祭器造于軍門肉袒面伏左牽羊右把茅膝行而前武王乃什之(注曰肉袒牽羊示為臣僕也)言翎羽暫騰者翎羽即羽扇也此用諸葛武侯秉白羽指揮三軍今龍樹宗論義亦然也言陳那亂轍者亦左傳魯莊公十年春齊師伐我公將戰(即莊公也)曹劌請見其鄉人曰肉食者謀之又何間焉劌曰肉食者鄙未能遠謀乃入見問何以戰公曰衣食所安弗敢專也必以分人對曰小惠未徧民弗從也公曰犧牲玉帛弗敢加也必以信對曰小信未孚神弗福也公曰小大之獄雖不能察必以情對曰忠之屬也可以一戰戰則請從公與之乘戰于長勺(百杓)公將鼓之劌曰未可齊人三鼓劌曰可矣齊師敗績公將馳之劌曰未可下視其轍車迹登軾而望之曰可矣遂逐齊師既克公問其故對曰

夫戰勇氣也一鼓作氣再而衰三而竭彼竭我盈故克之夫大國難測也懼有伏焉吾視其轍亂望其旗靡故逐之○鈔躬親問之者探玄記說賢首自問日照三藏云西域諸德於一代聖教頗有分判權實以不日照云近代天竺那爛陁寺同時有二大論師一名戒賢一稱智光並神解超倫聲齊五印群邪稽顙異部歸誠大乘學人仰之如日月獨步天竺各一人而已以所承宗別立教不同等○疏戒賢遠承彌勒等者先有室商佉王威行海內酷虐無道摧殘釋種掘菩提樹絕其根苗選揀名德三百餘人坑之餘者悉充奴隸時戒賢將就坑爲賊擊出潛淪草莽後復於那爛陁寺盛興佛法其室商佉王即爲戒日王所滅戒日王因至菩提坑發願若我有福統臨海內堪見佛法願菩提樹從地而生言已尋視菩提已萌坑中上踊遂舉其誅室商佉王也當奘師見時已年一百六歲衆所欽重號正法藏戒日王增邑十城科稅以入戒賢以其所得成立寺廟焉言遠承彌勒無着者無著初得小乘空觀意謂未安因乘神通往兜率天諮問彌勒菩薩爲說大乘空觀還閻浮提如說思惟即便得悟時地六震既得空觀因此立名阿僧佉此云無着爾後數至兜率問大乘經義還人間爲人說之人多不信因發願請彌勒下閻浮提解說大乘彌勒如其願夜下人間放大光明廣集有緣於說法堂誦出十七地經隨誦隨解經于四月夜解之方畢雖同一堂聽法唯無着得近菩薩餘人但遥聞聲無着夜聞晝即解說釋曰戒賢盛弘十七地論即瑜伽論是也本因彌勒誦出解釋無着復伸解說故云遠承也言近

踵護法難陁者據二師注唯識等義西域记
唯識者乃杖林山勝軍論師亦奘師所宗今
云戒賢近踵者以瑜伽唯識並法相宗唯識
乃瑜伽十支中高建法幢一支也故作此叙
耳或護法難陁非唯弘唯識也○鈔護法難
陁未有得聖之文者准唯識樞要云護法菩
薩臨終之日天樂霄迎悲聲動域空中響報
婆羅門曰此是賢劫千佛之一佛也若爾乃
權菩薩也今就迹而言亦當時英彥爾英謂
英傑彥謂俊彥言近踵者足踵謂後人躡前
人之踵迹也○鈔具如西域記及三藏傳廣
說者傳云奘歷諸國風聲久遠將至其寺衆
差大德四十人迎奘至莊宿即目連本村也
明日食後僧二百餘俗人千餘擎輿幢盖迎
引入都會與衆相慰問訖唱言令住寺又差

二十人引至正法藏所即戒賢論師也年百
六歲衆所欽重故號正法藏博聞强識内外
大小一切經書無不通達奘禮讚訖並命令
坐問從何來荅從脂那國來欲學瑜伽等論
問已涕泣召弟子覺賢說舊事賢曰和尚三
年前患困如刀刺欲不食而死夢金色人曰
汝勿猒身往作國王多害物命當自悔責何
得自盡有脂那僧来此學法已在道中三年
應至以法惠彼彼復流通汝罪自滅吾是曼
殊師利故来相勸和尚疾今損矣正法藏問
在路幾時奘曰去三年矣既與夢同悲喜交
集禮謝訖寺素立法通三藏者負置十人由
來闕一奘風聞便處其位日給上饌二十盤
大人米一斗即粳米也大如烏豆飯香百步唯此國有王及知法者預焉
檳榔豆蔻龍惱香乳酪蜜等淨人四婆羅門

一行乘象輿三十人從然唯二十日過此漸滅通一經者猶給五盤五日過已復依僧次奘請戒賢講瑜伽論聽者數千人十有五月方一徧重爲講九月方了自餘順理顯揚對法等並得咨禀然於瑜伽偏所鑽仰經於五年晨夕無輟將事博識未忍東旋賢誡曰吾老矣見子殉命求法經途十年方至本國今不辭老朽力爲伸明法貴流通豈期獨善更參他部恐失時緣智無涯矣唯佛乃窮人命如露非旦即夕即可還矣便爲奘傚裝贐送付給經論奘因至西鉢伐多國停二年學正量部根本論攝正法論等却東還那爛陁參戒賢已復往杖林山勝軍論師居士所學唯識決擇論意義論成無畏論等首尾二年從於此方漸東旋也准此奘師所學非一師歸本國偏宗戒賢故云即唐三藏所師宗也○疏第二時中下疑云第二時中即依遍計說一切諸法自性皆空而實依圓是有何故但說於空不說依圓是有耶釋意云第二時雖依下縱然依他下奪或上彰勝前下彰劣後可知○鈔至下當辨者三性空有即離義中辨也言此有兩重者初說因緣故諸法生明是依他故有次說諸法皆空即約徧計故咸空上疏云依徧計所執說諸法皆空三具說三性徧計所執都無體用故空依他圓成離執寄詮名有二智境界故依他俗智境圓成真智境此以第三時疏中三性一句解前二時之意二者下第二重雙取疏中具說三性三無性等二句爲一對影前第二時三無性皆空第一時三性皆有第三時雙具三性三無性故非空非有也初時三

性皆有者如所執實我爲遍計色心等法爲依他生空之理即圓成也餘二教可知（上釋兩重大意也）故唯識云下釋三無性義也清凉釋云謂依遍計所執性說相無自性性由彼體相畢竟非有猶如空花繩上虵故依他起性立生無自性性此如幻事託衆緣生無所妄執自然性故依圓成實性立勝義無自性性謂即勝義由遠離前遍計所執我法性故既依三性無立三性未說三性亦有而但說三無性空故云佛密意說也謂若顯了說者成立第三教也對前密意云顯了對前不具云雙明謂不礙緣生故說有三性不礙無性故說三無性方是不即不離爲中道也○鈔下說十重者即別會二宗之初疏標十重別是也言且就深密畧有四義者十重猶約宗通論四義專在深密望前二時說也一即前○鈔中第二重二即第一重問前及下鈔皆云三性空有此標何言心境空有耶荅有二意一云三性心境影畧而明謂深密三時約三性立妙智三時約心境立故互影取各具二義也二云彼宗三性亦約心境也依圓爲心是有以五位百法皆唯識故總名爲心識自性故（八識心王）識相應故（五十一種心所）識所變故（十一種色法也）識分位故（二十四種不相應行）識實性故（六種無爲）五位之中前四位依他有後一位圓成有遍計所執我法等皆名境心外境故俱空也准此前正立中應云前二時教不說唯識故或有或空今第三時俱明唯識則境空心有爲中道也○鈔此中且約下正釋疏中徧計空依圓有對二時論了不了也且者不盡之義此正立

中雖標四義且約前二義明故今約第二義合前正立中明第一義故有二義也有本鈔云屬第三時含約三性三無性論者義亦通也以前第三時中含兩重義故正屬此義也言余二門下即別會性相二宗中一乘三乘別一性五性別中顯隱以明謂性顯則相隱相顯則性隱也然約深密此四門中雙具三性三無性爲了但說三性等爲不了境空心有爲了心境俱空爲不了一乘爲不了三乘爲了一性皆成佛爲不了五性有不成佛爲了也若後妙智於四門義皆反此以論了不了也○疏此依深密所判者即第二卷云世尊初於一時在施鹿林中唯爲發趣聲聞乘者以四諦相轉正法輪雖是甚奇而有上有容是未了義世尊昔在第二時中唯爲發趣修大乘者依一切法皆無自性無生無滅本來寂靜自性涅槃以隱密相轉正法輪雖更甚奇亦是有上有所容受猶未了義世尊於今第三時中普爲發趣一切乘者依一切法皆無自性無生無滅本來寂靜自性涅槃無自性性以顯了相轉正法輪第一甚奇無上無容是真了義○疏二智光論師遠承文殊等者以文殊諸經中說法多顯般若旨趣而龍樹造智論中論正伸般若旨趣故云遠承也近禀青目青辨者賢首本云近禀提婆青辨故無行書亦云龍樹提婆也今所以改之者龍樹第十三提婆十四（二十八祖中）今分遠近不可以提婆爲近禀故又提婆造百論今取青目青辨對護法難陁等皆是注家故今改作也中論序云天竺諸國敢預學者之流無

不翫味斯論以爲喉襟其染翰伸釋者甚亦不少今所出者是天竺梵志名賓羅伽秦言青目之所釋也其人雖信解深法而詞不雅中其間乖僻煩重者法師皆裁而裨之（法師即什公也）西域記云清辨論師外示僧佉之服內弘龍樹之學聞護法菩薩在菩提樹宣揚法教乃命門人往問訊曰仰德虛心爲日久矣然以宿願未果遂乖禮謁菩提樹者誓不空見見當有證稱人天師護法菩薩謂其使曰人世如幻身命若浮未遑談議竟不會見論師由是乃還本土靜而思曰非慈氏成佛誰決我疑遂於觀音像前誦隨心陁羅尼經涉三年菩薩現身謂曰何所志乎對曰願留此身待見慈氏菩薩曰人命難保宜修勝善生覩史天乃見慈氏論師曰志不可奪也菩薩曰

若其然者宜往馱那羯磔國城南山巖執金剛神所至誠誦持金剛陁羅尼當遂此願也於是往而誦之三載之後神出問曰伊何所願論師曰願留此身待見慈氏神曰此岩石內有修羅宮如法行請石壁當開開即入中慈氏出世我當相報矣於是又誦持三載乃呪芥子以擊石壁壁乃開論師乃與六人入石壁入已還合鈔等取涅槃法華等者若心境皆從緣生即空無性平等一味不礙二諦者顯依般若及中觀論十二門論百論智論等兼法華涅槃等若今趣寂二乘等普得成佛者顯依法華涅槃等兼依智論等也○疏心境俱有等者廣鈔云心爲能緣即第六識心境爲所緣即四諦理等各執爲有故境空心有者謂唯識觀遮外妄境名義自性差別

唯有心也唯遮境有故境空即偏計所執心外實我法皆空也識揀心空故識有故云唯識道理言心境俱空者謂所緣若名義等境既空能緣識心不立故中邊論云以塵無有故本識即不生○鈔上約心境空有乃至盖影畧耳者准此故知二宗所立各有心境三性二義故前後影畧也言今約三性空有者初教緣生定有即是遍計以言總相執爲定有爲破執實我故說緣生法决定是有次教依他似有後教緣生即空平等一味是圓成也從淺至深故是則前約合故但名心境今就開義分爲三性故如上二宗中前亦約於心境此亦約於三性故云影畧也或可就自宗中前亦約於三性今亦約於心境故云影畧也○鈔如空澤之空者下有水曰澤今以小乘聞空時如曠野中空無水草之空也言故經者即廣百論所引契經也弘决志指爲楞伽經第四無常品中文也經音義云寧者願詞也○鈔但除其病下二句即淨名經問疾品中文也天台疏云如火是燒法若觸燒痛謹慎不觸即是除病不可除火除則失温身照暗成食等用以況但除小乘緣生實有之執而不除緣生之法○鈔不存依他者不同相宗存於依他但空徧計也顯依他亦空故也言平等一味下此中含二義一法性宗緣生無性故空空即圓成更無二體則依他性上無徧計性故依他即空空即無性之理故密嚴經云名爲徧計性相是依他起名相二俱遣是爲第一義圓成真空依他緣有二體既同何故法相要留依他但空徧計耶二空宗三性如空

花依病眼第二月依捏目及本月而有故名
依他迷情計爲實有即是徧計二義雖別所
目之法不別此等皆無所有方名圓成但約
依他徧計空理而說亦無其體故說三性皆
無性不同法相宗依於三性密意說三無性
如廣鈔說已上亦以第三時教意釋前二時
教也○鈔題云分別明菩薩者題謂人題顯
造論人也言人譯異者翻譯之人異耳謂分
別明是波頗所譯智光是日照所譯也或譯
造論之人名成異耳會義即同言釋論稱般
若燈者問既釋中論云何稱般若燈故此答
也意顯本論釋般若故今本論中般若之
理幽隱難彰之處如燈照了般若之燈釋論
從本論以彰名依主釋也言體即般若者論
中所明般若云智體也照了諸法如燈用也

般若如燈持業釋也故彼論序云借燈爲名
者無分別智有寂照之功也然般若燈論即
中論異名彼序云般若燈論者一名中論有
五百偈龍樹菩薩之所造也准此則以全所
釋論名爲能釋論目也以今有十五卷分別
明菩薩造故異本中論也○鈔但依賢首引
耳者探玄記云此三次第如智光論師般若
燈論釋中具引蘇若那摩訶衍經說此云大
乘妙智經此昔所未聞也然今波頗所譯論
中即無是說恐是日照引出說耳言或云即
般若經等者若據論說頻引諸部般若皆逐
一標名豈獨此經而轉名大乘妙智耶故鈔
主疑之而言或云也問論標爲分別明菩薩
今以義會乃是智光未審是戒賢弟子智光
否答據波頗親依戒賢學十七地論當貞觀

之初至此方奘師亦貞觀之中往天竺而師子光等已造論破瑜伽恐是時智光已有釋論解中論偈而波頗於彼傳來故譯也所以不妨智光是戒賢弟子而同時弘宗於那爛陁也○鈔然此二三時下第二辨順違下一段鈔文科分爲二

初總相和會二
初問 然藏
後答二
初無會 言無
初深密意二
初攝生覓獲 初門
後言教具缺二 約
二別消疏文 疏文
初賢首丢會一
初總答 自答
後妙智三意二
初益物漸次 第二
後清涼出意三
後別釋二
二可會二
後顯理增微 顯二

初總解二了勝劣 今觀
初總明者二
初總標二門 言無
初牒彼所立 何者 又如
二別釋二門二
二約喻反難 則得 言皆
後總結上意 依此
三約法反難 結會 法華
四結成不了 是故 是故
二翻相宗了義爲不了三
後別釋了
初攝生覓成不了四
後言教具成不了四
三出疏不引所以 恐法
二結成 上二

○鈔藏和尚起信疏者此圭峯未移疏於論文下作注以前之古疏也當上卷伍張中文鈔各各爲人悉檀者悉檀梵語此云義宗然有四種爲佛所説法有此四宗義類故一世界二爲人三對治四第一義若天台云悉者布也檀者此云施也若會此二義者以四義

宗布施於衆生皆令霑益今言各各爲人者謂或聞說空則戒定慧增長或聞說有則戒定慧增長以爲衆生便宜不同故天親龍樹等宗師得佛意故不假和會亦攝論四意趣中衆生意樂意趣也於一法中或讚或毀等又成實論云佛說內外中間之言遂即入定時五百羅漢各釋此言佛出定後同問世尊誰當佛意佛言並非我意諸人問佛說既不當佛意將無得罪不佛言雖非我意各順正理堪爲聖教有福無罪等故不須會也鈔即可會者以護法清辨等立宗諍故所以會之

○鈔一約攝生寬狹(約人)言教具闕(約人及法)二約益物漸次(約人)顯理增微(約法)鈔既皆二義下法相宗中攝生寬故了言教具故了故云二義了攝生狹故不了言教闕故不了故云二義不了法性宗中益物皆當作佛故了顯理相盡故了故云二義了益物不等故不了顯理未盡故不了故云二義不了則二宗相對各有二了二不了於理則齊探玄記云二說各據別門互不相至豈有相違○鈔今觀賢首意下探玄記叙初門竟斷云戒賢所判亦有道理叙後門竟斷云智光所判甚有道理既彼但云亦此云甚者意似偏許智光故今作此出賢首意也鈔凡小同居下以深密云普爲發趣一切乘者凡以人天乘化小以四諦緣生化大以三性等化則菩薩與凡夫同居也次云彼三且約出世爲言(意顯實被五乘機故)鈔雜以無稽者尚書云無稽之言勿聽弗詢之謀勿庸注云無考無信驗也不詢專獨也終必無成故戒無聽用疏云爲人君不當妄受用

人語無可考驗之言勿聽受之不是詢衆之謀勿信用之問彼依深密等立此三時何言雜以無稽耶荅以彼引勝鬘證一乘是密意破句讀文引楞伽證五性不曉無性之義成立趣寂聲聞便判法華論錯此等皆考之失據並無稽之言故云雜以也○鈔上二本是下即攝生寬爲了言教具爲了今成二不了言後二又成下即深密中顯法性狹闕二不了今翻成了謂攝生中彼以唯大名狹以無小及人天故今小及人天凡有心者皆當作佛何名狹耶則汝謂狹此亦名了彼以言教唯大名闕以不具五乘故今以方便有三乘實唯一故何名闕耶則汝爲闕此亦成了對前益物作佛爲了及顯理相盡爲了故下云四種了義皆在法性言四不了皆屬前宗者益物不等故不了顯理不盡故不了并此攝生寬故不了言教具故不了爲四不了也其二宗所立初時一教彼此無諍故並不言但明中後二教耳○鈔恐法相下問恐生是非故疏不引今鈔引之何不恐還生是非耶荅疏文不引實乃恐生是非今還引者當體斯意蓋法義當途故難默耳反生是非之情豈當文意佛地論第四說聲聞藏去佛世百年後即分二十部而菩薩藏千載已前清淨一味無有乖諍千年已後乃興空有二種異論故說正法一千年也大乘宗義隨教無邊且論空有二宗佛滅後各隨所樂結集流行造論弘傳破執生解後學不知根源隨學即當故有異同故智論云佛以無倚心說弟子以無着心受能得解脫非如外道說聽皆以着

心現世鬬諍死入地獄當慎誡之○鈔不可受一非餘者離世間品云受一非餘魔所攝持故言不可二文雙取者圭峯云如一人訪路一令南行一令北往不可雙取○鈔其如二經等者深密妙智各有三時之文何故皆不許耶今為下答可對疏文出二經之意以善通達故○鈔若得經意下是知聖教在乎得旨除患為功如二儀互闕故云離之兩傷猶目足更資故曰合之雙美是以昔人云通則文文妙藥執則字字瘡疣○疏然欲會二宗等者已上西域本立竟自下明今現傳此方性相二宗或可上唯約二經對辨但明二經之意各別為機此約宗計所宗非唯一經其意寬通故別會之疏三一權實者三一皆通權實也鈔以有聲聞等者一切有情大分

五類一從無始來第八識中或惟有聲聞菩提無漏種以聲聞乘法化之二或唯有緣覺菩提無漏種以緣覺乘法化三或唯有菩薩菩提無漏種以菩薩乘法化四不定性復分四別以無漏種本有寬狹故謂三乘菩提種性中或有二有三而發心修行先後不同一聲聞緣覺不定以聲聞緣覺乘法化之二聲聞菩薩不定以聲聞菩薩乘化之三緣覺菩薩不定以緣覺菩薩乘法化之四聲聞緣覺菩薩不定以聲聞緣覺菩薩乘法化之今鈔只就此寬處云不定性人通成三乘五總無前三乘無漏種子名無種性以五戒人乘法化或十善等天乘法化也疏又初二卷等者探玄引第二云乃至更說法要謂相無自性性勝義無自性性乃至諸聲聞乘種性有情

亦由此道此行迹故證得無上安隱涅槃一
切聲聞獨覺菩薩皆共此一妙清淨道同此
一究竟更無第二乘依此故密意說言唯有
一乘非於一切有情界中無有種種有情種
性或鈍根性或中根性或利根性有情差别
解云此約三乘同一所觀無性道故密意說
此名爲一乘理實三乘各證涅槃非是一也
上並是揀玄文鈔雖明有性無性者通妨也妨云此
科正明三乘爲了何故引經言有性無性耶
故此荅也可知鈔小乘中說者佛性論第一
云薩婆多等諸部說一切衆生無性得佛性
但有修得佛性菩薩十迴向已上即得佛性
令約不許有他方佛者云釋迦一人有大覺
性准百法鈔此宗但許一三千界中有佛出現不許餘三千界别有佛出不唯同時别無亦立理唯一世尊普於十方能教化故若不爾者於薄伽婆功能有碍又若有一處一佛於中無教化能余亦應尒此引證云契經說無處無位非前非後有二如来出現於世此會迹者問若餘三千世界無佛者何故梵王経說我今於此三千大千諸世界中得自在轉有宗會云彼有密意謂若世尊不起加行唯能觀此三千大千若特世尊發起加行無邊世界皆佛眼境故無相違也○鈔次一向成下圭峯云
此是彼宗指法性唯說一乘一切衆生皆有
佛性皆得成佛爲第二時教非深密経本文
深密判第二時但說空也鈔有性皆成下唯
有菩薩菩提無漏種者名一分及聲聞菩薩
不定緣覺菩薩不定名半以不定性中非全
故即一分半衆生皆有大乘性故成佛非不
及也聲聞定性緣覺定性無種性此名三分
及四不定性中聲聞定性不定云半即三分
半衆生無大乘性故不成佛非大過也○疏
又勝鬘経等者経云若如来隨彼所欲而方
便說唯有一乘無有二乘法苑云此意即顯

攝二乘人說一乘者隨他意語彼宜聞故亦是方便說有一乘又玄贊云如勝鬘經所說一乘是權二乘實故○疏大般若下以經初善勇猛請說般若等如來讚歎已復問言汝以何意請問般若菩薩言我欲一切有情利益安樂事故請問般若何以甚深般若通攝聲聞獨覺菩薩乃至正等正覺一切法故等同疏文陳此意畢如來方說般若空義玄讚疏云諸論雖說聖亦迴心今說不受變易生死以迴心者故言未入正性離生又大般若四百六十五云若成第八已成預流一來不還阿羅漢獨覺能入菩薩正性離生無有是處乃至成預流一來不還阿羅漢獨覺已能入菩薩正性離生必無是處言第八者以見道苦法忍望前七方便名第八也○鈔五段引經等者前三段单引經四引楞伽經莊嚴論瑜伽論依附經文例引出之五引善戒經地持論附之而出雖此段中亦附瑜伽論然與前第四段中瑜伽論合故但是附出地持論是以下云三論附出也鈔不定性人下梁攝論第十五云小乘說聲聞若至頂位不定性以不免四惡趣故若至忍位名為定性以免四惡趣故百法鈔云加行四位中初位具造三界五趣業第三忍位但造人天業不造三塗業故故俱舍二十三云轉聲聞種性而成佛三餘麟角佛無轉一坐成覺故長行論釋曰聲聞種性暖頂已前煖頂二位名不定性容可轉成無上正覺若得忍位無成佛理謂惡趣已超越故菩薩利物為懷必往惡趣彼忍種性不可迴轉是故定無得成佛義聲聞種性暖頂忍三皆有可轉成獨覺義在佛乘外故說為餘麟角佛言顯麟

角喻及無上覺暖頂忍世第一並無移轉向餘乘義皆以第四靜慮爲依一坐便成自乘覺故此以四善根爲緣覺及菩薩定性今言未入見道者聲聞忍位已前緣覺及小乘六度菩薩暖位已前爲不定性也言若入見道者問若言入見道爲正定者何故下鈔說世第一位爲正定耶荅下鈔約世第一決定近能引入見道故作是說問淨名云若見無爲正位者不能覆發阿耨多羅三藐三菩提心生公注云苦法已上也（謂見道十六心苦法智忍已上八無間八解脫證入擇滅無爲得初果也此上方爲正定位也）則與今鈔正同何故前梁論等說入忍位爲定性耶荅前諸論等約尅體而言云至忍位定性也淨名及今鈔皆約聲聞定性者相顯處說云見道已去定性故不相違是以梁論亦云小乘說若得未知欲知等三根（見道已去）則名定根已得聖故若未得定根性則可轉小爲大若得定根性則不可轉小爲大若爾梁論前文何故說至忍位名爲定性耶荅以免四惡趣故問准涅槃說五果回心八六四二萬十千劫方至十信何故鈔今依般若未入正性離生之言說聲聞見道終無迴心作菩薩人耶荅此般若經爲約漸悟（從小至大名漸）二乘劣根（廣惠二乘對大乘名劣）說大乘法未顯大乘特（奇也）異（未說五果迴心故）猶尚隨彼小乘宗轉變理門（隨順彼宗轉大乘理且作是說故也）帶小說大故云入見道後不許迴心理實二乘五果皆許迴心則般若涅槃各別約一類不定者說也鈔至下更釋者離世間品疏抄云正性離生即見道異名一名聖諦現觀一名正性離生一名正性決定言正性者有釋

云正性即是涅槃之理體性離邪妄故名為正性言離生者即見道無漏智名離生生者謂道所迷煩惱能令有情三界受生故名為生彼能令有情善根不熟名生故離生有二初離却生二離生澁等疏深密第二大意同此者即前探玄所引非於一切有情界中無有種種有情種性等此大意與大般若同也○疏又云一切等者此文連前探玄引文也運次云何以故由彼本來唯有下劣種性故一向慈悲薄弱故一向恐畏衆生故○疏又十輪下地藏十輪經第九云為聲聞乘補特伽羅說聲聞法不為彼說獨覺乘法及大乘法為獨覺乘補特伽羅說獨覺法不為彼說聲聞乘法及大乘法為於大乘補特伽羅說大乘法不為彼說聲聞法獨覺乘法隨諸有情根器所能說法釋曰既隨根器定故說三乘法故疏云皆性定五故○疏故楞伽下四卷云有五種無間種法性七卷云有五種種性十卷云我說五種乘性證法三經廣釋大同小異其第五無性下性宗中引釋即十卷文也言大莊嚴論者即種性品論云種性有體由四種差別一由界二由信三由行四由果由界差別者衆生有種種界差別應知三乘種性有差別由信差別者衆生有種種性信可得於三乘隨信一乘非信一切若無性差別則無信差別由行差別者衆生行或有能進或有不能進若無性差別則亦無行差別由果差別者衆生菩提有上中下因果相似故若無性差別則亦無果差別次下論釋有性竟次釋無性有二種謂時邊畢竟即下疏引者是今同楞伽皆順相宗引也言及

瑜伽者三十七云補特伽羅成就者畧有四種有聲聞種性者以聲聞乘而成就之有獨覺種性者以獨覺乘而成就之有佛種性以無上乘而成就之無上種性以善趣而成就之疏善戒地持者即菩薩善戒經并地持論也據開元録云菩薩地持經亦名菩薩戒經亦名菩薩地持論今編入律中存其經名除論録目故今在律藏中名地持經也今鈔引者名論爾若善戒經即善行性品經云菩薩發菩提心名之爲支菩薩隨發心行具足得阿耨菩提是故名支由經標十法攝一切善法第一名支若地持第一名特上即有種性者也若菩薩性者雖復發心勤修精進終不能得阿耨菩提是故當知非因發心勤修精進有菩薩性以是義故菩薩性者名之爲支若地持論即種性品文云初發心名爲菩薩行方便持菩薩依行方便滿足阿耨菩提是故當知雖不發心不修行方便猶得名爲種性持評曰經論大同小異疏中撮畧二處文爾其但以人天善根而成熟之者此清凉義用瑜伽等意非善戒地持等文故然次疏云無性瑜伽亦同此說者意雖似言上瑜伽三十七云無種性者以善趣而成熟之亦同此善戒經說其實以善戒經同瑜伽論中說也思之◯鈔彼論云種性有二一有種性二無種性等者若地持論云云何種性畧有二種一者性種性二者習種性性種性者是菩薩六入殊勝展轉相續無始法爾是名性種性若從先來修善所得名習種性若菩薩戒經云云何名性性有二種一者本性二者客性言本性者陰界欲入次第相續無始

無終法性自爾是名本性客性者謂所修集一切善法得菩薩者是名客性然鈔舉有無二性恐是性習二性未敢詳定言無始法爾等者法華明鈔言總意別故意顯第六意處中第八識內以三科攝百法中十二處攝法第六意處收八王故故八在六內含藏無漏勝種子故不同自餘有漏諸法故名殊勝自無始來法爾而有展轉相續窮未來際相續不盡種子引種子故即性種性也以此種子在藏識中第八識體屬意處攝是故總名六處殊勝而言亦云下正是七卷楞伽第二云五者無性復次大慧此中一闡提何故於解脫中不生樂欲已捨一切善根故謂謗菩薩藏言此非隨順契經調伏解脫之說作是語時善根悉斷不入涅槃十卷楞伽云不得涅槃四卷楞伽第一云不般涅槃故善戒等不能得無上菩提之言全同楞伽不得涅槃之義以前叚疏引但言五者無性不引彼楞伽經釋無性之義經文故今例釋疏家不欲繁文但言亦云也

華嚴會本懸談會玄記卷第二十一

音釋

勣子亦切功也積字　仞如震切八尺曰仞　礫力的切小石也　鎩所界所黠二切矛也音曬　嶮魚檢切山嶮也　毅魚記切致果也　愔於斟切安和悅兒音音字　隋句為切國名　疊音果疊山名　颷布遙切狂風也　陴婢支切城上女牆也　逵奇歸切九逵道也　俘芳符切云軍所獲也左氏傳曰以為俘馘　翎魚丁切箭羽也　徼古幺切要也求也又古弔切皦字　劌居衛切利傷也　杓甫遙切杓柄也

華嚴會本懸談會玄記卷第二十二

蒼山再光寺比丘　普瑞　集

○鈔長分十段者橫長名長非竪長也如下䟽釋夜摩天宮一品經總作十段亦云長分為十也○鈔即第一方便品偈者卷當第一品當第二故言上三句正立下一段鈔文

科分為二
- 初總科四句上三
- 後別釋二
  - 初明第三句二
    - 初叙古釋三
      - 初慈恩二
        - 初正引彼文言無
        - 二斷其失旨此即
      - 二生公二
        - 初正引彼文生公
        - 後具顯其意意云
      - 三天台若天
    - 後彰今解若望
  - 後釋第四句二
    - 初疑下句
    - 後釋故今

○鈔大乘法師云二即第二者緣覺乘也三即第三者聲聞乘也○鈔此即生公意者顯彼所憑而未盡其旨者斷其失意也雖依生公之文未善生公之意以生公意亦應無第一彼則不無第一生公義有四乘彼唯三乘所以失生公之旨也○鈔意云下鈔主具顯生公之意言既未融餘二下由昔大乘不通二乘皆當作佛故立為權然所說悲智萬行不違今法華一乘故法華不言無之言以不收二乘故者出一亦去矣一句所以也以昔大乘不收聲聞緣覺亦令作佛故昔第一亦不存之又權指故下更有二所以如前可知○鈔天台下問玄贊云勘梵本云無第二第三今翻之畧云無二亦無三也如何會通荅如云大乘小乘聲聞緣覺豈非第二聲聞乘緣覺乘菩薩乘豈非第三以大乘尚無何有聲聞緣覺故云總無昔日三乘然勘天台法華玄義與今鈔所叙不同未可會同或天台餘處有此釋未敢詳定然纂玄引法華文句

第四云光宅説無聲聞縁覺之二無偏行菩薩之三更引多釋乃至天台云今言但以一佛乘者純説佛法之圓教一乘也無二者無般若帶二無三者無方等所對之三也如此二三皆無故經云爾又云無二者無通教中半滿相對之二無三者無三藏中之三故○鈔若望下清凉自釋但總出經意不別消文言趣舉者趣與促同急舉而不及他之謂故不指定是大是小也○鈔無有虛妄者疑云初說三乘後說一乘如何不成妄語耶荅初說三乘者隨機漸誘蓋不得已根熟方說一乘本不欺他故非虛妄○鈔釋曰下問何知後以大乘非昔三中大乘耶荅華嚴不思議法品云或時為說差別三乘或時為說圓滿一乘故知應耳言縱鐃下此縱法相會二歸一之義亦是會三為一以經具斯二義故或可縱汝相宗説此中經意會二為一昔權不會今實方會亦三權一實爾○鈔初引第一未來佛章者即第一卷亦方便品彼有三章先過去佛章次未來佛章後現在佛章今引三偈皆未來佛章也然此段鈔文先伸科判後遂難消釋大科分二

初引經二
後解釋二
初依文正釋三
後結歸疏意故知
初釋第一偈然上
次釋第二偈二
後釋第三偈二
初總指釋前後偈
初正引經文故彼
後出疏所以今但
初畧明大意次伸
越二
二具釋三句三
初指同此經此中
後以勝況劣准於
初句法即眞言是
次句無常即常世法
初別明第一句二
二合明後二句二
三重明第二句二
三
初因種種三
後果種種二
初別明一句二
後合明二句故釋
初佛種果二
初散釋所目知法
二徵釋顯意下何
初明第三句三
二明第四句是故
三重顯種性体伺
初佛種佛種
二從緣緣即
三起字起彼

二別明四句四　一三句道場證得令於　四句方便宣說以方　二從緣起之果

○鈔諸佛兩足尊者一云福智二嚴悉滿足故二云諸有情中人天爲勝皆有兩足不同餘類有無不定多少復殊佛爲人天師云兩足尊○鈔知即證知者知通根後二智或理量二智法謂所證知法者即俗諦法也常無性者真諦法也言即真如無性之理者稱無性理而無異味覺色心等諸法故起信論云是故一切法從本已來離言說名字心緣等相畢竟平等無有變易不可破壞唯是一心故名真如即其義也○鈔云何常無性下徵釋顯上義也言非自非他者非自性諦生故非他梵王等作故非具合前二故非離非無因自然故或可非自因非他緣非因緣共非離自因他緣因緣無定顯法無生即無性也言無性者有二義故一者一切法從本已来自無體相唯一真性故曰無性二者諸法無有差別自性故曰無性即此無性之處便是真理故以無性目於理也○鈔因種即正因佛性者釋經中佛種二字也正因佛性如鏡本明緣因佛性如新顯明由此二爲因成佛爲果言故涅槃云下正證佛種是正因佛性義也言中道者以佛性非有無等邊故言種子者具爲因義故言此種即前下指種同性也此約種性不分二別故種即佛性種即無性也故涅槃下證此種即無性亦證佛性無性二義無別也○鈔緣即下釋經中緣字可知○鈔起彼下釋起字以始覺顯本覺無復始本之異方得成道是起字義也然正因無

来去今言起者由新明顯本明假言起耳實無能起所起之二法以本覺性自靈知故○鈔唯以佛性下歸說一乘所以也○鈔體同曰性等者重顯種性之義或遣妨也妨云法華云佛種何引涅槃佛性釋耶故此通也言體同曰性者始本無異故名為佛種即佛性也相似名種者因緣互相似故六度萬行依真流故還契於真故種類也故以佛性名為佛種故關中云者此取四聖疏中釋也言關中者即禹貢雍州之域東函谷關南有武關西有散關北有蕭關四塞之地故曰關中言稻自生稻者證體同曰性同是稻故萌幹下證相似名種始終唯稻無別類故故云其類無差望所成果俱為因種（有說一段鈔文標下果種性者非也然有二字標故）○鈔二果種性下先釋佛種二字然

有二釋初約性釋本覺出障果佛名佛佛真報其理道理不差名性此直談體性也說法度人下二約種釋種謂種類他報化身佛佛種類相似故云類皆相似○鈔果之種性下釋從緣起三字也謂前二利果（自利約性利他約理）依真理起故云從緣起也○鈔故釋此偈云下合明二句歸說一乘所以也意云下鈔主重顯關中意也○鈔此中知法下重釋第二句會同此經下疏云准如来藏具恒沙德衆生即在纏法身法身衆生義一名異故見一切皆成若爾諸佛何以更化衆生不如是知所以須化如是化者是究竟化無不化時以經釋云知一切法皆無性故即同前文知色心等法無性餘如十因最後中釋○鈔准於下舉勝況劣釋也可知○鈔住真如正位者以

一切法住真如正位故皆無常性也玄賛云真如住諸法之中體性常有名爲法住法有染淨離染得淨分位顯之故名法位與今鈔意異也故智論下引證以真如在一切法之中性無改變曰法性爲一切法因曰法界一切法在中曰法住是一切法正位曰法位故爲真如異名也○鈔故涅槃經況之二鳥者經云娑羅娑鳥(音義云此云共行亦云白鶴)及迦隣提鳥(此云可愛是水鳥鴛鴦之類各二必共)彼疏云諸佛如来得涅槃不捨世間不捨世間而入涅槃無常共常常共無常如二鳥遊止共俱不相捨離○鈔令於道場者玄賛釋云於金剛座道場中證此諸法本體性巳於無名相法中道師方便以名相說等言懸鏡高堂者即生公之意也下鈔中清凉釋云言懸鏡高堂者即無心虚

照萬像斯鑑者不揀研媸故以絕常無常之靜心照常無常之圓理故云二而不二證道幽微故云不可言宣○鈔故知下結歸疏意上之三偈雖皆一性之文疏中要略唯引一句耳問前鈔云今但引兩句准疏亦有兩句今何言唯一句耶荅前兼能證人今正要所證一性故說一乘也○鈔一相一味之法者先標一相是法一味是喻所謂下釋且約四德者觧脫我德離相樂德離三有爲(生住壞相以滅異二相同壞相故唯三也)五塵男女(即離十相故)等相故滅相淨德滅二障等故下二句常德言究竟涅槃者是方便淨也從因方便而修得故言常寂滅相者即性淨涅槃本性淨故終歸於空顯一相無相之義也言觧脫者下再牒釋觧脫相也是真觧脫者揀異離妄繫縛等觧脫也

故第二經云下證其揀異也言但離虛妄者離分段生死故得解脫但證得有作四諦故故云未得一切解脫也釋曰一切解脫即真解脫等者對會二經也亦會前法喻二名又云常寂滅下對會前二文也可知○鈔非但下躡其科文以釋經意也意明佛性即是一乘而況乘性豈不相成耶○鈔畢竟有二種等者彼疏云望小大極故名畢竟因果不同故分二種因能嚴果故曰莊嚴果德窮滿稱曰究竟世及出世約位分異十地已還通名世間皆是變易世間攝故佛名出世六波羅蜜顯因畢竟相一切衆生所得一乘明果畢竟性言一乘名爲佛性者經云如人有酪有人問言汝有酥耶答言我有酪實非酥以巧方便定當得故故言有酥衆生亦爾悉皆有心彼疏合有酪凡有心者定當得成無上菩提合有人問言汝有酥耶答言有以是義故我常宣說一切衆生悉有佛性合以定得故言有酥凡有心者皆有真識覺知之性故定得菩提以有真識覺知之性與菩提不定異故即是二乘名爲佛性釋曰下有二義故佛性即是一乘一約皆有故即是一乘此即智慧之性爲一乘二又佛性者下約理運彌載故即一乘亦師子吼品文也彼疏云佛性具無邊義今就一空門說一離相名空如心無大小長短等相一離性名空具恒沙德別守自性依此深理運因至果即是乘義○鈔則是野干鳴者亦是彼經文也音義云梵語悉伽羅此云野干青黃色形如狗羣行夜鳴聲如狼也莊子注云野干能緣木然與狐異禪

經云見一野狐又見一野干故知異也○鈔三十三又云下勘經是三十二言果亦同者同一解脱同一甘露皆果同也言海八德者三十二經云一者漸漸轉深二者深難得底三同一鹹味四潮不過限五有種種珎寶藏六大身衆生在中居住七不宿死屍八一切大雨投下不增減言一甘露者下約喻明果同故什公注淨名云諸天以種種名藥着海中以寶山磨之令成甘露食之得仙名不死藥今以涅槃如甘露真不死藥也○鈔結會世尊所化弟子者以經説佛昔於大通智勝佛所爲十六沙彌之一於八萬四千劫廣分別說妙法蓮華經化六百萬億那由他恒河沙等衆生示教利喜今是結會此也故經爾時所化衆生等與鈔引同我滅度後下與疏全同○鈔方便有餘土者天台淨名疏云二乘恒沙別惑無明未斷捨分段身受變易身所居之土名有餘土言常寂光土者掌珎記云常即法身寂即解脱光即般若三事不一不異衆聖冥契故云土也○鈔論曰下即分段身滅也有淨佛土下受變易身處言乃無煩惱之名者問彌勒所問經論及楞伽經云一切聲聞辟支佛不能究竟斷諸煩惱但折伏一切煩惱等云何無煩惱名耶教義荅云愚法者（即不了法空即法執也）不斷廣慧者斷今據廣慧理不相違問不聞法華不知不覺菩薩所行豈是廣慧荅智論三十八云我成佛國無三毒及名既無三毒何以佛出荅三毒即涅槃故准此論意愚法二乘望其當分斷煩惱故出三界外今約不知即是涅槃故云但折

伏也今以迴心之後聞一乘法方知煩惱即涅槃無實煩惱之名○鈔法性身者變易身也以證法性後所受細身從所證法性以立其名法性之身依主釋也言稽留者遲滯之義言捨衆生者無大悲心故及捨佛道者無大智心故言不如直往者羅漢迴心二萬劫方至十信直往但一萬劫至十信故問應同獨覺荅獨覺巳疾脩四生心鏡鈔第二云四生義有二一選四佛二四主報三經四增減劫後義爲勝聲聞三生准此知之遲百劫方得獨覺果迴心後又經一萬劫故亦不如直往言直往者超卓大方不歷二乘速成正覺涅槃云初果迴心八萬劫乃至獨覺迴心十千劫得到阿耨菩提之心教義解云此明最鈍初果人受七生巳方入涅槃滅心心法始入滅定復經八萬劫乃得生心受佛教化發菩

提心若於一身得第二果受二生巳即入涅槃經六萬劫方能發心若於一身得第三果不還欲界即入涅槃經四萬劫能得發心若得羅漢即現入滅定經二萬劫即能發心若獨覺利根經一萬劫便能發心又有義云前五人從凡得小果入涅槃後起迴心修十信行滿信心巳堪入十住發心住位巳來隨根利鈍各經彼劫但從涅槃起後經彼劫也未必一向在涅槃中經爾許劫上明遲者若疾者如法華經云我滅度後等引文同此問若依疾者何言不如直往荅直往修十千劫至十信滿或未必十千劫如龍女等故瓔珞經云若一劫二劫三劫等不同聲聞巳疾者三生遲者六十劫脩得極果巳入滅之後迴心故亦不如直往若爾有學必無迴心之者荅今且說無學

誰遮有學如阿難是初果豈不迴心耶問何故迴心劫數如是答心鏡鈔云二乘滅分段爲涅槃然行苦極長無過非想八萬大劫二乘猒苦忻寂住寂時量與非想同六四二萬如次可對無所有處識處空處取八十增減劫爲一火灾劫經此八萬等應知此即總其極者故八萬劫等方便顯示迴心者利鈍不同明不必爾故有現世迴心之者如舍利弗等問彼是應化聲聞不同實者荅權必化實故○鈔故疏結云決定迴心者問智論九十五云復次佛法於五不思議中一衆生多少二業因果報三坐禪人力四諸龍力五諸佛力最第一今言漏盡阿羅漢還作佛唯佛能知論議者正可論其餘事唯法華嚴意引云止可論其餘事今論本應脫一餘字也不可測知是故不應戲論若得佛時乃能了知餘可信而不可

知涅槃三十四云聲聞得佛道不得佛道如是諍訟是佛境界若於是中生決定者是名執着何故疏云決定迴心荅疏依教理深信亦不言如實證知此但仰推之智信解知之爲遮趣寂定不迴心云決定迴心也又教義問云瑜伽論等說聲聞獨覺入無餘依涅槃者本轉二識皆滅無餘後生心時以何爲因無因而生不應理故荅彼論依始教門引小乘故所立賴耶行相麁顯不從真起故說有滅一又爲順小乘故亦許彼涅槃故說入已不復起也二今終教中就實而說既根本無明熏如来藏成阿賴耶彼二乘人於此二法俱未斷證何因得滅阿賴耶識三又由於彼無斷證故所得涅槃豈爲究竟化城同喻亦應有失四由上四因故得心生也○鈔一決

定聲聞者玄賛云亦名趣寂二增上慢聲聞者此是凡夫但得第四禪定便謂得第四果如經云無聞比丘妄言證聖天報已畢衰相現前謗阿羅漢身遭後有墮阿鼻獄未證謂證名增上慢也三退菩提心聲聞者謂先發大心後遇違縁退歸小位四應化聲聞者諸大菩薩及佛等示化爲聲聞故○鈔即如身子者譬喻品云佛告舍利弗吾今於大衆中說我昔曾於二萬億佛所爲無上道故常教化汝汝亦長夜隨我受學我以方便引道汝故生我法中舍利弗我昔教汝志願佛道汝今悉妄而便自謂已得滅度我今還欲令汝憶念本願所行道故爲諸聲聞說是大乘經等又優婆塞戒經說舍利弗曾於六十刼行菩薩道有婆羅門從其乞眼鶖子與之彼得覩已投之於地雙足践踏罵詈而去鶖子悔恨遂退大心言我今還欲令汝等者既云汝等顯非一人而已故云非獨身子然准上經文無等字或疏主所見經本有等故設依無等字釋但義引之如前已引結會昔所化者無量恒河沙等衆生豈獨身子耶問前結會所化者但云聲聞弟子何義引退菩提心者答經云十六王子菩薩沙彌各令六百萬億那由他恒河沙衆生發阿耨多羅三藐三菩提心者豈非今聲聞皆昔發菩提心者耶○鈔四大聲聞下信解品云慧命須菩提摩訶迦旃延摩訶迦葉摩訶目犍連自說窮子喻捨佛慈父往五道等故文如前引○鈔第三周中者謂法華經有三周謂法說一周喻說一周宿世因縁說一周此當第三也文如向引○鈔羅睺羅者此云障月佛言我法

如月此兒障我不即出家世世障我我世世捨以王言汝若有子聽汝出家然處胎六年方生有二緣起一曾塞鼠穴經六日一昔曾爲王嘗召一沙門處於門外經於六日忘不問及故招斯過○鈔故知夫下即生公之言也而獨言下遮玄賛疏意彼云應化聲聞者應化非真攝大乘說諸大菩薩及佛等化示爲聲聞故引實聲聞向大乘故如富樓那即其類也故今遮云餘阿羅漢豈非應化而抑之耶○鈔汝等皆當作佛者法華論說六授記一別記二同記三後記四怨記五通行記六具因記具如玄賛疏釋今此是第六具因記也○鈔安國法師者會解云即安國寺元康法師於貞觀中遊學京邑有彭亨之譽形臃腫而短然其性情勇猛一聞多悟羣輩所推帝聞之喜曰何代無其人詔入安國寺講三論寂照引廣鈔第二云即安國寺利涉法師然未知孰是彼所以不許者有二意一不輕之記在昔故二唯記藥王等成佛不記聲聞故即諸下安國有自釋也亦具二意一藥王等在今法華會故今記不在會聲聞故釋曰下清涼扶昔論義也亦有二意一者此是舉昔例今謂昔日菩薩與衆生記例同今日菩薩與現今聲聞授記非是不輕直記今日聲聞二者或昔聞不輕記者即今在會聲聞世世已來常受我化等言何得不依者斥安國也亦有二意一云能立能釋皆是天親何得不依二云天親是法相宗主安國是法相後輩宗師天親之言汝尚不依餘人化導汝肯依耶○鈔若大乘云者玄賛疏云其增上慢既是異生菩薩記

令信有佛性令漸發心脩大行故其趣寂者元無大性何得論其熟與不熟應言趣寂由無大性根不熟故佛不與記由趣寂者與增上慢合一處說譯主同言根未熟令其發心令增上慢者發菩提心令決定者發信大心不愚法故若言趣寂後亦作佛違涅槃等處處教文故疏結彈云下問此一未字可爾論云如來不與記豈非佛永不與記耶答菩薩與記令發菩提心既得發心必當成佛至如佛永不與記復有何過以爲慈恩改未字爲不字且作是說此乃即時根不熟即時不與記亦不違理如彼經云大通智勝佛十刧坐道場佛法不現前不得成佛道豈永不現不成佛耶故探玄記云但言未熟不言無根圭峯云若定不成佛論則應言餘二聲聞根性無故佛不與記設云不熟亦非無根但是根性不熟故此遮玄贊云應言趣寂由無大性論既不說何得加諸○鈔得決定心者由菩薩授記故得決定成佛之心是方便令發心也既發心已進脩妙行非謂已能證會成就二空法性真而與授記故亦不如菩薩得授記也○疏入楞伽下第二云大慧諸聲聞辟支佛畏生死妄想苦而求涅槃不知世間涅槃無差别故分別一切法與非法而滅諸相不取未來境界妄取以爲涅槃不知内身證脩行法故不知阿梨耶識轉故第四云大慧聲聞辟支佛若離一切諸過熏習證法無我爾時離於諸過三昧無漏醉法覺已脩行出世間無漏界中一切功德脩行已得不可思議自在法身偈云味着三昧樂安住無漏界無有究竟趣亦復不退還

得諸三昧身無量劫不覺譬如昏醉人酒消然後寤得佛無上體是我真法身第七云大慧聲聞辟支佛於第八菩薩地中樂著寂滅三昧樂門醉故不能善知惟自心見墮自相同相熏習障礙故墮人無我法無我見過故以分別心名爲涅槃而不能知諸法寂靜第二云妄取以爲涅槃第四文顯第七云以分別心名爲涅槃故皆無實故也言勝鬘等者彼經云唯如來應正覺得涅槃成就一切功德故阿羅漢辟支佛不成一切功德言謂涅槃者是佛方便唯有如來得般涅槃成就無量功德故二乘之人成就有量功德言得涅槃者是佛方便唯有如來得般涅槃成就不可思議功德故二乘之人成就思議功德言得涅槃者是佛方便唯有如來得般涅槃一切所應斷過皆悉斷滅成就第二清淨

二乘之人有餘過故非第一清淨言得涅槃者是佛方便是故阿羅漢辟支佛去涅槃界遠言無上依經等者無上依經如鈔備引其寶性第三鈔云第四者悮與無上依經文勢大同故此不錄須者往撿其佛性論第二廣說亦與無上依經大同其釋四種生死畧如下引名號品疏說者是故二論皆不具錄也言密嚴等者言於中入滅二乘於三界外更受變易者賢首云一切二乘皆迴心以悉有無漏性力爲內熏因故如來大悲力外緣不捨故根本無明猶未盡故小乘涅槃不究竟故是故一切無不回心向大菩提也然當回心時於界外即受變易也又其回心有遲有速速者如前引法華餘國受化遲者經劫乃起若別說之如涅槃八萬六萬四萬二萬十千等劫

别故正當回時即入十信位次第修行大乘言變易者唯識論云不思議變易生死謂諸無漏有分别業由所知障緣助勢力所感殊勝細異熟果二死章云即以無漏業所知障欲色二界異熟五蘊而爲體性謂諸聖者以悲智修心有悲故欲下化衆生有智故擬上求佛果念斯分段短促無堪不能長時遠征大刼修其勝行遂以所知障爲緣無漏業爲因冥資故業故業被資便能熏識等五支種子既被感已生現功能而復殊勝功能既勝所生現行身之與命而有改轉由是改麁身爲細質易短壽爲長年然後方能廣脩勝行趣無上覺是故得有變易生死也然此身亦名不思議身謂由無漏定願之力感得其體微細難測非是凡夫二乘下位菩薩所知境

界故論云無漏定願正所資感妙用難測名不思議身亦名意成身舊云意生身論云隨願成故亦名變化身麁淺分段被無漏定願資成改轉異本故論云無漏定力轉令異本如變化故○鈔入楞伽王城者楞伽此云難往此山居海之中四面無門非得通者莫往故言望其當分者彼經第二卷云而作是言我生分已盡梵行已立所作已辦不受後有如是等得入人無我乃至生心已爲得涅槃故言但是深入三昧者前引偈云味着三昧樂等云云○鈔七譬喻者即勒那摩提譯本也論標云次爲七種具足煩惱性衆生說七譬喻對治七種增上慢應知七種增上慢應知七種衆生者一求勢力人二求聲聞解脫人三大乘人四定人五不定人六集功德人七

不集功德人七種喻者一火宅喻二窮子喻三藥草喻四化城喻五繫珠喻六頂珠喻七醫師喻七種增上慢者一顛倒求功德增上慢二聲聞一向增上慢三大乘一向四實無而有五散亂六有功德七無功德（後五皆有增上慢言）今當第四喻爲定性人對治實無而有增上慢也若菩提留支譯本乃云實無謂增上慢心以彼七種皆云慢心故知今云增上慢人者非四種聲聞中增上慢聲聞也乃爲定性人爾肇公云二乘雖無結慢然卑生死尊涅槃猶有相似慢也言有世間有漏三昧者二本論皆無有漏之言今以實奪權故義加耳亦由雖復名覺即是不覺在小乘故雖曰涅槃大乘望之故云世間彌勒所問經論云彼不能究竟斷諸煩惱既未斷煩惱故是世間所以云無實涅槃也三昧亦云三摩地此云等持平等持心趣一境故言三摩䟦提者亦云三摩鉢底此云等至瑜伽釋論（最勝子菩薩造）云三摩地目心數中等持一法通攝一切有心位中心一境性通定散位三摩䟦提此云等至通目一切有心無心諸定位中所有定體（今取一分無心定故）三摩呬多此云等引通目一切有心無心定位功德三名寬狹耳○鈔無上依經第一說云等者先科分次隨難釋分爲三

- 初約人標能所障（無上）
- 二約法釋能所障三
  - 初例釋能障之相二
    - 初標列（一者）
    - 二釋成（何者）
  - 二正釋能障所障四
    - 一生緣障淨德（由無）
    - 二生因障我德（因無）
    - 三有有障樂德（緣無）
    - 四無有障常德（若未）
  - 三例釋所起生死二
    - 初標能例（阿難）
    - 後正對釋（無明）
- 三約人結成得失（阿難）

○鈔一生緣惑者生字體目變易受生之緣即所知障望果疎故爲緣生緣是體上有一

分障涅槃淨德之用名惑所生之緣緣生即惑二釋如次二生因惑者生體亦即變易其受生之因即無漏有分別業以緣事智取相分別善提可求有情可度揀異根本無分別故故云有分別業體即是定願同時慧也望果親故爲因生因是體上有一分障涅槃我德之用名惑或可惑字目體因緣目用問既是無漏云何名惑答起信云雖復名覺即是不覺故二釋例前上二是變易生死之因緣未是生死之果三有有者上有字即上生死因緣如十二因緣中有支下有字正是三種意生身此是有果故佛性論云由前因緣惑得變易異熟有果或可上言有者謂三種有復言有者五蘊不無名所有即有名爲有有有體上有一分障大涅槃樂德之用名之爲

惑二釋如次今畧惑字四無有者於變易生死中即生即滅故云無有如十二因緣中生緣老死亦約念念遷變故名號品鈔云即改變易脫或此後更無有有故名無有此生之後便成佛故無與有異相違釋也無有體上有一分障涅槃常德之用名之爲惑無有即惑持業可知○鈔如何下釋成也然以三界分段因果爲例釋成變易因果也言無明住地生一切諸行者但取能生不取所生舉例中亦爾唯取無明不取業也生因惑中唯取所生諸行不取能生無明住地舉例亦然有有中亦但取所生不取能生舉例亦爾言三種意生身者下疏云然此身類有其三種一三昧意樂二覺法自性樂三種類俱生無作行初云楞伽第四云謂入於三昧離種種心

寂然不動心海不起轉識波浪了境心現皆無所有云何覺法自性謂了法如幻皆無有相心轉所依依如幻定及餘三昧能現無量自在神通如花開敷疾速如意如幻如夢如影如像非造與造相似一切色具足莊嚴等入佛刹了諸法相故云何種類俱生無作行謂諸法相釋曰初從所依定爲名次從所依智立名三自證法相義兼定慧及法性爾故名種類由此故能隨衆生類種種一時現生任運而成云無作行若依地位初則五地前次則八施前後則八地後等即其義也上皆疏文言四取爲緣者舉分段也唯識云緣愛復生欲等四取彼疏云欲取見取戒禁取我語取言欲取者謂取五妙欲境故瑜伽第十云欲取謂於諸欲所生貪欲見取謂餘薩迦耶見於所見有所貪欲戒禁取謂於邪願所有貪欲我語取謂於薩迦耶見所有貪欲人云欲取唯生欲界苦果餘三通生三界苦果言三有漏業者即善惡不動三業也起三種有者即三界果也言三種意生身不可覺知等者不取所依身唯取能依細生滅也下舉分段易知○鈔由無明住地一切煩惱是所依處等者正釋能所障義四德所障四惑能障然以惑障德曲有四義一者通障隨舉一惑障四德故二者別障即以一惑障一德故三相順障如以細惑障細德麁惑障麁德四相違障如以麁惑障細德細惑障麁德等故此文所說即別障及相順障非餘二障也今初者無明是根本煩惱是枝末舉末顯本故云依處言煩惱垢濁等者即所滅盡染無此染故

名淨今染本末未盡故障大淨也○鈔輕相惑者即是不覺名輕相惑言虛妄行者有分別故未真實故搜玄記云由無漏行與虛妄雜故呼無漏業爲虛妄行如雜鑛金等以爲能招作行故障無作行真自在我也○鈔緣無明下以由前緣因二惑有意生身五蘊苦果故障樂德也○鈔若未能得下此一斷障與德相間雜說例前應云變易生死體上斷續流滅無量未能除盡故不得至見是諸如來爲甘露界極無變易大常波羅蜜湛然不易名爲大常今所說此先總收於前惑業苦三皆永盡處纂玄云此鈔中具四煩惱即緣諸業即因生即變易體也難即體上細四相也爲甘露界即真常處以惑業苦皆是無常之法故即通相之義顯於常義故云爾也○鈔阿難下標分段四難以爲能例例此

四種生死也問此中所例四種生死與前何別荅前名惑此名生死但名異故其體無殊又無明住地是總所依此四皆是所起故○鈔無明住地所起方便生死者依體起用也集玄云是變易生死之方便故依主釋也名號品疏鈔下鈔云下疏明四種生死可檢於此故今引之就明此也引佛地論第二云一者方便生死謂生死緣即無明住地惑能生新無漏業揀異法相資有漏故業也以惑生智同類故故名方便雖有所生取能生惑譬如界內無明生行即取能生亦煩惱障言因緣生死者是生死之因緣故亦依主釋名號疏云謂生死因即上無明所生無漏有分別業但感同類故名因緣唯取所生譬如無明所生行業亦取所生言有有生死者有有如前釋有有體即生死持業釋也名號疏云由前因緣感得變易生死異熟

果如三界内有漏業感六趣身言有有者未来生有更有一生故言無有生死者無有如前釋無有即生死持業釋也名號疏云無有生死即改變易脱譬如生爲缘有老死等過患其報謝更無有有故名無有今言過失難者即生老死也○鈔如何斷言永滅無餘者責法相宗也問上来所説寧知非是不定性人受變易耶荅十卷楞伽第二云一聲聞性二辟支佛性三如来性四不定性五無性聲聞性者乃至墮不思議變易生死故明知是釋定性聲聞七卷四卷大同此説問既受變易何名定性荅且就長時故名定性義如下説

華嚴會本懸談會玄記卷第二十二

音釋

勘苦紺切覆定也　研五堅切磨也　嗤赤脂切　腫之勇切癰也　麁千胡切踈也　纂子緩切組類也

蒼山再光寺比丘　普瑞　集

○疏彼經第五性云等者即十卷楞伽中文當第一卷（其四卷七卷之經文勢大同也）文云大慧何者無性謂一闡提無涅槃性何以故於解脫中不生信心不入涅槃大慧一闡提者有二種一者焚燒一切善根二者憐愍一切衆生作盡一切衆生界願大慧云何焚燒一切善根謂謗菩薩藏作如是言彼非隨順脩多羅毘尼解脫捨諸善根是故不得涅槃大慧憐愍衆生作盡衆生界願者是爲菩薩大慧菩薩方便作願若諸衆生不入涅槃者我亦不入涅槃是故菩薩摩訶薩不入涅槃大慧是名二種一闡提無涅槃性以是義故決即一闡提行大慧菩薩白佛言世尊此二種闡提何者一闡提常不入涅槃佛告大慧菩薩摩訶薩一闡提常不入涅槃何以故以能了知一切諸法本来涅槃是故不入非捨一切善根闡提何以故大慧彼捨一切善根闡提若値諸佛善知識等發菩提心生諸善根便證涅槃（從若值諸佛下四卷七卷同云彼以佛神力故或時善根生今疏中唯此二句用餘二經之文餘皆十卷文也）言此意則明下疏主釋也意云大悲菩薩知自本来涅槃故云不入不捨衆生界化無盡故故云不入況経自云者四卷七卷文也言莊嚴論第五無性者彼論第一云無涅槃法者是無性位此畧有二種一者時邊般涅槃法二者畢竟無涅槃法時邊般涅槃法者有四類人一者一向行惡行二者普斷諸善法三者無解脫分善根四者善根不具足畢竟無涅槃法者無因故彼無般涅槃

性此謂但求生死不樂涅槃人○鈔大涅槃
日下經如日故開發善心如花開故光即教
光彼疏云衆生善根狹小受法之器猶如毛
孔如蠶處璽者璽吟罪垢蠶喻佛性即勝鬘
說在纏如来藏也○鈔即涅槃三十六南經
三十二者然經有南北者初曇無讖晉末於
姑臧爲北凉沮渠氏蒙遜譯本有四十卷語
少朴質不甚流靡宋文帝世元嘉年初達于
建康識元譯般涅槃三分之一前後首尾来往返尋涉歷八年經三度譯乃周四十卷尚多所闕正當宋武帝永初二年至元嘉初方至建康故也時有豫州沙
門范慧嚴清河沙門崔慧觀共陳郡處士謝
靈運等捧翫探賾乃謂文繁語質有繁處欲
畧之夜夢神執鐵鉗曰此經三世諸佛所證
圓宗十方大雄常樂解脫金剛寶藏汝是何
人輙欲刪畧今擬拔舌可速展之靈運驚惶
則共虔誠悔前專輙慇懃請曰此經文質品
疎今欲加潤渴仰靈祇未知許否又夢神曰
加品瑩文或可耳削減經文事必不然然有說改治已畢有數本流行方夢神責欲集僧牧之又夢神曰汝弘經之力必當見佛然不如此說
即加品瑩文如改啼泣面目腫爲戀慕增
悲慟等北本十三品外依六卷泥洹經本加
一十二品爲三十六卷道俗皆不信受對帝
焚經取驗而啓告曰上契佛心願無所損義
有乖謬請從火化遂軸放光姿分數道乃至
火滅經色宛然衆謂奇絕流布海內南北二
名因斯而立○鈔經云善男子下科分爲二

初引文　經云
二釋義二
　初彰正釋二
　　初指能變一　此
　　二正明解釋二
　　　初別明五種佛性　彼疏
　　　後對此四句配屬二
　　　　初別明四句　本言
　　　　後料揀有学　此中
　二破異解二
　　初叙彼解　然有
　　後正申破二
　　　初總非違經　此釋
　　　二顯所違經二
　　　　初引經　故上
　　　　二顯違　是則

三歸正義三
一約時總辨有無
二辨闡提對辨有無與佛
三結歸闡提有佛性
初約一時
二約先後
今此始末故闡
初正明
後引證二
初違次上經二
二違今正文三
初引上經文
二釋歸有性
又上解曰
初躡前起後
二明經正意
三結彈顯違
申善此中

○鈔薦福者心鏡鈔云薦福寺法實大師覽唐三藏所譯婆沙論徵難數節三藏乃改治論文○鈔今准經明佛性畧有五種等者即此卷経云善男子夫佛性者不名一法乃至不名萬法未得無上菩提時一切善不善無記盡名佛性師子吼品等云第一義空名爲佛性即理也此卷経初又云如来佛性所謂力無畏三念處大慈大悲首楞嚴三昧五智印（即五非常觀謂無常苦空無我及寂靜也）三十二相八萬億諸三昧如是等法皆是佛性如是佛性則有七事一常二我三樂四淨五真六實七善等即果也然佛性約體是一約相分五佛性在善中名善佛性在不善中名不善佛性等問不善無記何名佛性荅皆有真實識知之性故與佛菩提不定異故○鈔一是離欲之人等者一云伏欲界惑得初禪等二云離三界欲之阿羅漢等豈有不善性也即是二乘離欲善根人故二釋隨取言二是五住等者准涅槃疏云五住之名經文不列准義論之則有三說一者一種性住（十信）二解行住（三賢）三淨心住（初地）四二地已上行跡住五八地已上決定住謂發心住已去不造新不善業故無不善性也故十住跡云初發心住者纓珞云是上進分善根人也第二義者地前爲一名爲信地淨心爲二行跡爲三八地九地決定爲四十地畢竟以爲第五第三義者依彼五恐分

別地前伏忍合以爲一初二三地信忍爲二四五六地順忍爲三七八九地無生忍爲四十地寂滅忍以爲第五三釋皆得然助正記云即十住位中五住已上大乘菩薩無不善性也者非也總有二失一經說五住不通諸位失二十住前五猶有非善失則違前瓔珞經也○鈔然有人下明異解應法相宗中解也順闡提無性義故意云善根人有二類今云分一類有佛性一類無佛性闡提人亦有二類一類有佛性一類無佛性故分四類鈔文從畧但顯無一邊故言以經下用經不同意顯經初句舉闡提初類善根後類相對次句舉善根初類闡提後類相對言俱有者前二人有故俱無者俱後二人無故對詳可了○鈔是則等者以經中上從佛下至闡提皆有

有無二性既有有無二性豈有全無性之者○鈔由善根人下躡前段經起後段經也由前段上從佛下至闡提皆有有無二性故今約善根人及闡提之有無相望論四句也○鈔此中明下鈔主依薦福解經出正意也此以法望於人說故經家佛性在上人在於下明多種佛性故不明下顯非前分四類衆生故若依法相所解經中應人在上法在下以明也然此段雖正明經意亦兼顯其違也○鈔故談文尚不識顛倒者結彈也以或有之言連佛性二字即明佛性有多種闡提及善根人有無不同則佛性在上人在於下而不以或有之言連闡提及善根人故今汝以人在上佛性在下文尚不識顛倒於義何能正耶○鈔始末以明下但言一切衆生影取一

切諸佛總論方具一切也○鈔佛與闡提下上皆聖教量此鈔主約理量爲四句以前經佛至闡提皆有有無二性次經以善根人望闡提論有無四句理實亦應佛望闡提善根人望佛各論四句故鈔約理說也言善因性者佛唯果善闡提斷善故俱無也若約善根人與佛論四句者一佛有善根人無謂果性二善根人有佛無謂善因性三二人俱有謂理性四二人俱無者謂不善性○鈔故闡提決有佛性者問經云不應難一闡提人定有佛性定無佛性何言決有即荅經遮總有五種佛性總無五種佛性不遮有理及不善無記佛性故云決有若爾豈非一向作解耶荅既不定執總有五種佛性何名一向作解耶○鈔今釋所引還成有性者以彼但依經總標中一闡提者無涅槃性一句以立今以經後文大慧徵釋中義還成有性問若爾此經標釋何以相違荅標中抑故言不入涅槃使欲作闡提者不作釋中復許當成令已作闡提者而不自欺可還生善故○疏故云定無者定性無性也故寶性佛性者各四卷皆世親菩薩造也寶性中問云向說一闡提常不入涅槃無涅槃性此義云何荅欲示謗大乘因故此明何義爲欲回轉誹謗大乘心故依無量時故如是說以彼實有清淨性故佛性論中問云佛說衆生不住於性永無般涅槃耶荅曰若憎背大乘者此法是一闡提因爲令衆生捨此法故若隨一闡提因於長時中輪轉不滅以是義故經作是說若依道理一切衆生皆悉本有清淨佛性此上皆是論文

理極分明○鈔故世親造於小乘論等者即造俱舍等所明法義不關涉大乘說般若宗即金剛般若論明性空寂滅建立唯識即三十頌唯識決擇性相歷然有歸及其解釋法華造法華論一乘玄旨昭然顯著解十地品經之論即十地論明六相圓融此一菩薩隨經弘闡既爾餘諸菩薩例然盖以佛隨衆生根性之緣不同立教有異菩薩隨佛亦顯淺深之理如是了知復何乖競○鈔彼不立爲第二教者玄贊疏第四云一乘是密意說故○鈔彼引攝論者亦玄贊疏第四中引也言任持所餘者任持猶如攝持言所餘者不定性菩薩是定性菩薩之所餘故言彼有十意者上云等字等取下偈云法無我解脫等故性不同得二意樂化究竟歸一乘初偈二意後偈八意一二如鈔文三法等故謂真如諸聲聞等雖同趣真如無有差別故說一乘四無我等故謂補特伽羅無我同故說一乘五解脫等故謂三乘於煩惱障解脫無異故說一乘六性不同故謂諸聲聞不定種性有差別故謂回菩提聲聞身中具有聲聞種性及佛種性由此道理故說一乘七謂諸佛於一切有情得同體意樂彼我無殊故說一乘八世尊法華會上諸聲聞等授佛記得如意樂與佛無二故說一乘（世親云得法如平等意未得佛法身若得此法如平等意彼作是思惟如來法如即是我法如由此意故說一乘也）上二即偈得二意樂九謂佛菩薩化作舍利弗等聲聞爲其授記欲令已定根性聲聞更練根爲菩薩未定根性聲聞令直脩佛道由佛涅槃由如此意故說一乘十依究竟故說一乘非無

歸別由過此外無別勝乘唯此一乘最爲殊勝故佛說一乘由上十義法相宗中說一乘是密意也○鈔據上二文者即上所引二處文皆玄贊疏第一卷文也言義語相違者依一乘義屬第二時依彼疏語却判爲第三時故成違也或云一乘經義及經之語成相違者義雖可通然不如前觧○鈔但由不信下復逆遮之恐云判爲不了何名謗經令以跋陁婆羅菩薩等在昔但由不信皆當作佛一乘之言豈要不信經文非是佛說等方爲謗耶故智論云謗有二種一言此非佛說等即爲深重墮大地獄二說不契理並爲謗法今以深爲淺即當第二也○疏言觧節經者即觧深密之別名義如前會言無量義云四十年後說法華者若無量義但云四十餘年末

顯真實今此三昧起即說法華與無量義連接故今云四十年後說法華爾○鈔釋論釋曰下釋有二義可見言一立小乘下探玄記云二立大乘有本云二立三乘皆通也○鈔即宗輪論之異名者以真諦譯名異執論而玄奘譯名宗輪論故當名別然今所引即部異執記即真諦記釋部異執論於記中作此說也○鈔臨終之言寬等者玄贊疏云今法華會去涅槃時纔有五年名將臨終清凉見此恐彼非是救也言此後畢定不說別經者問阿闍世王受決經說因王請佛勑諸園監送花有一園監半路遇佛以花施佛佛授記當來作佛號覺花王知其事以寶作花欲施於佛有臣白王佛已滅度耆婆曰志心可見王詣佛所見佛施花佛授王記已王始還宮

尋迴視佛不見佛會秖覩靈山等即滅後說此經也云何會釋答前鈔但說一相與化如云佛八十歲入滅等彼王見佛聞法復是隨根隱顯如常在靈山等也而涅槃下明同法華故得引之○鈔法華顯中道者縱其第三時顯亦空亦有中道故約多分許之若約破三還同第二故也既進退有妨故知法華在深密後也○鈔故能決了有餘義者一代時教有餘之義也○鈔如前叙西域等者即前疏云深密經意爲於一類食般若者聞平等空撥無因果不了空有無二故第三時爲其分析於一法上空有之義故但顯斯一類之義何能總判一切聖教問此中總科皆叙西域何故別指前叚爲叙西域耶答今總判雖屬西域迺別會此方現傳二宗耳義如前示

○鈔勝鬘所說如来藏者勝鬘云空如来藏若離若脫若異一切煩惱藏故不空如来藏不離不脫不異不思議過恒沙佛法故此二藏即性故許皆有玄贊疏云一煩惱有漏虛妄不實能覆真如名空如来藏二涅槃無漏體是無爲非虛妄法煩惱覆位名不空如来藏○鈔楞伽所說如来藏者彼經云大慧七識不流轉不受苦樂非涅槃因大慧如来藏受苦樂與因俱若生若滅等故釋摩訶衍論云三者與行如来藏與流轉力法身如来藏今覆藏故楞伽契經中說如来藏爲善不善因受苦樂與因俱若生若滅猶如伎兒故此經明何義所謂顯示生滅一心於惑與力於覺與力出現生死涅槃之法釋曰此正同法相無始時来界一切法等依由此有諸趣及

涅槃證得之偈也故當行性若玄贊云藏識虛妄不實故名爲空能含一切無漏故名如来藏四智種子體是無漏非虛妄法名不空如来藏意云前勝鬘二藏皆理楞伽二藏皆行理者皆有行者或無三分半衆生無行性故○鈔故涅槃云下疏引或有佛性善根人有闡提人無即是行性也問豈善根人皆有四智種耶荅前巳引涅槃五住各善根人即是有四智種者若爾其離欲善根人但伏欲界不善得初禪等豈是定有四智種耶且舉有者爲言問前鈔云善根人有闡提人無者此是善佛性也彼意即説現緣所起善法名善法性何關四智種耶荅彼宗雖說爲本有於義實是新熏義如下説○疏凡是有心等者教義云如有難云若謂有心悉當作佛佛亦有心亦應當得若言佛雖有心更非當得是則無性衆生雖是有心亦非當得荅經自以爲揀濫故但云衆生亦爾悉皆有心不云佛也○鈔既皆作佛下躡上闡提有理性必定當作佛因便顯趣寂聲聞若有理性何以不成佛耶若云有理性不成佛者豈得成就經中有心定當作佛之言耶○鈔謂闡提實不作佛等者若秖作闡提實不作佛今言闡提作佛者以發心之後實非闡提故仍從舊名云闡提作佛故涅槃云一闡提輩亦得阿耨多羅三藐三菩提所以者何若能發菩提之心則不名一闡提也○鈔亦如女身不得成佛者即女人五障之一也超日月三昧經說淨修四禪爲梵王淫恣無度受女身故不得作梵王勇猛少欲作帝釋雜惡多態受女

身具十善敬三寶事父母謙年長得作魔王輕慢不順毀失正教故受女身行菩薩道慈憫羣生供三寶師長乃作輪王無淨行爲女身具菩薩行方得作佛女無此行故不作佛審前經文宜可省躬男女無他皆二行致問菩薩處胎經云界名火燄佛名無欲一切人民悉受女身了苦空無常無我七十萬二千億女行三解脫同時成佛名不捨女身受身成佛復明餘皆不捨女身受身成佛偈云法性如大海不說有是非凡夫賢聖人平等無高下唯在心垢滅取證如反掌如何會釋荅前說爲障令厭女身知昔行非嫉妬姿態多慾等業使永斷故修丈夫行决定真實無退轉故言不轉女身者至理無定故由心垢淨身何能拘是知無見一文便生局執令言龍女下即法華經說文句云龍女獻珠表得圓解圓珠表修得因圓奉佛是将因克果佛疾受之一念獲果也故云龍女作佛女身實不作佛以變成男子方能作佛從其未變身前名龍女作佛例上可知言此約成佛下揀妄解也妄解云正作闡提時定無佛性若發心後改了闡提纔有佛性方能成佛故今揀之意云此約成佛故說闡提不能作佛若約佛性理本有之正作闡提時亦具理性也○鈔未作闡提令其莫作等者下云故應問言頗有新作一闡提否復闡提後生信否若有新作未作之時有佛性否若未作時有作時無者佛性可斷若先無者則不由於闡提無也本自無故後生信心亦復如是若有佛性是可生之法前則本有今無此則本無今有若

發信心亦無性者此亦不干闡提故無故知但是約於長時未成果善抑言無耳謂抑令恐怖發大心未作闡提令其莫作故皆誘物何定言無○鈔生公等者傳云宋龍光寺竺道生本姓魏鉅鹿人寓居彭城幼而穎悟父知非凡器愛而異之後值沙門竺法遂出家後與慧叡慧嚴同遊長安從什公受業關中僧衆咸謂神悟後止青園寺即晉恭思皇后褚氏所立本種青攄因以爲名也因立善不受報頓悟成法身無色佛淨土等義守文之徒多生憎嫉次因說闡提成佛義舊學以爲邪說譏憤滋甚遂大衆擯而遺之心鏡鈔云生公與智法師論議智雖有文而屢屈生雖無證而得勝智既被屈諸德咸共嗔生表奏秦主譴居虎丘山寺時有五十碩德名僧從生入山資受深要等生於四衆中正容誓曰我若所說反於經義者請於現身即表癘疾若與實相不相違背者願捨壽之時據師子座言竟拂衣而去初投吳之丘山旬日之中學徒數百其年雷震青園佛殿龍昇于天光影四壁因改寺爲龍光時人歎曰龍既已去生必行矣俄而投跡廬山銷影巖岫後涅槃大本至于京南與前說合尋即請生講說以元嘉十一年冬十一月庚子於廬山精舍昇于法座論議數番窮理盡妙觀聽歡悅法席將畢忽見麈尾紛墜端坐正容隱几而卒顏色不異似入于定京邑諸僧內慚而疾追而伏信令經輕舟迎還傳中不說所以也心鏡鈔云衆乃表請生公返錫講涅槃講畢高座上辭曰良以此經大本未至由斯道生忍死來久今事得符契言無謬誤不惑僧衆即此奉辭頓善流布言訖奄從物化咸號爲固死菩薩言扼腕者握腕而悔也何以至今下意云昔之生公徵證顯然何故至今猶存無性之義又慈恩傳第三說西域有山精

舍彫檀觀自在菩薩像威神特尊所奉香花遥擲住手臂爲吉祥法師求願買種種花貫爲花鬘至誠禮讃跪發三願一於此學已得歸平安花住尊手二所修福慧願生知足花住兩臂三教言一分衆生無佛性者玄奘自疑不知有不若有佛性修行可成佛者願掛尊頸語訖以花遥散咸得如言同見者喜而言曰未曾有也若成道者願憶今日因緣先相度耳准此宗主既其親驗後學宜應改轍○鈔是應化聲聞等者彼疏云即爲調伏所化聲聞佛菩薩等自化其身爲彼同類於無餘依現般涅槃經百千刧耽寂滅酒醉逸而卧後必得起現受佛記令諸不定種性二乘作如是心往昔者尊入涅槃者今皆復起現授佛記况我今日不希作佛而入涅槃評曰彼以變化權聲聞得起者爲引不定性令不入涅槃非定性入滅復起也○鈔如有定性聲聞者有本云不定性不字剩也若言不定與彼義同何成所難若定性迴心化爲有益其不定性不化亦定當迴心以有大乘性故不必化也今汝宗定性雖化不迴故化成無用耳○鈔縱其有化下前奪其能化無用不能化定性故今縱其能化有用化不定性故然能化本欲益彼今能化翻成損他汝宗入滅縱不定不許更起其怯弱者永沉寂滅不得更起者豈非能化之所悞耶○鈔大患莫若下即涅槃無名論文也光瑶注云形爲罪藪故欲滅身心爲惡源故欲滅智淪者没也没同虚空故此上别明智以下身智互因爲患心爲諸惡以爲其身身之苦惱皆由心造

善通非想惡極無間昇而復沉無始無際故云輪轉修途既知疲苦餘不能止但忻入滅故云不如寂滅諸患永亡佛隨根欲言有永寂○鈔不在此會亦爲宣陳者經云迦葉汝當知五百自在者餘諸聲聞衆亦當復如是其不在此會汝當爲宣說清凉釋云據此五千佛席增上慢者應是聲聞不厠靈山法華勝會者今此聲聞菩薩轉爲授記言第一周下猶云難得顯未受其化及至第三周受化者以有宿世因緣故也○疏又勝鬘下彼經次前云何以故說一乘道如來四無畏成就師子吼說若如來隨彼所欲而方便說云云此經初句徵說一乘道次二句順釋由如來成四無畏能師子吼說此師子吼說即一乘道故此經題具曰勝鬘師子吼一乘經故知師子吼說是一乘也次二句及釋若如來隨彼二乘所願而方便說者意謂不名師子吼說故名而方便說也只由此義故次云即是一乘無有二乘等也○鈔意云若隨欲說等者問此鈔釋詞有似繚繞其故何耶荅此勝鬘經是大寶積經別行當大部中勝鬘夫人會第一百十九卷云若諸如來隨彼所欲而方便說於二乘即是一乘以第一義無有二乘二乘者同入一乘一乘者即勝義乘既云而方便說於二乘故知應爾○鈔若以名中下恐有難云既一乘是真實何以經題云勝鬘師子吼一乘大方便方廣經之法華正說一乘之處名方便品其故何耶此是下釋也下疏云方便之言畧有三種一無實權施曲巧方便也下鈔云如無三乘說有三乘虛指三車出門不獲是也二理本

無言假言而言大方便（法華云諸法寂滅相不可以言宣以方便力故爲五比丘說等是也）三權實無滯亦大方便（即涉有未始迷空觀空不遺於有即如來方便知見波羅蜜皆已具足等）今是第三及第二也可知○鈔以四十餘年等者約漸悟根先說三乘唯至法華獨顯了說但有一乘無彼三乘熏習既久忽然更改故難信解○鈔而此經者由前深密等立有三乘爲極而今被法華破其三乘之人習已性成故被破而生怨嫉佛現在時根俱勝由頓革舊習尚生嫉妬之心况佛滅後時根並劣封執已聞故撥深宗也言涅槃之中下釋疑也疑云涅槃亦明一乘以爲真極何易信耶故此釋也擭（胡郭切刈也）故涅槃三十六下引證撿經即第九卷然亦義引○鈔若依難信下此不分頓漸但總論之故該華嚴此約能信解人有難信解易信解別非約法對明但華嚴純爲上根上根無疑故易信解法華對昔權小鈍根滯迹多時疑心難決故云難信難解爾○鈔誠哉斯言即結定前經者佛昔懸記今果驗矣問今聞法華經名尚皆信敬何云難信耶荅以宗五性三乘之人不信一切衆生皆同一味如來知見記斯一類爲難信解○鈔昔有一聚落下多人所居之處謂之聚落以喻三界美水喻涅槃佛性王喻佛村人喻一切衆生使送美水以喻修行五由旬是喻所依法五數是喻體合於五道又實五由旬實義是喻體喻實義是一乘疲苦欲避喻倦修行故退村主喻菩薩五改之作三由旬是喻所依法依實方便假說之義即是喻體喻於一乘方便假說三乘後聞實五由旬無改作三由

句但信改作三由句不信實五由句信王方便語故終不肯捨喻後聞實是一乘無方便三乘但言三乘不信實是一乘信佛方便語故○鈔然此會者下先總出意於中有二下別科釋也言恐於後學者以此土承習西域二宗各黨其宗然晉魏已来猶崇理觀譯經貴意傳教宗心是以大德架肩高僧繼踵爰及貞觀名相繁興展轉殽訛以權爲實重論輕経法藥流布惑病唯增既性教蔑然亦道流閬爾自相教大興僧中修證轉少反求名利都無理觀研窮教理本希智眼開通因習一宗遂生偏局執見自是非他強此弱彼過患尤增猶無善巧欲渡反溺耳故天台云執已爲實餘是妄語此有彼無是非互起故復會通令息過患言雖復下釋疑疑云若爲會

通莫不權實相濫不故此荅也○鈔然准法相新熏者亦有五等者下鈔云依唯識論本有新熏三師異說第一淨月等即唯立本有故論云有義一切種子皆悉性有不從熏生由熏習力但可增長第二難陀唯立所熏教論云有義種子皆熏故生所熏能熏俱無如有諸種子無如成就第三護法正義論云有義種子各有二類一者本有二者始起乃至云由此應言有諸有情無始時来有無漏種不由熏習習爾成就又云其聞熏習非唯有漏聞正法時亦熏本有無漏種子令漸增盛展轉乃至生出世心今依第三師正義故新熏本有各有五也言不依其義者本有唯一故又新熏約習說故與彼異也○鈔故法華安樂行下謂若是定性菩薩縱近聲聞不能

成聲聞性若是緣覺性親近聲聞復有何過若聲聞性正應親近若不定性親近亦應若無種性親近何遣今所以不許者由本等有佛性皆當作佛親近染習恐難迴心於菩薩道深爲障故明知五性皆是新熏故圓覺經云一切衆生由本貪欲發揮無明顯出五性明是新熏也言故說定當作佛者問何不直言理性而言有心耶荅揀非瓦礫但是有心定當作佛以在有情爲佛性故不直云理〇鈔淺智着諸法者以一爲是本欲作深解之今佛言呵爲淺智何得計一耶或云我但說爲一實何名計耶今既取之不捨非計如何〇鈔亦如脇尊者下西域記云尊者年至八十方始出家少年者誚曰出家者一習定二誦經汝濫廁清流但圖飽食耳因而誓曰若不通達三藏得證聖果脇不至席未久得遂其志時羨其德謂之脇尊者准俱舍疏第一云健陁羅國王名迦膩色迦敬信佛經味道亡疲傳燈是務有日請僧入宮供養王因問道僧說莫同王甚怪焉問脇尊者曰佛教是同理無異趣諸德宣說奚有異乎尊者荅曰諸部聿興雖復萬途津梁一揆是故大聖喻析金杖云云同鈔言析金杖者彼鈔第一卷引經云夢見金杖分爲五段表佛正法分爲五部大集經云譬如有人分析金杖以爲多段雖失杖相然段段皆是真金又寄歸傳序注云頻毘娑羅王夢見一氎裂爲十八片金杖析爲十八段怖而問佛佛言我滅度後一百餘年阿輸迦王威加贍部時諸比丘教分十八趣解脫門其至一也此即先毘王所見夢耳

又俱舍論云過去迦葉佛時佛父訖栗枳王作十種夢白彼佛佛言此表當来釋迦如来遺法弟子之乇也其第九夢云見一衣堅而且廣有十八人各執少分四向爭挽衣猶不破此表釋迦弟子分佛正法成十八部雖有異執而真法尚在依之脩行皆得觧脫餘九文繁不録○鈔大集五部者彼經二十四說一曇摩毱多二薩婆多三迦葉毘四彌沙塞五婆蹉富羅若舍利弗問經云摩訶僧祇部勤學衆經宣說其義以處本居中應着黄色衣曇無德部通達理味開道利益表法殊勝應着赤色衣薩婆多部慱通敏達以導法化應着皂色衣迦葉彌部精勤勇猛攝護衆生應着木蘭色衣彌沙塞部禪思入微究暢幽密應着青色衣○鈔如来所說十二部者由經先因說云若言衆生定有佛性名爲執着若言定無是則妄語（義如前引）接後便云善男子如来所說等也言我爲欲界衆生等者問此應是隨他意語何名隨自耶荅亦佛自證知如證而說云隨自意說爲門別故言云云者經文云如我荅把吒長者瞿曇知化應是幻人佛反問言汝識王舍城王氣嘘旃陀羅否荅言我知佛言汝知旃陁羅而非旃陀羅我知幻者豈是幻人是名隨他意語世智說有我亦說有世智說無我亦說無是名隨自他意語疏中云餘義次下當會者前列十義上但會初二餘八至始終二教對明中會也

華嚴會本懸談會玄記卷第二十三

音釋

蠒古典切蠶蠒也　呤力丁切小語也　姤古候切遇也　沮音疽水出房陵切定也

探他含切丨取也　賾仕革切幽深難見也　刪所班切除也

扼於革切持也　殽胡交切雜亂也　氎音牒

華嚴會本懸談會玄記卷第二十四

蒼山再光寺比丘　普瑞　集

○疏以義分教者教章云就法圭山云法對能詮之文總名爲義對後展轉解釋之義即名爲法也清凉云法約自體義約差別是也今文正立教辯所詮當處即明故直云以義分教探玄亦然故云法云義不無所以然皆所詮之義但於所詮中約自體差別之異故有法義之名是則雖云法云義皆約所詮深淺以分能詮教殊也言教類有五者易曰各從其類則於一代聖教以類相從唯有此五故無增減也言即賢首所立者然草創雲華周流賢首而但言賢首立以取文義大備故云爾也言賢首者傳云釋法藏字賢首姓康康居國人也風度奇正利智絶倫薄游長安彌露鋒穎屬奘師譯經應名僧義學之選始預其間後因筆受證義潤文見識不同而出譯場（此段與纂靈記異至下當會釋）至天后朝實叉難陁賫華嚴梵夾至藏與義淨復禮再登其職尋於義淨譯場又與勝莊大義充證義昔者燉煌杜順作華嚴法界觀傳弟子智儼講授此晋譯之本儼後付藏嘗與則天說帝網義帝於此茫然乃指鎮殿金師子爲喻使徑捷易解帝聞開悟洎諸梵僧罷譯帝於聖曆二年巳亥十月八日詔藏於佛授記寺講新經至華藏世界品講堂及寺中地皆震動者於維那僧弘景具表（云云）所以華嚴一宗推藏爲第三祖也言廣有別章者即華嚴一乘教義分齊章也言大同天台但加頓教者以下云初即藏教二即通教三即別教第五名圓唯頓教

新加故云爾也雖大同不無小異若圭山云相及三四皆是别教自釋云始教中法相宗行布歷别而備故終教依一如来藏性顯戒定慧等歷别故頓教迴顯真性不融通性相故評曰此約少分義同故作此配今約大同故遂一别配各一義耳言今先用之後總會通者今先用賢首五教後總會上来諸師違順中順義顯不違前師如雲華創立名義未周故賢首改之尚未全備至清凉别不立教但於賢首五教中其未至者改諸庶反扶古德也此如始教中合深密二時始分皆通空相後總會通易於探玄教章以中間三教爲三乘但判第三教爲一乘爾又如下立宗中餘易七八九門被機中以權爲易於轉爲如此等義皆是爲改易也易之令名義周備反成賢首教也故下宗趣中亦云依後二師而頓爲改易亦改賢首義也（二師一即光統也）○疏一小乘教二大乘始教等者此約大小分二則大乘字雖標始教之初義貫下之四教若圭山列云四一乘頓教等此約前三爲漸始終皆是大乘第四爲頓有異於漸故别標一乘也○疏初即天台藏教者此約義同而名異故云初即等至相立云愚法二乘教此約褒貶揀顯立名既言愚法故即顯不愚人空此褒也又既云愚法是未達法空此貶也所以貶者揀下始教中二乘分觧法空故也賢首教章中猶存此名至探玄中改爲小乘今依探玄也謂小大對立揀貶亦彰不必更加愚法也但下釋所詮中此義自顯故○鈔初小乘教易故不釋者如下四教皆有釋名一科

此小乘之名其名易見故疏不釋至如教章約所詮義尚云小乘與大乘理無疑故不待說也同今立名易故不釋言以見天台等者問彼立藏教之名爲有六度菩薩三十四心斷結成佛大乘之義不名小乘乃云藏教今却立爲小教小教其義云何荅若望大乘皆屬小教問廣鈔第三云但不收六度菩薩故唯云小六度菩薩却入始教化相中收若許爾者何以此說所攝法門不異於彼荅若據七十五法則同言總意別故又天台意云義似大乘唯藏教中說故屬藏教大乘化相復深於此賢首意云是大乘化相欲引小乘復淺說之以二乘無分故屬始教此約奪之又探玄記云彼宗所斷所證所入涅槃亦與小乘無差別故此約與之不應一准○疏深密

二三時合爲一教者然教章以深密第二時爲始教第三時說三性不空理立爲終教至探玄中方以第三時定有三乘與第二時合爲始教今依探玄故云爾也問深密三時中第二時說一乘何言同許定性二乘具不成佛荅以彼判般若爲第二時教今詳般若之中亦有五性之義故合爲一也故圭山云深密經中判三時教第二第三時教中皆說衆生有五種性故也若爾彼第二時如何說衆生有五種性耶荅彼經第二云乃至更說法要謂相無自性性生無自性性勝義無自性性乃至諸聲聞乘種性有情亦由此道此行迹故證得無上安隱涅槃一切聲聞獨覺菩薩皆共此一妙清淨道皆共此一究竟清淨更無第二我依此故密意說言唯有一乘非

於一切有情界中無種種有情種性或鈍根性或中根性或利根性有情差別解云此約三乘同一所觀無性道故密意說此名一乘理實三乘各證涅槃非是一也評曰此是深密第二時許二乘俱不成佛故與第三合為始教也問深密第二時是破相前益物漸次中皆許成佛今何爾耶答人法不同今疏直依深密中自指二三兩時之教非是指兩宗之人為同許不成佛義也又空宗人自說屬第三故非以智光宗為深密第二也問智光宗說皆成佛正憑般若般若既有五性豈不違自一性宗耶答兼正有異成佛一性義正憑妙智經空義正明般若經問既宗般若般若五性之義終違自宗一性義故答權實不同清涼會云般若是權實雙行帶權說實之教權說五性實唯一性問般若既有五性同深密第三時何却判為第二時耶答彼從多少分故夫判教者就正不就兼就多不就少般若空義多故在第二時五性義少不屬第三時問准此則空相二宗皆是始教性宗在於後三教攝何故前說此方性相二宗源出西域二師之下應其空宗在於性宗何判為始答總相出彼不言全同故無違也○鈔以趣寂難成下闡提雖亦難成猶且有法體趣寂二乘一向落空成義更難故偏舉耳其一分不定亦不許成畧故不言○疏此既未盡下起信鈔說破相云始法相云分即賢首意故起信疏云但說諸法皆空未盡大乘法理故名為始但說一切法相有不成佛故名為分今此疏清涼意破相法相各得始分之名

故上云頗爲改易也謂各約法有未盡理名始各約人有不成佛名分然探玄記第一云二始教者以深密第二第三時教同許定性二乘俱不成佛故合之總爲一教未盡大乘法理故名始教准此亦非清涼新意清涼但加分義耳○鈔謂何名初教等者科分爲二

- 初雙徵（謂何）
- 二雙釋二
  - 初釋成二皆名始二
    - 初別爲解釋三
      - 初總荅（由合）
      - 二別釋（言未）
      - 三總結（故初）
    - 二種爲徵釋二
      - 初徵相名始（云何）
      - 二法相名始（若爾）
  - 二釋成二皆名分（特由）

○鈔以法皷經中以空爲始不空爲終者問引彼經證但說空理名有餘說唯是此經是無上說者何不第二名有餘教第三名無上教而言始終耶荅諸祖皆言始終之名依法皷經立者正例同天台通別二教依智論共不共立轉名通別二教今依有餘無上轉名始終以天台欲兼通餘義故今欲避妨難故何者若云有餘教應有難云三四二教豈非有餘以未顯圓故何得第二獨受此名又小乘亦是有餘故又若第三名無上教者應有難言此後更有二教那云無上故轉名始終也今鈔皆云初者即轉釋始名初也○鈔特由此義者特由第三時未顯一極爲初不及第二時以空爲初爲此義故加分教名意顯雖依第二時有不成佛立分教名不及第三時有不成佛立分教也此中意顯雖空相皆通始分約空始正分兼約相分正始兼也思之問何故約空法與未顯一極法上不立分名及約有不成上不立始名耶荅人法異故人上有分成義故立分名法上有未盡理義

故立始名疏文明有所屬不可相濫(指玄以互通者非正義也)○疏定性二乘等者定性菩薩及不定性菩薩前教已許成佛故不言之定性二乘無性闡提前教不說成佛故偏舉之又一分不定性亦許成佛以通從別故畧不言又從顯說故○鈔亦對第二教二義下亦科分二

- 初雙標能所對二(中)
- 後雙釋能所對二
  - 初牒所對二名(由前)
  - 後釋能對二名二
    - 初終單對始(今既)
    - 後實雙對二(立實)

○鈔故名爲分亦名爲始者鈔家行文影畧應言未盡法理故名爲始以影在能對之中故此畧也諸家外鈔不知此影畧故言有不成佛之義義通始名致令釋義繁雜誤之甚矣問上疏云二始教亦名分教今何反之耶荅今對疏中先言成佛後言盡理故作此舉也○鈔今既盡理所以名終者終字唯對始字立故然若別對前空相二始者說但空故名始說妙有盡理故名終說三乘隱一極故名始顯說一極方盡理故名終然有說此終名亦對分得名者非也○鈔立實教名雙對前二者若前終名亦對二者何故此中方標雙對前二以揀異也故知終名單對於始實名雙對始分以前始分雖別皆是權教故一實名雙對前二也言非唯說空下對始名實然唯約空始說影相始也若約對相始名實應言非唯說於三乘復說一極故稱實理言既非分下對分爲實通空相二義易故可知問既始分二各皆對實名權何不前教亦名權教荅有深理故謂若三乘約爲權一乘爲實前二教皆權非唯第二若約頓漸分權實則前三皆權若約偏圓前四皆權所以第二

不偏受權稱也若爾其實教名亦通後二何獨第三受是稱耶答以此教初盡理故獨受此名後二教雖不立是名不妨是實也例如見道初照理故獨受見名非後地不見道也權教不爾故不獨稱○疏上二教下所以結前者初小大爲對次始終爲對今以頓教雙對前二俱約地位爲漸故第四無位名頓此之頓漸直約化法以判也○疏四頓教者但一念不生等者但者約截之詞也意云約截而言最初一念根本妄心不生即此便名爲佛故經云離妄即覺亦無漸次即是頓義也○鈔心有也等者妄心不有永不復生若得真實刹那正覺復何疑耶恐但尋言生解故經遮云不可得思量也○鈔文顯易了者言得諸法正性者證前一念不生義言不從下

證前不依地位可知○鈔於第一義等者謂第一義中無有次第相續之所說既無所說即是無所有妄相之寂滅法也或可說字屬下其義甚妙言同證如矣者以此二地是因位證如之始終故偏舉耳言初地不爲煩惱所動者初地分別煩惱不動八地俱生煩惱不動同不動故言第九同第七無生忍者約仁王五忍配也一伏忍當地前三賢二信忍當初二三地三順忍當四五六地四無生忍當七八九地（上之四忍各各分上中下故皆有三也）五寂滅忍當十地佛地（此合等覺在第十地唯有上下二也）今文所用對此可知言七八二地同純無相觀者即唯識意然有少異故分二地彼論云第七地中純無相觀雖恒相續而有加行八地已上純無相道任運起故又無加行等言頌上經文者

以頌對上長行也可知言一句之要者以初句十地即爲初深即爲淺難見超間之相唯第二句超間義顯故云要也然正意在無所有何次謂本無所有何論次第耶即是無位之義言等餘經文者謂上唯引四卷楞伽中文等餘七卷十卷中文或等一代時教中似此之文皆頓教中攝故○鈔若詮三乘下廣鈔云先小後大先空後不空先相後性等即是漸教若詮事事無碍何所不通故云即是圓教今頓詮言絶之理立名頓教故皆從所詮立名也言何得難言及迷之甚矣者二句鈔主責判定也中間更何是理一句牒其難詞有本云是教然理字爲正又復難言下更叙彼二種難也亦是遮救可知言但用一句諸難皆破者但用疏中頓詮此理名爲頓教一句則諸難皆破何者以賢首不約即言亡言等立故或前難既破遮救自亡也○鈔形雖入室等者論語云回也昇堂入於室也由也昇堂矣未入於室也今反用此○鈔四教分之者非是以賢首頓教分爲四分各配天台四教天台四教雖各有絶言之理隨教淺深不同所以悟者得益勝劣亦異言並令亡詮會旨者即當教下得意忘言猶得魚忘筌爾○鈔今欲下明於前四絶言之外別有甚深絶言頓理於彼四教根外別爲一類離念頓根也不爾豈天台預分後人賢首義耶何言不有此門逗機不足耶○鈔即順禪宗者禪源詮云經是佛語禪是佛意諸祖相承觀風化物無定事儀未有講者毁禪禪者毁講達磨見此方學人多未得法唯以名數爲解

事相爲行令知月不在指法在乎心故但以心傳心不立文字顯宗破執故有斯言今時學禪者以經論爲别宗講説以禪門爲别法聞談因果修證便推屬經論之家不知修證正是禪門之本事聞説即心即佛便推屬胷襟之禪不知心佛正是經論之本意等○鈔若不指一言等者謂標與其名曰心直示其體曰知如達磨令二祖絶諸縁諸縁絶已問斷滅否荅雖絶諸縁亦不斷滅問以何證驗云不斷滅荅了了自知言不可及師即印云秖此是自性清淨心更勿疑也若所荅不契即但遮諸非更令觀察終不先言知字直待自言方驗實是親證其體然後印之令絶餘疑故云默傳心印問今鈔有即心是佛四字應非一言荅然一言有二義如子貢問一言而可以終身行之者乎子曰其恕乎又五言四言詩等皆以一字爲一言也二如云詩三百一言以蔽之曰思無邪及如爲君難不幾乎一言而興邦乎皆以多字爲一言故知指四字一字皆有理若約今文四字爲正○鈔南北宗禪下禪源諸詮聚玄記云慧能大師俗姓盧氏少失其父負薪供母因店聞客誦金剛經心有所悟感客奉銀供母令徃黄梅叅五祖忍大師因呈心偈知有所悟密付衣法也神秀大師俗姓李氏五祖門下衆之上首秀弟子普寂僞稱師爲第六祖爲帝所重勑號大通禪師也此之二師雖俱受達磨之心而所禀開導之門頓漸不同謂能大師禀頓門而開示衆生自心本淨元無煩惱無漏智性本自具足此心即佛畢竟無異以此傳

心秀大師而稟漸門開示衆生雖本有佛性而無始無明覆之不見故輪廻生死依師言教息滅妄念念盡覺悟無所不知以此傳心故唐宣宗問弘辯禪師曰禪宗何有南北之名師曰禪門本無南北自如来付法傳至五祖忍大師東山開法有二弟子一名慧能受祖衣法居嶺南傳法一名神秀北地揚化所得法雖是一開導發悟有頓漸之異故曰南頓北漸問南宗是頓可爾北宗既漸云何荅北宗多漸少頓故又雖漸調伏然亦不住名言地位故貞元疏云今諸禪宗多依此教被離念之根理極顯故○疏圓教中立名約位相即具足主伴而立者以立教必須類證階位等殊故正約此亦由前漸教五位次第不同頓教一向無位今此不爾故云一位即一切位等也言十信滿心等者問既一位即一切位等何不十信心皆攝五位須信滿耶荅教義云若自別教則不依位成今寄終教位說以彼教中信滿不退方得入位今則寄彼得位處一時得此前後諸位行相是故不於信初心說以未得不退不成位相但是行相故若爾應云住位成佛何名信滿荅由信成故是行佛非位佛也故就能成信說非初住成佛也餘如前教起因緣中說○疏如此經等者等字有二義一等華嚴支流等經二等一代時教中但有圓融具德之經皆此圓教中收○鈔大同諸師圓教故者諸師所立圓教皆依晋經顯現自在力爲說圓滿經今既立圓亦取此耳然義理分齊迥異諸師故但名同云大同也是知上之五教小則劣於大

大則深於小始則對於終終則終於始分則權於實實則會於權漸則顯於頓頓則融於漸偏則偏於圓圓則圓於偏上依總相相待或作異門相待重數極多（謂隔越對如小終小頓小圓始頓始圓等隔二隔二相對也）若依當相一一絕待（五教一一不對餘四五也）全對待而全絕待皆六句融之應結頌云行者住是絕待法於中相待不可盡入此絕待甚深處待與非待皆寂滅於諸教法應如是知以聖人垂教無非甘露矣○鈔五類法者一色二心三心所四不相應行五無為此數不等故有多少也問列數次第何小乘先色後心大乘先心後色耶荅小乘心外別有色故積微所成麁顯先說大乘之中心外無法故先心後色也然此中七十五法全依俱舍頌文今依彼論長行畧釋名義初色法中

言五根者頌云彼識依淨色名眼等五根釋曰謂彼眼耳鼻舌身識所依五種淨色名眼等根是眼等識所依止義故云五根言五境者即是眼等五根境界所謂色聲香味觸頌曰色二或二十聲唯有八種味六香四種觸十一色性釋曰言色二者一顯二形或二十者謂青黃赤白（此四顯色也）長短方圓高下正不正（此八形色也）雲烟塵霧影光明闇（此八顯色所攝差別也）有餘師說空一顯色第二十一言聲唯有八種者謂有執受大種為因（如手等鼓所發聲）無執受大種為因（如風林河等所發音聲）及有情名聲（如語表業等）非有情名聲（除語表業餘聲是也）此四為別復可意及不可意差別成八（於前情無情中各有此二故成八也）言味六者謂甘酢醎辛苦淡別故言香四種者謂好香惡香等不等香有差別故言觸十一為性

者謂四大種爲四滑性澁性重性輕性及冷饑渴言及無表者頌曰亂心無心等隨流淨不淨大種所造性由此說無表釋曰此無表雖以色業爲性如有表業而非表示令他了知故名無表此釋總名言亂心者謂此餘心無心者謂入無想及滅盡定等言顯示不亂有心相似相續說名隨流善與不善名淨不淨爲揀諸得相似相續是故復言大種所造言由此說無表者畧說無表業及定所生善不善色名爲無表上釋偈無表相謂無表色應不名色上問下答有釋表色有變碍故無表隨彼亦受色名譬如樹動影亦隨動此雜心師所立下論難云此釋不然無變碍故有表滅時無表應滅如樹滅時影必隨滅上第一師義有釋所依大種變碍故無表色亦得色名此有宗所立義若爾所依有變碍故眼識等五應亦名色此外難下論主通云此難不齊眼識等五所依不定或有變碍謂眼等根或無變碍謂無間意無表所依則不如是故變碍名色理得成就此論主成第二有宗雖有二義並依色成無表色也上依清涼注釋

言二心法一即是意識者圭山云雖云六識但是一意識於六根中應用故名六也然以大乘各別出體小乘心心所法同一體性故云爾也俱舍偈云心意識體一釋云集起故名心思量故名意了别故名識復有釋言淨不淨界種種差别故名爲心即此爲他作所依止故名爲意作能依止故名爲識故心意識三名所詮義雖有異而體是一心所一體畧不引也

言三心所有法等者頌曰心所具有五大地法等異釋曰諸心所法具有五品一大地法二大善地法三大煩惱地法四大不善地法

五小煩惱地法地謂行處若是彼所行處即說此爲彼法地復有此餘不定心所謂惡作等故鈔通說六類初大地法即鈔徧大地也大法地故名爲大地此中若法大地所有名大地法謂法恒於一切心有俱舍疏云此言大者目受想等十心所也以受想等通三性等一切心品故名爲大言地者行處一即目心王是諸心所行處故名爲地是大之地依主釋法之一字還目心所是大地之法亦依主釋故論云此中若法是大地所有名大地法也頌曰受想思觸等者釋曰如是十法諸心剎那和合徧有此中受謂三種領納苦樂俱有差別故想謂於境取差別相思謂能令心有造作觸謂根境識和合生謂能有觸對欲謂希求所作事業慧謂於法能有揀擇念謂緣明記不忘作意謂能令心警覺勝解謂能於境印可三摩地謂心一境性言遍於一切心者釋獨得大地法名也二善法地名大善地此中若法大善地所有名大善地法謂恒於諸善心有疏云大即遍義謂信等十心所法徧一切善心得大善名心王名大善地者是大善法所行處故大善之地依主釋也故大善地言唯目心王也法字還目信等心所是大善地之法亦依主釋也頌曰信及不放逸等釋曰如是諸法唯徧善心此中信者令心澄淨有說於諦實業果中現前忍許故名爲信不放逸者脩諸善法離諸不善能守護心名不放逸輕安者謂輕利安適於善法中心堪任性捨謂離諸沉掉心平等性無警覺性慚愧二種謂於所造罪自觀有耻觀他有耻於罪見怖二根者謂無貪無瞋其無痴善根慧爲性故前大地法中已說此不重出言不害者謂無損惱勤謂精進令心勇捍爲性言唯遍善心者一唯是善性二遍一切善心故名大善地法也三大煩惱地此中若法大煩惱地

所有名大煩惱地法謂法恒於染汙心有疏謂癡等六恒遍染心目之爲大大即煩惱持業釋也頌癡逸怠不信等釋曰此中癡者所謂愚癡即是無明迷諸境起無智無顯逸謂放逸不脩諸善是脩諸善所對治法怠謂懈怠心不勇捍是前所說勤所對治不信者謂心不澄淨是前信所對治惛謂惛沉即身重性心重性身惛沉性心惛沉性也掉謂掉舉令心不靜此地法唯六唯徧染心俱起非餘故言恒唯染者一唯染二徧染故獨得大煩惱名也四大不善法地名大不善地此中若法大不善地所有名大不善地法謂法恒於不善心有疏云謂無慚等恒徧於彼不善之心是不善之大或大即不善依主持業隨應如次頌曰唯徧不善心無慚及無愧釋曰唯二心所但與一切不善心俱謂無慚愧故唯二種名此地法謂於所造罪自觀無恥名無慚觀他無恥名無愧然有二義得大不善名一唯不善性二遍一切不善心故五小煩惱地法名小煩惱地此中若法小煩惱地所有名小煩惱地法謂法小分染汙心俱疏云忿等十心所不遍一切故名爲小小即煩惱小煩惱即法持業釋也頌曰忿覆慳嫉惱等釋曰如是類法一唯脩所斷二意識地起無明相應三各別現行具此三義名爲小煩惱地法謂依對現前不饒益境憤發名忿於自作罪恐失利譽隱藏爲覆躭着法財不施名慳但欲自利不願他榮妬忌爲嫉忿恨暴熱狠戾爲惱於諸有情心無悲愍損惱爲害由忿爲先懷惡不捨結寃爲恨罔冒於他矯設異形險曲爲諂詐現有德以求利譽名之爲誑心生染着醉傲爲憍上地法下餘不定法六不定法有八等者此八不同上五

地以上徧大地法定通三性大善地唯善性大煩惱通不善無記大通不善性其小煩惱少分不善性故今此八法於三性容不定故不定入前五地故彼鈔云此八不定入前五地名不定也且如惡作通二性故不定入初地及二地非不善故不定入三地以通善故不定入四地不具三義故不定入五地睡眠等隨應准釋論曰已說五品心所復有餘不定心所惡作即悔也睡眠尋伺等法此中應說於何心品有幾心所決定俱生頌曰欲有尋伺故於善心品中二十二心所有時增惡作此善性所攝也然欲界心定有尋伺故善心品必二十二心所俱生謂十大地法十大善地法及不定二謂尋與伺非諸善心皆有惡作有時增數至二十三謂所善惡不作作中心追悔性為善與此相違名為不善此二各依二處而起於不善不共見俱唯二十四煩惱忿等惡作二十一此不善性所攝也謂若於不善不共心品有二十心所俱生謂十大地法六大煩惱等地法二大不善地法并二不定謂尋與伺言不共心者謂此心品唯有無明無有所餘貪煩惱等若於不善見相應心品亦有二十心所俱生名同上說言不善見相應心者謂此心中或有邪見或有見取或有禁取若於四不定貪嗔慢疑煩惱品亦有二十一心所俱生二十如上加忿等隨一若於不善惡作相應心品亦二十一心所俱生有覆有十八無覆許十二此無記性所攝也謂若於無記有覆心品唯有十八心所俱生謂十大地法六大煩惱地法并二不定謂尋與伺欲界無記有覆心者謂與薩迦耶見及邊見執見相應故也若於餘無記無覆心品許唯十二心所俱生謂十大地法并不定尋伺或惡作亦通無記便有十三心所也睡眠徧不違若有皆增一應知睡眠與前所說一切心品皆不相違通善不善無記性故隨何品有即說此增謂二十二至二十三至二十四不善無記如例應知上皆欲界所攝論更說上二界所攝畧不錄之上來不定性難見故畧錄之勿厭繁文心所攝竟四者不相應行法等者頌曰心不相應行得非得同分無想二定命相名身等類論曰如是諸法心不相應非色等性行蘊所攝是故名心不相應行一得二非得者論曰得有二種一者未得已失今獲二者得已不失成就應知非得與此相違三同分者論曰有別實物名為同分謂諸情轉類等亦名衆同分此

復二種一無差別二有差別無差別者謂諸有情有情同分一切有情各等有故有差別者謂諸有情界地趣生種性男女近事苾芻學無學等各別同分一類有情各得有故四無想異熟者論曰若生無想有情天中有法能令心心所滅名爲無想是實有物能遮未來心心所法令暫不起如堰江河此法一向是異熟果五無想定論曰如前所說有法能令心心所滅名爲無想如是復有別法能令心心所滅名無想定無想者定名無想定或定無想名無想定由彼執無想是真解脫爲求證彼脩無想定前說無想是異熟故無記性攝不說自成今無想定一向是善此是善故能招無想有情天中五蘊異熟前無想異熟是果此無想定是因六滅盡定者論曰亦有別法能令心心所滅名滅盡定如是二定差別相者前無想定爲求解脫以出離想作意爲先此滅盡定爲求靜住以止息想作意爲先前無想定在後靜慮即第四禪此滅盡定唯在有頂即是非想非非想處前無想定唯異生得此滅盡定唯聖人得七命根者頌曰命根體即壽能持煖及識論曰命體即壽謂有別法能持煖識相續住因說名爲壽八生至十一滅者頌曰想謂諸有爲生住異滅性論曰由此四種是有爲想法若有此應是有爲與此相違是無爲法此中於諸法能起名生能安名住能衰名異能壞名滅性是體義十二名等者頌曰名身等所謂想章字總說論曰等者等取句身文身應知此中名謂作想如說色聲香味等想句者謂章詮義究竟如說諸行無常等

章或能辯了業用德時相應差別此章稱句文者謂字云何名等身謂想等總說言總說者是合集義五無為等者論曰虛空但以無碍為性由無障故色於中行清涼云小乘說三虛空則就外空復記三皆實有擇滅即以離繫為性謂諸有情法遠離繫縛證得解脫名為擇滅擇謂揀擇即慧差別各別揀擇四聖諦故擇力所得滅名為擇滅如牛所駕車名曰牛車永碍當生得非擇滅謂能永碍未來生法得滅異前名非擇滅得不因擇但由緣闕清涼云當來生法緣會則生緣闕之時得非擇滅碍當生法今永不起名畢竟碍故偈云畢竟得當生別得非擇滅言別得者謂非擇滅有實体性緣闕住中起別得故○非擇滅得不因擇滅但因緣闕名非擇滅跡但說人空等者或云我空或云生空具如圓覺鈔會釋雜阿含云十二因緣從無明至老死若有人言是老死若言誰老死即生邪見乃至無明亦復

如是若說無誰老死當知虛妄是名法空乃至無明亦復如是天台補注云他宗明小乘但有生空請讀此文自知他倶評曰今既云縱少說法空亦不明顯正密用阿含以前將此破南中有教第四鈔說義已分明今但密用誰謂秖有生空但約多分顯了義說故云但說人空尒若補注引此證小乘雙具二空不取少分多分義者與大乘說二空有何異也過帰自已最可笑耳

○鈔根劣未堪聞說一空者釋成至相所立名中愚法之義故引二論皆云鈍根即愚鈍而前立名不云愚法者此中釋也以若加愚法乃至以義為名故但改為小乘教也○鈔起信云等者彼跡云一執緣意明但知人無我故唯有法我見故次論云以說不究竟見有五蘊生滅之法等跡云二執相意明正是法執行相對彼人空以說引此以證小乘但說人空問既縱其少說二空何不大乘中收答而不分明說由斷法執等義名為法空

但畧標其名在小乘中說故小教中收也○鈔一計識心等者識字應是色字廣鈔第三云一計色心如順正理論等以次釋云現在色心故然彼論此卷通說十八界根境識三爲染淨因故云現在色(相境)心(識也)也○鈔二者三毒爲因下如世有宼毒能喪物命此三種法損害自他處寬長時爲患之甚且喻爲毒故本行經云世間之毒莫過三毒言以三毒因緣起於三業等者此但總說若別說者謂感欲界人天善行名福業感四惡趣惡行名非福業脩色無色定名不動業各感依正等法故云有一切法言中論十二因緣頌等者頌行支中文也言衆生癡所覆者既不明了猶物覆心造有漏業受六道苦輪轉不息如昏夜時行曠野中見杌木謂鬼等遂作方便欲敵而生恐怖等苦皆因不明了故是故聖說無明發行行能感苦此明發業故但說癡毒爲染根本也起信鈔云影取三善根爲因斷煩惱出三界爲淨根本之義三行亦三業也○鈔然似彖經意者此小乘義有能所熏似彖濫大乘經意也而不同下揀之言總說賴耶等者既但有名即無其義故唯識論云復有一類(即增一阿含中說也)謂薄伽梵所說衆生愛阿賴耶樂阿賴耶忻阿賴耶喜阿賴耶謂阿賴耶是貪總別三世境故乃至廣說此中五取蘊說名阿賴耶有餘復謂貪俱樂受名阿賴耶有餘復謂薩迦耶見名阿賴耶此等諸師由教及證愚於阿賴耶識故作此執如是安立阿賴耶名隨聲聞乘安立道理亦不相應若不愚者取阿賴耶識安立彼說阿賴耶

名如是安立則爲最勝云何最勝者五取蘊
名阿賴耶生惡趣中一向苦處最可厭逆衆
生一向不趣愛樂於中執藏不應道理以彼
常求速捨離故若貪俱樂受名阿賴耶生第
四禪靜慮以上無有具彼有情常有厭逆於
中執藏亦不應理若薩迦耶見名阿賴耶於
此正法中信解無我者恒有厭逆於中執藏
亦不應理故云但有名字皆不明賴耶正義
也然言非第八爲所熏非第七爲能熏等者
反顯大乘七八爲能所熏如何熏耶雖非此中止義
恐學者欲知故筆於此下鈔云相宗賴耶以爲所熏所
以得爲所熏者具四義故論云一堅住性若
法始終一類相續能持習氣乃是所熏習氣即種
子也此遮轉識及聲風等性不堅住故非所熏
二無記性若法平等無所違逆能容習氣乃

是所熏此遮善染勢力強盛無所容納非是
所熏由此如来第八識唯帶舊種非新受熏
此極善位三可熏性若法自性非堅密能受習氣
乃是所熏此揀心所及無爲法依他堅密故
非所熏心所不自在無爲性堅密四與能熏共和合性若
向能熏同時同處不即不離乃是所熏此遮
他身剎那前後無和合義故非所熏唯異熟
識具斯四義可是所熏非心所等非八識同時五種心
所等取所餘如上所揀前七轉識以爲能熏亦具四義
故論云何等爲能熏四義一有生滅若法非
常能有作用生長習氣乃是能熏此遮無爲
前後不變無生長用故非能熏二有勝用若
有生滅勢力增盛能引習氣乃是能熏此遮
異熟心心所等勢力羸劣故非能熏彼疏云言用者
謂前七識可是能熏揀前六識異熟生者及
第六心王心所雖是能緣而不強盛故不能

為勝故非能熏三有增減若有勝用可增可減能攝植習氣乃是能熏此遮佛果圓滿善法無增無減故非能熏彼若能熏便非圓滿前後佛果應有勝劣四與所熏和合而轉若與所熏同時同處不即不離乃是能熏此遮他身刹那前後無和合義故非所熏自他不得熏前後不得熏唯七轉識及彼心所有此勝用而增減者具斯四義可是能熏如是能熏與所熏識俱生俱滅熏習義成令所熏種子生長如熏苣勝容有熏習苣勝即胡麻以諸花香草和罯苣勝子令香以壓油名為熏油此苣勝本不香由香草署故香故云熏苣勝○疏未盡法源等者謂不達如来藏心未盡淨法之源不了根本無明未盡染法之源尚不知七八況餘者也圓覺鈔云以隨他語故說諸法數一向差別佛若便說了義法云一切皆真即邪正不分真妄渾濫何因改心悔過故說染淨之別善惡雲泥令知善淨可忻染惡可厭知賢聖功德凡夫過患發心立志脩因證果言故多諍論者問教是佛說云何多諍荅就佛說有元是即空幻有真理隨緣故就佛意即通以隨根故言教即隱後宗習者隨言執理隨相執體造論弘傳相承不絕有二十部互執不同故多諍論

華嚴會本懸談會玄記卷第二十四

音釋

圭古畦切瑞玉也　夾古洽切近西扁也　奘昨朗切大也盛也　燉徒昆切火盛也　挺達鼎切拔也　褒布刀切衣博裾也　銓七全切丨衡也　蔽甫制切障也　堰於幰切壅水也　苣勤侶切丨藤即似胡麻也　罯於感切覆也　闞音闞

華嚴會本懸談會玄記卷第二十五

蒼山再光寺比丘　普瑞　集

○疏故少諍論者唯識但有十師之異不同小乘有二十部故云少也○鈔以相多性少等者所詮法數不過百法九十四是法相唯六無爲是法性亦作法相名數羅列探玄記云法相名數多同小乘故非了義宗意顯相云法相宗○鈔心法有八者於小乘一意識外加眼等五識及七八二識以八識各別出體得差別也言心所有五十一者謂恒依心起與心相應繫屬於心故名心所有法如屬我物立我所名通有財依主二釋於中亦有六類不同而不同小乘一遍行有五（謂此五徧性地時俱也性即三性地即九地時即因時俱即與八識俱故云徧行也即持業釋）一作意（警心爲性引心爲業）二觸三受四想五思（可知）二別境有五（謂此五緣境別故欲緣所樂境勝解緣決定境念緣曾習境定緣所觀境慧緣所緣境故云別境亦持業釋也）一欲二勝解（即境爲性引轉爲業）三念四三摩地（此云等持於所觀境令專住不散也）五慧三善有十一謂此世他世俱順益故性離愆穢勝過惡法故名之爲善一信二精進三慚四愧五無貪六無嗔七無癡（於前十外加之體與慧故）八輕安九不放逸十行捨（精進三根令心平等爲性對治掉舉靜住爲業也）十一不害四根本煩惱有六能生隨惑名爲根本煩者擾也惱者亂也擾亂有情恒處生死名爲煩惱根本即煩惱煩即是惱俱持業釋一貪二嗔三慢四無明五疑六不正見（加此一法小乘是慧故不別立今有別用故別立之於中若開五見即成十使惑也）五隨煩惱有二十一忿二恨三惱四覆五誑六諂七憍八嫉九害十慳（小隨）十一無慚十二無愧（中隨）十三不信十四懈怠十五放逸十六昏沉十七

掉舉十八失念十九不正知二十散亂大隨也唯識云是煩惱分位差別等流性故名隨煩惱釋曰謂忿等十及失念不正知放逸等叙染心所是貪等差別分位名隨煩惱無慚無愧掉舉昏沉散亂不信懈怠七法雖別有體是前根本之等流故名隨煩惱也由煩惱為因得有此故論云此二十種類別說有三謂忿等十各別起故名小隨無慚等二徧不善故名中隨不信等八徧染心故名大隨釋曰由忿等十自類相望各別而起非不共他中大惑俱行位局故名之為小無愧慚二自類得俱行通忿等唯徧不善位局後八但得名中不信等八自得俱生但染皆徧得俱生故不名小隨染皆徧故不得名中二義兼殊故八名大也六不定有四謂於三性不定故也一睡眠二惡作三尋四伺此上六類名心所有法言色有十一者准百法疏而有四義一識所依色唯屬五根二識所緣色唯屬六境三總相而言質礙名色四又色有二一者有對色即五根五境是二者無對色即法處色是言五根者釋有通別初通名根者增上出生名之為根五識藉彼為增上緣而得生故次別名者一眼者照燭義故二耳者能聞義三鼻者能齅義四舌者能嘗味能除饑渴義五身者積聚義依止義雖諸根大造並皆積聚而身根與彼多法依止積聚其中獨得身稱是眼即根持業也餘皆如是言六境者色聲香味觸法也眼所取故名之為色乃至第六意所取故名之為法前十可知法處所攝色者雜集第一云法處所攝色者有五種謂極畧色極迥色受所引色徧計所起色定自在所生色極畧色者謂極微色極迥色者離餘礙觸色受所引色者無表色徧計所起者謂影像色定自在所生者謂解脫靜慮所行境色釋曰小乘十一謂無表色即今五中但是受所引色也大小攝法寬狹可知言不相應行有二十四者此有二釋一言行者即行蘊行蘊有二一相應行即心所法二不相應

行即是得等今言不相應行揀異相應行也二云具足應言非色不相應行即揀四聚心王心所色及無爲如理應思行即不相應持業釋也或揀四聚亦相違釋一得於一切法成就用故二命根三衆同分同類相似故依諸有情相似分位衆同分人相似故名人同分天相似故名天同分也四異生性五無想定六滅盡定七無想異熟八名身九句身十文身十一生十二老十三住十四無常上十四同前此下加前十五流轉十六定異因果各無雜故十七相應十八勢速行轉疾速十九次第二十時二十一方二十二數二十三和合性二十四不和合性有爲諸行乖散離別故言無爲有六者畧有四釋一不生不滅揀四相故二無去無來非三世故三無彼無此皆離自他故四無得無失不增減故即顯無爲離此四種無造作故名曰無爲或揀有爲名曰

無爲無爲兩字即無六釋一虛空無爲即五蘊身無處所顯真理無其障礙名曰虛空非取事空也二擇滅無爲有揀擇之能滅煩惱所知二障也言無爲者即二障滅處所顯真理名曰無爲三非擇滅無爲不生滅本自有故不由擇智滅惑而有也其本滅即無爲也四不動無爲即第四禪出八災患所顯之理名不動無爲言八災者一憂二苦三喜四樂五尋六伺七出息八入息此入動轉有情故自此已下三義加於前也五滅受想無爲言受想者即二心所也滅者不生也即無所有處天中麁想受不行名之爲滅六真如無爲所顯真理即真如理也今且畧名曰無爲釋離見其如百鈔中廣釋也○鈔而皆如次對前等者即後七義但先後如次非排次數同故云如次以合十爲九故唯此第一唯心生滅即當前十對中第三唯心真妄別中妄義此第二一性五性當前第一對一乘三乘別中三乘義及第二對一性五性別中五性義所以爾者以第三心爲所依欲對前小乘六識爲所依故置在初

也〇鈔說有八識爲所依等者前六轉識隨六根境種類異故名爲眼識乃至意識是眼之識等依主釋也前五與三十四心所相應頌云徧行別境善十一中二大八貪嗔癡第六識總與五十一種心所相應第七末那具足應云訖梨瑟吒耶末那此云染汚意與四惑俱名爲染汚恒審思量名之爲意與十八心所相應頌云徧行別境慧四惑八大隨第八阿賴耶識此云藏識識能含藏諸法種故又具能藏所藏執藏三藏義故由斯三義得藏識名唯與徧行五所相應〇鈔下文廣說者問明品鈔云攝論釋云無始者無初際故界者因義即種子也是誰因種謂一切法此唯雜染非是清淨即有漏三性種子非無漏種彼一切法本等所依者（第八識自證分）能任持故

非因性義所依（無覆無記）能依（三性）性各異故其本有無漏種子并習所成能資無漏聞熏習種寄在異熟識中非阿賴耶自性是彼阿賴耶無分別智種子故故第三論云此中聞熏習謂是阿賴耶識自性爲非阿賴耶識自性下論荅云此聞熏習隨在一種所依轉處寄在異熟識中與彼和合俱轉猶如水乳然非阿賴耶自性是彼賴耶對治無分別智種子性故下二句易知〇鈔三乘但是化法等者轉通難也恐有難云既乘性相成何不但名三乘則有五性耶故爲此通意云一乘三乘是化法中總名今明別義故唯說五性等也〇鈔故瑜伽下以菩薩性例顯餘三成有種性義也一本性住等者謂法爾時來本有大乘種性住於藏識名本性住二習所成者謂於

大乘熏習所成名習所成餘如前釋〇鈔顯揚論下通證五性求別論具云云何種性差別五種道理答一切界差別可得故無根有情不應理故同類譬喻不應理故異類譬喻不相應故唯現在世非涅槃法不應理故云何一切界差別可得故謂佛所說諸有情界有種種非一有情界有下劣勝妙有情界有聲聞乘等般涅槃種性有情界有不般涅槃種性有情界等（餘四所以具如彼說）〇鈔現行第八名異熟識者有三義故一變異而熟要因自體變異之時果方熟故二異類而熟謂因通善惡果唯無記三異時而熟謂前世造業今世果熟故言由過去煩惱等者問明品鈔云謂第六識人執無明迷真實義異熟理故名惑以善不善相應思造罪等三行名業熏阿賴耶能感五趣愛非愛等種種報相名苦即三雜染（但云第六者謂五識無執不能發潤故非迷理無推度故不能造業雖造滿業亦不自能但由意引方能作故）言酬引業故等者唯識論云異熟增上緣感第八識酬引業力恒相續故彼疏云勝業名引引餘業生故報亦名引引餘果故成滿果事名滿因果皆有滿義引業能招第八識名真異熟恒相續故名真因通善惡果唯無記故名異熟滿業能招前六識中極劣無記名異熟生有間斷故問明品鈔云能招第八引異熟果故名引業能招第六滿異熟果名為滿業然其引業能造之思要是第六意識所起若其滿業能造之思從五識起故此引業亦名總報業（如持五戒招得人身）滿業亦名別業又引業如畫師作模滿業如弟子填彩所以不言第七識業感生者以第七識

非異熟故不從業招而今皆云業感生者以
七八互依有第八時必有第七故或從多分
故○鈔故唯識論第八云下一段鈔文科分
爲二

初引論釋文二
初總科分（初中）
二別解釋三
初能遍計（其能）
二所遍計（其所）
初安惠（若安）
二護法（若護）
二顯今疏意（今疏）
初引論（故唯）
初偏遍計二
二所執性二
初離染分（頌言）
後兼染淨（或諸）
二解釋三
次依他二
初釋上句（二句）
初總標釋（二句）
二重配釋（釋曰）
後圓成二
後對顯下句二
初總科分（此中）
二別解釋三
初釋圓成實三字三
初正釋二
初引論總答（故次）
後釋於彼等七字三
二揀別二
初敘諸釋
後爲釋論意（釋日）
三顯所依（上來）

初總顯本意（次釋）
二別解本文（此於）
三總結上來
二釋二

○鈔其能徧計正義唯六七二識等者揀不
正義故論云有義八及諸心所有漏攝者皆
能徧計虛妄分別爲自性故皆似所取能取
現故說阿賴耶以徧計所執自性妄執種爲
所緣故（上昔論文）然今說正義乃義引彼論論具
云有義第六第七心品執我法者是能徧計
唯說意識能徧計故意及意識名意識故計
度分別能徧計故執我法者必是意故二執
必與無明俱故不說無明有善性故癡無癡
等不相應故不見有執導空智故執有執無
不俱起故曾無有執非能熏故有漏心等不
證實故一切皆名虛妄分別唯似所取能取
相現而非一切能徧計攝勿無漏心亦有執
故如來後得應有執故經說佛智現身土等

種種影像如鏡等故若無緣用應非智等雖說藏識緣徧計種而不說唯故非誠證由斯理趣唯第六第七心品有能徧計此即意云能執我法即得徧計若不能執我法者即不能徧計八識之中前五第八不執我法不能徧計六七二識俱執我法皆能徧計言所計有多者釋成彼彼二字彼論云識品雖二而有二三四五六七八九十等徧計不同故言彼彼既所計有多故云彼彼者何故前云初句能徧計者今以所計對顯能計有多種故屬能計攝○其所徧計正唯依他下論具云是依他起徧計心等所緣緣故圓成實性寧非彼境真非妄執所緣境故依展轉說亦所徧計以圓成與依他爲所依故親緣依他時亦踈緣圓成也○其所執性下論先徵云徧計所執其相云何與依他起復有何別從此方說安慧所立也安慧立意以一切有漏心王心所各唯一自證分是依他起由無始熏習故各似見分相分生起但隨妄情而有道理實無皆徧計所執言雖各體一者王所非一故曰各各唯立一自證分爲依他故曰體一也言其所依體下即前體一義也餘文可知○若護法下意云一切心王心所各能變自證分及所變見相二分俱從緣生故名依他起性依此見相二分虛妄堅執決定真實是有是無亦有亦無非有非無是一是異亦一亦異非一非異此二種四句方名徧計所執彼破安慧云若依二分是徧計所執應如兎角等非所緣緣徧計所執體非有故又應二分不熏成種後識等生應無二分又諸習氣是相分攝豈非有法能作因緣若緣所生之內相見非依他起二所依體例亦應然無異

因故論中便顯此釋依他性全同今鈔鈔衆緣所生下此下唯依護法正義也論中云由斯理趣由破前之理趣衆緣所生心心所體下全同鈔文○鈔頌言分別下彼疏云雜染諸法名爲分別依他因緣之所生故或染依他爲分別緣之所生故唯雜染故名染分依他無漏諸法名淨分依他亦名圓成實性屬無分別智不可言分別緣所生也故知唯約染分爲言○鈔或諸染淨下彼疏云或諸漏無漏心心所法俱能緣慮故皆名分別若爾染淨色不相應則非此中依他起攝不能緣慮非分別故答不離心故唯識門故若爾論文何故置能緣言答能緣心遍諸染淨皆名分別並能慮故非緣慮言揀除色等不離心故亦此門攝○鈔二句圓成下彼疏云依二空所顯眞理一圓滿二成就三法實性具此三義名圓成實○鈔釋曰下重配釋也一體周遍故圓滿揀自相色心等一切諸法自相局法體不通於餘故不圓遍二體常住故成就揀共相共相苦空無常等雖遍而非常住成就也三體非虛謬故云實性非虛空非謬故揀妄我以小乘執虛空外道執實我亦體是常是遍等字等取自性眞諦等也亦皆計爲常遍今以實字揀之言此一體言貫通三處者謂一體遍二體常三體非虛謬如上可知○鈔若爾下揀別前淨分依他也先假難徵起此難論文中無乃鈔主義加也意云若依上三義釋圓成實則淨分依他無上三義何以前云淨分依他亦圓成實耶○鈔故次論云下彼疏云淨分亦具三義一離倒體非染故謂離虛妄顚倒故

名實二能斷諸惑染是究竟故爲成三殊勝作用周遍名圓○鈔上来論文下結前已釋頌中圓成實三字○鈔次釋餘文不能於能遠離即二空所顯真如性所於即依他起性所遠離即徧計所執性○說於彼言下彼䟽云言於彼者顯此與依他不即不離依他是所於真如是能於顯如與依他體非即故若是即者真如應有滅依他應不生言不離者即於依他上有真如故非不於彼不可言離若全離者如應非彼依他之性應離依他別有如性云何言於彼故於彼言顯不即離言理非常有者謂虛妄徧計所執實爲能取所取於道理中恒非是有故言常遠離也言性顯二空非圓成實者彼䟽云此圓成實依他起上無徧計所執二我既空依此空門所顯

真如爲其自性梵云瞬若此說爲空云瞬若多此名空性如名空性不名爲空故依空門而顯此性即圓成實是空所顯意言真如是空之性非即是空真如離有離無豈以空義爲真如耶但以空爲能顯如爲所顯故此云性字也○鈔上来所釋一依唯識者顯所依也並護法義若下鈔亦不全依故下鈔云論意分前性字二義不同遠離前言已空徧計故是離有而言性者自屬真如故能離無是故結云真如離有離無義故（上順彼義釋）設順彼宗離有離無遠離前性離徧計有又次偈云此諸法勝義亦即是真如常如其性故即唯識實性此則離無未失彼宗何須傷巧離前性字故今結云一依唯識者顯下亦有不依者也○鈔言影出圓成者以䟽中但舉依他

非即無性便是圓成此意正揀法性宗依他無性即是圓成故疏中不正説圓成乃是影帶其名耳言二性不空者以依他似有圓成實有故也○鈔守衆生界等者廣鈔第二云三分半衆生決不成佛名不減始末而言具佛性者久近之間皆得成佛名佛界無性之人畢竟不出生死名生界趣寂種性久近之間皆入寂故非生界非佛界是故生界佛界不增不減○鈔四種勝義等者准法苑云初釋名後出體初釋名復二初釋總名次釋別名釋總名者護法釋云勝義者勝謂殊勝義有二種一境界名義二道理名義第三勝義諸論多説即是勝義或四勝義皆勝之義論説依他圓成二性隨其所應根本後得二智境界故其無漏真智隨在何諦亦以勝爲義真如爲境故通其有財釋第四勝義多依於道理名義廢詮談旨非境界故前三勝義境界爲義諦者實義事如實事理如實理理事無謬名之爲諦勝義即諦勝義之諦二釋如次世俗者世謂隱覆空理有相顯現如結巾爲兎等物隱本之巾兎相顯現此亦如是今隨古名世俗諦又復性隨起盡名之爲世體相麤顯目之爲俗世即是俗名爲世俗或世之俗義亦相違諦者實義有如實有無如實無有無不虛名之爲諦世俗即諦世俗之諦二釋如前次釋別名者一言世間勝義者事相麤顯猶可破壞名曰世間亦聖所知過第一俗名爲勝義二道理勝義者智斷證修因果差別名爲道理無漏智境過第二俗名爲勝義三證得勝義者聖智依詮空門顯理名

爲證得凡愚不測過第三俗名爲勝義四勝義勝義者體妙離言逈超衆法名爲勝義聖智内證過第四俗復名勝義此中世間即勝義諦乃至勝義即勝義諦皆持業釋或勝義之諦依士無失四世俗中一世間世俗者隱覆真理當世情有堕虚僞中名曰世間凡流皆謂爲有依情立名假言世俗二道理世俗者隨彼彼義立蘊等法名爲道理實相顯現差别易知名爲世俗三證得世俗者施設染淨因果差别令其趣入名爲證得有相可知名爲世俗四勝義世俗者妙出衆法聖者所知名爲勝義假相安立非體離言名爲世俗此中世間即世俗乃至勝義即世俗皆持業釋次出體者第一勝義體者成唯識說謂蘊處等事涅槃亦云有名無實名第一義蘊處界等亦是勝義第二勝義體者成唯識云謂四諦等因果體事涅槃亦言苦集滅道名第一義諦第三勝義體者成唯識說依詮門顯二空真如涅槃亦言無八苦相名第一義總觀諸法爲二無我故無苦等八名勝義也第四勝義體者瑜伽論說謂非安立一真法界涅槃亦言實諦者即是如来虚空佛性又言無燒割等名第一義不依無我而顯真故前三勝義有相故安立第四勝義無相故非安立第一世俗體者顯揚論說謂所安立瓶軍林等（等於衣飲食車乘嚴具城舍等一切物也）我有情等或無實體或體實無但有假名都無體性然通有用無用二法瓶等有用我等無用涅槃十三云有名無實如我衆生乃至旋火之輪及名句等五種世法是名世諦衆生等無用火輪等

體無第二世俗體者瑜伽論說所安立蘊處界等涅槃亦云諸陰界入名世俗即有爲諸法體事有別體用異於初俗第三世俗體者顯揚論說謂所安立預流果等及所依處即諸聖果四諦理等涅槃亦云有八苦相名世俗諦第四世俗體者瑜伽說即所安立勝義諦性涅槃說言若燒若割若死若壞名爲世俗由可燒割等無有常一我法等相即二無我名爲世俗諦也第一世俗體假安立後三世俗體有相安立也鈔又四重中下法苑又云初一世俗心外境無依情立名遍計爲體第二世俗心所變事後二世俗心所變理施設差別即前三真皆依他爲體其第四真唯內智證非心變理圓成爲體也鈔意云等者謂若前念能引者爲因不滅與後念所引之果相見則前念者爲常今由因滅故非常若後念所引之果不續即前因無所生則爲斷今由果生故不斷既非斷常故名中道言廣如唯識者論具云問阿賴耶識爲斷爲常答非斷非常以恒轉故恒謂此識無始時來一類相續常無間斷是界趣生施設本故性堅持種令不失故轉謂此識無始時來念念生滅前後變異因滅果生非常一故可爲轉識熏成種故恒言遮斷轉表非常猶如暴流因果法爾如暴流水非斷非常相續長時有所漂溺此識亦爾從無始來生滅相續非常非斷漂溺有情令不出離又如暴流雖風等擊起諸波浪而流不斷此識亦爾雖遇衆緣起眼識等而恒相續又如瀑流漂水上下魚草等物隨流不舍此識亦爾與內習氣外觸等

法恒相續轉如是法喻意顯此識無始因果非斷常義謂此識性無始時来刹那刹那果生因滅果生故非斷因滅故非常非斷非常是緣起理故說此識恒轉如流疏同時四相滅表後無者上句對舉終教下句顯彼不同或可二句皆彼宗義唯識疏云相謂相狀標印名相由此標法知是有爲俱於現行法上立此四相故云同時四相其滅一種法歸過去方始顯故若爾何言滅表此法後是無咎對生等相名後即現在法於後無時名之爲滅假言過去過去體無實非彼世鈔成唯識等者一段論文准今注及彼疏意科分爲三

- 初標立相意（成唯）
- 二釋成四相（四）
  - 初別說四相（本無）
  - 二約世揀小（前三）
  - 三釋通外難（如何）
  - 四述相所表（生長。）
- 三結成是假（故此、）

○鈔生位暫停等者論云生已相似相續名住即此相續轉變名異彼疏云法暫停名住與前後念法別名異生滅可知今以疏文爲論文也○鈔注揀異小乘等者（彼疏但科云約世辨）百法鈔云小乘說未来世中所相彼生相還流入現在名生等俱舍論云本無今有生相續隨轉住前後別住異相續斷名滅（此頌四相行相與大乘同但約時異）長行云四相雖許俱有用時別故謂生作用在於未来現在已生不更生故諸法生已正現在時住等三相作用方起非生用時有餘三用故雖俱有而不相違（上皆論文）釋曰由此論故唯識論中次今引論文之前先破有宗云若生等相體俱有者應一切時齊興作用若相違故用不頓興體亦相違如何俱有又住異滅用不應俱能相所相體俱本有

用亦應然無別性故若謂彼用更待因緣所待因緣應非本有又執生等便爲無用所相恒有而生等合應無爲法亦有生等彼此因果不可得故又去來世非現非常應似空花非實有性生名爲有寧在未來滅名爲無應非現在滅若非無生應非有又滅違住寧執同時住不違生何容異世故彼所執進退非理（此下違然有爲法因緣力故同此鈔引彼疏大段科云自下第二述自義也）○鈔如何無法等者彼疏云此外人問滅若是無如何與現在有體法爲相表此後無下彼疏云此論主答不表法現有但表法後無因明者說無得爲無因故亦無過若爾卽龜毛等應立爲相答此不同彼非後無故本無今無故非是相○鈔別釋表義者彼疏云此文正述說相所由及相所表意義可知○鈔依此剎那假立四相者次後論云一期分位亦得假立初有名生後無名滅生已相似相續名住卽此相續轉變名異是故四相皆是假立（此假破有宗四別皆實然有宗亦依一剎那立但有實爲異也）問一剎那中何得四相名義如是差別時旣極促理亦難知答古人有錐揷紙喻如百番紙用利錐一揷揷則同時而百番皆透其錐必次第而透應有百重生住異滅皆同一時必見一剎那中有四相前後理應然也故仁王說一剎那中有九百生滅也問滅表後無應屬未來何云過去耶答以滅位是無故云過去以現在落謝故也若望次一剎那中生相等卻在未來正當生時還屬現在故異小乘思之○鈔因明斷證復說緣境下口科分二

初總標三義明因　初汎明別照根本　初雙觀說義　初自宗斷惑二

二別釋三義三
初緣境別二
後依疏具釋二
後別照以其
初正釋斷義二
二斷惑別二
後顯疏文畧此中
後揀異性宗不所
三證理別二
初有斷無釋言斷
初成立後得有斷護法
初正釋斷別二
後結顯不斷斷迷
初別顯能證二
後復有斷釋二
後引論具證二
初引論故喻
後釋義相釋
後雙釋能所二
初揀異前緣
後正釋能證
初正辯言以後揀異上明

○鈔了俗由於證真等者此暗用唯識論意正當四智緣境中大圓鏡智緣境之文今當引之對文自見論云大圓鏡智相應心品有義但緣真如爲境是無分別非後得智行相所緣不可知故有義此品緣一切法莊嚴論說大圓鏡智於一切境不愚迷故佛地經說如來智境諸處境識衆像現故又此決定緣無漏種及身土等諸影像故行緣微細說不可知如阿賴耶亦緣俗故緣真如故是無分別緣餘境故後得智攝其體是一隨用分二了俗由證真故說爲後得上皆論文今正用此意謂既後得智了俗由於證真即顯後得智有雙觀義由根本智證真方能了俗即顯根本智有雙觀義故二智皆雙觀也○鈔根本智斷迷理隨眠等者十地疏云眠伏藏識隨逐纏繞故迷事理境故立二名體即二障種子然雖亦斷現行約正斷將現行已伏正斷種子故也然此段鈔文全依唯識第十釋能斷道中文有二師義今當逐段具引論文初有斷無斷者論云有義根本無分別智親證二空所顯真理無境相故能斷隨眠後得不然故非所斷唯此今鈔應云根本智斷迷理隨眠後得不斷今不爾者應是後人隨意加之或別有所據今且依論科之○鈔護法云下即二智俱有斷也論云有義即護法正義也後得有分別智雖不親證二空真理無力能斷迷理隨眠而

於安立非安立相明了現前無倒證故亦能永斷迷事隨眠（成立後得有斷也）意云後得智不斷者不能斷迷理隨眠不親證理故而於安立四諦之理無顛倒證知體是依他故但斷迷事隨眠被疏云迷理隨眠行相深遠要證彼理方能斷之迷事隨眠行相淺近雖實有相觀亦能斷之唯百法鈔問後得智能斷惑者未審能斷何惑荅慈恩有二解一云但約二乘後得智能斷俱生中迷事隨眠不約菩薩說也即顯煩惱通本後二智能斷若所知障唯根本智斷二云菩薩後得智亦能斷所知障所知障中有迷理迷事迷理執故難斷唯根本斷若迷事非執易斷後得亦能斷○鈔故瑜伽說等者即護法引論爲證也具云故瑜伽說修道位中有出世斷道世出世斷道無純世間道永害隨眠諸見所斷及修所斷迷理隨眠唯有根本無分別智親證理故能正斷彼餘修所斷迷事隨眠根本後得俱能正斷（上皆論文）釋曰此護法引瑜伽出世斷道證根本智斷迷理隨（根本智名出世間者唯識第九云是出世間無分別智斷世間故名出世間二取隨眠是世間本唯此能斷獨得出名或出世間依二義立謂體無漏及證真如此智具斯二義故獨得出世即十地中無分別智也今由此智斷迷理故名出世斷道也）引世出世斷道雙證根本後得斷迷事隨眠言世出世者揀純世間故意言是世之出世故云世出世此約修道位中云迷事惑目之曰世揀純世間復云出世此斷道既通二智故引爲證也或可此迷事是後得所斷道曰世亦是根本所斷道故復云出世也○鈔相傳釋云下正體者即根本智釋上可知○鈔斷迷理時等者雖明緣境意顯斷

惑不即也此明所緣不即既言下明能斷不即亦顯所斷不即也鈔不同法性一斷一切斷者此言法性即是終教終教理事相即二智雙融若根本既即後得正斷迷理時亦能斷一切迷事即是一斷一切斷若後得智亦即根本亦能證如正斷迷事時一切迷理亦斷亦是一斷一切斷也此約理事無礙不約圓宗事事無礙言通意別故又准教義說終教菩薩於二障中不分俱生及分別但有正使即是種子正所斷故十地疏引十地論云隨順逐縛義故如世公使隨逐衆生得便繫縛又楞伽云如鼠毒發廻向鈔楞伽云西方有鼠齧人甚毒在身中其瘡雖差忽遇雷聲其瘡還發正使亦爾忽遇境雷則還發動及習氣地前伏使現行初地斷使種子初地已上除習氣佛地究竟淨此上總明下別釋云然三賢位中初既即不墮二乘地故煩惱障自在能斷留故不斷爲除智障等故故梁攝論云十解即十住位已去得出世淨心又云十解已上名聖人不墮二乘地仁王經說地前得人空而不取證等又起信云得少分見法身作八相等皆此義也此留惑義此法相宗較一僧祇劫先也以此菩薩唯怖智障即所知障故修唯識真如等觀伏斷彼障然於煩惱障非直不怖不脩對治亦乃故留助成勝行是故二障不分見修不同法相見道斷分別修道斷俱生至初地時正使俱盡名一斷一切斷彌勒所問經論云菩薩見修道中一切煩惱能障利益衆生行故即見道中一切俱斷地地之中但除習氣至佛果位習氣俱盡准此則餘說四相等隨位別斷皆是寄惑麁細顯位優劣○鈔唯約根本斷惑而說者出能證體唯字揀非後得後得不證理故○鈔上明下揀異也問根本斷惑

上已辯明今何重耶故此揀也

華嚴會本懸談會玄記卷第二十五

音釋

謬靡幼切誤也　瞬式閏切目動也　錐之惟切鍼也　揷初洽切刺入也　較古教切兵車也

華嚴會本懸談會玄記卷第二十六

蒼山再光寺比丘　普瑞　集

○疏四智心品者意云四智是識心相應品故所以論云此轉有漏八七六五識相應品如次而得智雖非識而依識轉識爲主故說轉識得又有漏位中智劣識強無漏位中智強識劣爲勸有情依智捨識故說轉八識而得此四智大圓鏡智相應心品解脫道時初成佛故乃得初起盡未來際相續不斷持無漏種令不失故平等性智相應心品菩薩見道初現前位違二執故方得初起後十地中執未斷故有漏等位或有間斷法雲地後與淨第八相依相續盡未來際妙觀察智相應心品生空觀品二乘見位亦得初起此後展轉至無學位或至菩薩解行地終或至上位若非有漏生空或智果無心時皆容現起法空觀品菩薩見位方得初起此後展轉乃至上位若非有漏法空智果或無心時皆容現起成所作智相應心品成佛方得初起而數間斷作意起故此四種性雖皆本有而要熏發方得現行因位漸增佛果圓滿不增不減盡未來際但從種生不熏成種○鈔皆是真如體相差別者謂涅槃體上三德四德等皆是真如體上無爲功德之相差別不同也有爲功德四智所攝者有二義故四皆所攝一智用強故二以智名顯故一切種心下約就實及麁相二義以釋四智所攝也言及彼品類者即四念住等是彼心心所家品類故○鈔四所轉得等者准唯識修習位中分二一十地因二轉依果後文分四一能轉道此有二一

(能伏道當地前二能斷道即前科所引者是也)二所轉依三所轉捨四所轉得今此當第四所轉得中所生得義也言乃至者超過餘文具足應云云何四智相應心品一大圓鏡智相應心品謂此心品離諸分別所緣行相微細難知不忘不愚一切境相性相清淨離諸雜染純淨圓德現種依持能現能生身土智影無間無斷窮未來際如大圓鏡現衆色像二平等性智相應心品謂此心品觀一切法自他有情悉皆平等恒共相應隨諸有情所樂示現受用身土影像差別妙觀察智不共所依無住涅槃之所建立一味相續窮未來際三妙觀察智相應心品謂此心品善觀諸法自相共相無礙而轉攝觀無量諸法總持定門及所發心功德珍寶於大衆會能現無邊作用差別皆得自在雨大法雨斷一切疑令諸有情皆獲利樂四成所作智相應心品爲欲利樂諸有情故普於十方示現種種變化三業成本願力所應作事如是四智相應心品雖各定有二十二法能變所變種現俱生(二十二法者謂徧行五別境五善十一并四智各隨一心王也)而智用增以智名顯故此四品總攝佛地一切有爲功德皆盡○鈔況能生識下即無漏第八識體是生滅依識生智(是增上緣)何非有爲帶無漏種子爲親因緣能生於智故智有爲也○鈔四智攝於三身者論云此四心品雖皆徧能緣一切法而用有異謂鏡智品現自受用身淨土相持無漏種平等智品現他受用身淨土相成所智品能現變化身及土相觀察智品觀察自他功德過失雨大法雨破諸疑網利樂有情百

法鈔云大圓鏡智攝自受用身以含持種子親變根身爲衆色心總所依故平等性智攝他受用身返因立號觀自他平等現十平等身行相勝故妙觀察智能觀諸法自共相故於淨穢二土說法斷疑最爲殊勝二身皆攝若成所作智攝變化身謂即此智偏能成就昔時所作利他願故現三種化身義爲勝故今鈔但言自報不言餘二者餘二非實報故或舉勝該劣故○疏如是義類下問前正明立教中始教有破相立相二義今約所詮辯異何以唯彰立相不說破相耶荅此約所說法相明異破相不明法相等異故不說之問頓教中總不說法相唯辯真性何故前疏標云若約所說法相者耶荅頓教不說法相故異餘教亦是約法相有無等以明教別耳問頓既不說法相猶廣明不說之義唯辯真性破相始教何不然耶荅今准知故但頓教則辯真性破相則唯顯但空如圓覺疏鈔廣有十門○疏少說法相等者探玄記云不論百法名數又不同小乘亦無多門料揀故云少說法相一切諸法皆是真如隨緣建立故云多說法性所說法相別無自體皆即法性宗意顯性故云性宗廣疏鈔云然大小乘法相所詮法義則末廣本略如俱舍等明起業受果三界六道依正之相甚廣唯識等說六識中二執二障亦廣八識三細所依根本則略其本始二覺三大及真如門乃至一真心源之義渾不分析行相若起信等則於此開章廣辯其六麤障執之義皆畧說之起業受果但列名而已由此應成四句一終教即本廣

末畧二小教及立相始教則末廣本畧三頓教中非本非末四圓教中全本全末○如說五蘊等者即般若經只如心經已廣破之况大部耶○鈔下文云等者即夜摩偈讚品文也彼疏鈔云蘊是世間緣成寂滅即出世間一體說二故云假名淨名不二品說那羅延菩薩曰世間出世間爲二世間性空即是出世間其中不入不出不溢不散是爲入不二法門是也○鈔又云有諍下須彌偈讚品文如前真妄交徹中已釋此中意取生死涅槃皆是從緣俱名法相俱不可得以即法性故○鈔如說心等者即起信論說依如來藏故有生滅心等言心體離念者論云謂心體離念離念相者等虛空界無所不徧法界一相即是如來平等法身彼疏云顯即性故離於妄念顯無不覺法界一相謂在纏出纏恒無二故○鈔華藏世界下即華藏品文彼疏云初句標名次句不壞分量即同真性然上來所引當經皆是圓中同實教一分之義所引他文正是終教能同所同不定殊故所以雙引其文又圭峯圓覺鈔云故無諍論以起信智度寶性等三論皆無諸師諍競之異○鈔然法性宗下預出引文之體例也言同教中義者以此教經同頓同實今此同實義故至下理事無礙中引本文釋今終教中引他文釋也○鈔故楞伽第一云下即是起信論中無明爲因生三細境界爲緣長六麁中此經當其後義前偈喻明後偈法合以巨海喻常住識海猛風喻於境界波浪喻前七轉識此中引意者取藏識即是常住顯證第八通如來藏不

唯生滅以有常住言故○鈔即起信論文等者本疏云不生不滅是如來藏清淨心因無明風動作三細第八識生滅不相離故故云和合非謂別有生滅來與真如合謂生滅之心心之生滅無二相故真如全體動故心與生滅非異而恒不變真性故與生滅非一則第八識中已含動靜（三細即第八識內三分也）又依楞伽經七識染法爲生滅以如來藏淨法爲不生滅此二和合爲阿賴耶識以和合故非一非異等○鈔廣如問明品辯者散在此品上下之文說爾○鈔廣如前說者即前十段引經諸論附出也然准佛性論說除五失生五德故說一切衆生悉有佛性一下劣心不發菩提心故知有佛性能起正懃心故二慢心謂我有佛性他無佛性故知皆有佛性能生敬慕心故三妄起二執迷二空故知有佛性能生真般若故四由法執妄見真諦故知有佛性能生俗智顯實智故五由我執妄見彼此故知有佛性能生大悲心乃至故說一切衆生皆有佛性是故唯以一佛乘化之○鈔楞伽經云者即第四經具云大慧如來藏是善不善因能徧興造一切趣生乃至云爲無始惡習所熏名爲藏識等問明品鈔說如來藏性爲無始根本無明虛僞惡習所熏成第八藏識○鈔又云如來藏下即第四經具云大慧七識不流轉不受苦樂非涅槃因大慧如來藏受苦樂與因俱若生若滅十忍品鈔云七識念念生滅無常當起即謝如河流轉自體無成故不受苦樂既非染依亦非無漏涅槃依矣其如來藏真常普徧而在六道迷此

能隨緣成事受苦樂果與七識俱名爲因俱不守自性而成故七識依此而得生滅云若生若滅此明如來藏即是真如隨緣受苦樂等○鈔起信亦云下彼疏云真隨妄轉也以淨心不能自動要因無明之風動也○鈔而疏云但是下意明衆生但是真如隨緣成立是故衆生皆有佛性則復成一性之義○鈔對上始教下遮妄解也以法相説法性宗中但有隨緣無不變義故此遮也教義問云真如既云常法云何説得隨熏起滅如何復説爲凝然常荅既云真如常固非如言所謂常也何者聖説真如爲凝然者此隨緣作諸法時不失自體故説爲常則不異之常名不思議常非謂不作諸法如情所謂之凝然也乃離諸情執故經云難可了知○鈔由不變下畧釋何者下廣釋謂若乃至真如隨緣釋由不變故始能隨緣若不乃至何成不變釋由隨緣故方能不變是以下總結故勝鬘下引證可知問真隨緣時爲動不動若動應是箇物復有方所故涅槃説常法無處住故又圓覺經云岸實不移等若不動而不違他緣故名隨緣則應如虛空頑凝不能隨轉海水金性等喻云何似耶荅動與不動猶兩頭語設雙存二義難免相違或俱非兩邊寧逃戲論問畢竟如何荅圓成真理非凡境故玄極則名言不及見異則展轉無窮故圓覺經云虛妄浮心多諸巧見不能成就圓覺方便○鈔三性空有等者依他徧計皆空不但空徧計即空有不同言空即圓成者問法相真如離有離無此何空即圓成耶荅此依他無自性

即第一義空事即理故爲無礙理更無二體是故相融則不異緣生有之空非斷空也○鈔此中無性即無徧計者别釋䟽中無性二字能無即圓成空義所無即徧計性由依他上有徧計性依他不空今依他上無徧計性故依他即空矣不同法相但空徧計不空依他也○鈔法性宗中等者攝論云阿毘達磨修多羅中世尊説法有三種一染污分二清淨分三染污清淨分依何義説此三分於依他性中分别性爲染污分真實性爲清淨分依他性爲染污清淨分依此義説三分釋論云阿毘達磨修多羅中説分别性以煩惱爲性真實性以清淨分爲性依他性由具兩分以二性爲性故説法有三種一煩惱爲分二清淨爲分三二法爲分依此義故作此説也

賢首釋云此上論文明真該妄末無不稱真妄徹真源體無不寂真妄交徹二分雙融○鈔故密嚴下引證名相二俱遣者證遍計依他皆無性也名相妄境既遣分别妄情自息正智能遣還冥第一圓成故云是爲第一義空即圓成真性也○鈔一因緣下如因緣所生一色法當情現故遍計即空如幻故依他但有假名逈超空假故圓成中道如畧鈔第二説又空即假假即空空即中中即空假即空空即假假即中中即假中即空空即中中即假假即中空即假中即空假中即空假即空中空中即假中即空假空假即中三一無碍存亡互攝如一緣生色法如是甚深情執妄寄故非妄想洞然通解故非無記無念而知知而無念萬法皆然三性圓融觀行可以留神

○疏一理齊平等者問既分生佛不同何名平等荅不分生佛言誰平等界者性義生佛同一性故問若云性者何說生佛荅離生佛外說有何性問何故不得分義名界荅假是分義名界亦無增減如東方虛空爲生界西方虛空爲佛界雖分齊各别皆無邊際設東方更行極多刧數亦不可言西方虛空增多也東方虛空減少也假使無量勝神通者各無量刧飛行虛空求空邊際終不可盡非以不盡不名遊行非以遊行令其得際勝神通者如佛飛行如化生已過之空如所化得作佛者未到之空如未作佛者雖不住過虛空亦不說已過之空增多未到之空減少當知此中道理亦爾若立一分無性有情守衆生界妨難極多○鈔不增不減經等者彼經云

舍利弗問佛一切衆生從無始來輪廻生死此衆生聚爲有增減爲無增減此義甚深若人問我當云何荅佛言大邪見者所謂見衆生界增見衆生界減以是見故生盲無目是故長夜妄行邪道於現在世墮諸惡趣舍利弗大嶮難者所謂取衆生界增減堅著妄執於未來世墮諸惡趣言大般若經者通指八部般若文殊般若云假使一佛住世如是無量諸佛各度無量衆生皆入涅槃而衆生界亦不增減何以故衆生定相不可得故而言等者等餘經也十行品云菩薩不着多衆生捨一衆生不增衆生界不減衆生界何以故菩薩深入衆生界如法界衆生界無二無二法中無增無減何以故菩薩了一切法法界無二故○鈔疏第一義空下大科分二

初束義總明二
初標科通難疏第
後引文釋義二
初引二文二
初仁王二
初俱有相即問荅
後俱無相即荅佛言
後涅槃二
初詳問畧荅涅槃
後問畧荅詳佛言
後對前辨異三
初標以上
二釋三
初所對諦前教
二能對二經本此
三結斷其意二
初結斷斷
後引文證三
三會然次
後按文銷釋二
初四句明二諦二
初二句二諦不即然疏
初引昔今雙結二經意華
後二句二諦不離二
一引先公別成涅槃先公
二引梁論斥法相失意論
後二句明中道三
初指文所憑此即
二正銷疏文三
初影畧釋真非
初正釋本義且約
後不壞相釋而不
後別揀法相不同
三引論爲證教中
初躡前標揀疏雖
二依文廣釋五
三結顯文義二
初順結上則
四結顯中道非斷
初雖空不斷二
後反結翼
五揀別法相若成
後雖有不常雖有

○鈔仁王經等者羅什所譯第一義諦下乃至智不應二者以智難諦既有真俗二智諦不應一次若言有者智不應一者智既是一諦不應二一諦二諦之義其事云何或可一智二智之義其事云何以約二諦俱有故相違也○鈔佛言下以二諦俱無故相即也謂汝我相分即有二諦二智第一義中有世諦也說聽皆無即是一諦一智第一義中無世諦也故云即爲一義二義偈云下有四偈初偈雙標真俗初句標真無相爲真故次句揀自他因緣以真本無相非因緣故三句標俗因緣爲俗是本有故四句揀非外道自性等及梵王等緣作也第二偈釋成真俗上半釋成真諦本無上句釋成無自無他作下句釋成無相下半釋成俗諦本有言諸有者畧唯三有廣則二十五有又即一切有爲諸法也此因緣自爾有故云本有法言三假者下疏云假有三種一因成假二相續假三相待假因成有二一五蘊和合假名某甲則入生空二陰亦因緣而有則入法空言相續者前陰滅後陰續生念念相續假而非實言相待假者待非衆生以說衆生等又或云三假者即名假法假受假彼法云名假如響法假如幻受假如夢今意云但三假集故因緣本有俗諦之法非自性我作亦非梵王等作即因緣假相自爾而有也第三偈釋成一諦

二諦義初句有相世俗無相第一義本自二故即約法說二次句約喻說二如牛二角相待而立第三句約智爲一第四句約境爲二或第三句釋成一諦既相待立豈定二耶第四句釋成二諦常無二不礙常二故云二諦常不即耶第四偈結成一諦二諦之義初句結成一諦約智爲一故次句結成二諦約境常二故第三句融於境智通達一諦二諦無二真入第一義也○鈔涅槃經下

言所說世諦等者此牒總徵次前佛說中智總知世諦上智別知無量彼疏中知真實如来藏恒河沙佛法世尊下正申難也難意云如其相有即是一諦何有二諦如其相無将非如来前文但虛妄說有二諦耶佛言善男子世諦者即第一諦者彼疏云以相即故互得相有言世尊若爾下總徵也既二相即便無二諦佛言有善下總明有二也若隨言說下別顯二相先標列二名善男子下廣釋二相言五陰和合者謂凡夫隨名取相釋上世人所知淺近即上

世法是名世諦若解五陰法無某甲名字又推一一陰中皆無某甲名字一陰若有某甲名字餘四何無若皆有者應五箇某甲名字即如其體性知解離五陰法亦無某甲名字假合強立故此即如稱其性相而知之釋上出世人所知深遠即上出世法名第一義諦美言某甲者亦名字也祖庭事苑云某如甘在木上指其實也然猶未足以定其名甲次第之言故云某甲也言名字者淨名集義鈔云俗說父母立名朋友立字名以定體字以表德言陰者十蔵鈔云陰者覆義圭峯云覆真理故言第一義諦者即歎勝之名理法微妙名爲第一深有所以名之爲義義實名諦○鈔對前二論者即唯識瑜伽二論也○鈔涅槃本唯一諦者以上總荅云世諦即第一

義故唯一諦解惑分二者出世人達解名第一義諦世人惑倒名爲世諦○鈔斯則二而不二者斷仁王意不二而二者斷涅槃意一二自在爲真二諦者雙斷二經結成無礙也或可此中有四句義初二句可知言一二自在者若亦一亦二爲自在即第三句非一非二爲自在即第四句遮過具德四句融通可知○鈔昔人云下證前雙斷二經之意也二諦並故二非雙故不二證斷仁王經也未曾各故不二恒乖故而二證斷涅槃意也○鈔是非相待下如前出世人知解爲是世人倒惑爲非相待故有真諦俗諦名生言一諦爲真者以前云世諦即第一義諦故一諦爲真也言二言成權者是非相待非權而何有本云四言成權即指法相四真四俗爲權也然

今順涅槃意不及二字○鈔梁論下斥法相失意也以彼宗八諦區分真俗別執者皆由智障覆故論意云由所知障覆所知境令智不生甚於盲瞑都無所識既其真俗別執豈爲識真俗耶○鈔然法相下會也問上引梁論豈法相不見此文理准法苑亦云二諦不定同定異此云何通故此會也意云法相專務分析使法相昭彰故法性不無分析務在融通使不生局見故又法相豈令生局見耶法性一向不分析耶乍觀則文同水火審推乃義符膠漆何者如其不委分析何以明法相不混然融通何以袪法執融則融於分析析則析於融通非唯不互相違抑亦遍相成立不爾聖人設化本欲利根豈所説法互爲矛盾此則各據一趣入之義門但與通玄理

應勿生偏滯也○鈔真妄俱空下以此科正辯二諦空有即離別今初二句疏文正辯二諦空有別義也此中有三宗之義不同此真妄俱空一句即性宗義釋疏二句以爲能別非獨下二句所別二宗義空宗則真空妄有以上仁王及次下中論智論皆明俗有真空故言妄空真有者法相宗義也以初俗則空後三俗及四真皆有故今云真妄俱空則二諦空有與餘宗別也○鈔真非俗外下釋疏中次二句文明二諦即離別中即義也其中有二例釋初約義齊故影畧以明之二則下約義不齊不壞相以釋也以妄必真無自性故即俗可言真也如說波即濕亦有真非妄即真如不變也有濕非波即靜水故佛已證故者上約法釋此約人說以佛所證之真不可言即妄也但言下成前引證可知○鈔由上二諦下躡前二諦畧標法性宗中道以揀法相中道亦應名中道別也○鈔且約空爲真諦下以二諦多門故云且約○鈔不同始教如龜毛等者此揀法相妄空義以彼說徧計情執此一如龜毛兎角是以爲空依他似有此性不空今以依他有法因緣無性即空空即圓成而不壞因緣故雖空不斷爲即俗之真故揀不同彼也言若有定是有下更以境對心明之影取前段若空定謂是空便墮斷見○鈔中論下引證雙證上即有之空即空之有及以境對心之義也○鈔非斷非常下結成中道可知（已上皆釋上標中不斷不常四字也）○鈔若滅故下揀別法相釋上標中中道妙旨不唯約事八字也○鈔上則下順結也言不壞有

無而離有無者即結上釋中即有之空雖空而不斷即空之有此有非常等文也言有之與無非一非異者結上非斷非常即中道之文也餘文可知○鈔以性滅爲滅等者謂所相有爲諸法體性當體即滅非謂真如體性即滅也以有爲法體性即滅方歸真性揀别法相有爲法前生後滅今以全性隨緣成萬法時即生即滅以全無自性故言不爲愚者說者以滅義甚深故無智之人難生信解恐謗法墮惡道故○鈔淨名云下即菩薩品彌勒章文也言三世皆空下鈔詞明生等皆無定相會三世相即歸性空也○鈔故起信論云下但取四相俱時而有一句證成四相同時也彼䟽云若至心源得於無念則能徧知一切衆生一心動轉四相差别以一切衆生

皆同本自無念故又四相中各即無念故云以無念等故所覺四相本来無起待何而有始覺之異以四相一心所成無有前後離淨心外無别自體無自體故本来平等同一本覺然本覺者如夣四相唯一淨心無有體性可辯前後設言俱有且爲融其前後則同時亦假施設是故不唯諸惑四相同時一刹那中四相皆爾○鈔所相法體者一切有爲法也此有爲法無自性故隨法性而融通也言能相之相者生住異滅此能相於有爲法上有生滅等相有爲法既隨法性融通故能相生滅之相亦即生即滅無礙也○鈔䟽緣境斷惑等者易處大科難處畧科大分爲二

初總出教意䟽縁
二消釋䟽文分二
初不二而二二
初牒定能所若約
二方釋兩義二
初不二今且
後而二無二
後二而不二二而

初總科兩段而釋
二别釋分為三
初影出緣境今初
二依文斷惑分二
初順明二
初惑即能證照惑
後智即所證言照
後反顯者
三别明證理二

○鈔故十地經云下以斷惑之義稱難故先出教意也經文正顯證智唯據甚深緣性不可説義故皆非三時也言此智漏盡下且就見道智斷惑分為三時如燈焰非唯初唯中唯後燋炷一一推徵三皆不斷巳上經則約性故不斷如燈焰初中後總取方能燋炷前中後取故三時總取方説能斷巳上論文則約相故斷大品云菩薩非初心得菩提亦不離初心後心亦爾而得菩提譬如燃燈非初焰燋炷亦不離初焰後焰亦爾而炷實燋龍樹判云佛以甚深因緣荅涅槃二十亦云五陰雖念念滅而有修道如燈雖念念滅而有光明故上經論皆顯性相無礙無斷之斷大意可知○鈔而疏有二節下疏雖有一節約鈔釋中影出一義以對前始教中三義故今科為三節也○鈔若約緣境下真體無二故不二不碍能緣所緣故云而二又雙照真俗無碍境後有即真即俗雙照中道之智及非真非俗雙遮中道之智遮照亦復無碍故又總上之心境不同云二其性無殊云不二如是緣境即亦名證如也○鈔若約斷惑不二而二下性不碍相也○鈔二而不二説為内證下相不碍性也寂照以此叚屬證理者非也此正明斷惑故以性宗斷惑有斷而不斷當二而不二也不斷而斷方名斷也具兩句故前引經論有三時斷三時不斷方名為斷也問若是斷惑何有内證之言荅以此中能合所

故惑即如故方爲眞斷若能不合所惑不即如非眞能斷故以内證釋眞斷也何獨斷惑前縁境中亦具内證若不内證非眞縁境思之言能合所故惑即如故者有二師釋寂照等云上句釋二而字下句釋不二字若助正云二句合釋二而不二也上句能及下句惑即名爲二上句所及下句如唯是一性故名不二二釋随取若約惑智對説後釋近宗○鈔疏照惑本無下第三別明證理指玄以此段科爲別明二而不二非證理者對前相宗三義義不足也問既明證理何言照惑無本耶荅此中鈔説智有二能一能斷惑二能證理上説斷惑今明證理以上字爲初節今字爲後節明文若斯無勞異執又照惑無本豈非證理耶然有本云二智各有二能即眞俗二智或權實二智也言尋此妄惑都無根本者惑自無本故無住體上自有本智能知此爲能斷智之本體也言非内非外者即淨名優波離章意也彼云罪性不在内不在外不在中間等言三世推求下梵行品意彼云過去已滅未來未至現在空寂無作業者無受報者等言從無住本等者淨名經云善不善法孰爲本曰身爲本乃至顛倒想孰爲本曰無住爲本又問無住孰爲本曰無住即無本文殊師利從無住本立一切法言惑體智體無二體者惑既以無住爲本無住即實相異名故與能斷無分別智其體不異也○鈔疏照體無自下能證即所證也言即此智體下起信論意也論云依本覺故説有不覺依不覺故説有始覺乃至云無復始本之異等言

若以下揀法相宗能證所證不即也能證有爲所證無爲既分能所非證如矣○鈔即回向經文者彼疏鈔云自有三意一約如體性空智外無如智體性空如外無智二如智一味同一真體安得智外有如耶三約事事無碍舉一全收謂佛智稱真收法界盡差别之事皆随理在佛智中所證如盡在智外此約相入門又佛智即一切一切即佛智相即門也上二約理事無碍後一約事事無碍全約如理舉一全收即第二如智一味同真體義也言更有文云下亦廻向品文彼疏云一約離相能證相離不能證於佛境所證體空故無少法與能證智同止冥契無二故故楞伽云遠離覺所覺二約體融佛即法界不應以法界更證法界故文殊問經云若以法界證

法界則是諍競如智一體如外無少智爲能證智外無少如爲所證故無可同止影公中論疏云法性不並真賢聖無異道即斯意也言如斯斷證下總結揀也縁境之義亦應結揀但言畧爾又但能如前縁境即能如前斷惑若能如前斷惑即能如斯證理上之三義鼎之三足不可缺也○鈔世出世智者有漏始覺地前名世間智無漏始覺地上名出世智又根本智名出世智契真體故後得智名世智達俗諦故已上根後二智單就始覺說也○鈔始謂始覺下雙就本始說本覺即上如來藏始覺即上二智有以始覺爲世智本覺爲出世智者非也本覺即所證故言始覺脩生義同無常者據其修生義邊且許同於無常其實豈是無常耶故次云今以始同本等如鏡

新明合舊明豈有能所合之二體此中即義亦無能所但義分之遮彼異解故復言即○鈔恐人謂言下遮法相釋也以彼宗立三常義莊嚴論云常有三種一本性常(即凝然常)謂自性身本来常住故二不斷常謂受用身恒受法樂無間斷故三相續常謂變化身沒已復現化無盡故今遮之也○鈔淨名經弟子品云佛身無爲不墮諸數者彼疏云有爲之身四相所遷數也兜率偈疏云數有二種一數量二色心有爲皆名爲數佛身無生離生滅相常也言以訶阿難者以阿難晨朝持鉢於婆羅門下立維摩問其故荅曰世尊身有小疾當用牛乳故来至此時維摩詰言止止莫作是語如来身者金剛之體當有何疾轉輪聖王以少福故尚得無病豈况如来無量福會如来身者即是法身非思欲身佛身無漏諸漏已盡佛身無爲不墮諸數如此之身當有何疾默往阿難勿謗如来莫使異人聞此麁言等天台云無病言病增謗也德圓言減損謗也佛身無生應物現生有身則有病小乘執實故言謗也大乘知應故非謗也豈復離此現疾別有不謗法身哉○鈔若體外有智下體謂法身真體智謂自報實智○鈔涅槃第二下彼疏云初勸愚人一切莫說良以愚人心未見法言多謬失是故勸其一切莫說次教莫著唯當自責我今愚癡勸捨解心如来正法不可思議教生信心是故下結勸莫說是如来身不可思議故不應定說有爲無爲若正見下勸智者定說無爲以理正勸何以故下先問後荅由說無爲令人正解起

修趣向名生善法佛身無爲而無不爲雖現身雲而不墮諸數即無爲義爲遮是有爲云定無爲無爲之義甚深（若見無爲是可得者中間相分亦是有爲）如斯果德堪趣向故名生善法不說有爲令人捨謗不墮三惡名生憐愍言如彼女人者以前經有喻云譬如貧女無有居家救護之者加復病苦飢渴所逼遊行乞丐止他客舍寄生一子是客主驅逐令去其產未久携抱是兒欲至他國於其中路遇惡風雨寒苦並至多爲蚤虱蜂螫毒蟲之所唼食經於恒河抱兒而渡其水漂溺而不放捨於是母子遂共俱沒如是女人慈念功德命終之後生於梵天即接今所引善男子欲護正法等文也今此以法合於喻也先舉喻善男子下合言以說如來下法說如彼下喻明何以下顯護法相如是之人下得果自然前經云慈念功德命終之後生於梵天（以慈悲喜捨名四梵行此當慈故）本無求梵天之心名曰自然又心地觀經說是女人以慈善根力故生色究竟作大梵王當知慈心功德廣大應善修學言乃至云者中間經云文殊師利如人遠行中路疲極寄止他舍卧寐之中其室忽然大火卒起即時驚寤尋計思惟我於今者定死無疑具慚愧故以衣纏身即便命終生忉利天從是已後滿八十返作大梵王滿百千世生於人中爲轉輪王是人不復生三惡趣展轉常生安樂之處以是緣故文殊師利若善男子有慚愧者不應觀佛同於諸行文殊師利外道邪見下與鈔引同彼疏云此教勸文有三對一邪正對（有慚愧者是正外道是邪故）二持犯對（持戒比丘下是持若言如來乃）

至死入地獄如人自處於巳舍宅犯也三止言對如来真實是無爲不應言是有爲也經次後云汝從今日於生死中應捨無知求於正智當知如来即是無爲疏云結勸令捨邪心鈔諸經皆有下無上依經云若計諸行無常是名斷見若計涅槃常住是名常見勝鬘經云見諸行無常是斷見非正見涅槃常是常見等言餘義至下當明者常無常義具足兩重四句至下自明○鈔但諸經中一向辯真性處者此賢首清涼正立唯此義爾所以異天台等師而圓覺疏鈔多明不落三時五時指圓覺等二十餘部經爲頓教此約化儀目化法乃圭山之意學者不可不審○鈔亦無八識下則無如始教所說謂八識自性謂自證分尚無差別況心所變現相分等豈當有耶相應分位固不在言○鈔心生下起信論文也彼疏云真心隨緣故生妄境亦生若無明滅境界隨滅諸識分別皆滅無餘故云心滅則種種法滅此即無如終教所說真妄和合八識及諸境界差別之相也○鈔故起信論下彼疏云如依病眼妄說空花若離下應疑云何以得知因妄念生釋云以諸聖人離妄念故既無此境即驗此境定從妄生又若此境非妄所作定實有者聖人不見應是迷倒凡夫既見應是覺悟如不見空花誰是病眼是故下結真離妄是所執本空故真心不動故由一切諸法皆即真如非音聲之所說非如文句之所詮言語路絕表非聞慧境也非意言分別故心行處滅非思慧境畢竟下非修慧境體遍染淨而恒無二所以得無二者以在緣時始終不改變所以在有爲中得

不變異者以不同有爲可破壞故此則在染不破治道不壞唯是一心結歸法體唯正智相應故上来離言說下離僞名真畢竟下離異相名如故云故名真如也言以一切言說下明言教非實不可如言取也言但隨下釋成無實所以上云離名字相何故復立此真如名釋曰假無實也

華嚴會本懸談會玄記卷第二十六

音釋

嶮虛儉切ㄧ巇也　膠音交　漆音七　析音昔分也

祛去居切袪卻　抑扵陟切損也按也　丐音蓋

囊音廂ㄧ水也　蚤音早　虱音瑟　螫施隻切蟲行毒也

華嚴會本懸談會玄記卷第二十七

蒼山再光寺比丘　普瑞　集

○鈔次文即云下彼疏云良以名依相立但是徧計所緣故楞伽云相名常相隨而生諸妄想故名相雙遣言說之極下約名釋疑疑云若假立名何故不立餘名而立真如名耶釋云真如者言說之極此後更無有名故攝論謂真如爲究竟名故云言說之極立此極名爲遣於名如以聲止聲若無此名無以遣名若存此名亦不成遣名如能止之聲不歇何名能止耶故云因言遣言此真如體下迴向鈔云今謂此即非安立真如若安立說遣妄曰真顯理爲如同唯識意今正拂此二無法非真何妄可遣則真非真矣無法不如何理可顯故如非如矣此則無遣無立爲非安立真如也唯就遮詮頓彰真理此上明一切法界分義名界皆即真如故云唯是絕言今結云皆是絕言者皆字(疏中是唯字也)即前疏中一切法界字此約義結也○鈔界是性義以一切法性皆離言者此更不待遣之方始絕言以一切法本性離言故又前但總云一切法此別開四法界名無得物下事法界絕言也如色心等名無得彼物體之功能色心等物無當在名言下爲所召實(下鈔云如人雖聞名竟不識面名火不燒口說食不飽等)故事法界本性絕言理本無言故理法界絕言也事理交徹下理事無礙法界絕言也理既徹事何言理耶事既徹理何名事耶故知理事圓融本性絕言事事相即下事事無礙法界絕言也一既即多不可名一多既即一不可名多故知事事無礙本性

絶言問此事事無礙既是圓教所詮法門何爲頓中說之荅教義云於三乘中始終頓三教爲三乘以此智爲三乘人所得故意明未爲不共但同教意也亦有說因陁羅微細等如淨名不思議解脫納須彌於芥子等也而主伴不具等此一乘乘於三乘引攝成根欲性令入別教一乘故今此但取絶言之義不明自餘深玄也言名名不盡等者重釋前三法界絶言以第四法界不思議義顯不更重釋也言名名不盡若且如一色或名所緣所造所變所生所樂所厭所依所招所迷所悟若別對漏無漏心心所或名所受所想等隨意立名名不可盡若以一名目之爲是餘應悉非故事法界離名言也餘二可知○鈔謂迷真如下由迷妄之心迷如如性以成能詮名所詮相此謂所緣妄境即前迷心名爲妄想還緣此妄境覺智悟名相無體本即如如此爲真境即翻前妄想便稱正智則無名相之妄境及其妄想唯如境智心智心因如境方立則智體亦空如境假智心方明本來寂滅相待無性故名空矣問疏云五法三自性俱空今鈔何不釋三自性空義耶荅由義異故疏別言之以體同五法故鈔更不釋也言三自性者即遍計等三性也即三無性義故云俱空即相無自性性生無自性性勝義無自性性也今言體同五法者四卷楞伽第四云名相是妄想自性妄想生心心法名緣起自性正智如如不可壞名成自性又前三性相即中引密嚴經云名爲遍計性相是依他起名相二俱遣是爲第一義即圓成實也前楞伽意名義相屬爲遍計今密嚴意約所遍計爲依他也

皆開之則成五法如前已明合之名爲三性如今所用五法既空三性何有○鈔況八識約事等者舉勝況劣也如智二法是理尚乃空寂况八識之事耶問前云亦無八識差別之相今何重遣耶荅以八識是自性唯識學法之者其相難忘故重遣拂既許四緣辨生爲何緣生若一一能生何故唯生一法若各不能生果云何有若和合能生當知無性故廣百論云如人執燈入暗求暗性相世俗諸法衆緣所成不任思求求即散滅相應所變分位等法准此知之○鈔因有我法下謂因有妄執人我法教說二種無我我是當情顯現於理推之尚不可得無我但是空詮豈可得耶此中五法與三自性八識二無我皆楞伽密嚴等文問何不說餘法而說五法等荅

楞伽云五法乃至二無我一切佛法悉入其中今皆遣拂也○鈔以心傳心下即達磨祖師之言但以契之義名爲傳玄出文外云不在文字也此因可和尚諮問此法何有文字教典習學達磨荅云我法以心傳心不立文字故也○鈔成上訶教者教說本令理達而因聞教迺着言生解故訶執教也○鈔法雖無量不出色心者如五蘊攝百法一蘊是色四蘊是心也○鈔凡是有相下金剛經意也泯心下以相待意明是心皆泯心境兩二下雙拂言心無心相者即二祖求安心達磨曰將心來與汝安於是推求竟不可得曰心無心相曰即是安心也故說生心下合歸跡文言生心下覆跡上義非但生於不出離心唯正念之餘故云餘心也縱生下拂其細念有

所得故○鈔故下經云下須彌偈讚品文也疏鈔云一事無生緣生之相即無生故二圓成無生實本不生故遍計亦無生既本無生故亦無滅諸法如即是佛如無生滅佛體本常觀稱於如則佛常現如自性不生解法契之名爲如法心如其法不生則了了常知而無分別了解行相非謂空秪解於不生之義耳○鈔爲迷衆生乃至無佛無衆生明疏中無佛義也執佛言無佛下明疏中無不佛義也又只諾下別是一義顯無不佛前顯遣無若執無佛即有少法可得故云無不佛乃以無不佛爲能遣非取無不佛也今云無佛爲真佛即諾上無佛便爲真佛故云無不佛也○鈔性空即是佛下證後義也亦須彌偈讚品文疏云心真性佛故止絕思求故造心皆

妄絕念方真念本無自斯絕亦滅○鈔若有生心下明疏中無生佛尚不有下明疏無不生亦有二義初執無生爲是故以無不生遣之又一切法下二約表義法既不生則般若真生故云無不生也言生與不生反覆相遣者以般若真生遣一向無生以法無生遣妄心生言反覆相成者以般若真生顯法無生以法無生顯般若真生故○鈔唯亡言下乃什公悟玄叙文也具云夫玄道不可以設功得聖智不可以有心知真諦不可存我會至功不可以營事爲唯亡言者可與道合（同今所引）雖云道合無心於合合者合焉雖云聖同不求於同同者同焉於無心於合即無合無散不求於同即無同無異超非於百非之外非所不能非焉忘是於萬是之內是所不能是

焉非所不能非則無非矣是所不能是則無是矣無異無同故怨親無二無是無非故毀譽常一夫然則幾於道矣問明鈔釋云亡言者捨筌蹄也道者虛通玄道雖云道合無心於合合者合焉虛懷者離取着也理揀於事冥心者不已見也真揀於俗遣智者泯能證也聖揀於凡雖云同聖不求於同同者同焉怨親無二毀譽常一夫然則幾於道道理真聖大同小異然上三即法後一約人又禪經序云遇非其人則幽關莫闢得意亡言則中途授與故云唯亡言者可與合道等○鈔然淨名第二等者彼疏問云亦有餘數云何獨說不二荅夫衆患者有待攸生故總云二凢率倡讚疏云乃至百千亦名爲二以皆相待故今乃以不二之此法可執所由稱門悟達

云入維摩問衆菩薩曰云何入不二法門法自在菩薩曰生滅爲二法本不生今則不滅得此無生法忍是爲入不二法門如是三十二菩薩所說不二之理大同皆說巳竟俱問文殊文殊下荅也彼疏鈔云明真體離言故不可說無物曉示故不可識是以離諸問荅言默然下一顯語默平等二恐執言是而默非故歎曰善𢦏下肇公云默領者文殊其人也爲衆待言所以稱善生公云言跡盡於無言故歎其爲真也○鈔然此經意下直就所顯宗同前後共顯不二中道玄旨言若辯優劣者明迹有淺深一諸菩薩以言顯實相法二文殊言既能遣言斯之爲言言之至也三維摩無言顯理肇公曰有言於無言（文殊未言也）若無言於無言所以默然四文殊以言印可

彼默故又明能讚之言即所讚無言以稱無言為善豈自言存耶乃是言皆無非要一向離言恒默也若欲合者下除三十二菩薩故言但為一義者明異跡同歸故初文殊以言顯無言令因言契實次淨名以無言印文殊所顯無言後文殊以讚言印可淨名所印無言初一所顯後二所印豈有異耶斯則聖人悲深接物善巧但可蕭然無寄理自玄會言後二大士下淨名可爾文殊雖言猶如打靜止聲聲既止已靜豈打之故雖言亦名無言本不在此言故言若無諸菩薩下反顯相成若無以言遣二空有絶言深理何由以顯此亦三十二菩薩於理之要故不除之故東坡有讚畧云我觀三十二菩薩各以意談不二門而維摩詰寂無言三十二義一時隨我觀此義亦不墮維摩初不離是說譬如油蠟所成燭不以火照終不明忽見默然無語處三十二說皆光焰正同此義也言言與無言雙亡者以相待故皆無自立本來平等故云皆真入不二故言雖三節者從最初三重說故除後文殊讚也文雖三節至理唯一今取最後淨名默住為頓教義理極顯故○疏五圓教唯是無盡法界此句總標次二句畧出因由初句約性後句約緣即法性融通門緣起相由門意也相即下畧提宗法即十玄門五門可以意得十十下總結餘義義分下指廣可知○鈔十十法門下總指經文十數十身乃至十通即經所明十也十種玄門下即疏所立十也以順教理表義無盡圓而復妙彰異餘宗顯別教故言多皆十句者不必定爾

故云多也但取表故一一更以六相圓融詮說至此方顯圓教問法相宗中說以昔諸師立教皆無聖言可憑故不依之深密三時文明理正今判爲五教依何聖典若無教可憑還似昔人如其有教何者是耶荅向來一一引教證成何以言無問散說之教可有總依一典是何荅彼立唯識一宗尚引六本大乘經十一部大乘論況今判一代聖言豈一經一論而能盡又彼亦立頓漸二教復依別文故知採集衆典理彌宏遠○疏總相會通等者探玄記并一乘教義皆正立教中云然此五教有開有合亦有五重等與今疏同清涼巧用賢首之義復頗改易會古諸師所立令不相違是知五教亦不定五言亦會取諸說者但會前順不會上違只由此會故知諸師各窺一班今立五教方得全豹也言或總爲一下廣疏鈔云圓教攝於前四一一同圓如海中百川滴滴皆具十德及百川味不同江河雖千萬里終無海之一德則唯是如來一大善巧一音演說○疏或開爲二中探玄記唯一義今疏三義而第三用探玄而復改易故探玄但云或開爲二謂一乘三乘前諸教中雖有存三泯二不同然皆通三乘趣入故名三乘教後一直顯本法不通二乘唯是一乘即智論中說共教不共教此亦同上印公等立二教也評曰探玄三一則前四皆三乘後一唯一乘今疏若第二義立三一則約對權顯實前二是三乘後三是一乘今第三義方同探玄然不曰三一乃謂平道屈曲爾故彼疏云然皆通三乘趣入故名三乘教此改

云而對三顯一曲巧順機意三四二教雖泯二異前而非三乘然曲巧對三顯一非是直顯本法故同屈曲也而探玄意云通三乘趣入之一乘既通三入非是直顯本法雖云泯二然通三乘故前四皆三乘教也後一唯一乘故配印公二教也故此科兼下二科以乘就教義多改易故上疏云今先用之後總相會通有不安者頗爲易改正指此等也○鈔雖則泯二等者無聲聞緣覺之二乘以皆有佛性咸歸一乘故言同前二教者以終頓之一乘同前小始俱爲屈曲皆對根曲巧說故○疏三或分爲三等者此科亦用探玄仍有改易故彼文云三分爲三謂小乘三乘一乘智論既將此經爲不與二乘共故名不共即是一乘大品等通爲三乘同觀得益故名爲共即是三乘義准此四阿含經既不共菩薩亦名不共即是小乘餘會梁論等同此疏評曰今疏明言次一三乘後三一乘或於中後一是不共一乘則顯三四亦破異一乘也而探玄記既以此經爲不共即是一乘故知唯後一教是一乘中間三教爲三乘此同教章顯法本末上開一乘下開愚法也故今疏以乘就教已改探玄也又以今文驗知會梁論妙智經部異記亦以乘就教文同意異也宜審詳之○鈔即三乘中小乘者如臨門三車引諸子得出即愚法二乘得出則共得此三車故云爾也言後三是一乘者疏有二意一通是一乘今取通意故云後三是一乘也言前會三乘一乘巳引者有本云二乘一乘悞也又疏云部異執疏前云部異執記是知即部異執論

疏第二卷說也○疏四或分爲四等者探玄云或分爲四此有二義一於上共教中約存三泯二開二教故爲四云云評曰今疏但改於上共教中約在三等云中間三教存三等也所以改者亦由以乘就教與探玄不同故彼分三中以中間三乘爲共教三乘前未開三四二教亦是一乘此方就上共教三乘中存三泯二别以深密等存三爲同教三乘法華等泯二爲同教一乘故知探玄唯此一科以三四二教爲一乘也若教章直以中間三教爲一三乘教及分四教但有小漸頓圓無此義也所以無者以教章正以深密後二時爲始終二教至探玄方自改深密後二時皆始教故探玄方有同教三乘約深密也今疏不云共教而改云中間三教者由前以三四二教是一乘不同探玄於三乘中開出不可云共也却以三四二教與始教爲中間三教也於此約存三泯二分三一也言同教三乘者取三乘同得之義故第二第三皆名同教同教三乘得三乘果同教一乘三乘人皆得一乘果問同教一乘許二乘迴心皆入一乘故名同教别教一乘豈不許二乘人迴心得入别教一乘耶既許得入亦應名同答雖許得入欲顯不共乃稱别教故聲聞在會如聾如盲又顯勝云别若爾别教小乘亦應有顯勝義答彼唯小故云别則名同義異也○疏二約歷位下探玄教義皆同教引楞伽云如菴摩勒果漸熟非頓如鏡中像頓現非漸依此立名也○鈔始終二教皆悉歷位者教義云始終二教所有解行並在言說階位次第因

果相乘從微至著通名爲漸○鈔前立教中者即上分四教中以法華爲一乘同教等字等取深密爲三乘同教阿含爲别教小乘也通意可知言容有多教者容許有多不必定多○鈔上來開合下一段鈔文科分爲三

- 初結前生後（上來）
- 二立教分宗二
  - 初立教二
    - 初泛分二教三
      - 初正立（若欲）
      - 二引據（故法）
      - 三指同（亦即）
    - 後勸二門釋二
      - 初總叙二門二
        - 初對小顯大（然諸）
        - 二對權顯實（若對）
      - 後逆釋二門二
        - 初對權顯實二
          - 初方便教（則於又小）
          - 二真實教（就真大乘）
        - 後對小顯大
  - 二分宗（若就）
- 三謙讚從古（故如）

○鈔上來開合偏收理無不盡者結前賢首所立或開或合會昔諸師開合理盡依此亦可下生清凉新明立教之大意也○鈔然諸經中下以前況指二教同於半滿或隨自他意或三乘一乘無定所屬今勒定爲二門釋也○鈔行布即始終之教者此有二釋一云由始教望小乘爲大乘屬方便中收若望圓融與終教同是行布亦屬真實中攝亦如半滿意也即一乘真實中兼大乘真實義也二云始字誤書即終頓二教也即一乘真實義故貞元疏亦云實教頓教並皆不融爲同教一乘圓教圓融具德名别教一乘故二教皆行布也問終教可爾頓教何名行布荅一理不融故亦行布也准此則對權顯實中開二爲四者列名者一小乘教二大乘教三行布教四圓融教○鈔大乘之中有多差别者開大乘爲七例也一直顯一乘者不對昔權故二開權顯實者開除方便顯真實故三會權歸實者會昔有餘歸一實故四斥權讚實者斥小權施讚大實故五權實雙明者法實乘

權二義齊立六帶權說實者本欲明實以根猶劣仍帶權說七帶實明權者以是三乘權教垂實中漸引攝故然五六七皆般若者以不同法華等開會以明一實而般若既未破會故致權實體例有三雖有三例皆具權實故言勝鬘小似法華者彼經云若如來隨彼所欲而方便說開權也即是一乘無有二乘顯實也又云決定了義入一乘道以開權顯實故云似法花也而不明說十方國土唯有一乘無二無三等故唯小似也言央崛經小似涅槃者彼經偈云一切衆生命皆由飲食住則是聲聞乘斯非摩訶衍離食常堅固云何名爲一謂一切衆生皆是如來藏畢竟恒安住乃至云是故說一乘唯一究竟乘餘悉是方便釋曰總有三十九頌具十一門一飲食門二衆生門三名色四三受五四諦六五根七六入八七覺分九八聖道十九部經十一十種力門門之内皆先明聲聞之權後會入一乘之實最後結云唯一究竟乘餘悉是方便然猶未顯說一切衆生皆有佛性凡所有心定當作佛故但云小似也言於上七中下謂上已略指自餘諸經等或有全似或小似等上之七類者各以偏增類例攝之成異也上來約對小顯大中開成八教小一大七列名可知○鈔若就大乘下上約所詮立教此從所尚分宗即用起信疏五宗義也彼云一隨相法執宗二真空無相宗三唯識法相宗四如來藏緣起宗五圓融具德宗今唯後四宗及空相二空遷其次耳問何不列第一隨相法執宗耶荅是小乘諸部故前鈔亦云小乘

居然易别故不列也唯就大乘分後四宗耳〇鈔如来聖教下聖人垂教理趣深遠廣無邊涯雖如此分判不可局執爲是即疏主讚從古判也〇疏第二化儀前後者然上總標云後會化儀前後貞元疏云或謂初成說小或初說大後方漸次或初有次空後中等異解不同故今會通一代時教且畧啓十門〇疏本末同時者教義說别教一乘爲諸教本末謂三乘小乘從本所流故又大乘爲本小乘爲末此但義言本末非先本後末等〇疏初度陳如等者大智度論二十六說佛語諸比丘乃往過去無量阿僧祇刼有大林樹多諸禽獸野火来燒二邊俱起唯有一邊而隔一水衆獸窮逼逃命無地我爾時爲大身多力鹿以前脚跨一岸以後脚距一岸令衆獸蹈脊上而度皮肉盡壞以慈愍力忍之至死窮後一兎来氣力已竭自强努力忍令得過過已脊折墮水而死如是有久非但今也前得渡者今諸弟子最後一兎須䟦陀羅是也言如密跡經等者探玄具云如密跡力士經佛初鹿苑說法之時無量衆生得阿羅漢果無量衆生成辟支佛道無量衆生發菩提心住初地等乃至廣說大品亦同此說以此義故後時亦具說三乘以諸大乘經於中雖有權實不同皆具三乘言其中不通小乘者問圓教語廣尚說無量乘豈獨無小乘耶荅此但無局執之小乘故經云但破彼執不破彼乘融通之者誰遮無量言更無異說者顯深一乘廣無量乘圓融無礙是此所說更無局執之異說也〇疏此有五類等者問人有

五類法有幾種荅十地品云又知衆生正定邪定不定相等五種三聚十地論中倫釋下疏鈔云一三乘聖人定有性即正定聚外凡及定無性一期久遠非究竟無即邪定聚內凡不定聚二正見即無癡也定起善名正定聚邪見定起不善名邪定聚涅槃經説邪見定起惡業無貪無嗔不定起善無正慧決擇又不撥無因果率之則清昇任之則鄙替故曰不定下言不定准此知之三五逆招惡道邪定信等五根招善道正定非此二名不定四翻八正名八邪外道邪位定聲聞正性離生正位定暖頂忍名不定五姤惱惡行不轉邪定相修無上聖道正定相離此二不定相今疏中四爲善根衆生義當前正見定起善及信等五根定招善道并修無上聖道名正定聚故出現品云決定善

根衆生能被之法通於五乘今疏中爲邪定者無種性名邪定能被之法即人天乘或通前五種邪定能被之法亦通五乘故其不定聚通五乘法被從在正定邪定故不言之是以日照高山喻中經云乃至邪定即超此不定聚也若爾何故出現鈔云會權歸實先棄人天非出離故如平地落照耶荅此且約顯相故作是説豈邪定聚人但堪聞人天之法耶自淺之深且配人天乘法亦非尅定言如出現品日照高山喻者如前爲教本第二鈔中已釋言三千初成喻者經云譬如三千大千世界初成時先成色界諸天宮殿次成欲界諸天宮殿次成人天及餘衆生諸所住處如來出現亦復如是先起菩薩諸行智慧次起緣覺諸行智慧次起聲聞諸行智慧次起

其餘衆生有爲善根諸行智慧此明佛在世時以大乘爲本小乘爲末言十八及本二下即文殊問經也明佛滅後二十部亦以大乘爲本也又於自小乘中大衆上座二部却爲本餘十八爲末也○鈔故攝末歸本等者因述所揀乘文便解次段疏文言如四大聲聞者即須菩提迦旃延迦葉目連也此人初從在佛會隨佛至法華方悟入故故云備歷小大二者先稟小等者以先受小法此世未廻心入大故若爾豈不濫本末同時中始終俱小耶故鈔荅云而聞後時說大等若始終俱小者不聞後時說大也貞元疏云由此類故如來滅後學小乘者不信大乘謂佛一代時唯說小故今非其類也後稟受大乘人此世中未必從小乘來以有今世頓悟入大乘根

故問豈不濫前始終俱大義耶鈔荅可知○疏依無量義等者經云初說四諦爲求聲聞人八億諸天來下聽法發菩提心今正取爲聲聞人也中爲處處演說甚深十二因緣爲求辟支佛人即疏中次說中乘也無量衆生發菩提心此頓悟入中稟大也或住聲聞乘此後時聞中乘聲聞性定者次說方等十二部經摩訶般若華嚴海空宣說菩薩歷劫修行即疏後時說大也而百千比丘無量衆生發菩提心此通二類若歷中小大即是初類若今頓悟大乘即次類也或住聲聞萬億人天得須陀洹乃至辟支佛因緣法中此即未必後時稟大以小性定故一類也言深密妙智雖復二時三一不同者謂深密第二時說一乘第二時說三乘妙智第二時說三乘第三時說一乘而皆第一時說小後二時說大於中有小乘爲末大乘爲本有小乘及三乘爲末一乘爲

本也探玄揀云此即無量義經合大開小深密等合小開大謂爲於大乘開於權實然於先小後大義則同也○鈔五衆之生滅者彼疏云般遮塞建陀此云五蘊具十一種義積聚義故名蘊彼少引對法云過去已滅色二不来未至色三現在生未滅色四云五根色五外五塵色六塵有對色七如無對色八劣不可意色九勝可意色十近可見處色十一遠不可見處色色之蘊盡有此十一種色此十一雖不可總聚其體以俱是色故若名若義畧爲一聚故名色蘊受想等蘊類此可知今名爲衆衆是聚義依五蘊法以辯四諦今說捨權就實難解之法言少能信權實相違法深與故則以一乘爲本小乘爲末可知○鈔所以此中等者問前標列十門何以纔釋四門已竟乃總結之荅以前四門義已畧周蔵和尚立但有前四者即探玄記說今叙亦有改易下之六門者即收教義等異說前四門之外更有別

義明十以顯玄奥亦不但此十爲盡又前疏科云會化儀前後此且會諸教所說及諸師立化儀如依本起末等會前吉蔵故前疏云此判全約化儀及光統頓漸劉公頓漸印公曲平等不但如斯更傍收異義如下具明○疏或從小次入三乘後入一乘者此如梁論如來成立正法中說此與攝末歸本門別者彼約先小後大通相而言今約機不定小三一乘次第而入也言亦有從小直入一乘者據賢首五爲中轉爲要從小轉爲共教菩薩方入一乘無從小直入一乘故下疏主改爲權爲令小乘下見聞種直入一乘未必皆從三直入一乘也言隨聞一句異解不同者如前一無常爲耶多種解者是也○疏若異聞等者根解萬差互有多知少知全知望知者

爲不定互不知者有少不知多不知全不知等望不知爲秘密顯密亦得同時○鈔天台八教等者其頓漸二儀如第四門初根聞頓後根從淺至深○疏七上來諸門一時頓演者問如初門始末常定次門異時常定等如何一時頓演荅多刧尚不乖剎那如前所說豈可碍耶以一念即多刧故不妨始終一化及異時常定多刧即一念故一時頓演問前本末同時門中始終一乘已攝九世該前後等此一時頓演門如何攝耶荅彼攝九世等義皆此一時頓演○鈔淨名第一等者肇公云無說豈曰不言謂無其所說亦無所詮示法終日說示而未曾說示無聞豈曰不聞謂能無其所聞亦無所得之法故終日聞而未嘗聞終日契法而未嘗得法○鈔知諸語言皆謂是邪者或唯攻言說或執言不捨皆失正道非邪而何○鈔故第三云下即四卷楞伽第三也如世尊所說下大慧菩薩牒先說言不說是爲佛說者不即無也言無說是佛說也大慧白佛下徵其因由佛告大慧下爲彼開釋言緣自得法者緣即緣由義也此字貫二句謂緣自得法緣本住法也謂因此二法故不說是佛說也言自得法者謂如來自所獲得離言念之法性即是證道佛佛證道背等離言說垢顯實德故止觀云緣自得法是證真諦性也言無增無減者法身體同故言離言說妄想者不思議也離文字者離假名也離二趣離說所說想所想名所名等二也言云何本住法下本住法即諸法自性本自無說不礙聖說雖不違法本自性即是教

道言古聖道者即古聖所行教道謂一切聖人皆從諸法自性本自無説教之道也如金銀等性者喻教道恒常住世今古無差若佛出世若不出世教道常住故言如趣下更以喻顯雙喻前二也城喻自得證道法道喻本住教道法喻則從道向城法則依教悟理○鈔有云下通明無色聲所以上唯辯無説所以爾言十卷楞伽下以隨文字法證上過患之色聲不隨文字法證上無過患之色聲也佛既不説隨文字法受法者執着文字豈聞深法耶言是妄語者以所説不真正故○鈔三傳古下但傳述古佛之教故有説非於古佛所説法門之外更有新説故不説○鈔然即以此爲他爲自下上爲自去聲呼之因也將也下爲字平聲呼之是也作也即此無盡

三業以悲願爲因由他衆生感爲緣而有應衆生之無盡三業非是佛正所感之果即此無盡三業便是作自佛之三業故云爲他爲自也下經文下兜率偈文證上悲願所成也○鈔五本質影像者謂佛平等三業爲本質差別色聲爲影像即此本質與影像爲增上緣衆生善感爲親因而有差別影像得起言無彼差別者即佛無彼衆生心上所現差別影像色生故説非有即不説法也佛果大悲大智而能與衆生差別見聞爲增上緣故云因質言有影者令彼所化根熟衆生心中現佛色聲説法是故聖教唯是衆生心中影像問准教體中此名唯影無本何故言因質有影耶荅此言質者不同法相妙觀察智相應淨識之所影現名本質教今以佛果大悲大

智爲衆生所託義名爲質故次鈔云本質無者順自所證故其影像若屬衆生是衆生境界若望於佛託佛爲質方能得起是佛即體之用故次鈔云影像有者順古聖人即體用故既通兩向不同前影像但屬衆生○鈔所以疏不引下難云既有五義疏何不說荅以不出楞伽二因故言宗通下雙證上緣自得法及本住二因也不出此二下總結也問既不出二因疏何不說二因荅但引不說經文即知有向來不說之義若爾鈔何故廣說荅小有異相故今叙之問上言無說豈一向無說耶荅上雖解說默然因由皆兼帶有說旨意也思益下引證兼有說也斯皆下總釋經意貞元疏云約心智正說法時即常無說以佛無心當此說故由此六義彼立六義前五同刊定第六即此約心智也故說如來不說一字不說即真實說也如來教門示人無諍法消者成甘露不消成毒藥等○疏九此上諸門等者前八門但明一代興化爲門今盡通三際皆然○疏十上之九門下以一念中攝重重無盡時中重重無盡化儀一念既爾念念皆然一塵中攝重重無盡處重重無盡化儀一塵既爾塵塵亦然又以時中具處處中具時等則玄之又玄矣言融取前八下貞元疏云若離前無可重重故

華嚴會本懸談會玄記卷第二十七

音釋

緬彌善切微緜也又思也還也輕也　茛古恨切草也又居万切

華嚴會本懸談會玄記卷第二十八

蒼山再光寺比丘　普瑞　集

○疏未知圓義等者問既云圓義豈有分齊既云分齊豈得稱圓答下說四門皆隨其一門攝義無遺故各立十門以顯無盡乃至一塵何所不具故回向品云得解義趣無盡藏善知諸法理趣分齊等○鈔謂前教攝中不別明攝等者通妨也妨云如前藏攝先明藏後明攝其教攝中唯明教不別明攝何故今疏云已知此經總屬圓教故此答也然唯約彼五教攝於此經若約此經攝彼五教者則此經總攝五教以能包含無量乘故故此疏云乃至人天總無不包如前藏攝中疏云若約此攝彼乃至聲聞亦此經攝此能包含無量乘故○疏然此教海等者教海之言二說有異若決擇玄鏡等記即指上圓教也以上徵圓義此牒釋圓義故若寂照等則指此經爲教海也謂此部經教所詮法門如海宏廣深玄故云包含無外若此指圓教者何以鈔釋其義云即下四門之二等以四門是此經之分齊故前文雖徵圓義亦徵此經之分齊故思之言橫收者約深廣以分橫竪也言五教者總相而言也○鈔初二句總標下一節鈔文釋九句法說之疏口

科分三」

- 初二句總標深廣二（初）
- 次五句別釋深廣二
  - 初二句釋深二
    - 初標牒（空色）
    - 二正釋二
      - 初句具法喻明深二
        - 初標具法喻（然言）
        - 二喻說二
          - 初第一門義（如海總攝）
  - 後三句釋廣（疏語）
- 後二句雙結深廣（無總）

「後句別約甫明深德用　「後別釋法喻二」「後法說二」「後第三門義空徹理事

鈔然上二句言含法喻者二字誤書應是一字言含法喻者此叚大意雖是法說然於此句言含法喻也以前標中言教海故○鈔如海等者此喻諸說不同若決擇及寂照記連天一色者色即海色空即天空下海上天相連一色一際難分取疏中空色二字喻第二門攝歸真實若集玄記色即天色空即海空相連一色爲喻可知若會解記雙取上二色則雙取天色海色謂海中所現天之青色與天上青色上下相映混同一色非唯約海色亦非唯取天色而空字亦雙取海中空淨與天色空淨同一虛明故云一色也非正目海空亦非但約天空等爲喻同前○鈔空徹海底者喻理不碍事海映空天者喻事不碍理即疏中全取一句喻第三門理事無碍○鈔德用重重下問上已標二句釋深今又標即唯明深豈非重耶荅此揀別前句故言唯也迺有二意一前句兼喻顯之此深唯就法說二前深兼通同教此唯就別教也通德相業用二種十玄等故問下語深一乘中立四門何故釋深但說後三門不言所依體事耶荅理實圓教事法界亦極深玄但於常情深義不顯故畧不言又初門是法後三是義義依法立明法不離義故畧不言故玄鏡云法界之相要唯有三而總具四種其事法界歷別難陳一一事皆可成觀故畧不明總爲三觀所依體事隨一一事皆爲三觀之所依止此釋法界觀意已兼縱奪之義○鈔釋上廣也等者即此一部經中全收五教之義問本以義分教不約部

帙而判今此経既有五教之義合分為五教中攝何故只在圓教中收荅以此経所說五教義與餘経中五教義為本而皆混融無碍故總屬圓教言如二地下指経說處経說十善戒法人天心受持名人天乘戒聲聞緣覺菩薩如來唯上言之但是一戒隨心成五今唯取人天也等字等取初地明施復顯人王即是人乘二地十善十善是欲天乘三地八禪是色無色天乘明其最劣故疏云乃至人天總無不包問人乘天乘五教何收若小乘中攝既言全收五教何有人天教耶如其不攝五教何能攝法盡耶荅下宗趣中疏鈔說立教必須斷證階位等殊位等無多故但有五人天乘既無斷證等義故不別立為教以是漸入小乘方便從在小教中收今以世出世法異故於五教外特云乃至人天等也思之○疏其猶下正喻廣義然是即深之廣故異百川也○疏前之四教不攝於圓圓必攝四教問上云教海即指此経今法合中何故合於圓耶荅雖舉圓教亦目此経以此経總屬圓教故○鈔以四教合於百川者問前法說中此経如海全收五教之義為廣則應五教之義合於百川此経合於大海云何不爾荅若然則但能顯如前所說一義今更彰異義故別合之意明此経所詮五教義中有能同前四教義如海內百川之味所同前四教義如海外百川圓教體無不備義無不周故如大海○鈔雖有戒善等者但戒善名同而一一戒具德無盡稱法戒故如持一不殺戒殺等一切惡俱能防慈悲等萬善咸發以事

事無碍故稱十玄無碍觀心行起解絕之時何惡不防何善不發以一防一切防一發一切發等言以彼不能事事無碍故者終教唯說理事無碍頓教唯明言思斯絕之理故彼但不得事事無碍尚不同之況小乘不得始教之二空始教不得終頓之事理無碍等耶言其猶下江喻頓河喻終溝喻小洫喻始溝洫者論語包氏註云深廣四尺曰溝深廣八尺曰洫○鈔約其所通等者通者同也能同同彼所同故又復互通方是能同所同不爾即不名通因緣即十二因緣十如謂一徧行真如徧謂周徧行謂有爲色心等爲初地菩薩達一切法無我證得二空真如此所證真如徧一切行無有一法不是真如者二最勝真如二地菩薩無漏智以離破戒垢染性遮二戒最勝功德皆悉具足故三勝流真如由證此真如故便能流出殊勝教法也四無攝受真如若四地已前有我執故即有繫屬攝受若至四地斷彼我執所證真如非彼所依故五類無別真如若四地中未證此真如未得無相觀見生死涅槃自他情類皆有別異至五地內後得智中已得無相觀觀生死涅槃等類而無差別所證真如從此彰名六無染淨真如依辯中邊論菩薩因證此真如於諸法上得無染淨所證真如從此彰名若唯識論即當體彰名真如隨障不染隨智不淨如王性潔況不能染七法無別真如依唯識說法即能詮教法無別即所詮真如真如不隨能詮教法而有差別故若辯中邊論菩薩證此真如已得妙無相道能達諸教法體差別故立名也八不增不減真如如諸聖人斷諸染法時真如亦不減又諸人脩諸淨法時真如亦不增九智自在所依真如智即能依真如即所依能依之智證此所依真如已便於四無碍解而得自在故爲名也十業自在真如業即菩薩事業謂神通陀羅尼及三摩地并身等三業謂此菩薩隨欲化作種種利樂有情之事皆悉無滯名謂自在也如次配於歡喜地等十地證得○鈔如海有百川之水水義同也者謂海中百川之水與海外百川之水水義同也海中所以有百川水者由百川朝宗于海故也問此

但收自圓教中能同前四教義既不收所同何名全收荅教義說圓教具四教以攝方便故意以圓教中有同前四教義欲引攝前四教根方便令入圓故根既入圓教亦入圓如百川恒入於海依於本法恒流出前四教末法漸化彼根如海恒流出百川恒出恒納何有一滴非海水耶則無有一法而不收也故教迹鈔云如海潛流四天下地有穿鑿者無不得水則皆海水是知無有一法而不具德圓妙若不收所同何以須言水義同也此言成無用故若擇決記唯收能同此釋難依言無其所病下有本云局字亦通無小乘唯證人空理唯行自利行之局病無始教化五性之根說三乘法之局病無終教唯明事理無礙不說德相業用該徹互收之局病無頓教唯明絕待真理之局病如海外之百川不同鹹味不具十德等可知○疏語廣名無量乘者無量乘有二義一約一切法門但有運載義者皆得稱乘故云無量乘二約事事無礙一即無量等故云無量乘經云或有國土說一乘或二或三或四五如是乃至無量乘今約初義此廣義中從一至無量皆具故若語深玄唯顯一乘也問教與乘何別荅一由名義不同二則言教必是能詮言乘乃是所詮但非所詮別義耳○疏一乘有二等者然別教名義諸說義同同教名義總有四說一若教章中謂同教一乘者要一乘三乘和合不異若唯三名三乘教唯一乘即別教具三一名同教也（此約三一具故名同）二若前總相會通分四教中第三名同教一乘者要終頓二教同泯

二故名同教一乘也此約終頓二教泯二是同非只合終頓為同也正約終頓同無二乘故云同教一乘也三此中同教要圓教與終頓二教義類相似故云同也此中圓教同彼終頓故云同教不約終頓亦名同教若云終頓二教名同教者彼有其所病不能同此圓教以此同中必有別義故若約終頓二教自相同者漸頓有異安得是同若約泯一是同自非今義亦不是合終頓為同但約同泯二故同也所以辨此義決擇集玄所同二教亦得稱同教一乘是則江水應同海水現是江水不鹹豈有同義故知海有江水可得稱同江無海水不得同也法中可知又知終頓二乘合為同教頓漸自殊將何合耶此義甚顯宜得悉之四此中全揀前四不攝於圓約別義說若此中全收圓必攝四約同教義說故行願鈔作此指也此約圓教收前四教同成一教故云同也故下鈔亦云若同諸乘約融通說乃至以圓教如海包含無不具故此義亦同教章所詮差別中收前四教為同教也若以前四教是三乘亦是初義以初義具三乘一乘故少異全收以全收必約如海具百川說收少異三一故以法華為同教也然大旨是同故云少異然

上四義收攝同教體勢畧盡有同此類以義收之則無所濫涉矣又餘三義諸祖共有同頓同實清涼新加唯約一乘深義說也又泯二是同目法華等餘三皆華嚴義也○鈔謂終頓二教雖說下若一性一相無二無三此通二教一性即因同一相即果同若理事無礙唯是終教言思斯絕唯是頓教此中雖舉所同意取能同為同教一乘也○疏以別該同皆圓教攝者以華嚴皆是不共之旨於中約義類雖同終頓而能同之教常自具德也問既於一圓教分同別者應成三教耶荅而同別但教揀收二門爾由別教故逈異餘宗由同教故普收一切自在也此約一乘深義且收終頓爾普收如前○鈔如事理無礙必有事事無礙者乃有一類一者圓教中理事無礙必有事事無礙如海內之

江河必有海故二者實教中事理無碍無事事無碍如海外之江河無有海故今當初類不爾豈事理無碍深於事事無碍且如事即理門即是事事無碍者是諸法相即自在門也以十對體事中有理事一對故此即相即故成事事無碍也問何故貞元疏云若理事一對明無碍即事理無碍餘九對明無碍皆事事無碍耶荅且依顯相一義說故不爾相即玄門豈闕理事一對耶問能同終教義可爾能同頓教義如何荅且如頓教中理體絶安立如性雙遣與終教無性理不相碍亦名事事無碍乃至頓理與餘四教理皆有無碍義以五理各別名事故下云理廣狹等文理昭然復何疑也○疏今顯別教下問今顯別教一乘應唯周徧含容那得四門皆別教耶荅有二義一者今云顯別教一乘有四門者初門為十玄體故次欲得前十對體事皆為十玄體者須攝歸真實既皆歸實方於實體顯無碍用故得第四門正顯十玄此則前三門顯別教一乘之由第四一門正顯別教一乘故今標云今顯別教一乘也二者言別必該於同令同皆別如海中論百川皆具鹹味也故結云各有十門以顯無盡○疏教即能詮即五教等者問此名義理分齊何故能詮教在所詮中收荅為門別故亦猶百法論論是能詮一百法是所詮其百法中聲名句文亦是所詮中收彼既得爾此何不然問當教可爾何言五教豈此一經盡詮一代時教荅如前聲名句文豈只局當論則一切聲名句文皆在中收若爾百法論所詮聲名句文則

寛不揀何等聲等故此唯局五教故自餘世俗聲等應非此經所詮此乃收法不盡答彼該通一切但是從種生始教聲等今言五教尚約顯處言之實則無所不收故出現品云一切衆生種種語言皆悉不離如來法輪等況十重教體無所不該故下疏云未有一法而非教體若爾既皆是教何有所詮義耶答此宗以教徹源則無法非教由義深玄則前教皆義今又以經爲門則前教義等皆名所詮於十對中若通達教之一字何所不具耶是謂一言無不畧周殊說更無異盈一字法門海墨書而不盡也問若此盡理何待於餘答若碍於餘何名盡理若一向離此傍求何名稱性法門言理即生空等者問五教之理何故皆名體事答約差別義則無法非事故

貞元疏云雖通於理取差別義又玄鏡云事法名界界即分義無盡差別之分齊故問真理平等何名差別答平等必對差別平等亦差別問頓教之理絶待豈名差別答絶待亦對於對待何非差別故出現品鈔云相待絶待尚是相待等是則以差別爲門無法非差別○鈔十對法等者即前一乘三乘別一性五性別等○鈔具五教理下若總相說但是五種理不收餘法若盡理明且終頓教中理何有一法不是如耶圓教理總融諸法無有障碍何有不收之法但是以理爲門亦不濫餘法鈔事即色心等者亦從顯說但是有爲之法細論如心有五教所明之心等身亦十身在内六道四聖等（聲聞緣覺菩薩如来）則何所不攝也下八對例准可解鈔他心等十智者離世

間品明智章中引華嚴孔目第四云小乘十智苦智集智滅智道智法智比智等智他心智盡智無生智前四智四諦知欲法名法智知色無色法名比智知一切法名等智即有漏智也知他心法名他心智知煩惱盡名盡智知煩惱不生名無生智問何故前藏教中說十一智此但明十智耶荅彼說六度菩薩成佛亦有第十一智如實智觀中道諦今以六度菩薩成佛屬始教收故但言十智鈔五教脩行不同者小乘四諦之行始教六度萬行終教亦然然皆理事無碍頓教無行爲行圓教一行一切行言得位差別者小乘資加等五位始教亦然終教以三賢十聖等六位爲位頓教無位爲位圓教一位一切位〇鈔如七方便下小教因果也七方便者一五停

心觀如天台立教中已明二別相念觀涅槃疏云一觀身色蘊不淨二觀受蘊是苦三觀識蘊無常四觀想行二蘊爲無我此四次第者初於身處貪次析樂受次由心不調後由未斷惑法中攝感故次第如是又於想行計我強於色計淨強於心計常強於受計樂強故名別想念觀如天台止觀等廣說三總相念處觀涅槃疏云總就五蘊或十二因緣爲四一不淨二苦三無常四無我法華玄義云前別想念慧別破四倒今深細觀慧總破四倒或境總觀總境別觀總境總觀別或總二三四五蘊皆名總相觀已上皆外凡位四暖以別相念觀故能發似解觀苦諦無常苦空無我集諦集因生緣滅諦滅淨妙離道諦道如行出得佛法氣分如鑽火煙起以慧鑽境發相似解也五頂十六行相觀成滿如登山頂矚一方悉皆明了故名爲頂觀六忍於四諦中堪忍樂欲下中二忍皆名忍位七世第一緣欲界苦諦一行相唯一刹那即是上忍於凡夫所得善根中最勝名世第一已上內凡如俱舍二十三法華玄義第四說等言等取四向俱爲因也須陁洹此云預流初預入聖人之流類故等字等後三果言等覺已下爲因妙覺爲果者始終二教因果也二教皆以等覺已下爲因妙覺爲果

然有少異始教以圓明四智無漏五蘊爲妙覺果終教則以始本不二相盡理現體相二大不一不異爲妙覺果因則大同等字等取頓圓二教因果也頓以非因爲因寂照現前無果爲果圓以徹果六位爲因該因十身爲果○鈔依即國土下若隨五教說者小乘以變化土爲依丈六佛及三乘六道身等爲正始教以變化受用法性土爲依以自他受用佛及衆生等爲正終教通前三土及方便有餘土爲依佛生等身爲正頓教無依爲依非正爲正圓教以依正無碍爲依爲正如前可知○鈔體則法報下亦總相說也若別明五教者小教以五分法身丈六報身爲體隨形六道爲用始教以凝然法身四智報身爲體十三類相分身爲用終教以體大法身相大報身爲體以用大十類相分身爲用頓教以非體爲體絶用爲用圓教則全體全用○鈔人即覺者下亦總相說也小教四聖六道爲人四諦理智等爲法始終二教人即生佛法即百法及九相染法三大淨法頓教以無人爲人非法爲法圓教則全人全法也鈔九逆則婆須密下唯約圓教說也小乘以六羣比丘爲逆（二人善解陰陽算數論說法義而性多欲難陀跋難陀是二人善於音樂種種戲笑說法論議而性多瞋馬師滿宿是也二人深通射道善解毘曇而性多痴迦留陁夷蔵陁是也）十大聲聞等爲順始終二教皆以大尼犍子爲逆（尼犍此云離繫是外道露形不恥名爲無慚本師稱離繫是彼之子故名子也）諸菩薩等爲順頓教則非逆非順圓教如文言婆須者具云婆須密多女此云世友亦云天友隨世人天方便化故即善財第一十六善友也言無厭者即無厭足王也如

幻方便化無所着故無疲厭心即第十七善友也等字等取第十善友勝熱婆羅門等也或等取餘四教之逆也言觀音正趣者即二十八二十九二善友也觀其音聲皆得解脫正法適趣衆生故以智正趣真如相故等字等取文殊普賢彌勒等也或等餘四教順者如上可知○鈔十應即赴感下亦總相說應謂聖人六通赴緣攝利難思等感謂根熟善芽生長等若隨五教辨差別者小教化身佛菩薩爲應聲聞緣覺人天等爲感始教以真佛悲願起報化身等爲應三賢十聖等爲感終教亦以如來大定智悲起報化身等爲應亦以賢聖等爲感頓教非應非感圓教以十身諸善知識爲應最上利根圓器爲感○鈔各隨五教以辨差別者由上別約五教唯釋

前三對從行位已下鈔文畧之具如上指○鈔又此十對初一爲總下是分總畧也言即性及相無法不攝者問性相與理事何別荅通玄記云性相則竪而狹理事乃横而寛理具四義謂體性空寂所依曰體不易曰性無相曰空離念曰寂事者萬差之總名該羅一切故横而寛也性相狹者但依正中且取一人五蘊乃至毛孔分齊曰相無性爲性斯乃竪而狹也義門雖異今就體同故云即也言若依後後下復重釋也言如是相望下似有展轉開義不必全爾下遮妨也恐有妨云既有如是之義疏中何不作此釋耶故此遮也謂只有初一爲總後後漸畧之異故○鈔以爲十玄所依體事者且約顯處而說既彰其無礙中依理事一對明無礙亦兼與理事無

礙爲所依亦與攝歸真實爲所依依此方顯彼故故玄鏡云總爲三觀所依體事又隨一一事皆爲三觀之所依止是知初一門是法後三門是義也○鈔如下勝音蓮花處說者即下現相品經云爾時佛前有大蓮花忽然出現其花具有十種莊嚴一切蓮花所不能及乃至此花生已一念之間於如来白毫相中有菩薩摩訶薩名一切法勝音菩薩與世界海微塵數菩薩衆俱時出現勝音菩薩坐蓮花臺諸菩薩衆坐蓮花鬚等疏云通表所詮佛花嚴故別表花藏佛所淨故於佛前出此蓮花既通表華嚴亦具同時等十玄及教義十對言故下但約等者即十玄初云如下文中一蓮花葉或一微塵則具教等十對也○鈔杜順和尚法界觀中者觀鈔云自晉至唐将四百年此經未興以理出常情言驚凡聽初心成佛舉衆咸疑善財一生但謂權設和尚即文殊化身歎曰大哉法界之經特設觀門以爲開示清凉造玄鏡解釋等言一真空絶相觀者玄鏡云非斷滅空非離色空即有明空亦無空相故名真空最後結云總成真空絶相觀也○鈔前二各四故爲十門者前二各四爲八加第三第四故爲十門鈔一色不即空下揀斷空之情也言斷空者虛豁斷滅也此有二種一謂離色明空空在色外如墻處不空墻外是空二謂滅色明空如穿井除土出空須要滅色此二皆爲斷空也今正以下真空之法揀之故中論云先有而後無是即爲斷滅然外道二乘皆有斷滅外道斷滅歸於太空二乘斷滅歸於涅槃灰身

滅智撥喪無餘若謂入滅同於太虛合同外道故楞伽云若心體滅不異外道斷見戲論今意謂諸經中言色即是空者不是即於此斷空也以即真空故謂即於心體離念之真空也何者爲諸色法本從真心所現故推之一一無體理合還歸真心之空不歸斷空以本非斷空所現故也○鈔二色不即空下揀實色之情也言實色者約妄情計爲確然實有自體故也不以形顯而分假實約情計於形顯俱爲實故今以下句青黃無體幻色之法揀上句青黃實色之情謂諸經言色即空者此色是真心所現虛幻之色非謂定有實色可說空也（以情計者聞色空不知性空使執色相以爲真空故須揀之也）由是真心所現無體之色故下句云即是真空○鈔三色不即空下雙揀以逆次揀也上句揀實色下句揀斷空言空中無色等者真空中無實色可即故云色不即空（揀實色也）以會色無體歸於真空故云以即空故（揀斷空也）○鈔上三以法揀情者廣鈔云法是所執之境情是能執之心由見有境故執計之但揀諸境本無了悟法空自無情執故云以法揀情今觧法是能揀情是所揀如以真空揀斷空幻色揀實色等以能揀之真法揀去妄計之情執故云以法揀情也○鈔四色即是空下直顯理也下句出其所以依他無性即圓成故○鈔如色既然萬法皆爾者例結諸法也玄鏡云上之四門但明色空色即法相之首五蘊之初故諸經論凡說一義皆先約色如大般若等從色已上種智已還八十餘科皆將色例若畧收法不出十對體事無不即空皆

須以法揀情顯即事歸理也○鈔但翻云等者玄鏡云但文勢相翻義則大同一空不即色下揀斷空也以斷空不即幻色真空方即幻色故○鈔二空不即色下揀實色也以真空不即實色真空必不異幻色故○鈔三空不即色下雙揀也以真空是幻色所依非與實色爲所依故云空不即色此句揀實色也以真空之理必與能依幻色爲其所依故云以即色故此句揀斷空也如鏡中之明無實影像揀實而能現影揀斷思之可了問前云空中無色可即空若翻彼應云色中無空可即色今何不爾荅空中無色有理（真空絕相故如水中現火相時水中必無火故）有文（經云是故空中無色無受想行識等也）色中無空文理俱絕（未曾見有此經文故真體偏法界亦曾於一法中無真空故）故但約能所依持而揀之也○鈔上三揀

情者如前可知○鈔四空即是色下直顯解（上會色歸空故云顯理今明空即色只云顯解）此下應結例云如空色既爾一切法亦然鈔文畧也○鈔第三空色無礙觀下即般若云色不異空空不異色言色舉體是真空者標無礙所以也色不盡下出無礙之相以色不礙空故色不盡也即是色之空故而現空也言空舉體不異色故者亦標無礙所以也空即是色下出無礙之相以空不礙色故空即色也而是盡色之空故空不隱也此中雖有色空二字本意唯歸於空以色是虛名虛相無纖毫之體故脩此觀者意在於此故文中舉色爲首云空現舉空爲首不言色現還云空不隱也故雖有空色無礙但名真空觀也言不盡者准觀文是色盡圭峯注云有本云不盡於理亦通○鈔

第四泯絕下大意但拂迹顯圓若別消文者謂此真空者總標也不可言即色不即色者逆次拂前第二觀也不可言即色者正拂第四句不可言不即色者拂前三句也以空非空故無可言即色不即色也又理本絕言故約觀心則心真真極故言即空不即空者以上不可言三字貫之拂前初觀也不可言即空正拂第四句不可言不即空亦拂前三句亦由色非色故無可言即空不即空等也言一切法皆不可者拂上二重結例也非獨色空萬化皆然言不可亦不可者又拂上不可之迹上二字所拂下三字能拂亦無四句可絕之義當情故言此語亦不受者重拂上亦不可也能拂却為所拂此語者指上亦不可之語也言迴絕無寄者二邊既離中道不存

心境兩亡亡絕無寄般若現前非言解之能到也言語道斷故言不及心行處滅故解不及也以生心下釋成也可知○鈔以前八門下總結四門言揀情顯理者通玄記云雖言顯理不及顯解辨心觀故言解終趣行者通玄記云行是無分別正行然則解亦般若之行且約初二句觀空未知有照有即違空初習未圓但名見解至第三句空有齊照方明趣無分別之解言正成行體者即正念圓成無寄對故然云前八門并前總標中亦云四句十門皆句大門小今云第四門亦應門句互通門大句小等○鈔所以疏中不廣引下釋妨也妨云彼既如向廣明何故疏不引之荅有二意一恐濫故不引以于疏第三空色無礙恐濫彼大門第二事理無礙觀故問彼

祖師所以立者彼所以下荅也問准此疏應但云泯絕無寄何言真空絕相耶今但取一門下荅也意云真空絕相亦即是泯絕無寄也二又欲下為成四法界故不引可知○疏然十對皆悉無礙等者此究竟實義今依排次且約事理以顯無礙亦無法不攝故然前色空觀中亦則事理無礙而不得此名者有四義故一雖有色名事為成空理色空無礙為真空故二理但明空未顯真如之妙有故三泯絕無寄亡事理故四不廣顯無礙之相無為而為無相而相諸事法與理炳現無礙雙融相故以上四義故不得名理事無礙至此獨受其名○鈔三行位無礙者應云三境智無礙四行位無礙恐傳寫誤爾言是所詮法中之總故者即性及相無法不攝故又諸

教多明理事無礙今經亦多明理事無礙為能同故又此并餘三為成四法界故○鈔後會前義等者以能同同所同引劣根入勝故會所同入能同究竟歸處故又明前所同十種之義依此總門義別分之今會前十種別義入事理無礙之總門故故此中重會也言或一門中會一義者即事能顯理門中會三性相即以理奪事門中會生佛不增減等或二門同會一義者如初二門同會一性義兼一乘義以乘性相成合為一義或一門會多義者如依理成事門中會具分唯識直如隨緣等故云至文當知○鈔謂理不可分下性空真理一相無相故不可分即無分限事隨緣別下隨諸緣成分位差別而不相離下釋成所以今明下正明遍義故經云法性遍在

一切處一切衆生及國土三世悉在無有餘等○鈔若不全遍下反顯非如浮雲遍空隨方可分言事不全攝下以所遍望能遍反顯如遍一纖塵既然諸塵等事亦爾○鈔還如理故者謂前門理既遍事此門事還如理若不全同下反顯極成之義法本真故至理應然故彼此共許故言超情難見者以道理深故然難字准觀文中是離字圭峯注云有本云難見似明容有可見之分然不及離字何者下徵釋難見所以今明下示正理若約事望理以非異即非一故事全同理而不壞有分以非一即非異故雖不壞有分而得全同真理約理望事反上可知二義同時故得相徧言如海之波下借喻通玄以海喻理以波喻事海雖寬廣猶存邊量豈能全喻法耶而

但以海喻理位喻寬廣故波指事位喻差別故非全喻法但令識達者因小見大亡言領旨以海對一波一波對海喻理對一事一事對理明大小無礙文但舉喻畧無法合若對說者一波何以全徧大海以同海故一塵何以全徧於理以事同理故事徧於理門也大海何以全在一波以海無二故一理何以全在於事以理無二故理徧於事門也大海何以全在一波亦全在諸波同一海故一理何以全在一塵亦全在諸塵同一理故即前段正徧此時不妨徧餘等○鈔五性約事等者五性但依有情無漏種子有無不同分爲五類即事中別義理即泛爾總明說爲一佛性今理遍下釋相一性從緣新熏爲五此五豈有實性復令此五歸於一性故云互談徹也

有本手字應是互字○疏故出現品等者疏鈔云同一性故故得現成既無二性佛證一性而得成佛故生隨一性皆成佛矣又妄性本虛生元是佛生自有妄見生非佛佛了妄虛生何非佛又真性叵得非今始成若有可得令得成佛證性叵得佛非始成佛非始成佛本是佛佛之本佛何異生佛是故一成一切皆成以一性故一成一切成亦不爲當果之因性是果故明即此同中必有別義○鈔故證事理無碍等者佛依一性故得成佛今由一切衆生隨能徧理俱在佛中理無二實故一切皆成皆由理徧於事也○鈔謂理無二實等者佛既證理至果云實由理體徧該多事故說一切皆成故云理無二實而皆成也理如虛空下約絕相義故無成矣○鈔文

云佛子下疏云體離虧盈虛空無生故問楞嚴云迷妄有虛空依空立世界何云虛空無生耶答一唯識云假施設有謂曾聞說虛空等名隨分別有虛空等相數習立故心等生時似虛空現此所現相前後相似無有變易假說爲常準此則隨世俗故言生也體無增減菩提無相成不寧殊無相無非相離二邊故或遣之又遣之無一下不墮諸數故欲成下但隨智說成與不成下唯成則壞以有成定壞故唯不成無以仰求既不爲二邊所縛故云自在無碍

華嚴會本懸談會玄記卷第二十八

音釋

溝古侯切廣深各四尺曰丨　洫呼域切廣八尺曰丨　豁音活空也　橃補達切治也　確口角切堅固也　㸦音互義同

華嚴會本懸談會玄記卷第二十九

蒼山再光寺比丘　普瑞　集

○疏一性無性等者躡前出現品以明佛性上來展轉三義皆於一性義分○鈔十住菩薩者即十地菩薩也○鈔荅中荅第一問等者以經中第一義空即是佛性之體名爲智慧即是佛性之相故有本前注云一問體相此爲正義也○鈔薦福釋云下薦福寺法寳大師疏釋也言有自性遍照下即起信論文彼疏云心性不起即是大智慧光明義故既起念即是不覺無明故不起即是本覺智明若心起見則有不見之相妄見不周心性離見即是遍照法界義故真照圓明鈔明修得性等者以經云不見空與不空故釋爲修得也離有無相故者即以所觀雙遮辨中言空即遍計下所觀真俗能觀雙照故名中道空不空等既爾常無常苦樂我無我准上知之言亦有深理者明不全非之但者字約人有少異耳○鈔今正釋者下清凉更釋也言該通心境者釋上雙標所以也問何不但名第一義空復名智慧耶故此荅也以性從緣情非情異爲性亦殊今言智慧揀異無礙非情無覺性故故智論云在非情爲法性在有情名佛性故○鈔以空有雙絶者釋義故云不見空與不空此非性見脩見但以不見空有表絶空有名第一義空也薦福爲修得者非也○鈔若具應云者問經既不言何知應爾荅釋前第一義空牒云所言空者今例准應云所言智慧者牒前標詞故言能見於空及與不空者問第一義空雙絶空有今既是即空之智何故雙見空有荅第一義空約遮詮

顯示云絶空有明非相違智慧雙見空有明非戲論亦應非增益損减既離四句百非斯遣方真佛性○鈔若無本智下反顯釋成若無本智不見空不空修生智何能知空不空即今雖義歸本有以修生顯之亦猶鏡之本明能鑒青黄新明方能鑒青黄耳則功歸於本也我無我等等取常無常苦樂等亦爾○鈔今以即智明空下遂難重釋前佛性者名第一義空即空之智釋前第一義空名爲智慧方是常恒智性下釋佛性常恒無有變易○鈔空等二文者即前古德引云佛性云何爲空等是一處文下文云一切諸法等是一處文今觀却是證空如來藏義以經言隨其滅處等故是空藏言云何非空下即從前所引云何非空以其常故云何非空非非空能與善法作種子故方是證名爲智慧即不空藏義言空智下雙具二藏方爲真佛性義則知下明二義相須○鈔又言第一義空者下上約空有二諦釋成二藏不相捨離空智相成故此約三諦復釋是第一義諦上論空有故前明第一義即空此明第一義之空既第一義貫通空有故空智相融無有二也言故初言即是第一義空者引證也即前薦福引兩段經於初段中文云一切諸法皆是虚假隨其滅處即是第一義空等既云滅處是第一義空即顯第一義是第一義諦虚假寂滅即是於空則證成第一義諦上論空也○鈔又云見一切空不見不空乃至名爲佛性者因前薦福釋此段經中䟽云諸佛菩薩真俗雙觀有無齊照故名中道由是故清凉牒經

以難薦福也上即牒經若爾雙見下正中難故知下中今正義如上可知上來所明多就所同義釋欲會彼故若與前段勾鎖以唯一性故說一成一切成即會同入別也○䟽又出現云等者䟽云一明無一衆生不有則知無性者非衆生數謂草木等過五性之見此即所會二衆生在纏之因已具出纏之果故云有如來智慧非但有性後方當成亦非理先智後是知涅槃對昔方便且說有性後學尚謂談有藏無況聞有果智誰當信者即能同中別義也三彼因中之果智即他佛之果智以圓教宗自他因果無二體故非華嚴無有斯理無不有者下即是䟽詞由一性故成一乘也○鈔以諸緣起等者由諸法既託緣方起明皆無自性即以緣生無性成下無性

緣生故中論等者但證無性緣生義正所用故又離真心下別就真性堅實靈明名心以催妄心也○鈔以不生滅與生滅和合下即起信論文如立教開宗終教所詮中已釋即是具分下即鈔詞釋成會意也○鈔有云下叙異解揀具分之名也今以真妄和合爲具分不同法相以質影俱影爲具分也然法相質影義者若決擇云小乘宗中除正量部餘十九部說以自相如鏡中影得名唯識本質在於識外不名唯識取之不全故號其半大乘若影若質皆從心變咸名唯識乃號具分若集玄及纂玄云影即前七所變相分如明鏡上所現影故虛而不實故名爲影質目第八相見二分謂前六識託第八識所變相分以爲本質中間別變相分影也其第七識託第

八識所變見分以爲本質亦中間別變相分影也如是七識所變相分各從自識之所變起名爲唯識質非七變而在影外故半非唯識名半頭唯識若第八識所變相分望前七識以爲本質望第八識頓緣變時亦名影像以此質影同是第八識之所變俱得名影故云質影俱影質非影外故云具分寂照又云第八識所變相分望自識自證分亦名影像是故本質影像俱名爲影爲具分唯識上來總是法相宗之具分故不同此也○鈔覺林偈者疏云照心本末名爲覺林言先有喻者即疏所引偈最先有此總喻之偈也彼疏云初句總喻一心次句喻隨緣熏變成依他次句不了依他故成遍計末句喻依他相盡體即圓成言初句合譬如工畫師等者彼疏鈔云初句總相心也含真含妄有能有所諸世間者即諸彩色此句爲總下出諸相即蘊界處故云無法不造言次引證亦合分布諸彩色者彼疏云謂如世間五蘊從心而造諸佛五蘊亦然如佛五蘊餘一切衆生亦然皆從心造然心是總相悟之名佛成淨緣起迷作衆生成染緣起緣起雖有染淨心起不殊然佛果契心同真無盡妄法有極故不言之若晉經云心佛與衆生是三無差別然應云心佛與衆生體性皆無盡以妄體本真故亦無盡是以如來不斷性惡亦猶闡提不斷性善若約一人心即總相佛即本覺衆生即不覺乃本覺隨緣而成此二爲生滅門應知佛與心等此二體性無盡即真如門隨緣不失自性故正合前文大種無差別若謂心佛衆生

三有異者即是虛妄取異色也准此即合下半今鈔云亦合分布諸彩色者猶成前諸言故合分布諸彩色復進義釋故致亦言言並如下向已畧明○疏心性是一下彼疏云自性清淨心既一云何而有五趣諸根總別報殊故云種種不同言即緣性相違離者是疏釋詞也覺首荅云下彼疏鈔云初句即上心性是一是不變義次句荅上云何見有種種差別是隨緣義唯心變現全攬真性以離如來藏無有實體為能所熏以生非實生故云示現謂既攬真生生相即虛故云示生言即真如隨緣荅者亦疏釋詞又云下彼疏云言諸法者總該一切有為法也果從因生果無自性因由果立因無體性因無體性何有感果之用果無體性豈有酬因之能又互相待

故無力也以他為自故無體也言明隨緣不失下亦疏什詞也○鈔緣從真起者能成諸法之緣皆從真起故一切法皆依理成此言依者如波依水離如來藏下釋成上義如問明品下前已畧明○鈔明非但無徧計下揀法相宗也此有二義揀別一彼但空徧計不空依他故二彼宗三性不相即故○鈔力林菩薩偈者彼疏云智了三種世間性相諸邊不動故名力林三偈連綿者彼疏云初二句徵蘊名體世以蘊為體蘊以何為體次二句標荅上句荅體下句荅名應名無生五蘊次偈釋成空故不滅亦非事在不滅即染分依他無性即是圓成則知本自不生是無生義後偈例出世間顯智正覺世間亦應緣無自性應身淨分依他無性即圓成也然世間有

二義一約事地前爲世間登地爲出世二約相名世約性名出世今當後義又證無性之理爲自體故真身無性也此約真身論無性也言即如響忍者彼疏云准晋經及大品喻一切法一谷喻如來藏圓成也二聲喻無明習氣此二是緣三響喻依他也即所起一切法四有而非真此彰無性依他即圓成也故云而與法性而無相違五愚小謂有徧計所執也既亦與法性無有相違則徧計亦即圓成也言即勝慧下彼疏云以解佛勝智隨空心淨故以爲名今有了因翻於外取謂了一切法即心自性性亦非性此釋疏中二句了一切法依他性也即心自性別無所有即圓成也下半云下彼疏云情破理現則見舍那稱於法性無内外也亦徧計妄情既破真理顯現令計所執即圓成實名見舍那真法身也此前有一偈下彼疏云取内蘊相不了蘊性故不見佛若緣取即依他若執取即徧計不了蘊性即不了圓成則是三性不即之失也亦是愚法小乘故名無知者其中深旨下如上畧明

○鈔佛子假使等者彼疏云明相無增減初舉喻問答以化現無形喻成否莫異化多心者喻修多因化成多佛喻證多果普賢下讃善以合○鈔言雖小異文義多同者彼經云舍利弗大險難者所謂取衆生增堅着妄執衆生減堅着妄執未來世墜諸惡趣一切愚痴凡夫不如實知一法界故不能實見一法界故起邪見心謂衆生界增衆生界減等○鈔即隨緣之中等者前依理成事正是隨緣義令事望於理能隱真理兼有隨緣故名別

義以隨緣成事猶躡於前言此事遍於真理下法界觀云然此事法既違於理遂令事顯理不顯也玄鏡云既違於理故隱也有本云既匪於理然不及違字今遍字與匪字義同以此是相害對故稱違也故事彰顯隱於真理◯鈔即法身不增不減經下法身隨緣名曰衆生法身衆生義一名異從本已來未曾動靜亦無隱顯以名異故互有隱顯言即問明品者彼疏鈔云依言論令尋思名等入如實觀謂了名義唯是意言分別無別名等何緣意謂意識分別言即名言名言既唯意之分別名下之義亦無別體故所言論以兼名義既隨分別則意流妄計外塵皆是世論尚未了唯心安入法性上順經釋已今反顯入云若能如是自覺通達不受外塵即非世論是入唯識之

方便也即復此心無相可得妄想不生便入法性上約心乖體非不即又不入者妄想體虛無可入故釋曰令約事能隱理正是約心乖義也鈔云體虛兼顯別義故◯疏以是法無我理故者出所以也若是但空出於事外則不即事今以即法爲無我理離於事外何有理耶故理虛無全將事法本来虛寂爲真理故理即事全爲一耳空即色故般若經文理即事下體無別故◯鈔以事必依理者躡第三門理虛無體故者躡第六門是故下方成此門也◯鈔具云等者彼疏云初對約所相之法體論性相無違後對約能相四相辨無違畧舉一生耳性不違相真理即事也◯疏謂緣集等者無自性即顯理之詮與所顯理合故云舉體即真故中論云若法從緣生

是則無自性若無自性者云何有是法無自性者即真理也故事即理○鈔即精進林者彼疏云勤觀理事無差離身心相故名精進言諸法無差別下約法雙標能知所知初句標所知心心所等五類之法皆無差別餘三句對人以顯次句揀非餘境下半唯佛究盡如金與金色下釋所知即體色無別喻上半喻下半法言一善法下橫論異法相望即事事無差雖順標中諸法之言非今所用二者下竪約事理交徹法相爲法執生物解故法性爲非法理絶行解故如金之黄色與金體斤兩性無差別隨取互收故喻二諦相即○鈔故密嚴經下上半法說下半喻釋指鐶即約形色名色其性無差別真妄和合故○疏須彌偈云下正取初二句證成四相同時義餘句皆因便引来言凡夫行者遷流名行取細四相莫不速歸盡者顯四相同時也若依下疏釋云初偈正顯盡即有爲諸行無常速起滅故有爲之性湛若虛空便是無爲體常徧故後偈拂跡入玄初二句拂前無爲謂既如虛空何有無爲之相後二句拂前有爲謂既約自性論無盡則不壞於盡故曰難思盡也則同時下疏詞釋成不待後無即揀法相○鈔以事虛無體故者即正生便虛無體故滅故得同時善慧菩薩者疏云成就般若慧鑒不動可謂善矣○鈔亦令究竟等者以盡理故名究竟然引十地下證成離能所斷也如立教開宗中終教所詮中已明言三時無斷者相即性故方能斷故者性即相故言後一句是般若相者以初句斷惑通於二智此

句證理唯一無分別智此智正是證理之智兼於斷惑故云亦爲能斷故謂無分別智下釋論意也言不同聲聞者揀劣顯勝也謂聲聞之人依於聲教真智得起此則真智內發故不同也涅槃疏第一云入佛法有三門一教二義三行教淺義深行最勝聲聞根劣從教爲名聲者是教飡聲悟解故曰聲聞緣覺次勝從義立稱緣者是義於義悟解故名緣覺菩薩最勝從行彰名以能成二利之道故名菩薩也故優婆塞戒經云從聞思修立三乘名既爲下結歸能斷○鈔回向品下言亦證斷惑等者然觀疏意似引十地品證斷惑能所不二引回向品證證理能所不二今云亦者意云非但只證證理亦證斷惑謂既能所證無礙爲事理無礙其能所斷無礙亦理

事無礙也或可鈔本意者只是二段引文皆證證斷不二故云亦爾也言義如前說者前終教所詮中已明○鈔謂即事之理等者此門明隨緣即不變非異處辯非一也故玄鏡云此門即隨緣非有之法身恒不異事而顯現後門即寂滅非無之衆生恒不異真而成立又此門理望於事而有三對一是真二是實三是所依則顯第十門是妄是虛是能依故如即波之水下喻是則下合可知○疏慚愧林偈者疏云拒妄崇真拒迷崇悟名爲慚愧一非色謂心緣慮質礙體性不同故借喻理事不同二理事相反生死涅槃真妄相反雖同一體分別義門不相是故○鈔謂全理之事等者此門體空即成事即全不異之異也性相異故者并前對二門應各有四對互

影畧故是故下收結如全水匍合反前可知○疏第四回向云等者疏云若約相即爲即無爲無可滅壞無爲即爲亦無可分別又事能即理而非理理能即事而非事事理相即性相歷然故爲無爲非一非異示謂顯示有爲界分無爲界性○鈔用前四門等者爲法性佛身有爲且言無爲若約顯深則非有爲非無爲也若約具德何所不通然大品下初善吉雙問言無高下者在聖不增故無高在凡不減故無下後佛荅雙融不合不散非一非異○疏上之十事同一緣起者以理事無碍要具十門苟闕一門非真緣起如無理徧事門則真理不全徧事中若無事徧理門則一塵不徧法界餘門例然故知十事同一緣起無碍也問十門皆約理事何得但云十事耶荅以約義門通云十事或十門各別故云十事又如所依體事中有理事一對亦通標體事皆斯義也○鈔理望於事等者皆先明理尊於理故○鈔上來相絫下以但約義相當不依十門次第故云相絫理望事有成事壞事一對即事離事一對事望理有顯理隱理一對與是一是異一對故云四對八義而初相徧二門下通妨也問前別釋中具說十門今收束中何唯八義故此荅也理事相望但言其徧故云相似非如一理成事一理壞事義門相翻等取即離隱顯一異皆義相翻故不顯相徧二門問既不顯相徧應是但束八門以成八字何言束十門耶又相徧下荅也既由互相徧方有成壞等八義文雖會後八門義已備於十門問若由相徧互有關涉

方有成壞等爾理不成事何能徧事等耶若欲攝下荅也有二義故攝相徧二門一事理相即二義所收二不即二門所攝○鈔依理成事下謂第三成第四即理順事也五奪九非理逆事也四顯八即事順理也六隱十非事逆理也玄鏡云其相徧言亦是順也隨一一對各别得俱故云同時四對總無前後故云頓起○鈔上約義别下總結也巳上多約不齊義釋故有八字若統收下不以義參但次第約義齊釋直成五對理義於前二相成對者問前說事但顯理不許云成今何故成耶荅若但依前義何須重說此依相待相成並立之意對事方能說理豈非成耶又由事方能顯理何無成義三相害對者此不依本門之名問前云真理常住故但云隱此中何與事齊言害荅此約相待顯空雙拂之意○鈔五中前四下收歸不即不離爲入理事無碍法界之詮門故夜摩偈讚疏云然實事理若約相成二門峙立若約相奪二相寂然雙照此二非即非離若說一者離之令異若云異者合之令同善須得意勿滯於言上来所說非一異等亦是假言又玄鏡云不即不離成緣起相○鈔又五對之中下收五對以成三義言成顯一對者依本門名若依五對是相成對今爲相作對（下皆准知）○鈔又由第二下顯五對相由也准玄鏡云又由相徧故有相作有相作故有相即由相違故有不即又若無不即則無可即乃至相徧由相徧故相對皆成評曰生起義順當以玄鏡爲優以玄鏡作於縱心之歳後自攺也○鈔故說真空下

承前起後理望於事以理爲已以事爲他四自他俱泯義中間真理即事理泯可然事云何泯由其即故下荅也理既廢已同他事對誰立故亦泯也問真空四義豈不收理徧於事門耶又由初下荅也由初廢已成他義及第三自他俱存義中以真理自存故舉體成他是故真理徧於事也○鈔後事望於理下以事爲已以理爲他四自他俱泯義下問荅如前又由初下准前可知○鈔故說妙有下總結甚深有本是幻字妙有約法幻有約喻但法喻之別爾有以幻有劣於妙有者非也○疏深思下玄鏡云祖師激勸令脩成觀學而不思罔無所得即論語文意云學不尋思其義則罔然無所得體達於心即凡成聖等○疏第四周徧含容者此名帶因明宗故鈔云以理有普徧廣容二

義融於諸事皆能周徧含容所以法界觀云事如理融徧攝無碍通玄記云前但明一真理體有緣起用故與事法融通無碍此猶約理而談妙用今則一一事法如理融通包徧自在此約差别事法而論體用也若釋名者謂一一事法竪無不窮曰周横無不極曰徧外無不包曰含内無不攝曰容○鈔然法界觀立十觀名者一理如事門二事如理門此二猶兼事理無碍有此二故有事事無碍故屬事事無碍攝三事含理事門四通局無碍門五廣狹無碍門六徧容無碍門七攝入無碍門八交涉無碍門九相在無碍門十普融無碍門故云與十玄不同然玄鏡中以十門指配十玄云第十觀總融前九即同時具足相應門九即因陀羅網境界門由第八交叅互爲能所有隱顯門第七即即

相入門六具相即廣狹二門五即廣狹門四不離一處而徧有相容門即一多相容不同門中一入多多攝一義三事含理故有微細門前二總成謂理事相如故有純雜門隨一爲首故有主伴門現於時中有十世門以諸法皆爾故有託事門是故十玄亦自於此出以十觀門文隱義深後學難解故且依賢首十玄也○鈔全依賢首者依探玄中也（亦恐全鈔）（新修略疏）而教章等中尚從至相後方改易故也○鈔其第二廣狹自在門同法界觀等者即當觀中第六徧容無礙義然觀中第五雖云廣狹無礙門正明不壞一塵而廣容法界唯廣容義耳今以不壞一塵廣容法界爲即廣之狹即此一塵普徧法界爲即狹之廣故云自在此但義同故云而名小異也（上會解義）若寂照云同法界觀廣容普徧總義中一分之義問普徧如廣可爾廣容同狹不然以玄鏡釋廣容義云一一包含無外無有一法出纖塵故下釋狹義云花葉不壞本位故狹豈得同耶答既由廣容普徧二義乃有十門故是總義今者狹義但取廣容中不壞本位義不取容他義但少分同也其普徧義亦但分同以普徧義中有多義故評曰寂照分同其總義會解則別同第六門各有所以二釋隨取○鈔此門賢首新立者問法界觀以立第五廣狹無礙門何言新立答以至相不立廣狹唯立純雜令改純雜別立廣狹故云新立又今廣狹與法界觀詮義不同觀中唯就廣容約不壞相立廣狹義今具徧容二義亦新立也意云下出賢首以廣狹替純雜之意也實不

濫但恐有濫所以攺之義如教迹中說○鈔主伴一門下明賢首特立至相未立而至相別立唯心迴轉善成門故教義中猶存此門彼下卷云九唯心迴轉善成門此上諸義唯是一如來藏自性清淨心轉也但性起具德故異三乘耳一心亦具足十種德乃至此上諸義門悉是此心自在作用更無餘物故名唯心迴轉等至造探玄記乃爲玄門所以也○鈔彼云下至相十門次第也廣鈔第四云儼尊者稟受於文殊化身杜順和尚既精通自制釋十玄之文一卷云一如海一滴具百川十德二一中有一切一切中復有一切重重無盡三約緣說此有力不得與彼有力俱等四約相說一切法於一法中炳然齊現六約萬行七約理如一多緣起皆是法界實得法性也八約用彼此全相作故九從心十從智餘如廣鈔所引○鈔今不依下明取捨之意一同時下出次第行相言以

是總故者同時明無前後具足明無所遺相應顯不相違故下云具餘九門義等方成此門問此既具下九門何故更說餘九門耶荅若無下九此具於何若不具下九云何名總冠者音貫其猶冠冕必冠音貫束於首髮故喻置九門之初也○鈔是別門之由者以具廣容普徧之義故爲別門事事無礙之由也言由上事理無礙中下舉例也既由理事相徧得有下八門理事無礙例今廣狹門具廣容普徧故得有後八門事事無礙且如下且約普徧釋廣狹也若作廣容釋者且如事如理容故廣不壞事相故狹具此二義故爲別中之始○鈔所徧有多下躡前徧義以能徧之一爲已望所徧處爲多也以所徧是能容所容即能徧故成一多相容門言相容則二體俱

存下明相入約力用說也問既云力用交徹何言二體俱存荅爲揀相即門必須一有體一無體也今但力用交徹二體不泯故云爾也○鈔四由此容彼等者第四躡第三成也一容多故多即一多入一故一即多由相徧故成相即也○鈔五由互相攝下五由四起也謂攝他他可見者此非眼見但表不泯故云可見或以智見名見也不爾業用可然德相豈待見之方名顯耶以十對法俱可以智知豈皆眼見言攝他他雖存而不可見者亦欲彰隱義非待不見方名爲隱故廣鈔云隱顯門約緣說豈佛證此有所不見但約法體之德不可見故問既佛皆見何名爲隱荅若但證顯而不知隱何名一切智耶言以爲門下即前三以爲義門各別故雖泯言攝乍同於義各異欲令三門不同故作是說非爲定耳如下緣起相由中云即顯入隱同顯異隱等豈待攝耶無執一文以爲定量也○鈔六由攝他下六因五成此要一能齊攝一切彼所攝中隨一爲能攝其義亦然○鈔七由互攝下七因六起由六互攝乃重現無盡八由下由重現故隨應依託一法即是一切無盡之法九總由前八所依之法爲門既融通無碍次辨能依之時爲門亦融也十由上諸法皆融故隨舉其一有力爲緣者名主連帶無力者爲起名伴○鈔此四互出下縱奪以明各互出其所以故縱云其德相業用各有十門奪云若以德用互歷同者合之異者開之便成十二何其增耶有本云二十亦只縱也然不如十二問德用各立十玄於義朗然何

以不許令明下荅也其猶百法中唯立八識通漏無漏而不須立有漏八識無漏八識也例此可知○鈔德相亦有下問前說四門彼有德用互無所以此云何通故此荅也以入作不唯局業用依此下縱統其下奪以體事無別德用互融故是知下總結○鈔又德相不能入作下上正理量此下聖言量也或可以果翻難於因也以德相之原不無入作則能融真如之因應缺此德翻顯真如之因既不缺此德則德相之果亦有作入也不應有三字文雖在初義貫次一言普攝下正引真如相回向中經云真如普攝諸法即百門德中第四十三德真如既本具普攝諸法之德故隨一事法稱性亦普攝諸法即攝他入已也及字下經云真如徧在一切處即第一德

疏云顯在緣中無不徧故事亦稱理舒已入他此證德相中有相入義言亦應下以無有二字貫下三德能安立者經云真如有能守立即第九德經云真如持諸世間即第五十五德經云真如成就一切諸佛菩薩即第九十九德安立成就作之異名持則作已不失事法稱理亦本有作義此證德相有相作義故常入作下結也或上句結聖言量下句結正理量○鈔如有頌下重引聖教證德相常入又真如下通指當經及餘經等證前作義○鈔其同體成即下會彼德相中六七同此託事帝網等此託事等既通德用彼何局在德相又若唯德相不應根者今何知耶今既了知豈不應根又彼下明不依賢首以依至相欲同至相而分德用以為二門言而彼下

刋定二種十玄皆無十世門彼用時為所依體事不為玄門故彼下刋定亦立所依體事則攝下總許其立今明時無別體故不別立為所依體事以但依色心等法分位差別而立於時故入玄門耳亦如下本門會之○鈔以近初刋故不標次者疏中以近初段刋十門故不標云一如下文等言此中 正意下即一蓮葉具前十對體事畧而言之下以法性融通之因最顯故○鈔然古德下叙異義也此中正意一華頓具十對事法今但就一華上義有十對似但同體而不收餘十對體事言表令生解者於此一華五教之根生解各異小教生緣亦無我之解始教生唯識所變之解終教生真如隨緣所成之解頓教生相本自盡性本自現之解如世尊拈華迦葉破顔等圓教生容攝等無礙及華嚴華藏之解言如下勝音菩薩蓮花處說者現相品云爾時佛前有大蓮花忽然而現疏錢示通表華嚴經有以此經下展例釋也既可以內行之智為外事之境應以所觀之境為能觀之智以色性智性無二性故又知一切法即心自性故四是萬行華隨成位別故如淨行品者經云若見花開當願衆生神通等法如花開敷等五謂此花望後果爲因望前因爲果故六如國土身下以國土身佛坐蓮花座故八全攬爲人下如依說人中引經云刹說衆生說及與國土說等皆名說人故又國土身等亦人故集玄云恒融作人不壞軌持故九逆等者集玄云生染名逆（如將花莊嚴女人生欲染故名逆也）生淨名順（如將花嚴獻佛等生淨故名順也）或約性同故或約

緣起相由故融逆即名逆融順即名順故言五熱者如勝熱婆羅門四面火炙上有日炙花向日開故亦同也十度如下釋起中花有十義同十度故十花爲能應起羣機戴獻等事故花爲能感感激衆生令生貪愛好樂等心故○鈔如異自十對既爾等者謂如一花事具自義説十對既爾彼花葉且前異體十對體事十門亦然○鈔釋曰下清涼義斷也明一事花則具十箇十對於上十門體事十對上一一説於十對也故亦有下縱令此疏意下奪也明令但直具前異體十對體事已無不收不須也花上約義説十對也○鈔若唯具當門等者問前具當門已無不收今者何以更具餘門答若約實義但具當門已無不收今欲彰總義更以具餘方便顯之或可前無所不收是收當門中義今收餘門中義方爲總故後義爲勝○鈔然九門具教下法體雖同義門則別教廣狹者一語言狹也演説無邊契經海廣也十地品云於一一句法無量劫説不盡義廣狹也回向疏云正在一法取不可盡如芥子之空即理廣狹等○鈔即普智眼等者疏云即第四禪第三天於異生善果此最廣故所有功德勝下三禪故長行云得入普門觀察法界解脱門上半偈云一切法門等即是普門一門普攝一切故如是法性佛所説即觀法界末句義兼於入○鈔花藏偈下疏云一一稱性故即同時具足相應門也心塵准思今但引下釋疏只引上半偈意以所所具教義等及能具廣狹等即總無障礙法界故問但言下恐爲塵但含理法界即事理無礙非

事事無礙也下半云下疏云寶光現佛者次前經云一切寶中放淨光於寶光中現也依正互融故問寶光爲依現佛爲正互融無礙即事事無礙何開塵含法界荅但以寶光現佛事事無礙義釋塵所含法界中一分之義故前鈔云教義等廣狹等即法界故若直用文應是塵含事事無礙法界今取差別義故云含事法界也○鈔舉細況麤者塵細葉麤約分量言之上来消疏已竟○鈔妙嚴品下復廣引經證明非臆說明文甚廣故可依行疏但束爲一門令頓曉其旨使隨見經文即能解義下同此者皆可准知又晋經下初二句舉時取法次根等名諸根上言心即心王下言心法即心所有法次句別說難盡故云一切揀上佛法云虛妄法次二句上皆現於佛身次句承前說佛之心亦能現諸法以經言是故二字明所現如前故菩提即佛心故次句近言佛智無量遠亦通上佛身無邊亦約下鈔詞○鈔又普賢下疏說普賢入如来藏身三昧内含因果智力外令塵容法界法界之言亦無所不具由塵全依法界藏現同真性故據能令下即由上入三昧力由深定用故名業用總由德相者即上入依法界同真性故法性融通名爲德相此即定之業用依藏性德相方起藏性本然名德相定令根見名業用言下業用准之者同時門既爾下九門例然或隨門所引經文雖有但似業用亦皆由德相本然以此爲例也○鈔第十行云下即真實行菩薩疏云身中現刹等皆得性融故此明菩薩由證法性融彼三世間於

自身現同時具足故○鈔八十經云下即義引法界品經文甚廣疏云觀見奇特即毛内合三世間也言斯並下上来别引諸文皆歸一門總意○鈔出其所以等者法性融通因也即此分限事相能如理故無分狹不礙廣也以前廣故名無分即不壞相故名分廣不礙狹也此上皆是同體廣狹以但一花葉上明廣狹無礙不望餘法故

華嚴會本懸談會玄記卷第二十九

音釋

鐶胡關切脂丨也　纖息尖切微細小也　冕音兔冠丨也

激公的切感丨也　峙直里切峻峙也　縱音從七十曰從也

華嚴會本懸談會玄記卷第三十

蒼山再光寺比丘　普瑞　集

○疏十定云有一蓮花盡十方際者證上狹不碍廣也而不妨外有可見者證上廣不碍狹也○鈔第十無碍輪等者疏云三輪攝化皆自在故又得十無碍滿佛果故無盡大用一一無碍皆悉圓滿能催伏故尋初後際不得邊故當第四十三卷佛子下疏云等覺菩薩過前十地故窮十方際衆生見者下疏云自内而觀量周法界自外而觀許衆生見斯乃即大之小○鈔七十七下不動下狹也普諸下廣也明此樓閣是具廣狹無碍德者之所住處七十六下疏云令身難思謂不大而容十方故形不喩本即量同空同體廣狹身容十方受生宫殿即異體廣狹○鈔是故或唯廣等者承前所說以明六句習觀行人理應自淺之深初句事望於理即非異而非一云事如理而廣二廣後不壞本相故狹不同直明事爲狹故深於廣三上二俱存四互奪雙亡以廣即狹故非廣狹即廣故非狹五頓解前四前之四句雖次第解解未造極不與解名六絶前五方爲真行若解不絶妄想未忘真行不起難逃無記然須解成行行起解絶問十門無碍何但廣狹等四門作句荅雖皆無碍於義各別餘無可作句數行相故不作之○鈔以古十玄等者即至相所立賢首下出廢純雜之意一行長行與餘行各別云單約事故昔賢首廢之今欲下清凉會取言即事同理下如即此事華同理而遍故不唯廣義亦可名純不壞相故不唯狹義亦此一

法與餘多法異故故得名雜則亦下結也○鈔如以入門下則十對體事皆入名純不壞十對等法名雜故純雜無礙○鈔如妙嚴下引證也餘同生異生衆各得一解脫門唯普賢得不思議解脫門故疏云數過圖度理絶思議故問此既隨人所得復何相預名無碍耶荅疏云諸衆各一解脫猶如百川入海令普賢以總入總如海入海同趣如來智海融無碍故況具十所以何有不融之法○鈔慈行童女下疏云知衆生根令其調伏慈為行故智中生悲便能處世無染是謂童女六度之中一一具六故為三十六皆恒沙性德本覺中來故云佛所求得般若普莊嚴者一由般若照一切法依中有正一中有多故所得依報無所不現般若中云了色是般若一切趣色即其義矣二由能證般若已具諸度莊嚴故所證所成亦莊嚴無盡故經云彼諸如來各以異門令我入此總攝三十六恒沙之别歸於普門則一嚴一切嚴故名普嚴即純雜無碍義或可各以異門雜也所入普門純能所契合即無碍矣鈔我唯知此下各前友自謙知一謙德之柄故無不行者也推他後友知多令善財勝進求學故能推所推云自他雖異但示軌後徒實則諸友一多並曉故云然屬一身有本云一義或通也如大願精進力夜神所救獄囚即賢刧千佛等尚云我唯知此教化衆生令生善根解脫門如諸菩薩（廣說衆德）乃至云我今云何能知能說等次指嵐毘尼林神令善財進求等○鈔又善財下善財一身為純普獲諸友解即十住行即十

行德謂十向證謂十地等雜也故純雜無碍也○鈔並通單約事明者若約行如上純雜無碍而說即事事無碍若約純雜各異而說便是單事故云通也言然通德相者如上明業用皆由德相本然故故通德相也○鈔若准下即第九回向疏鈔云一由離凡故不爲生死所縛以出小乘不著二乘二離六識取不縛外境離第七執不着於內三離現惑縛無所見種子着四不取有縛不執空着五無惑障縛無智障着皆縛麤着細由此皆無即名解脫又作用自在名解脫於一門中示現經刧無盡普現其身於一切佛前純也於種種門中示現雜也皆無碍故回向一行既爾萬行例然○鈔萬行例然者即約行說等者由疏中會於純雜約事花上說故此句例於

萬行也以至相所立此門唯約行說故次前鈔引數段経皆約行明純雜也今雖會取然亦義通三意故正立廣狹門也言如一施行下般若論偈云檀義攝於六資生無畏法此中一二三是名修行住謂六度中第一即資生施第二第三即無畏施四五六度皆名法施故云爾也○疏是故鎔融者鎔者鎔冶即初銷之義融謂融和即終成之義以理鎔事令事融和故約義料揀乃有四句對心以明而有六句○鈔即如理之徧等者即能如之事具廣容普徧二義故言例上廣狹者大體同故○鈔一或唯入下若對前廣狹廣狹則單廣單狹等此以一入於一切則復也三即一入多時即一攝多俱存前二句故四以一入多即一攝多故非一入多也以一攝多即一入多故非一攝多也以雙奪前故五

或具下以解心具了前四爲境故六或絕下心與境冥智與神會冥心遣照方詣斯境明唯行能臻非解境故又上真行行即是境行分齊故前解所緣名境解之境故○鈔以一佛土等者一入多也十方上盡入於一土多入一也世界本相下明雖互入而歷然無比下推歸佛德○鈔即當花藏偈云下疏云一多互入入而無入入則壞緣起不入則壞性用又要不入方能入耳又約體本空無入約相不壞如本無差以性融相故得互入無等與前無比皆屬佛故○鈔普賢行品下疏云事隨理融本来即入智了法爾無境不通○鈔離世間品下十種無碍用者謂衆生無碍用一國土二法三身四願五境界六智七神通八神力九力十後九皆云無碍用上皆普

慧問也普賢皆荅十義今即荅身無碍十中文也経云以一切衆生身入巳身無碍用以巳身入一切衆生身無碍用等○鈔六十云下是通讃十方菩薩德行中文上字應是十字○鈔入一切無諍境界者経云以知諸法性無生無起即法性融通之意自在無碍豈有違諍耶○鈔十行品下義引上半下半各是一處之文也○鈔如是等文多約業用者以前経文有能令等言云多約業用或通下若非本然用豈能爾業用繁與豈離法性此則實義或各下通釋如前無比功德故能爾者即局德相無碍用下即局業用以況消顯文可容爾故至理實義可以意得○鈔謂上来約一花葉下對前揀異也謂上作六句攝入相間一異然謂是一葉望餘一切但有一入

一攝（二異）言多入多攝之義者此有三釋一云多入釋上一攝（一攝即多入故）多攝釋上一入（一入即多攝故）二云前文雖但說一重影取多入多攝亦有六句如前一入一攝六句可知今方重料揀也三云但後來傳寫脫一無字耳應云上來但有一入一攝無多入多攝今欲顯多入多攝故分二種四句也言今更對餘一多者謂上能攝入唯一所攝入唯多今能入能攝亦具一多所入所攝亦具一多故云餘也或可上約一花望一切說今更於一切中別取一佛或一菩薩（名餘一也）多佛多菩薩等（名餘多也）○鈔如前初句者即前六句中初句也此一切言但除一花葉爲能入餘法皆爲所入少分一切也即交絡說第二句但翻初句亦交絡說第三句即相梯說第四句此兩箇一切亦

少分一切復狹於前此第四句既非後一多雙亡例下相即應第四句後加一入一多多入一多一多入一一多入多爲八句也次互攝中准此加之例准亦應有解行境而但解攝入絕攝入不解非攝非入不絕非攝非入乃文廣而義狹也約智則容有此不但精通最初六句何須廣明餘義○鈔今攝亦四等者約己以攝他而說即是容義能容即所入所容即能入故一與一切各有攝入二能彰入時不彰攝明攝時不明入故攝入各有四句也○鈔此二重四句下問初作六句前疏總指但云思之此二重四句疏何別說故此荅也○鈔是相即義等者以一花葉廢己自體全是彼所即一切法彼此爲一是相即義言以上相入下對上相入以顯相即異於相

入也如兩鏡下喻也問既但力用交徹體元不入何故前鈔云入門則一切皆入荅以用互入是先已許而喻諸法各別亦互入故此則将其所易喻其所難如日以火珠爲體影現鏡中而能出火若但是影何能燒等諸法體用何能思議故十定品山間山上日影喻中經云但此日影更相照現體性非有亦復非無等○鈔今此下正明相即已無體者全是他成離能成外全無自體故言無是能成故名有體一切法皆互有能成所成義即緣起門意彼此全一是相即玄門義言亦如下舉例釋成法界觀云如波動相舉體即水故無異也豈待波無然後即濕當知言廢義極深玄○鈔初句結前等者結前段所說即義含於四句之義言亦由一多相即下通難也

難云疏言一多相即此上三句於中含之可爾何有第四非句耶故此荅也雖是俱非之句亦由一多相即互相奪故方成此句○鈔然約同一類法下前則總該一切是總意也已下或同類法相即異類法相即皆是別義例此可知者例上總意四句六句可知言復應下例前相入中重料揀也具足應云先相即四句後相攝四句以此門所即者爲有體能攝故准此前相入門例亦應有同體異體攝入之義○鈔以今下問既應有同異類義及例前相入二四句義疏何不廣說耶故此荅也疏但約一花葉望一切法相即故畧不言問鈔中何故却指例耶故下結例下荅也以下第三結例成益中云舉花既爾一塵等事亦然故知具上同異類及四句等○鈔或

復有六下於前第四一切即一切或一切攝一切後加單複相望四句亦應此後有解行境故為十也雖具二種十句而義狹於總意六句謂但解即絕即而不解非即不絕非即等思之可見故云並不出前總意四句疏所作者故疏不例也○鈔多一既爾下別例一切法也問既大小相即豈不濫廣狹門荅此明相即無碍彼取廣狹無碍故不相濫○鈔然刋定下彼將自所立相即德玄門揀異自所立同體成即德相即德如異體成即德如同體若爾下不取即義但難同託事也今疏下據其即義却難歸相即門也故同體成即德但當相即門中同體一分之義故於此門特分同異體耳○鈔即十住品等者即第七不退佳中文也故云為不退人疏鈔云約事事無碍有同體異體義由文成義則文全攝於義由義成文則義全攝於文既言下總釋顯明異體容含同體○鈔初發心品下亦義引疏云知心性故與佛平等即由唯心所現故得然也○鈔七十八下疏云具云迷帝隷此云慈即其姓也然有三緣一由過去值大慈如來因立大願願得斯號故二由此得慈心三昧故三由母懷時有慈心故餘如教跡觧行在躬中釋○鈔又如菩薩下文處盖多總指一經上下如十忍品云菩薩雖不往詣十方國土而能普現一切佛刹等○鈔若攝他不盡不現等者總有四義一不盡不同相即不現不同相入處兩中間方是隱顯門二故至相下如第一錢為能即義顯二三至十雖各有能即義隱不彰然即字有二義一能即能攝義一之當體即是

餘多之法更無別餘之法一是能即能攝名顯二能即所攝義一即在餘多法之中一是能即所攝名隱今是初義後作句中是後義也三亦如下以見不見明隱顯義上皆異體隱顯四亦如一人下即同體隱顯十地鈔云言六親者即父母夫婦兄弟之親也若父母望之子顯餘隱若兄望之弟顯餘隱餘亦如是由此隱顯下結釋也顯俱則下遮非也然隱顯下顯正也並可知○鈔二句數料揀等者旦依前段四義中初義作句此有兩重六句一例前相入則一此一花攝多即一顯二彼多攝此一花即一隱三一花即隱即顯合上二故四非顯非隱具四絶故五二一花攝彼即此顯彼隱二彼全攝此一花即彼顯此隱第三句下謂此一葉正攝彼一切法時不妨彼一切法攝此一葉故則一葉亦隱亦顯一切法亦隱亦顯以合上二句故泯即第四句下文中但泯一顯多隱足顯一多隱顯俱泯文巧畧故若具釋者此攝彼爲顯時則此顯彼隱即是彼攝此故此顯則泯也隱取彼攝此時則彼顯此隱即是此攝彼故則彼顯泯也彼爲此攝爲隱則彼隱此顯即能攝此故彼隱泯也影取此爲彼攝爲隱時則此隱彼顯即能攝彼故此隱泯也故是一法與一切各非隱非顯義以奪盡第三句故○䟽下云東方等者賢首品文云䟽約菩薩身不分謂在東之身即是西身所以爾者以所觀之法事隨理融隱顯自在故○鈔以此但見等者證前四義中第三義於眼根中下亦賢首品文其即是顯即是隱古人釋詞言例上可知者例上見入定爲顯不見起爲隱也○鈔暗處爲隱等者隱其明

故爲隱以喻彼爲此攝爲隱又暗處有明下上但一重隱顯義今明處爲顯明義明下有暗隱而不彰暗處爲顯暗義暗下有明隱而不彰此喻亦以見不見明隱顯如東方入定入顯起隱西方起定起顯入隱一半明如入一半暗如起而俱有隱顯可知前法說中不說此義隱畧以明也○鈔亦如下引文則見下釋義此則佛體非隱非顯能隱能顯應知言徧亦難思議○鈔十定品云下亦引文則見下釋義如月輪者阿含經云其城方正一千九百六十里高下亦然等○鈔摩耶下義引亦隱顯下解釋言例有一顯者於此一處爲母顯也言若約智幻者摩耶證幻智解脫門故極位則位寄等覺故○鈔一所含微細猶如芥餅者雖舉於餅但取芥爲所含以稱

性故云微細以毛孔下僧祇品文謂諸刹若不微細應徧塞於毛孔今既諸刹不徧毛孔顯所含微細也二約能含下亦以稱性故能含諸刹故云微細三難知下亦稱性故難知也言法法皆爾者釋相容字然此門唯一含多今云法法皆爾者謂上一能容含多既爾餘之多法一一能含多亦然也一多不壞下釋安立字○鈔初即晉經者於一塵中等一段即晉經文也又於一毛端處下義引唐經正文即第十回向偈也言普禮下舉世暗冥佛能明照故如燈也普禮之言菩薩正行○鈔第九回向云者牒疏第九回向四字中所指經也經正云以無着無縛解脫心成就普賢深心方便於一念中現一切衆生不可說不可說刧念心跡云以契理深心故於一心

能現多心○鈔十微細下牒疏微細二字中所說經文也有以疏中第九回向微細爲一句讀而以疏文但指第九回向中十門微細容持甚深德一段之文者義雖稍通然詳鈔意是兩處文故各別引當以鈔文爲定也即離世間品菩薩有十種甚深微細趣謂在母胎中示現初發心乃至灌頂地一在母胎中示現住兜率天二初生三童子地四處王宮五出家六苦行往詣道場成等正覺七轉法輪八般涅槃九從三至九皆云在母胎中示現在母胎中示現大微細謂一切菩薩行一切如來自在神力無量差別門十具如教迹中說言通德相業用者此十若法界緣起實德即德相門若約對根而現即業用門○鈔然刊定下彼開賢首所立微細門以成相在德微細德言而自下刊定自揀此微細別於相在也若爾下清涼難謂但當法上齊具一切名微細爾者此一切法下雙問若是下雙關難之言德相之中則無微細者謂汝刊定德相之中無微細也汝何立微細耶言若是真者下假設縱彼爲難也其實一法之中豈有真實自一切法離法界法外耶又同時門豈是一法之中別自有一切法耶故知但且假縱彼爲難也實唯以彼自釋微細門亦名普門故成濫同時也七十七中下彼自引證既言下結難濫也若言下逆遮彼救恐彼救云其微細門但攝同類一切諸法不攝體外異類諸法豈得同於具足門耶故此遮也如十微細下引教難也言況一塵中下亦遮救也恐彼救云八相雖異同是果德應現豈非同類故且置之況一塵中現一切法豈非異類即上疏中所引晉經也問前引文云一切國土與塵同是

依報亦是同類荅正報中塵豈不能現耶言明知下結明知別體別體相望相在即是微細是故古德下明微細相容則知異體相望說之以彼立相在依此微細開之故此上廢已從他難也設此下復縱設許此微細門不攝彼相在即是相入門中所收如前列名中及釋相入門中已會言設有小異下復縱其相在是異體微細是同體有此小異奪云皆賢首本微細門中收之以彼元依此門開故問此門何不立句數荅此但有一容多故不立也〇鈔第九因陁羅網等者妙嚴疏云具足應云釋迦提桓因陁羅此云能仁天主又華藏疏云謂帝釋殿網貫天珠成以大珠當心次以其次大珠貫穿匝繞如是展轉遞繞經百千匝若上下四面四角望之皆行伍相

當喻諸法重重互現以爲境界〇鈔一花一塵下總釋諸法皆能含攝故言何有一法下既皆稱性何有一法而不爲能攝耶何有一法而不爲所攝耶是故能攝所攝互攝重重言欲令易見者謂盡理應以一塵稱性攝餘一切諸法諸法亦須稱性復攝一切諸法以辨重重今不爾者以塵對法散漫難見今欲令易見耳以一塵望餘塵以辨重重耳言猶如鏡燈者如一方鏡一圓鏡相對中置一燈方鏡中現圓鏡影重重無盡(及燈影重重無盡圓鏡中現方鏡影)及燈影重重無盡此但况重重互現之義也故下疏中以喻重喻以鏡燈喻帝網以帝網喻玄門取已見邊况所未曉故〇鈔一珠現於多珠等者然此義未成重重今以對前一珠現萬像只是一重此一珠更現一切珠

及一切珠中萬像故方成重重之義如文可見○鈔即是初地等者疏鈔云願往諸佛土常見諸佛恒敬事聽受故文云下明疏中但義引耳言又發者初地菩薩發十大願此當第六故致又字願一切世界者總也廣大下別別有三相一一切相於中又三初明分量廣是小千界大是中千界無量是大千界次明體質麤妙謂報應等殊論云細者隨何等世界意識身故無色界爲細麤者隨何等世界意識色身故下二界爲麤後亂住下安布不同亂則不依行伍倒則覆刹正則仰刹入則攝他入已去則爲他所攝行則往來不住故如帝網正喻於此一如帝網差別即眞實義相土土同體不守自性互相涉入如彼帝珠故名眞實三十方下無量相謂前二相周

徧十方又上說不盡故結云無量大菩薩藏經說虛空中世界重數多於大千所有微塵但由業異不相障礙一處重重尚爾況復橫周上皆所知智皆明了下辨能知若眞實義相唯智能知餘一切相可現眼見如帝網下論牒經也即眞實義相者論釋義也意明下鈔詞轉釋眞實義相是土體及性相相融世界實爾云眞實義○鈔然判定下彼於賢首所立帝網門中開出具足無盡德謂一一下乃至非約解脫等業用者俱是判定記文然從謂一一下彼自揀具足無盡德不同帝網不同微細妙嚴下彼自引證彼自釋云下釋前所引可知古德下清涼出賢首等意也初以因陁羅網門收之若微細下復以微細門收之彼正揀此二門今却以二門收之縱云

下遮救也恐彼救云微細則一法頓現無盡具足是當法出生無盡所以異也故此遮云具足縱是出生無盡亦不出於微細頓現之法界也言若細分別下下縱奪釋成以彼說具足無盡是入一重無盡及出生無盡如前所引小器出生非約頓現帝網則重現無盡微細但一法中一切齊現豈非三門之異奪之則但取無盡義同復於帝網本門中收故今依賢首不分二別也○鈔以重現之理等者法既深玄未可直解故經以海會大衆先所了者帝網之事爲喻顯之對於我等翻成未曉故以鏡燈與佛重重互現之近事用況深玄之旨也○鈔二揀濫等者以門名顯法二字似有表法顯之與表如眼目殊稱故恐相濫也以事下總指也如衣表忍辱下引法華經釋成等言等取餘教如此例者皆是所揀言即人即法等者雖言即字不取即義但取依託一事顯無盡法界差別之法生此無碍寂照之解以斯爲門通於玄趣從無盡因下緣起相由因也○䟽下文云此華蓋等者但義引經正取多因生一果如一華蓋從無生忍等多因生故○鈔彼有三段文含四義者下䟽云菩薩與供中先明行成依報供二十七句文分三初十句多因成多果之供次八句一因成一果供後九句一因成多果供應有四句多因成一果攝在初段以多因能一一成故又初段即一切中有一及一切中有一切次段即一中一後段即一中一切也今初十句一時併舉多因後通成諸供以所生顯能生故句句皆云所生等也言出過諸天者勝故多故餘可

知以經前列諸天供具今指勝彼也次八句下第二段引經皆因果相似疏云一盖以障塵度能除蔽二帳以庇廕若悲爲佛境花以開敷如覺解清淨三法忍和悅用嚴法身乃至中超中間四句經云入金剛法無碍心所生一切寳鈴解一切法如幻心所生一切堅固香周徧一切佛境界如来座心所生一切佛衆寳妙座供養佛不懈心所生一切寳幢解諸法如夢下同今所引疏云四演教網則震金剛之妙音觀教網不碍文而見理五香氣聞而不見見而不可攬從幻法見而不可取取而不可得知幻無堅以成堅法六周徧法空是佛智身所依之境座之義也七摧懈慢幢樹法勝幢入諸法如夢是佛樓託之所也既以下鈔釋也後有九句下第三段引經言等九雲故者

經一切種色妙衣雲一切堅固香雲一切無邊色花雲一切種種色妙衣雲一切無邊清淨旃檀香雲一切妙莊嚴寳盖雲一切燒香雲一切妙鬘雲一切清淨莊嚴具雲皆徧法界出過諸天供養之具供養於佛疏云第三無着下一因多果供無着無生但一義無生約理無着約智此二契合方成一因文中九句可知言應有下巳上引文准此義故應有多因成一果於四句義豈偏闕此文不說者以攝在初段故今約多因下結歸緣起相由義也况此下法性因也○鈔金色世界即是本性者即目真如本覺自性名號品疏云心性無染與緣成器爲自體故言彌勒樓閣等者經云善財入樓閣入已還閉見一樓閣下百千樓閣彼百千樓中一一各現百千樓閣

一一樓閣前各有彌勒一一彌勒前各有善財疏云見所證境此明樓閣全體即是理事依正主伴即入無盡法門言勝熱等者疏云於五熱中成勝行故體煩惱熱成勝德故不染煩惱成淨行故四面火聚者四句般若皆燒惑薪故中有刀山者無分別智最居中道無不割故高而無上難可登故投身入火者從無分別智徧入四句皆無智故又釋刀是斷德無不割故火是智德無不照故投身下者障盡證理故即刀山爲能證火聚爲所證故此火等即是法門不須別表現所用故稱性事故此爲甚深難解不可輕耳○鈔故立具足無盡德不出於此者會解云據前總指云其同體成即德乃此中托事顯法生解門但名異耳乃至總結云並如下會若爾今合會同體成即德而前標此結皆會具足無盡德者似與前總指不同況具足德前第七門已會但恐後人悞改之耳今詳鈔意前後意別前總指中以彼自釋同體德云一一即是一諸法故同託事今以彼釋具足德云但就當體即具無盡亦同此門一一事法即是無盡之法故亦於此門會之故託事門會其二德前雖結云並如下會未必所會與前同也智者詳焉○鈔三世區分等者即三箇三世區分各異與一念復別云隔法上之十世而互相在無障碍故云異成如九世之異因一念之異因九世成等互爲緣起相成故得互相在也言疏中但作下謂不說隔法異成也○鈔即離世間品下義引經文疏鈔云前九別後一總三世各三故成九世未来是續起

法故未来未来名爲無盡過去已起故過去不名無盡現在即事可見例過去之現在故云平等過未之現在非可見但對前後立現在名巳上畧消經文言不言一念下即此一念現在是過去家未来是未来家過去則自具三世現在因過未現在中有三過去因現未過去中有三未来因過現未来中有三故爲九世本之一念故爲十耳以一融九雖九而常一以九融一雖一而常九九一無礙泯果絶言假十圓融爲九門矣言然依下叙昔義當下總指言正在第三日者具三世故過去家未来現在家現在未来家過去前望取二日具三世謂第一日唯是過去家過去第二日是過去家現在現在家過去後望取二日具三世第四日是現在家未来未来家現在第五日唯是未来家未来故有下結也義似下釋也下躡正云若依此釋進無九世之体退過三世之數云何一念得具九世◯鈔今但下伸正義謂如因下釋成三世互爲緣起故言法從因出下引證釋成謂現在果法從過未因出以現在之因則現在中巳有過未也本是中論之文具云異因異有異異離異無異若法所因出是法不異因言餘二因二等者謂餘過未二因過現及現未二例上現在可知也◯鈔即中論下觧妨也妨云上所引者即是中論破時果中有因因中有果皆成雜亂既不相有明無定時今何將過以爲德耶故此荅也遣執成德二義懸差若執三世定有性者尚不見無性之理安知一中即具三耶今由無性方互相由成無盡耳以病成藥豈不良哉其猶良醫以毒爲

藥○鈔廣如離世間品者上已引之彼復有一義云具緣九世緣起相由如用九日而為九世互為緣起望於一念亦互為緣起故德互相無碍○鈔芳春等者初學記云梁元帝纂要曰春曰青陽氣清而溫陽亦曰發生芳春青春陽春三春九春等夏曰朱明氣赤而光明亦曰長嬴以征反朱夏炎夏三夏九夏等秋曰白藏氣白而收藏萬物也亦曰收成亦曰三秋九秋素秋素商高商等冬曰玄英氣黑而青英亦曰安寧亦曰玄冬三冬九冬等○鈔非長亦非短等者過未各無量刦皆置現在中故非長現在一念能容過未故非短離長短等分別名觧脫人智行斯境言此偈前文下亦是唐經雖無量刦以通達故即是一念次句拂迹入玄末句總結如十地下義引經文也○鈔三揀濫者

以刊定如時為所依體事雜濫疏家以時為玄門故揀之也言斯亦有理者不違教理故古意下出賢首等意然有二意一時是假法故問十對事中位之一法亦是不相應行中次第一義何為所依耶二又緣下恐濫外道可知○鈔即主伴所由者緣起相由因也○鈔其最後等者經說得百萬阿僧祇三昧此是最後一三昧也疏云將說受職位分故一切智者佛無分別智也墮在佛數如始出家墮在僧數而不具戒不名大僧未具佛智仍名菩薩○鈔又現相品下義引佛放眉間下出現品文也又法界脩多下毘盧遮那品文也故隨下總結○鈔若以下揀辨此且約部帙以揀若餘經有詮圓教義處不遮亦有主伴之義故教義釋法華云我有如是七寶大

車其數無量爲主伴門今但爲眷屬是此所流故以隨根局不得刦爲主故即是伴類餘經准知今言下互爲主伴故然言眷屬者相親曰眷相順曰屬即人眷屬法似於人亦得此名唯集玄應作四句一有唯主伴非眷屬如此方十住法門爲主餘方爲伴以非附本相從故不名眷屬二有是眷屬非主伴謂如餘經但與花嚴爲勝方便故稱眷屬不與華嚴俱時相帶圓融而起不稱爲主伴三亦主伴亦眷屬謂法界脩多羅起時攝刹塵契經同起與法界經爲輔翼故名眷屬而主伴起復名爲主伴四非眷屬非主伴謂餘經相望或外典等○鈔三重以例釋者前正釋中但明主伴不說見與不見故此重例釋也謂此方法慧下若此方法慧爲主時必十方法慧爲伴是故此方不得爲伴無主可對是誰伴耶此釋伴伴不相見言十方法慧下十方法慧爲伴時必此方法慧爲主是故十方法慧中有爲主義不得與此方法慧相見此釋主主不相見故此下覆釋此爲主不與彼爲主相見彼爲主下彼爲主不與此爲主相見影取此爲伴不得與彼爲伴相見彼爲伴不得與此爲伴相見然爲主須一爲伴容多言餘如教迹中說者上来所引隨一一法皆有主伴明知教迹且約佛菩薩說法儀式以明主伴也○鈔謂上廣說等者若汎說時隨其一門總依十對體事以明無碍今歷別以論乃唯約事華爲總門具餘體事爲同時乃至主伴門又此事上有教義別爲門具餘體事爲同時門乃至主伴門等乃至百門皆以事爲

首問既言一切事同時具足則理等諸法不在此中同何有十對具足圓滿荅現相品鈔云凡舉一事必具十玄凡一玄門必收十對況明一法一一圓收準此則一事法圓收一切教義乃至感應皆圓收一切然爲門各別故不相濫○鈔第二以事所依等者已上於十對中唯說一事不說其理餘之九對相合說之以理爲門義沉隱故且畧不說○鈔例能依玄門亦成千門者問前體事爲首有一千玄門今以玄門爲首應有一千對體事何故亦成一千玄門荅前體事別別爲首乃有一千玄門今以別別玄門望十對體事則成千玄門且欲展玄門至無盡故言具同時教義等者此以玄門爲首故與前別有本云教義同時等者傳寫誤耳或順亦成千門之義

思之言又前分總別下揀前後不同也前約十門次第行布今約十門緣起圓融各是一義故○鈔言重重取者下有其二義重重取之一者如初門中下約其玄門重重取之言初門中具十者如同時門中具十箇同時(教義)事十各具十故成百門如同時教義具百既(乃至感應也)十中取一同時教義亦須具十對體爾餘九同時具百亦然故具千門以緣起法互不相離故言如一既爾千門各十亦然者上千字下十字彫寫者誤應上是十字下是千字云十門各千亦然意云其同時一門具千既爾其十門各千亦然例上可知言十千之中下盡理總言也如一千錢下正喻總義上釋初義竟言又重重下第二意約體事重重取之也以十對中如事有多事一一各說

十玄乃至感應各有多種一一各說十玄彼復更相涉入以成無盡○疏於此千門等者始終備曉曰圓窮微洞奧曰明顯了之言但釋明義或究竟名了亦釋圓義則觸目對境常入法界重重無盡之境○鈔以是等者但隨一一各具德無盡此猶是入法之門唯普眼下毘盧遮那品疏鈔云一眼即具十眼融無障礙眼外無法方真普眼以諸緣發見即緣各爲眼因沒果中緣皆號眼故全色爲眼恒見色而無緣全眼爲色恒稱見而非我非我離於情想無緣絶於貪求妝萬像於目前全十方於眼際是以緣義無盡隨見見而不窮物性叵思應法法而難准法普即眼普義通乃見通體之自隱隱照之遂重重然言上智能入者問既上智能入則中下無分答善財既見文殊令憶宿世善根則知前已修習方成上智安得自欺恒守中下勝進不已乃至極位矣

華嚴會本懸談會玄記卷第三十

音釋

遞 音地互也　麤 音粗不細也

華嚴會本懸談會玄記卷第三十一

蒼山再光寺比丘　普瑞　集

○疏第二明德用所因者所建十玄之義皆通德用令能建立之因由從所建義以彰其名德用之所因依主彰名於十因中自有德用乃德用即所因持業建號○疏因廣難陳等者探玄亦云亦彼列十云一緣起相由故二法性融通故三各爲心現故四如幻不實故五大小無定故六無限因生故七果德圓極故八勝通自在故九三昧大用故十難思解脫故旨歸云一無定相故二唯心現故三如幻事故四如夢現故五勝通力故六深定用故七解脫力故八因無限故九緣起相故十法性融通故評曰旨歸合果德於因無限中開如夢現故爲十義探玄因果開成六七除去如夢唯存如幻不實亦足十義今疏合取旨歸三四爲第五合取探玄八十爲第十故名神通解脫以勝通即神通自在即解脫其難思即由神通解脫自在故難思爾故合爲第十別開第六如影像以足十義探玄所以去旨歸如夢者意唯約幻喻例餘喻故也所以不別列兩科然別開於因果義如下會今疏却約三喻分爲二科以夢幻義意稍同故合爲一影像法喻稍别故別爲一（如疏釋中自見）問如十忍品總有七喻今何唯取三耶荅有二意一既疏云因廣難陳畧提十類故唯取三以足十義二亦由此三爲十玄所由便故以如燄如響如化如空多喻諸法不實不順事事無碍故畧明三所以不取餘也疏十中前六等者若約圓融實則五通德用令約行

布顯相而說通局有異言通約法性者謂第四是法性其第一唯心是法性上覺照義第二法無定性由法性所成故無定性第三緣起豈離法性之外第五第六皆諭諸法自性不實亦由法性所成故不實耳所以前六通約法性故局德相也問應前六因同一因耶荅約其收攝不出法性若約別義何妨六因有異定用神通待根方立故後二局業用言七約起脩等者若約起脩學即是業用因若約一一因行性本具故即德相因故得通也八以本法從於果人故局德相○鈔謂佛體上之用等者纂玄記云然此德用有法有人初約法者真如具德名爲德相神通等用名爲業用若據人者約佛名德相即德者相故約根名業用令見即入故今此文意舉人顯法

謂約佛則全用爲相如佛音聲詞辨之用即是德者本具之相約根則全相爲用爲令衆生新新知佛本具之相故相名用○鈔令明在佛德相染淨二相皆盡而現染用者亦如性起唯淨緣起通染而於性起說生佛交徹染淨融通正同此也問既能現染何能染相盡耶荅舉用同體現而常虛故言師子座中下引證恐傳寫悞准妙嚴品說乃佛宮殿中現一切衆生居處屋宅疏云衆生是正屋宅是依妄無自體還依真現故○鈔如十定品下經文具云佛子譬如日出繞須彌山照七寶山及寶山間（山間即香水海）皆有光影分明顯現其七寶山上所有日影莫不顯現山間影中其七山間所有日影亦悉影現山上影中如是展轉更相影現或說日影出七寶山或說

日影出七山間或說日影入七寶山或說日影入七山間但此日影更相照現無有邊際體性非有亦復非無不住於山不離於山不住於水不離於水疏云七寶山間有香水海海現日影山以淨金亦能現影謂水中本影現山上影時此所現影從山上出來入山間若山上本影現水中影時此所現影從山間出入七寶山上故正入時即名爲出所喻可知但此影下明重現無盡喻菩薩帝網身土鈔云古德立帝網義經有帝網之名而無廣說之處以昔未有此品經文故此一段文可誠證也○疏以一切法無非心故者即觸事皆心也言隨心廻轉者即古隨心廻轉善成門令爲所以也義如前指○鈔心能變境下舉法相妄心現境之義以況真心也准百鈔云如一人心上所變現木之與石則互相碍如

欲界一切有情同變山河大地木石等所變之相隨心各異然更相涉入如衆燈光不相障礙謂從諸有情共相種生業力相似處所無異而互相攝入也故論云雖諸有情所變各別而相相似處所無異如衆燈光各遍似一言相相似者由共業力感相相似也問多人共變不相障礙一人第八所變木石却有礙耶荅由昔造業熏種而有同異故使然也如第六識緣山河大地時不作彼此分別但熏其種故後生果時互相攝入若木石等互相礙者由第六識緣時定作木石等差別之解而熏成種後生果時亦各有異然今但取不相礙者巳上妄心所現妄境尚得無礙況真心所現具德真法耶此有兩重一法界真心能現萬境真法即前十對體事二故能即入下既知此法自

性唯心故立十玄混融無礙（上辯法因此辯義因）○疏二法無定性等者如色以質礙為性等今無此等定性故云無定性也既唯心現下躡前起後言性相俱離者集玄記云依他事法緣生虛假無實體性體既本無形量相狀亦不可得故云俱離性相俱空故大小不定也玄鏡記云無實定性謂熱非定熱濕非定濕動非定動堅非定堅等亦無定相謂長非定長短非定短大非定大小非定小等既緣生之法性相無定彼此涉入無有障礙○鈔一邊方中土者邊即中中即邊例同廣狹亦約一法說無礙也言極輪圍邊者即一三千界大鐵圍山名曰輪圍言二行不同者有云即真俗二行偏事偏理故邊不同中道與邊相即約差別義亦事事無礙若真不同俗名為差別相待立故名事中道絕相故名理中邊相即亦通事理無礙今取前義有云如出定入定二行別則為邊既不定此二邊亦不定此二之中道故云事事無礙若以契理為中不着定亂二行為邊即理事無礙二釋隨取○疏三緣起相由等者若果從因以得名是緣之起若因從果以得名是起之緣名為緣起緣起即相由要具此十下理足須然以十顯圓故○鈔如外水土等者即非第八識執受謂諸非情名外水土等為緣而芽等為起（等字）（如酵暖人功為緣而酪得起泥為輪繩陶師等為緣而器得起等）此則外一事緣起有情識者名之為內無明行等為緣識等名起此則內一事緣起又此上皆染緣起三乘之因為緣三乘之果為起名淨緣起今則下揀前上顯所揀今釋能揀有其二義

一總收下約緣起之法釋即前十對體事無法不收故云大也更互相望同為緣起此辯法因以揀之或多法同一緣也二又即下約緣起之義釋即具十玄之義故云大也互爲緣起具十玄門此約建義因以揀也或一法具多緣也言不同下重顯所揀由能揀有二所揀亦有二也前約緣起法以揀內外等法此約緣起義以揀三乘緣生無性之義若無性即假揀相教義若無性即空揀始教義若無性即如揀終義也○鈔所以有同異體等者十地品云攝諸波羅蜜淨治諸地總相別相同相異相成相壞相疏鈔引十地論幷賢首教義釋云總者一含多德故別者多德非一故同者多義不相違故異者多義不相似故成者由此諸義緣起成故壞者諸緣各住自性不移動故別異壞即此中不相由義諸緣各異故總同成即此中二相由義互遍相資故言因中不待緣者教章云正因待緣唯有三義一因有力不待緣全體生故不離緣力故二因有力待緣相資發故三因無力待緣全不作故用歸緣故今例因中不待緣全體生不離緣力則自具德義也二相由義例因中待緣相資發故言初即同體門後即異體者有本云初即異體門後即同體門者其義正同不須更徵釋也准今有徵釋應是初即同體後即異體為正也（應是後人誤改之也）若爾下徵也徵意云若初即同體者何以疏云諸緣各別不相雜亂若第二即異體者何以疏云互相遍應方成緣起此疏鈔相違妨也釋曰下答也意云要由諸緣各異方得互相

待緣故異體亦名同體故云初即同體門要由互相徧應方自具德故同體亦名異體故云後即異體門或可此緣起具二義一相由二不相由此為異二更互為能資所資疏約所資則諸緣各異體互徧相資為同體鈔約能資則不相由却為同體門相由却為異體門二義合明其理方足纂玄記云疏據因說鈔約果說諸緣各異是異體因為因各異方得相由故名同體互徧相資是同體因為因互徧方不相由故名異體互相違所以諸緣各異中生三者一互相爲無力者名依依於他故有力者名持持於他故二互爲能成者名有體形對所成故互爲所成者爲無體爲他能成奪爲無體故三初一約用次一約體同時雙融故是知諸緣各異中亦有互相徧應之義故名同體互徧相資中亦生三義互爲約用有力無力約體有體無體體用雙融既諸法互相對望方能互相徧應故同體中亦有異體○鈔即光明覺品下

疏云即相成義則一多俱立言然由相成下即異體中有互徧相資義方各有體者即諸緣各異義明不相離也○疏各與彼多等者如一應二則一不異二而不失本相故仍名一乃至應十亦爾橫論則所應不異能應則一全收一切豎說則名十箇一皆無別體故並稱同體○鈔如十錢等者問此十錢亦是緣起法何分能喻所喻答以其所易喻其所難誰遮皆是緣起法即晋經夜摩偈云譬如數法十增一至無量皆悉是本數智慧故差別故此以十錢爲喻也○鈔若無十一者十箇一也謂若無十箇一此由本一遍應不徧故令本一不具餘九一也○鈔故隨二下以隨舉一法具法界差別法之頭數同體法也如阿含經說鹿頭梵志善解諸聲知生死因

緣佛與俱至大畏林中取一人髑髏佛問云此是何人梵志打令出聲荅曰男子問何命終荅衆病皆集肢節酸痛故命終問何方治荅呵梨勒和蜜治問生何處荅生三惡道又打一日何故死食過差死何方治三日絶食生何處生鬼中乃至最後香山南有優佗延比丘入無餘依界打髑髏曰生何處曰無本非男非女不見生處未審是誰佛言止止梵志問佛佛具荅之鹿頭歎曰此未曾有我觀蟻子尚知來處觀此羅漢不見生處如來正法甚奇甚特九十五外道我皆能知如來之法不能趣向迺投佛出家等聲之一法既能如是餘可例然良由聲中本具諸法故使外道得其少分寘依其本日用不知○鈔真實慧者疏云心不顛倒是真實慧

○疏謂凡是一緣等者前二門說之前後法乃俱時謂凡是一法爲緣起者具前二義方成緣起以要下釋具之意此上三門下後之七門不出同體異體故爲所生○鈔三或俱存等者俱時存住自故異體及徧應故同體亦俱存下前直指諸法此以數言之故致亦言由俱存下即奪第三句成第四句也○疏如論云因不生下即義引十地論文也論云非他作自因作緣生故然具有四句下二句云不共生無知者故作時不住故不無因生隨順有故對法亦云自種有故不從他生待衆緣故非自生無作用故不共生有功能故非無因生然下疏釋此四句有二意一破邪二顯理理外計曰邪邪亡則理顯理顯則感亡反覆相順然自他等四是計是依不之一

字是藥是理窮生之理不出自等自等若無生將安寄故以不不之則惑亡理顯然其所計畧有三數一者外道謂冥性爲自梵天爲他微塵和合爲共自然爲無因又此四計亦是僧佉衞世若提子勒沙婆也二小乘同類因爲自異熟因爲他俱有因爲共計無明支託虛而起亦曰無因上計亦通大乘執之者同類者因果相似如不善五蘊與善五蘊展轉相望爲同類因異熟因者唯諸不善及有漏善相望故也俱有因者如四大種更互相望爲俱有因三約大乘果法爲自衆緣爲他合此爲共離此爲無因又以因爲自以緣爲他合此爲共離此爲無因又從真起爲自衆生爲他合此爲共離此爲無因所計雖衆但顯正理諸病計自亡此有三義前二法相及無相宗後一是法性宗皆執法成故俱爲所破所計雖衆者但顯而爲能破同一不故言顯理者初顯無生理有二解一約展轉釋從緣故不自生既無有自對誰說他又一切法總爲自故又他望於他亦是自故既無有他故不他生自他不立合誰爲共有尚不生無因何生憑公云以自破他凡有三種一總二即三相待今疏則全有此三初云既無有自對誰說他即第三相待破無自可對待故如無長故無短次云又一切法總爲自故即第一總義萬法皆自如百人一處皆用已爲自則他亦是自今破一自則他亦破矣次云又他望於他也是自故者即第二義謂如二人兩立相望此言是自指彼爲他他亦自言我即是自指此爲他故其兩人皆有於自破此人自他人之自亦已亡故從自他不立下即雙用自他破俱生義如二盲人離不見色合豈見耶從今尚不生者即以三作破無因義此中非謂是無因不立有因舉無以釋因緣和合是生義尚不得生豈用無因而立生義故四句求生生不可得無生之理顯無不觀無理既顯計何由生二約因緣形奪釋故對法云自種有故云云如前引論解同此若爾自種有故是則自生豈曰無生此假自破他非立於自次句他破自故中論云如諸法自性不在於緣中下二句

例然惟審詳之即就前計以因為自以緣為也而顯理也若尒下釋妨捒濫古人多以非無因是從因生故為此問荅引中論證唯證他破自以破他等已如前說下二句者即以無作用破具非立無作用生以具破無因非立因也此別顯無生義故令詳審使物莫濫也　次顯無碍理但因緣生果各有二義謂全有力全無力緣望於果若有力則因全無力故云因不生緣生故云不自生二因望於果全有力亦然故云緣不生自因生故云不他生三二有力不俱故不具生四二無力不俱故不無因生此明理事無碍無力故無生有力故不碍生則生不碍無生無生不碍生亦取對法偈門之而用意則別亦同初門不自生非不自作等則上一句顯無生第四句不碍三作　此復有二義一約力用交徹明相入二據體有空不空明相即云云全同今䟽文也此約事事無碍評曰今既引地論之文通前諸義若對法義通理事無碍文唯顯無生尒今正用事事無碍意尒　鈔如中論云等者即觀因緣品第一中文如諸下二句全是論文以字下

鈔以義釋初反釋緣中求下順明下句以自破緣下然中論下二句亦云以無自性故他性亦復無今鈔謂若下反釋令假下順明可知言今正用此意者若無生不碍生則理事無碍今取力用交徹事事無碍耳鈔三反成上義者謂反成上全有力全無力義也亦是觧妨下是因前引證而起問也如穀子爲因等者此因緣為能生芽為所生則三法明義但取有力無力以為證成○鈔如無一下約數以明亦如無柱下約舍喻以說也今法界中下此談本有法也○鈔先明一持多依等者持為能持即有力依為能依即無力下皆准知問一雖有力何生多果多既有力何生一果又豈不違前有多果過一一各生故荅此無碍緣起不同於前何者由有一故一切

得成由有多故一方得立問何前釋託事有多因生多果等四句今但說一多互成耶荅彼亦别義分之不出一多故○鈔恐有難云下既一多俱有有力無力二義云何偏一能攝多耶故此通云下意云由一有力與多有力此二有力必不俱故一無力并多無力此二無力必不俱故以皆無待故問云何建立有力無力二義以能為下荅也一多各有有力義邊為緣要對一多各無力義邊為起○疏反上思之者從是故已下一字改為多字多字改為一字便是多持一依之義也○鈔若總釋者下有二義釋初改字總釋亦但改前疏從是故一能持多下乃至反上思之中間一字改為多字多字改為一字二恐不曉下補疏具作言反上思之者亦以今鈔多持一下多字改為一字一字改為多字便是一持多依是則下總来前義兩畨迢别以釋疑也欲令義顯故○鈔三結成句數謂上一攝多是第一句者是上一望多也雖舉於一攝該取一入故多攝一是第二句者即上多望一也雖舉多攝該取多入故唯一四句也或可此中影畧以顯據實應有三重句數一謂上一攝多多攝一亦一攝多亦多攝一非一攝多非多攝一二謂一入多多入一亦一入多亦多入一非一入多非多入一三謂一攝一入多攝多入即一攝一入即多攝多入非一攝一入非多攝多入亦可下例前成六則有三重六句思之○鈔今初為能起義邊等者立能成為緣故有體所成為起故無體如云從緣生法下舉事理無碍緣起為例釋成

但取所生即空爲無體義若一向空何名緣生法耶若一向有何假緣生是知說法不有亦不無故名緣生法也○疏由一有體下以行文巧妙前後不同是故此中先雙釋後是故下雙結也○鈔由有無二義不得並故者謂由有體有體無體無體不得並故問一不即多下文外反顯問答也言空有二義等者空是所起無體義有是能起有體義意云若緣起門中緣有起空二義不成立者諸法便有自性有非緣起有故即無因常見過既非緣有令法斷滅即斷見過或可便有自性斷過非緣起中空義也亦有無因常過以非緣起中有義也故致等言此上反顯順明可知○鈔即前無有不一之多者以成上一有體故攝他多也有本云即前無有不多之一者

應舉一邊影一邊故或即前無有不攝多之一此但義指不指前文下對一無體准知○鈔全同前門者同前相入門也言但改一爲多等者即前段疏從是故一緣是能起能成故有體乃至反上思之中間一字改爲多字多字改爲一字讀之便顯○鈔第三結成句數等者此但一重四句或六句准義應云一攝多多攝一亦一攝多亦多攝一非一攝多非多攝一具四絶五又一即多多即一亦一即多亦多即一非一即多非多即一具四絶五又一攝一即多攝多即三合上三俱存四互奪雙泯具四絶五皆可准知○疏六體用雙融等者准已下疏則力無力體無體即入等皆緣起門義玄門則直明即入無碍今以力無力窮源出之故名所以唯心所現等但

總相所以緣起相由則委細明之一體無不用下舉一全收爲單句四全用之體下互奪雙亡也無得相濫○鈔此有二義等者初是當科雙出所以故鈔云正是今意後是次科正釋二門故鈔云次疏具之或可初解亦取所應二等具爲同體後義唯約本一多一論同體故爲二義也言其同體二等者問准前叚及次疏鈔說但似本一與多一互相即入名同體即入義今何唯言同體二等耶荅前後約本一多一同體義顯故今約盡理總收故云二三等謂今一應二之時名二一此一與本一同體既爾其所應二與能應一不定異也能應全是所應所應全是能應故名同體以是緣起互徧相資之法不全異故所以上云直說者直就所應爲同體也即顯下約多一能應爲由也餘三四等准此例知二者下第二義可知具斯二義同體方足

○鈔言餘句者下應准前異體中三重六句下同體相即亦應有三重六句並如前說但有同與前別爾○鈔以是總故等者但以十門緣起成前十對體事隨缺下以圓滿融通方爲緣起故○鈔下之九門下例釋也且如由住一偏應故者是先釋義有廣狹自在門者後結屬也餘皆例知問前云廣狹十對皆廣狹今但云住一偏應何有十對荅住一偏應無所不收如前同體與所應不殊故○鈔別取前等者以前通取同異體相入二門爲相入門故今唯別取一門爲微細門也言入通能所等者以相入門中能攝者爲能容所攝者爲能入則有能入能容之二義今微細

門於容入二義中但取容義即一能容多名容故唯一半也問即入並通同體異體微細云何唯異體耶又次云異體相即具隱顯者則無同體隱顯之義耶荅應知此中具是一相之言○鈔即義如虛空者無相可彰故爲隱也言二義不壞者由上即泯入存恐謂一向故此中云即入二義不壞故正即之時却無入也同時俱存泯無礙難思也○鈔同體相入一中已含於多者是本一中已含多一也言更入異體者以本一更入異體二此異體二已攝餘異體一餘異體一復帶於同體多一故有重重之義思之可了○疏菩薩善觀諸緣起下如幻恐中文也疏云此顯幻相畧有二解一約相類解謂解一無實則知一切皆然並從緣故二約圓融解復有三義一以理從事故說相即如馬頭之巾不異足巾說頭即足故一即多二以理融事說一多相即如馬頭無別有即以巾爲頭以巾體圓融故令頭即足故云一中解多三約緣起相由力則法界同一幻網故令一多相即如幻師幻術力令多即一等鈔云初即理事無礙二即理融事下兩門事事無礙義前二門即法性融通門三即緣起相由門也言又云下經次前有偈云若見佛及身平等而安住無住無所入當成難遇者疏釋云末後一偈知法成前法會周徧所由上半標門即十玄門中一多相容不同門也次一句釋所由即十種所由中緣起相由門也並如義分齊中緣起法界理數常爾稱斯而見何所畏哉此中有破靜法義如前造疏十意中說○鈔一舉體等者隨舉一法全是異體具相入相即體用俱融二舉體全是同體

具相入相即體用俱融三合上二句隨一法上具同體異體二義雙現法體無二故○鈔故約智顯理下總結釋也智窮諸法始末顯理各異故說十門不同廢智照亡顯理之筌則一切叵說說與不說無碍難思猶是因門泯同果海言思安寄唯亡言下即外亡言象內絕思求庶幾下出現鈔引周易繫辭云顏氏之子其殆庶幾乎有不善未嘗不知知之未嘗復行也注云殆者危也庶幾近意言近道也令令後學亡言遺照亞夫聖賢庶幾於緣起之玄趣耳○疏第四法性融通門者畧釋法性二義一法謂諸法二軌持名法性謂真性依主持業二釋如次○鈔謂真如下躡真如具德爲因以釋門名也文中下別科釋是知下結彈異釋○疏謂不異理之一事等者發心功德品云欲知一毛端中一切世界差別性一切世界中一毛端一體性疏云以法性融通門釋前經說即入所由謂一切世界差別性與一毛端體性無二故是故事隨性融此彼相即事攬性起彼此相入各有同體異體准上思之云何異體一一剎等各有體故云何同體差別界體同一體故准此令謂不異理之一事具攝理性時即同體義令彼不異理之多事隨所依理皆於一中現即異體隨同體也○鈔令一事全攝於理故者一事爲能攝理爲所攝言帶一切事入一事中者理爲能帶能入一切事爲所帶一事却爲所入也○鈔令真理湛然下順明言若遮此過者遮此真理可分之過也言過尤深矣者謂前雖分於真理不落斷常今離事有理即事墮於常理墮於斷故過莫

大焉○鈔十門之義下分一初是文前指德懸明言第八迴向等者疏云真謂真實顯非虛妄如謂如常表無變易此法相宗若法性宗云不變爲真隨緣曰如由不變故與有爲法有非一義由隨緣故與有爲法有非異義而起信云無遣曰真無立曰如唯約遮詮頓彰真理又圭峯云真者實也如者似也色中如實似受中如此真實相似餘法不能實相似故此經百門融通理事使重重無盡等言一譬如真如下疏云然異從義別體本常融但契一如自含衆德非由作意順差別如能同迴向亦融攝無碍稱如起行體即是如但人信如德尚迷迴向故以如德喻迴向德故云譬如真如與一切法等即第三十八德及不相捨離者即第四十五德具云譬如真如與一切法不相捨離真如既與一切法相應且如前一蓮花葉既與理有不異義則亦與一切法共相應等一切法具足也即下九門及彼門中所具十對法等一一皆有相應之義云相應也不相捨離具足相應皆非前後故曰同時以此爲門方便趣入此疏中容用二德以成一門下皆准之二譬如下具云譬如真如一切法中性常平等即第三十九德普攝諸法即第四十三德融蓮花葉如常平等故廣也純也普攝諸法在此花葉不壞相故狹也雜也具云廣狹自在無碍門自其可在故云自在斯言甚深廣狹純雜皆無碍也三無所不在下具云譬如真如無所不在即第六十一德疏云隨一一法皆全在中融蓮葉亦無所不在入在無殊故四不離諸法下具云譬如真如不

離諸法即第四十德與一切法同其體性即第四十四德融蓮葉不離諸法即同一切法體性一即多也不離諸法故諸法隨如即遍一葉多即一也五無有分限者義引經云譬如真如遍一切處無有邊際即第一德此中疏文只用此一德成隱顯門疏云顯在緣中故無不遍在此在彼明隱顯故恒守本性者即第三德疏云明隨緣即不變云守本性在緣故顯蓮葉亦顯守本性故隱蓮葉亦隱諸法皆然俱成秘密融無礙故六普攝諸法即前廣狹門中後德但義不同融蓮葉亦普攝諸法炳然齊現故葉爲能含微細諸法爲所含微細蓮葉不大諸法不小爲難知微細七畢竟無盡者具云譬如真如一切法中畢竟無盡即第四十一德疏云正在法中取不可盡如芥子之空故融蓮葉亦無盡諸法皆然八與一切等即前相即門中後德亦但義別融此蓮葉同一切法體性託此一事爲法界法令生正解故九遍在晝夜下具云譬如真如遍在於晝即第六十三德譬如真如徧在於夜即第六十二德疏中日字即是晝字爲欲成文故重言之疏云月者經云譬如真如遍在半月一月即第六十四德言年者經云譬如真如徧在年歲即第六十五德言刼者經云譬如真如遍成壞刼即第六十六德疏云一念長刼各各攸如故德念刼互收互入鈔言二德者應是五字或依長短二相故唯云二德也十性常隨順下具云譬如真如性常隨順即第十德及與一切法等者即前同時門中初德經無恒字但是義引以無時不

然故亦義不同一爲主時餘必爲伴即隨順義亦相應義然直數其數是十九德而有重用之者若去其所重唯有十六德前鈔云十四德者應是後來傳寫誤耳上皆懸明文中下第二正科釋也然與前懸明對辨文易可知故但大科而已不更消文也○疏如幻師等者下疏云就法喻中各開五法如結一巾幻作一馬一有所依之巾二幻師術法三所現幻馬四馬生即是馬死五愚小謂有初巾喻法性二術喻能起因緣謂業惑等三喻依他起法即依他等四喻依他無性即是圓成五喻取爲人法今菩薩迴此故云解了釋曰今云幻師能幻即第二義故合中即約能起業緣也今云一物爲種種等即第三義所幻諸法故下合云一異無碍若約行人了此從業緣現所現依他等法無性故令緣起無碍有此一異無碍者即同前緣起相由門也若了此從緣無性以法性融故無碍者即同法性融通門也若但了無性一異不定故令無碍即同法無定性門也若了業幻無性全真心作即同唯心所現門也故五六約喻前四約法別爾故前疏云前六通約法性爲德相因也○鈔四十二經等者即十定品等言等取耳識所知種種諸聲香味觸法准上言之十忍品云下疏云一性無即體空義故結云非是一切種種之物二種種非幻下明其相有相即差別義故云然由幻故示現別事於中初二句結前生後種種非幻者象等非術故幻非種種術非象等通喻爲無爲故大品云設有一法過涅槃者我亦說言如幻涅槃

雖真從緣顯故遣着心故是破心中涅槃也○鈔明知業即喻幻師者正合疏中業幻二字此約能幻故屬幻師若約所幻即是幻法爾○鈔中論偈云下問今云如幻爲能幻之師如幻耶爲所幻之法如幻耶荅二皆如幻謂業亦如幻果亦如幻故下疏云然緣亦從緣故因果俱幻中論云譬如幻化人云云鈔釋云謂有難云若以第二惑業爲緣令第三依他爲無性者第二惑業應當是實不從緣故故今釋云亦從緣起謂業從惑生惑由分別卒至無住皆託因緣故引中論因果俱幻故論合云如初幻化人是則名爲業幻化人所作則名爲業果舊雜譬喻經云昔有國王護持女急其正夫人語太子言我爲汝母生來不見匿中欲暫出觀汝可白王如是至三太子白王王即聽可太子爲御羣臣拜迎夫人出手開帳令人得見太子見已詐稱腹痛而還尋自念言我母尚爾何况餘乎夜便委國入山遊觀道邊有泉泉上有樹太子上樹而坐有一梵志入水洗浴出已飯食吐出一壺壺中有女與屏處室梵志得臥女人復吐一壺壺中有男復與共臥臥已吞壺梵志覺已納女壺中復吞壺而去太子見已歸國白王請於梵志作三人食着於坐邊梵志既至言我獨一人何須三分之食太子日當出汝婦共食梵志不得已吐壺出女太子語婦日當出汝後夫共食如是至三不得已而吐之食已各吞而出王問何因知之太子共荅所以而白王言女人奸不可絕放後宮人各令自在王如其言今言譬如幻化人者即如梵志所吐女人也復作幻化人者即如後夫也○鈔又十忍品下疏云從因緣起者彰幻所由由緣生不實故後於一法下顯其幻相謂解無實則知一切法皆然並從緣故故云一中解多等○鈔偈中云下半因便引來言無依着者於境無依故心無着也又偈云下皆十忍品前顯所造是幻此明能造亦幻言斯則下由偈云業從心生則業亦是所生若疏中業唯能往故今云爾也問偈云故說心如幻此顯能生之

心亦如幻爾何判云顯業自如幻耶荅此意由業從心生不同疏中業是能生故判所生之業自如幻也若經意正由心能生業此心自如幻耳此由約妄心因妄惑生業義也次云有趣者即業所生果此三道輪轉皆如幻故故云若離此分別普滅諸有趣既滅幻因即無幻果○鈔又云下即以如幻法化如幻衆生上皆以幻法虛無障碍故了幻則無幻之幻方是幻法絕見之見方爲見幻設融諸法亦皆方便上皆如幻故無定實如周穆王隨于化人至經多年實唯瞬息列子云周穆王時西極之國有化人来入水火貫金石反山川移城邑既乘虛不墜觸實不硋千變萬化不可窮極既已變物之形又且易人之慮穆王敬之若神事之若君推露寢以居之引三牲以進之選女樂以娛之化人以爲王之宮室卑陋而不可處王之厨饌腥螻而不可饗王之嬪御膻惡而不可親穆王爲之改築土木之功赭堊之色無遺巧焉五府爲虛而臺始成其高千仍臨終南之上號曰中天之臺簡鄭衛之處子娥媌靡曼者施芳澤正娥眉設笄珥衣阿錫曳齊紈粉白黛黑珮玉環雜芷若以滿之奏承雲六瑩九部晨露以樂之月月獻玉衣旦旦薦玉食化人猶不舍然不得已而臨之居亡幾何謁王同遊王執化人之法騰而上者中天乃止洎及化人之宮化人之宮構以金銀絡以珠玉出雲雨之上而不知下之據望之若屯雲而耳目所觀聽鼻口所納嘗皆非人間之有王實以爲清都紫微鈞天廣樂帝之所居王俯而視之其宮榭如累塊積蘇焉王自以居數十年不思其國也化人復謁王同遊所及之處仰不見日月俯不見河海光影所照王目眩不能得視音響所來王耳亂不能得聽百骸六藏悸而不凝意迷精喪請化人求還化人移之王若殞虛焉既寤所坐猶向者之處侍御猶向者之人視其前則酒未清肴未昲王問所從來左右曰王默存耳由此穆王自失者三月而復更問化人化人曰吾與王神遊也形奚動哉廣如彼注釋之無盡燈紀年圖云化人則文殊與目連耳

華嚴會本懸談會玄記卷第三十一

音釋

纂 子緩切組類也
硋 五溉切止也
螻 落侯切螻蛄也
赭 之也切赤土也
堊 烏各切白土也
㛴 奴皓切亂心也
笄 古奚切婦人之丨
珥 仁志切珠在耳
紈 胡端切也結也
累黛 音大
碩 尤粉切落也
昲 孚未切乾物也

華嚴會本懸談會玄記卷第三十二

蒼山再光寺比丘　普瑞　集

○疏言如夢者下十忍品疏云開此夢義亦有五法一所依悟心以喻本識二所因謂眠蓋以喻無明習氣三所見謂夢相差別以喻緣所起法四此夢事非有而有但心變故非見前法故非有五令夢者取以爲實有鈔解云一所依者若無本識無所熏故則無無明等亦可喻如來藏喻本識者諸宗共許故法相宗明如來藏不受熏故二所因者智論云復次如夢中無喜事而妄喜無瞋而瞋無怖而怖三界衆生亦復如是無明力故不應瞋而瞋等四此夢事者智論云夢有五種一若身中不調若熱氣多則夢見火見黃赤二若冷氣多見水見白三若風氣多則見飛見黑四又復所聞見事多思惟念故五或天與夢欲令知未來事故是五種夢皆無實事而妄見世人亦復如是五道之中衆生身力因緣故見四種我衆色是我所我中有色色中有我如色受想行識亦復如是四五二十得實智覺已知無實評曰上五法通明夢喻令取喻體者正約第三所現夢相差別不離片時爾○鈔夢遊天宮喻者即是第九本會中二乘不見不聞故有此喻釋曰下出此中引義也昔人云者即岑參春夢詩也上二句云洞房昨夜春風起遥憶美人湘江水○鈔普賢行品等者鈔云初偈違衆生及器此二世間假名無實即假觀次偈雙離分別及無分別即空觀次偈解念無念即中道觀又云初偈觀次偈止後偈雙運止觀次偈不動遊剎於器界自在故如是

自在下結上自在皆由知如夢故亦通喻爲無爲大品云設有一法過涅槃者我亦說言如夢如夢既爾下如影等准此知之以此文亦可證於如影故問夢境可爾夢心豈無答亦從緣故何有真實○鈔引證便合者後二句合前二句故也言但言下即攝論中引經頌耳案西域下鈔轉引夢事以證也彼云婆羅痆斯國境有涸池周八十餘步一名救命又謂烈士聞諸梵志曰數百年前有隱士於此池側結廬屏跡等(云云同鈔)言築壇場者彼續云周一丈餘命一烈士信勇昭著執長刀等言達明登仙者續云所執之刀變爲寶劒指麾所欲皆從無衰無變不病不死是人既得仙方等言後得烈士下具云後於城中偶見一人悲號逐路隱士覩其相心甚慶悅即而慰問何至怨傷曰我以貧窶傭力自濟其主見知特深信用期滿五歲當酬重償於是忍勤苦忘艱辛五歲將終一旦違失既蒙笞辱又無所得以此爲怨悲悼誰恤隱士命等同此言憤恚而死下續云免火災難故云救命感息而死又曰烈士○疏六如影像下決擇記云影字疑錯應是鏡字尋鈔自知以疏中二義釋之結云一切法互爲鏡像此是喻體喻一切法皆如鏡如像如鏡時爲能現以一真心全體成一切法故皆如鏡含明了性而爲能現如像時爲所現謂彼復心心所法所變境故爲所現也既釋之與結皆約鏡像何得標名乃云影像耶故知錯爾或可不錯標義狹釋義寬鈔自揀故○鈔然約鏡像等者隨前錯不錯二釋亦別若約錯字釋者此標

揀非今所用言無鏡之能者鏡像既別於一法上唯有所現像虛之義無能現鏡實之義以能現鏡喻真理故諸法唯有像義言今取下正顯今之所用但一一法皆有鏡像二義故互有能所現也若依不錯字釋者應有問云疏釋中既有鏡像二義何以標名但云影像耶然約下荅也意云若約鏡像爲喻法喻不齊喻中鏡不是像像不是鏡鏡無虛无之義像無能現之功法中不爾故標名中但取影像爲喻以況性空虛无之義也問何以釋中却具鏡像二義耶今取即入下荅也既一切法全真心成皆亦爲能現有鏡之能現而全爲所現故約鏡像二義釋也二釋之中後釋近宗鈔十忍品等者次前經云譬如日月男子女人舍宅山林河泉等物於油於水於身於寶於明鏡等清白物中而現其影然諸衆生下與鈔同彼疏云由以有無爲有無不知即影了不可取故成執着於中先取有無爲着後遠物下舉正義顯上爲執不知此影無遠近故如執鏡臨池池中月出而此影不近天上之月去地四萬二千由旬影落潭中而亦不遠以不可取故無遠近上皆是喻謂菩薩下法合以自他無別之身合前現影於自國土合前近物於他國土合前遠物謂能現國土雖自他遠近之異菩薩所現之身豈有自他遠近之別也上隨喻合以國爲能現身爲所現若唯約法說以國爲所現身爲能現耳故彼鈔云以喻菩薩遠在他方恒住此故雖在此處常在彼故安有遠近之異相耶一切遠近皆類此知今取經中明鏡現日月男女等以證前鏡像之

義取影不隨物而有遠近證前如鏡互照不壞本相也○鈔偈中云下以水喻於世間以影喻菩薩之身影於水中非內非外菩薩於世不住不出由入此甚深之境能於無邊之世普化羣生釋曰下不但菩薩如影亦了世間皆如影也○疏常修緣起下約其能等緣起觀無性觀大願回向即此三行能於外及餘無量殊勝因故若約所等緣起無性等者一近等上四二等二觀之餘齊佛所知一切因門也大願回向等者亦等取法界諸因也問與前等何以異耶答前等約因無限量此等約一一稱同法界故二別也○鈔如一慈門下妙嚴品云清淨慈門刹塵數共生如來一妙相一一諸相莫不然是故見者無厭足○鈔兼起下即緣起相由觀法無定性觀言是法所攝者即十對體事

皆用此觀門而貫通之既於諸法中不生碍解則一切法皆得自在言如於昔因下果似於因故佛名爲果究竟爲果菩薩名果對前修因令得爲果亦可徹果得名爲果○疏由冥真性得如性用者由佛無分別智冥契真性體用證法在已法爾能令諸法混融無碍故○疏無比功德等者具云以一國土滿十方十方入一亦無餘世界本相亦不壞無比功德故能爾前鈔云即約德相之文此晉經也然據旨歸此證在因無限中彼解云無比德者出所因也意以無限善根爲無比功德以此爲因即因由之因也若今疏第七即昔勝因此亦探玄自改以分因果之殊今疏所用爾○鈔無比功德即佛德也者揀別旨歸之意也以證法在已超過人天爲無比功德

也○鈔普賢行品云下舉劣况勝也世界名號尚不可盡况勝智佛法耶此勝智佛法即佛無比功德言前即德相下問前科揀云入唯德相今何通業用耶答有二意一云前但約一相耳非盡理也盡理亦具相用二云雖有業用約佛用亦稱德相德上用故○疏而彼微塵亦不增等者此句與下相連不與上連謂與鈔中相連云於一普現難思刹等○疏十神通解脱者謂佛靈妙不測之神於境無擁之通名為神通解脱者是作用解脱非離障解脱也言十通者如造疏十意中已列由通力故令無障碍不思議法下義引略證解脱疏引智論云菩薩有不思議解脱離障解脱諸佛有無碍解脱作用解脱所作無障脱拘碍故○疏由上十因下令十對所依體事之法具上十玄之義明知十因皆建立無碍義之因非辨法之因也○鈔該取前三等者意明雖此疏文正結第四周徧含容以上十因正是周徧含容之因故但正結第四一門而意亦兼取前所依體事攝歸真實彰其無碍皆別教一乘義理分齊以前摽四門釋亦四門今亦結四門則摽釋結皆相應故○疏教所被機者志延鈔云謂諸衆生性欲差別有如草木種類不同則名根也若衆生扣發如来應會其猶杼軸關牽交織故名機也又楞嚴搜微鈔云機是弩牙機動則箭無不發機感則應無不往故謂機也○疏若明能應等者是約能被身教之法揀定所被之機也○疏前五揀非器等者約其兼正前五俱是所揀約其引權遠為前五皆為所被○疏一無信

非器等者此五即前劣後勝貞元疏云約非正爲皆成所揀○疏二違真非器等者以行違真道故探玄記云不求出離莊飾我人故離世間品云於甚深法深生慳悋有堪化者而不爲說若得財利恭敬供養雖非法器而強爲說是爲魔業且儒教宗意在道德仁義禮樂智信不在於馳騁名利所令揚名後代者以道德孝義爲名尚不以官祿才藝爲名况釋教宗意在通達自心精脩定慧具大悲智不在立身業而却依傍此經以求名利非魔業而何也大乘方等總持經說我滅度後四衆弟子實非菩薩自謂菩薩是外道人曾於過去供養諸佛發願力故於佛法律而得出家隨所至處多求親友名聞利養恣行穢汚成就惡行自不禁制自不調伏於一切法門及出生堅固三昧皆悉遠離實無所知爲親屬故妄稱知解住於諂曲口說異言身行異行無墮此類之

中思之自省慎之勿爲言下經下即離世間品疏云由忘行本令所修善感生死果不至菩提故是魔業○鈔三乖實非器下既如文取義乖背實理也探玄記云雖不巧爲然隨自執見以取經文則超情理不入於心止觀云如人久住城門弘決志云正法所都爲城通法之教曰門分別瓦木評薄精麄謂南是北非東巧西拙自作稽留不肯前進非門過也着者亦爾分別名相廣知煩惱多誦道品邀名聚衆媒衒求達打自大鼓竪我慢幢誇耀於他互生鬬諍八十八使真愛浩然皆由着心於正法門而生邪見所起煩惱與外道無異方等云種種問橋智者所呵方等陀羅尼經云我於往昔作一比丘時有居士設大施會請諸沙門婆羅門貧窮下賤須衣與衣須食與食須珍寶與珍寶我時極大貧窮而無所有我時望得財賄往詣會所於其中路見一大橋於其橋上見衆多人忽忽往來時諸人中

有一智者我以愚意問此人言此橋何人所作此河從何而來今向何流問山木何林所空何人所斫何象所載青乎白乎黒乎何日所斫此木松也柏也柳也曲也直也有節無節破此木鉄何治所出何匠所作山河鹹也苦也深也淺也何用作此橋也我於爾時作七千八百問已爾時智者便答我言咄癡沙門居七請汝汝但涉路至於會所可得悅意後不生悔汝今設問如是等事於身何利何用問爲汝今速去還已語汝我時聞此語涉路而去便到會所所食蕩盡財寶無餘我時見已慎惱結恨還到橋上時人問言汝何憔悴我時答言以貧窮故往詣會所欲求衣食所須之置於其中間以見於汝徒問無益之言使我不值飲食所須財物以是因緣我心生惱爾時智者而便答言夫爲比丘於身無利而不應問何用問爲乃至廣說故云種種問橋也言故下文云下即出現品次文云唯除菩薩疏云明受非受有圓信手能受衆行故爲之權小於斯不盡能受是故不爲集法經云是經雖行閻浮提於能信深法者常住如是衆生心手常於諸佛所護衆生中行於直心不諂曲衆生中行等又探玄云若不發菩提心終日執卷未曾入手起惑造業爲名利講讀遍數雖多未曾入手良以此經非是衆生流傳之緣故不入手○鈔論云等者下疏云一不正信以隨言解不稱實故二退勇猛不能忘相趣實理故此二違行三誑他以已謬解爲人說故喪他慧目自說魔法故四者謗佛指已謬解是佛說故此二違人五者輕法以淺近解解甚深故謂法如言不殷重故此一違法應知豈但熟習文義便名解了耶○疏四狹劣非器等者由無大悲不能下化故狹由無大智不能上求故劣或可反此亦得五守權非器者謂守執權教行於權行希於權果者非此經之器也問若約五教當何教菩薩耶答會解云據下鈔唯圓教因果但有實事前四因中則有至果皆無由修權因若入地後即歸實故即

總揀由聞三教也言隨宗者即瑜伽瓔珞等宗中也探玄云謂三乘共教菩薩隨自宗中修行未滿初僧祇亦非此器以第二僧祇入地即入實也故唯約三賢非器下文云菩薩摩訶薩雖無量億那由他刦行六度乃至猶爲假名菩薩問瓔珞經等十千刦修十信行滿何故此中無量億等不信此經荅以彼但於行布位中修行信等於此圓融普賢十信一攝一切猶未聞信由此故知二宗差別若不爾者修行既經爾許刦不信此經何名菩薩摩訶薩也○疏後五顯所爲中等者此五即先勝後劣爲次唯爲大乘不思議乘菩薩者下疏云所謂圓根不揀凡聖今云大乘者揀於小乘不思議者揀於權乘謂一運一切運下釋上不思議乘也探玄記云乘者運轉爲義若依別門初運至十信次運至十住乃至佛果次第相成以階彼岸名思議若依普門一位即一切位故亦運一切運名不思議乘乘此乘者十信滿心即得六位如普賢品等說又十住等位皆亦如是如下文諸會處說又善財一生具五位等皆是普法相收故也又舍那品云非餘境界之所知普賢行人方得入又普賢誡衆生云普眼境界清淨身我今演說仁諦聽如是可知問何故此法非餘境界荅盧舍那周徧塵方普應法界一切羣機稱自根器但各見已所見聞自所聞皆不見他所見不聞他所聞此普賢機乃見一切所見聞一切所聞此盡舍那能化分齊故云普眼境界是故當知普別二機感普別二法各不同也○疏二兼爲等者探玄記云謂遺法中見聞信向此無

晝法成金剛種等○鈔約未悟入者決擇云謂地獄天子聞天鼓說法頓超十地乃是正爲今約前身熏種之時故屬兼爲問彼時聞経不信謗経即墮地獄應屬遠爲何名爲兼爲兼之根已向信故荅地獄天子而有二義一或由謗経屬遠爲攝二或由戒緩當兼爲攝故無失也大海刦火等者正是難不障聞故爲兼爲○䟽三引爲等者自下還收前所揀者貞元䟽云慈雲廣布若天無私不揀榮枯遐霈法雨言借其三乘行布之名者以十地寄三乘名顯一乘圓融義也然約無其所局義言借耳令不依名義取着故若約全收三乘行布名義亦非圓教之外以是一乘所現故彼謂同於我先所習之法故後因熏習方始信入圓融之法貞元䟽云其猶藥置乳中

乳能愈病如小兒愛乳而不愛藥故將藥置乳中乳能愈病以圓投相相自亡權探玄記云如前權教菩薩於彼教中多時長養深解窮徹行布教源即當此普法界既云無量億那由他刦不信此經即知過此刦數必當信受以離此普法更無餘路得成佛故經不可說過此刦數猶不信故問若彼地前過彼刦數必信受者即知地上二宗不別豈彼所信無十地耶答於教中具有行布十地漸次乃至佛果長養彼根器務令成熟極遲之者至此刦定當信入如其疾者即是不定○鈔因果俱有實事等者因非曲徑果不虛指故前四依教脩行皆爲入圓方便故因中則有至自乘果但有教說無實證故此約證道真實非約教道權施然此中暗用天台意也故下鈔云智者雖說四教三

教果處無有實事但就教中施設有果進位後果即便虛無如別教說三賢十地脩三賢則有可脩及證十地更無有別（此約證道）別教十地證位即是圓教家住耳（此據教道廢別就圓）即由此義圓教初住自在過地猶如下約喻前四入圓終歸處故唯此則終頓之機亦引爲中攝以依此法出彼教而引攝故○疏四權爲等者約能爲摽所爲也以實是菩薩權示聲聞以化實聲聞也故貞元疏云或示在座如聾如盲彰其絕分驚餘欣樂六千啓發悟心捨劣向勝令實者知可迴心入大於已亦有分也此段本非化大菩薩權作聲聞者但化實狹劣之聲聞故是知五百六千於十類衆中即顯法衆是起教緣中收故前疏云除當根衆於皆是緣其所化實者於十類衆中即當機衆教起因中收仍通現未故前疏云諸會當機即是現在今之聞者是未來機然此科是清涼新加探玄本爲轉爲則華嚴正不爲聲聞但約展轉爲之令聲聞於三乘中轉爲菩薩方入華嚴一乘無從小乘直入一乘者故彼文云四轉爲者謂諸二乘以根鈍故要先迴入共教大乘捨二乘名得菩薩稱然後方入此普賢法故說此經唯爲菩薩不攝二乘若不爾者餘大乘經有聲聞衆爲所被機亦引二乘令其入大唯獨此經衆無聲聞之機文無回小之說何成了義深廣之典設第八會有聲聞者爲寄對表法如聾如盲非是所被其六千比丘非是羅漢故不相違是故當知一切二乘總無頓入普賢法界依究竟說無有二乘而不迴入共教菩薩無彼菩薩

而不入此普賢之法是故展轉無不皆是此法之器評曰據此二類聲聞五百非所被之機六千雖是所被然非羅漢之器顯是迴在共教中来也故教章云六千比丘非是前所列衆此等皆是已在三乗中令回向一乗故作此說今清涼不取此說故改為權為調合取二類聲聞俱作能為也以此二類皆權聲聞而正為實聲聞也故䟽云二乗既其不聞何況受持（此實聲聞也）故諸菩薩權示聲聞（此權聲聞）（五百六千為能為也）彰其絶分（抑也）知可迴心（揚也）然但約五百不見聞者乃彰法深勝亦是抑令聲聞修見聞種今合二類同為一道化事顯同别分齊（彰聾盲顯别教在邉悟顯同教）互相抑揚令其見聞後必趣入也然則賢首不許聲聞直入一乗故名轉為清涼許聲聞直入一乗故名權為故

前隨機不定門許小乗直入一乗也問華嚴當會有實聲聞否荅但有能為之權聲聞其實聲聞不在當會若是漸機次第至法華會入今約不定之機或於佛世或在未来知今二類聲聞其不見聞者由闕縁種得悟入者昔由圓因故於聲聞之身以下圓頓之種故也以華嚴無實聲聞二祖意同但展轉入與直入别爾展轉入者正在聲聞時不許見聞轉為菩薩時方許見聞下種後入一乗也二祖之意亦抑揚異也○䟽故出現品云下下䟽云藥王生長喻喻佛窮刦利樂智先揀非器無為正位一墮難出故喻深坑又無悲水取灰斷故如彼地獄邪見撥無因果貪愛浸瀾皆喻於水不容善根又闕土縁非生處故由前經云如藥王樹能令一切樹生長唯於

二處不能為作生長利益所謂地獄深坑及水輪中後收言無厭捨者上據現惡闕緣令生厭怖直進一乘故除二處而同有佛性久久當成故不厭捨是知現惡明無則無惡必有故涅槃云一闡提雖復斷善猶有佛性若能發心非闡提也法華云決了聲聞法餘諸聲聞衆亦當復如是有引向所揀證無佛性及定性義不觀次後不捨之言況第十喻平等共有若言三分半衆生無佛性者損減佛性恐毀謗一乘願諸後學當誡慎之無滯權說決釋問云後之所為即前所揀五類非器收揀相違其猶水火如何通會荅下疏云其猶黎庶以對於王貴賤懸隔以王收人則率土之内莫非王人是以若約普收則一切衆生無不具有如來智慧況於二乘無漏因果

若校優劣則權教久行菩薩尚不信聞況於二乘二乘上首尚如聾盲況凡夫外道耶○鈔二即彼品見聞利益中文者勘經是出現意業中文若第十見聞利益是亦藥王遍益喻作六根境界如前見聞益以釋恐傳寫之誤耳○鈔然初一正是邪見下牒難也然邪見有二下釋成而有二義一者輕重雖異俱是邪見故二者二三本非邪見今欲以經總收攝合入邪見之數也○鈔亦第十見聞利益者以出現品有十段一總辯多緣以成正覺二正覺身三語業四智五境六行七菩提八轉法輪九入涅槃十見聞利益今即第十段中文也佛子等者疏云明不信益此顯益深證初無信亦遠為故如來秘密藏經云罵藥服之得力罵況燒之還香罵佛猶勝敬諸

外道等具如前釋言地獄天子下以經不出墮地獄之因故令兩楹而言故云或由也或者不定義纂玄記云地獄天子有其二類一信向熏種由戒緩故即時未悟故屬兼為如隨好品說二謗經熏種由不信故非兼為收終醒悟故故屬遠為如出現品說故令前後各一意也言法華等者彼經說昔謗常不輕菩薩所說一乘妙法故無間地獄長受大苦經千刼已方始受不輕教化即䟦陁婆羅菩薩等是也故涅槃喻以毒塗之鼓欲聞不聞無不死者故菩薩之名起自聞謗之口謗尚遠益況深信耶況解行耶況證悟耶弘持之者勉思此文○鈔經目歷耳者理實六根遇經皆能熏種即五十八經下離世間品具云復有衆生慢心所覆諸佛出世不能親近恭敬供養新善不起舊善消滅不應說而說不應諍而諍未來必墮險難深坑於百千劫尚不值佛何況聞法但以曾發菩提心故終自醒悟疏云明非長沒亦但遠益耳此成前義不別爲一經前見聞利益中經及後身業中經爲二處經故前鈔云先引二經○鈔出現身業下疏云無信眼爲盲佛無生潛益身如日無信至惡猶有佛性亦爲饒益令離集苦故○疏潛流喻者即義引也經正云佛智海水亦復如是流入一切衆生心中若諸衆生觀察境界脩習法門則得智慧清淨明了而如來智平等無二釋曰此即以佛智入衆生心中爲具有如來智慧若取今所引却是破塵喻中法說之文故經云無一衆生不具如來智慧但以妄想執着而不證得是也故如

前但義引耳言若除妄想下經偈云佛智亦如是徧在衆生心妄想之所纒不覺亦不知諸佛大慈悲令其除妄想如是乃出現饒益諸菩薩○鈔又如大海等者引二經亦二處經言前已引者大海潛流喻潛入無碍中已釋破塵出經喻教迹中已釋○鈔言被非情等者回向品疏鈔說謂精神化爲土木金石如刦毘羅仙人化爲石晉張華於燕昭王墓上斫華表化爲狐此情變非情也梟鏡負塊以成爲子土梟附塊爲兒破鏡鳥以毒樹果抱爲其子子成父母皆遣其食此非情變情也情變非情非情變情斯爲邪見不異外道衆生新生草木有命故不可也欽云此爲遮妄執切有情有佛性義一若說無情同一有性故則稍近宗亦須得意今顯正義謂性與相非一非異情與非情亦非一非異一以性從緣則情非情異爲性亦殊如涅槃揀瓦礫無覺性

智論明在非情爲法性在有情爲佛性二泯緣從性則非覺不覺真性之中無心境故本絶百非言忘四句三二性互融則無非覺悟起信云所謂從本已来色心不二以色即是智性故色體無形說名智身以智性即色性故說名法身遍一切處今取二性相即融通之義說耳此上一性義況心爲總相則無所不攝即唯心義又融攝重重即事事無碍義配今鈔文行相可知又融攝下配鈔初義三二性互融下配鈔第二義況心爲下配鈔第二義也○疏體性難思者貞元疏云本自寂寥何深何淺言亡戲論非一非多今以無言之言彰無體之體○鈔前前淺後後深者以前望後別別十門有九箇淺以後望前別別十門有九箇深言雖有下縱奪釋成也問此教甚深理應唯深者爲體何說淺耶

故縱云雖有淺深並融爲教體問何須融淺荅無淺何以顯包含非融何以彰玄妙○○鈔料揀總有四重者指玄記云總別寬狹漸次爲理初重是總後三重別於後三重從寬句狹漸次行文爲理於第二重内大乘之中分出第三一乘料揀於第三重内一乘之中分出第四同教别教料揀此有深理助正未許此義者未之思也(若究此從寬向狹後當詳其取捨)○鈔一體性料揀等者顯體通性局也以體與性望性相及理事二對有通有局體者性相之通稱又是理事之通稱性者唯局於理言相舉於外下釋成體通性相性唯局性未必在外但彰顯爲相易了稱外言性主於内者不必在内真理爲性深隱名内若言下釋成體通理事及性局理義言由後五中下釋成後五通性也是則約性下結歸疏意明後五中有理名性亦即理體故名體也言事但可稱體者前五事相但可稱體名寬義狹别屬事故唯字顯不通理性故若從顯說應云性相料揀也然疏云前五唯體者此但是一相之言如下會聲等四法通至圓融顯義體中亦云況華嚴性海雲臺寳網同演妙音等豈非通性今但約總科故云唯體亦如唯心體中約同别四句説聽等義皆来入實而第七會緣入實方云前来六門同入一實此亦約總科意也○鈔大小乘料揀可知者大小乘爲能料揀十重體爲所料揀謂若以乘望體小乘唯得前四大乘通得十體若以體望乘後六局大前四通小疏約後義(後二重准知)問初三通小可然第四通小復有何文荅下疏云若

不詮義教文何用小乘亦有此理故亦通小○鈔三乘一乘料揀者問若前七通三乘者大乘可爾小乘云何通五六七耶以前大小乘料揀中小乘唯得前四故荅此有諸師不同若随文說第三重内以本收末故五六七之三門却有小乘迻顯第三重本末别分後六唯是本大不攝末小若指玄者先難前云若爾不唯二三兩重有相側之難亦應後重亦有小乘以有一乘之本攝三乘之末故後自釋云約教約性故乃不唯第一重内是約大小教說故不許通第三重内是約一乘三乘性說故許通也今問若爾八九十之三門亦有性義何不通於小耶今詳疏意言總意别有其二意一云雖言前七通三乘意亦以前四通小後三唯大以乘望體大乘有七小乘唯四是其本意以前有大小乘料揀故此唯總指也二云雖言三乘意唯取權教大乘與一乘爲料揀以彼立三乘故以爲名也又此中後三重料揀皆從寬向狹此唯就大乘中分三一故義如前指若此第三重中更有大小者豈非重耶前已揀故此有深理學者細詳言以會緣入實下此有二釋一云准次科云謂七八雖一乘等似鈔家直以第七第八皆一乘但與九十同七八别九十之異如此疏中合云前六通三乘後四唯一乘方與今三處鈔家相應爾則疏文七三兩字誤書耳二云若順今疏不誤作前七通三乘釋者亦有二意一者實有二義實是空義即屬破相始教故疏云前七通三實是理實即屬頓教故此鈔云歸一實理即一乘也此疏鈔二

文各攄一意也故二者若以鈔文就疏意不相違釋者鈔意謂以乘望體三乘局前七一乘通十體則前七皆有三一義也若四法與顯義體中約行布不壞相皆有三一義故唯心通三一可知但此七中約所會必通三乘顯義所歸一理即是一乘義難見故此獨釋爾上釋皆有深理隨情去取○鈔同教別教相對料揀於前一乘中又取終頓爲同教一乘圓教爲別教一乘以料揀也言七八雖是一乘者縱之同名一乘奪之是同教一乘也此約深義乃一乘同也言前八皆同者約廣義以通談前八也約終頓合爲一同教具有前八門義故寂照取前之四教皆名同教以此前八皆同爲證者然鈔不言小始只言終頓故又失從寛向狹之理故義難依准思之

○鈔於後三重料揀下又料揀也謂若小乘無後六門大乘必兼具前四門三乘無後三門一乘兼具前七門同教無後二門別教必兼具前八門問何故不說初重耶荅初重是通相之意且如體性名深寛通不取前無後有故以體性之義通於大小三一等之義故故鈔畧之○鈔謂佛語言者弘決志云直言曰言詮義曰語唱號言詞者即屈曲聲中詮名字之言也言評量論說者對說是非好惡曰評量於義猶豫不決即名論說也言宫商下即五音也謂依五行辨別木聲壅其音角火聲熾其音徵土聲寛其音宫金聲清其音商水聲濁其音羽○鈔十四音者興善三藏金剛瑜伽字母云一阿上二阿長三伊上四伊長五塢六汚七唱唱二合八力盧二合引九噎十

愛十一污十二奧十三暗十四惡西域字母有三十四字此十四字即翻字之聲勢也有云言十四音者是曇無讖依龜茲國文字若依中國唯十二音（除此十八二音）今且依古也○鈔增與是名等者語但有聲若云名者不唯有聲亦詮表得法故云增勝於語○鈔梵行品云等者踈云音聲是語體吐納等四辨語相此五語音風息等五語緣即語路吻者音義云脣兩頭邊也若語業下直釋記云由前語體對緣別施起居者所問尊位動靜之謂也問訊即入問之詞也高者起居平交問訊於總持者則爲畧說於委細者則爲廣說於難曉者則爲喻說於易曉者則爲直說於諸功德精進柔和等者則爲讚說於諸過惡懈怠剛硬等者則爲毀說於諸法門次第得入而解脫者則安立說於諸淺近難信難解難通達者則隨俗說於彼一類信根深遠智慧圓通者則顯了說等○鈔表亦是業者業寬表狹又業即取語上功能事事表取表顯令他生解之義於義亦異也言然業有表無表別者表謂表示自他知故無表謂不能表示他知唯自知故言二識所取者謂語表耳識與同時意識所取無表唯一意識所取故又三無數刼下謂三無數刼脩行求此巧妙語表爲生說法故○鈔而云佛教者下牒難而釋也有此三難一難云但言教體便了何約人舉云佛教耶荅依根本故教是佛聲故云佛教二問今所見聞之教乃在物機何名佛教荅依相似故意謂今所見聞似佛昔所說之聲故三問既是佛聲何名爲教以教具名句

文三故荅依隨順故鈔中自釋言佛依如是等者意云佛依名等欲詮顯義方有所說今聲亦同佛隨彼名等故云佛教也○鈔中是教體等者以名句文身爲教體也如言子是某父之子雖語其父意在子體合意雖言聲教意在名等親能顯義故○疏評家意取下齊此合自爲一科以前正明名等爲體此下對前明取捨不同應分初正辨當門二對前取捨以評家意唯取聲正理論唯取名等而俱舍雙存二說皆得故云對前取捨也○鈔如是說者等評家雙牒前二取聲爲正佛音所說他耳所聞故由此二義聲爲教體言婆沙是羅漢同集等俱舍疏第一云因脇尊者荅迦膩色迦王云云如前是故依之脩行無不皆成聖果王因問曰諸部立範執最善乎我欲脩行願尊者說尊者荅曰諸部懿典莫越有宗王欲脩行宜尊此矣王曰向承嘉旨示以有宗此部三藏今應結集須召有德共詳議之於是萬里星馳四方雲集英賢備萃凡聖極衆既多繁亂不可總爲遂簡凡僧唯留聖衆聖衆尚繁簡去有學唯留無學無學復多不可總集於無學內定滿六通知圓四辨內閑三藏外達五明方堪結集故以簡留所簡聖衆四百九十有九王曰此國暑濕不堪結集應往王舍城中迦葉結集之處不亦宜乎脇尊者曰王舍城中多諸外道酬荅無暇何功造論迦濕彌國林木鬱茂泉石清閑聖賢所居靈仙遊止復山有四面城唯一門極堅固矣可結集焉於是國王及諸聖衆自彼而至迦濕彌國到彼國已緣少一人未滿五百

欲召世友然世友識雖明敏未成無學衆欲不取世友顧聖衆曰我見羅漢視之如唾久捨不取以何尊此而棄我乎我欲證之須臾便獲遂於僧衆便立誓言我擲縷丸至空縷下至地願我便證阿羅漢果縷未至空諸天接住謂世友曰大士方期佛果次補彌勒三界特尊四生依賴一何爲此小緣而欲捨棄大事於是聖衆聞此空言頂禮世友推爲上座於是五百聖衆初集十萬頌釋素怛纜藏次造十萬頌釋毘奈耶藏後造十萬頌釋阿毘達磨藏即大婆沙是也世友商確馬鳴援翰備釋三藏五百羅漢既結集已刻石立誓唯聽自國不許外傳勑夜叉神守護城門不令散出等昔南海濱枯樹中有五百蝙蝠商人至宿時寒然火延及枯樹商人誦論蝙蝠樂聞至死不去因是爲人出家多智即今五百聖者是也言一世友等者俱舍鈔梵云代蘇多羅(唐言世友)印土天祠之名以菩薩初生父母貴之恐爲鬼神所嬈故取彼爲名與無惱害言妙音者梵語窶沙(唐言能鳴)西域敷演令皆號窶沙謂彼尊者久沉生死今得聖智對者沉默故號能鳴或能宣唱故言法救者梵云達磨怛羅(唐言法救)謂以法救人故言覺天者梵云部陁提婆(唐言覺天)謂以佛爲天立此號也應知此之四師皆非聊爾之人以評量決定爲正義故

華嚴會本懸談會玄記卷第三十二

音釋

疕(女黠切瘡病也)　杼(持呂切持緯也)機　騁(丑領切直騁也)　縷(刀土切綫)

觀丨纜(力暫切維舟也)　窶(其矩切貧無禮也)

華嚴會本懸談會玄記卷第三十二

蒼山再光寺比丘　普瑞　集

○疏牟尼說法蘊等者蘊是藏義具有八萬四千今云八十千者唯有八萬舉其大數耳○鈔長行釋云下有二義初色攝八萬法陰言法陰者陰亦是藏義此正同評家二有說下行陰攝八萬法藏若雙取二義正同俱舍故下結云與俱舍同又戒下釋偈下二句也謂戒是無表色故色陰攝定慧等者約五蘊攝法七十三俱爲行蘊故定慧行陰攝也○鈔何以當下徵釋所引也問義云此段以名等爲體何以通用四法爲體證以其下答也用聲爲體證初義用名等爲體證次義離之則雙證前二合之則乃復爲第三義○疏顯宗即第三等者即小乘顯宗論第三卷亦同此正理論說○鈔以正理論總釋俱舍六百行頌等者俱舍論乃世親菩薩所造梵語婆蘇盤豆此云世親或云天親先習有宗後學經部屢破有宗遂講毘婆沙論若一日講便造一頌如是次第乃成六百行頌於毘婆沙論其義周盡又造釋文凡八千頌頻破有宗時有悟入尊者之門人梵語僧伽跋陁此云衆賢聰敏博達宗於有部知天親菩薩破於已宗遂造俱舍雹論二萬五千頌凡八十萬言欲與天親論義因而有疾不能前往遂使門人持書悔過至世親所而致辭曰我師衆賢已捨壽命遺書責躬謝咎不墜其名非敢望也世親菩薩覽書閱論改俱舍雹爲順正理論故云以正理論等○疏三者然俱舍下有科云唯聲爲體此非也此有三失一對前

後以此當總科第三通取四法又前鈔云第三通取四法又前鈔云第三取此爲四法之體又復大乘第三亦總取四法爲體何得此中唯聲二失科前段謂但見次前文云經部意亦唯取聲故作此科次前取俱舍四法如何收得三失經部意亦以疏主引經部唯聲爲體者非獨取聲故引正理能破云不應立名句文即聲爲體是經部以聲實名假舉聲攝名等假故曰唯聲此不同婆沙評家但取語業不爾此中自明總取四法何得却引經部唯聲爲體故知經部以聲即名句文以離聲無此三故下云義叅大乘也應科云四法爲體若欲易見復分二科初依俱舍雙取四法二依經部名句即聲有云或可此中經部取聲正理破彼不應即聲爲體顯名等爲體二文合證俱舍通取四法體二釋之中前解爲正○鈔引此爲成上来等者引此正理論中破經部師不應說名等即聲爲之文爲成上来俱舍論中通取四法之義也或引能破顯所破中名即聲之義也○鈔論云下口科分二

- 初經部立論（論云）
- 後正理牒破三
  - 初總非（此責）
  - 二別釋四
    - 初徵起二量（以所）
      - 初聖言量（教謂）
      - 二現量（理謂）
    - 二牒釋二量二
    - 三引論結成（下論）
    - 四引例別釋二
      - 初能例（又次）
      - 後所例（如是）
  - 三總結（此爲）

○鈔豈不此三下經部師問正理師云豈不此名句文三聲爲體性耶既此三法聲爲性故但用聲爲體色自性攝妙僧汝順正理論乃說心不相應行中名句文三爲教體耶故法苑云其經部說名等假聲體實雖彼不立

不相應行仍不單取聲無詮表故取有漏聲
聲處收（小乘以佛前十五界是有漏故）上假屈曲能詮以為體性然
聲處收○鈔大造合下謂地等四大為能造
樹等體是四微色香味觸為所造也故樹等
合能造四大種而成此則四大種為能造樹
等四微為所造影從樹生樹復為能生也言
影由假發者假者藉也謂托於樹緣而發於
影而影自有體是實非假上即能例之喻○
鈔如是諸文下諸文即文身連合多字而成
故曰諸文文即字故此合樹等大造合成言
別生名句等者此合別生影等也言雖由下
合影由假發而體非假也玄鏡記云若依正
理論薩婆多説名句文三是實有離聲之外
別有自體非即聲也問何以知非假耶荅從
文生故依文顯故如眼根生眼識非假故依

文生名句名句亦非假也○鈔此為下總結
三段可知釋曰上来一段鈔文雖引正理能
破之文即顯經部立名句文三唯假即聲實
體故經部雖但舉聲為體即攝名句文三故
引此於今合四法體中用也○鈔三本母者
即對法異名故前疏云亦名磨怛理迦此云
本母謂以教與理為本為母故言下廣釋相
者是深密中次廣釋爾○鈔四大種所造者
法苑云瑜伽第三説由此大種其性大故為
種生故立大種名大有四義一所依故（一切所造
皆依能造有故）二體廣故（遍一切所造中有故）三形相大故（眼所
見地等遍一切處故）四起大用故（地界能持所造水界能長所造火界能熟
所造風界能攝所造）種者因義此四為因起衆色故虛
空雖大不能為因餘能為因體性非大此四
亦大亦種持業釋也雖色等各從自種辦體

而生即親因緣依彼大種爲增上緣故名爲造言若可意下准百法疏釋云情所樂欲名可意聲情不樂欲名不可意非樂非不樂名俱相違餘如次釋言相者謂耳根所取義下即聲者可聞義或義之言即耳所聞之境也此第一因總建立聲也言說差別謂世所共成等者此第四因立第七八九三種聲也言餘三如所應者論文逐難但釋二因餘之三因順其所起之聲相應而配也謂第二損益故立第一聞可意聲順益第二聞不可意聲損惱第三聞中容聲不損不益即俱相違故此立三種聲也第三因差別亦立三種聲謂因執受不執受因俱也第五言差別立二種聲謂聖言非聖言也言因執受大種下別釋後九種聲也以前二易故不釋百法疏云因謂因由假藉之義因彼賴耶之所執受地等四大所發之聲即有情等聲是也因不執受大種者不因賴耶執受大種所發之聲即風鈴等聲是也因俱大種者謂執受四大不執受四大共發一聲即擊鼓吹螺等聲是也世所共成者謂世俗間共立言教等所發之聲成所引者謂諸聖人成立教理引發之聲或成所作智所引言教之聲也遍計所執者謂外道執心安立言教之聲即法華經揚聲大吽等聲是也決擇云上三如次依他圓成遍計三性所發之聲也聖言非聖如下鈔釋○鈔今疏但引下皆論文此下鈔主畧釋也言思可知者如上已指言八種聖言者聖猶正也以聖言不虛若不虛妄是聖之類相似立名故或既不虛即是正故非聖反此見不見約眼說聞不聞約耳說覺

不覺約鼻舌身說知不知約意說眼耳意三明利用多故開鼻舌身三鈍及用少故合又前三離遠能取境故開之後三合方了境故總說○疏二云以體從用者若探玄初名攝假從實二名分假異實今故改云以體從用也體即是實用即是假即以實從假方能詮義故取名等爲體聲未詮義故從用也無性攝論既不許語爲自性（自性即體）反顯取名等爲體也引成唯識亦反顯上義此依探玄引故文反顯若成唯識正文却是順明如鈔中引者是也今云亦破彼者是破經部師擬鈔所引唯識疏乃通破正理師亦破經部師至鈔中自見（若名等不即是聲不同經部若名等是假不同順正今取別義故但云破彼經部師也）言唯識下此亦成唯識文却在前段文上自不應云唯識云應合云又云也今既加唯識云三字似別是一本論文今詳疏主意以前文依賢首引乃是反顯此復自引順顯欲彰彼此所引不同故加唯識云字隔之也所以鈔中但引成唯識疏總相釋之而結大意云今疏總畧以論對疏於義分明此意謂若了鈔文自見疏中（有本疏移唯識云下在前以成唯識第二破云下在後此又不審由前引攝論破經部師故次云亦破彼也若唯識云下在前既隔此段文不應却云亦破等也當如今疏為正）○鈔義引論文者即疏云能詮諸法自性差別二所依故即義引論中顯三用殊中文也○鈔然唯識下引文稍廣當以義勒口科分二

- 初引彼論疏委曲釋二
  - 初引論文二
    - 初破他不正義二
      - 初問荅總非（故彼）
        - 初破薩婆多（唯彼）
        - 二順正理救（正理）
      - 二結成愚智（下廣）
    - 二顯自正義四
      - 初顯假差別（下申）
      - 二顯三用殊（名詮）
  - 二引疏釋二

二對今疏文總結大(今疏)
三顯論中破(故上)
四疏正結破(故彼)
初釋破他不正義四
初假外問(既聲)
後引論答四
後釋顯自正義二
三明不即不離(此二)
四會其相違(由此)
初牒論(由論)
後疏釋(述曰)
初顯假義別二
初牒論
二疏釋
二顯三用殊分二
三明不即不離
初正會相違二
初躡迹為難(問曰)
二正引論釋(故論)
三疏釋論文(述曰)
四會其相違二
二躡迹會違四
四別會華梵(又梵)

○鈔唯識第二等者即成唯識論有十卷護法等所造也此中麗書即論文注字即鈔主注也言佛得希有等者彼疏云謂成佛時得未曾有名身等故○鈔下廣破竟者論次前云若名句文異聲實有應如色等非實能詮謂聲能生名句文者此聲必有音韻屈曲此足能詮何用名等若謂聲上音韻屈曲即名句文異聲實有所見色上形量屈曲應異色處別有實體若謂聲上音韻屈曲如絃管聲非能詮者此應如彼聲不別生名等又誰說彼定不能詮(上破正理師此下雙破經部正理云)聲若能詮風鈴等聲應有詮用此應如彼不別生實名句文身若唯語聲能生名等如何不許唯語能詮何理定知能詮即語寧知異語別有能詮(即違云語不異能詮等文也)言語不異能詮下語即能詮若人若天皆共了達(以經部與大乘皆了故)共知聲知能詮故執能詮之名體異於語唯汝天愛(唯汝)(正理師故)非餘智者言天愛者以其愚痴無可録念唯天所愛方得自存如言此人天憐汝爾故名天愛有本云天受則言稟受其義也樞要云世間之勝莫過於天世間之劣莫過於

愚喚愚爲天調之故也問疏中引論云若名句文不異聲者法詞無碍境應無別是破彼小乘不異義自立異義今云若異義唯愚者如何却反破自義耶答疏中引論明不即以破經部今所引論明不離以破正理以此中具不即不離二義雙破二宗故無違也○鈔下申正義云者鈔主欲令知今正義故加此云爾若論即連次也從然依語聲下至亦各有異即下唯識疏所牒釋四段之文此但列之爾○鈔言由聲顯生二義者謂彼立名句文在未来藏中雖皆有體須籍因緣而得生起喉吻等爲緣聲爲因由此因緣名等生起今論主下彼疏云今論取生破顯類破之今鈔於顯字下闕類破之三字以所釋論云謂聲能生名句文者此聲必有音韻屈曲此是能詮何用名等彼疏意云今論主取薩婆多計名等由聲生之義破之其由聲顯之義類例破之以皆離聲別有名等實體故俱破也○鈔無始慣習者由無始時来聞他語言慣熟熏習謂聞名言前語之聲分位力故者謂前聲唱起如言菩提若但前言菩即是字分位雙云菩提即是名分位以詮覺故若言阿耨菩提是句分位以詮無上覺故所以分位之言自名句文也此中意謂先聞聲有名等分位後意識依此而解若耳識但剎那則謝故唯取聲不取文等○鈔次假外問云者亦即彼疏文也問意云我宗聲不即能詮故立名等三種差別汝大乘宗既聲即能詮何有名等分位差別耶○鈔一從初下即次第牒上四節論文也此下兼書是論注字皆疏也

○鈔依聲假立名句文身者䟽科云一顯假差別言依一切位者意云此上分位立名句字依凡夫位以入地已去智用自在不必如是安立故或揀一切因位果中方自在故○鈔外人難言下有本云外又問曰即文前問也論文如前可知○鈔述曰下䟽釋言二顯三用殊者科名也有本云二用者謂名詮自性句詮差別二用殊也以字不詮義故無用今以字爲二所依亦有用故爲三用也言文者彰義下與名句二爲依彰表名句二故又文者顯義與名句二爲所依能顯義故而字體非彰非顯字者無改轉義此是字體如單言斫言蒭未有屬目何所轉耶言字爲初首下顯生起次第也雜集下引多論證成三用殊也言字即語故者以多剎那聲集成一字不離言說故說字爲言言廣會自共相義者問下論云名詮諸法但得共相不得自相何故今言名詮自性荅此有密意謂諸法中自相共相體非是徧有是自相非共相如青色等相有是共相非自相如苦空無我等其自性差別體即徧通自相共相皆有自性自相共相皆有差別今言詮自性者即是共相之自性自性者體義差別者體上差別義即自相共相皆有體性及差別義故問何名自相共相荅若法自體唯證智知言說不及是自相若法體性言說所及假智所緣是爲共相問一切法皆言不及云何言說及者是共相荅共相是法自體上義更無別體又如言火遮非火等此義即通一切火上故言共相得其義也非苦空等之共相理若爾一切法不

可言言不稱理遮可言故言不可言非不可言即稱法體法體亦非是不可言故何言名得共相之自性耶荅但遮得自相故言名詮共相理實自共皆不及故百法鈔總此荅意云下論說名詮諸法但得共相不得自相者以假名詮但於共相轉不得離言之自性今言名詮自性者是共相中自性非是離言自性故不相違○鈔聲是實有者就世俗言實也○鈔論由此法詞二無碍下亦牒前第四段論文也有本加百字云百論者悞也○鈔述曰下疏釋也然准彼疏此通後段皆科云四會相違今以通在後段指故今分爲二此正會違外人問者顯其違也小乘意云若我離聲有名等是實有則二境可別今既名等即聲二境何別故此會也疏中反顯故難小乘今從順釋是過小難言雖二自性下釋難也問名等與聲無二自性云何說二境差別耶故此荅也

言法對所詮下法對所詮自性差別故但取名等詞多對根他所聞故但說於聲以所對顯能對故二境有異也耳聞聲下取意敘之○鈔問曰下即疏家文前問荅顯次下論文通躡迹難也二問可知○鈔故論復云下荅也即連前蘊界處攝亦各有異之文也○鈔所引即淨名經者即上云諸餘佛土亦依光明等是也如諸法顯義體中鈔文具引言等取觸思數者以前經文中光明是色香味如名故等觸思二塵顯餘五塵皆得立教也思即法塵故也言以衆生機欲對待故假者意言隨機心樂欲不同對彼機緣於六塵境皆能顯義即色乃至思上有此名等是假屬不相應攝也然假有三一因成故假二相續故假三相待故假具如前引○鈔又花云下別會文句

之華梵也初會文即是味故淨名等經誥曰文句味故味即文也此便繕那一名四實總是顯義如扇顯生涼障塵相好顯尊貴根形顯丈夫味是鹽顯諸物味今以文義有意味者目文為味此揀顯得名也言古德說名為味者意云古德說文之名目為味也對法下證文能顯義惡剎那下會文之梵語別也此約文字無改轉如對法論中說也由是或云字梵云惡剎那或云文梵云便繕那言鉢陁是跡等者此顯句之梵語於義可知○鈔今疏總畧以論對下意謂但尋鈔中所引自知疏義不必別別對疏以鈔釋之問准法苑中四重出體無以體從用名句文為教體答既許攝假歸實以聲為體理應亦有以體從用名等為體故畧鈔云唯識既云此三離聲雖無別體而假實異亦不相即聲即知名等能詮非聲能詮也○疏皆有教理者前攝假從實以體從用理也二段引證之文教也○鈔亦是第三香積品文者以前段依光明妙香等已引故云亦也然是菩薩行品言香積者誤書也至下顯義體同自見言義如下釋者十地經云如空中彩畫如空中風相牟尼智如是分別不可得疏云舉二喻者喻旨別故論云畫者喻名字依相說故謂畫有相狀如名句之屈曲能顯地相風者以喻音聲聲無屈曲如風一相假實既殊故雙舉之又假實相依闕一不可等○疏正就佛說容為教體等者意謂但在佛正說時有聲之實得為教體此只在說時唯得於近也若流傳後代既無佛聲可聞應無教體故疏主意取名等為

體遠近皆得謂正在佛說時取其詮義以名等爲體此得近也又傳末代書之竹帛以古未有紙時用竹帛書故亦依書以顯名等詮義亦是名等爲體此得遠也此是疏主新意妙出古今○疏亦與名等爲所依者謂聲既與名等爲所依今書翰之色亦與名等爲所依也故結云故亦色蘊攝意謂聲是色蘊攝書亦色蘊攝也故有二亦字○鈔顯無方理者有二一以是遍方之教不但局此土故二妙理無方不取常規○鈔會通前文者亦是通妨恐有難云既前引淨名十地通取四法今何唯取名等耶故此通也言但言所用者謂當時佛說法所用用此四法流傳後代何必用四○鈔大王是經等者經云百佛千佛百千萬佛說名句味於恒河沙三千大千國土中盛無量

七寶等有本云億及成字恐後人筆誤耳七賢即七方便也不如於此下以此一念於大乘法起淨信心當成佛果普令一切得無上覺是故超過令他得小果也一念信德尚爾何況解一句義云何解耶隨說何句而不可得云非句恐謂爲非句故云非非句於是不取明解現前德轉深妙故彼經次云般若非句句非般若今但下出疏畧引之意可知○鈔聲是心變者即心自證分爲能變聲是所變相分於世俗諦說之爲實依勝義諦故亦無實雖從種生依他如幻何有實耶○鈔一空爲初門下但佛聲等緣生無性即但空意破相始教義二頓寂聲等諸相顯真體故即絕待真空意○鈔以其被呵者以須菩提捨貧從富鏡幽記引開玄鈔云須菩提過去生中作貧人時世飢饉不施辟支佛飯

聖者强化乃起嗔心悱辟支佛佛現神通騰身而上虛空而住便生悔心爲此因緣九十一劫墮剥皮地獄從地獄出求懺悔力得值遇佛乃至出家修道證阿羅漢果即前生所爲識嬿聖者獲大苦果我今身是羅漢若向貪人乞恐嬈貪故如我前生所以捨貪從富也就淨名舍乞食淨名盛滿鉢飯手擎未與生公曰恐有悋惜之嬿故盛滿鉢恐不盡言論故未授與也而呵之有四義故一法食等言於一切法等者於食亦等若能如是方可取食二染淨等不斷婬怒癡亦不與俱等三邪正等外道六師是汝之師彼之所墮汝亦隨墮四損益等入諸邪見不到彼岸同於煩惱離清淨法乃至若能如是乃可取食世尊我聞是茫然不識是何言不知以何荅便置鉢欲出其舍此下便連鈔文言不着文字者肇公云夫文字之作生於惑取法無可取則文字相離虛妄假名智者不着解脫謂無爲真解脫也言遍圓頓意者即言亡言頓寂諸相頓教意也即言全收亡言亡言全收於言無盡難思圓教意也○鈔

以風畫合空等者下疏云於空中風畫以喻阿含所依之空以喻地智然空中風畫不可言無謂若依樹壁則可見故亦不可言有依空不住故非有非無故不可說○鈔經云下標告反明真空深理舍利弗諸法實空下覆明玄妙如来以是下如證而說先標念處次舍利弗下釋成念處名爲下所念無處恐謂非處無念無念體也無念業無業用也相應時一聚無想無分別無意具無意業無思體無思用無法體無法相此上皆無和合有尚無合說何離散是故下結歸悟者是名下結上多義總名念處經但總說諸法聲等四法義必應然故證頓寂諸相故言何等名爲者有本作多字應是名字言是名念佛下結歸正行也○疏文是所依等者謂由依六文方

顯十義故總名一切聖說能詮之教詮理則無法不盡矣問次諸法顯義體豈出於此何別說耶答此以所詮不離能詮故兼收之彼以諸法爲體復建名等別有所詮耳○鈔六文十義者瑜伽云一名者名詮諸法自性此復略有十二種一假名謂於內假立我及有情命者等名於外假立瓶衣等名二實名謂根等色等諸根義中立眼等名三同類相應名謂有情色受大種等名四異類相應名諸佛受德及青黃等名五隨德名謂變愛故名色領納故名受發光故名曰等六假說名謂捨貧爲富若餘所有不觀待義安立其名七同所了名八非同所了名謂共所解相與此相違是非同所了名九顯名謂其義易了故十不顯名謂其義難了故如達羅弥荼明呪等十一略名謂一字名十二廣名謂多字名二句者詮諸法差別隨義不同此復六種一不圓滿句謂文義不究竟故如言諸則文不圓滿若言諸惡者則義不圓滿也二圓滿句如加莫作方得圓滿也三所成句四能成句如說諸行無常有起盡法此中爲成諸行無常故次說言有起盡法則前是所成句後是能成句五標句六釋句如言善性標句也謂正趣善士此釋句也三字者前名句所依謂若究竟若不究竟名句所依四語者謂說真正法令樂聞解如說行證故略具八分一先首語謂趣涅槃宮爲先首故二美妙語其聲清美如羯羅頻伽音故三顯了語謂詞句文皆善巧故四易解語巧辯說故五樂聞語引法義故六無依語不依希望他信已故七不違逆語如量說故八無邊語廣大善巧故五行相者謂諸蘊相應諸界相應諸處相應緣起相應處非處相應念住相應如是等相應語或聲聞說或如來說或菩薩是說名行相六機請者謂因機請問方起言說故如是六文總有四相說名爲文一所說相謂名句字及行相二所爲相謂機請攝二十七種補特伽羅三能說相謂語四說者相謂聲聞菩薩及如來如是六種皆由能顯於義是故名文問六文之中何有說者答機

請中所請為說者或語之能說或在行相之中故十義者一地義畧有五一資糧地二加行地三見地四脩地五究竟地二相者有五相一自相二共相三假立相四因相五果相三作意者有七種作意一相作意二勝解作意三遠離作意四攝樂作意五觀察作意六加行究竟作意七加行究竟果作意四依處者畧有三種一者事依處此復有三一者根本事依處有六一善二惡三退墮四升進五生死六涅槃二者方便事依處有十二行一欲二離欲三善四不善五苦六非苦七順退分八順進分九雜染十清淨十一自義十二他義已上皆有行字三者悲愍他事依處有五一離欲二宗現三教導四讚厲五慶喜二者依時處畧有三一過去言事二未來言事三現在言事三者補特伽羅依處謂頓根等二十七種補特伽羅五過患者以要言之於應毀厭義而起毀厭或法或人六勝利者謂應稱讚義而起稱讚或法或人七所治者謂一切雜染行八能治者謂一切清淨行如貪是所治不淨為能治真是所治慈悲能治等是九畧者謂名義俱畧十廣者謂名義俱廣○疏又瑜伽云下即上所引六文總有四相是也○鈔此中有二義者以前三義中正取中間第二義為主向下取第三義向上取第一義以一三兩義在第二義之上下故故纂玄記云總此有三初能說佛次聲名句文後所詮義謂聲等四法正在其中一通所詮則向下取義二通說者則向上取佛故云二義也○鈔六塵者色聲香味觸法此六名塵者數廣故如塵坌污淨心故如塵過累雜沓故如塵難防故如塵故昔人云看即微微不可防埋金翳玉漸無光體違用斯皆能入法故悉為教體○疏淨名第三云下證餘之五塵皆

為教體此段有三光明等是色塵衣服卧具等是觸塵八萬四千諸塵勞門等是法塵餘之二塵影在結例文中也而云佛事者佛所事業名佛事也佛以此法為利生事業故名佛事下皆准此下引楞伽但證色塵耳○鈔因阿難聞香等淨名舍内大衆飡香飯已皆詣菴園佛法會所之時阿難白佛今所聞香自昔未有是為何香佛為說言淨名取衆香國香積佛飯飡飯者身毛孔中出是香也因是阿難問淨名曰此飯久如當消言佛為廣說者具云此飯勢力至於七日然後乃消又阿難若聲聞人未入正位食此食者得入正位然後乃消已入正位食此飯者得心解脫然後乃消若未發大乘意食此飯者發大乘意然後乃消已發大乘意食此飯者得無生忍然後乃消已得無生忍食此飯者至一生補處然後乃消譬如有藥名曰上味其有服者身諸毒滅然後乃消此飯如是滅除一切云云同鈔言未曾有也者肇公云飯本充體乃除結縛未曾聞見也世尊如此下彼疏云小乘唯知娑婆一化音聲為佛事未知十方佛化六塵皆為佛事故有此歎佛言如是者世尊印可或有下阿難見香飯所益謂佛事理極於此故廣示其事令悟佛道之無方也以佛下釋見佛妙光自入道檢有佛默然居宗以菩薩為化主智論云須扇多佛晨朝成佛日暮涅槃唯留化佛度生等名佛所化人菩提樹光香形色及出法音遇者悟道故昔閻浮提王得佛大衣時世疾疫以衣置高表上示於國人歸命者病除信敬益深因之悟道飯

食如衆香國園林如極樂國林樹説法等好
嚴飾者示之以相好好有者存身以示有樂
空者滅身以示無自有不悟正言因喻得解
者音聲等如此界者有其淨土純法身菩薩
外無言説内無妄識寂寞無爲而超悟事表
非是言思所能稱量如是下以歷別難盡故
總舉也法身無爲應物而爲故進止威儀皆
佛事也言阿難此下猶良醫以毒爲藥四魔
即貪嗔癡及等分也能生八萬四千煩惱故
肇公云衆生以煩惱爲病而諸佛即之以爲
藥如婬女以欲爲患更極其情欲然後悟道

觀佛三昧經云波羅柰國有一婬女名曰妙
意佛將難陁往彼舍乞食此女於佛不生恭
敬但於難陁偏生愛着已經七日女心念言
若佛遣阿難陁從我所願我當種種供養佛
告二人從今日後莫往彼村世尊獨至女樓
一日至三日放金色光化諸人天此女不悟
後日世尊復將阿難陁在樓下行此女愛二
比丘故遥以花散佛及此二比丘上阿難告

汝可禮佛女愛阿難應時作禮佛化作三童
子年皆十五面貌端正女見歡喜白化少年
言丈夫我今此舍如功德天富力自在我今
以身及以奴婢奉上丈夫可備灑掃若隨我
願一切供給無所愛惜化人坐床未及一食頃
女前親近言願遂我意化人不違一日一夜
心不疲厭至二日時愛心漸息至三日時言
丈夫可起飲食化人即起纏綿不已女生厭
悔白言丈夫興人乃尓化人告言我先世法
凡與女通經十二日尓乃休息女聞此語如

人食噎既不得吐又不得嚥身體苦痛如被
杵擣至四日時如被車轢至五日如鐵九入
體至六日時支節悉痛如箭入心女念言我
聞淨飯王子救濟苦人今日何故不來救我
作是念已懊惱自責我從今日乃至命終不
貪色欲寧與虎狼獅子惡獸同處一室終不
貪欲復起飲食行坐共俱無奈之何化人嗔
唾云弊惡女廢我事業我今共汝合體一處
不如早死父母親族若來覓我我於何藏寧
自縊死不堪受耻女言弊物我不用汝欲死

隨意化人取刀刺頸血汚女身亦不能免死
經二日青瘀三日膖脹四日爛潰至七日時
唯存髡骨如膠如漆粘着女身時女發誓願
若有能免我此苦者我持此舍一切珎寶以
用給施時佛將阿難陁人天大衆詣此女樓
女見佛來心懷慚愧取諸白氎無量衆香衆
其髡骨即爲佛作禮以慚愧故身映骨上髡
骨忽然在女背上女涕淚而言如來功德慈
悲無量若能令我離此苦者願爲弟子心終
不退佛神力故令髡骨不現女人出家得須陁

洹界毒龍以嗔爲患更增其嗔然後受化佛初成道摩竭陁國降伏毒龍入於龍室跏趺而坐龍即口吐烟焰猛火害佛佛入火光三昧亦以火燒龍遂乃降伏此以嗔治嗔也斯佛事之無方也言不以爲喜下以深入實相於淨土初見不喜往生不貪處之不高於不淨土初見不憂往生不礙處之不沉沒等○鈔然生公下釋前有此四魔巳下經文也言投藥失所者如失意之者因法起見堅執尤增非唯舊惑不除抑亦更增新過此非器之咎也言矜曰下猶善財遇三毒而三德圓等佛如耆婆善醫是草悉藥苟達下釋前是名入一切下經也當器者會之何患不除何德不具菩薩既入下釋前菩薩入此下經文天台疏云自有逼迫妨道則淨國安之或嬌奢妨道則穢土調伏非謂以穢令生苦惱亦非以淨縱樂不脩應審自惑病如有嬌奢妨道之情何須求淨土當生此勤脩以理言之此土亦非劣爾既嬌奢妨道淨國何定勝耶或有逼迫妨道之患宜脩淨土之因境淨緣勝而能長道出離何疑所貴下結歎在佛雖則無異而普應無方故奇妙耳○鈔大慧白佛言下是舉佛巳説爲問非言説有性等者非字貫下讀之非言説有自性者能詮無性也非有一切性耶者所詮無性也耶字問詞雙問二皆無性耶世尊若無性下陳相違言説不生者舉能該所也是故下結成能詮言説有性所詮諸法有性佛告下先荅所詮無性或可是荅能詮無性亦舉能該所故又云下舉例顯能詮無性以隨界發解之緣各異方便引攝何有自性耶是故下雙結能所詮無性大慧見此下舉近況

之當知無性釋曰下歸此中引意然楞伽下顯楞伽意如前可知○鈔又與前文影畧者義如前指欲令下結歸總意故經下引經屬當什公云有因通教功同說耳其土非都無言但以香爲通道之本如此國内因言通道亦有因餘事而得悟者也此三昧力生諸功德故名爲蔵疏中應云聞妙香而三昧顯又前文云下經説淨名入定以神通力現上方過四十二恒河沙佛土有國名衆香特香積如来與諸菩薩方共坐食等釋疏中食香飯言疏中應飡云香飯而發道意以爲文綺互故爾故下緒云合一處經文言未入正定下謂聲聞未入見道食已入見道方消十信菩薩食已至七地初得無生法忍後方消○鈔經文云舍利弗下微風吹動諸寶行樹枝柯相觸出聲等故云風柯念三寶爲正念成也○鈔漏月傳意扵秦王者後語云燕太子名丹入質扵秦秦不禮而亡歸遂有怨扵秦後燕王病太子請歸侍奉秦王不聽謂曰馬生角乃放還太子志感馬遂生角秦乃放還太子怨心求勇士以報之謀扵太傅鞠之武武乃進田光光謂太子曰騏驥壯時日馳千里及其老也駑馬先之光既老邁慮不濟事然光晚所善衛人荆軻志勇可使願爲召之太子悅許謂光曰向者所言國之大事願勿泄之光乃辭行入衛見荆軻具以太子事告荆軻踴躍從命光謂軻曰吾聞長者所行不爲人疑今太子見囑勿泄言此疑我也願足下速報太子道光已死明不泄爾遂投輪而死荆軻乃往見太子告曰光已死太子悲感流淚

不能自止乃以情告荆軻軻曰今行無信秦不可圖欲爲太子計有秦將軍樊於期願得其首及燕國地圖以獻秦王乃可得行事爾太子曰今樊將軍事窮而來投丹丹不忍殺之願更慮之軻乃私見樊於期說之曰將軍背秦亡燕妻子宗族皆已歿也今秦王以千金萬餘戶求慕將軍之首柰何於期悲欷流淚歎曰吾念此事病徹骨髓逃亡失志計無方出軻曰今有一計可以雪燕國之讐報將軍之辱將軍豈有意焉於期曰於計何爲軻曰願得將軍首以獻秦王必喜而賜見得近而殺之於期驚喜告祖執劍曰吾晝夜切齒今忽聞命乃自刎其首而與荆軻太子聞之奔徃伏屍哭不自勝遂封其首并燕國地圖以授荆軻乃入秦以武陽爲副勇士十人從

之太子及賓客送於易水之上荆軻令素所善高漸離擊筑荆軻歌而和之爲壯之聲曰風蕭蕭兮易水寒壯士一去兮不復還皆流涕慷慨發上衝冠於是至秦秦王聞送於期首及燕國圖乃賜軻上殿軻令武陽捧於期首函後武陽戰懼不敢前進軻恐事變乃自下取函而進之因跌函抽左手擒得秦王問之曰寧爲秦地鬼願作燕國囚秦王懼死曰願作燕國之囚軻乃不殺秦王謂軻曰欲請與別後宮軻乃許之遂置酒與軻飲宮人漏月皷琴送酒琴中歌曰荆軻大醉酒王掣御袖越屏走軻不會琴音秦王會意遂掣袖而走軻以左手擊銅柱出火秦王左右遂殺荆軻在於秦王之宮故云爾也言相如寄聲於卓氏等者昔司馬相如字犬子少喪父母年

九歲與人牧猪聞人傳說藺相如爲卿相乃改名曰相如村中有學每日講書相如棄猪主往求覓乃見學菴前而坐猪主責之先生問曰汝何與人牧猪而在此戲相如荅曰今聽書擬欲達身爲相先生知是賢人留於門下遺令讀書經十年先生無書與讀漢書說卓文君乃蜀郡臨邛富人卓王孫之女因司馬相如以琴調之而奔相如與馳歸成都家徒壁立文君父之不樂曰長卿盡歸如臨邛從昆弟假貸猶足爲生相如至臨邛盡賣車馬買一酒舍令文君當壚相如着犢鼻褌於保傭雜作滌器於市中王孫耻之杜門不出諸公更謂王孫曰長卿才足依何辱之如此王孫乃與文君僮僕百人錢百萬歸成都後着子虛賦達於武帝帝召拜爲侍中郎將累

遷文園令相故云爾也言帝釋有法樂之臣者下疏云緊那羅唐三藏譯云歌神以能歌詠即帝釋執法樂神謂能樂中演法故也言馬鳴有和羅之伎者付法藏傳云馬鳴於華氏城遊行教化作妙伎樂名賴吒和羅纂玄云此云撫琴其音清雅哀婉調暢宣說苦空無我之法所謂有爲如幻如化三界獄縛一無可樂王位高顯勢力自在無常既至誰得存者如空中雲須臾散滅此身虛僞猶如芭蕉乃至廣說令諸樂人演暢斯言時諸伎人不能解了曲調音節皆悉乖錯爾時馬鳴着白氎衣入衆伎中自擊鐘皷調和琴瑟音節哀雅曲調成就演宣諸法苦空無常無我時城五百王子同時出家王恐國空止勿復作等◯鈔結成說聽等者語默結淨名中音聲語言文

字及寂寞無言等視瞬結楞伽瞻視顯法此但畧結實具六塵眼見耳聞鼻舌身覺意知皆根識等和合緣之悟解總名爲聽言但能得法者無所依據卓異象繫而暗與理會矣○鈔從眉間出者疏云表將説中正之道也清淨下正明體用遮那放光遍照十方各於十方法會之上空中城臺説偈請加等言又亦照此下是十方佛放光各各普照十方竟又照娑婆世界佛及大衆等言佛無等者疏云一自在勝所作無碍故即經初句由離二障解脱自在不染如空十地已還皆無等故重言等者唯與佛等故欲顯佛佛等正覺故二力勝即經十力能伏邪智之怨敵故三眷屬勝即經無量勝功德及人間最勝謂具功德故堪爲無量衆首故云人間最勝四種姓

勝即經釋師子法一釋師子是生處勝謂應生釋姓輪王貴胄故諸佛同加徧語釋者以現見故是主佛故二法之一字是法家勝謂諸佛皆同真如法中住故由上四義故稱法王名世中上加於彼金剛藏令説十地法故及加聽者令堪能聽受故○鈔第一經下疏云一座臺摩尼即處中正可依處摩尼隨映有差法空隨緣成異中道妙理正是可依二周座華網即外相無染交映本空故即寶座華網也言復以下佛加廣演佛境如空故云廣大顯教皆從法空所流非智不顯故云佛力○鈔第六經初下即現相品初前妙嚴品末後諸菩薩等各興香花等供養具雲妙嚴疏云色相顯然智攬無性從法性空無生法起能現所現迥無所依應用而来来無所從

用謝而去去無所至而能含慈潤霔法雨益萬物重重無碍有雲像馬上下諸文雲義皆爾言自然出聲者現相䟽云前既爲法輿供今乃以供宣心不因撫擊故曰自然非無因緣由菩薩力○鈔又第九地下無漏智用以寘真性居法師位得如性用說法無碍故○鈔又現相品下即佛口光所照十方菩薩身毛孔中各出光明所說偈文易了○鈔出說一切下䟽云前衆海念請今示相荅初一句通顯所隨衆生言音次句荅方便海應顯趣求一切智心故○鈔第二明即事等者前則諸法出音聲等說法此即不但六塵而隨一一法即是無盡法界玄妙法門即十對體事皆爾以有下釋成問此既是託事門與下事事門何別荅爲門不同今取法皆顯義不取事事無碍也○鈔第三明即事是能說人者此中不取十身佛爲教主之義但明一切法尚皆是能說人況不爲教體耶言以二是劣者國土身是非情衆生身是凡類比餘身爲劣故此約分相言之故十地論說此二身名爲染分聲聞身等說爲淨分虛空身爲不二分故云况餘勝者○鈔初引普賢品等者第六依說人處正引經文今但義引文云佛說衆生說及以國土說三世如是說也

華嚴會本懸談會玄記卷第三十三

音釋

棯（火含切水桃也）瘀（於豫切積血也）膖（普江切）騏（巨基切馬文也）驤（居宜切良馬也）駑（乃乎切最下馬也）邁（莫介切）欷（欣衣切泣餘聲也）筑（張六切樂器也）邛（音窮臨邛地名）壚（力居切黑土也）棍（古鬼切或作惲）氏（音支華氏城）婉（於遠切媚也順也）

華嚴會本懸談會玄記卷第三十四

蒼山再光寺比丘　普瑞　集

○鈔前之五體等者即前五種體皆是心所變相分不離能變心體言心外無法者一切唯識故此上總標如聲下別釋聲爲教體是第一音聲語言體即十一種色中之一是心王心所二所現影像相故此句是百法論文彼疏云謂此色法不能自起要藉前二（鈔云是心王心所也）所變現故（自証雖變不能親緣）故置影言依聲假立者所依聲體尚不離心況依聲上假立名句文耶即第二名句文身體是分位唯識也（百法疏云謂此名等不能自起藉前二位差別假立）幷前二義即是第三通取四法體言其教所詮即攝第四及諸法下即攝第五並離心無體者總歸令第六也鈔唯遮外境等者論云唯言但遮愚夫所執定離諸識實有色等又云唯言爲遮離識我法彼疏云唯謂簡別遮無外境識表內心下論云識言總顯一切有情皆有八識六位心所（徧行等也）所變見相分位差別及彼空理所顯真如識自相故識相應故二所變故三分位故四實性故此上五位皆名爲識如是諸法皆不離識總立識名彼疏云識謂能了詮有內心法苑云遣虛存實識觀遍計所執唯虛妄起都無體用應正遣空情有理無故觀依他圓成諸法體實二智境界應正存有理有情無故已上釋唯識二字○鈔彼引多教成立唯識者釋成字也以經及本論俱稱唯識明唯識理故末論解釋名成安教理立故言引多教者彼論第三問云云何應知此第八識離眼等識有別自體聖教正理爲定

量故謂有大乘阿毘達磨契經中說無始時
来界一切法等依由此有諸趣及涅槃證得
由攝蔵諸法一切種子識故名阿賴耶勝者
我開示解深密經亦作此說阿陀那識甚微
細一切種子如暴流我於凡愚不開演恐彼
分別執爲我入楞伽經亦作是說如海遇風
緣起種種波浪現前作用轉無有間斷時蔵
識海亦然境界風所擊恒起諸識浪現前作
用轉上引三經論中皆有長行解釋乃至結云已引聖教當顯正
理云云如彼言亦引華嚴者即無性攝論引也如
下可知唯識無有引文言廣如彼論者已畧
如上所指○鈔論曰下即無著本論也言未
得真知覺者未入見道人也○鈔釋論下即
無性菩薩釋本論故言謂彼聖者金剛蔵者
即能說人謂金剛蔵所變文義影像聞者託

之變似彼故佛滅已後結集如先所聞書之
貝葉乃至東流譯梵從華如是展轉傳来今
所聞見故知各各不離自識問本論云薄伽
梵說釋論言金剛蔵其故何耶荅佛加令說
與佛說同故不相違言故論中下問既論皆
引華嚴成立唯識應非屬始教耶荅彼但順
已宗釋也故一卷唯識論云又復有義大乘
經說三界唯心者但有內心無色香等外諸
境界此云何知如十地經說三界虛妄但是
一心作故心意與識及了別等如是四法義
一名異此依相應說非不相應心說心有二
種一相應心所謂一切煩惱結使受想行等
皆心相應以是故言心意與識及了別義一
名異故二不相應心所謂第一義諦常住不
變自性清淨心故今三界虛妄但一心作者

是相應心釋曰由此是知雖引華嚴亦成始教義耳○鈔所引之經下問此文若作此宗釋曰者其義云何荅下疏鈔說有十種一心一假說一心實有外法由心變轉非是一心二八識王所相見俱存故說一心如攝論唯識等說即二分師義三王所所變相分無別種生能見識生帶彼影起故說一心如深密觀所緣能論二十唯識說四攝所歸王故說一心如莊嚴論說五攝七唯歸第八故說一心如楞伽說六攝八識相歸如来蔵性故說一心亦如楞伽七性相俱融故說一心如勝鬘等說八融事相入故說一心由心性圓融無礙以性成事事亦無礙九令事相即故說一心謂依心性之事心性既無彼此之異事亦相即十帝網無礙故說一心以心性無盡

事亦如之初一小乘教次三涉始教次三就終頓上七同前四教後三別教上約分相門十門無礙方是圓教此與次梵行品義合之皆圓教唯心義也問下引當經中何不引此經文今由下荅也○鈔二又此等者楞伽經云不壞相有八無相亦無相十地疏云雖謂此八識皆無自體唯如来蔵平等顯現餘相皆盡（即前第六一心是也）經云一切衆生即涅槃相等以如如言而說唯識畧鈔第二云禪門先祖有言心即是經者良因曉會言教展轉真實之體極至於真心令有後學棄却經教不說但指於心云是經教實爲帶累禪宗○鈔摩訶衍者下彼疏云法者出大乘法體通於染淨大位在因云衆生心義者具三大名之爲大有二運載名乘具攝真生二門大位在果

故唯取於淨故云明唯心義訖言今取解釋
分顯心性相者意謂立義分中已明唯識義
含終頓即同教分齊今正取二門交徹爲終
教也心真如門即是心性是真心生滅門即
是心相是妄同是一心所成理事無礙終教
義也○鈔知一切法即心自性者下疏云夫
佛智非深迷情謂遠情亡智現則一體非遥
既言知一切法即心自性則知此心即一切
法性今理現自心即心之性已備無邊之德
矣言非但相宗心變而已者理實應亦揀終
教云非但性相無礙之唯心揀頓教亦非但
體絶諸相之唯心謂是具德唯心之義耳○
疏一唯本無影至不知唯識故者問既不知
唯識何以前唯心門中名假說一心耶荅圓
教必亦融彼故得說之以根猶劣且未明唯

識之義漸漸成熟方爲說之故下疏云自淺
之深攝衆生故義須說四顯包含故○疏亦
本亦影等者問作句體式應先單後複此何
相間而作荅此依從淺至深以爲次第故下
疏結云自淺之深攝衆生故○疏故佛地論
第一下謂若約本質教佛利佗善根爲因聞
者善根爲緣如來第六意識上文義相生爲
果名本質教若約影象教聞者善根爲因佛
利佗善根爲緣聞者第六意識上文義相生
爲果名影象教而云佛說者就佛利佗善根
強緣故名佛說耳○鈔以果位中智強識劣
者百法鈔云有漏位中智劣識強無漏位中
智強識劣問何因如是耶荅因中識強者爲
境強故以識爲了别境而生故問因何境強
荅爲煩惱強煩惱強者爲智慧劣因此生死

輪迴果中智強識劣者爲境劣故境劣者爲煩惱無故煩惱無者爲智強故因此智強能捨生死得涅槃等○鈔即真無漏者揀異等覺位中尚有餘有漏劣無漏在十地中二障餘有漏善法名餘有漏十地中所生現有無漏法名劣無漏今明佛果位中故曰即真無漏也既是真無漏心所現文義故名本質教也而對下文機心有漏故所變文義不真名影像也○鈔有漏心變者有漏名義法相當途諸論皆云煩惱現行令心連注流散不絕名之爲漏如漏器漏舍深可厭惡損污處廣毀責過失立以漏名一欲漏二有漏三無明漏即以根隨三界煩惱爲體雖三界煩惱應名漏漏於三有之漏故然下界煩惱多緣欲地從勝爲名說爲欲漏上界但名有漏不以餘法彰自行相名無明漏上皆慈恩

釋名若約性宗出體則根本不覺三細六麁不分三界種現差殊以迷則全染悟則全淨無體性故圓教迷則盡法界一切情非情等皆是有漏悟則如上皆是無漏故華嚴緣起平等章云約衆生門中生佛皆是生滅有無善惡境界良以情謂不破故所見佛亦同情謂未曾見一佛清淨是故識倒佛亦倒情迷佛亦迷約佛門衆生佛皆本空寂良以情謂都盡名相已忘所見空寂同諸佛故未曾見一切衆生流轉佛心淨故衆生亦淨唯心迴轉也評曰據此則不應言此是漏此是無漏也○鈔唯識諸師者即所等難陀德慧安慧火辯淨月等諸師也言然此論主者即十師也無不說法者無不說是法也○疏聚集顯現者涉鈔云有兩解一云謂聞法時五心前

後相續多字相起名曰聚集分明解悟名爲顯現二云熏成種子在本識中名聚聞後字時帶前所聞字相集居現在名集所詮之義於識上現令第六識生正解心故名顯現○踈連帶解生者涉鈔云前心能引後心後心續前心起名連後心能憶前心帶起前相名帶分明悟理名解生即此解心挾所聞名等相熏成種子以爲教體又解聞諸字時已熏成種令聞行字時帶前諸字相生起現行合後字相一刹那間挾行兩字相復熏成種乃至聞常字時帶前三字相生起現行合後常字相令第六識生正解故名連帶解生此則聞後字時帶起前相生起現行連合後字相生得自性差別之解名連帶解生熏成種子以爲教體也○鈔別有三師者第一師十二

心若取率爾耳識爲一同時意識爲二尋求爲三決定爲四則四字皆有四心應有十六今言十二者應以率爾耳識同時意識合爲一心以同時意識即率爾意識通名心故也（已知大意次述難釋）言說諸字時等者率爾耳識與同時率爾意識同是現量故唯緣聲故合爲一心問尋求意識是比量何不緣名耶尋求心中下答也意云第二念意識推究此聲雖多刹那未知諸字所目故不緣字名也言此之二心者率爾及尋求二心也有本云三心者誤書也若此有三心並決定爲四四字各四應有十六今唯經十二心故知合率爾及同時意識爲一心也二字爲正此亦通外難故謂有問言此之二心所變聲上已有字名何故不緣之耶故此荅爾言如生等相者舉例

釋成如眼等識緣色等時色等之上雖有生住異滅四相而不緣之今亦如是所變聲雖有字名亦不緣之但緣聲也○鈔一云率爾耳識同時意識下第二師意也此開率爾耳識及同時意識爲二除決定心故亦經十二心有十四相於此不散方起決定心也言尋求下出亦緣字名之所以也是比量故言三六九十四相現者謂聞諸字時有聲字名三相聞行字時亦有三相并前成六聞無字時亦有三相并前爲九聞常字時亦有三相共前爲十二并一句及義有十四相也下皆准知○鈔一云率爾耳識但緣於聲下第三師義也於中曲有二解初解亦取尋求爲數故有十二心故與後解異然同時意亦緣字名與前第二師不同問既同時意識得緣字名

何要四尋求耶以緣常聲下荅也意云雖緣字名不能連帶是現量故至尋求心以是比量方能連帶得圓滿故第二解者不取尋求爲數故但八心以同時意識許通比量得緣過去之法既緣過去之法豈不許有連帶義耶故唯八心問同時下約初解爲問荅也問意云意識既是現量其時極速何得緣字名耶荅意可知如理門下會相違也言不緣名義相繫屬故者謂不緣名與義相繫屬之名等得緣名自相故而云相繫屬者且如諸名一切爲義是相繫屬以其時速而不能緣與義繫屬之名等也然上所叙總別四解從鈍向利漸次爲理與唯識意燈鈔叙西域釋同而非皆取爲正○鈔則具一百五相者鈔文隱畧今依法苑具釋言唱諸字時則有二相

者法苑云說諸字時餘惡等字並在未來唯有一字及依一字所成之名於心上現此則一字成名之義亦有一字不成名者非此所明此諸字二相謂一箇諸字一箇諸名棲說記云此且依作法而說字字皆名此初一字未有聚集未知後後所說字故或亦聚集說一字多刹那故次唱惡字時有七相者法苑云言惡時餘者等字並在未來其前諸字雖入過去現無本質由熏習力唯識變力仍於此念說惡字時心上顯現已下准知即有二箇一字一箇諸字一箇惡字一箇字身一箇諸惡字身以二字已上方為字身故下皆准知兩箇一字所成名一箇諸名一箇惡名一箇一字所成名身合前諸惡二名成一名身下鈔云二名已去即得名身身者聚義下皆准知一箇二字所成名合前諸惡二字所成一名次言者字時有十六相者法苑云又言者字時有三箇一字諸字惡字者字兩箇字身一謂諸惡二謂惡者以二合說下應准知不可

隔越合成故無諸者合名字身已上五相一箇三字多字身謂諸惡者三字合為多字身以一字已上方為多字故成六相三箇一字所成名諸字名惡字名者字名三名也為九相二箇一字所成名名身如前字身亦二二合說諸惡二名為一名身惡者二名為一名身并上為十一相一箇一字所成名多名身合前諸字名惡字名者字名三名為一多名身計十二相論雖二說今取三字名名多名身不取四字者下應准知棲說記云婆沙論中有二師說一云三名已上名多名身一云四名已上名多名身其三名者但名身攝今依前解兩箇二字所成名亦二二合說謂諸惡二字為一名惡者二字為一名成十四相棲說問云與身何別答此約但詮一自性也身約論二字性相合問名身與句有何差別答句約只論一箇差別名身自性尚是兩箇一箇二字所成名名身合前二諸惡及惡者二名成一名身為十五一箇三字所成名諸惡者三字所成一名也故為十六次唱莫字時有三十相者法苑云復言莫時有四箇一字諸字惡字者字莫字為四相也三箇字身亦二

二合說唯前應知謂諸惡字身惡者字身者莫字身成七相兩箇三字多字身三三合說更互除初後一字謂諸惡者名字身及惡者莫多字身並上爲九相也一箇四字多字身謂諸惡者莫四字爲一多字身成十相四箇一字所成名謂諸名惡名者名莫名爲十四相也三箇一字所成名名身謂二二合說謂諸惡名身惡者名身者莫名身爲十七相二箇一字所成名三名多名身謂三三合說更互除初後一字謂諸惡者三名多名身惡者莫三名多名身兼上爲十九相一箇一字所成名四名多名身謂諸惡者莫四名多名身爲二十相三箇二字所成名謂二二合說謂諸惡二字名惡者二字名者莫二字名爲二十三相二箇二字所成名名身謂一合諸惡及惡者二名爲一名身二合前惡者及者莫二名爲一名身成二十五相一箇二字所成多名身謂合前諸惡二字名及惡者二字名并者莫二字名爲一箇三名多名身成二十六相二箇三字所成名更互除初後一字謂諸惡者三字所成名惡不莫三字所成名并上爲二十八相也一箇三

字所成名名身合前三字所成之二名爲一名身成二十九相一箇四字所成名謂諸惡者莫四字所成一名也總爲三相後唱作字時有五十相者法苑云又言作字時有五箇一字諸字惡字者字莫字作字爲五相也四箇字身謂二二合說謂諸惡字身惡者字身者莫字身莫作字身兼前爲九相也三箇三字多字身諸惡者三字多字身惡者莫三字多字身者莫作三字多字身成十二相二箇四字多字身謂諸惡者莫四字多字身惡者莫作四字多字身爲十四相也一箇五字多字身謂諸惡者莫作五字爲一多字身巳上字及字身并多字身有十五相五箇一字所成名謂諸字名惡字名者字名莫字名作字名爲二十相四箇一字所成名名身謂二二合說謂諸惡名身惡者名身者莫名身莫作名身成二十四相三箇一字所成名三名多名身謂三三合說謂諸惡者三名多名身惡者莫三名多名身者莫作三名多名身爲二十七相二箇一字所成名四名多名身更互除初後一字謂諸惡者莫四名多名身及惡者莫作四名多名身爲二十九相一箇一字所成名

五名多名身謂諸惡者莫作五名所成一多名身爲三十相四箇二字所成名謂二二合說如諸惡名惡者名者莫名莫作名爲三十四相三箇二字所成名名身一合前諸惡二字名及惡者二字名爲一名身三合惡者二字名及者莫二字名爲一名身二合者莫二字名及莫作二字名爲一名身爲三十七相二箇二字所成名三名多名身一合前諸惡二字名及惡者二字名并者莫二字名爲一三名多名身二合前惡者二字名及者莫二字名并莫作二字名爲一三名多名身成三十九相一箇二字所成名四名多名身謂合前諸惡二字名及惡者二字名并者莫二字名與莫作二字名爲一四名多名身計四十相三箇三字所成名謂三三合說諸惡者三字所成名惡者莫三字所成名者莫作三字所成名爲四十三相二箇三字所成名名身一合諸惡者三字所成名及惡者莫三字所成名爲一名身二合惡者莫三字所成名及者莫作三字所成名爲一名身計四十五相一箇三字所成名多名身謂合前諸惡者三字所成名及惡者莫三字所成名并者莫作三字所成名爲一三名多名身有四十六相二箇四字所成名更互除初後一字謂一箇諸

惡者莫四字所成名一箇惡者莫作四字所成名爲四十八相一箇四字所成名名身謂合前諸惡者莫四字所成名并惡者莫作四字所成名爲一名身成四十九相一箇五字所成名謂諸惡者莫作五字爲一名也已上名及名身并多名身有三十五并字等一十五故總有五十相通前總合成一百五相問准法苑云此依一句事究竟說字名句聲都合總有五十一聚集何有一百五相答就實聞五字竟時除一句但有五十相此中且依倍倍增長而作其法兼於重者故有一百五相然上云諸行無常及今諸惡者莫作此二全偈如婆沙中具云諸行無常有起盡法生必滅故彼寂爲樂次偈云諸惡者莫作諸善者奉行善調伏自心是諸佛聖教鈔言其五心下料揀差別也准法苑云一率爾心緣不慣習境生無欲俱故二尋求心與欲俱轉希望境故三決定心印解於境勝

解俱故四染淨心與信等俱名善爲淨與嗔等俱名惡爲染中容非染淨故五等流心後似於前平等流類故言初後下約諸識有無料揀也率爾心名初等流心名後通六識皆有尋求決定染淨名中三心唯第六意識有也此依瑜伽顯揚說實則六識皆具五心七八唯四無尋求心無欲俱故仍通漏無漏位說之又前三下三性料揀此但依有漏位說若無漏位一切名善又率爾五識下起心不定料揀又意識下揀別意識二種率爾皆可知言餘義廣如別章者如法苑第一卷五心章中廣以十二門解釋不能繁引問何故須辯如是五心答爲令了知心之分位入法無我唯識相故○疏三唯影無本等者起信論云謂諸佛如來唯是法身智相之身第一義諦無有世諦境界離於施作彼疏云若廢根感論如來唯是妙理本智更無應化世諦生滅等相論又云但隨衆生見聞得益等言夜摩偈云下疏云此偈釋疑疑云爲是有法不可聞耶爲是無法無可說耶上半順後句疑以答之次疑云若爾何以現聞教法下半釋云但自心變非佛說也又大法炬陀羅尼經云衆生有看法想是故如來爲其說法其實如來亦無所說○疏龍軍堅慧者龍軍未詳堅慧者梵云娑囉末底此云堅固慧西域相傳此是地藏菩薩於佛滅後七百年時出中天竺大刹利種後造究竟一乘寶性論及法界無差別論等○疏非直外心等者是對終教釋也直猶祇也不秪是衆生心外無佛色聲明前終教單無外質是故前說但有衆生

自心内影象今亦空之言性本離故者釋成上義正說聽時本影之教性本離故強云非本非影實則言思無寄故云無教以絕待教故云之教故須彌偈下引證上半證無影象下半證無本質或可無取證無外無見證無内法性本空寂證性本自離不可得思量證亡言絕慮淨名下易知○鈔等取頓教般若者以智論中論等釋般若經義今等其中頓教義也言此但明空之義者問若但取空一義合當始教何云頓教耶荅以是三觀融通中取空之一義是即中之空非但空故是頓教也然上等字兼等始教之空不爾攝義不盡○疏此前四說等者若約即行布之圓融總合爲一若約即圓融之行布自淺之深耳鈔融爲一味方順圓宗者此全收前四探玄

記云此四皆不相妨以隨一門通餘三故夜摩偈讚疏鈔云若依此宗四句皆用知一切法即心自性故質亦自心此但融前四即是圓教故前疏云通就諸教以成四句若約下不礙如前從淺至深四門別辯攝化衆生令彼隨門皆可入圓故○疏一約同教以成四句者上約諸乘此唯約一乘故云同也又上約廣義收前諸乘此約深義唯理事無礙同頓同實故云同也言唯說無聽者問前終教中唯影無本今則唯說無聽豈不相違荅爲成四句之義前後各說一邊理實言之終教有無色聲無礙方爲盡理○鈔所以成二四句等者由探玄記但作一重四句而有二義即具今疏二重四句故今徵起以真心融二下釋以真心隨淨緣相盡性顯成佛故名理

真心隨染緣成衆生故名事不離一心故得生佛說聽全收或可生佛皆事同一真心故理由有此義則似理事無礙故須分之也○鈔亦可前是相即門者則以真心爲唯心所現因則佛亦約相差之義名事即初四句舍同别二義後四句唯别教義○鈔此以佛果稱性故者法性融通因也明與性非異言全性爲佛者顯非分成既全是真性所成之佛能成真性攝法無遺則所成之佛亦攝法無遺也○疏故出現品云下問既普見衆生成佛如來何故說法衆生既已成佛何名果攝於因復名聽耶答此見衆生本性令聽斯法未實尅證故名爲因良以不如是知故佛爲說此總證佛心攝法别取收聽之義言一切衆生悉在如來智内下正釋以如如智下出

所以也問此引佛性論應非别教答此有二義者所稱如如爲所以衆生不出此如如者亦通理事無礙今由稱此如如故如來爲能攝衆生爲所攝即事事無礙義但餘經論有别教義即入圓教也故教章云又前三乘等諸門斷惑者一障一切障一斷一切斷即入此教者隨門前後即是三乘故今引佗論證成别教也○鈔並不倒故名如如者臻疏第四云如有二義一不顛倒故由妄想故名爲顛倒如如境智遠離妄想故名爲如二現常住義雖被煩惱所覆功德莊嚴體無變異故名爲如今鈔畧叙初一義耳○鈔言如來下牒釋如來二字言約從自性來至得果等者即本覺名如始覺名來問性本是一何有本始及如來之别言性雖下荅也意云本覺在

因名應得始覺至果名至得故分如來之名也言但由清濁有異下彼論續云立名不同言在因位時下別釋二名也譬如下喻顯應得下法合所言藏者下牒釋藏字與疏全同○鈔復次藏有三種下復釋能攝如來有其三種此中語略應云復次如來藏有三種也言由此果能攝一切衆生者是如來之藏衆生爲體言今疏下出疏略引意也意云疏中但引中間之文而不引前一所攝名藏等文及後復次藏有三種等文即略却初後也或可疏中唯引中間之文今鈔却略引其初後文也二釋隨取上來總釋一所攝藏義○鈔下更畧引下鈔家更畧引後二藏文也二隱覆爲藏者此中應得至得俱名如來（不同前段應得名如至得名來）彼論云從住自性來至至得如體不

變異故名如來（上釋如來）無漏道前彼煩惱所隱覆衆生不見故名藏（此釋藏字）是如來之藏煩惱爲體又所隱覆如來即藏彼論云如來自隱不現故名爲藏三能攝爲藏者彼論云至得果地一切功德名如來應得之性名爲藏是如來之藏以因中應得之性爲體問應得在因何能攝果荅彼論云若至果時方言得性者此性便是無常何以故非始得故故知本有是故言常言今取果攝下亦出疏意也鈔經云如來下出現品疏云用該動寂初舉所依三昧覺不滯寂故名善覺覺彼一相故用爲方便二入已下顯一身之用既以一相爲方便則物皆一相故即現多三如一成正覺下類顯餘身如來成正覺時羅身雲於法界一一皆是廣大之身並如一身之現言此一

尚字下意謂劫剎等尚一身頓現況一類聽法之人非一身頓現耶有本云一顯法人者顯字悞也○鈔正取大智下以佛智同空何所不攝況一總身而不攝諸法耶鈔衆生即因等者因稱理法界故與法性非異衆生亦攝法無遺○鈔後此明佛證下解釋者是正觧出現品云諸佛如來不離此心成正覺故之文也言若爾下徵也意云若衆生心中真如是佛所證爾者生佛皆一真如法相亦有此義何足爲玄故復次下以疏次文荅也意云性含真識生佛本覺同故若爾下復徵也意云自性法身可同出纏法身衆生未證與佛何相關耶意云出纏法身亦體同故下皆展轉通難可知言三大攸同者攸者所也衆生及佛爲能同三大爲所同或可彼雖明三大猶是所同終教分齊只屬自心各各修證不說生佛二無礙故則有其所局也今約事事無礙生佛全收則有其所通也問上引佛性論便成別教之義今特揀起信者何耶荅前佛性義則少分通別教大途亦實教爾故引而證之而不揀別今由起信所宗二門三大於中顯體用處節節有之是一論大旨多分所說若不揀者應大分是別教故須揀之況佛性是明文今但義取故亦須揀也問何不但依當經顯示而用起信文耶荅以起信所明隣於事事無礙今欲方便引彼教之根令入圓故亦攝生之善巧也故今歎爲至妙上來文迹從淺至深於義皆是別教○鈔並實非虛等者此遮而實生佛不互全收但是義說也謂初下別釋也鈔在文似隱者由文

中說法之佛在衆生之心中聽法衆生在佛心中故似隱也言義極分明者由以一心貫之雖生佛之殊心體未嘗有異由同一心故生佛說聽雖互在而得一時則說聽互相宛然也次舉二喻在義尤分明也然師弟鏡喻則有三法以鏡融於師弟在法以心融於生佛也而水乳喻則有二法直約生佛說聽互在也言相徧相攝思以准之者謂乳中之水是乳攝水水徧乳内言水中之乳是水攝乳乳徧水中等言下對反上等者疏云故衆生心中乃至說法也即上對明說下對明聽故云異爾○疏兩相形奪中引證三文初二當經第三佗經皆證兩相形奪生同佛故非生佛同生故非佛故說聽斯寂也然若約因緣無性故非生法身體寂故非佛一理平等故不說不度緣本所住故不說不聞即頓教義今取生佛各全形奪爲所因令非聽非說即是生全在佛佛全在生故方得雙非爲別教義也故知今引證文皆是非說非聽似濫頓教而爲因不同故非頓義又四句圓融故尤非頓教○鈔下半云等者經云又放光明法清淨疏云外清法境則法境咸空故云以說其義光如是言大般若經文前以釋者第八寂寞無言門中巳釋正說聽時皆不可得故證雙泯之義○疏是故此四下科云第三總結融通然既在說聽全收下分之而第一總標（既雙標二四句）第二別釋亦釋同別各四句今第三融通應融前二四句而疏云是故此四指別教四也若兼融通同教合云是故此二四句則少箇二字也或可科錯應於說聽全收

下分二初總標二別釋於別釋中分二初同教二別教於別教中分三初總標二別釋三融通方順疏鈔正文之意也○鈔隨舉一句等者四句中隨舉一句則須具四不相離故仍爲別門互不相濫故隨下即一切聖教隨應一文等必具四句言若大若小者以包含無量乘故此約全收之義何教不明近結必具此四句通該於前同教四句并本影四句舉一全收方爲究竟甚深唯識道理也○疏一以本收末者以內收外也會前六門之內小乘破相始教立相始教所明淺近皆名爲末同入一實本體即凝然真如也二會相顯性者會外即內也會前六門小始終所明淺近皆入絕待一實（初義通權後義唯實然初義所入之如雖非是權但以所收之教末說即如故通權耳）此上且依同教義釋若約

圓別之義則前六門中乃至圓融具德聲名句文等皆攝歸無障礙真性又下說十門融通是知上下之文出沒始末究竟方爲善說○鈔彼疏釋云等者即唯識疏彼釋有二意初約所流教釋言由此地中者即第三地名發光地也論云成就勝定大法總持能發無邊妙慧光故云三慧照大乘法也言觀此教法根本名勝流真如者約三慧觀教法根本名爲勝流真如此逆推本也言或證此如下二約所說法釋以此地菩薩證此真如得說法勝由本勝故末亦勝也勝流之真如皆依主釋初約所流教法以彰名後約所說勝法以彰名也○疏彼宗雖不立下文含縱奪若約彼宗爲言則奪彼不立隨緣則無真流義若約義縱之以本收末亦名如流所以約宗

則揀約義則收者以疏主許彼論有隨緣義但弘宗者執真如不變爾故下疏云唯識等亦說真如是識實性但後釋者定言不變失於隨緣過歸後輩耳如彼論云此諸法勝義亦即是真如常如其性故即諸法實性既真如爲識實性明知天親亦用如來藏而成識體但後釋論之人唯取不變故云過歸後輩也故知此有通實之義非一向權不爾何得此科云會權入實耶思之○鈔故疏通云等者以根本智依真如展轉引生於後得乃至有十二分教義名爲流此即生起次第言此大悲下問前云四法此何說五荅前約悲智合說故四此約悲智開二故五即於後得智中開出故也○鈔下引仁王等者證前疏二義中前教法從緣無性即是真如之義也法本即契經長行是也不誦偈者即伽陀孤起頌也餘如前釋言大王如如下一切文字皆即如如之性修學契順如如能生佛智故此如如文字名諸佛智母言乃因緣經中一義者以十二分皆有二義此因緣亦有二義一因請方說爲重法故二因事方說知本末故今言因事制戒者乃因緣二義中第二義也言界即因義者以本生經說昔受身一說如來因中受身二說弟子因中受身故云因義也○疏第八理事無礙體者前科會教即如即是非異不離義然要具不即不離非一非異義味方備故今明也又例前六七二門此應收前七門中事理而明無礙謂一切下雖教全即如事不礙理也而十二分等宛然理不礙事也雖理全即爲一切教法理不礙事

也而真理湛然事不礙理也由真理既即性即相而無礙佛之聲教亦順性而融通以所施教法皆與能施如智而相應故具斯無礙如前下廣說應立事徧理門等十門如義分齊已明但彼歸所詮爲門此約能詮爲門自不相濫問前聲名句文等中已明事理無礙與此何殊荅彼聲名句文四法上明事理無礙此通明前七門皆令事理無礙問前料揀中此屬同教何能令前七門中事事無礙等義皆歸理事無礙耶荅既名同教何有事事無礙之義明知且是一相之言令約具德門明事理無礙則無所不該○鈔揀義取文者會解云以疏云文義皆圓即揀前義如前說聽全收等即是義圓令雙標文義皆圓故揀前唯義圓也今解此經文義俱圓若所詮義圓如義理分齊今以能詮爲門故揀義圓取文圓耳○疏即圓音等者以能詮聲名句文爲門故則無法不攝故云法兩皆充徧文義各不同於一法中解衆多等普入一切文義相隨分別諸法不可說等觸事即法一念頓演故云皆圓也言即眷屬教等者餘隨機之教是此主教之眷屬故雖不同此方說十住等爲主十方說十住等爲伴亦却得爲主此眷屬教亦是伴教之類俱伴中收欲顯攝法無遺故○鈔二者既言等者如前合教二師處已明言若一直聲昔義非正者出現品疏鈔云圓音亦名一音有三一敘昔二辯違三會通今初敘昔有三義一云諸佛唯是第一義身永絕萬像無形無聲直隨機現無量色聲猶空谷無聲隨呼發響然則就佛言之無

音是一約機言之衆音非一而言一音圓音者良由一時一會異類等解隨其根性各得一音不聞餘聲不亂不省顯是奇特故名一音音徧十方隨機熟處無不聞故名爲圓音非謂如空徧滿無別韻曲經云隨其類音普告衆生斯之謂也二云就佛言之實有色聲其音徧滿無所不徧但無五音四聲等異無異曲故名爲一音無不徧故名爲圓音但是圓音作增上緣隨根差別現衆多聲猶如滿月唯一圓形隨器差別而現多影亦如長風隨其衆竅聲有多種經言佛以一音演說法衆生隨類各得解三云如來於一語業之中演說一切衆生言音是故令彼衆生各聞巳語非是如來唯發一言但以語業同故名爲一音所發多故名爲圓音如舍支聲尚多音聲齊發況如來耶二辯違者上來三解偏取皆失初第一義無形無聲非音義故但隨他音非自音故第二唯是一語無多音故一不即多豈爲圓音有則多亦應有無則一亦須無何得一有而多無耶第三雖但是多又無一故若語業同一切衆生豈一音耶故並非也三會通者上但責偏不謂全失合上三義方是圓音之義耳謂多即一若多不即一則非一音一復即多若一不即多非圓音二即是空空即是二若二不即空是所執故不無性故非圓非一空不即二非空非圓故鎔融無礙即是圓音十中三義即圓音十義中三義謂初是無生滅義次一是無邪曲義後一是普至義是知得正義則傍收無遺不得正意並爲乖理釋曰今鈔所非即第二師義也○鈔下引

諸經者即當部中諸處經文○鈔三法雨下隨一一音說徧無盡之法故又隨一一法門稱性故皆充法界即徧充義別也故下云三節已含四義以第三節含上二義故一則展一普徧下別顯四句也有本云三展一普徧者三字悮書下三句可知○鈔譬如下疏云遍入無住喻言法喻之中亦自影畧者喻中亦應言普入一切處乃至一切報中法中亦應云普入一切事乃至出世間處故一切衆生種種語言下攝佗入已亦應攝所詮皆文影畧何以下徵釋法性融通因也如書字無事不録釋名云書者庶也紀庶物故亦曰著著萬物故則無所不入尋之豈有住耶喻雖互入而無住可謂玄矣○鈔隨義名異下即容入義異立容入名容入體同即義一也○鈔譬如自在天王下即

佗化自在天王之婇女也○鈔已有數重者於前一一佛法中但取一法出妙音聲不可說此是一重音聲轉法輪是兩重法輪復演修多羅是三重修多羅又分別法門爲四重法門又說諸法爲五重故云已有數重但說一法也○疏若類通諸法等者上說十玄但依聲名句文四法爲門以明若以諸法顯義體例同聲等則何法不是能詮皆具十玄之義仍能詮爲門即次此能詮而爲所詮亦具十玄之義如義分齊說皆爲教體○疏第十海印炳現等者以前九別說此一門總明也則三乘一乘等皆定中炳現耳言此約果位者經云譬如大海普能印現四天下一切衆生色相形像是故共說以爲大海諸佛菩提亦復如是普現一切衆生心念根性欲樂而

無所現是故說名諸佛菩提此是約佛海印定也言若約因位下圓滿信心位至初住時亦得印現或可圓教信位亦得印現言賢首品下具如前辯○疏語之所尚等者圭峯云就賔主談論時言之云語之所尚曰宗趣謂意趣趣向即心意所歸趣之處以所宗尚必有意之所趣○鈔主也等者隨其所宗之義為主餘但兼故又多分明其所尚之義餘少說故○鈔本二者即上座部大衆部者南山戒疏云根本二部如四分中初結集時選五百人即是窟內迦葉上座部也餘不在數名為大衆即窟外部也所謂上座大衆創分結集之初故文殊問經云根本二部即此是也後百餘年摩竭提國王號無憂統攝贍部即化洽人神時有大天者其未出家時犯三逆罪謂殺父殺母殺阿羅漢造已深生憂悔欲求滅罪遂逢窟外大衆部僧既不知其犯逆便與出家受具以聰明故為無憂王之所宗敬後與上座部乖諍（以大天說五事偈云無學漏失因魔娆無知疑惑由他度聖道不起假聲呼是謂如來真淨教）時大天謂戒經中若滅諍者當依多人語時上座部耆德雖多人數甚少大衆部黨內耆德雖少人數極多王因以大天為是是以二部抗行若慈恩瑜伽畧纂云佛涅槃後第一百年因彼大天諍於五事大天名高德大果證年卑王貴欽風僧徒仰道既而卓犖無侶遂為時俗所嫉謗之以造三逆加之以增五事競名角利今古所同虛中構架是凡共有由此紛紜故諸小乘因分別部黃金數段白氎片分佛懸記之從斯始矣（准此一百年後方分根本二部）又宗輪論說於大衆部

流出八部於上座部流出十部兼本二部共二十部也故彼云第二百年大衆部中流出三部一說部二說出世部三雞胤部次二百年從大衆部復出一部名多聞部次第二百年大衆部中復出一部名假說部次第二百年滿有一外道出家捨邪歸正名曰大天（非前造逆之大天也）於大衆部出家受具多聞精進居制多山與彼部僧重詳五事五事偈云餘所誘無知猶豫佗令入道因聲故起無慈真佛教因此乖諍遂分爲三部一制多山部二西山住部三北山住部本末合成九部也二上座部從三百年初（大衆部者德少二百年後便分上座部者德多三百年後方分也）迦多衍尼子於上座部出家盛弘一味論少說經律既乖部旨遂分爲兩部一說一切有部亦名說因部謂此部立義廣出因故也二上座部轉名雪山部上座部弟子本弘經教說因部起多弘對法既鬧義理故伏上座上座部弱於後移雪山避之故依處而爲名也次三百年從一切有部出一部名犢子部次三百年從犢子部流出四部一法上部二賢胄部三正量部四密林山部次第三百年從一切有部復出一部名化地部次第三百年從化地部流出一部名法藏部次第三百年末從說一切有部流出一部名飲光部次第四百年從一切有部復出一部名經量部亦名說轉部本末成十一部并前大衆共二十部皆以二部爲本故云本二也〇鈔無是亦無非等者先長行經云能令法住並得四果三藏平等如海無異味如有人二十子真實如来所說上約佛說以隨情執故無

是四諦等更無異説故無非或但各言自是豈名實是故云無是各互非佗豈名實非故云無非又既皆從大乘出何有是非或可依之修行無不獲益故云無是亦無非也言未来起者對説經時名爲未来如来滅度一百年後方起也具如上説○鈔以義相從者下謂小乘異計有多十八本二已是合之今將二十部以義相從更復合之爲其六宗兼諸大乘故有十宗也○鈔早欲叅涉大乘者以彼假名無定實之義似叅大乘復以經爲定量不依律論故云經部言但除下即但空之意也言妙有真性者謂後不空而爲妙有真性非是即空之有而爲妙有也○疏今總收一代時教以爲十宗者且前四宗外護身寺自軌法師於前四内加第五法界宗即華嚴經又者闍寺凜法師復爲六宗如前鈔叙皆非今所用今此十宗即於大乘法師八宗内全收前六以彼第七勝義俱空宗今爲第八真空絶相宗以彼第八應理圓實宗爲第七三性空有宗其第九第十二宗是疏主於大乘法師外新加故有十宗以收一代時教也

華嚴會本懸談會玄記卷第三十四

音釋

挾胡頰切懷持也藏護也　犖呂角切大啅丨也　槅古伯切車軛也

冑直祐切裔也

華嚴會本懸談會玄記卷第三十五

蒼山再光寺比丘　普瑞　集

◯䟽第一我法俱有宗等者探玄記云謂人天位及小乗中犢子部等今不言人天者以文畧故又人天不立有我以爲宗故不言之言三聚等者聚是積聚義蔵是含蔵義五中開有爲聚爲三世成三第四名同第五即非二聚謂非有爲聚非無爲聚即是不可説爲有爲無爲也既非有爲無爲法乃是我也言然此部下回向䟽云内外道自以聰明讀佛經書而生一見附佛法起故得此名犢子讀舍利弗毘曇自別制言我在四句外(三世及無爲法爲四句也)第五不可説蔵中佛説此人不異外道諸論皆推不受名外道也◯鈔一犢子部等者宗輪論䟽云即律主名也上古仙人居山靜處貪欲巳起不知所云近有母牛因染生子自後仙種皆言犢子即婆羅門姓也佛在世日有犢子外道歸佛出家如涅槃經説此後門徒相傳不絶至此分部從遠襲爲名言犢子也二法上者律主名也有法可上名爲法上或有法出衆人之上渉鈔云此部弘持律蔵自許所弘之法在衆部之上也三賢冑者纂玄及宗輪䟽云賢者部主之名冑者苗裔之義是賢阿羅漢之苗裔故從所襲部主以爲名也四正量者權衡刊定名之爲量量無錯謬名之爲正此部所立甚深之義刊定無邪自稱正量從所立法以彰名五密林山者部主所居山林蓊欝繁密從所居以爲名

◯䟽謂薩婆多等者此云説一切有言不離色心者謂一蘊之色四蘊之心即五蘊攝一

切法也言或立三世無爲者除上不可説我故也言或分五類者即前小乘五類七十五法謂心法有一心所有四十六色法有十一類相應行有十四無爲有三故云五類也此中唯無有我而諸法皆有故云一切有部◯鈔二雪山部等者義如上釋以一切有部元從中分出故云多同但弘對法及經律有少異耳三多聞部者以部主學通三藏深悟佛旨故云多聞言化地部者部主昔作國王化治地上人庶後捨位出家修道從本爲名曰化地部言亦有中有者此有二解一云言中有者是生死二有中間之中有也然准法苑化地部説定無中有應是末計今由義異乃名末計故云亦有中有故於鈔外别作問答問中有身爲實有無荅涅槃經云有中陰無

中陰如是諍誦是佛境界非是二乘分别所知若人如是生疑心者猶能摧壞無量煩惱如須彌山若於是决定者是名執着二云言中有者是過未之中間現在法亦有也然有本鈔文加一於字具云亦於有中有一切法則是於時有中現法亦有不必作異解也◯疏立正因緣者云何名正因緣由三毒因緣起福等三業三業因緣起三界法由此因緣有一切法等◯鈔今初九十五種如第六回向等者疏云諸處多説九十五别有九十五種邪論薩婆多律説外道六師各有十六種法一法自學餘十五各教一弟子師徒合論有九十六貞元疏云别有九十五種外道邪論經則九十六中一是佛道然至妙下即正理名道小乘雖未徹源亦少分見故出分段

生死不爾云何有是力用自此已往皆名外道○鈔自然四德等者一法金七十論云法以何爲相夜摩尼尼夜摩夜摩尼者有五一無嗔恚二恭敬師尊三內外清淨四減損飲食五不放逸尼夜摩亦五一不殺二不盜三實語四梵行五無諂曲也二智慧彼論云何者名爲智智有二種一外智二內智外智者六皮陀分一式义論二毘伽羅論三刧波論四樹提論五闡陀論六尼祿多論此六智名爲外內智者謂三德及我是二中間智由外智得世間由內智得解脫三離欲亦二種一外二內外者於諦財物已見三時苦惱謂覔時守時失時又見相着殺害二種過失因此見故離欲出家如是離欲未得解脫此離欲因外智得成內離欲者已識人與三德異故求出家失得內智次得離欲因此離欲故得解脫因外離欲猶徑生死因內離欲能得解脫四自在有八種一微細極隣虛二軏妙極心神三徧滿極虛空四予得如所意得五世間之本主一切處勝他故六隨欲塵一時能用七不繫屬他能令三世間衆生隨我運役八隨意住謂隨時處隨心得住此等四法是薩埵相若薩埵增長能伏羅闍及多摩是時我多喜樂故得法等四得是名薩埵相言得此智已依大悲說等者論具云迦毘羅見此世間沉沒冐闇起悲心咄哉生死

在盲闇中徧觀世間見一婆羅門姓阿修利有本云阿修和和字恐錯也千年祀天隱身往彼說如是言阿修利汝戲在家之法說是言竟即便還去滿千歲已而復重來說上言是婆羅門即荅仙曰世尊我實戲樂在家之法是時仙人聞已復去其後更來又說上言婆羅門荅之亦如是說仙人問曰汝能清淨住梵行否婆羅門言如是能住即捨家法修出家行爲迦毘羅弟子迦毘羅爲阿修利畧說如此最初唯闇生此闇中有智田智田即是人有人未有智故稱爲田次回轉變異此第一轉生乃至解脫阿修利仙人爲般尸訶畧說亦如是是般尸訶廣說此智有六十千偈傳與褐伽褐伽傳與優樓佉優樓佉傳與䟦婆利鈔云和字亦錯䟦婆利傳與婆羅門姓拘式名自在黒得

此智已見大論難可受持故畧抄七十偈等
鈔因諍世界等者謂與東天竺僧論議彼立
世界是常僧難云必令有滅以世界壞時世
界必滅故證知令滅彼云必不滅如今山等
僧不能復言彼王朋外道令僧乘驢受辱王
重外道以七十斤金遺去聲贈也之言令譽者令
字去聲羨也唯識疏後世天親出世乃造第一義諦論亦名勝義七十論
以對疏論而破彼外道言彼非能破宗因喻
過我僧並無故又汝所立因有隨一過誰言
令無滅故後亦無滅我僧但言大地等法前
必有轉變滅後有此故如燈焰等汝不解量
乃非我僧其時國王遂將世親此論徧諸方
域宣令流布無人當者遂起昔時王及僧佉
外道證義者等骸或縛草爲人擬彼時衆而加撻之如天親傳中說◯鈔如十
八部者彼疏具云數論及與勝論各有十八
部異執言雨時生故者西域記說彼土一歲
立爲三時從正月十六日彼土一月分爲黑白各十五日以前半月爲白後半月爲黑以黑爲首故至五月十五日爲熱時從

五月十六日至九月十五日爲雨時從九月
十六日至正月十五日爲寒時今此外道當
雨時生也言梵音不同者會唯識疏言伐理
沙與金七十論皷婆和同是一人也數去聲度
入聲◯鈔本源即是迦毘羅造者以金七十論
摽能造人云迦毘羅仙人造此據本源也實
即自在黑造言長行即天親菩薩解釋者謂
欲破彼宗先造長行釋七十頌既善佗宗後
造破論故天親傳云造真實七十論破數論
宗首尾瓦解無一句得立故諸外道憂苦如
害已命◯鈔神我爲主等者即百論破神品
文具云神爲主常覺相處中常住不壞不散
攝受諸法鈔云根字錯也能知此二十五諦即解脫
不知此者不離生死外曰實有初如僧佉經
即數論也中說覺相是神內曰神覺爲一耶爲異

耶外曰神覺一也內曰覺若神相神無常若覺是神相者覺無常故神應無常譬如熱是火相熱無常火亦無常今覺實無常所以者何相各異故屬因緣故本無今有故巳有還無故外曰不生故常生相法無常神非生相故常內曰若爾覺非神相覺是無常汝說神常應與覺異若神覺不異者覺無常故神亦應無常乃至廣破（下指百論破故因引釋也）言斯則五大亦爲能生者准此百論所說五大與金七十論不同金七十論五大不爲能生餘悉皆同下例此知○鈔自性是第一義諦下有三異名未生下釋自性若生下釋勝性智論下釋冥然不知謂爲冥諦等者如前迦毘羅爲阿修利畧説最初唯闇生等（云云如上）○鈔言我知者百法明鈔云我知者謂神我神我有知能

思慮故名我知者○鈔慢生五唯下彼論云慢從大生故變異能生五唯故稱本五爲從慢生故變異能生五大五根故名本○鈔如熱氣散空等者論正云自性實有微細故不見譬如烟等於空中散細故不可見自性亦如是不如第二頭第三手畢竟無故不可見（云云）○鈔薩埵剌闍答摩等者此依唯識若金七十論梵云薩埵剌闍多摩言舊云新云者義景鈔云或約此方今古所翻立名各異故言新舊或約西方數論宗計今古各異亦無妨也○鈔是其色德等者金七十論云輕光微照名之爲喜若喜增長一切諸根輕無羸弱能執諸塵是時應知喜樂增長心高不計佗人如醉象欲鬭故是真增長若憂增長者是人恒欲鬭其心恒躁動不能安一處暗德

若增長一切身併重諸根被覆故不能執諸塵百法鈔云由三德隨順於我轉變起餘二十三諦成諸世間及衆生等初之轉變至五唯法成微細身故此細身但有五唯此微細身生入胎中赤白和合增益細身以成麤身細身爲内麤身爲外由與法行相應喜德增故即生天中喜德增故隱伏餘德雖有不現喜者輕光相故諸天中輕光自在多樂多貪或憂德增故即生人中多憂多苦多嗔若與非法相應即暗德增逼伏餘二即生獸中暗者重覆相故獸多癡暗若法非法行有差別此之三德二二雙增或生乾闥婆中夜叉羅刹乃至不行衆生若後後時先所法非法滅滅時捨此身身内有地大還外地相應乃至内空大亦還外空大五知根還五唯乃至心根亦還五唯五唯細身復往餘處如是不絶是謂輪轉○鈔偈荅云下初二句法第三句喻第四句合長行具云我求見三德者我有如此意我今當見三德自性故我與自性和合爲獨存者今鈔全牒偈句者恐誤我是困苦人頌中説人即是我義故論中多云人我也唯有能見知今當爲彼令得獨存以是義故自性與我和合譬如國王與人和合我應使是人亦與王和合王應施我生活故是王人和合由是義故得成自性和合義亦如是我爲見故自性爲他獨存故如跛盲人合者此中有譬昔有商侶往優禪尼爲劫所破各分散走有一生盲及一生跛衆人棄擲盲人謾走跛者坐看跛者問言汝是何人盲者荅曰我是生盲不識道故所以謾走汝復何人跛者荅曰我生跛人唯能見道

不能走行故汝今當安我肩上我能導路汝負我行如是二人以共和合遂至所在此之和合即如自性與我合生世間至所在已二人各相離如我見自性時即得解脫是自性諦亦令我獨存等○鈔自性先生大等者唯識疏云由我思境從自性生大然釋大之別名如鈔彼論問云大者何爲相偈荅云決智名爲大法智慧離欲自在薩埵相翻此是多摩長行云決智名爲大者謂是物名礙是物名人如此知覺是名決智名大是大有八分四分爲喜四分爲闇癡喜四分者一法二智慧三離欲四自在(並如前釋)此四法是薩埵相翻此是多摩相翻法等四相一非法二非智三愛欲四不自在此四是多摩相○鈔大次生我執者論云我慢有何相謂我聲我觸我色我味我香我福德可愛如是我所執名爲我慢言亦名五大初及轉異炎熾者偈云十一薩埵種變異我慢生大初生闇唯炎熾生二種初二句謂若大中喜增長(即薩埵增長也)則生我慢能伏通憂癡此我慢是喜種(即薩埵種)聖說名轉異是轉異我慢能生十一根以樂善及輕光清淨故能執於自塵故說十一名薩埵種第三句者若大中闇增長則生我慢能伏通喜憂此我慢是癡種故聖說名大初(即五大初也)此我慢生五唯故五唯及五大悉闇癡種第四句者若大中苦增長則生我慢能伏通喜闇此我慢是憂種故聖立名炎熾此我慢生兩種能生十一根亦生五唯等由變異我慢生諸根時取炎熾我慢爲伴侶故大初我慢生五唯五大時亦取炎熾我慢爲伴侶故炎

熾生二種也釋曰由此義故鈔云此意總明皆從慢生也若別說者變異我慢生十一根若大初我慢生五唯五大炎熾通生二種此約義別生若取次第如鈔云應先生五唯五唯生十六等此意會金七十論與百論總別雖殊次第同也故金七十論云十六內有五從此生五大者十六內有五唯五唯能生五大也○鈔五唯無差別以微細寂靜故等者論偈云五唯無差別從此生五大大塵有差別謂寂靜畏癡長行云五唯無差別者從我慢生五唯微細寂靜以喜樂爲相此即諸天塵無有差別天無憂癡故從此生五大大塵有差別者從聲唯生空乃至從香唯生地是五大有差別是差別有何相一者寂靜二者令怖（即偈畏字）三者闇癡此五大是人塵空大三相如何如大富人入內密室受五欲樂或上高樓遠觀空大由空受樂故空寂靜或在空中冷風所觸空則生苦或復有人行在曠野唯見有空不見聚落無所止泊則生暗癡餘大亦復如是如是諸天以五唯爲塵一向寂靜故無差別人取五大爲塵大有三德故有差別釋曰以論對鈔鈔應云五唯無差別即是天塵天無憂癡唯以喜樂故令云大者悞書也問前云一一三德合成何故天塵五唯無憂癡耶荅雖有餘德隱伏不現故云無也義如前說○鈔有說藉塵有多少等者即智論指僧伽經說（彼第七十八云所謂從聲微塵生虛空大從聲觸生風大從色聲觸生火大從色聲觸味生水大從色聲觸味香生地大從空生耳根從風生身根從火生眼根從水生舌根從地生鼻根如是等漸漸從細至麤乃至如是如僧伽經廣說）然言五大者論云體用大故遍三世間謂地

空天及三衆生謂獸人天徧皆有故故名爲大○鈔聲唯生空大空大成耳等者此約智論百論等五大亦爲能生說也○鈔而金七十論但云等者五大不爲能生也而論正云耳根從聲唯生今多一唯字然云但云者一對前叅智論等意釋也二對次後徧造義釋故云但也而論中一一釋五唯別生五知根乃至云鼻根從香唯生與地大同類是故唯取香等○鈔若優樓迦仙人者即鵂鶹仙人是也言那求者集玄云有云此云功德而百論多說求那而不翻即是色家功能也若涅槃疏及音義云此云依論諦以火依色而爲其主方得立故義用偏增故眼唯見色○鈔總用五大成者大字應是唯字以金七十論五大非能生故論云五作根有五事是舌根

即語具與知根相應能說名句味乃至大遺根與知根相應能棄於糞穢釋曰語手足等一一與五知根相應此知根雖五唯別造而作業根皆與知根相應故云總用五唯成也言彼謂身根爲皮根者彼論偈云耳皮眼舌鼻此五名知根長行云各取自塵爲五知眼耳遠取鼻舌到知皮通內外能知至觸等舌手足人根即小便處亦曰男女根大唯五作根舌能說名句手能執捉足能行步男能戲樂大遺能除棄故名根也○鈔分別爲體者論云能分別爲心根說有兩種分別是其體此心根若與知根相應即名知根若與作根相應即名作根是心根能分別知根事及分別作根事譬如一人或名工巧或爲能說言論云分別爲心相有是相即心事此二句是論長行中解三自相爲事之文次當具引自見其義言亦具五唯成通緣諸境故

者此二句是疏主義說言又論云大我慢心事此句是長行標說之文具云次當說大我慢心境事三自相爲事者此一句即偈文具云三自相爲事十三不共境諸根共同事波那等五風長行釋初句云大事計我爲慢相此相即慢事分別爲心相是相即心事餘三句非今所用如論釋言心能徧取差無差別境故者此亦是吾祖義說也○鈔唯識因明皆云等者一句全是唯識論云彼疏云神我以思爲體故因明說執我是思若因明論云數論說我是思彼疏云數論立神我諦體爲受者由我思用五塵諸境自性便變二十三諦故我是思○鈔如人依身下我如能依之人二十四諦如所依之身今取能依之人名爲依故○鈔五獨離故者離身等者論云五獨離故者若唯有身聖人所說解脫方

便即無所用故知離身別自有我若無別我唯有身者則父母師尊死後遺身若燒沒等如是供養則應得罪應無福德以是義故知別有我釋曰此說離身別有我獨存故云獨離○鈔九不似等者今鈔約自性異變異釋然彼論約變異異自性如頌云不似有九種總摽有因一無常二多三不徧四有事五沒六有分七依八屬他九變異異自性也結也今順此鈔釋之一無因者謂二十三諦皆有因如自性爲大因我慢大爲因等自性無有因生二常者大等從性生生故是無常自性不如是故常三多人共一者謂大等則爲多人人不同故自性唯是一多人所共故四徧一切者自性及我徧一切處謂地空水火等則不徧五無事者謂大等諸物欲起生死時

依此十三具能使細微身輪轉於生死伸縮往還自性不如是無伸縮故六不沒者大等諸物轉末還本則不可見是名爲沒如五大等轉沒五唯中不復見五大等乃至大沒自性中大等亦不可見自性不如是無有轉沒故七無分者大等皆有分分分不同故自性不如是常無分故八不依佗者謂大等依自性我慢依於大等自性不依他生故九不屬佗者大等從本生末不自在故譬如父母存時兒不得自在自性不如是無本爲陀故○鈔人人各有我故者論云我者何相多身共一我身身各一我荅我多隨身各有我偈云生死根別故作事不共故三德別異故各我義立成初生死根別故者若我是一一人生時則一切皆生今不俱生故知多我又若我一者若一人死時一切皆死故知不一又諸根各異故若我一者一人聾盲時一切悉應聾盲等既不如是故知多我餘三句如論釋○鈔自生有六義似變異等者偈云三德一不相離二塵三平等四無知五能生本末似六我翻似不似相似有六種一同有三德如黑衣從黑縷出大等末自性本皆有三德故二不相離變異與三德不可分離三德與自性亦然三大等是我受用塵自性亦是我受用塵上約人人說四大等一切我所受用如一婢相似名一也自性亦一切我所受用故五大等不能分別三德自性亦爾六本末皆能生故同也○鈔故總云我翻似不似者彼論云變異與自性有六種相似我無此相似是故翻於似變異與自性九種不相似我翻

於八種故名翻不似言餘義可知者謂上釋我有八德二德餘之自性變異亦具德有異准上可知故云餘義可知○鈔有云由三德等者此應智論意縛脫背約我說也言金七十論下縛脫約自性說也言人無縛無脫無輪轉生死此二句即偈文以無三德故等三種所以即長行釋所以也若爾下徵答輪轉及繫縛解脫唯自性此二句即偈文與前二句即全偈也餘即長行釋意也○鈔廣破如唯識中百等論者百論如上引唯識論云數論執我是思受用薩埵剌闍答摩所成大等二十三法然大等法三事合成是實非假現量所成彼執非理所以者何大等諸法多事成故如軍林等應假非實如何可說現量得耶又大等法若是實有應如本事非三合成

薩埵等三即大等故應如大等亦三合成轉變非常爲例亦爾又三本事各多功能體亦應多能體一故三體既徧一處變時餘亦應爾體無別故許此三合體相各別如何和合共成一相不相應合時變爲一相與和合時體無別故若謂三事體異相同便違已宗體相是一相應如相冥然是一相應如體顯然有三故不應言三合成一又三是別大等是總總別一故應非一三此三變時若不和合成一相者應知未變如何現見是一色等若三和合成一相者應失本別相體亦應隨失不可說三各有二相一總二別總即別故總亦應三如何現一若謂三體各有三相和雜難知故見一者既有三相寧見爲一復如何知三事有異若彼一一皆具三相應一一事

能成色等何用闕少待三和合體亦應各三
以體相即故又大等法皆三合成展轉相望
應無差別是則因果唯量諸大諸根差別皆
不得成若爾一根應得一切境或應一境一
切根所得世間現見情與非情淨穢等物現
比量等皆應無異便爲大失故彼所執實法
不成但是妄情計度爲有等言下疏總畧破
者從自性諦生一切法但是隨情虛妄計度
名爲邪因也○鈔立六句義最爲勝故者唯
識云自計所造六句之論諸論罕匹故云勝
論○鈔多年脩道者脩六事觀猒下苦麤障欣上淨妙離
伏下地惑得色界等定依定發有漏五通妄
謂證得菩提○鈔既染妻孥者起世因本經
云初生忉利天天子若未見天女之時前世
業果生此業熟明見宿世事遂作是念顧我
此天死却生人間修三業善後還生此以見
天女色故違失正念着現世欲唯唱言天王
女耶天王女耶如是名為愛欲之縛以此過
微而難除故云卒難化導○鈔德業不依有
性等故者不依大有等性表知但依實也○
鈔實有九種等者唯識疏云九實體者若有
色味香觸名地以德地也若有色味觸及液
名水若有色觸名火若唯觸名風若唯有聲
名空依此空大方乃起聲故說此聲空之德也別有空大非空無
為亦非空界色若是彼此俱不俱遲速能詮
之因及此能緣之因名時過未名彼現在為此兩相遇名俱兩
不相遇名不俱有滯名遲無滯名速以時體是實故以能詮名及能緣心而為其因餘皆
准此若是東南西北等能詮之因及能緣之因
名方若是覺樂苦欲嗔勤勇行法非法九德
和合因緣能起智相名我意云由我與合句

作因緣其合句方令覺等九德與我和合起於智相故舉和合及所起智以顯我體故因明云勝論執我以為和合因緣即斯義也若是覺樂苦等九德不和合因緣能起智相名意意云意實不能如我作親和合九德之因名不和合起智非謂九德全不和合而能起智名意闕和合之因緣非我也上皆以德顯體○鈔一色等者唯識疏云諸德體者眼所取一依名色鼻所取一依名香乃至皮所取一依名觸謂依色等故眼等方生色是所依故名一依或德是能依實是所依今此色等是能依之一數等故云一依一實非一實詮緣之因名數謂一極微名一實二三四等名非一實或但是極微名一實子微已上名非一實子微具三數一父二母三子也量有五種一微性唯二微果上有二微之果名二微果即子微也二大性三微果上有三短性唯二微果上有四長性唯前二橫後二竪三微果上有五圓性空時方我四實上有一實非一實等差別詮緣之因名別性二先不至物今至時名合此合有三一隨一業生以手打鼓手有動作所生之合業是動作也二俱合生兩手相合俱動作故三合生如茅等生無有動作與空等實合時所生之合也二先至物今不至時名離此亦有三初二翻合如前可解三離生先造實果由有他緣來別離之果實便壞與空等離所生之離故名離性依一二等數時方等實遠覺所待名彼性近覺所待名此性現比二量名覺五根取境時名現見煙知火等名比適悅名樂逼惱名苦希求色等名欲損害色等名嗔欲作事時先生策勵此名勤勇地水和合墜墮之因名為重性地水火和合流注之因名液性地水等和合攝因名潤念

作二因現比名念鑽攧名作所生數習勢用名行生可
愛身因名法人天出世生不可愛身因名非法邪智
等也耳所取一依名聲○鈔業有五種者唯識
䟽云若上下虛空等處極微等先合後離之
因名取捨業翻此謂先離後合也遠處先離近處令
合之因屈業伸業翻此謂先合後離也有質礙實先
合後離之因名行業如人足等各有質礙先與地合後與地離故名
行○鈔大有唯一者唯識䟽云諸實德業體
性非能詮能緣之因名大有性諸法同有故
○鈔同異亦一者唯識䟽云即實德業三種
上同異性地等色等別同異性互於彼不轉
一切根所取○鈔和合句者唯識䟽云能令
實等不相離而相屬此能詮緣因名和合義
○鈔並如唯識及䟽者上即䟽文今更引論
破彼論云勝論所執實句義多實有性現量

所得彼執非理所以者何諸句義中且常住
者若能生果應是無常有作用故如所生果
應非離識實有自性如兎角等諸無常者若
有質礙便有方分應可分析如軍林等非實
有性若無質礙如心心所應非離此有實自
性又彼所執地水火風應非有礙實句義攝
身根所觸故如堅濕暖動即彼所執堅實暖
等應非無礙德句義攝身根所觸故如地水
火風地水火三對青色等俱眼所見準此應
責故知無實地水火風與堅濕等各別有性
亦非眼見實地水火又彼所執實句義中有
礙常者皆有礙故如麁地等應是無常諸句
義中色根所取無質礙法應皆有礙許色根
取故如地水火風又彼所執非實德等應非
離識有別自性非實攝故如石女兒非有實

等應非離識有別自性非有攝故如空花等彼所執有應離實等無別自性許非無故如實德等若離實等應非有性許異實等故如畢竟無等如有非無無別自性如何實等有別自性若離有法有別自性應離無法有別無性彼既不然此云何爾故彼有性唯妄計度又彼所執實德業性異實德業理定不然據此亦非實德業性異實等故如德業等又應實等非實等攝異實等性故如德業實等地等諸性對地等體更相徵詰準此應知如實性等無別實等業性實等亦無別實性等若離實等有實等性應離非實等有非實等性彼既不爾此云何然故同異性唯假施設又彼所執和合句義定非實有非有實等諸法攝故如畢竟無彼許實等現量所得以理推徵尚非實有況彼自許和合句義非現量得而可實有設執和合是現量境由前理故亦非實有然彼實等非緣離識實有自體現量所得許共知故如龜毛等又緣實智非緣離識實句自體現量智攝假合生故如德智等廣說乃至緣和合智非緣離識和合自體現量智攝假合生故如實智等故勝論者實德句義亦是隨情妄所施設○鈔金灰外道者央掘經云無量阿僧祇劫有佛號拘孫陀羅跋陀羅法欲滅時有一蘭若比丘名佛慧檀越施無價衣因賊劫打破其身裸形懸手繫手樹而去採花婆羅門見之起妄執云沙門必知袈裟非鮮脫因拔髮裸形外道因是而起其比丘後得脫取樹皮赤石塗以自障結草作拂用拂蚊虻出家外道從是而

起比丘暮入水浴以牧牛人所棄弊衣障身即弊衣三日浴外道從見是起比丘以身瘡蠅等唼食以灰塗身塗灰外道因見此起比丘以火炙瘡瘡痛難忍遂投巖而死因此事火投巖外道起也如是九十六種外道皆因是比丘種種形相而起妄想乃鈔唯識第一云有執大自在天體實常徧能生諸法止此是論文從謂彼下非論文也彼疏云一體實有二徧一切三是常住四能生一切法如此類計西方極多○鈔復計彼天有二住處者即彼外道經教中說也言二在南海末剌耶山者義景鈔云二在南海末剌耶山即補陀羅山也此云小白花山山頂有天所居宮殿遶彼宮殿有大泉水入大海時有外道名曰塗灰事自在天齎斷穀藥尋水而上遂至山頂見有大城色如赤銅門有夜

义大神守護遂問彼神我聞此處是自在天所都宮殿我欲親見頗能爲通夜义荅曰非自在天所都之宮是觀自在菩薩宮殿復問菩薩在宮殿否夜义荅曰我但守門不知在否但聞空中音樂嘹喨將謂菩薩来至宮中我竟不見時彼外道既聞此事遂即還國捨邪歸正投僧出家○鈔瑜伽第七等者論中次前文云或一沙門或婆羅門由既見於因果中世間有情不隨欲轉故作此計所以者何現是世間有情於彼因時欲修淨業不遂本欲反更爲惡於彼果時願生善趣樂世界中不遂本欲墮惡道等意謂受樂不遂所欲反受諸苦由見此故彼作是思云云同鈔○鈔如論廣破者若瑜伽論連前文破云今當問彼如何所欲嗢陀南曰功能無體性攝不攝相

違有用及無用爲因成過失長行云自在天等變化功能爲用業方便爲因爲無因耶若用業方便爲因者唯此功能用業方便爲因非餘世間不應道理若無因者唯此功能無因而有非世間物不應道理又汝何所欲此大自在天爲墮世間攝爲不攝耶若言攝者此大自在天則同世法而能徧生世間不應道理若不攝者則是解脱而言能生世間不應道理又汝何所欲爲有用故變生世間爲無用耶若有用者則於彼用無有自在而於世間有自在者不應道理若無用者無有所須而生世間不應道理又汝何所欲此所出生爲唯大自在爲因爲亦取餘爲因耶若唯大自在爲因者是則若時有大自在是時則有出生若時有出生是時則有大自在而言出生用大自在爲因者不應道理若言亦取餘爲因者此唯取樂欲爲因爲除樂欲更有餘爲因若唯取樂欲爲因者此樂欲爲唯取大自在爲因爲亦取餘爲因耶若唯取大自在爲因者若時有大自在是時則有樂欲若時有樂欲是時則有大自在便應無始常有出生此亦不應道理若言亦取餘爲因者此因不可得故不應道理又於彼欲無有自在而言於世間有自在者不應道理如是由功能故攝不攝故有用無用故爲因性故皆不應道理是故此論非如理說顯揚論等皆同上破若唯識中破云彼執非理所以者何若法能生必非常故諸非常者必不徧故諸不徧者非眞實故體既常有具諸功能應一切處時頓生一切法待欲或緣方能生者違一因論或欲及

緣亦應頓起因常有故○鈔圍陀云明者甘露疏古翻云智一明事火爔法二明布施祠祀法三明一切鬪戰法四明異國鬪戰法西域記云一曰壽謂養生繕性二曰祠謂烹宰祈禱三曰平謂禮義占卜兵法軍陣四曰術謂異能技數禁呪醫方弘決志云昔梵天造圍陀論後白淨仙人造四圍陀一讃誦二祭祀三歌詠四禳災各四萬偈然不知孰是○鈔那羅延天者一切經音義云那羅此云爲人延那此云生本謂爲人生本即是梵天王也言生大蓮華等者法華疏云刼初一人二十四手千頭化生水中臍中有千葉蓮華華中有光如萬日照梵王因此花下生生已作是念言何故空無衆生作是念時他方世界衆生應生此者有八天子忽然化生八天子

是衆生之父母梵王是八天子之父母故計能生萬物言生婆羅門者西域記云婆羅門淨行也守道居貞潔白其操刹利王種也奕世君臨仁恕爲志毘舍商賈也貿遷有無逐利遠近首陀農人也肆力疇壠勤身稼穡言兩脚生首陀下彼論續云一切大地是修福塲諸花果爲供養具化作禽獸驢馬猪羊令諸世人以時烹殺於戒塲内供養梵王得生彼處明證涅槃故圍陀說梵王名常是涅槃因○鈔婆羅門是白淨色類者婆羅門法七歲巳上出家學四圍陀十五巳去受婆羅門法遊方學問三十恐絶嗣娶妻五十入山修道世俗之中可謂白淨言廣破如彼者彼論云謂鬪諍刼諸婆羅門作如是計何因故作此計以是見世間真婆羅門姓具戒故貪名

利及恭敬故作如是計今應問彼唯餘種類從父母生爲婆羅門亦爾耶世間現見諸婆羅門從母産生汝謗現事不應道理若爾汝言諸婆羅門是勝種刹帝利等是下種非也如是造不善業造作善業造身語意妙行於現法中受愛不愛果便於後世生諸惡趣或生善趣若三處現前是彼是此由此入於母胎從之而生若世間之巧處若作業處若善不善若王若臣乃至若修梵世已生於梵世若復下爾等又汝何所欲爲從勝種類生此名爲勝爲由戒聞等耶若由從勝種類生者汝論中說於祠祀中若戒聞等勝取之爲量如此之言不應中理若由戒聞等者汝言婆羅門是勝種餘類是下類不應道理是故妄計最勝者非如理說○鈔安荼師計本際下

問鈔中何不指其破耶荅以問荅前計梵王生故故同前破不別指也故唯識中次前破大自在天生論後續云餘執有一大梵時方本際自在虛空我等常住實有具諸功能生一切法皆同此破○鈔混沌未分等者然此方妄計亦西天相傳之說案五帝歷云天地混沌盤古生其中一日九變神於天聖於地天日高一丈地日厚一丈盤古亦長一丈如此萬八千歲然後天地開闢盤古龍身人首首極東足極西左手極南右手極北開目成曙合目成夜呼爲暑吸爲寒吹氣成風雲叱聲爲雷電盤古死頭爲甲喉爲乙肩爲丙心爲丁膽爲戊脾爲巳脇爲庚肺爲辛腎爲壬足爲癸目爲日月髭爲星辰眉爲斗樞九竅爲九州乳爲崑崙膝爲南嶽股爲泰山尻爲

爲鼈手爲飛鳥爪爲龜龍骨爲金銀髮爲草木毫毛爲凫鴨齒爲玉石汗爲雨水大腸爲江海小腸爲淮泗膀胱而百川面輪爲洞庭韋昭記曰世俗相傳爲盤古一日七十化覆爲天偃爲地八萬歲乃死然盤古事迹正爲虛妄既無史籍難可依憑但是古来相傳詭妄耳○鈔廣百論云下此論即聖天菩薩造護法解釋言廣破如彼者論次鈔中所引更有能立之文云時所待因都不可見不見因故所以無生以無生故即知無滅無生無滅故復言常爲破彼執故説頌曰若有體實有卷舒用可得此定從他生故成取生果論云時用卷舒待他方立故此時用隨緣而轉體相若無取捨差别諸有作用與廢不成又時作用依他而轉如地色等定是無常即以此事爲其同法用所依時何容常住故善時者作如是言業風所引天種差别自類爲因展轉相續循環遞代終而復始隨緣不同冷暖觸異分位差别説名爲時時雖具有因緣生滅相似相續隱覆難知豈以不知言無因等言百論亦云下即提婆菩薩造天親解釋言此則見果知因者次論云復次以一時不一時久近等相故可知有時無不有時是故是常内曰過去未来中無是故無未来如泥團現在土時過去瓶時未来此時相常故過去時不作未来時汝經言時是一法是故過去時終不作未来時亦不作現在時若過去作未来者則有雜過又過去中無未来時是故無未来現在亦如是破乃至廣説○鈔百論云外曰實有方常相日合處是方相等者有本

日字作曰字非也論續次云如我經說若過去若未來若現在日初合處是名東方如是餘方隨日而名内曰不然東方無初故日行四天下繞須彌山欝單越日中弗于逮日出弗于逮人以爲東方弗于逮日中閻浮提日出閻浮提人以爲東方閻浮提日中拘耶尼日出拘耶尼人以爲東方拘耶尼日中欝單越日出欝單越人以爲東方如是悉是東方南方西方北方復次日不合處是中無方以無相故復次不定故此以東方彼以爲西方是故無實乃之廣破○鈔不越父母者所生子微不越能生父母微之分量故唯識云其量只與所依父母本許大如第三子微如一父母許大乃至大地與所一本父母許大極微是常子等無常言亦廣如彼破者彼論云此亦非

理所以者何所執極微若有方分如蟻行等體應非實若方無分如心心所應不共聚生麁果色既能生果如彼所生如何可說極微常住又所生果不越因量應如極微不名麁色則此果色應非眼等色根所取便違自執若謂果量德合故非麁以麁色根能取所執果色既同因量應如極微無麁德合或應極微亦麁德合如麁果色處無別故若謂果色徧在自因因非一故何名麁者則此果色體應非一如所在因處各別故既爾此果還不成麁由此亦非色根所取若果多分合故成麁多因極微合應非細足成根境何用果爲既多分成應非實有則汝所執前後相違又果與因俱有質礙應不同處如二極微若謂因果體相受入如沙受水藥入融銅誰許沙

銅體受水藥或應離變非一非常又麁色果體若是一得一分時應得一切彼此一故彼應如此不許違理許便違事故彼所執進退不成但是隨情虗妄計度○鈔顯揚第九云等者彼論第十中破云復次計諸極微常住論者我今問汝隨汝意荅汝爲觀察已計極微常爲不觀察計彼常耶若不觀察者離慧觀察而定計常不應道理若言已觀察者違諸量故不應道理又汝何所欲諸極微性爲由細故計彼是常爲由與麁果物其相異作計彼常耶若由細者離散損減其性羸劣而言是常不應道理若言由相異故者是則極微超過地水火風之相不同種類相故而言能生彼果不應道理又彼極微亦無異相可得故不中理乃至廣破言瑜伽同此者第六卷中全同顯揚也○鈔百論亦云乃至信有故等廣如彼破者其等字等餘能立之文次云世人信一切處有虗空是故徧信過去現在未來一切時有虗空是故常內曰分中分合故分不異若瓶中向中虗空是中虗空爲都有耶爲分有耶若都有者則不徧若是爲徧瓶亦應徧若分有者虗空但是分無有有分名爲虗空是故虗空非徧亦非常外曰定有虗空徧相亦常作故若無虗空者則無擧無下無去来等所以者何無容受處故今實有所作是以有虗空亦徧亦常內曰不然虗空處虗空若有虗空法應有住處若無住處是則無法若虗空孔穴空住者是則虗空住虗空中有容受處故而不然是故虗空不住孔穴中亦不實中住何以故實無空故是實

不名空若無空別無住處以無容受處故復次汝言作處是虛空者實中無作處故則無虛空是故虛空亦非徧亦非常復次無相故無虛空諸法各各有相以有相故知有法如地堅相水濕相火熱相風動相識知相而虛空無相故是無外曰虛空有相汝不知故無無色相是虛空相內曰不然無色名破色非更有法猶如斷樹更無有法是故無有虛空相復次虛空無相何以故汝說無色是虛空相者若色未生時先虛空相復次色是無常法虛空是有常法若色未有時應先有虛空法若未有色無所滅虛空則無相若無相則無法是故非無色是虛空相但有名而無實諸徧常等亦如是總破○鈔瑜伽論云何因緣故乃至立如是論者彼論次後云今應問

彼汝何所欲現法方便所招之苦爲用宿作爲因爲用現法方便爲因爲用宿作爲因者汝先所說由勤精進吐舊業故現在新業由宿作因之所害故如是於後不復有漏乃至廣說不應道理若用現法方便爲因者汝先所說凡諸世間所有士夫補特伽羅所受皆由宿作爲因不應道理是故此論非如理說問彼既說苦樂由於宿作與內教同何不許之荅廣鈔引佛名經懺悔文說凡夫於業報中好生疑惑業有三種謂順現順生順後復有四句一報定時不定二時定報不定三時報俱定四時報俱不定彼但定有宿作不許餘故不許也○鈔涅槃經三十五廣破此見者即南經也若北經當四十經云須跋陀至佛所已問佛言有諸沙門婆羅門等作如是

言一切衆生受苦樂報皆隨徃日本業因緣是故若有持戒精進受身心苦能壞本業本業既盡衆苦盡滅即得涅槃是義云何佛言彼若作是說我當問之仁者實作是說否彼若見答實爾我見衆生習行諸惡多饒財寶身得自在又見修善貧窮多乏不得自在又見有人慈心不殺反更中夭又見喜殺終保年壽又見有人身修梵行精進持戒有得解脫有不得者是故我說一切衆生受苦樂報皆有徃日本業因緣佛言實見過去業否若有是業爲多少耶現在苦樂能破多少耶能知是業已盡不盡耶是業既盡一切盡耶彼答言我實不知我即引喻如有人身被毒箭其家爲請醫師令拔是箭身得安穩其後千年是人猶憶了了分明是醫爲我出箭得安

仁既不知過去本業云何能知現在苦行定能破壞過去業耶彼若言瞿曇經中作如是說若見有人豪富自在當知是人先世好施如是不名過去業耶佛言如是知者名爲比知不名真知我佛法中或由因知果或從果知因我佛法中有過去業有現在業汝法不從方便斷業我法不爾從方便斷汝業盡已則得苦盡我則不然煩惱盡已業苦則盡故我責汝過去之業若知現在苦行能壞過去業現在苦行復以何破如其不破苦則是常苦若是常云何說言得苦解脫若更有行壞苦行者過去已盡云何有苦當知一切衆生有過去業有現在因衆生雖有過去壽命要賴現在飲食因緣仁者若說衆生受苦受樂定由過去本業因緣是事不然譬如有人爲

王除怨多得財寶因是財寶受現在樂是人現作樂因現受樂報譬如有人殺王愛子以是因緣喪身失命是人現作苦因現受苦報仁者一切衆生現在因於四大時節土地人民苦樂是故我說一切衆生不必盡因過去本業受苦樂也仁者若以斷業因緣力故得解脫者一切聖人不得解脫何以故一切衆生過去本業無始終故是故我說修聖道時是道能遮無始終業仁者若受苦行便得道者一切畜生悉應得道是故先當調伏其心不調伏身是故我經中說斫伐此林莫斫伐樹何以故從林生怖不從樹生欲調伏身先當調心心喻於林身喻於樹（上皆取要引之具如經中廣說）

○鈔大乘法師下即唯識疏文是有因自然也瑜伽第七下即無因自然也然彼論次文破云今應問彼汝何所欲一切世間內外諸物種種生起或欻然生起爲無因耶爲有因耶若無因者種種生起欻然而起有時不生不應道理若有因者我及世間無因而起不應道理乃至云是故此論非如理說言此則無因爲自然非別有物者彈大乘法師也○鈔若廣分別下指在諸論如前一一引釋者是問鈔中何故不廣引耶荅圭峯云緣是偏僻屈曲之義却難於深法枉無限心力此方既無不煩廣叙破之若廻彼功夫學大乘深經自合通其玄妙故今指如別說知與不知無爭弘闡然恐學者欲知始末故前畧引爾

華嚴會本懸談會玄記卷第三十五

音釋

襲 似入切合也入也 **蓊** 烏孔切丨欝也 **鬱** 紆勿切木叢生者 **褐** 何葛切袍也

鵂 音休 **鶹** 音留休留鳥名 **孥** 乃都切書傳云丨子也 **鑽** 子亂子九二切所以穿也

詰 溪古切治也問罪也 **嗢** 烏沒切咽也 **壠** 立踵切丘丨也 **股** 公戶切

欻 許勿切暴切也

華嚴會本懸談會玄記卷第三十六

蒼山再光寺比丘　普瑞　集

○疏統收所計不出四見等者亦即唯識意彼論云然諸外道品類雖多所執有法不過四種一執有法與有等性其體定一如數論等彼執非理所以者何勿一切法即有性故皆如有性體無差別又若色等即色等性色等應無青黃等異二執有法與有等性其體定異如勝論等彼執非理所以者何勿一切法非有性故如已滅無體不可得便違實等自體非無亦違世間現見有物又若色等非色等性應如聲等非眼等境三執有法與有等性亦一亦異如無慚等（應等勒沙婆也此云苦行或是無慚梵語）彼執非理所以者何一異同前一異過故二相違體應別故一異體同俱不成故勿一切法皆同一體或應一異是假非實而執為實理定不成四執有法與有等性非一非異如邪見等（疏云若提子此是六師之數具云尼犍陀若提子據此即尼犍也故偏云邪見爾）彼執非理所以者何非一異執同一異故非一異言為遮為表若唯是表應不雙非若但是遮應無所執亦遮亦表應互相違非遮非表應成戲論又非一異違世共知有一異物亦違已宗色等有法決定實有是故彼言唯矯避過諸有智者勿謬許之

○疏則因中有果者數論計自性諦中有二十三諦即因中有果也勝論計大有離實德業外別有一法即因中無果也○鈔皆廣如百論者以彼論有破因中有果品破因中無果品此二品廣申立破故也其畧去若因中先有果先無果二俱無生何以故若因中無

果者何以但泥中有瓶縷中有布若其俱無泥應是布縷應是瓶若因中先有果者是因中是果生是事不然何以故是因即是果汝法因果不異故因中若先有果若先無果是皆不生復次若因中先有果者乳中有酪酥若果中先有因者酥中有酪乳等若乳中有酪酥等則一因多果若酥有酪乳等則一果中多因如是先後因果一時俱有過若因中無果亦如是過是故因中有果無果是皆無生又云若瓶與泥團不異者瓶生時泥團不應滅泥團亦不應爲瓶因若泥團與瓶異者瓶不應生瓶亦不應爲泥團果是故若因中有果若因中無果物不應生物以上無生破彼執也又云外曰若諸法空無相者世間人盡不信受内曰是因緣法世人信受所以者何因緣生法則是無相汝謂乳中有酪酥等童女已妊諸子食中已有糞又除梁椽等別有屋除縷別有布或言因中有果或言因中無果或言離因緣諸法生其實空不應言說世事是人所執誰當信受我法不爾與世人同故一切信受○疏從虛空生即是無因者問前十一計所等之中自有無因何故此中指虛空爲無因耶答前約所等自有無因此約能等十計相望虛空對餘衆情所見共云無體故指虛空爲無因也○鈔無而忽有下有二初畧釋二因後如乳生酪下逆次廣明二因先釋邪因後一切諸法下釋無因配屬可見者指於疏文離佛法外總結釋也○鈔有物混成先天地生者唐明皇注云將欲明道立名之由故云有物言有物混然而成含孕一切尋

其生化乃在天地之先寂兮寥兮至爲天下母者注云有物之體寂寥虛靜妙體湛然常寂故獨立而不移改應用徧於羣有故周行而不危殆而萬物資以生成被其茂羡之德故可以爲天下母言不知其名至遠曰返故者注云吾見有物生成隱無名氏故通生表其德字之曰道以包含目其體強名曰大妙用無方強名不得故自大而求之則逝而往矣自往而求之則遠不及矣若能了悟則返在於身心而證之○鈔注云因其所大下即釋上道大天大地大王亦大之文也○鈔域中者八極之內也言人謂王也等者廣鈔第七云由前所說人從天地生天地從道生故爲人王者還法於本也言意在道法自然者謂鈔中由文相攝雖委細引之然跡本意唯在道法自然耳故上雖廣說以自然爲極也鈔道動下釋道生一也於生物下增一名二釋上一生二也陽氣不能下釋二生三也積冲和下覆釋上義以歸經文言萬物負陰而抱陽下注云萬物得陰陽冲氣生成之故負抱陰陽含養冲氣以爲柔和也○鈔大宗師篇者彼第三篇也注云雖天地之大萬物之富其所宗而師者無心也言有情有信等者彼疏云明鑒洞照有情也赴機若響有信也恬淡寂寞無爲也視之不見無形也○鈔可傳而不可受者彼疏云寄言詮理可傳也體非數量不可受也方寸獨悟可得也離於形色不可見也○鈔自古以固存下彼疏云自從也存有也虛通至道無始無終從本已來未有天地五氣未兆吾道存焉○鈔神鬼神

帝下彼疏云言大道能神於鬼靈神於天帝開明三景生立二儀至無之力有茲功用斯乃不神而神不生而生非神而神非生而生者也故老經云天得一以清神得一以靈也○鈔在太極之先下彼疏云太極五氣也六極六合也且道在五氣之上不爲高遠在六合之下不爲深邃先天地生不爲長久長於萬古不爲耆艾言道非高非深非久非老故道無不在所在皆無也○鈔狶韋氏下彼疏云狶韋氏文字已前遠古帝王號也得靈通之道故能驅馭群品提挈二儀又作契字者契合也言能混同萬物符合二儀者也伏犧三皇也能伏牛乘馬伏犧牲故謂之伏犧也襲合也氣母者元氣之母應道也爲得至道故能畫八卦演六爻調陰陽合六氣也維斗北斗也爲衆星綱維故謂之維斗忒差也古始得於至道故歷於終始維持天地必無差忒日月光證於一道故得始終照臨竟無休息者也崑崙山名也在北海之北堪杯崑崙山神名也襲入也堪杯人面獸身得道入崑崙山爲神姓馮名夷弘農華陰潼鄉提首里人也服八石神丹得水仙大川黃河也天帝錫馮夷爲河伯故遊處盂津大山之中也肩吾神名（司馬云山神不死至孔子時亦有）得道故處東嶽爲大川之神黃帝軒轅也採首山之銅鑄鼎於荊山之下鼎成有龍垂胡髯以迎帝帝遂將群臣及後宮七十二人白日乘雲駕龍以登上天仙化而去○鈔又云知天之所爲等者彼疏云天者自然之謂至者造極之名天之所爲者謂三景晦明四時生殺風雲舒卷雷

雨寒温也人之所爲者謂手捉脚行目視耳聽心知巧拙九心施爲知天之所爲悉皆自爾非關造作豈由智力是以内放其身外冥於物浩然大觀與衆玄同窮理盡性故稱爲至也○鈔即莊子文者具云夫鵠有本又作鶴同胡各切不日浴而白烏不日黔其金切黑也而黑自然各已是也彼疏云夫鵠白烏黑禀之自然豈須日日浴染方得如是以言物性其義例然言亦涅槃經者即第四十云納衣梵志說如剌生自然尖飛鳥自然色別毒蛇生已自然食土魚見鈎餌自然吞食龜陸生已自能入水犢子生已自能飲乳誰有教者佛言善男子是義不然若言入水非因縁者何不入火若言飲乳非因縁者何不噉角等○鈔二引周易等者下等者二字剩也言繫者繫屬也下彼疏

云謂繫詞者凡有二義論字取繫屬之義聖人繫屬此辭於爻卦之下故又音爲系者取綱系之義卦之與爻各有其辭以釋其義則卦之與爻各有綱系所以音爲系也夫子本作十翼申說上下二篇經文繫辭條貫義理別自爲卷總曰繫辭言此上應加是故二字者以本文中有是故二字故彼文云是故易有太極等○鈔注云者即韓康伯注也言孔云者即孔穎達疏也謂混元下問老子一生二前謂冲氣之一生第二陽氣何故今云太極生兩儀即老子一生二也答廣鈔第七云謂道動出冲元之氣道生一也於物之理未足又生陰陽二氣一生二陰氣下凝爲地陽氣上騰爲天和氣中爲人倫二生三也三才成八卦萬物生焉三生萬物也文通二意引

證家取意有異故不相違○鈔彼注云質性也又釋太易指周易太極者即漢張湛注也今具書其注文庶見其始末列子云有太易太初太始太素（注云此明物之自微至著變化之相因襲也）太易者未有氣也（易者無凝滯之稱凝寂於虛之域將何所見即如易繫之太極老氏之混成也）太初者氣之始也（陰陽未判即下說所謂渾淪也渾淪者言萬物相渾淪而未相離也）太始者形之始也（陰陽既判則品物流形也）太素者質之始也（質性也既為物矣則圓剛柔靜躁浮沉各有其性故也）○鈔此則太初非太易等者會孔疏意謂張湛既指太易是太極則孔謂太初者非也（以太初是第二名既同太易別替第二名也）然鈔文少倒應云此則太易（意云是太易也）非太初便成太極在初文理方順智者詳之鈔若准易鉤命下會太極卻在後也然易謂太極乃取有之所極處即是無也勾命訣謂之太極取其形質圓具極

處說也一是有初之極（故上同太易）一是有終之極（故在四運之後）故名同義異也而圭山原人論注云彼始有太易五重運轉乃至太極（即勾命第五重）太極生兩儀評曰清涼兩存故鈔云雖小異同皆是元氣生天地耳圭山直以易之太極同勾命訣之太極似不順今文然勾命訣以一氣有五運則一氣同耳於理無妨○鈔謂震木離火等者四方四時也又巽同下四維也說卦云乾為天為圓為君為父為玉為金等故同兌金也巽為木為風為長女等故同震木也言八卦既立者從西北為首乾坎艮震巽離坤兌若約卦象☰乾三長☷坤六短☲離中虛☵坎中滿☳震仰盂☶艮覆椀☱兌上缺☴巽下短又乾為天坤為地離為火坎為水艮為山兌為澤震為雷巽為風此為

八卦也爻象相推者一卦有八重八有六十四卦每一卦有六爻總計有三百八十四爻如此相推有吉凶故○鈔一陽一陰之謂道陰陽不測謂之神此二句非連次之文故鈔重牒初句引注釋之也其陰陽不測謂之神者注云神也者變化之極妙萬物而爲言不可以形詰者也故曰陰陽不測○疏然無因邪因乃成大過等者圭山原人論云儒道二教說人畜等皆是虚無大道生成養育謂道法自然生於元氣元氣生天地天地生萬物故愚智貴賤貧富苦樂皆稟於天由於時命故死後却歸天地復其虚無者今略舉而詰之所言萬物皆從虚無大道而生者大道即是生死賢愚之本吉凶禍福之基基本既其常存則禍亂凶愚不可除也福慶賢善不可益也何用莊老之教耶又道育虎狼胎桀紂夭顏冉禍夷齊何名尊乎又言萬物皆是自然化生非因緣者則一切無因緣處悉應生化謂石應生草草或生人人生畜等又應生無前後起無早晚神仙不籍丹藥太平不籍賢良仁義不藉教習莊老周孔何用立教爲軌則乎又言皆從元氣而生者則欻生之神未曾習慮豈得嬰孩便能愛惡驕恣焉若言欻有自然便能隨念愛惡等者則五德六藝悉能隨念而解何待因緣學習而成又若生是稟氣而欻有死是氣散而欻無則誰爲鬼神乎且世有鑒達前生追憶往事則知生前相續非稟氣而欻有又驗鬼神靈知不斷則知死後非氣散而欻無故祭祀求禱典籍有文況死而蘇者說幽途事或死後感動妻子

雖報怨恩今古皆有耶且天地之氣本無知也人禀無知之氣安得欻起而有知乎草木亦皆禀氣何不知乎又言貧富貴賤賢愚善惡吉凶禍福皆由天命者則天之賦命奚有貧多富少賤多貴少乃至禍多福少苟多少之分在天天何不平乎況有無行而貴守行而賤無德而富有德而貧逆吉義凶仁夭暴壽乃至有道者喪無道者興既皆由天天乃興不道而喪有道何有福善益謙之賞禍淫害盈之罰焉又既禍亂返逆皆由天命則聖人設教責人不責天罪物不罪命是不當也然則詩刺亂政書贊王道禮稱安上樂號移風豈是奉上天之意順造化之心乎故知專此教者未能原人○鈔即唯大乘者問今以小乘因緣破彼彼應迷小乘因緣何故此中

亦迷大乘因緣耶荅若約彼迷何分大小若約破時但用小乘因緣是破於彼何用大耶言十地有文者經云三界所有唯是一心如来於此分別演說十二有支皆依一心而得成立○鈔謂心法刹那等者謂第八識心為諸識本刹那刹那前滅後生各各自類相續故無始時界者界者因義即種子識展轉傳来前滅故不常後生故不斷此等心法依憑因緣對待而有非禀氣而成唯是識心為緣為對故豈同下顯異於彼也至耶字文勢稍長而義易知○鈔即淨名經者上句全是經文下句義引言從癡有愛者癡即無明有愛謂三有之愛也此二為本生死無窮故言一無明發業等者（此明大乘二世一重因果也謂無明乃至愛取有十支為現在因生老死二支為未来果）言無明發業者謂能發雖通

三毒無明爲正故唯識云此中無明唯取能發正感後世善惡業者以爲其體即分別全俱生一分言愛能潤業者能潤雖該三毒三有之愛偏增唯識云於潤業位愛力偏增説愛如水能沃潤故要數溉灌方生有芽言二過去下若大乘義三世一重因果若小乘義三世二重因果大乘義者唯識云此十二支十因二果定不同世彼䟽云以異熟自非造業身即受果故納身死生爲同世十因二果定不同世因中前七與愛取有或異或同若順生受業愛初生時其世必同第二生已去乃至後報業等世不同也今身造業後二世將受果時方起愛取故評曰若同世即前二世義若異世即今三世義若二三七各定同世生老死二愛取有三無明等七各定同世由痴發業熏發報種即識等五故前七支必定同世起愛取水潤先行識等六種轉名爲有亦非異時非異時非起能潤隔世異時方成所潤生及老死同世可知若前七在過去愛取有三在現在生老死二在未来即十二支通三世有言小乘唯後義者説有三世現在愛取之義雖

同却有二重因果謂過去無明行二支爲因現在識等五支爲果現在愛取有三支爲因未来生死二支爲果也言雖由三毒下釋疑可知涅槃下引證鈔小乘立三毒下由貪嗔癡發身口意造非福業感三塗總報惡業及人天別報苦業若造福業感欲界人天此上皆在欲界若造不動業中修四靜慮感色界報修四空定感四無色界報也○鈔衆生癡所覆下復説無明爲生死本已上三節一癡愛言發潤也二三毒言因之造業受果也三無明言爲本勝也○鈔然外道下釋疑疑云數論立薩埵等三德亦翻貪嗔癡和合能成諸法與佛教何殊荅意云彼不知三毒是心王所有相應之心所能令造業等乃有諸法又計三德從冥諦而起用故是邪推求耳○

鈔若大乘說下唯心親種爲因癡愛發潤爲緣也若小乘以癡愛是根本故爲因能招業等爲緣言亦以者意顯或可業種爲因癡愛爲緣也大乘或以業種爲緣名言種子爲因言亦以者或通業種爲因故○鈔性空通初頓終教者若因緣生法無性故空即破相始教義若因緣所生諸法自性本空真理挺然露現即頓教義若因緣無別自體即真如隨緣而有今推無性即理故云性空即終教義言妙有即是實教者此不同前性通權通實故云即實教也若以性空融於妙有交徹具德即是圓教○鈔三揀濫顯邪等者總揀此土西方外道言相濫同釋教蓋隨巳邪思安立全乖正理謂易云下繫辭文也注云至神者寂然而無不應斯蓋功用之母此濫佛教真如不變隨緣也○鈔禮云下注云言性不見物則無欲亦濫隨緣之義○鈔老子云下即道經窈冥不測生成之用精妙甚存窈冥之精本無假雜物感必應亦濫真如之義也莊子下注云任之而自爾非僞也有濫一心之義○鈔如今時成英尊師者奘三藏傳云道士蔡晃成英等競引釋論中百之意用通道經奘曰佛道兩教其致天殊安用佛言用通道義窮覈言跡本出無從晃歸情曰自昔相傳祖憑佛教至於三論晃所師遵唯義幽通無不同會故引解也如僧肇著論咸引莊老猶白申明不相爲怪佛言似道何爽論言奘曰佛教初開深文尚擁老談玄理微附佛言肇論所傳引爲連類豈以喻詞而成通極今經繁富各有司南老子但五千言論無文

解自餘千卷多是鑿方至如此土賢明何晏王弼周顒蕭懌顧顗之徒初數十家注解老子何不引用乃復旁通釋氏不乃推步逸蹤乎（故知當時亦不許彼引用也）○鈔即涅槃経第三下先依彼疏科條後逐難解釋科文分二

- 初問二
  - 初問佛差別（爾時）
  - 二難便無別二
    - 初舉邪正二常（如佛）
      - 初難佛常同凡常（若諸）
      - 後徵凡常同佛佛常
    - 後就其設難二
- 後荅三
  - 初明邪異正二
    - 初喻七
      - 初過佛說經喻（佛告）
      - 二外道竊法喻（長者）
      - 三無師自揣喻（賊得）
      - 四學佛求常喻（爾時）
      - 五求常不得喻（我等）
      - 六妄加已情喻（爾時）
      - 七施情損失喻（以水）
    - 二合七
      - 初合第二喻（矣）
      - 二合第三喻（諸凡）
      - 三合第五喻（是）
      - 四合第六喻（如彼）
      - 五合第七喻（亦實）
  - 二辨正異邪三
    - 初法（是故）
    - 二喻六
      - 初含前五喻五
        - 初如來出現喻（如轉法輪）
        - 二外道退散喻（福德諸凡）
        - 三涅無獲喻（牛無爾時）
        - 四付脩學喻（時轉爲衆）
        - 五菩薩得常喻（是人菩薩）
      - 後盡顯衆之相（是諸）
    - 三合六
  - 三結勸脩學二
    - 初結（以是）
    - 後勸（迦葉）

六得常廣益喻（醍醐後令）

○鈔性常者即數論師自性諦常也後徵中言世性者弘決云謂世間由冥諦而有即冥諦爲世間本性也○鈔譬如長者下長者喻過佛牛喻行法行門差别名色種種同顯一詮名共一羣委脩行者隨縁脩習名牧放人隨逐水草爲得涅槃不期餘報名但爲醍醐不求乳酪菩薩如牧牛者依法思量說之爲搆得義充神名爲自食○鈔長者命終下過佛示滅名爲命終諸外道等盜佛正法安置巳典名爲羣賊之所抄掠（上楚孝切奪也下力約切取也刼也）○鈔賊得牛下彼無善巧解釋之師名無婦女出情圖度名自搆將憶想作解以用充神名得巳食○鈔彼大長者下遠尋聖意我等下學佛求常夫醍醐下歎其所求○鈔我等

無器下外道自忖身無道機名無器依法脩善名爲得乳無有道機録彼善行名無妄處外道唯有世俗善機收録彼善故唯有皮囊不能觀察破相求實不知攢搖正觀名攢旁推名搖世善頗生名漿猶難得道果絕分名況生酥○鈔以醍醐故下欲得常果於生死中妄相建立宣說自在天等以爲常樂○鈔以水多下由加妄情失於世善名爲失乳失於賢聖所脩道行名爲失酪不得涅槃名失醍醐此等應得不得故名失也○鈔凡夫亦爾下但合五喻畧不合第一第四合第二喻中先正合何以下釋如彼下舉喻以帖○鈔凡夫雖得戒定慧者即說三學文也合賊得牛無有方便不能解說者合無婦女○鈔以是義下合漿猶難得況復生酥如彼下舉喻以帖○鈔

如彼羣賊下先牒舉前喻凡夫下舉法以合○鈔實亦不得下合乳酪等一切俱失如彼下舉喻以帖○鈔是諸凡夫下人天少善如所加乳妄說常等名爲加水○鈔如轉輪王者輪王喻佛出現世間名出現於世言以諸牛下喻佛以正法付諸菩薩言是人方便即得醍醐下喻菩薩巧修證會常法以已所得化他同證令出生死名無患苦○鈔所謂如來常樂我淨者喻中云無患苦合中言得常樂言左右耳○鈔抨驢乳等者抨字二切若披耕切訓彈也若補耕切訓使也從也二訓皆通若訓彈則彈將之義若訓使即用謂故用驢乳不成酥酪又從驢出乳安成酥酪○鈔依外教修行但招苦果者不能出生死故如西域記第二說人壽百歲時波你尼仙造

千頌聲明論盛行於世後五百年有大羅漢見梵志爲小童誦其聲明不及乃打之羅漢因而大哭梵志問其所以羅漢曰聞昔波你尼仙人否彼荅曰曾聞今誦聲明即所造也羅漢曰今小童即彼仙人後身也但以強識翫習世典不究真理神智唐捐流轉未息是知習世俗之典展轉愚暗無所成益〇鈔然西方下已上正消疏文自下文外別叙以對外宗之與先舉西方外道之勝尚去佛道懸遠言真源小差者由不了自心何知正道從顛倒慧增長諸惡是故訶爲邪説況此方下以全迷三世因果故又不及西方外道之多云何三教得同也〇鈔善止一身者謂行善只在現在一身雖禮記云父母亡歿君子有終身之憂小人有三年持孝而不慮父母他世之何如〇鈔齊死生一榮枯者莊子云古之真人不知悅生不知惡死又云其有旦夜之常天之道也窮達貧富命也言聚散氣爲生死者莊子云人之生也氣之聚也散則爲死言歸無物者道經云繩繩不可名復歸於無物（注云繩繩者運動不息之意本湛然故云復歸於無物也）鈔此上之説彼皆爲至極之道若方之釋教如以十歲之童望百歲之老不合言其同年也〇鈔棄智者亦即道經注云棄凡夫智詐之用淳朴淳朴則巧僞不作絶聰者莊子云黜聰明注云內不覺有一身外不覺有天地然後曠然與變化爲體而無不通也言萬行會本者性本清淨由無明顛倒故生死長往能知真淨法身靈鑒真心即不妄認四大緣慮身心無邊煩惱秖爲此身既不認此身即貪嗔自息

貪嗔既息則不造業無業則無六道之報念念離過念念稱性修行而顯恒沙性德契會本性矣○鈔以聚氣下繫辭云精氣爲物遊魂爲變注云精氣絪緼聚而成物聚極則散而遊魂爲變也遊魂言其遊散也言死則歸

夫天地等者上天字誤書應是夫字禮記云魂氣歸乎天形鬼歸乎地○鈔縱言慎其所習也如云修身慎行子張學干祿子曰多聞闕疑慎言其餘則寡尤多見闕殆慎行其餘則寡悔等此雖言身慎德秪在此身豈知習

觧脫之因而出生死等也○鈔蠕飛者音輭又音喘皆虫動之貌也即虫類也飛即羽族也○鈔四相遷流者生住異滅也言皆由緣力者由心生滅等緣萬法豈能常住又緣聚則生緣離則滅非由日月令遷也言力負自

爾者即莊子云藏舟於壑藏山於澤謂之固矣然而夜半有力者負之而走昧者不知也彼疏云夜半暗冥以譬之理玄遠也有力者造化也夫藏舟於壑正合其宜隱山於澤中謂之得所然而造化之力担負而趨故日新驟如遊水凡惑之徒心靈愚昧而不知也

○鈔故謀未兆下德經云其安易持其未兆易謀言人正性安靜之時將欲執持令不散亂次雖欲起心尚未形兆謀度絕之使令不起並甚易爾其脆易破其微易散欲心初染尚自危脆能絕之者則易破禍患初起形兆尚微將欲防之則易散言故受而喜之

者莊子云受而喜之不問所受者何物過之而無不適也忘而復之復之不由於謀疏云上句喜所遇下句反未生也言絕於聖下即道經具云絕聖棄智注云絕聖人言教之跡則化無爲言不住不染者若心不住著不染污道諦也迴超生死之外體性離斷離常滅諦也高出空有之巔又滅諦無在云不住性靜故不染迴超生死之外

道諦離斷常之見高出空有之巔又道於諸境無住云無住滅本無其方所云無住道能除漏云不染滅性本寂云不染言因心下依心造業集也三界輪迴苦也較言下明二宗逈異比較其言無一可得同也○鈔染非染下老以等者道經云絕仁民復孝慈失道而有兼愛之仁絕兼愛之仁則復於大孝慈言欲害下道經云常有欲以見其徼常無欲以觀其妙言利累於下道經云絕巧棄利盜賊無有注云人矜偏能巧必有爭利之心故絕巧則人不爭棄利則人自足則不爲盜賊矣言禮出於亂下德經云夫禮者忠信之薄而亂之首注云制禮者爲忠信衰薄而以禮爲救亂之首爾又莊子云禮者道之華而亂之首言理由於道下德經云不出戶知天下不窺牖見天道注云雷拱無爲不出

教令於戶外是知理天下之道人事知則天象順故不煩窺牖而天道可知也其出彌遠其智彌少若不能無爲假使出入彌遠其智理天下之道彌少不爲而成不爲言教而天下化成爲者敗之凡情不能因任營爲分外爲者求遂想必敗之言得在於時下道經云將欲取天下而爲之吾見其不得已天下者大寶之位也有道之者必待曆數在躬若暴亂之人將欲以力取而爲之主者故或云吾見其不得矣言不在於爭也者有本云不在於事然爭字爲正言欲爲生死下圓覺云一切衆生從無始際由有種種恩愛貪欲故有輪迴既能絕之故超生死言教方既別者方者法也二教所詮之法既別二教全異之理易知○鈔歸非歸異者有本云歸異歸別有本云歸別歸異然皆約所歸辯異也言可搴可拔者搴音褰又音蹇皆訓取也言控御下巳上皆始末信解自下並如理脩行言逈登下尅證菩提妙智無

所不達如登高臺而遠鑒故仁王經云如登高臺普觀一切無不明了涅槃具德聖靈遊集謂之園苑湛然下覆釋二依妙果存泯無礙嶷魚力切高也○鈔生與死命也下莊子云死生存亡賢與不肖命也捍音旱抵也則能安處下莊子云是遁天倍情亡其所受天性所受各有本分不可逃亦不可加安時而處順哀樂所不入也夫哀樂生於得失也今亡通合變之士無時而不安無順而不處冥然與造化爲一則無住而所我矣將何得何失孰爲生哉故任其所受而哀樂無所措其間矣言孤劭者一音翹二音邵若翹音即精意之意若邵音即勉也即孤然得精意於寰中亦自勉於寰中也言澹然下莊子云澹然無極而衆美從之平易恬澹則憂患不能入邪氣不能襲泯然與正理俱住故無天災災生於逆天故無物累累生於逆物故泊音怕也言所歸既異下總結以所歸究竟既異能

歸發迹亦殊其一人東行一人西往相去漸然何限千里○鈔此上之十異即冀審思慎之深衷等者似勸勉於學者思之然有本云李思慎之深衷姓李名思慎故准弘決云自古先賢文判真僞近代名德仍因是非不如儒俗猶分清濁如李思慎十異等文故知姓李名思慎也不須異釋言衷者正也是此人甚深中正之理故言多以小乘等者鈔主斷詞顯少用大乘故有本云多用大乘者非也況乎下方是大乘故五教可知○鈔無得下遮過習邪下明損圓○覺疏云宿遇邪宗既熏其心積習成種故於聖道難起信心傳授之人下更偏誡說法之人於上邪正不善揀擇爲人演說聞者信順如指引盲故圓覺經云若諸衆生雖求善友遇邪見者未得正悟

是則名爲外道種性邪師過謬非衆生咎也

華嚴會本懸談會玄記卷第三十六

音釋

狶 音喜又弋枝切　挈 苦結切提丨也　忒 他得切差也更也　杯 布回切

髯 汝鹽切頰須也　窈 於鳥切深遠也　狷 古縣切急也　顒 牛凶切仰也

顗 牛豈切靜也　夒 奴刀切猴也

華嚴會本懸談會玄記卷第三十七

蒼山再光寺比丘　普瑞　集

○鈔三法無去來宗中言都有八全一少分者一大衆部即窟外結集之大衆也或大天分部時凡僧多者爲大衆部二說轉部有本云雪轉部者非也以上座部轉居雪山云雪山轉部此部在前法有我無宗中收今正是說轉部也此師說有唯一種子現在相續轉至後世故言說轉此部本名經量部唯依經爲比量不依律及對法凡所解義以經爲證名爲經量亦說轉也（然有本鈔都有七全一少分無此說轉部以根本經部在第一宗中已收則無有爲正或約別義此宗又攝亦無妨也）三鷄胤部者上古有仙貪欲所逼遂染一鷄而生子從所生族因名鷄胤即婆羅門中仙人種姓今部主其族也故以爲名文殊問經云是律主姓也四制多山部者制多此云靈廟此多有制多因以立名纂玄記云佛於一世初生成道轉法輪般涅槃四處皆有靈廟此即一處山有制多人依山住從山立名即後大天所居處也（餘如上說）五六二部者制多山西稱曰西山既與大天不和因此別住北山亦爾制多山北之一山也此上三部並從所住立名七法藏部者或名法密部部主名也即目連弟子目連滅後習師所說故也然密與藏義意大同此師含容正法如藏之密故亦名爲法護護亦防護即密藏義也八飲光部者上古有仙身光明盛飲蔽餘光令不現故今此部主是其苗裔故以爲名言化地者如上已釋言叙雪轉云者非也應云說轉言四分律法藏部義者梵云曇無德此云法藏即四分

律主名也言僧祇大衆部義者具云摩訶僧祇此云大衆此部是總以行解虛通不生偏執順五部所見故或云摩訶僧祇云大衆者此與大衆部不同僧祇大衆即上座窟內大衆故不同窟外大部也今詳既云僧祇律大衆部者是大衆部同於僧祇律也如上四分律同曇無德法藏部故○鈔說假部者此部所說世出世法皆通假名及真實故言成實論先是數論弟子等者此論是訶梨跋摩造在僧法中已造此論言以所造爲能造者彼宗以五塵爲能造五大爲所造即與我宗能所造倒故後入佛法此論屬經部攝也言三藏云下證成經部師是此宗攝也言細實而麤假者唯識疏云經部十處十二處中除意法也麤假細實極微爲實麁色等爲假聚細爲麁故假大乘世俗麤實細假一切色等皆從種生由識變故相分收故麁實極微但是觀心假想分析而有故細名假薩婆多等麤細俱實極微隨色等處攝即和集色等細從麁攝故一說部等麤細俱假今當初句與說假部義稍同故合爲一宗言此說假下揀之三部異別後二家所宗之論以釋說假名也此從俗諦中皆有假實故不同一說部不同真俗一切皆假不同說出世部真諦唯實俗諦皆假故此揀之言蘊門中下釋成俗諦中有假實也若法在五蘊門中攝時是實若分五蘊爲十二處十八界謂開色合心爲十二處心色俱開爲十八界既開五蘊色心爲界處故是假說也謂既開五蘊積聚爲界處故界處名假積聚也○疏世俗是假等者此部明世間法從顛倒生智是虛妄故非實有悉是假名出世之法不從顛倒起有道果故二空境是真實一空智亦真實真實境能生真實智

真實智能通真實境故是實有名出世也此
約所立爲名此分通大乘故鈔云少似中論
等鈔少似中論等者謂少似中論前一半也
以中論四諦品前以空破有四諦品中以空
立有今以二空爲真實似前一半義也或可
世俗是妄少似因緣所生法出世爲真少似
我說即是空不得全偈故云前半然此言少
似即有少分通於大乘破相始教之義或可
以彼世俗是妄出世爲實望中論前半偈者
亦不全同故但云少似以中論前二句緣生
之法即空者即世出世法皆盡空也今第五
宗唯空世間故世俗是妄不空出世間故出
世爲實故中論前半偈中唯似其空世間之
一分故云少似及向前也若既全似則與大
乘何別思之疏一說部者名即是說名爲一

說說一假名爾從所立爲名前則出世是真
今則出世亦假名爾○鈔既無世間者揀論
應云既無有世間探玄記云此亦通於初教
之始即破相始教中初入方便○鈔應理圓
實宗者金光明經鈔云應者合也應正道理
圓滿成實非方便說顯了義故故名應理圓
實宗也今以彼雖自爲圓實望後三宗義非
圓滿故改名三性空有宗也○疏謂心境兩
亡者通但空破相之意及頓教絕相之意言
直顯體故者唯是頓義今以深從淺故爲此
次若探玄記不立三性空有宗第七名一切
皆空宗謂大乘初教八名真德不空宗九名
相想俱絕宗今以第九合其第七爲第八真
空絕相加第七三性空有以當相教移彼第
八爲今第九收義方足○疏九空有無礙宗

者然約大乘宗中第七是有雖云徧計空此約情執空爾然依他似有圓成實有故爲有也故下立爲二諦俱有宗第八即是空今第九融取空有令無碍也○鈔不壞相故等者前互融明空有不異次雙絶拂空有之相今正雙拂時而不壞空有之相即遮其斷滅也言真如隨緣下以𠏉中真如二字揀空宗意謂既上言互融雙絶而不碍兩存足顯終教之宗何必更言真如耶故今云前說空有無碍直據空有而言若不更說真如則揀濫不盡以空有無碍尚濫但空故故說真如即空空即真如問就言真如已揀第八宗何必更云隨緣二字耶答爲揀法相故又云隨緣問真如既唯隨緣何成真如之義又異但凝然下荅也唯以隨緣揀但凝然第七宗也非無不受二義雙足方得無碍言具恒沙下復揀空宗故圭山立空性十門之異然西域立性宗以今空頓實圓皆名性宗今則以義分之淺深有異○鈔今廻第七爲第八等者正明立意以賢首探玄所立多順於彼以第七名一切皆空第八名真德不空九名相想俱絶雖七始八終九頓有異七八二宗皆依彼次但名有異以釋第八義云約奘師持法輪中說三性及真如不空理等以此爲終教然與彼應理圓實之義有濫故今欲反彼所立故以彼七爲第八彼八爲第七𠠶加第九融彼七八方順法性故問賢首順彼八宗何有玄妙荅但以後二宗超之爾今有三宗超勝以第八中有頓義故言如前西域者前鈔云說假有故爲第二時即此第七宗顯理至空會

緣相盡爲第三時即此第八宗等言符法性者如前四不了皆歸法相四了皆歸法性故廻彼七八也○鈔然五六立在小乘等者第五宗立在說出世部第六宗立在一說部前鈔釋此二宗皆引中論明通大乘故探玄記第一、弁教義云此通初教之始問若云此立在小乘義通大小者第三宗中亦應通大乘以大乘亦說過未是無現在是有故第四宗中亦應通大乘現在色心等爲實從自種子而生起故不相應行爲假依色心分位假建立故何獨五六二宗耶答第三宗現在爲有第四宗現在之實皆離識實有故不通大乘疏約此義故不說之或可與五六義齊疏舉一隅令准知之○疏七即法相等者然准起信疏有五宗一隨相法執宗即小乘諸師依阿含等經立造諸部小乘等論二真空無相宗即龍樹提婆依般若等經立造中觀等論三唯識法相宗即無着天親依解深密等經立造唯識等論四如来藏緣起宗即馬鳴堅慧等依楞伽等經立造起信等論五圓融具德宗即華嚴經天親菩薩造十地論立六相圓融義初一即此前六宗二三即此八七二宗四五即此後二宗也然法相猶存假名故定是權無相有二若緣生即空平等一味故是頓實若但明空不顯不空故是破相之權起信疏以頓實從在破相權中故居唯識相宗前唯識明中道故令清凉以破相權從在頓實之中會緣相盡故居法相之後故次科云八即頓教者隱破相之義不言也○鈔以五教料揀者此約宗教相當之處配之不必

全取教之次第也問若爾應頓教淺於終教以前云前前淺後後深故答真空絶相雖是頓教然亦通始教但從多分及隱始義此配爲頓也故清凉云况復宗者從多分說今亦多分故配於頓前淺後深未爽通理○鈔即清辯菩薩所造者西域記云清辯論師外示僧佉之服内弘龍猛之宗欲與護法論議清辯誓不空見菩提樹見當作佛護法無暇離菩提樹故不能相見論議乃云非慈氏成佛誰决我疑於觀音像前誦隨心陁羅尼絶食飲水三歲菩薩現曰何志曰留身待見慈氏云云如前已述其掌珎論有二卷唯釋此二量故言謂立云等者百法慈恩疏云破勝義諦中有爲無爲二俱是空第一量云諸有爲真性故空從緣故如幻事明鈔云爲遮犯世間相違過故以諸有爲學者世間非學世間皆許有故諸無爲法學者世間許是有故若不揀之故成此過今言真性依勝義諦不依世間故無此過初量云真性有爲前揀定是空後說前陳後說互相差別不相離性合以爲宗因云緣生如幻事等喻問真性是勝義者世俗勝義其相如何答真性義諦一切都空世俗諦中可有色心修證等法如金剛經凡所有相皆是虛妄是世俗諦諸相非相則見如來是勝義相問此應有自教相違過以違諸教不空義故如善戒經等云有爲無爲名之爲有我及我所名之爲無等答我亦有教如前所引又問應有自語相違過謂吾宗言真性表依勝義汝宗有勝義諸法都無後言有爲乃是有義雖因明法似宗之中無此有法自語相違之過於理既非亦是過也若應知真性之言爲防過故該通二量但遠指初過總示非正是宗有法意先指云我依真性立有爲是有法定空故宗或欲顯示無過道理故無違也故應立量云有爲是有法依真性皆空故宗便無過也故掌珎論云且如眼處一種有爲就勝義其體空等言此中因喻前却者三支次第先宗次因後喻今頌中先宗次喻後因故云前却却猶後也或是譯者廻文不盡故言二無爲比量下百法疏云諸無爲法真性故非實以不起故猶如空華明鈔云揀過如

上又此後量元依勝義諦立不同前量或准前量理亦無違因云不起故謂本不生起諸不起者皆定無有實喻如空華掌珎論云不說遮止即不立異喻然准明鈔二量皆有自教相違失今以自亦有教故不爲失也彼雖以此宗之教爲非了而此宗亦以彼教爲非了故如前西域四不了皆歸法相宗也故二量皆真能立亦真能破況頓是楞嚴經文豈爲似量耶故護法菩薩所造廣百論第七中亦云諸有爲法隨緣生故猶如幻事非實有體諸無爲法亦非實有以不生故譬以龜毛明知造論之師情無去取者也鈔即般若三論中一分之義下此言般若乃指諸部般若經爾三即中百門也對前深密瑜伽爾言故有言下彈責他人之言也此是法相宗破學龍猛依奘法師傳云正名龍猛舊云龍樹宗失意之者非破龍猛宗不爾何用更加學字今清凉言斯言可怖者亦遮學法相宗恐執此言破龍猛宗也○鈔即真不碍俗下如性相對辨中已釋然必融於前下如圓教具前四教故其第十一宗即第十圓融具德之宗非是諸宗所競故疏不言圭峯云十宗皆佛滅後弘顯佛經承習各異遂各爲一宗○疏教則一經容有多教下若圭山大疏云謂一宗容有多教一教容有多宗故又教約佛意權實有殊宗約人心所尚差别然此二義料揀與今不同初則直以宗教對論寛狹不同今疏以宗教就經說寛狹也次約佛意人心亦不同今次叚約位所尚也言若局判下正是吾宗判教之意唯此義故勝於餘師今有指於一經一部以爲此是始此是終等者所失多矣○鈔如一維摩等者明一部經通有五教云通然疏中容有多者不必多故或一經有四教三教二教等般若等亦具五者學者多云般若但名空教

應審此文具覽彼經方知不唯空義恐招謗法之愆而影出宗局者如維摩經多明理事無礙以斯爲主是所尚故但名理事無礙宗言顯明宗通下以一宗通多經故通而影出教局者一經之中所有五教等義各互不相通故局也問餘經可爾華嚴一經具五教之義爲互通不互通通則違此文不通則違前疏云斯則有其所通無其所局答此且論餘宗不說華嚴若說華嚴約遮詮則非通非局約表詮則通局無礙故云圓融具德也前云無其所局且約遮他○疏八輩者四果四向也○鈔難云等者躡跡難也言宗不約此者宗不約此斷證以論斷證無多故教但有五問若斷證無多故但有五教者聲聞緣覺斷證階位各別何不分爲教答斷煩惱障證生空理大同雖有位次小異相從合爲一教又緣覺出無佛世以無教故不別分也問破相始教說三乘同有十地與立相始教明資糧加行等五位及斷證等亦別何不分爲二教答同許定性無性皆不成佛亦許三乘斷證階位大同故合爲一教問終教所立時位等亦同法相何故別爲一教答伏斷惑障證理起行等多異故別爲一教問頓教何有斷證階位而別爲一教答以無位之位爲此教之位不同漸次不同圓融故別爲一教此上且爲成五教故作如是說若如前於大乘分爲七類等乃至如來聖教意趣無邊何須局執宗尚義別故有十宗前六宗所尚不同而疏但言前五者疏約第六一切我法但有假名而無實體通大乘義稍顯故言五鈔約前立

在小乘故故去六宗而據斷惑證理等義六宗不離四果四向故合為一小教則教與宗互不相違○鈔雖互有兼通者問法華豈無佛性等涅槃豈非一乘等既是互通何故各別局定耶故此荅也文含縱奪可知○

鈔宗通自修行等者經云三世如來有二種法通謂說通及自宗通說通者隨衆生心之所應為說衆經自宗通者謂修行者離自心現種種妄想謂不墮一異俱不俱品以超度一切心意意識自覺聖境離因成見相一切外道聲聞緣覺墮二邊者所不能知我說是名自通法通清涼釋云初了唯心謂不墮下境界則滅超度一切下能所亦無自覺下證悟自心不由他悟離三量成故離因成一切外道下對他顯勝○疏二裕法師者傳云釐裕姓趙氏定州鉅鹿曲陽人年居童幼異行感人每見儀像沙門必形心隨教後專華嚴涅槃地論律部有華嚴疏指歸合九卷十地疏四卷廣有著述齊后染患願開華嚴諸經舉裕當之時有雄雞常隨衆聽逮于講散乃大鳴高飛西南樹上經夕而終俄而齊后疾愈斯感通之應也齊安東王婁叡致敬諸僧次至裕前不覺怖而流汗退問知其異度即奉為戒師其潛德感人如此至大業元年正月二十二日三更忽覺異香滿室奄終于演空寺春秋八十有四然彼意初既以法界為所成法身後復以法界為所證之境界故法界為宗爾疏五教印等者釋法敏姓孫氏丹陽人也八歲出家事英禪師為弟子後貞觀十九年會稽士俗請住靜林講華嚴經六月

末正講有虵懸在敏頂上長七尺許作黃金色吐五色光講終方隱至夏訖還一音寺有赤衣二人禮敏曰法師講四部大經功德難量須往他方教化故從東方来迎法師弟子數十人同見八月十七日卒前三日三夜無故闇㝠恰至將逝忽放大光夜明如晝因爾遷化春秋六十有七身長七尺六寸停喪七日異香不滅造華嚴疏七卷印師即同判宗者遠師光統如前立教中已叙○疏笈多三藏者具云達磨笈多隨言法密本南賢豆囉囉(力加切)國人刹帝利種姓槃耶伽羅此云虎氏開皇十年冬十月至京城翻經論七部三十三卷即起世緣生藥師本願攝大乘菩提資糧是也疏故賢首意取下探玄記云五依光統律師以因果理實為宗即因果是所成行德理實是所依法界此雖義具然猶未顯露今總尋名按義以因果緣起理實法界為宗即大方廣為理實法界佛華嚴為因果緣起因果緣起必無自性故即理實法界理實法界必無定性無定性故即成因果緣起是故此二無二唯一無礙自在法門故以為宗○疏以事法界有事理等者謂事法界理法界事理無礙法界事事無礙法界緣起體上之用故者依四法界為體緣起是用即依總體起總用故○鈔緣起是總下一者緣起是總該本有修生之別但言因果即當緣起中修成緣起之一分如大方廣者是總指也正取方廣業用為本有緣起非取其體也或可大即本有之體方廣即本有之用以業用本有之義不彰釋以稱體周徧故亦是本有問

本有可然緣起云何荅體用互爲緣起故若唯約業用則一多大小等互爲緣起也若脩成則因果一多互爲緣起二者緣起即是義門總該萬法故總因果但是位之一法故別○鈔不應復存因果理實之言等者正攺賢首意也言若取次第等者以順一題次第也或可法界即總體理實即別體緣起是總體之總用因果但緣起中別義但就位說故以先總後別爲次復以不思議貫前四重口欲辯而詞喪心將緣而慮忘故○疏觀其總題已知別義者謂因前宗中差別之法攝總題所以觀其總題却已知一題差別之義或是已知一部差別之義前義爲勝耳○鈔故云法界總該前二者因上大方即法界體故方廣即法界用故所以疏中云法界總該前理

實緣起二也○疏所以龍樹指此下即疏主依龍樹立華嚴宗也既不加不思議則濫於餘經故知成華嚴德用自在因果法界皆不思議者出於龍樹而已又賢首等師依龍樹判華嚴爲不共般若立爲別教逈異餘宗則若教若宗皆出於龍樹又始於龍樹於龍宮誦出流布仍造大論於西竺故於西域建立華嚴以龍樹爲初祖天親爲二祖以至相於大藏前立誓抽得華嚴第一志欲弘通後遇異僧来謂曰汝欲解一乘義者其十地中六相之義是也慎勿輕之可一兩月閒攝靜思之當自知爾言訖忽然不見因即淘研不盈累朔於焉大悟遂立教開宗製此經疏時年二十七也廣如傳說既立宗教由悟六相而地經唯有六相之名而天親論中廣申義釋

則天親爲二祖矣後至此方帝心雲華賢首清凉圭峯相承而來則華嚴之祖皆有自也○疏淨名但明等者天台補注破此義云清凉觀師云淨名但顯作用不思議解脫蓋是一分之義未顯法界融通不思議故不同華嚴經也天台學者敢謂清凉此義不然請以教義判經方知法門有異淨名但顯不思議用華嚴亦彰法界融通彼此圓妙皆不思議復何優劣於其間哉別圓大乘法門正等但即不即及具不具而分兩殊作此所判自然無滯不明斯旨任運抑揚大乘經矣思之後昆慎之會解評曰義師何謬至於此耶一不知他宗旨歸二又失本宗言教不識他宗者且華嚴具二分義一者法界融通此是德相二者作用解脫此是業用以淨名闕前義故云一分但得華嚴業用一分義未顯法界融通故云爾也况真諦謂西域記說此華嚴大不思議解脫經三本下本十萬偈又波羅頗密多三藏云龍樹造大不思議論釋亦十萬頌此方十住毘婆沙論十六卷即後秦耶舍誦出什師譯文亦言是大不思議論中一分文也既云大不思議明知形對淨名等爲言如鈔說者是也而謂法門正等者豈可得耶二失本宗言教者既言但即不即具不具殊者由不即故不具故得一分業用義失於融通斯亦見矣豈有教殊而法門正等豈不法門隨教有異耶以不思議法門名同故云等而具不具義異故教不同如汝宗中凡釋一法門皆約四教義解豈以法門名同令教亦同耶故知法門隨教有異故云一分爾思之後昆慎之

又如涅槃玄義解不思議以須彌內芥中義云小不自小亦不由大故小大不自大亦不由小故大因緣故小大亦不離小大在內外兩中間亦不常自有不可思議大亦如是通達此理故即事而真唯應度者見不思議須彌之高廣入於不思議芥中之微小是名不思議之大入不思議之小住首楞嚴能建大義如經廣說若一往明不思議用在於道後其理亦通評曰設作此解亦未免一分之義何者彼先作三觀三諦即事而真故大小不思議此是吾宗理事無礙故不思議即同教一分義爾亦未至法界自在融通無盡德相故以吾宗圓教有二分義一事事無礙別教義二理無礙同教義入有二分一德相二業用彼涅槃玄義有二義一即事而真二道後作用若即事是真即同教一分義若道後作用即業用一分義豈得與華嚴同日而語耶並名小不思議爾義師既不審他宗亦不體自宗妄申破斥愚之甚也可不哀哉○鈔有解脫等者作用解脫約法名業用菩薩住故即入業用真如具德即約法稱德相佛身不分下就人名德相故龍樹下如向所指若爾應更加大字荅彼淨名但彰業用不思議狹故爲小今明法界等皆不思議德用俱備則已有大義故不假言之○疏若就題中等者大方則理實爲體方廣即緣起爲用佛華嚴是因果爲宗尋因果之宗令趣證理實體故法界總攝體宗用三法界爲總理實緣起因果皆別舉一全收所以數配歸題者題爲大部綱領宗要不出一題故○鈔若准天台下

以天台玄義有其五重一釋名二辯體三明宗四論用五判教故彼云尋名識體體非宗不會會體自行已圓從體起用利道含識今是中三義也彼宗玄義十卷專明此五約通別以釋經題於中釋體云體者一部之指歸衆議之都會也今取佛所見爲實相正體又云即一實相印也引證序品云今佛放光明助發實相義又云諸法實相義已爲汝等說乃至廣引云云二明宗者脩行之喉衿顯體之要路如梁柱持屋結綱綱維提維則目動梁安則柱存宗者要也所謂自行因果以爲宗也云何爲要無量衆善言因則攝無量證得言果則攝如提綱維無目而不動牽衣一角無縷而不來故言宗要然宗之與體不異而異約非因非果而論因果故有宗體之別耳普賢觀云大乘因者諸法實相大乘果者亦諸法實相即其義也云云如彼三明用者用是如來之妙能此經之勝用秖二智能斷疑生信斷疑由於二智約人約法左右互論耳前明宗就宗體分別使宗體不濫今論於用就宗用分別使宗用不濫何者宗亦有用用亦有宗宗用非用用用非宗用用宗非宗宗宗宗非用宗言宗用者因果是宗因果各有斷伏爲用言用宗者慈悲爲用宗斷疑生信爲用用若論於宗且置斷伏但論因果今明於用但論斷疑生信且置慈悲若得此意則知權實二智皆斷疑生信是今經之大用其義明矣乃至廣說評曰實相即理實因果名同彼但以斷疑生信爲用此中緣起爲用斯不同爾然次疏明理實因果緣起之義對彼之

義自然見皂白也○疏今釋前義等者今釋前宗中十一字義也所以釋名但釋法界者以法界名義差別故偏釋之或是畧故問釋名且爾二顯義中何故不具釋耶荅實則理實該於法界因果該於緣起今且約以理實法界之性對因果之相以明無礙先顯性相無礙後因其性相無礙起事事無礙故以無障礙法界而爲宗趣故不具釋也言法界名體廣如本品者如前第一卷中已明○疏別開法界以成因果等者問法界何不對緣起以明而對因果明耶荅從文顯故或可體中舉總用中舉別互影畧故言謂普賢法界爲因等者成就品疏云發普賢心脩普賢行信等諸位皆名普賢全依法界分成此因明知此因體是法界還稱法界方名普賢法界爲因其果例然因果雖異不離理實及四法界○疏下當指文者即下疏云三以文從義科於初會中先顯遮那果德後遮那一品明彼本因名所信因果二從第二會至第七會隨好品名差別因果謂先二十六品辨因後三品明果亦名生解因果三普賢行品辨因出現品明果名平等因果非差別顯故亦名出現因果四第八會初明五位因後顯八相果名出世因果亦名成行因果五第九會中初明佛果大用後顯菩薩起用修因名證入因果一一皆證入故○鈔一者五周等者如脩所信因爲宗得所信果爲趣舉所信果爲宗令脩所信因爲趣所信因果既爾餘四因果亦然此即各自因果別別互爲二番宗趣總成十番宗趣乃至總脩五周因爲宗總得五

周果爲趣總舉五周果爲宗令脩五周因爲趣此爲盡理若能達此最後兩番前諸宗趣番番盡理而復五門不同互不相濫前互爲宗趣之處皆可例知若於前數中取一番具餘等則無窮盡以互爲緣起不相離故又前一一因中有多因故一一果中有多果故復互相望以成宗趣亦至無盡二者所信因果等者即五周因果各合互爲宗趣復應以所信因果爲宗令得差別平等因果爲趣舉差別平等因果爲宗令脩成行所信因果爲趣乃至以所信因果爲宗令得餘四因果爲趣舉餘四因果爲宗令成所信因果爲趣等以是具德無盡法門故經云欲具演說一句法阿僧祇刼無有盡而今文義各不同菩薩以此初發心等○疏以辨義深等者由識辨義

理深玄爲宗令知言教殊勝爲趣言舉人爲宗下法界品疏說即舉諸善知識佛菩薩等爲宗令知解脫等法爲趣舉法爲宗令當根得作佛菩薩爲趣言五對別明是宗之趣者約行布說故五對相即爲宗即趣者約圓融說故雖六釋名同於法相而義全異爾○鈔收前衍裕等者前疏云一衍法師以無障碍法界爲宗二裕法師以甚深法界心境爲宗總爲一真無碍法界別悟性相即事理法界若失總義即不能收此二師所立法界況因果無性既因果收前四對令因果歸於理法界即前四對皆歸理法界矣○鈔餘四例知者後四對各以初一爲宗後一爲趣問前何互爲宗趣至此唯一往耶答但可以淺爲宗令至深爲趣不可以深爲宗令至淺爲趣如

以出纏爲宗不可却令在纏爲趣或可舉出纏清淨爲宗令信在纏爲趣乃至舉脩顯果爲宗令得脩生果爲趣疏欲顯有一徃之義不但互爲顯前亦應有一徃之義義門無邊不應一准○鈔由雙融故俱離者由因果之相與法界之性互相不異云雙融俱離性相即下十門中初二門等第五門但總別之異耳此有兩重理事無礙（初二門一重第五門一重）由雙融故性相混然俱現即三四二門并第六門亦總別之異此亦有兩重理事無礙（三四中一重第六門一重）離不礙存下即七八二門總爲第三重理事無礙總由上理事無礙成後二門事事無礙則後二門通由性相俱離性相混然存離自在無礙故標華云爾法界雖通下釋妨可知○疏一由離相故者行願鈔云此標所以也相是因果此舉緣起如幻之因果非妄計定性之因果也言因果不異法界等者正顯法界相也二由離性故者舉其所以此明法界非因果外定空之法界也言法界不異因果等者正顯因果根也三由離性不泯性故者出所以也以第二門離性收第一門不泯性言法界即因果時法界宛然者第二門即第一門也言則以非下意取緣起無性之法界非取因果外定空之法界也四由離相不壞相故者出所以也此舉第一門離相收第二門不壞相故言因果即法界時因果歷然者正顯法界時不失因果言非因果下非取法界外定相之因果也五離相不異離性故者出所以也即收一二兩門同時故因果法界雙泯離相者即第一門中離相故不異離

性者即第二門明由離性故是以雙泯又亦由三四兩門既不相失隨一泯時一切即泯六由不壞不異不泯故者出所以也即收三四兩門同時故因果法界雙存不壞者即第四門不壞相不異不泯者即第三門中不泯性既不壞相不泯性即隨一存時二皆存也七由五六存泯復不異故者此標所以也第六明存第五明泯此二門既其同時故無障碍也亦遠收三四及一二門言超視聽及絶思議者即指離性離相也言通見聞及未嘗碍於言念者即指不壞不泯也後三門如鈔中可知○鈔性則叵壞等者通妨也問何以性言不泯相言不壞而不性云不壞相言不泯又何不俱言不泯俱言不壞耶荅性不可壞今取存義故翻云不泯相則可壞今取存義故翻言

不壞言二對皆不相異下及次相字皆平聲呼言正存即泯故復不異者行願鈔說展轉有三重理事無碍一初二門由相即故性相俱離次第明無碍二第五門合初二門同時故性相俱絶明無碍又一三四兩門由相即故不碍兩存次第明無碍二第六門合三四兩門同時故性相俱存明無碍三以第七門收第二重俱泯次第明無碍合正存即泯同時故存泯無碍八攝前事理無碍以爲後二門事事無碍之所以九攝事理無碍總以因果互攝十以前因果各自有多差別若分若全乃至微細亦各具攝重重無盡此與行願疏鈔少異可對詳之○鈔舉相意欲令亡下以初心行人未能亡相造極故舉因果之相爲宗誘令契入離相爲趣舉者意欲令亡相故得不異法界

明本不在相故於正說因果相處勿昧此意此上初對後對合上離相下准此釋詞跡中應云舉相離相爲宗則合上宗趣並爲宗故言令亡因果者下准此牒詞跡少一令字也言前離於相下揀前對後對二趣之意別也或揀後對宗趣義別意云前言離相明非遣之方離明因果之相本離此上約境令令離取相之心故然其言猶略者具應云令離取相心及取離相之心何者以宗中離相並爲其宗故或可但離取因果相之心也以上約離境爲宗令約離心爲趣故異也下九准知鈔二中應云等者鈔爲補而續之舉法界性爲宗意欲令亡不在於性故得不異因果明法界之性本離爲趣即初對也離性下後對准前應云舉性離性則合上宗趣爲宗此上約境令離

取着法界性之心爲趣也○鈔三即離性爲宗下法界即因果故離性爲宗正即因果時不泯性爲趣以性本自離故得即因果不待泯故法界宛然非斷無也此上初對又離性下後對合上宗趣爲宗此上約境令離取亡法界不碍法界之心爲趣○鈔四以離相爲宗下因果即法界故離相爲宗正即法界時不壞因果相爲趣相本自離故得即法界不待壞故因果歷然非定有也此上初對又離相不壞相下後對合上宗趣爲宗此約境也令離取亡因果不壞因果之心爲趣○鈔五離相爲宗下以初門離相爲宗不異第二門離性爲趣由性相下順文釋成若異下反成可知此上初對又離相不異離性下後對合上宗趣爲宗此約境也令迴超取說雙融性

相俱不俱泯之心言爲趣以此例前遺心亦遺於言也○
鈔六不壞相爲宗下以第四門不壞相爲宗
即此不壞不異第三門不泯性爲趣若離下
但反釋成此初對又不壞下後對合上宗趣
爲宗約境說也令離取俱存現前之心爲趣
○鈔七雙存爲宗下以第六門不壞相不泯
性故雙存爲宗即此雙存不異第五門離性
離相故雙泯爲趣以即泯下釋成此上初對
又雙存下後對合上宗趣爲宗此約境也令
超常情眼視耳聽心思口議以雙泯故通配
離性離相不礙無念眼見耳聞口言心念爲
趣由雙存故通配不壞不泯言然超視聽下
更別配之超視聽之妙法約離相說絕思議
之深義約離性說不礙見聞約不壞相說不
礙言念約不泯性說此上具依一相不爾豈

相但超視聽不絕思議等耶○鈔八法界性
融下以法界性爲宗性融不可分爲趣此上
初對後對合上宗趣爲宗此約境也理應令
絕念知因果各攝法界爲趣上皆理事無礙
○九因果各全下合上第八後對宗趣爲宗
即理事無礙爲所以故也令因果下正明事
事無礙爲趣此上初對後應合上宗趣爲宗
此約境也行起解絕爲趣○鈔十二位下因
果二位差別之法皆各總攝法界爲宗亦事
事無礙之所以也一一正明事事無礙爲趣
此上初對復應合上宗趣爲宗此約境也亦
行起解絕爲趣已上三門准鈔顯文雖各唯
一重宗趣據理亦合具二重也以前云下九
准思故但文略爾思之可知○疏又初一等
者初以別因果全總緣起次別理實全總法

界已上前後明三以前二同時後一總貫前三皆不思議既以下明第四門中說因果法界融通之義復深於前則融三門所說因果法界始末通明方顯玄妙隨義說之似異一一通徹故皆一揆○鈔會歸心觀下既以第四門融前故但會第四門中十義歸心成觀也則顯前三門各十義皆亦成觀言在法爲離下對境釋心也在所觀境法因果法界爲離性本離故在能觀心冥符本離之性爲遮在所觀境法因果法界爲不壞（此是通相之意不同前約性相分不壞不泯之異）在能觀心照徹無謬爲照已上總明遮即初之二門下別配釋也然有二義釋初約十門別別配釋後又十門下總望十門釋今初遮即初之二門者初門遮相次門遮性照即三四二門者三門照性四門照相

已上四門單照單遮然字已下單遮單照互即融通五即合初二門爲雙遮六即合三四二門爲雙照七即雙照雙遮互融八即四門一揆等者以法界性融不可分故遮照雙遮照之四門（有以四門爲四大門者非也即疏中即照之遮即遮之照雙遮照爲四門）一揆互通即事理無礙圓明一觀也九因果總句各全攝法界具遮照雙遮雙照之四門爲一事事無礙觀十因果別法各各爲一句全攝法界亦具攝遮照雙遮雙照之四門爲一事事無礙觀也○鈔又十門齊鑒下二總望十門釋也謂十門齊鑒非無記曰照無心於十非妄想曰遮此遮照亦互融即此釋疏中初二句雙照下謂雙照即照前十門齊鑒無心於十雙遮即遮前無心於十十門齊鑒即釋疏中雙照雙遮也言亡慮絶者即定

之極了了分明者即慧之極定慧既其玄極則爲一總無德不圓無法不照之觀能與如是觀行相應方契十門之旨合上四大門之宗希諸學者領受於文外之意趣也問既領於文外之趣何須廣說荅本圖領旨不爲文字事業問既曰無心於十何須齊鑒荅非齊鑒無以增智慧非無心無以造玄極也○鈔三慧齊備者餘說一向多聞猶涉方便言纂靈記說者以華嚴傳記五卷本賢首集文有十章一部類二隱顯三傳譯四支流五論釋六講解七諷誦八轉讀九書寫十雜述此賢首初集後經脩飾至清涼時有二家並賢首弟子一靜法寺慧苑法師脩五卷名纂靈記二經行寺慧英法師脩兩卷名華嚴感應傳又近四明居士胡幽貞纂成一卷今所引即

靜法五卷者若賢首華嚴傳但云依智度論諸大乘經多是文殊師利之所結集此經則是文殊師利所集佛初去世賢聖隨隱異道競興乏大乘器攝此經在海龍王宮六百餘年未能傳於世龍樹菩薩入龍宮因見此經淵府誦之在心遂出傳授因茲流布(上傳記文)但纂靈記經靜法脩飾故有增加也言未見其文者應是論本有其具闕言金剛仙論者廣鈔第四云金剛仙菩薩造釋金剛般若經既如其說驗必然也○鈔纂靈記引真諦三藏西域記說者即傳第一部類中說也彼乃云如真諦三藏云西域中傳記說等非謂真諦自有西域記也言亦說入龍宮之緣廣如別說者此傳即什師所譯今既指廣當畧引之傳云龍樹菩薩南天竺梵志種也天聰奇悟

事不再告在乳哺之中聞諸梵志誦四圍陁典各四萬偈偈有三十二字皆誦其文而領其義弱冠馳名獨步諸國天文地理圖緯祕讖及諸道術無不悉綜後結友三人以隱身術入王宮事三人遭害因悟欲爲苦本衆禍之根敗德危身皆由此起即入山詣一佛塔出家受戒九十百誦三藏盡更求異經都無處得遂入雪山山中有塔塔有一老比丘以摩訶衍典與之誦受愛樂雖知實義未得通利周遊諸國更求餘經於閻浮提中徧求不得外道諸師沙門義宗咸皆摧伏外道弟子白之言師爲一切智人今爲佛弟子弟子之道咨承不足將未足耶未足一事非一切智也辭窮情屈即起邪慢心自念言世界法中律塗甚多佛經雖妙以理推之故未盡未盡之中可推而演之以悟後學於事不失斯有何咎思此事已即欲行之立師教誡更造衣服而有小異欲以除衆人情示不受學擇日選時當與弟子授新戒着新衣獨坐靜處水精房中（已上即是入龍宫之縁也）大龍菩薩見其如是惜而愍之即接之入海於宮殿中發七寶花函以諸方等深奥深典無量妙法授之龍樹受讀九十日中通解甚多其心深入體得實利龍知其心而問之曰看經遍否荅言汝諸函中經多無量不可盡也我可讀者已十倍閻浮提龍言如我宮中所有經典諸處比此復不可數龍樹既得諸經一箱深入無生法忍具足龍還送出（天台學者疑上品華嚴太多龍宮無着處觀此傳一處函中之經已勝閻浮提十倍之多尚未得盡又云諸處比之不可數記而以情記測龍宮不可思議事者亦可笑矣）於南天竺國大弘佛法摧伏外

道乃至廣造諸論等評曰此傳但有入海見經通說所誦并得經而出雖不具說三部華嚴既見經無量亦可知矣此但傳畧故爾○鈔能破有無宗者既佛記爲能破有無宗而法相學者以學龍樹宗爲着空者未之審也言唐三藏西域記者大意皆如前傳○鈔案隋開皇三寶録者即翻經學士費長房撰長房城都人也房本出家周廢僧侶反俗隋及興復仍習白衣時預參傳筆受詞義以歷代羣録名唯編經至於佛僧紀述蓋寡乃撰三寶履歷帝年始自周莊魯莊至於開皇末歲首列甲子傍列衆經翻譯時代准見綸綜號爲開皇三寶録今鈔依纂靈記引也言都薩羅者此云喜出生言支法領等者開元録云秦晉以前出家者多隨師姓後彌天道安云

剃髮染衣紹釋迦種即無殊姓尊莫尊於釋迦乃以釋命姓後增一阿含經至果云四河入海無復河名四姓出家皆稱釋種又沙彌塞律云汝等比丘雜類出家皆捨本姓同稱釋子既符經律遂爲永式今此領法師當晉代人則從師爲姓云支也捐棄也言即東晉朝所譯是也者始因法領請至爾後因秦沙門智儼至罽賓國請覺賢至此土至東晉安帝義熙十四年方於道場寺譯之也○鈔然而龍樹下以入海宮誦具本十萬偈法從於人上昇天竺流布蓋聖人已證妙窮梵音故獲全寶法領所得其猶半珠遂行東土由凡夫未證不善梵音邊遠之劣器未任故猶獲半珠淪沒也湑相居切切韻云露貌即隱顯之間纔得其少半僅猶纔也少也又案今于闐

下西域記云唐言地乳無憂王太子至此建國齒耆云暮未有胤嗣乃祈禱毘沙門天神之廟像額上剖出嬰孩神前之地忽然隆起其狀如乳神童飲吮遂至嗣位因爲國號言即上畧本者此雖正釋下本無明畧本從此出故○疏四上本經等者探玄記說於可結集經分下中上以此品偈廣多故前鈔引金剛仙論說召集羅漢八十億那由他菩薩無量無邊恒河沙等結集此等經也○疏五普眼經等者謂能詮之經如眼照了普法故或法如眼經詮普眼故彼疏云詮普法故普詮諸法故得此法者一法之中見一切法故言海雲所持者彼疏云觀海爲法門以普眼法雲潤一切故○鈔如六十二經說者謂我住此海門國十有二年常以大海爲其境界

乃至觀大海出寶蓮華佛坐其上身至有頂爲說此普眼法門於日日中以種種陁羅尼力領受趣入分別開演等各無數品如是千二百歲故知品偈尤多○疏同說經者謂約同一類世界同以音聲所說之經名同說經如不思議下引證可知○疏七異說經謂約異類世界異類六塵所顯之經名異說經○疏故下云普眼等者毘盧遮那品云波羅密善眼莊嚴王如來爲威光說普眼脩多羅世界海微塵數脩多羅以爲眷屬此言佛剎微塵數者如一華藏爲一佛剎則別教所明非如前所引權實同許一三千界爲一佛剎然猶義引此且依揀義眷屬但是伴類非即是伴以不能却爲主故○疏十圓滿經等者此約收義如海一滴具百川味等○鈔晋經但

名等者今經云以圓滿音說脩多羅名普照因輪既言普照即圓滿義或圓滿音說得名圓滿言大願精進力下疏云無功用道任大願風普救護故言善伏太子者即人壽一萬歲時勝光王之太子應是潛蘊宿善遇緣當成太子悲救獄囚王臣大怒母請半月行施纔畢就戮時至法輪音虛空燈王如来入彼施會爲說此經○疏以晋經等者以晋經十地品後便至十通品則無說經處會既連十地品便謂俱是他化天說已下十品經文由闕唐經第七會初十定品今經十定品云於普光明殿說明是重會故別爲一會則成九會彼以離世間品爲第七會法界品爲第八會故○鈔將欲命乎微言者命猶說也或請命也言舉其問端者初海會舉四十問端也

言口光遠召菩薩来儀者第六經中如来即於面門衆齒之間放佛刹微塵數光於十方一切菩薩衆會之前說偈爾時十方世界一切衆蒙佛光明所開覺已各共化現諸供養雲来詣佛所作禮供養等言毫光普燭等者經云放眉間光下疏云即光體也名一切菩薩智光明普照曜十方藏辯光明也其狀猶如實色燈雲顯光相也徧照十方一切佛刹光業用中所照分齊其中國土及與衆生悉令顯現光所現乃至顯示十方世界中普賢菩薩道場衆會將說普法令知法王大願普周刹塵內故言震動刹網者經云普震動諸世界網疏云光業用中動刹網也以諸世界重疊影現交互相當如網孔故言佛前現華下經云爾時佛前有大蓮花忽然出現其花具有十種莊嚴一切蓮花所不能及等言白毫出衆者經云此花生已一念之間於如

来白毫相中有菩薩名一切法勝音與世界海微塵數菩薩俱時出現等疏云表教從所證淨法界流爲衆教源如白爲色本言端倪者端緒也倪者自然之分也今言端倪取其由緒義耳○鈔方舉依果者方者纔也於所信中分二上明所信依報果下三品明正報果即下十類科中第四前後攝疊科從後例攝總有十重其後二重云九就前亦二初明所信佛果法後問明品下三品明能依能信菩薩行十就前中後二初會明佛依報果後名號等三品明正報果言四百億十千之名者准下疏云今一四天下一諦有十千名四諦歷於百億故有四百億箇十千之名也言故授之以光明覺品者光明體也覺者用也此二名二謂光有身智二光覺有覺知覺悟又光有能照所照覺有能覺所覺如来放身光照事法界令菩薩覺知見事無碍文殊演智光雙照事理令衆覺悟法之性相由事理俱融唯一無碍境故得一事即徧無邊而不壞本相身智無二唯一無碍光涅槃經琉璃光菩薩處云光明者名爲智慧知悟不殊唯一平等覺悟之心知無事非理故又此二光不異覺境謂能照之光所照之境所成之覺此三圓融唯一無碍之法界雖平等絕相不壞光明之覺品中辯此故以名也言上之三品下結歸前後攝疊科中第十重意也○鈔謂十甚深者一覺首菩薩明緣起甚深二財首菩薩明教化甚深三寶首明業果甚深四德首明說法甚深五目首明福田甚深六勤首明正教甚深七法首明正行甚深八智首明正助甚深九賢首明一道甚深十文殊明佛境甚深互相激揚者問者激發荅者顯揚言賢首說此者賢

首菩薩說此一品從能說人以爲名下䟽云體性至順調善曰賢吉祥勝德超絕名首賢即是首賢首之品以當賢位之初攝諸德故偏舉賢名○鈔體用無方等者以體無在無不在用無應無不應不離覺樹故非動而昇釋天故非靜言顯住體深玄者䟽云體即佛智故將演住門先陳體性以住性即佛智光讚如來是以三賢十地等皆依佛智有差別故言信滿入位者十信位滿方入三祇五位之數故言得正定心者依仁王經及起信論即十千刧來脩信行滿入位不退等十住名正定聚故言別行不同者隨一住之行各各不同如前十住品若欲通脩復須皆脩淨行言觀十種境者所謂身身業語語業意意業佛法僧戒也䟽云梵是西域之音具正應云勃藍摩此翻爲淨離染中極故名爲梵即梵爲行故名梵行若爾何殊淨行品荅前信中之行隨事造脩悲智兼導至此純熟了心自性悲智無二故小不同言說於明門者䟽云明是智用法是理行及果又所脩行法體離無明等○鈔夜摩天宫者下䟽云夜摩此云時分論云隨時受樂故名時分准大集經此天用蓮花開合以爲晝夜又云赤蓮花開爲晝白蓮花開爲夜故云時分即空居之首以表十行涉有化物宜適其時時而後言聞者悅伏時而後動見者敬從涉有依空即事入玄記此而說也○鈔兠率天宫者䟽云此云知足亦名喜足論云後身於彼教化多脩喜足之行故得少意悅爲喜更不求餘爲足處此說者表位超勝是次第故又上下放逸此

天知足表世間行滿故居喜足之天又彼有一生補處表菩提之心功行滿故又積功累勳知階未足迴勳授子乃知有餘菩薩亦爾勤苦積行未見有餘回向衆生乃知自足又欲界六天此居其中表悲智均平處於中故等○鈔若四河入海下一兢伽河二信度河三縛芻河四私陁河經疏皆有法喻合今引其合文畧示經云佛子菩薩亦爾從菩提心流出善根大願之水以四攝法充滿衆生無有窮盡復更增長乃至入於一切智海令其充滿疏云菩提心合池流出善根等合四河依菩提心脩四攝行自善增長同入如來一切智海言寶珠十德者經云譬如大摩尼珠有十種性出過衆寶一者從大海出二者巧匠治理三者圓滿無缺四者清淨離垢五者內外明徹六者善巧鑽穿七者貫以寶縷八者置在瑠璃高幢之上九者普放一切種種光明十者能隨王意雨衆寶物如衆生心充滿其願佛子菩薩當知亦爾有十種事出過衆聖一者發一切智心二者持戒頭陀正行明淨三者諸禪三昧圓滿無缺四者道行清白離諸垢穢五者方便神通內外明徹六者緣起智慧善巧鑽穿七者貫以種種方便智縷八者置於自在高幢之上九者觀衆生行放聞持光十者受佛智職墮在佛數能為衆生廣作佛事次第喻十地漸漸增廣脩至第十地言大地十山者經云譬如十大山王因地而有菩薩十地因佛智故而有差別言嶷然高出者十定品文音義云嶷者宜力切山峯貌也佛智如大地十山如十地之智山從地出十地之智皆從佛智而有故言大海十德德

該通者經云譬如大海以十種相得大海定果可移奪一次第漸深二不受死屍三餘水入中皆失本名四普同一味五無量珍寶六無能至底七廣大無量八大身所居九潮不過限十普受大雨無有盈溢菩薩行亦復如是以十相故名菩薩行不可移奪所謂歡喜地出生大願漸次深故離垢地不受一切破戒死屍故發光地捨離世間假名字故燄慧地與佛功德同一味故難勝地出生無量方便神通世間所作衆珍寶故現前地觀察緣生甚深理故遠行地廣大覺慧善觀察故不動地示現廣大莊嚴事故善慧地得深解脫行於世間如實而知不過限故法雲地能受諸佛如來大法明雨無猒足故海喻全一佛智之體而十德不同德非別物故云智業又互相徧不同於山其乃無差別之差別差而無差已上

四喻皆從果品地影像分中文初池喻脩行功德二山喻勝功德三海喻大果功德四珠喻堅固功德故下疏云四喻喻四功德以顯圓融初一圓家漸次喻圓中漸珠喻即是漸圓海喻即圓圓也四喻圓融鈔云此言自天台生而小不同彼處漸圓是漸教家圓今亦圓教行布之極耳圓圓亦與彼不同乃是初後圓融名圓圓非是圓教圓滿名圓圓也○鈔十定品者瑜伽五十云名無礙智三摩地是其菩薩學道所攝金剛喻定彼疏云此明因滿菩薩位中最後位也此位亦名等覺今經欲顯開合無礙故存其義不彰其名第十定經說此菩薩同三世佛明是等覺言非數去聲能數上聲者始從一百洛叉爲一俱胝是中等數洛叉是萬俱胝是億已下皆上等數法倍倍變之爲俱胝俱胝爲一阿庾多乃至不可說即長行意言又積不可

說以至十重校量等者即偈中意一積不可說至不可說偈云不可言說不可說二不可說刧中說不盡充滿一切不可說不可言說諸刧中說不可說不說三上不可說一一是一剎皆碎爲塵不可言說諸佛剎皆悉碎抹爲微塵四前一一塵皆有不可說剎一塵中剎不可說如一一切皆如是五將前諸塵中剎一念遍碎爲塵此不可說諸佛剎一念碎塵不可說六念念碎塵復盡多刧念念碎塵亦復然盡不可說刧恒爾七前所碎塵復有多剎此塵有剎不可說八即此多剎復碎爲塵此剎爲塵說更難九以多算數經於多刧數上諸塵以不可說算數法不可說刧如是數十以是諸塵數刧一一刧復各有十萬箇不可說刧以此諸塵數諸刧一塵十萬不可說言校量下經偈云爾劫稱讚一普賢無能盡其功德量於一微細毛立處有不說諸普賢一切毛端悉亦爾如是乃至遍法界䟽云略舉三重一將上諸刧讚一

普賢之德不盡二況一塵中有多普賢三況遍法界塵皆有多矣若不以稱性之心思之心或狂亂等覺尚爾況佛德耶言阿僧祇爲大數之首者阿僧祇此云無數爲十大數之首所謂無數無量無邊無等不可數不可稱不可思不可量不可說不可說不可說言念刧圓融下即是僧祇所數之法上二句約時即當後壽量品下二句約處即當後住處品言以刧爲日者謂經中以前剎之刧爲後剎之日故後後倍前也言上就實說下即指上塵剎該攝等也○鈔即十門出現者一總明出現之法二身業三語業四意業五境界六所行七成菩提八轉法輪九般涅槃十見聞親近此上皆有出現二字十門皆從性起舉一全收故云圓融○鈔近望上文者即上

第八會托法進修成行分也言遠取諸會者信即第一會舉果勸樂生信分也解即第二會至第七會修因契果生解分行即第八會托法進修成行分言依人證入者即第四依人證入成德分也此但總科一經始末大意以爲四分若就行人隨其品會皆容信解行證具缺隨根固難詳議○鈔頓漸該羅者在文則本會唯頓末會則漸圓根尅證頓漸混融亦不礙頓漸殊分披文之次無迷玄旨使即心修證頓漸無在故法界品疏云夫圓滿教海攝法無遺頓漸該羅本末交映人法融會貴在弘通故非頓無以顯圓非漸無以階進非本無以垂末非末無以顯本非人無以證法非法無以成人故前明不異漸之頓多門而衆人同契後明不異頓之漸一人而歷位圓修前則不異末之本雖卷而恒舒後則不異本之末雖舒而恒卷本末無礙同入法界又略以東云末會歸菩提場則十會圓明言自此略畢者良以具本既未流於東夏故且云略畢也

華嚴會本懸談會玄記卷第三十七

音釋

內 音南入聲
衿 居吟切衣小帶也又巨金切衣結也
揆 求癸切度也
僅 渠鎮切餘也纔也劣也少也
欇 之涉切曲也
吮 祖兖切欶也

華嚴會本懸談會玄記卷第三十八

蒼山再光寺比丘　普瑞　集

○䟽兜沙經一卷是名號品者後漢中平年月支國沙門支讖於洛陽譯菩薩本業經一卷是淨行品者以一名淨行品經吳黄帝年月支國優婆塞支謙譯只有長行無偈小十住經一卷是十住品者然此經并下大十住經四卷備撿諸家蔵目并華嚴傳記皆無大小之言唯探玄記作大小之則今清涼依之此是賢首欲揀地住之别故加之大小之言非譯經本題有也何則如小十住經諸譯不同一西晉沙門竺法護譯一卷名菩薩十住經此師又譯一卷名大方廣菩薩十地經亦云菩薩十地經（即十住品）二元魏延與沙門吉伽夜譯一卷名大方廣菩薩十地經三東晉安帝世北天竺三蔵佛䭾跋陀羅譯一卷名菩薩十住經（上皆依大周刊定目録）華嚴傳文云東晉西域沙門祇多密譯一卷名菩薩十住經巳上諸譯並不云小也開元目録唯收二譯一名菩薩十住行道品經一卷二名菩薩十住經一卷其大十住經四卷即後秦羅什共罽賔三蔵佛陀耶舍秦言覺明譯名十住經亦不云大也漸備一切智德經四卷者諸目録皆云五卷今蔵中依開元録亦五卷纂靈記亦云五卷此依探玄故云四卷也是西晉元康七年月支國沙門曇摩羅晉言法護譯言等目菩薩所問三昧經即空法護譯無邊功德經一卷具云顯無邊佛土功德經唐奘三蔵譯如来性起微密蔵經有譯云大方廣如来性起經今名上亦有大方廣字此畧也即西

晋元康年譯二譯並不出譯人名度世經六卷即西晋竺法護譯摩伽經三卷即西秦沙門堅公譯（或云西晋沙門）又云曹魏安法賢譯又北凉曇無讖譯又北凉曇無讖譯一卷與法賢譯本廣畧有異皆法界品不足也然一疏所列會釋本經並依探玄説也大周目録總有三十六經皆是支流開元目録只收二十四經此支流相兼故有三十六二十四爾○鈔支即支流下釋總章名支類二字先釋支字爲分流字屬支爲派亦即分流名流支即是流名爲支流言類即流類下釋類字流字屬類即相似義亦流亦類名爲流類言小十住下即比觀之慧住於深理大即契證無住住故具依止出生等義或復名地○鈔故地影像中者以十地品有十分一序分二三昧分三加分四起分五本分六請分七説分八地影像分九地利益分十重顯分今即第八地影像分也中有四喻今鈔畧於山喻並如前可知○疏脩慈經等者三本皆有大方廣佛華嚴字下有分字此中畧也並是于闐國三藏提雲般若譯探玄記云近於神都共于闐三藏翻華嚴脩慈分一卷不思議境界分一卷金剛鬘分十卷翻未成三藏亡沒（今藏中只收上二分其金剛鬘分翻未足故諸目録及纂靈記皆不收入也）今現於神都更得于闐國所進華嚴五萬頌本并三藏至神都現譯（此是實叉難陁）其慈恩寺梵本與舊本並同無異新来梵本品會及文句有小不同明此大經數本故也此並大經支流隨品分説（據此則古德既謂大經支流則知探玄不將爲流類也）○疏餘如纂靈記者傳云大方廣華嚴入如来不思議境界

經一卷或無大方廣字是隋北天竺三藏闍那崛多隋言智德譯度諸佛境界智嚴經一卷梁扶南沙門僧伽婆羅此云僧鎧譯度諸佛境界智光嚴經一卷失譯大方廣入如來不思議境界經二卷大周實叉難陁譯上四經同本異譯並云普光法堂說大方廣佛華嚴佛境界分一卷唐載初年于闐三藏提雲般若譯大方廣佛境界經一卷大周于闐三藏實叉難陁譯上二經同本異譯並是樹下說大方廣普賢所說經一卷說佛身內不可說世界事大周三藏實叉難陁譯大方廣佛華嚴脩慈分經一卷唐載初年提雲般若譯右已上不思議境界等經現本華嚴內雖無此等品然梵本並皆具固是此經別行品會爲梵本不題品次不編入大部上皆傳記文○鈔古德見今經所無等者出古意也然古德不分支流支類如前探玄及傳記之中皆唯支流義故此或依新脩畧疏判爲流類也或依前傳記中云爲梵品不題品次不編入大部是亦將爲流類也言本部下清涼意云全部經本來此既其未盡脩慈分等或是此經分流別行本部來未盡者復何可定判爲流類具本到此有之如何和會有判爲別行具本到此或無云何成立故疏遂致或言多聞鈌疑者論語爲政篇云多聞鈌疑愼言其餘則寡尤彼疏云雖博學多聞疑則鈌之猶須愼其餘不疑者則少過也今用上句之意意云此既未決應鈌之而不言也無定斷之詞爲不言耳○疏一龍樹既得下華嚴傳具云波羅頗多三藏云西國相傳龍樹從龍宮將經出已遂造大不思議論亦十萬頌以釋此經既冥機未啓不測其指歸也十住毘婆沙論一十六卷龍樹所造釋十地品

義後秦耶舍三藏口誦其文共羅什法師譯出釋十地品內第二地餘文以耶舍不誦遂闕觧釋相傳其論是大不思議論中一分也（又有十住論十卷亦龍樹造後秦弘始年中羅什法師釋）◯疏二世親下華嚴傳云婆藪槃豆菩薩此云天親於山中釋十地品疊本經文依次消釋菩薩初造論成（云云如下地震光流）至後魏有北天竺三藏菩提流支魏云覺希來此翻譯初譯之日宣武皇帝親自筆授一日又云中天竺三藏勒那摩提魏云寶意來此共流支於洛水南北各譯一本其後僧統慧光請二賢對詳校同異參成一本又別傳云天親造華嚴經論既未獲具本此十地或曰隨得翻之又云無着菩薩往兠率彌勒菩薩教以華嚴等經自彼宣流亦其力也仍問西來三藏梵僧皆云金剛軍菩

薩十地釋論有一萬二千頌翻前可成三十餘卷又堅慧菩薩亦造畧釋並未傳此土于闐國現有其本實乂難陁曰以附信索如得亦擬翻出又瑜伽菩薩地中住品內廣寫此經十地品文次第兼釋良以此經三賢十聖位分最廣既為諸部之龜鏡是以造釋者非一耳（天台以瑜伽論謂釋花嚴經因此也）◯鈔並如纂靈記者劉謙之本是閹官但三七日精誠感應造論六百卷華嚴傳引事判云隨淨影寺慧遠法師晚年造此經疏至回向品忽覺心痛視之乃見當心毛孔流血外見又夢持鐮登山次第芟剪至半山力竭不能復起覺巳謂門人曰吾夢此疏必不成於是乃止又拍州休法師聽華嚴五十餘遍研諷文理轉加昏漠乃自諭曰斯聞上聖至言豈下凡所憶度哉詳

二賢慱贍宏富振古罕儔於此陶挻莫能窮覩而讚之尋閱未盡數旬注茲鴻論何其恠也蓋是大聖冥傳不足多恠○鈔不言清凉下多分是隨太原一方之人欲美其自處故取太原懸甕山而明之况傳中所明經歷數處者謂清凉寺懸甕山高巖寺并洛陽東栢堂徽音殿式軌殿樓上首尾五年方足百卷○疏第八傳譯感通者賢首華嚴三昧觀云一自有衆生無識懸捨聖言師自愚心復隨邪友違教修行巧僞誑惑此爲惡人也二有亦背聖教以質直心謂爲出要勤苦修行竟無所益此上二人俱捨聖教不依義理三唯誦聖言不解義意依傍聖教惟求名利違自所誦亦爲惡人四雖逐文句不知義理但以真心讀誦雖無巧僞亦無所益此上二人俱不捨教不得義理上四皆不可依五讀誦聖教分知觧行多讀文句少有修行六廣尋聖教遍知觧行漸畧聖言取義專修七受持得意唯在修行不復尋言八尋教得旨知一切法無不稱性是故於教亦不待捨即此言教稱性約教修行九常持稱性之言不捨不着恒觀絶言之理不棄不滯此上五門猶未究竟十尋教得實教理無礙常觀理而不礙持教常持教而不礙觀空此則教理俱融合爲一觀方名究竟又得旨忘詮故不可守忘詮由教故不可捨依法修學感應實繁○鈔迦維摩羅衛國人者問即中天竺國也何故疏中言北天竺耶答准纂靈記云本迦維羅國人祖父達磨提婆（此云法天）商旅於北天竺國因以居焉父名達磨修耶利（此云法日）賢三歲而孤等

鈔言本處疏云現居故無違也言甘露飯王之苗裔者是佛叔父之苗裔也少而無父曰孤外氏即母家從祖者或伯叔也聰敏者事無再告無幽不徹也沙彌此云求寂言同學下纂靈記云年十七與同學數人俱以誦習爲業衆皆用功一月賢以一日當之其師嘆曰賢一日敵三十夫矣言及受具下速辯窮微絲交曰綜即文義綺互咸通達故少小之時習禪明律之聲名已播言嘗與同學下記具云嘗與同學僧伽達多共遊罽賓國同處積年達多雖伏其才敏而不測其深至達多嘗客室中閉户坐禪忽見賢來驚問何來荅云蹔欲覲率致敬彌勒故來奉辭言終便失所在爾後達多屢見神變深加誠敬秖問所證知其已證等探玄記云大乘三果菩薩禪

師莊嚴論云初地預流八地一來十地不還佛地羅漢菩薩四果希有諸大乘師言得果者多是此果也會遇也罽賓梵語或云惡名國或云羯布國或云阿誰入昔此國爲大龍池人莫敢近後有一羅漢從龍乞一容膝之地時龍許之而羅漢變身漸大膝滿龍池龍以言信便捨而去其後水乾遂令百姓建國衆人咸言非聖人力阿誰得入故爲名也言交趾者山海經云交趾國人脚脛曲戾相交則以謂交趾言附舶音白海中大舡海行等者傳云經一島下賢以手指山曰可止於此舶主曰客行惜日謂風難遇不可停也行二百餘里忽風轉吹舶還向島下衆人方悟其神咸師事之聽其進止後遇便風同侶皆發賢曰不可動舶主乃止既而有先發者一時覆敗後於闇夜之中忽令衆舶俱發無肯從者賢自起收纜一舶獨發俄爾賊至留者悉被抄害頃之至青州東萊郡上即備經危險聞什師在長安即往從之

秦弘始十年四月也什大欣悦共論法相振發玄微多所悟益因謂什曰君所釋不出人意而致髙名何耶什曰吾年老故爾何必能稱美談什每有疑義必共咨决秦太子泓欲聞賢說法乃要命羣僧集論東宫羅什與賢數番往復（若華嚴傳云文多不載今當具引之）什問曰法云何空荅衆微成色色無自性故雖色常空又問既以極微破色空復云何破微荅曰羣師或破折一微我意謂不爾又問微是常耶荅以一微故衆微空以衆微故一微空時寶雲譯出此語不解其意道俗咸謂賢之所計微塵是常餘日長安學僧復請更釋賢曰夫法不自生緣會故生一微故有衆微微無自性則爲空矣寧可言不破一微而不空乎此是問荅之大意也秦主姚興專志求佛供養三千餘僧並往来宫闕盛脩人事唯賢守靜不與衆同後語弟子云我昨見本鄉有五舶俱發而弟子傳告外人關中僧咸以爲顯異惑衆又賢在長安大弘禪業四方樂靜者並聞風而至但染學有淺深得有濃淡澆偽之徒因而詭滑有一子因少觀行自言得阿那含果賢未即檢問遂致流言大被謗黷將有不測之禍於是徒衆咸藏名潛去或踰墻夜走半日之中衆散殆盡賢乃夷然不以介意時舊僧僧䂮道恒等謂賢曰佛尚不聽巳所得先言五舶將至虛而無實又門徒誑惑互起同異既於律有違理不同止宜可時去勿得停留賢曰我身若流萍去留甚易但懷抱未伸以爲慨然耳於是與弟子慧觀四十餘人俱發神志從容初無異色識真之衆咸共歎惜

果白送者千有餘人姚興聞去悵恨乃謂道恒曰佛賢沙門脇道來遊欲宣遺教緘言未吐良用深慨豈可以一言之咎令萬夫無道因勑令追之賢乃報使曰誠知恩旨無預聞命（胡幽貞傳云集京城僧衆作法羯磨而擯棄三藏即攝衣鉢昇虛空現諸神變騰身坐飛南徃如鳥翔空舉衆謂悔不可復追又敘前論義云姚興與三藏於東宮持論座下學士有三千餘人釋有生肇融叡等儒有謝靈運費長房等皆莫敢舉問什公乃抗聲問曰云云今謂以費長房與靈運爲同時非也長房本是隋朝㶏宋齊梁陳等數代故不同時又靈運是晉人不在秦國也故以賢首傳說爲正也）於是率侶宵征南詣廬岳沙門慧遠久服風名聞至忻喜若舊遠以賢之被擯過由門人若懸記五舶上說在同意亦律無犯乃遣弟子曇邕致書姚主及關中僧衆觧其擯事遠乃請出禪教諸經賢志在遊化居無求安停止歲許復西適江陵遇外國舶至既而訊訪果是天竺五舶先

所見有傾境士庶競來禮事其有奉施悉皆不受持鉢分衛不問豪賤陳郡袁豹爲宋武帝太尉長史宋武南討劉毅隨府届于江陵賢將弟子慧觀詣豹乞食豹素不敬信待之甚薄未飽辭退豹曰似未足且復少留賢曰檀越施心有限故令所設已罄豹即呼左右益飯飯果盡豹大慚即問慧觀曰此沙門何如人觀曰德量高邈非凡所測豹深嘆異以啓太尉請與相見甚崇敬之資供備至俄而太尉還都便請俱歸安止道場寺先是沙門支法領於于闐（前鈔云遮拘盤國者即于闐之小國也）得華嚴前分三萬六千偈未有宣譯義熙十四年（云云）（如鈔）然鈔既云謝司空寺即道場寺從檀越呼之驗知寺名正名道塲寺以時人從檀越呼皆云謝司空寺疏順俗易見故云爾也又探

玄記云有晉沙門支法領從于闐國得三萬六千偈經并請得北天竺大乘三果菩薩僧名佛陁跋羅等胡幽貞傳亦作此說據今鈔并僧傳與賢首華嚴傳等皆云智嚴請得佛賢先是支法領請經歸國則法領先請經於于闐後智儼請佛賢於罽賓佛賢出關後方譯耳應以今鈔與僧傳爲正探玄雖云并請佛賢應是不欲繁叙因帶而言胡幽貞本此是而說因致失緒以諸僧史并釋教録皆同今鈔故可知也言餘廣如傳者具如上指而智嚴者開先釋教録云智嚴西凉州人入西域從佛陁先受禪法請佛賢歸止長安擯爲秦僧所擯嚴與西來徒衆分散出關而嚴未出家時嘗受五戒有所虧犯後入道受具常疑不得戒每以爲懼積年禪觀而不能自了

遂便泛海重到天竺咨諸明達值羅漢比丘具以事問羅漢不敢判决乃爲入定往兜率啓彌勒曰得戒嚴大喜歩歸至罽賓無疾而卒時年七十八彼國凡聖燒身各處欲移屍向凡墓地而屍重不起改向聖墓飄然自輕嚴弟子智明智遠故從西域來報此徵俱還外國以此推嚴信是得道人也鈔業公未詳下以首製旨歸創意弘蔵故兼叙之風格秀整者風彩格式秀發齊整言學無常師者論語云夫子焉不學而亦何常師之有司者主也南方為明正之義嚮者盛也逞及也淹滯也以其草創未即及其盡美或歲月淹久少見其本鈔八俊之二者八俊即道生僧肇道融慧叡景影慧嚴慧觀道憑也言備於僧史者僧史云慧嚴姓范氏豫州人年十二為生

博曉詩書十六出家又精錬佛理迄甫立年學洞群籍風聲四遠化洽殊邦聞什公在關復從受學訪正音義多所異聞後還京師止東安寺宋高祖素所知重高祖伐長安遂請同行後著無生滅論及老子畧注等東海何承天以博物著名乃問嚴佛國將用何曆嚴曰天竺夏至之日方中無影所以天中於五行土德色尚黄數尚五八寸爲一尺十兩當此十二兩建辰之月爲歲首及討覈分至推校薄蝕顧步光影其法甚詳宿度年紀咸有條例承天無所措難後婆利國人來果同嚴說後與謝靈運等治涅槃南本經如前已既春秋八十有一即宋元嘉二十年卒於東安寺帝詔曰嚴法師器識淵遠學道之匠奄尒遷异痛悼于懷可給錢五萬帛五十疋爲文帝見

重如此言慧觀者姓崔氏清河人十歲便以博見馳名弱年出家遊方受業晚適廬山又咨禀慧遠聞什公入關乃自南徂北方訪覈異同詳辯新舊風神秀雅思入玄微時人稱之曰通情則生融上首精難則觀肇第一著法華宗要序以簡什什曰善男子所著論甚快君小却當遊江漢之間善以弘通爲務什亡後乃南適荆州州將司馬休之甚相敬重於彼立高理寺使夫荆楚之民回邪歸正者十有半宋武南休之至江陵與觀相遇傾心待接依然若舊因勑與西中郎遊即文帝也俄而遷亦至道場寺觀妙善佛理深究老莊又精通十誦博採諸部故求法問道日不空筵春秋七十有一著辨宗論論頓漸脩義及十喻序讚諸經序等皆傳於世〇鈔從檀越

呼之者辨正論云檀者西域之音此翻爲施越者度也若能行檀當得越度生死故云檀越○疏大德道成律師薄塵法師者應檢傳續入大乘基法師者傳云釋窺基字洪道姓蔚遲氏長安人也考諸宗唐金吾將軍松州都督江由縣開國公鄂公則諸父也基母裴氏夢掌月輪吞之寤而有孕及爲兒時奘師始因陌上見其眉目曰將家之種不謬哉或度爲弟子則吾法有寄矣復念在印土時計廻程次就尼犍子邊占得卦甚吉云師但東歸哲資生矣遂造北門將軍微諷之出家父曰伊類麄悍那勝教詔奘曰此之器度非將軍不生非某不識父雖然諾基亦強拒激免再三拜以從命奮然抗聲聽我三事方誓出家謂不斷情慾葷血過中食也奘先以欲勾牽後

令入佛智佯而肯焉行駕累載前之所欲故關輔語曰三車和尚即貞元二十二年也然基自序云九歲丁艱漸疎浮俗若然者三車之說乃厚誣也年至十七遂預緇林奉勅爲奘師弟子學五竺語凡百犍度跋渠一覽無差年二十五應詔譯經造疏計可百本嘗謁道宣律師宣常有諸天侍者執事或告雜務彌日基去方來宣怪之遲暮對曰適大乘菩薩在此善神翼從者多我曹神道爲他所制故爾春秋五十一卒基齒有四十根不斷如玉是佛之一相凡今天下佛寺圖形號曰百本疏主其符彩則項負玉枕面部宏偉交手十指若印契焉復禮法師京兆人姓皇甫氏少出家住興善寺性虛靜寡嗜慾遊心內典兼博儒籍尤工賦詠善於著述佛流名士皆

慕仰之○鈔風儀温雅下謂風彩形儀温和清雅心神機巧明朗疾逸負者擔也笈者奇急切風土記云笈謂學士所以負書如冠箱而卑者也屬遇也占者視也言龍象者中阿含云佛告鄔陁夷若沙門等從人至天不以身語意害我說者是名龍象言賢首遂與下將支法領梵本與日照梵本比對校勘果獲所未有之文遂請譯新文以補舊闕言善知識者離世間疏云未知善令知未識惡令識故益我爲友人皆友焉言復譯密嚴等經者纂靈記云更譯密嚴等經論有十餘部合二十四卷見行於代垂拱年中忽告門人曰吾當逝矣遂右脇而卧等武三思者則天親屬封爲梁王伽藍者具云僧伽羅摩此云衆園○疏實义難陁等者開元釋教録第九云沙門

實义難陁唐云喜學于闐國人智度弘曠利物爲心善大小乘兼異學論天后明揚佛日敬重大乘以華嚴舊經處會未備遠聞于闐有新梵本發使求訪并請譯人實义與經同臻帝闕以天后證聖元年乙未於東都大内大徧空寺譯華嚴經天后親臨法座煥發序文自運仙毫首題名品南印土沙門菩提留志沙門義淨同宣梵本後付沙門復禮法藏等於佛授記寺譯至聖曆二年己亥功畢又至久視元年庚子於三陽宫内譯大乘入楞伽經及於西京清禪寺東都授記寺譯文殊授記經前後總譯一十九部沙門波崙玄軌等筆授沙門復禮等綴文沙門法寶弘景等證義太子中舍賈膺福監護至長安四年實义緣母老請歸覲省表書再上方蒙允許勑

御史霍嗣光送至于闐後和帝龍興重輝佛日勑再徵召方屆帝城以景龍二年造于茲土帝屈萬乘之尊親迎於開遠門外京城緇侶備諸幢幡逆路導引仍裝餙青象令乘入城勑於大薦福寺安置未遑翻譯遘疾淹留以景龍九年十月十二日右脇疊足終于大薦福寺春秋五十有九緇徒悲哽有詔聽依外國葬以十一月二日於開遠門外古燃燈臺焚之薪盡火滅其舌猶存斯是弘法之嘉瑞也至十二月二十三日本國門人悲智勑使哥舒道元送其餘骸及斯靈舌還歸于闐起塔供養後人復於焚屍之所起七層塔焉故鈔云具如開元釋教録第九者即上所引是也言四萬五千頌者不問長行與偈但滿三十二字即爲一頌言義三藏者傳云義淨字文明姓張氏范陽人髫齔之時落髪年十五萌志欲遊西域勤無弃時手不釋卷咸亨二年三十有七方遂發足諸有聖迹畢得追尋經二十五年歷三十餘國以天后證聖元年乙未仲夏還至河洛得梵本經律論近四百部合五十萬頌金剛座真容一軸舍利三百粒自天后久視迄于景雲都翻出五十六部二百三十卷雖翻三藏而偏攻律部先天二年卒春秋七十九法臘五十九然其傳度經律與師抗衡比其著述淨多文性傳密咒最盡其妙二三合聲爾時方曉言弘景禪師者傳云荆州玉泉寺僧姓文氏當陽人也貞觀二年勑度聽習三藏一聞能誦如說而行撰了順義論二卷攝正法論七卷佛性論二卷先天元年九月二十五日卒于所住寺春

秋七十九言圓測法師者住西明寺禀性俊朗奘三藏初譯唯識論基法師後隨撰義疏将成無何西明寺測法師隔於闇者潛形容聽亦綴疏釋通奘猶鼓座方畢測於西明寺鳴椎集僧稱講斯論基聞之慚居其後奘勉之曰測公雖造疏未達因明乃爲講陳那之論基大善三支縱横立破述義命章前無與比又請奘師爲巳講瑜伽還被測公私聽先講其神悟類多如此言神英法師者（續檢傳入）法寶法師者即奘三藏弟子奘譯婆沙論畢有疑情以非想見惑請益之奘別加十六字入乎論中以遮難辭寶曰此二句四句爲梵本有無奘曰吾以義意酌情作耳寶曰師豈以凡語增於聖言量乎奘曰斯言不行我知之矣其慧辯若此其賢首如下復禮如上〇鈔

證義譯文僧一十三人俗官五人者此不指釋教錄也如前可知未詳何處說故言弘景有表者其文在玄宗文類第一卷言帝於大徧空寺等者序云粵以證聖元年歲次乙未月律姑洗朔維戊申以其十四日辛酉於徧空寺親授筆削敬譯斯経等然如上引釋教錄云先於大徧空寺宣梵次付復禮等於授記寺譯故也言七曜者即題七字親題如七星垂象麗於日月星三光之明也言八體者即書有八體一曰大篆二曰小篆三曰刻符四曰蟲書五曰摹書六曰署書七曰殳書八曰隸書亦恐是書字有八法即八法成體如永字八畫備於八法之體也一點爲側二横爲勒三竪爲努四挑爲趯五左上爲策六下爲掠七右上爲啄八下爲磔（陟格切）丶此爲側者

側也不得平直其筆一此爲勒勒如錐戞石不得卧筆丨此爲竪竪牽爲弩不得太直直則無力丶此爲挑爲趯須存鋒勢而出丿此爲策斫筆皆發而仰收丿此爲掠筆鋒左出而須和丿此爲啄次疾爲之乀此爲磔不得疾而不得遲此八勢皆通一切字也以今云八體成文若取前八體豈題篇字中有此多體故復存八法成體也五義者即雜心經之五義或五教之義及九會百城之旨序中皆彰矣〇鈔先來擬往者前云彼大功德尊顯速還瞻覲故言令後見普賢亦無因起者普賢表所證法界即出纏如來藏善財再見文殊後方見普賢顯有智力證理故言故令有之諸過皆離者一彌勒記言不虛二善財依彌勒教三先來擬往令成昔願四具智照無

二相義五後見普賢亦有由矣〇鈔冥衛昭然下成上二譯等者冥衛謂幽冥之神衛護也紆勞也曲也言然事即因講下釋難也問親紆御筆應於講時感應何故入譯經之感耶荅有二義一則天云初譯之月等故二是講新譯之經故署書也省(星字上聲)具狀云者后具解了狀說之事故云省狀具云言斯乃如來下顯其徵瑞是如來降迹以證此經之契符真理也豈朕庸常無德之人敢當六種震動之應哉〇鈔三端妙聳者一文筆二武鋒三辯舌星劍者七星之劍也西京雜記云高祖斬白蛇劍劒上有七星珠九華玉以爲飾雜廁五色琉璃爲匣劍在室中光影猶照於外又崔豹古今注云流星劍名也魏文帝典論曰選茲良金命彼國工精而鍊之至于百

遍碎以清漳光似流星名曰飛景今唯取其利義言廣說病源者世親別傳云天親執小乗故不信大乗謂摩訶衍非是佛說無着恐弟造論破大乗故無着住丈夫國遣人往阿踰闍國(時世親在彼造俱舍論等)報天親云我今疾篤汝可急来即還本國問兄疾源兄曰我今心有重病病由汝生汝不信大乗恒生毀謗以此惡業必永淪惡道我今愁苦命將不全天親聞已驚懼即請兄解說兄即畧說大乗要義天親聰明即得悟知大乗理應過小即就兄徧學大乗義如兄所解悉得通達始知小乗爲失若不信大乗無三乗果(云云斷古等事)兄云汝欲滅此罪當善巧解說大乗無着死後天親方造諸大乗論等異部及外道論師聞法師名莫不畏伏於阿踰闍國捨命年八十雖居

凡地理實難思(上皆傳文)言而得地動者纂靈記續云國王曰欲取聖果得否荅曰菩薩之心誓度一切吾嫌小果不取若欲取者如将一塊土擲向虛空未落之間即得其王不信世親捻土欲擲空中時有諸天空中現身頂禮菩薩齊唱言菩薩發心爲救一切豈爲一人取於小果唯願聖者哀愍我等不退大心其王聞已五體投地(禮拜辭退)○鈔閹官者弘决志云閹者捹也捹閉門也亦曰黄門黄者主中中謂聖人居天下中而通理萬民主黄家之門亦黄昏閉門故曰黄門言自歎刑餘者有本云形殘即殘缺○鈔歳次大梁者一切經音義云大梁者爾雅云昴(音卯西方星名)也案歳星臨昴則乙酉歳也言餘具如傳者傳云至二年初徙居懸瓮山嵩巖寺時孝明帝靈太后

胡氏重道欽人指請就闕法師辭疾未赴至夏首重命固請既辭不獲免延入東栢堂尋遷式軌殿後居徽音殿緝論無輟至神龜元年夏詔曰大法弘廣敷演待人脩論法師靈辯德器淵雅早傳令聞可延屈赴宣光殿講大品般若於是四部交歡十方延慶講訖勅侍中太傅清河王元擇安置法師式軌殿樓上准前脩論夏則講華嚴冬則講大品法師與弟子靈源倏時緝綴忘寢與食至神龜三年秋九月其功乃畢畧經廣論凡一百卷首尾五年成就十帙（故前云數處是也）後屬時豐法音中歇法師息講全真避時養道以正光年正月八日在融覺寺遷化年三十有六於是孝明皇帝勅曰其論是此土菩薩所造付一切經藏即上目錄分布流行弟子道景靈源曇顯等慨先師之速逝痛玄籍之將掩乃與清信君子敬寫淨本流布道俗此論雖盛傳汾晉未流京洛長安碩德每有延望永淳二年有至相寺沙門道賢及居士王玄奘房玄齡等並業此經留心鑽仰遂結志同遊詣清涼山祈禮文殊因至幷州童子寺見此論本殷勤同請方蒙傳授流布京洛等○鈔後魏安豐郡等者纂靈記云元延明也准此二人皆姓元王字誤書以二人並是祖宗英俊靈辯之室家非謂王家宗室也言五香者攝瓶儀云栴檀欝金龍腦麝香香白芷也○鈔僧德圓餘如傳說者傳云楮生三載香氣氛馥別造淨屋香泥壁地結壇淨器浴具新衣匠人齋戒易服出入必與潄熏香剝楮取皮浸以沉水護淨造紙畢歲方成別築淨基更造新

室乃至柱梁椽瓦並濯以香湯每事嚴潔堂
中別施方栢牙座周布香花上懸寶蓋垂諸
玲珮雜以旒蘇白檀紫沉以爲經按幷充筆
管書生日受齋戒香湯三浴華冠淨服狀類
天人將入經室必夾路焚香唄先引之圓亦
形服嚴淨執爐恭導散花供養方乃書寫圓
胡跪運想注目傾心纔寫數行每字皆放光
明照於一院舉衆同見莫不思感久之方歇
復有神人執戟現形警衛圓與書生同見餘
人則不覩焉又有青衣梵童無何而至手執
天花忽伸供養前後靈感雜沓相仍迄經二
歲書寫方畢盛以香函置諸寶帳安彼淨堂
每伸頂謁後因轉讀函發異光至於嚴潔敬
絶今古此經遞授於今五代有清淨轉讀者
時亦靈應昭然其經今在西太原賢首法師

處守護供養又復有脩德禪師亦種楮等事
與此相類如傳云唐定州中山脩德者不知
氏族苦節成性守道山林以華嚴起信安心
結業於永徽四年發心抄寫故別爲淨院植
楮樹凡歷三年兼之華嚴灌以香水潔淨造
紙復別築淨臺於上起屋召善書人瀛州王
恭別院齋戒洗浴淨衣焚香布花懸諸幡蓋
禮經懺悔方昇座焉下筆含香舉筆吐氣每
日恒然然禪師猶日入淨室運想每寫一卷
施縑十疋一部總六百縑而盡竭志誠並皆
不受纔寫經畢俄從募化德以經成設齋慶
之大衆集已德於衆前燒香散花發弘誓願
纔開經藏放大光明周七十餘里照定州城
城中士女普皆同見中山齋衆投身宛轉悲
哽懺悔准上二傳須知若造經像理應淨潔

若能精至如此感應實繁佛在金棺敬福經像主若云頤匠真是天魔若喫酒肉五辛雖造經像數如塵沙其福甚少刼燒不入龍宮不敬之罪死入地獄不如不造○鈔鄧元爽者更有雍州萬年縣人康阿(姓也)禄山(名也)以調露二年五月一日(高宗年代)入冥見東市賣藥人何容師為在生煮雞子故與七百人入鑊湯地獄容師遂囑禄山曰吾弟四子行證稍有仁慈君為語之令寫華嚴經一部若寫此經七百人皆得解脫矣禄山既放還往東市賣藥何家以容師之言具告行證證大悲感遂於西太原寺賢首法師處請華嚴經令人書寫初寫之夕合家夢其父来喜暢無已至永隆元年八月莊嚴周畢請僧齋慶會中乃見容師等七百鬼從並来齋處禮敬三寶周遶僧前懺悔受戒事畢而去○鈔僧法誠等者傳具云姓樊氏雍州萬年縣人也幼年出家以誦華嚴經為業因遇慧超禪師隱居藍谷高山遂屏囂煩披誠請益後於寺南嶺造華嚴堂(云云如堂)鈔悟乃隨往等者纂靈記云悟乃嚴整衣鉢相與而去悟問所之荅云弟子是山神宅居巖壑請師勿怪遂與躡跡而進神曰師受持華嚴得神通未荅曰未神即捧僧以騰空俄至所居忽見綺宇華堂廣博嚴麗庭羅珎饌擬供千人將至齋時處悟高座悟曰更有餘僧否神曰大有須臾當至悟曰貧道夏臘既卑不應此座神曰師受持華嚴理宜尊勝俄見異僧執錫持鉢飛空降趾數過五百不知何從悟驚起欲禮衆僧止之曰請勿起動師既受持華嚴即是我等所尊敬處

各自默然食訖飛空而去莫測所之悟告神曰幸願檀越垂示来途其神庭中有十餘小兒狀可三歲露形遊戲神語童曰汝等一人供侍法師諸童相推踟躕未進神厲聲呼之一童便即依命謂悟曰請師開口既視口中乃云師大有病童遂取手爪上垢挼僧口內須臾復云更開口見已言曰師病畧盡即躍身飛入口中童果是藥精悟遂獲神通神曰勞師降重更無厚供以此輕酬幸無見責悟曰慚愧於是執別飛騰雲際經三舊處跏坐空中遥語同侣曰余華嚴經力蒙致仙藥神仙位別不可同居共住多時幸施歡喜當来之世相見佛前於是凌空渺然遠逝其所誦本亦隨同往莫知所在〇鈔煥如臨鏡下傳正云夢普賢指授因忽誦得其文始終如鏡

然更有汾州抱腹嵓一沙門名慧永於塔中頂戴此經三年之後文義俱曉時即號此塔為華嚴塔也〇鈔樊玄智下言弱歲者集玄云十五巳下謂之弱歲言前後數百粒者傳云舍利數百粒隨身供養或分施諸人名山勝地無遠必造後因遊止坊州赤沙鄉村比谷有山去村三里於中有石窟覺道者所智止其中二十四載晝誦華嚴夜脩禪觀優游卒歲以此為恒誦經之際每有雜類鳥獸咸萃林中寂然無聲以聽音響豹虎猛獸時亦馴伏嘗為惡人刦奪推墜嵓下雖懸嵓百仞宛然無損至永淳元年人見龕內光恠往觀之乃居士之從遷化衆共出之光乃隨滅焚屍起塔時年七十六〇鈔逆旅者顯用記云逆迎也關東呼逆關西呼迎旅謂羇旅客之

別名即客店也勃者卒也抱者持也○鈔昇天止修羅下屢者數也衂者挫也屈者勞也刼者強也言須臾送歸者傳中止修羅陣竟諸天咸曰任師所願我當與之沙彌云我不求餘願唯求無上菩提諸天謝曰如師大願誠非我力未審法師更求何事荅云餘非所願也凡經少時遂即送歸衣染天香終身不絶其數載右脇而卧無疾而終自云得生淨佛國土永昌元年二月四日于闐三藏因陁羅波若在神都魏國東寺親與賢首說之○鈔即解脫和尚下言詢求定捨者詢問求學禪定所捨之心謂昏沉掉舉等也未幾者非久也言請證此心者祈請諸佛證盟此悟心也言餘廣如傳及或是大聖化身等者傳具云聞空中焚香偈已彌加勇猛自爾之後證

入愈深高山景行是馬攸屬於是遠近輻輳請益如流咨承教誨乃盈三百既而大樹爰集有待成勞仍策茲四衆俱令一食其房宇區隘露坐者多遂使瓶鉢繩床映滿山谷脫循循善誘隨事指揮務改其所滯畧無常准故遊門之伍莫不窺其庭奥也然足不出寺五十年學成禪業者將逾八百自後希風景賴波瀾復過乎數倍矣又恒岳之西清凉東南俗名之大黑山有清信女先來目盲常獨在山中坐禪恒州道俗每六齋日齎香花珎味來就供養文殊師利於正食時忽聞空中曰五臺佛光山內文殊師利菩薩在此教化汝可往彼必得悟道衆並聞莫不傾駭則依空告馳往佛光其間險阻二百餘里盲女抗手先登初無引示脫見之驚起即授深宗攄

斯言說或大聖之權耳及将命終知已諸徳經宵疑別夜有大虫至脫恒以飲泉悲號良久別明日中如常剃落禮拜衆僧訖還本禪房端然坐化時年八十一貞觀十六年也道俗哀慟若喪所天即於寺內鑿龕而處龕向西南向咫尺雙扉至今觀之儼如生也○鈔道英其行跡多亦廣如傳說者於栢梯寺修止觀已後在京師住勝光寺從曇遷法師聽採攝論遷特賞異之聽講之暇常供僧役因事呈理既以調心常云余瞑目坐禪如有所詣及開目後還合常識故於事務遊觀役心使空有無滯耳然其常坐開日如線動逾信宿初無頓睫後入禪定稍程異跡常任直歲與人爭地忽現壓尸氣絶色變俄欲胮脹歸心啓悔乃言笑如常又坐池六宿卧雪三夕

唯言火炙土坌誠難測也一日講起信論至真如門奄然不語怪近觀之氣絶身冷衆知滅想即而任之經于累宿方從定起又曾亢旱云云如鈔及将終索求剃髮還坐披以大衣告門人曰無常至也不可自欺即令誦此經賢首偈至于屬纊令侍人稱佛奄然神逝貞觀十年九月也春秋八十初将終感羣鳥數萬悲鳴房宇青衣二童執花而入紫色如光從英身出騰燄數丈及明霧結周二十里人物失色三日方歇晋州行化之侶聞變頓赴如喪重親又感所乘之牛吼鳴淚流不息斷絶水草經於七日将欲藏殮纔下一钁地忽大震周十五里皆大駭怖又感白蟻兩道遠屬龕柩白鳥二頭翔鳴隨送至于龕所詳英道開物悟慧解入神故得靈相氛氳存亡總萃

不負身世誠斯人乎○鈔靈幹等者傳後云大業三年置大禪定寺有勑擢爲道場上坐僧徒一盛匡救有功至八年正月二十九日卒於寺春秋七十有八及塟於終南之陰○鈔求那跋陁下五明者一聲明二醫方明三工巧明四呪明五因明此唯世間法故後崇佛法下方學佛法也言餘如傳說者傳後云元嘉末譙王屢有怪夢跋陁荅曰京師將有禍亂未及一年元凶搆逆至若丞相陰謀預陳三諫之畧世祖遥望懸知一在其中策杖江中神童忽至焚香樓下山鬼自移登御座而齊高居釣臺而極物若斯盛德未暇詳舉而自幼以來恒執香爐未嘗輟手每食輟分施飛鳥鳥或馴之集手而食至太始四年正月覺體不愈便與太宗及公卿等告別臨終

之日延佇而望之見天華聖像滿中遂卒春秋七十有五太宗深加痛惜慰贈甚厚公卿會塟榮哀備焉○鈔此云寶意下言持笏者一名手板品官所執釋名笏忽也有事書其上以備忽忘也都講者僧史云敷宣之士擊發之由非旁人而啓端難在座而孤起昔支遁講維摩許詢爲都講許一問衆謂支無以荅一義衆許無以難如是問荅連環不盡是知都講實難其人今之都講乃是舉唱經文蓋是像古之都講耳言焚香者應侍者之職也維那者具正應云羯磨陁那此云授事意以衆事指授於人也亦云知事亦云悅衆謂知其事而悅其衆也言梵唄者具云梵唄梵摩此云靜止具云匿唄正云婆師此翻讚嘆十誦律云億耳人名作三契聲以讚佛雖哀

不傷雖樂不淫和故爲法樂也鈔杜順事迹頗多者准傳記云姓杜氏雍州即西京京兆府萬年縣人也西京郭下兩縣謂萬年長安令和尚本住啓夏門外數里杜光村屬萬年縣界杜光村即杜陵也和尚纔生三日有一妳母自来求乳養滿三月其母騰空而去孩童之時常於宅後塚上爲衆說法聞者皆悟大乘至今說法塚見在十五代兄行營十萬軍衆糾水無備請獨知糾水取水一擔三軍備足取糾一擔衆使有餘於一夜中潛取十萬人垢膩衣服洗濯悉徧不令衆知乃不舉鋒刄獨降賊軍便退將士不傷不樂官榮請歸養親至年十八於魏禪師處而求出家即因聖寺彌禪師也彌俗姓魏故云魏禪師時感地動禪師親與落髮忽有地神捧盤承之禪師嘆曰釋迦如此豈非聖人乎後行化慶州使君閭請須臾便去後有五百貧人相隨赴會使君慮供不備和尚曰但心平等無有不辦及齋了其五百貧人化爲菩薩羅漢空中而去有張弘暢者家畜牛馬性極弊惡人皆患之賣無僦者和尚示語慈善如有聞從是已後更無觝齧嘗引衆驪山夏中棲靜地多虫蟻無因種菜和尚恐有損害就地指示令虫移徙不久就視如其分齊恰無虫焉和尚時患腫膿潰外流人皆有敬而吮者或有以帛拭者尋即瘥愈餘膿發香流氣難比拭帛猶在香氣不歇三原縣人曰薩埵者生來患聾又張蘇者亦患生瘂和尚來與共語遂如常人永即痊復武功縣僧毒龍所魅衆請和尚救之即端對坐龍遂託病僧言禪師既來義無久住極相勞撓尋即釋然故使遠近瘴癘淫邪所惱者無不投造和

尚不施餘術坐而對之無不差者由是神樹龍廟見即焚除巫覡所事躬爲屏當和尚因行南野將度黄渠其水泛漲至而流斷纔及上岸究爾如初嘗赴齋請齋主抱一孩兒欲乞長命云前後數字皆不宜育今特脩齋和尚加持乞與長壽和尚熟視曰此汝寃家也齋了與汝懺悔齋餘令抱孩子至於河邊和尚遂抛子入水夫妻啼泣尤滯和尚曰汝子不失即時以手一指其孩子化爲六尺丈夫立於波間責之曰汝前生殺我取我金帛推我溺水不因和尚與我解寃誓不相赦和尚嘗將鞋履一緉置於市門三日不失人問其故和尚曰吾從無量刦来不盜他人一錢報應如此於是爲盜者悉悔過易心於終南山集華嚴所詮之義作法界觀文既已成就聚

火焚燒契合聖心一字無損時感海會菩薩現身讚歎同伸供養和尚篤性綿容情兼慈愛道俗貴賤皆事邀請於毀讚二途未嘗採録所以感通幽顯聲聞朝野太宗皇帝仰其神異請師入内皇帝親迎帝問師曰朕嘗寒熱所苦久而不愈聞師神力何以蠲除師曰聖德御宇妖何能爲但平治蒼生普伸大赦聖體必愈帝納師言擇日御掖大赦天下帝疾遂愈於賜大師號爲帝心禪師王族及以懿臣歸心請戒以貞觀十四年無疾坐脫於南郊義善寺春秋八十有四又重立碑文云其年於十月二十五日入内辭太宗皇帝昇太階殿隱化於御床留大内供養七日同座送于樊川北原鑿堃處之即今會聖院京邑同嗟製服亘野面色不變經月愈鮮安坐三

周身體不散至今骨鎖猶在靈異時聞皇帝皈心王臣敬奉每年十月二十五日塔所設會即華嚴塔是也又無盡燈記云有一門人師未終前告假師問將何往僧曰欲暫往五峯禮文殊去師微笑曰汝必欲去吾有一偈可助汝行色當消息之偈曰遊子漫波波臺山禮土坡文殊秖者是何處覓彌陀僧不喻旨遂去至臺山遇老士問子何来僧曰禮文殊来士曰文殊今不在山子来何益僧曰文殊今在何所士曰在長安教化衆生去也僧曰某是長安人今長安誰為文殊士曰杜順和尚乃文殊耳僧聞聳然失聲曰杜順是我師也奄忽中老士乃失僧審所告不妄兼道而迴至漥水水忽瀑漲凡三日方濟到寺和尚昨日已化矣以此方知是文殊應身也〇

鈔即藏和尚下愈者悅也能竭其力者論語曰事父母能竭其力自是伏膺下自從也是此也伏俯也膺胷也意云從此之後申弟子之禮乃深入華嚴無盡之玄旨言餘如別傳者若崔志遠傳甚詳未見其本若纂靈記即今鈔引三度光者是其餘云及儼將去世賢首尚居俗服儼語諸德曰此賢者盖無師自悟類假餘光共成佛事大興華嚴其唯此人至咸亨中諸德連狀以聞因之削染未進具戒奉勅於太原寺講華嚴經名價日高道俗雲集前後講三十餘徧聖曆中奉勅於東都佛授記寺講華嚴時感佛殿忽然震動天子嘉之命編國史宋高僧傳云釋法藏字賢首此與今鈔同纂靈即曰則天賜號賢首圓覺鈔乃云帝諡號賢首風度奇正利智絕倫薄遊京師微露鋒穎屬奘師譯經

藏應名僧義學之選始預其間後因筆授正義潤文見識不同而出譯場據纂靈記儼師死時尚居俗至咸亨中方削染奘師譯經在貞觀間與咸亨相去二十有餘年賢首爲僧奘已化去久矣而云應名僧選與奘同譯經足見宋傳悞也而說記事多不親不知本何處說至天后朝實叉難陀賫華嚴梵夾至藏與義淨後禮再登其職尋於義淨譯場又與勝莊大儀充證義次叙傳法界觀則天說金師子章并置鏡燈喻與講經感地動等餘名不録然據諸鈔記每說祖師行迹多指在別卷少有詳者以年紀浸遠傳記互有出沒學者又不編録恐祖師行迹後人闕聞故上来備編首末唯此一傳半得崔氏廣本爲恨耳頟諸達識見者補之〇鈔纂靈記云京兆人姓王名明幹等者若華嚴傳但云文明元年京師人姓王失其名云云事同今鈔若胡幽貞傳乃云垂拱二年四月中賢首於大慈恩寺講

華嚴後散講謁大德成壂二律師報賢首云今夏賢安坊郭神亮身死七日後蘇入寺禮拜薄壂自云入冥有僧令誦偈云若人欲了知云云時賢首荅壂曰此偈乃華嚴第四會中偈文壂初不記是華嚴猶未全信賢首乃索十行品撿看果是十行偈中最後偈也壂公歎曰纔聞一偈則千萬人一時脫苦況受全部講通深義耶評曰賢首自叙乃云亡其名死師脩纂靈記乃云王明幹而胡幽貞纂慧英所記乃云郭神亮今據華嚴傳云永隆年中雍州長安縣人郭神亮梵行清淨因忽暴終諸天引至兜率天宮禮敬彌勒有一菩薩謂亮云何不受持華嚴對曰爲無人講菩薩曰有人現講何以言無亮後蘇具向薄壂法師叙其事以此而詳賢者之弘轉法輪亞迹

叅聖徵矣上傳文據此乃塵公爲賢首說乃郭神亮入天宫之事而胡幽貞叙作入冥之事叙事不實此可見矣應是菀師於賢首後詢得其名故今叙依纂靈爲正故云王明幹也○鈔長耳婆羅門等者據華嚴傳乃云師子國長年婆羅門彌多羅第三果人也此云能友麟德之初来儀震旦高宗天后甚所尊重請蓬萊宫與長手皆傳寫之惧以僧傳并華嚴傳皆云長年沙門耳○鈔即十地經下疏鈔云然聞有二義一汎爾聞爲遠益故二不取聞相故涅槃經云若有聞經不作聞相不作説相不作句相不作字相是一切乃作聞經當此宗旨前後圓融真實聞故言等佛者此經説佛智慧觀境今能正聞如彼真觀故言何況下問聞已等佛何更況耶荅況能等也以讀誦等豈不等於佛耶或可若更讀誦脩行等多佛故一多無碍方爲真極經下釋妨問經中但顯於聞疏中何故云讀誦思脩耶釋竟可知○鈔餘諸感通下今有畧舉一二僧眺姓莊氏少出家以小乘爲業馳譽江漢有象王哲公在龍泉講三論心生不忍曰三論明空講者着空言訖舌出三尺鼻眼兩耳並皆血流七日不語有伏律師聞之曰汝太痴也一言毀經罪過五逆可信大乘方得免爾乃令懺悔舌還入如故便舉往哲所唯聽大乘哲之亡爲建七處八會方廣齋百日既滿即往香山神足寺足不踰閫常習大乘四時每講華嚴經用陳懺謝貞觀十一年四月三日在松林坐禪見有三人形服都雅赤衣禮拜請授菩薩戒授訖白曰禪師太利

根若不改心必不信大乘者千佛出世猶在地獄聞此重勵涕泣交流大哭還寺繞佛懺悔又勸化士俗造華嚴大品法華維摩思益佛藏三論等各一百部至十二年三月九日佛前禮懺安然坐化春秋八十餘矣終後七日林樹白色大泉渾濁過此方復焉又日照說天竺近占波城有伽藍名毘瑟奴（人名也）於中有諸頭陁僧並小乘學忽有大乘法師持華嚴經一夾來至其所諸僧不敬彼師留經夾而去諸僧不信大乘遂持經夾投之井內後數見井上光明上衝同於烈火即復勾取之其經夾不濕雖因信大乘是佛說猶謂不及小乘遂置小乘經下至明旦輒在其上疑人移之復取在下明旦亦然若數番諸師方信投誠懺悔華嚴一經盛行諸國又日照說嘗遊南天竺止一伽藍名爰居此鳥名也見彼諸僧受持華嚴因問此伽藍何因取於鳥名彼僧對曰昔有一比丘飲噉同俗每誦華嚴以爲已業命終之後由破戒故生於南海作一鳥身大可三丈猶作人語誦經不輟時有一清信士從海採寶值惡風飄舡覆沒唯執片板過止一洲衣糧俱絕懷憂而住忽聞樹上有誦經聲即便候聽乃見一鳥誦華嚴經怡歎良久遂讚言善誦善誦鳥聞讚聲即下樹語人曰汝能爲我造一伽藍否荅曰我身命不終何能造寺鳥曰汝若能作當附貴寶送汝還鄉人曰如言甚善鳥遂負人於背飛至寶山此人識寶乃多取諸珍因附鳥背飛空越海送於天竺至岸而下鳥曰君爲我造寺還用我名以題寺號信士既深思含悲

而別奉其祢物以事啓王王乃封邑五百戸令爲造寺由是此寺以鳥爲名也巳上畧舉數條此經感應實則難思

華嚴會本懸談會玄記卷第三十八

音釋

芟所巖切除草也音山　挻音定援也　䂮音畧利也　悍胡旦切勇也

趯他歷切跳躍也　戞古扎切措也　釁許靳切罪也　僦音就賃也

𩊱音亮鞋也　埪苦公切土丨也

華嚴會本懸談會玄記卷第三十九

蒼山再光寺比丘　普瑞　集

○疏第九總釋名題等者總字二釋一所釋題爲總故次疏云今初總題包於别義則一總題包衆多之别義此對所詮名總又疏序云大方廣佛華嚴經即無盡脩多羅之總名以雖展至無盡皆名大方廣佛華嚴經故名總題此對能詮名總今且約對所詮故云包於别義即所釋之題名總也二云能釋疏文爲總故謂十門疏文總觧釋經之題目然總有二義一總者畧也對下别觧文義此釋題目但總畧也二總者廣也對上疏序畧釋名題字各二義今各以十義釋之故即廣也若約所釋題目爲總者有所對望自在下文二釋之中後釋近宗以疏不云釋總名題其總字在上故知後觧爲正言後明品稱者以連總題因便釋之故貞元疏云第九釋經名題中先觧經題後觧品稱既言釋經名題明知品稱因便釋之○疏今初總題包於别義下上總釋名題總屬於疏文此中總題者對於别義總目於題也故與上之義不同言該難思之法門者即所包之别義何義不在題中而一一皆爲入法之詮門故云法門問法既難思何假經疏名義荅不因名義豈知難思非知難思何能入法故十忍品云了法不在言善入無言際而能示言說如響徧世間佛經安立既爾故今疏釋應然故經於無名之中強立七字之名疏於無言之内強說十門之義盖文影畧耳或可中字誤書盖是名字不勞異釋○疏一通顯得名者此有多義解

釋不同一云謂通顯諸經得名之異對彰此經得名不同則通在諸經二云廣明他經得名不同比對此經得名通局之異則通在正題以理盡圓故三云疏文通顯一題七字總從四複八單之義以得其名意謂今疏不約七字各別從一法得名故云通顯則通即是顯通顯之得名則通在疏文疏中雖舉諸經得名但是對顯體式故鈔云並非正要三觧之中後一近宗○鈔以人爲名約明法之所由者如思益梵天所問經雖舉能問之人意明所問之法佛皆爲說所問法故即人爲明法之因由也餘可例知言以法爲目下如般若經雖文詞浩博大意皆在般若正體餘亦例知上爲人法立名之總意下皆別顯得名也○鈔須達挐者下疏云亦云須達多正云

賑無依義云給孤獨即長者之稱仁而聰敏積而能散拯乏濟貧哀孤恤老時美其德故立斯稱優填梵語此云出愛○鈔如般若經者般若是實相體故神足是神通用故體是其定定能發通如足能行步故云神足十住是體斷結是用漸備即十地之因一切智德即是妙覺之果○鈔如時非時經者彼經說冬春夏各四月每季分爲八箇十五日總爲二十四箇半月與今俗法二十四氣相似謂一年四時每一時中分成兩節謂立春春至立夏夏至立秋秋至立冬冬至一節二氣有四十五日八節總二十四氣今准脚影出身法爲度以辨時非時經云冬初十五日七脚爲時四脚半爲非時律鈔說隨人脚影量身影仍須午前十脚影名爲時午後四脚半者即非時餘可准知又准毘羅三昧經早起諸天食時中日諸佛食時晚畜生食時暮鬼神食時佛令斷六趣因令同三世佛故論時非時也第二箇十五日八脚爲時六脚八指爲非時第

三箇十五日九脚爲時七脚六指爲非時第四箇十五日十脚爲時八脚三指爲非時第五箇十五日十一脚爲時九脚四指爲非時第六箇十五日十二脚爲時十一脚六指爲非時第七箇十五日十一脚半爲時十脚三指爲非時第八箇十五日十一脚爲時九脚四指爲非時（冬四月竟下取意引之）春初半月以十脚及八脚少三指第二半月以九脚半及七脚少三指第三半月以九脚及六脚少三指第四半月以八脚及五脚少三指第五半月以七脚及三脚少三指第六半月以六脚及三脚少三指第七半月以五脚及三脚少三指第八半月以四脚及二脚少一指（上皆有時非時之言下皆准知春四月竟）夏初半月以三脚及二脚少四指第二半月以二脚及一脚少五指第三半月以二脚半及一脚少三指第四半月以三脚及二脚少二指第五半月以四脚半及二脚半第六半月以三脚及二脚第七半月以五脚半及三脚半第八半月以六脚及四脚半（夏四月竟已上冬初半月從九月十六日至三十日已下如次准之若是時量午前向西影若非時量午後向東影）乃至如是諸比丘我已說十二月時非時爲聲聞之所應作憐愍利益故（上皆經文恐學者欲知故備錄也勿厭繁文）然今鈔意但取依所說時立經名也言如密嚴經者上卷云如是我聞一時佛住出過欲色無色無想於一切法自在無礙神足力通密嚴之國非諸外道二乘行處等故並非正要下應有問云既是其類繁廣疏何不廣叙耶荅意可知○疏如智論等即彼論大般若經囑累品處詔目此經爲不思議解脫經故智論第一百卷云有不

思議觧脫經十萬偈問淨名經題下異名亦
云不可思議觧脫經寧知非是彼經耶荅以
彼論云十萬偈明是華嚴也問彼淨名經或
有廣本寧知非彼耶荅彼論又云佛說不思
議觧脫經時有五百羅漢雖在佛邊而不得
聞或時得聞而不能用故知即是華嚴也鈔
論曰下謂大乘教法有十種義相殊勝而重
言殊勝者有二義一能說主及所說法皆殊
勝故二或所詮殊勝故能詮亦殊勝也上殊
勝是所詮下殊勝語是能詮此總標也下十
唯知一所依相者謂阿賴耶是染淨諸法所
依故殊勝以其殊勝故如來言說亦殊勝也
二所知相者體即徧計依他圓成是菩薩所
知故殊勝如来依此言說亦殊勝也下皆准知三
入所知相者體即唯識性謂聞思脩三慧通

漏無漏為能入所知相為所入今所入中唯
識性故彼本論釋第三入勝相云多聞所
熏習依止非阿賴耶識所攝如阿賴耶識成
種子正思惟所攝等四彼入因果者體即六
波羅蜜彼論釋曰六波羅蜜雖是世法能引
出世法能生唯識道故意云修世間六度為因出世為果即此因
果入彼唯識性故五彼因果脩差別者體即菩薩十
地彼論云出世十種菩薩地名入因果脩差
別也意謂即彼因果中取十地為脩差別也六增上戒者體即
菩薩律儀論云菩薩所受持護禁戒名於脩
差別戒學相七增上心者體即諸定論云首
楞伽摩虛空蘊等定說名心學相上生鈔云彥曰梵語
首楞嚴此云一切事究竟或云究竟堅固國
西曰此是舊梵語若正應云首楞伽摩三摩
地此云虛空蘊等持等持即定也破蘊如虛
空唯有法實性名虛空蘊之定從境彰名即
是大乘証法空之定也八增上慧者體即無分別名無

分別相九彼果斷者體即無住涅槃十彼果智者體即三身論云如此三身是無分別智果若離自性身法身不成譬如眼根若離法身應身不成譬如眼識離根不成應知此二由所依能依故得相應若離應身已入大地菩薩無受用法樂若無受用法樂菩提資糧不應具足譬如見色若離應身化身不成若無化身諸菩薩在願樂位中聲聞㾺澁願樂初法脩行皆不得成是故決應有三身言由此所說下對小乘未信大者故作是說今疏所引當第十勝相中論文也○鈔離世間品十名下准下疏云初一約能詮依此生行故名為處餘九約所詮功能立稱二決彼行義定能感果故三證所證故四能證分明故五有智超勝故六悲興萬行故七一一圓融故八執則具足故九即理涉事故十即事而真故故應尊重下勸學可知言出現品十名者下准下疏中立為五對一內深外絕對謂內證三德秘密藏故外則凡小不能測故二證寂開智對三現果成因對謂性淨萬德即是佛種今十門出現即示現義四越世順佛對世尚不知安能破壞此十通是佛分齊境五淨根演實對知生佛同源則能淨故隨緣不變之性諸佛本故而性相無礙因果圓融為不思議過此更無為究竟法前九別義後一總該○疏依今梵本者因明鈔云問彼土之言何名梵語荅具云梵摩此云清淨謂諸梵天遠離諸欲光潔自在故云清淨昔時世界初成立時光音天下降閻浮因食地肥等飛騰不起尋便住此展轉滋生以爲人種本是

梵麁故云梵也又印土人與梵天等言音無異故云梵也本是文本即貝多之經也○鈔毘佛畧云方廣者問梵云佛陁此云覺者此既有佛字何不翻有覺義耶荅精微鈔云神變經說一切梵字有界有緣隨緣變生不定故爲佛字是界餘字是緣以毘畧助之譯爲方廣以陁字助之譯爲覺有有如此方言字是界若以人者助之便爲儲字若但以青字助之便爲請字有此所以不應致詰問勃陁云覺者存畧應云勃何故云即佛字耶荅此但梵音輕重以隨此方先已聞佛字生善故譯者順古但存佛字不云勃也既屬果人則已有者義華字況言已含雜華嚴亦帶其飾義故皆存畧而義無遺或可華嚴是體雜飾是用畧用存體以順唐人言好畧故言脩多羅云經者問脩多羅何不翻爲契經但譯爲經耶荅今就敵體翻名但譯爲經良以梵本無欲底之言故不譯爲契若爾藏攝中疏亦無欲底何故譯爲契耶荅彼爲單經字恐濫席經故加契言助以揀之今言華嚴經而無濫涉故不言契問何不敵體翻爲聖教荅無順此方聖教亦爲經故○疏前三異名等者梁論但語其數涅槃等大畧呼之智論言其總法一與三傍呼異名云總第二不具云畧或三名皆總相少畧也不須總畧別分二品十目多分從別義立名不能總該一切義理也○鈔不得總該等者此有三節相躡而起顯不得爲經總名一二品十目各從別義立名一一別名不得總該一部義理故不可立爲經名應有問云若十目皆取得爲經名否

第二意荅云不可具舉故亦不可爲經名也意云不可十種別目皆舉共爲一名也問若不可具舉准前十名疏中釋出現十目云前九別義第十總該前九皆爲不思議究竟法也釋離世間品十目云初一能詮具下九故爲具後九所詮一一別義故今若舉世間品之第一或出現品之第十已得其總何須備舉十名方爲總耶故第三意荅云雖各得其總唯局當品不通一部之總名出現十名總別局於出現一品離世十名總別唯局離世一品豈得下總結也○疏故今譯等者以立名本欲呼召一部能詮文言云經何故復言大方廣佛華嚴今由經詮彼義故以所詮六字而爲經名一法即大方廣人即佛華嚴二法即大方廣佛喻即華嚴三具體即大方具

用即方廣四有果即佛有因即華嚴復單悉周故云理盡義圓又理盡四復義圓八單故標經首○鈔而具前四對之復者對前諸經四對之義皆具故設有時處等雖顯文似闕而約義以含謂時無別體依法假立時隨於法遍六字中處有四種大即法性土方即自受用土廣即他受用及變化土則何所不具問餘經立名皆依經說今此題目下經而無說處爲依何立荅以今經闕立名之文具本之中應具建立或如楞伽等經結集者立名未可詳定已上但汎論得名○疏二對辨開合者下謂此疏中以七字相對辨於開合於五對中有五重開合皆前合後開也一合則一題開爲教義能詮教依所詮義設教義互相關涉已下作對皆立關涉准此明之問若依七字皆是能

詮何以唯經字是教若各就所詮應皆是義何成一對荅經字直呼一部能詮故是教也大等六字語一部下所詮即是義也又六字雖亦能詮別對經字是所詮故經義雖通所詮對上六字能詮義顯故成一對也二合則但是義故開則分爲法喻又此中若約教迹鈔說有總別一對嚴字爲總上五字皆別綱要云嚴字通能所人法等故三合則但是所喻之法開則分能所證言亦名境智一對者問梵言佛陁此云覺者即有覺之者爲能證人可爾何亦名智荅前約結歸其主爲能證人今約克性唯智能證故亦名境智一對亦猶菩薩證得初地豈是假者證耶實即智能克證亦得說言菩薩證得或取人中別法爲能證也四合則唯所證之法開則分爲揀持

以方廣名言遍轉故以大字揀之云大之方廣也言大之一字下探玄記云謂大字是能揀方廣爲所揀此是揀義理應方廣是能持持於大義大字所持言揀大異小者謂此言方廣於大小中是大非小故大字爲能揀方廣上持此大義言簡實異權者謂此言方廣於權實中是實非權故大字爲能揀於表是實以經說廣大甚深法非權宗所明故此含六重權實一破相始教方廣爲權立相始教方廣爲實以彼但明空此說中道故二或立相爲權破相爲實彼但遍計爲空此明依他亦空故三始爲權終爲實四終爲權頓爲實五漸爲權頓爲實六偏爲權圓爲實大字揀上諸權方廣持上諸實言簡果異因者謂此言方廣於因果中是果非因以是佛所證故

大字爲能揀既是果所證大非因位法餘方廣無此大故不名爲果問下經正法廣陳豈不說因荅雖說於因屬下華字今言方廣故爲果所證也言亦是體用一對者或爲體用一對開合如前然准教迹方者是相大字是性亦性相一對合亦所證開爲真俗故五合則唯人開則分爲因果謂以上四對於一題中從下向上七字已畢今第五對於前次第之外別取第三對中人爲果而獨不成對又借下華字以喻其因即成因果一對也而云借者華字以屬前喻今又取華爲喻因故云借也是以單用下結釋華字單合有異今具對佛字爲果單以華字喻因也若合華嚴二字爲喻體通喻上四字互嚴謂以人嚴法以法嚴人以體嚴用以用嚴體以性嚴相以相嚴性等皆曰華嚴也又單用華字及單用嚴字亦有互嚴義皆可通喻上四字如綱要云以德行之華嚴大方廣之法界成十身之佛果等如彼廣說又准教迹鈔亦以華爲能嚴上四字是所嚴即能所一對已上前後總有十對今疏七對一教義二法喻三人法四境智五揀持六體用七因果依教迹揀出三對一總別二性相二能所故總爲十對若約次第說者一經字是教上六是義即教義對二嚴字是總上五是別即總別對三華字爲能嚴上四所嚴即能所對四華嚴是喻上四是法即法喻對五華字是因佛字是果即因果對六佛是能證人上三所證法即人法對七佛是能證智上三所證境即境智對八廣字是用上二是體即體用對九大字是揀方廣是持即揀持對十方字是相大字是性即性相對故此十對

前能具後後不具前皆先汎明為合隨義分異為開開則教義等不同合則為教義一對等上來十對依於圓數且示方隅但理可通隨應作之故玄鏡云大方廣所證法也佛華嚴能證人也等○鈔上德若谷等者明皇注云上德若谷者虛㳂而容物大白若辱者純絜而含垢廣德若不足者大成而執謙建德若偷者立功而不衒質真若渝者淳一而和光大方無隅者不立小圭角大器晚成者且無近功大音希聲者不飾小言說大象無形者能應萬類道隱無名者功用不彰無名氏也夫唯道善貸且成者雖隱無名氏而實善以冲和妙用資貸萬物且成熟之意云下鈔主釋也餘但因便引之正用大方無隅之一句故唯釋此一句也言借其言用者意顯不

取其義彼謂大道體無方隅故學道者不立小圭角今大方下明今意也○鈔以嚴通能所下總摽華為能嚴下別釋若約三大互嚴亦華為能嚴故言佛是嚴成之果者此有二義一望上三大之法以三大法嚴成佛果之人故以佛為所嚴三大為能嚴此亦應有以人嚴法影在上華為能嚴大方廣為所嚴之中二望下二句又以因望果佛亦所嚴此中影畧以果嚴因以互嚴故故云華嚴二字合則亦喻上之四字也即釋嚴中者即下具彰義類釋嚴字中但互嚴義以為喻體至下具明○疏並畧以十義釋之者問既是具彰義類之復云畧其義何耶答一字法門海墨書而不盡雖各具彰十義以表無盡而云畧者不亦宜乎然雖各以十義釋之而體式非一

且分五節一大方廣三字各約義用類同釋故大則十皆常徧義同方則十皆軌持義同廣則十皆繁多義同二佛字約體全同釋以七字配於十義其體全同非是義同故三華字法喻相似釋以十佛義似於十華四嚴字能所互嚴釋字是體同故五經字局於當字釋然次下鈔云七字互釋而云經字十義不互釋者言總意別故體勢非一故顯義無定故或可雖不以餘六字釋經字然以經字釋餘六字故如教大等亦互釋也疏一體大下即總融萬有無障礙理爲體其相用等皆同真性一一具常徧之義言即是大字者意顯雖舉相用等常徧唯釋題中大字也○鈔古人亦各十義等者探玄記云一境大二心大三行大四位大五因大六果大七體大八用大九教大十義大今明下清凉意以具德之法一文即具一切如海一滴具百川味亦復此滴非彼滴等今且於一題明之一部等文例可知也應從義顯且依緣起相由一門消文今明大字爲緣餘六字爲起所起不離能起所起全在能起之中故大字具餘六字皆是大字中六字故云則七字皆大非謂全失餘六字作大字以常徧爲緣則軌持等義皆常徧互不相濫故玄鏡云具十無盡故稱大也若以體大爲緣何法非體下皆准知故行願鈔云於七字中一一字皆有七字義○鈔涅槃云所言大者下證上二義等者問經題況云大字何知是體大耶荅當經文闕取涅槃文爲例以彼經佛自釋大涅槃經之名其釋大字既云常徧明是真如故知大字即體

大也以起信釋體大即真如爲體故是則用涅槃起信之文成華嚴之義妙之至也言先證常義即涅槃第三等者彼疏云佛告下歎教善隨其經文初中後别爲上中下合法稱根能生行心故名爲善第二句中義味深者名義爲味不同餘處名字爲味義能津心令人愛樂如世美味故名爲味第三句中其文善者言詞才巧不增不減故曰文善第四句中純具梵行明其行圓寶藏無闕彰其理圓亦可純備彰其因圓寶藏無闕明其果滿經有此勝故勸奉持自下第二辨經名德令人樂持先總勅聽許爲宣説下正説中有八復次初一正出經功德大者名之爲常依於大名辨其大德此經具有六義釋大已如上辨（指彼第一疏也）今且以常義顯之如八大河下依涅槃名辨涅槃德先喻（其第三卷命品云一名恒河二名閻摩羅三名薩羅四名阿梨羅跋提五名摩訶六名辛頭七名博叉八名悉陁是八大河及諸小河悉入大海然此八大河謂阿耨達池四面各出一河爲四大河四河流出去四十里各分出四通爲二十河今唯言八者准勝鬘經東之五河人皆具見餘三大河名称普聞十二小河不見不聞故但言八大河也）後合此經如是下破相趣寂此經所辨同前八河故云如是降伏煩惱離煩惱魔及諸魔性滅餘三魔然後下證實捨相以證實際除妄無妄可在云捨以相難捨如身命故或可安放身命於大涅槃中取契合義是故下總結之○鈔故生公序云者引證也正取末文既云大矣所以稱常證上大具常義也故鈔云正順今意若釋彼文者謂自然真理以智證悟之時亦宜合符契所證之眞理未證之時真則無差悟證之後所證真理豈容改易不易之體湛然寂而常照既

其真理悟及未悟無有差別但從我迷情則乖背於真理所以真理之境事不在於我誠能涉入脩求便返迷歸於極理雖歸極得本實無始起若實有初始則必有終盡若實有始終真常之理以之暗昧若尋其旨趣乃是我初會之非寂照之體在於今有寂照之體出於上古即是莫先於大也所以稱常既其常矣必滅於生死之累故云般泥洹也般泥洹即涅槃梵音之輕重也○鈔涅槃第二十五下明深故名大今以深義成前常義故言以體絕常境者以雖曰常而出於念何可為常境而緣之耶或可絕於尋常之境總相顯其深義也言如人最長者即顯勝故名大今亦以勝義成前常義故言無有一法等者畧鈔第三云是義勢之先後非時分之先後由是最先故稱大也如人最長以生在先故稱為大不約身量說大小也故老子云下引證也有物混成先天地生證其先義強名之曰大名也即大名之下有先義故釋曰下彼以虛無為道故名大先於天地而生故今不取彼義但以其大及之言可證此真理為諸法之本為大為先之義故引之也○鈔四相品文下泥洹經云佛告迦葉菩薩具四德能為人說大泥洹經一自行非邪二能正他人二隨問而荅四善因緣達識根性盡一卷經唯廣徵釋此四種法故云四相品也○鈔故遠公下涅槃疏第二云先解大義釋之初言大者其性廣博以廣釋大二如人下以常釋大但喻無合與上文中所言大者名之為常其義相似三以勝釋大勝有二種初言是人若

住正法名人中勝住正故勝後備德故勝鈔
彼更有多下涅槃䟽第一初云大義有六一
常故名大故下文言大名爲常二勝故名大
如世勝人名爲大人故下文言是人若能安
住正法名人中勝勝故大涅槃如是三廣故
名大故下文言大名廣博體窮法界名性廣
博四多故名大故下文言譬如大藏多諸珎
異涅槃如是多有種種妙法珎寶故名爲大
五高故名大故下文言譬如大山人不能上
故名大山涅槃如是凡夫二乘乃至十住不
能到故名之爲大六深故名大如海淵深名
爲大海故下文言大者名不可思議淵深難
測名不思議○鈔今以多即約用下通妨也
應有問云彼經既有多高等六義名大何故
但引常徧耶故此釋也言多即約用者即三
用大中收也此釋體大故不言多言高即約
果者即四果大中收也此釋體大故不言高
其餘深勝二義於常義中已含之也故唯徧
常二義以釋體大○鈔復是別文者以䟽云
其性廣博猶如虗空有似一處經文故揀別
之上句其性廣博是一處文下句猶如虗空
別是一處文也以虗空周徧喻理體周徧證
成徧故名大也然准彼經合文言解脫亦爾
似以虗空性無逼迫喻涅槃無逼迫之義今
借其文但喻徧義思之可見○䟽二者相大
下但釋同別之相而大具常徧准前釋之○
鈔然遠公下揀濫也應有問云遠公約三種
涅槃亦是體相用三與此何異耶於此揀云
遠公三大通於因果以性淨涅槃凡聖皆有
故今明佛所證法中有三人即唯果有也○

疏謂業用普周等者行願疏云如體包徧故彼鈔云即前無邊之相以遍於體一一如體故成大用一一能包能徧一入一切為遍一切入一為包交參涉入互相無碍重重無盡也今周即周徧普即普包也○鈔南經四相品下彼彼云迦葉復問下牒佛已說為問也若佛已度下執迹為難耶輸陁羅者此云持譽以是因緣下執迹疑實唯願已下請佛通釋下佛荅之先呵難詞能建下釋釋意如何明納妃生子之事是大涅槃所起德用非實煩惱釋相如何況舉涅槃所起德用類以釋之大般涅槃能建大義者總舉類荅義猶用也建猶起也大般涅槃能起大用用相非一名建大義下廣辯之於中先勅聽勸說誡莫生疑下為說之文別有四一舉菩薩位大涅槃能建大義仰類如來二我已久住是大涅槃下正就如來能建大義初中有二初明菩薩證實起化乃至言菩薩住涅槃者於大涅槃隨分克證故名為住所入涅槃性是緣起作用之法是故入中無心化現乃至第二明佛能建義中初明如來住大涅槃種種化現已後經文廣說化現二十五有等（今缺引第四節也）○鈔彼經即約果用下約彼此以揀別也言今意明即體之用者顯此經三大相即故此以廣字釋大字故言下佛果有下會釋也此有二釋一問彼經既約果用云何證此即體之用耶釋云下文佛果有相用者皆由本自有故故佛相用即是本有相用所以將果用證上即體之用也二或可問曰既七字互釋下文釋佛字十義佛果亦有相用即與彼經

何別荅此問佛果雖有相用皆本有故與彼別也二釋隨通○疏四果大謂智斷依正等者智即菩提斷即涅槃依即國土正即佛身普周法界者以徧釋大畧其常義○疏謂大智為主下餘行如盲智猶有目以智運行能到彼岸故智度論云說前五度譬如盲人第六般若事同有目若不得般若開導前五便墮惡道不成出世○疏七者教大下有二意一行願鈔云每說一會或一位義終皆結通云十方亦如是說故二精微鈔云謂此經中一文一句盡是通方之說故遍十方亦是稱性之談故通三際遍十方中十方通三際故云重重○疏入者義大十行頌鈔云重重無盡固不在言隨相門中亦淺深備說二地中廣明十惡十善即該人天乘也四諦品及五地十重四諦即該聲聞乘也六地十重十二因緣即該緣覺乘也八部般若不出三天偈文涅槃法華出現品中一兩門說盡如斯事類不可具陳○疏九者境大下以所化衆生為境大故十者業大者即前能所文義化生為境能化之業常徧故○鈔而言等者下科此鈔文大分為二初叙四論大性後今疏體大下以疏十大配彼七大性故言等取雜集者本論無着造釋論師子覺造而各別行後安慧菩薩雜糅合為一本名雜集論般若即無着所造金剛般若論也○鈔不廣說之者此句是鈔詞也以彼以中但總相釋相大字云與七種大性共相應故而不別別廣說之耳○鈔了知廣大等者梵言補特伽羅此云數取趣謂數數造業取於諸趣即目於人法

目一切諸法即了人法二無我理故○鈔此與瑜伽大同者一法全同二心即瑜伽發心三信解者謂信及勝解瑜伽唯勝解無信此小異也四淨心與瑜伽增上意樂名異義同精純唯善故是淨心此心無退進之不息即增上意樂也五六二名全同七果者即瑜伽圓證也○鈔若與對法會者謂將般若論七大會上雜集七大性也一緣大教法即法性然若而爲境故名境大性雜集二般若論心即雜集行大性發心爲衆行之本故言即由淨心者淨字誤書應是發字或可發心離垢故曰淨心以發心中有大悲故無沉寂之垢行利他行有大智故無愛見等垢行自利行不錯無妨三般若論信解即雜集智大性於境印決即是勝解瑜伽於境決斷即名爲智

雜集理實則異無謬大同信亦澄清於境何謬畧不言之不爾既言信解豈但勝解一法或信是勝解之果以因顯果故不言之四般若論淨心無惡雜故即雜集論精進大性瑜伽論增上意樂亦進之無退故此與前行二利淨心不同五般若論資糧即雜集論方便善巧由大悲故不住涅槃由大智故不住生死而爲善巧方便與當所證無住涅槃爲資糧故六般若時即雜集第七業大性窮生死際盡未來時故云時般若於是時中建立佛事而爲作業故云業雜集七般若果即雜集第六證得大性（瑜伽謂圓證也）謂證佛功德云證得此即爲果故雜集云果言雜集依體下揀別二論六七次第也問二論六七云何不次答雜集約依自證得之體起用無窮又雖得果

而不捨因故證得居先業在於後般若論約時通因因時已能建立佛事至果極成乃至窮未來際即從其因義在前果義居後餘五大性雜集般若二論意同言依教起行下此總論七類大性從因至果之次第也一依教法爲境二起大行心三智及信解於甚深理善通達故四以純淨心精進長時五由悲智爲無住涅槃資糧善巧方便不滯生死涅槃二邊證大下還依雜集之次且從一義結故雜集即是對法者但名異爾前後互舉勿謂是兩論也以未雜糅時名對法已糅後名雜集也已上攝論但總摽七大性餘三論雖各別明七大性義而雜集論兼廣釋之皆大同小異此上皆是他文○鈔今疏總會下以疏十大配彼七大性故一體大即彼雜集第三智大中彼取能知曰智今取所知二無我理曰體也二相大者有二一或亦智大所知攝不離理體故恒河性德相即相入亦智所知故二亦般若論一法大性攝即教所詮亦爲境故三用大即雜集第五方便善巧積集資糧而是即真體之用爲教法之所詮亦境攝故四果大全同雜集證得及般若果故五因大已上疏中釋因大之文總攝彼五大性故一前疏云發菩提心鈔云即十信發心故即般若論心大性瑜伽論發心大性亦是雜集論行大性及本故非即行也二前疏云起解鈔云即十住位即攝瑜伽勝解大性雜集智大性般若信解大性以十住位智住真性故三前疏云行願證鈔云行是十行願是十向證是十地即攝雜集行大性雖有三位通望

果證皆名行故是十地因下揀濫也問既云是證何非雜集證得大性故此荅也四前疏云精勤匪懈鈔云通策於前即般若論第四淨心大性及雜集論精進大性五前疏云成就諸位即攝瑜伽及般若資糧大性及雜集方便善巧大性以前鈔指云次文當知故今對以明也六智大全同雜集第三智名而義小異以彼論釋但了二無我性此通了性相等故前相大亦爲所知七教大即雜集境大性瑜伽般若法大性八義大通前諸論所說六種大性但除雜集境大瑜伽般若法大性皆是教故九境大名同雜集初一境大性而義同般若論時大性及雜集方便善巧皆化生爲境故十業大同般若論第六時大性而具含般若雜集二論時業二名言爲對題中下謂題中七字十大爲能攝今畧十大二字三論七大性爲所攝而云說十者爲對能攝有十所攝七大亦開爲十故也開合如上可知故云下結歸疏文也言或相大一種下問向明七大性義何有恒沙等相大耶故此荅也此有二義一云彼既不說三大故相大一種般若雜集二論畧無（瑜伽既大同般若故畧不擯也）上但依義且爲是配二又通約十大唯是當宗彼明七大隨教各殊故無相大亦無失也問既教旨殊何得引彼釋此荅而彼不離此是所流故以末顯本故今會他文明本末交映也○疏用多繁興等者約當字釋即是用多繁興若約前十皆多者但取廣多名多則前十皆多問體大何得復名用耶真性豈是多耶荅約用爲門則無法非用無障碍理豈碍

多耶謂直談真體理實是一今望能依事法有多故所依體性隨事局故亦有多也即明一徧一切下以廣大二字相濫故此揀也大約徧義廣約攝義以分二字亦可反此者謂大攝廣徧亦得問大之與廣既皆有徧攝二義二字云何差別荅大則徧攝皆體廣則徧攝皆用乃成天隔故精徵鈔云以皆業用一稱體徧二稱體攝能稱徧攝俱名爲廣所稱徧攝俱名爲大○疏一廣依義者廣在能詮二廣詮義者廣在所詮三廣破義者廣在所破故四廣超義者亦廣在所超以真如理無有諸法能比類故五廣治義者廣在能治諸行故六廣攝義者約所攝名廣故七廣德義者廣在所攝勝德故八廣生義者廣在所生之果故九廣絶義者廣在所絶心識等故十廣知義者亦於所知立名廣故○鈔言前四即雜集下一節鈔文科分爲三

- 初引二論以甄疏文二
  - 初引雜集二
    - 初引論 言前 後釋曰
    - 二配疏 釋曰
  - 二引入大乘二
- 二廣會二論顯其同異三
  - 初就顯會相從其
  - 二破古失論意 而刊
  - 三正顯其同異二
    - 初約大同以攝其 若欲
    - 後約小異以開爲十 今取
- 三釋疑歸題以彰互釋二
  - 初釋疑 然爲
  - 後歸題 若欲

○鈔一切有情等者謂一切言教繁廣爲所依處一切有情當得利益大乘即是能依故疏云爲生依故則廣在能詮爲所依也二宣說是能說廣大甚深法即是所說之義故廣在所依三廣破諸障廣在所破故鈔云集論約所破此約能破以能破顯所破故四無法不超即廣在所超又所明法理雖廣皆有無比之義即廣在能超故行願鈔云言廣超者

有二義一德相於世間法法法起過爲廣二德相之法法法皆超世間爲廣上云法法是所超之世法下云法法是能超之德相言此方廣等者結顯也意云此方廣廣破無比三名四義皆是大乘由義差別故立三名也准此雖只言方廣已能持大義可證前揀持一對中持義謂今既名無大字得屬大乘前揀實異權揀果異因等雖名無實果等字明依義判也○鈔故對疏四次第無差者即前後次第也但今疏加一二等言次之耳○鈔毘佛畧者此云方廣是摩訶衍者起信鈔云具足應云摩訶衍那此云大乘但總揀小乘故此與前集論結顯意同雖有六種方廣皆是大乘差別名也言爲諸衆生下即五廣治義此約能破能治前諸障故集論第三約所破故或所治唯是煩惱障故

次鈔云一治煩惱言亦有衆多下即六廣攝義廣攝三乘五乘故言衆多乘也疏云通攝無邊異類法者即攝無量乘准別教說故所攝名廣言亦以多下即七廣德義福慧二嚴各具多德故云多嚴亦廣在所攝之德故言亦能出生下即八廣生義能生無量廣大果報故疏云果海者沒同果海故即廣在所生言非是下即九廣絕義非是一切分別言念所稱說度量故即廣在所絕故次鈔云體絕衆相不思議故行願鈔云以本性照體獨立不可以智知不可以識識故擬心即差言斷除下即十廣知義問論但云斷除邪見疏何立名爲廣知耶荅由斷智障故無所不知即廣在所知知即能知或可二論十義中三廣破五廣治十廣知皆通能所但第三總治二

障第三別治煩惱第十別治所知以爲異耳○鈔釋曰下亦但前後次第全同但疏加五六等言次之耳○鈔然其下就顯會其相似其字即指入論以近前引故不引名但云其也入論第一約所破集論第三約能破故同（應更有集論總論別如上可知）入集論第四約法爲無比入論第五約心不能知故異也此上四義唯約名顯相似故揀也○鈔而刋定下彼以入論第一同集論第三不分能所及總別故一失意也又以總揀之言爲釋名之義二失意也○鈔若欲下以大同故合也可知○鈔令取小異下由小異故開也言入論二約所攝者約所説三五諸乘爲所攝也言集論二約通辨下顯二論通別有異也以集論通明德果入論別開三四三約二嚴言通因者因亦有

故言四約能生唯果者能字或錯疑是所字即約所生唯果若約能生不唯是果應是唯因也或可不錯以鈔中顯此能生通其二義若約能生唯因若約所生唯果互影畧故下歸題亦以廣生爲因故學者細思言二約下顯總別有異集論總該二障入論別分二障言已如前會者即前鈔云集論約法不可比類此約心不能知故並不同○鈔然爲順下爲有問云上廣十義何不如大方等各十義皆順一題之次第耶故此荅也可知○鈔若欲下即依題及義爲次故字義開合不同言十廣説是義者説即詮説此有二義一若約所詮義爲廣説即是上六字二若通能所詮爲廣説即通上七字○疏解佛十義者下即用一題望於十佛約體全同配歸十佛以

釋佛字即是七字皆佛也○鈔十佛即是十身者准離世間品疏云然佛就内覺身多就相故立名不同耳言三昧佛即福德身者三昧福嚴中勝故餘義如前依主中辯○鈔大即法界佛者行願鈔云若心若境法法皆佛名法界佛言方是本性下以方是稱性之德相智是本性之智德故全同也行願鈔云玄鑒深遠故即衆生本覺智慧心性之佛言廣即涅槃佛下以涅槃化身周徧法界故廣也行願鈔云即是化身化用自在故化畢歸寂故名涅槃佛謂應化涅槃也言亦隨樂等者隨佛大悲意樂及他見佛善根意樂無不現生故若貞元疏廣字亦即威勢身威勢亦是用故言佛是梵音下唐梵正相當故言花即願佛下以花喻因願及三昧正是其因故攝

因屬果即是佛故言嚴即業報佛下取華字萬行因上總有能嚴之義成相好莊嚴身也言教法住持下以法住則佛住故教即住持佛也言心伏勝故者謂雖威勢能伏於他以心降伏最爲殊勝如慈心降魔等行願鈔云萬法由心迴轉故心爲威勢總攝七字若玄鏡中又配佛字以初成正覺威光赫奕映菩薩故應義通無執一文以爲定也又前十身配於十佛亦但依義文不具說貞元疏云心佛即是化身隨心化故明知義無方也又圭峯圓覺鈔云十佛中初五及十局於果位餘該凡聖八簡散心九簡虛妄六七俱攝謂法界佛若心若境若性若相無非佛故其心者萬法雖衆不出一心唯心知覺故○鈔然此五對一一相屬者謂以一切智斷煩惱障證

一切法性能自開覺如睡夢覺以一切種智斷所知障達一切法相亦能開覺一切有情如蓮花開故五對一一相屬也或可初對了俗由於證眞果位之中任運得俱不同因地有俱不俱故五對皆俱故云相屬○鈔是根本智者以所證法性是諸法之根本乃是一切之智名一切智亦根本之智名根本智或此智與後得爲根本了俗由證真故是根本即智言一切種智是後得智者由於所證俗諦有諸種類悉無謬故亦依主立名言後得智者以初入聖起無漏智必先起真智後起俗智亦後得即智問五地已去真俗雙運何名後得荅既了俗由於證真依義次第名後得智○鈔二所斷障中下非如二乘單斷不同因中未究竟斷煩惱障障理所知障障事

煩惱障依我執起通於根隨煩惱即障所知障依法執起與根隨類同然依法起所知不是障被障障所知若據敵體而障正障其智令於所緣事境不能明了應名智障今從境立名云所知障是所知之障也○鈔三所證理下謂所證理即是境故亦猶義之言境故知所證之理不唯真理謂一切法性即真法性遠離虛幻名諦一切法種類之相易知云俗此義不謬故亦名諦不同二乘及因位菩薩有未究竟故以所證二諦爲佛也以一切智下對能證釋所證由所證彰所斷明上之三對復互相屬也○鈔四所成益下自既能爾令他皆然不同二乘獨善及因中未能必然言上之下總揀上三對六法也此有二義一通二別初通者上三對六法俱通自利利

他此盡理言之以能證所斷所證之中皆有二利故又自利本欲利他利他即是自利故後別義者從顯別配以一切智由斷煩惱證法性即自利上三皆能自開覺以一切種智斷所知障覺法相爲利他上三皆是亦能開覺一切有情即前三對別別相屬此一對總相屬也○鈔五顯覺相下顯自他開覺之相也近顯第四對之相既四包前三即通以喻顯前四對覺之行相也謂以覺字合一切智及所覺諸法之性以睡夢合所斷煩惱即是能自開覺之相也以花開合種智斷所知障以蓮子合所證法門即是亦能開覺一切有情之相也言前即覺察察深理故後即覺悟者悟諸法故亦可前是覺悟證悟徹源故後爲覺察無非審的故○鈔離覺覺者所謂離

於能覺及於所覺雖無能所而雙非而無所不覺不碍兩存故云盡覺或雙泯能所沒同果海而盡覺故○鈔七事記中者即六成就中開聞及我謂二故言令並起之者先總釋勝義也一能覺下別明勝相天鼓但能驚覺忉利天衆令知脩羅賊軍来去安危佛令驚覺一切衆生種現習氣三種煩惱生滅有無二天鼓能護自天衆破他脩羅故息苦佛能救一切衆生苦苦壞苦行苦之三苦能破蘊魔天魔煩惱魔死魔之四魔也三天鼓令天衆受色聲香味觸五欲之樂佛令一切衆生受涅槃樂四天鼓令天衆生貪愛縛着之心佛令衆生起無漏智或上四佛令衆生如次悟苦集滅道欲令知斷證脩故勝天鼓也具此下總結○鈔二不由他悟下以真智内發

不從他得故云無師梵行品云成就慧身不由他悟疏云若見有他安稱爲悟旣曰心悟自亦不存寂而能知豈唯定之方寸不取況於人乎○鈔三斷二無知下由二障故於真俗諦無由證知唯佛能盡斷故四已過下凡夫二障所覆故唯睡二乘所知障在故亦睡得單身空智實非究竟以爲究竟是妄智故亦夢佛二障盡故不睡情謂斯絶故不夢五猶如下涅槃第九說如赤蓮華爲日所照無不開敷即十地無漏行成如日照佛智自發如花開○鈔六性淨無染下本性清淨不能染故應得之性在時雖有煩惱有五義故不染一離一切相故名爲佛二性是能對治故意在能治故三佛性非是惑障安足處故非惑所住處故四性不變故涅即黑泥緇謂緑黑如白玉投於黑泥而不轉爲黑色佛性在惑而不被染五妄惑熾然不能染實性如幻刀雖利不能斫石言因時下舉劣況勝前應得性時有惑尚不能染況至得果時惑盡無餘豈當有染耶○鈔七具足三義即是三佛者三身也以化報法次第配之或就一佛身具三義故○鈔八具足三德者永嘉大師云法身不痴即般若般若無着即觧脫觧脫寂滅即法身三德圓融舉一全收○鈔同體三寶者謂具覺照義爲佛具軌持義爲法具和合義爲僧也○鈔釋曰下釋疏畧指之意一覺勝天皷即一切種智二不由他悟即一切智三斷二無知即離煩惱障及所知障等以有同佛地論故疏畧指然有少別相故鈔具出也

華嚴會本懸談會玄記卷第三十九

音釋

賑音軫富也　填徒堅切塞滿也　瘦澁上所祐切損也下音色

華嚴會本懸談會玄記卷第四十

蒼山再光寺比丘　普瑞　集

○疏五釋華十義者謂世間之華有含實等十義具其二意一似於十佛十佛即是一題故七字皆華也此非約華以喻於因二似於十度之因感前十佛之果則十義皆配於因也鈔中具斯二意故今應皆約二意意以疏文一含實義者華爲能含實謂子實以爲所含今取能含是實之含依主釋也以此即喻清淨法界含恒沙性德即法界佛當題中大字又取所證目能證配般若度證法界故二光淨義者喻本有大智明即自相不昧如華光義顯則離染清淨如華淨義即本性佛當題中方字又配智度於文明顯三微妙義者喻萬行之用一一稱法界體如華微妙稱其體故舉因顯果即涅槃佛當題中廣字又既是稱體之行配於方便度也四適悅義者喻於化用順物根宜如華適悅他故即隨樂佛亦當題中廣字（已上二佛俱是應用皆當廣故）又配尸羅順物機故五引果義者喻衆行爲因生正覺之佛果如華引果故舉因顯果即成正覺佛當題中佛字又配忍辱引生佛果故六端正義者喻行願相符俱無所缺如華端正無缺漏故即是願佛又配願度如名易知七無染義者喻萬行契寂動靜離過如華無染故即三昧佛又配禪定如名可知已上二佛俱是其因當題中華字而言佛者舉因顯果故八巧成義者喻所修功德作業善巧作業善巧成就如華安布巧相集成故即業報佛當題中嚴字又配施度善巧故九芬馥義者喻衆德

住持法眼常全故流馨彌遠遍益塵方故如華恒郁烈馨香遠騰故即住持佛當題中經字三寶住持故又配力度即力持身故名同可知十開敷義者喻衆行敷榮本欲令心開覺如敷華令心開故即是心佛總當七字不離心故又配精進敷榮練磨心地故○鈔此意亦如下意云以此十華配十度之意能感前十佛之果正如下經以十度因成十身果故故彼下引經屬當爲欲下正引經文即成下鈔詞指屬(下皆准知)若配一題此即嚴字布施能嚴自他故施滿他心故相好悅物自心嘉施果體莊嚴故二尸羅及七方便皆廣字戒遍止惡故淨身遍至亦發一切善故隨自他意無不生也其無邊善巧之用廣周遍故化身之色不可覩也三忍即佛字諦察諸法深證無生非佛菩提何能深證又法界品疏鈔云忍兼忍理故不思議獲威勢身以忍德內充而威勢外彰今具從一理故唯配菩提身四精進即總七字教理益根無懈息故威勢彌深又法界品疏鈔云進策萬行故故能勝成菩提身今亦又是一理爲威勢身也五禪八願二度皆華字並是因故禪唯一心故是福度之最福德之果無等故云無與等身也願窮來際住劫無窮故住一切劫六般若度即大字照實性故九力度即經字持令不滅故力不可搖悉過一切也十智度即方字智爲性德故智窮事法隨物成身上依義配十字故不次第仍照前十佛十身理皆可見○鈔末云下上約行布以十度因別成十身此下約圓融總名多因成於佛身則圓

融行布之異也言即圓淨下無行不具萬德頓具無果不克言上約相顯下指上鈔文以十華義配配於十度約其法喻相顯行布義說若約圓融則隨一一度一一行皆圓具十華之義融通無礙無勞文說可以意得○鈔其引果花亦喻下以疏中引果花喻萬行嚴身花喻功德鈔中不但如疏亦德喻二因也花字喻因故言生因者如種生現等了因者如燈了物故此二無礙則逈異餘宗爲圓宗因也○鈔淨行品下但證神通等如花不約草木花爲證然神通下釋疑因前果上用故與果俱故疑云神通豈不通因耶故此釋也且就金玉之華下如金玉花與身俱故神通等相與佛體俱也○疏即上十華同嚴一佛等者謂能嚴之華十華總取所嚴之佛十中唯一仍爲嚴不同故成十義行願鈔云十華即是十度十度同嚴一佛○鈔言爲嚴不同下是約喻明也如以十寶嚴一金佛次以十寶嚴一銀佛等能嚴十寶雖同望於所嚴以分能嚴之異以嚴金佛之十寶但屬金佛之能嚴十寶非銀佛之能嚴十寶等法中亦爾以十華之因同嚴一法界佛次以十華之因同嚴一本性佛等則十華之因望其所嚴十佛以分能嚴十華之因有異嚴法界佛之十華非嚴本性佛之十華等故疏云爲嚴不同亦有十義即是總將十華歷徧十佛故成十義也此但取莊嚴之義不取嚴字爲大智也○鈔第二別釋者又以十種華義次第嚴前離世間品中十佛如一含實義嚴法界佛二光淨義嚴本性佛乃至十開敷義嚴心佛言

義同一度成一佛者同前所引法界品普眼長者處說之義也上之總別二種十義既即以華義轉成嚴義配題七字彰其互釋不異於前思之可了○疏更有十義等者前但以華嚴佛即華字能嚴佛字為所嚴令以因果等皆有互嚴故迴異於前言一用因嚴果等者因為能嚴果為所嚴此正顯所嚴故下句云以成人也下九例知然言是佛華嚴者是總指故故鈔云用因嚴果是華嚴之佛故○鈔然亦是下謂此十義正取互嚴義兼是下文別釋得名之中合釋之義疏恐其繁故鈔補之問若與下同與下何別荅下取釋名此取互嚴故不同也言若約下顯作釋體式也以此中持業依主二釋名同法相而義全異持業即約圓融依主即約行布五對可知言

如第一用因嚴果下以華為能嚴佛為所嚴以佛妙果由因得故此是嚴義故佛果從華因以彰名是華之佛名佛華嚴作釋之後目於佛故下皆准知二佛之華嚴有本鈔文少一嚴字貞元疏云是佛之華嚴故即以果嚴因也三即以人嚴法謂昔脩殊因令得果佛方能嚴顯法之體用故四即以法嚴人謂以大方廣體用之法門嚴彼因圓令果妙故五即以體嚴用六即以用嚴體若貞元疏云五即大之廣六即廣之大以方廣之言義通開合單言廣者用也合云方廣亦是用也以對上大字為體故亦應准前鈔云大方為體廣字為用令准知故文雖出沒義理無違七即以體嚴相八即以相嚴體九即以義嚴教疏中由所詮難思者影取難議也能詮離言者

影取離念也以互彰故上皆如疏可知故鈔不釋十諸因互嚴者以有多義故畧釋也疏舉禪智互嚴等取前之四度鈔舉前後各二度等中間二六度既爾萬行例然各有名字既相關涉亦可作釋故云多義然此諸因互嚴准貞元疏云合在華嚴二字之中○鈔前四成對下釋疑疑云五對十義以顯互嚴何故前四成對後一非對耶故此牒疑情而釋之此有二意一不可以能詮之言說彼所詮方令所詮微妙難思故不可以教嚴義疑者難云不以言教詮顯何能令義全彰故亦有教嚴義故第二意釋云舉其一邊義應准知故疏不言更爲欲顯諸因互嚴故別說之○鈔禪非智下已上汎釋大意此下別消疏文問因有六度萬行疏中何偏舉禪智爲體式耶答脩行之要常所行用故偏舉之謂禪無智下反成以智嚴禪也智不得禪下反成以禪嚴智也言施不得戒下反成以戒嚴施智論云菩薩布施時應分別知不持戒人若鞭打拷掠閉繫枉法得財而作布施當墮馬牛中雖受畜生形負重鞭策覊絆乘騎而常得好屋好食爲人所重以人供給又如惡人多懷嗔恚心曲不端而行布施當墮龍中得七寶宮殿妙食好色又如憍人多慢嗔心布施墮金翅鳥中常得自在有如意珠以爲瓔珞種種所須皆得自恣無不如意變化萬端無事不辦又如宰官人枉濫人民不順治法而取財物以用布施墮鬼神中作鳩盤茶鬼能種種變化五塵自娛又如多嗔狠戾嗜好酒肉之人而行布施墮地行夜叉鬼中常得種

種歡樂音樂飲食又如人剛愎強梁而能布施車馬代步隨虛空夜义中而有大力所至如風又如有人妬心好諍而能以好房舍卧具衣服飲食布施故生宮觀飛行夜义中有種種娛樂便身之物如是種種能分別知上皆無戒故不嚴於施也言戒不得施下反成施嚴戒也言不捨財法者梵網經云乃至不捨一針一草有求法者不爲說一句一偈即犯慳重即以施嚴戒也○疏又上來等者謂因果互嚴等皆有力用交徹相資四句有體無體相即四句也言今更約理行互嚴者理行二釋一即於前五對之外以華嚴二字對上大方廣三字爲理行互嚴一對也以非前之五對數故疏云更約也二或行即前人法一對也大方廣爲理佛華嚴名行問華嚴名行可爾佛字何名爲行又下作句皆言因行何以佛字亦是行耶荅出現品云應知無礙行是如來行應知真如行是如來行故佛亦有行也又佛權實無礙智望所證真俗融通理亦名爲因非是因位之因以因智證理故名因也問前有五對何故唯就人法互嚴一對說二四句耶荅以就顯勝故行通該因果理兼體相用故問教義最寬何不依之荅以能所詮非是行人行用之要又缺教嚴義故不依之二釋隨取○疏一理由脩顯等者謂行爲有力能嚴理爲無力所嚴則以萬行之華嚴於理故即無不還證此法身攝末歸本故二理爲有力能嚴行爲無力所嚴則以性起華嚴脩成行故即無不從此法界流從本起末故○鈔一此上正釋等者如珠光徹於珠體珠體徹

於珠光以交徹互融故云不二本末不壞理行歷然故云而二○鈔上句即反成行融理者謂若不從真所流之行無以契真體無關涉故有作之脩終體各別故成上第一句行融歸理即無不還證此法身也次非起行下謂若不是發行之真不從行方顯不相關故不是行體故不許隨緣故成上第二句理融其行即無不從此法界流也具斯二句爲第三句故○鈔三正成前義者成第三句義也以萬行從真流故一一稱真真體故令因行悉皆圓滿正成上理融行也行該真體故令果滿正成上行融理也問題中六字何故疏但結云佛華嚴耶荅乗前因圓果滿言故或可理本自然行由人致故偏言之又人不待法何名佛華嚴耶○鈔然上互融等者第三

句力用交徹故不二不壞兩相故而二今奪不壞兩相令雙泯故云二而不二是知不二而二二而不二之言但存泯異耳問泯行可然理云何泯荅設言理是本有亦但對根安立故疏云超情絶想以雙泯故非嚴法本離相故恐謂是非嚴云非不嚴則遣之又遣上互嚴之跡云非嚴不壞嚴義云非不嚴嚴與非嚴兩義俱起也○鈔以華嚴像等者探玄記云日照三藏說西域有一供養具名爲驃訶其狀具有六重下闊上狹飾以華寶一一重內皆安佛像雜華嚴飾此是喻依互嚴義是喻體以喻映法者以喻中但有能嚴之華則無所嚴之像影取法中大方廣佛之四字爲喻之所嚴也以法映喻者法中但有大方廣佛四字爲所嚴則無能嚴之因影取喻中

花字爲法之能嚴也故云法喻交映言以因行嚴佛者其言猶畧若約互嚴應更云以果嚴因等也已上但依理行作兩重四句盡理言之五對皆然思之可了○鈔謂一出生等者前疏云一曰湧泉二曰出生三曰顯示前鈔引雜心論云一出生二曰湧泉三顯示等前鈔云疏中依義次第故云一湧泉二出生等問今鈔何不依論次第又不依前疏次第耶荅今不取義之次第但汎引之貞元疏云一湧泉注而無竭故二出生展轉滋多故三顯示顯示理事故四繩墨楷定邪正故五貫穿貫穿所說故六攝持攝持所化衆生使歸本源不令攀染六塵輪迴六道故七常萬古常規故八法千葉真軌故九典正理無邪故十徑出生死之徑路故問上六字十義皆隨義以配一題彰其互釋唯經字十義未見配於七字荅此有多義一者經之十義皆唯能詮上六字皆所詮其義全異不可配也二者但以前配屬類例亦可配之一湧泉即大字稱性無竭故九典即方字正法之理無邪謬故二出生即廣字展轉廣多故三顯示五貫穿即佛字如所證法顯事理貫性相故六攝持即華字所化是因故四繩墨即嚴字邪正區別莊嚴正法故七常八法十徑皆經法眼常全真可軌則依斯捷徑速出生死故或七八十皆通七字教(題中經字)理(上之六字)常法(七八)爲所履故也十三者經無別體全攬六字聲名句文連合成經故上六字皆具經之十義總名爲經而爲門亦無相濫謂大經方經等不同大等十義之中各別配也良以義類而有二種

一别義類謂上六字隨一字中各以二義而爲流類如常徧稱大七字之上具常徧義皆名爲大等二總義類唯是經字總以十義而爲義類謂餘六字具十義故皆名經也大具十義名爲體經方具十義名爲法經等此上三意隨取皆得○䟽第四别釋得名者謂䟽文别别觧釋七字各各得名也或可别爲觧釋七字得名别也或可此科總以六釋鉗定一題前得名即離釋後釋名即合釋梵云殺貸三摩娑此云六合以義加之應云六離合釋先離後合離之觧義合以結名故若一義爲名理同自體即不作釋以不能離合故故十住鈔云西方釋名有其六種一依主二持業三有財四相違五帶數六隣近以此六種皆有離合若一字名即非六釋以不得成離

合相故言大以當體得名者若相若用等皆歸於體常徧更無可待故云常體等方則體相等法皆軌持故廣即以相皆包博佛即究盡諸法實相云朗萬法幽邃悟徹二死處究時長難破之暗云悟大夜之重昏華以萬行既圓能感佛果證窮法界故身嚴德備嚴即以華功用資莊體用令顯是餙法也莊真應身頓超群像即成人也經則無法不詮無生不化此上離來解義○鈔此中得名各取前七字别義者即具彰義類中體大常遍二義等爲七字别義也言類前可知者類前具彰義類中義可知或類前總叙名意中畧釋名題之義可知也○䟽後釋名者下即合以結名也一就法中下謂大方廣一名爲所稱量六釋爲能稱量言體用相對者總指離觧大

字爲體方廣爲用大之方廣謂方廣相用是自名依於大體有相關涉從大得名合釋之後自於方廣名大方廣作依主釋依謂能依即方廣主謂所依即大也依他主法以彰自名故鈔云此約行布以能所依等各別也下皆唯此鈔釋指同前對辨開合者而文互出不同前疏云大方是體大方無偶故即以相歸體皆名爲體廣即是用依此作釋合云大方之廣今不云者影顯示故今以大爲體方廣爲用前作五對中不說亦影畧以明言有體之相用故者即於方廣相用自體外說於大體有無順行布義故也問上言體用相對今云有體之相用者其故何耶荅以相用總對於體俱得稱用故上云體用相對而於用中相用不同故別言之言若相即下十住鈔云用能顯體體能持用名持業釋故鈔云此約圓融以體用一對是所依體事釋中即言與相即理同故

云圓融問法相持業體用俱存彼此極成今既同相即門者能即廢已名爲無體如大即方廣既廢大體則唯有方廣之用相即之義可然何成持業釋也荅此言能即無體但以緣起之法不能自立由方廣是能成故名有體大是所成離能成外無自體故名無體豈同斷無又若一向無體緣起何法今爲能成奪之故云廢已同他故成相即以爲一體大即方廣以體就用持業釋也或可方廣體上持此大用名持業釋問大爲體方廣爲用離時解義爲所依體事今何方廣名體大爲用耶荅體用之言不局碍故如十對體事體用一對在有力無力緣起中則名爲用在無體有體緣人中皆名體即臨時分其體用也今以方廣能成義爲所即故名體大是所成義

為能即故名用即攝用歸體持業釋也二釋之中若約三大名義前解為勝若約法無定相後釋近宗（上皆約緣起相由因釋若唯心等因如前可知）二就人中下問佛之華華自體應是因位之行何言非因位之行耶荅此是念念得果之因非是解脫道後所棄捨因位之行故或可是佛果之因華非餘果之因華故云佛之華今疏且從一理也言華之佛下即依前因位所得之佛非餘不得佛行家之佛故依主持業准上可知三以人法相對下今疏望前對辨開合亦互出不同前以大方廣為法佛名為人即人法一對今疏以大方廣名法佛華嚴為人亦互影畧作釋皆通言非權小下以佛華嚴從大方廣得名故非小權乘之佛華嚴也又大方廣從佛華嚴得名故非因位所證得之

法也上皆揀別依主問既云華嚴何故非因位荅以佛字該之故欲顯勝故○鈔即前對辨開合之中下以此中所辨法體即前對辨開合而前但散明法體今欲離解其義合以結名為異耳但除下彰其具缺以法喻下顯缺所以以對辨開合之中用華嚴二字通喻大等四字今於前法喻一對之中但取佛字為果華字喻行與前異也所以除之言四對之中下對前開合體式有異此有二義初約寬狹辨異二約上下辨異（更有異義如向疏中具辨）言而前五對下通難也難云若前五對從寬向狹從下釋上何故第五分明因果對耶非最狹故又非最上故故此荅謂從寬向狹至簡持對中義已盡故復借華字對人中佛字為因果一對故在後明也○鈔應云大方廣下此

由離解能所詮別則單言經時爲是何經故今經得大方廣佛華嚴之名即合釋後方揀餘經故又但言大方廣佛華嚴爲何教所詮耶今大方廣佛華嚴得經之名即合釋後揀非論中所詮皆揀別依主也行布圓融如前可知言經中有下謂經是自名上六字是義本是他名今取以爲經名即分取他名有財釋也十住鈔云有財釋者謂從所有以得名如佛陁此云覺者即有覺之者名爲覺者此即分取他名如世有財者故言如對藏論下舉例也此即全有財釋勾連前文鈔置兩箇故字隅成二義明是兩意也不爾經中有大方廣佛華嚴即分有財何有全有財義耶故十住鈔云如俱舍非對法藏論對法藏論者是婆沙論名世親依彼造俱舍論故此亦名

對法藏論此全取他名有財也准此以目經名之經字即誤書也應是自字或舉例無妨如准以上六字爲名故言佛華嚴有大方廣者即人從所有法以彰名亦分有財釋也若但云大方廣即全財也○疏第五展演無窮者謂始從最清淨法界舒展流演以至無盡也最清淨者以自性無染非除障方淨故淨中之極云最清淨然下卷文云乃至一字無字今亦應從無字展出一字一字展爲清淨法界等文彰畧故或具在清淨之中廣鈔云清淨者絕相義也言開爲理智者開是展演義故佛爲能開法界是所開處理智爲所開或法界等待前望後當體自爲能開理智等爲所開二義皆通下准此知○鈔然此下四門下指文所出也一展法界等者此第一重

展法界爲上六字也言雖有六字下謂上以理智配於六字而不取六字但取理智二法問大方廣爲理則可爾佛華嚴三字何皆爲智耶荅華能嚴大方廣嚴能顯大方廣佛能窮證大方廣故皆佛智也○鈔即大是體性包含等者大舉包含影兼周徧方廣周徧影取包含若爾何分體用荅但體性包徧與業用包徧以成異耳此中疏言總連合等者即總連合上六字以詮體用果此所詮之能詮總云經也問貞元疏云總連合成詮即題中七字令疏何云總連合成詮即題中經字耶荅此有兩重能所詮一上六字爲能詮體用因果爲所詮二經字爲能詮上六字爲所詮貞元疏總就兩重能詮令疏但就後重能詮各據一理亦不相違○疏初會總故者根本

會故言大威光太子者即毘盧遮那品也○鈔一但世界品下即世界成就品初牒前現相品問令許荅說中已具題目明於題中展成初會言十海者下以深廣故並稱爲海○鈔而名小開合者此中二約合明前中二五別開此中九十別說前中七約合說故云小開合也故下鈔云第一智觀第一海第二智觀第二海及第五海第三觀第四第四觀第三第五觀第六第六觀第八第七觀第九第八觀第十第九第十並觀第七但看前例次第可知言清淨智者下疏云離所知障次斷分明故貫下九句皆應置清淨言然皆以多故深故細故重疊難知逈超言念皆云不思議也二衆生即報類差別業即善惡等殊故十海中開爲第二一切衆生海及第五一切

衆生業海而因果雖殊同是所化衆生故合爲一三即法界都稱或化衆生法謂安立施設方便軌則等四能化諸佛數量無邊五即所化根欲差別難知六即所應之時前就所觀但云三世今就佛智故云一念普知七稱性大願爲現身說法遍化之因八應根作用神變無方九轉稱性大法輪海十謂隨方施設言音差別若約所觀攝演說海在法輪中今此開二言唯一願海是因等者此約能知之智如是料揀若約所知如文可見問若約所知以願爲因可爾若約能知經既云諸佛世尊知一切世界等智何名因耶荅疏云稱性大願爲現身說法遍化之因故以此智爲因也言三世通因果者因中果中皆有三世也○鈔則題目該於一會者以依一會能詮所詮立於一題復以一題開成一會故却該一會也言遮那遍中者下顯疏中遮那遍中之言該其二品一遍華藏世界即華藏品二遍法界中一切世界即世界成就品也彼偈云下成就品文也無邊剎海既皆遮那嚴淨故亦遍一切世界海也況第六經下即現相品文第五經下即妙嚴品文下疏云前半嚴淨佛土後半調伏衆生兼顯人法爲嚴之義爲大菩薩從大法喜正所生故最妙法者揀非權小昔以妙法淨所化心故所感土亦有清淨佛子来生其國還雨妙法言皆普徧義者謂上說依報法界重重正報必遍故並是果德即佛子也言故遮那遍中之言下結法所屬謂上雖引四品五段經文皆證遍中之言該成就品也問初會具有六品何故疏中

唯約三品以示一題耶荅以世界成就華藏世界毘盧遮那此之三品是初會正陳所說前之三品但其由序故不言也或可疏雖不言鈔文影出以遍中之言該現相妙嚴二品文也如鈔可知普賢三昧顯雖無文理亦合具應云普賢三昧亦佛華嚴經云入一切諸佛毘盧遮那如来藏身菩薩三昧疏云此雖果定菩薩問入故云菩薩三昧故即佛華嚴也言果證法界下就圓證說不遮因中亦分證也○疏又展此會等者展總成別復有四周因果之異及廣明大方廣體用之法望因爲所修望果爲所證也四周皆爾○鈔總有二十六節放光者一照此一三千界二照十方隣次各十世界三百世界四千五十千六百千七百萬八一億千萬爲億也九十億十百億十一千億十二百千億十三那由他億十四百那由他億十五千那由他億十六百千那由他億十七無數十八無量十九無邊二十無等二十一不可數二十二不可稱二十三不可思二十四不可量二十五不可說此上皆有世界之言二十六盡法界虛空界已上所照分齊其能照者即世尊兩足輪所放百億光也故下疏云唯放一光同時頓照盡虛空界但謂言不並彰說有前後隨根心現節節各見則如来光節節而照金色文殊節節而至乃至法界各見亦爾在佛文殊節節皆遍如月普遍百川各見言卷皆明現者謂其一一世界中所有諸法於光明中卷皆明現也○鈔此云例上等者主經爲能例伴經爲所例以上光明覺品主經已盡法界虛空界故爲其能

例所例伴經應知亦爾○鈔皆悉重重等者第九雖說塵中有刹等但是一重今說重重無盡第六雖遍法界之會各有重重主伴但是同類界中說之故亦不同也○鈔明從一法界下應有問云此中正明於展何故有舉題總收舉本總收之義耶故此答也意云雖言其收意明展至無盡皆從一法界無明無相中展成無盡令知其本○疏第六卷攝相盡者謂法體自能卷攝非由於他也卷則以後望前攝則以前望後乃至法界之相亦不存故言相盡也○鈔不出九會是第四節者若約卷中當第六節此指展中故云是第四節耳或是六字甚妙○鈔而有二意等者初意當疏中非理不智等二者下當疏中亦攝智從理等言初攝二爲一等者於第二意中

復有其二初義可知○後理體性離一亦不存者當疏中體性自離已下文耳又准前展等者疏外以前展爲例釋成卷也言若從七字倒收等者別明一理而有二意初攝歸大字先正釋後引證二大體性離下大亦不存也准此例前展中亦應爾也謂從離言絕思展爲大字又從體展用爲大方廣從法展人爲佛華嚴從義展教以爲經等妙義無方不應一准○疏上来諸門者即指上七門也言如前已辨者如前展中已辨也○鈔先以法攝等者謂人法中隨應舉之以義而言無不圓收先指前不出總題者即前展中疏云皆不出大方廣佛華嚴故今疏云或以七字攝盡如前已辨但前明從一題展至無盡今以一題收攝無盡故異也○鈔謂或於無字中

者謂於無名字中假立一字以攝盡也或可無字與一字分爲二義初無字攝盡如前疏云無字皆攝華嚴性海既以義圓收何待言其一字後一字攝盡中或教如教體中何所不收或義如義理分齊亦圓收也開則萬法合則一性一切唯心亦義圓收也問此何異於第九攝歸一心荅此但汎明隨舉一字圓收第九門中以前八門皆歸一心則總別異耳若爾何名以義圓收但是别故荅無有不收之法故名圓收以人法中但是法爲門故況唯是法中一義尤顯成别爲門别故理各有歸互不相違○鈔疏有三節者一教義二理智三人法問疏云或人法攝盡此中人攝與次人攝何殊荅此以法爲門則無非法者故人亦在中彼以人爲門則無非人者故法

亦在内雖各舉一全收而爲門自異故言亦更應言或法界字攝者疏外補出也一部所詮不離法界故○鈔順於後表三聖故者華即普賢普賢行故嚴即文殊文殊以解起行故佛即圓解行之普賢文殊證法界體用之普賢文殊成毘盧遮那光明遍照以行解證三字攝盡也亦應云下此下皆疏外補出也○言從所詮故者通指入法界及理行果也○鈔教即經字下前疏七字攝盡總舉題爲能攝今以教理行果配歸一題欲顯四字攝盡既即總題總無不攝或教義成處下汎言四字該攝一切言故總卷之下謂上釋約其總相此下於四字中各卷成一法以攝無盡也或信解行證下問但收一部何名圓收荅教雖無邊豈出四義文且配歸一部實則無

不該收言如下當知者指下別釋文義中當知也○鈔謂加一理字者或可加一教字開能詮故復詮上四○鈔理即所信等者等取所解所行所願所證所信即十信也○鈔或七字下問前疏已指七字今何重說荅前但總指此約增數至此復言一題通目無盡法者乃至十類之經皆名大方廣佛華嚴經故此猶約部類言之既以義收何法不攝○鈔或八字下以是宗中八字故義如前說既是經宗無不貫故即攝盡也或九字下先舉總體言無障礙法界前法界言雖亦是總此更表具德加無障礙言又不開理實故既約增數以明故且畧其不思議言又前宗中已說義在其中故或十字下即前大字十義順文對故少不次也十表無盡至此畧畢又舉此爲式餘准知故○鈔然有二重先約人法對辨二聖者謂理智爲法普賢文殊名人或可人即華嚴法即大方廣將此人法對辨普賢文殊二聖人也二釋之中後解爲勝若依前解人及二聖皆是普賢文殊云何分別能所對辨耶應但言約法辨二聖何言約人法對辨二聖耶問疏中既有三聖何言二聖耶荅佛無別法合前二成具理智之人法故○鈔後於人法中各有二聖下即華嚴名人大方廣名法各有二聖如疏中配言佛字當中下疏云佛即圓解行之普賢文殊者此以佛字向下取華嚴二字收人中二聖第一重也證法界體用之普賢文殊者此以佛字向上取大方廣三字收法中二聖第二重也成毘盧等通上兩重又唐梵雙言逐便釋故以成文

故或可佛字當中等言即通就前二科中釋也以佛字皆於前二科内皆在大方廣法下華嚴人上故云佛字當中兩重總收前科疏云佛即遮那具能所故後科疏云佛即圓觧行等此即但說兩科以爲兩重故前鈔標兩科云然有兩重不爾鈔文何不觧前科佛字耶二釋隨取以後科中亦有兩重故◯鈔謂心體離念等下正是起信論顯示正義中釋覺義之文也彼疏云心體離念者離於妄念顯無不覺虚空有二義以况於本覺一周遍義謂横遍三際竪通凡聖故二無差别義謂在纒出纒性恒無二故言豈非大耶者即是鈔詞指屬言一心六度萬行皆起者前中心體相用者心是所觀真心此中一心六度者心是能觀觀心則能所有異言覺心性相等者覺者即上觀心也在因名觀在果名覺即是能覺心性相者心是能具真心體相是所具三大等即是所覺言一念相應覺者謂覺心初起心無初相始覺合於本覺無復始本之異故云相應故經云下即離世間品文也言覺性無覺下絶能所故覺相歷然下不壞能所故此二不二下存泯無碍故此皆修生之智◯鈔覺非外来下明全依本智全同所覺全同本智則新本冥符全同寂體則能所一味言一亦不爲一者法句經文也具云一亦不爲一爲欲破諸數如斯下總結謂始則因文悟理終則觀成契入如其能爾雖觀文字心無取捨豈但棄於文字便爲真正故得逢文義俱能發暢對根宜悉善調伏故云未曾一念不契華嚴問何故但契華嚴不言大

方廣等答華嚴是能觀之止觀若能止觀雙運證體相時即大方廣由證此故即是佛也故雖只言華嚴便以義具上之四字或可成文便略故不言之然疏中更有性海二字即是歸極之所○疏第十泯同平等者謂泯心境二法同一真如則舉心即境舉境即心平等無有障碍也言爲未了等者先釋泯異歸同平等之義爲未了自心者令了自心云何了耶若知下釋既觸物皆心誰爲能了能了不立所了安在故梵行下如彰地位中已釋言然今學法下叙此門之來意也言多棄内而外求者以棄自内心而外求他境故言好亡緣下好亡外緣而内照自心執心執境故並爲偏執今既心境如如故平等無碍○鈔前八法師所知等者此釋疏然今法學下文也謂或有依前八門所説秖尋文解義而已即法學之者棄自心而外求但名解法與他而爲軌範自乏正行故若依第九修習禪定好樂亡緣内照自心爲所崇尚此是失前九門正意故疏會爲偏執俱滯二邊故○鈔即借帝網下喻家喻也謂鏡燈是能喻帝網爲所喻帝網爲能喻重現無盡爲所喻今云借者以彼喻重現無盡此喻平等無碍故云借也或可彼總喻一切法此别喻心境故云借也○疏見夫心境互照者若了上喻之者則解見心境而互相照現實由本覺之智入心入境故既本智雙入是謂境即心故心中悟境心即境故境上了心故心境重重互現而本覺智性常在於心境也○鈔但取明了之義者以燈爲喻但取燈上明了之義喻於本

智或可兩鏡一燈皆明了故明了即是喻體心境本智唯一真心隨義别故皆有明了之義言智性色性下即起信論文以智性證上入心以色性證上入境本無二者證雙入也此文或可亦證心境俱有明了義也知一切法下梵行品文由本智入心入境故一切法即心自性也則雙證二義可知故此下釋成雙入義◎鈔尊容喻真佛等者性本是佛名真佛故言今人只解下遮非或舉淺解以顯深義也今明下顯正也雖但言如爲總融萬有即是一心之理故名如也言作佛者如鏡新明合於本明義言作故亦無能合所合言心佛重重者境中見重重心佛心中見重重境佛疏文語畧但言心佛又欲成文義已說故而本覺性一下即真佛唯一也今以像喻

真云即尊容之雙入◎疏皆取之不可得下謂上心境二法皆以心取之不可得其形相即成止也以心照於心境而不可窮盡即成觀也◎鈔雙融前二者兩鏡互照雖重重遞現一燈尊容雙入亦影現重重皆以手取之不可得法准應然上来心境二法重重互現名爲心境今取之不可得名爲兩亡故成止也而照前互現不可窮心境交徹故名觀也◎疏境境互望者以此境對彼境本覺之智雙入彼此二境故此境悟彼境之佛彼境了此境如来一一同前心心等例知◎鈔境有多境等者染淨等境一一互望本智真佛皆入等回向品云阿僧祇淨光寶常放無碍大智光明普照法界等言心有多心下善惡等心一一互望本智真佛雙入等亦爾雙泯雙

融皆成止觀與前不别故疏云皆一致也言唯證相應下上皆因分假此爲門故若諸行者能與如是觀行相應冥同果海故○疏三智正覺世間等者以衆生世間即所化根謂等覺已還故智正覺世間即能化主此不同況言智正覺世間也若況言智正覺世間者亦通等覺已下十地菩薩以六七識已轉成無漏智正覺性故今以能化主言揀之故唯目佛也言主則爲二者以器世間主謂水神火神等及衆生世間主謂天王龍王等俱名諸主故唯二也佛非世間下通妨也問佛非世間生滅之法何名智正覺世間耶故此荅也既佛之自體非世間從所統器及衆生受世間稱者世間之智正覺名智正覺世間智正覺世間即主名智正覺世間主依主持業二釋如次例前諸主各分器界及衆生故是器即世間衆生即世間器世間之主衆生世間之主持業依主二釋如次○疏妙謂法門等者問前會梵音中翻就此方而無妙字何以此言妙耶荅具云法門威德乃有妙義由法門威德令三世間體得深廣難思故名爲妙此則言簡理周譯者善巧言即主之所得者即是三世間主之所用故言其地堅固并於一切法成最正覺者皆妙嚴品文言三業周普者上成最正覺即意業周普其身充滿一切世間即身業周普其音普順十方國土即語業普周也所以長行下總指第二卷已下至第五卷經文皆長行中說諸王各得法門爲嚴偈讚中以讚佛德皆顯嚴佛上皆明智正覺世間嚴也○疏衆生不嚴下反顯也

若順釋者衆者有法門威德莊嚴力方感佛興佛以三業周普衆德莊嚴故方能爲主就佛所變事理相融重重無礙方爲真佛依處也○疏顯遇有德者佛嚴衆生也衆生得法莊嚴微妙輔翼如來顯佛超絶勝過一切即衆生嚴佛也亦應更有器界莊嚴顯化主真極海會大衆堪爲法器義不異前遇者有德顯佛超勝故疏畧不言有科云三嚴相成故知應爾也疏今明序已兼正等即序分中所明深理已兼正宗之義故廣讃下却歸序意○疏謂所得法等者謂由得深法智眼方開能淨三世間故又所得法可重如眼亦法本淨如眼不唯自淨復能淨於世間故又淨即嚴義但名異耳故今新譯爲妙嚴也○鈔即今法門威德者兼和會三處也謂梵本具譯云法門威德晉譯云淨眼今譯云妙嚴名殊義一也以法門威德即法眼清淨故既能法眼清淨即能妙嚴世間故

華嚴會本懸談會玄記卷第四十

音釋

愎（音必恨也）　鉗（音乾束物也）